Caren Benedikt

DAS GRAND HOTEL

Die nach den Sternen greifen

Die Autorin

Caren Benedikt ist das Pseudonym der Autorin Petra Mattfeldt. Sie liebt den Norden, eine steife Brise und das Reisen an die Orte, über die sie schreibt. Nach einer eher nüchternen Ausbildung zur Rechtsanwalts- und Notarfachangestellten arbeitete sie als freie Journalistin. Inzwischen ist die Schriftstellerei ihr Hauptberuf, und sie lebt mit ihrem Mann und ihren drei Kindern in einem kleinen Ort in der Nähe von Bremen.

CAREN BENEDIKT

DAS GRAND HOTEL

Die nach den Sternen greifen

Roman

blanvalet

Sollte diese Publikation Links auf Webseiten Dritter enthalten, so übernehmen wir für deren Inhalte keine Haftung, da wir uns diese nicht zu eigen machen, sondern lediglich auf deren Stand zum Zeitpunkt der Erstveröffentlichung verweisen.

MIX
Papier aus verantwortungsvollen Quellen
FSC
www.fsc.org
FSC® C014496

Klimaneutral*
Druckprodukt
ClimatePartner.com/14044-1912-1001

Penguin Random House Verlagsgruppe FSC® N001967

1. Auflage
Taschenbuchausgabe 2022 by Blanvalet,
einem Unternehmen der Penguin Random House Verlagsgruppe GmbH,
Neumarkter Str. 28, 81673 München

Umschlaggestaltung: Favoritbüro
LO · Herstellung: DiMo
Satz: Uhl + Massopust, Aalen
Druck und Bindung: GGP Media GmbH, Pößneck
Printed in Germany
ISBN 978-3-7341-1187-7

www.blanvalet.de

Für Ulrich, Ciara, Alin und Uli.
Ihr seid immer an meiner Seite
und gebt so unglaublich viel Kraft.
DANKE!

Prolog

Ich bin meinen Weg gegangen. Und niemand außer mir kann beurteilen, wie tief die Schlaglöcher waren, die ihn prägten.

Bernadette von Plesow

Ich muss etwa fünf, vielleicht auch sechs Jahre alt gewesen sein, als ich für mich festlegte, was ich im Leben unbedingt einmal werden wollte: schön und reich! Es ist nicht etwa so, dass meine Kindheit nicht zu ertragen gewesen wäre oder ich nie etwas zu essen gehabt hätte. Und im Gegensatz zu anderen Kindern meines Alters hatte ich durch den Beruf meines Vaters wenigstens immer ein Paar Schuhe, die mir passten, meinen Füßen genug Platz boten und diese sogar noch wärmten. Doch das war auch die einzige Annehmlichkeit, die er als Schuster seiner Familie bieten konnte. Jeder einzelne Pfennig, den er mit seinem Handwerk verdiente, war dringend vonnöten, um uns fünf Kinder, meine Mutter und auch sich selbst durchzubringen. Er war ein redlicher Mann, keine Frage, und meine Mutter hatte getan, was wohl sie selbst und alle anderen von ihr erwarteten. Doch sollte das wirklich alles sein, was man sich vom Leben erträumen konnte? Breite Hüften von den vielen Geburten und am Ende einer jeden Woche nur die erschöpfte Erleichterung, alle durchgebracht zu haben? Ich bin die Älteste von uns Geschwistern, und immer wieder habe ich mir in meiner Kindheit anhören dürfen, die Schönheit von meiner Mutter geerbt zu haben. Ich nahm dieses vermeintliche Kompliment mit gemischten Gefühlen an, denn ich konnte mir nie vorstellen, dass die Frau, die ich außer an den Feiertagen immer nur in einem Arbeitskittel gesehen hatte, jemals so etwas wie eine Schönheit gewesen sein sollte.

Doch nun ja, die Geschmäcker sind eben verschieden, und ich wurde tatsächlich mit jedem Jahr meiner Entwicklung zufriedener mit meinem Aussehen. Ich konnte von Glück sagen, dass ich die Größe von meinem Vater mitbekommen hatte. Als ich etwa zwölf Jahre alt war, überragte ich die anderen Mädchen meines Alters bereits um eine Kopflänge. Und ich war schon immer schlank gewesen, was zusammen mit meiner Größe dazu führte, dass ich unweigerlich alle Blicke auf mich zog, sobald ich einen Raum betrat. Gewiss wäre es schicklicher gewesen, diesem Umstand mit Zurückhaltung zu begegnen. Doch danach stand mir nicht der Sinn. Ja, ich gebe es zu: Ich genoss die Aufmerksamkeit, wann immer sie mir zuteilwurde. Und ich wusste, dass es genau dieses Aussehen und der mich umgebende Hauch von Arroganz waren, die Karl von Plesow auf mich aufmerksam werden ließen.

Ich war zwar die Tochter eines Schusters, doch ich hatte das Auftreten einer jungen Frau aus bestem Hause. Und niemand wäre auch nur auf die Idee gekommen, dass ich mich mit jemand anders als einem reichen, mir ebenbürtigen Mann abgeben würde. Ich strahlte aus, dass man mir etwas bieten müsste, und Karl von Plesow fühlte sich dieser Aufgabe offenbar gewachsen. Ich wusste nach unserem ersten Tanz, dass ich ihn dazu bringen würde, mir einen Heiratsantrag zu machen, und dass aus der Tochter eines einfachen Schusters die Freifrau Bernadette von Plesow würde. Ich war damals achtzehn und teilte mir mit einer anderen jungen Frau, die ebenfalls als Lehrling in der Schneiderei arbeitete, ein Zimmer bei einer Witwe, der Schwester unseres Lehrherrn. Nur eine Woche nachdem ich Karl kennengelernt hatte, legte ich meine Prüfung zur Schneiderin ab. Hätte ich ihn ein halbes Jahr früher getroffen – wer weiß, ob ich die Lehre in der kleinen Schneiderei in Berlin dann überhaupt noch beendet hätte.

Meine Eltern und Geschwister hat Karl nie kennengelernt. Ich ließ *alles hinter mir, vor allem den provinziellen Mief Bad Harzburgs, wo ich aufgewachsen war und bis zum Antritt meiner Lehre gelebt hatte. Eine Weile schrieb ich noch Briefe und hielt den Kontakt, bis ich auch das einschlafen ließ. Ich musste eine Entscheidung treffen, und genau das tat ich. Ich sagte Karl, dass meine Eltern tot seien und ich nie Geschwister gehabt hätte, denn ich fand es besser, diesen endgültigen Schlussstrich zu ziehen.*

Ich hatte mich für mein neues Leben entschieden und tat, was meiner Meinung nach notwendig war. Dies und nichts anderes ist meine Natur.

1. Kapitel

Eine Reise birgt stets die Gefahr, nicht zurückzukommen.
Oder auch die Chance, je nachdem, wo man im Leben steht.
Bernadette von Plesow

Der Zug der Deutschen Reichsbahn von Berlin nach Greifswald ruckelte in gleichmäßigem Tempo die Gleise entlang und brachte Bernadette Meter für Meter ihrem Zuhause ein wenig näher. Sie genoss es, die grüne Mai-Landschaft an sich vorüberziehen zu lassen und noch etwas Zeit für sich zu haben, bevor sie in das enge Korsett ihrer Verantwortung zurückkehren musste. Versonnen spielte sie mit der goldenen Uhr an ihrem Handgelenk, die sie über dem Ärmel ihrer schmal geschnittenen Jacke trug. Um das Zifferblatt war sie mit kleinen funkelnden Brillanten besetzt, das Armband aus feinen Gliedern gefasst. Das Schmuckstück musste sündhaft teuer gewesen sein. Kein Geschenk, das ein Sohn üblicherweise für seine Mutter kaufte. Doch Constantin war eben nicht wie andere Söhne. Er war über die Maßen großzügig, liebte es, teure Geschenke zu machen, und verstand es spielend, die Menschen für sich zu gewinnen. Er hatte eine ganz besondere charmante Art, und die Menschen fühlten sich in seiner Gegenwart wohl. Constantin war freigebig und zuvorkommend. Nie zögerte er, wenn es darum ging, die Wünsche seiner Gäste wahr werden zu lassen. Es war ihm in Fleisch und Blut übergegangen, sich überaus spendabel zu zeigen, und er verstand es, seinem Gesprächspartner ein gutes Gefühl zu vermitteln, ganz gleich, mit welcher Art von Anliegen sich dieser an ihn wandte.

Sowohl das Hotel als auch das angeschlossene Varieté Astor liefen hervorragend und waren nicht nur jetzt, im Frühjahr 1924, komplett ausgebucht. Doch Bernadette machte sich nichts vor. Der Reichtum, mit dem Constantin sich umgab, konnte unmöglich aus diesen Gewinnen allein stammen. Das eine oder andere Mal hatte sie Gerüchte vernommen, Andeutungen nur, doch sie genügten ihr, um sich ein Bild zu machen. Aber nie wäre sie so dumm gewesen, Constantin mit ihren Vermutungen oder besser: ihrem Wissen zu konfrontieren. Was auch immer ihr Sohn tat, um seine Geschäfte zu betreiben, es ging sie nichts an, auch wenn sie Anteile am Astor besaß. Ganz abgesehen davon, dass sie mit ihrem eigenen Hotel in Binz durchaus von ihm profitierte.

Bernadette löste ihren Blick von der Uhr und sah wieder aus dem Fenster. Rasch zogen die Bäume entlang der Bahnstrecke an ihr vorbei. Sie konnte die Menschen schon verstehen, die die modernen Fortbewegungsmittel mit Skepsis betrachteten. Es war nicht von der Hand zu weisen, dass Züge wie Straßenbahnen in einer Geschwindigkeit fuhren, für die der Mensch nicht gemacht sein konnte. Dennoch genoss Bernadette die Fahrt, wenngleich ihr beim Blick aus dem Fenster und auf die an ihr vorbeirauschende Landschaft ein wenig mulmig wurde. Sie atmete tief durch, um die aufsteigende Übelkeit zu vertreiben, griff dann in ihre Handtasche und zog den Brief hervor, den sie seit nunmehr dreizehn Jahren immer bei sich trug. Was zum einen sentimentale Gründe hatte, denn er war das Letzte, was ihr von ihrem verstorbenen Ehemann noch geblieben war. Aber das war es nicht allein. Der andere Grund war, dass auf keinen Fall jemand anders als sie diesen Brief lesen durfte. Niemals!

Mit einem kleinen Seufzer nahm sie den schon leicht vergilbten Umschlag, dessen Papier im Laufe der Jahre noch trockener, fast schon porös geworden war, zog die beschriebenen Seiten heraus und begann zu lesen, auch wenn sie die Zeilen inzwischen auswendig kannte:

Meine geliebte Bernadette!

Es ist an der Zeit, dir meine Gefühle zu beschreiben, und zwar von dem Moment an, als du in mein Leben getreten bist. Als ich dich das erste Mal sah, damals, in dem Tanzlokal mit den kleinen Leuchten an den holzverkleideten Wänden, verschlug es mir fast den Atem. Mir schien es, als seist du vom Moment deines Eintretens an das Metronom, das für alle im Saal den Takt vorgab. Du warst so vollkommen anders als all die anderen jungen Frauen im Lokal, die gekommen waren, um sich zu vergnügen und die eine oder andere Bekanntschaft zu schließen. Der Schein des Kronleuchters ließ dein dunkles Haar fast bläulich schimmern, und mein Blick folgte dir bei jedem deiner Schritte, deinem stolzen Kopfnicken, gepaart mit einem unwiderstehlichen, geheimnisvollen Lächeln, das demjenigen, dem du es schenktest, eine Auszeichnung war. Wie ein Magnet zogst du alle Blicke auf dich, und ich bin sicher, das war dir bewusst. Deine Aura und dein Charisma waren anders als alles, was ich je zuvor erlebt hatte. Ich weiß noch, dass es mir schwerfiel, damals dein Alter zu schätzen. Dein Gesicht war jung und irgendwie auch wieder nicht, was an diesen wunderbar markanten Zügen lag, doch deine Ausstrahlung war schon damals die einer erfahrenen Frau. Ich erinnere mich genau, als ich auf dich zuging und mich dir vorstellte. Ich vermochte das Funkeln in deinen Augen zu erkennen, das zweifelsohne dem von in meinem Namen geschuldet war. Bitte verzeih mir die Offenheit, doch mir war selbstver-

ständlich vollkommen klar, dass dein Interesse unmöglich meinem äußeren Erscheinungsbild gelten konnte. Schließlich war ich nicht besonders stattlich und noch dazu um einiges älter als du. Darüber vermochten auch meine teure Kleidung und die italienischen Schuhe nicht hinwegzutäuschen.

Ich weiß noch genau, wie du mich angesehen hast, als ich dir den Champagnerkelch reichte. Erinnerst du dich noch? Wir tanzten an diesem Abend, bis die Kapelle ihre Instrumente weglegte. Ich sehe alles noch vor mir, als wäre es gestern geschehen …

»Verzeihung, gnädige Frau?«

Bernadette zuckte erschrocken zusammen. Sie hatte gar nicht bemerkt, dass der Fahrkartenkontrolleur durch die offene Waggontür eingetreten war.

»Oh«, sagte sie. »Gewiss.« Rasch faltete sie den Brief zusammen und ließ ihn in ihrer Handtasche verschwinden, ohne ihn in den Umschlag zurückzustecken. Dann zog sie ihren Fahrschein hervor und reichte ihn dem Kontrolleur. »Bitte.«

»Haben Sie vielen Dank, gnädige Frau.« Er betrachtete den Fahrschein.

»Wie lange werden wir noch brauchen bis Greifswald?«, fragte Bernadette, mehr aus Unsicherheit, weil sie sich beim Lesen ertappt gefühlt hatte.

»Noch etwa eine halbe Stunde, gnädige Frau. Wünschen Sie Hilfe mit Ihrem Gepäck? Dann werde ich jemanden kommen lassen.«

Bernadette lächelte ihn an und schüttelte kurz den Kopf. »Nein, haben Sie vielen Dank! Ich habe nicht viel zu tragen und werde außerdem am Bahnhof abgeholt.«

»Wie Sie wünschen, gnädige Frau.« Er gab ihr den Fahrschein zurück. »Dann noch eine gute Weiterfahrt.«

»Danke.« Bernadette steckte das Billett wieder ein, zog den Brief noch einmal hervor und verstaute ihn sorgfältig im Umschlag. Dann schob sie ihn zurück in die Handtasche und legte ihr Stofftaschentuch darüber, so dass er nicht gleich auf den ersten Blick zu sehen war.

Sie schaute wieder auf die Uhr. Kurz nach zehn. In weniger als einer Viertelstunde würden sie Greifswald erreichen.

Unruhe stieg in ihr auf. Sie konnte nur hoffen, dass es im Grand, ihrem Hotel in Binz, keine besonderen Vorkommnisse gegeben hatte. Bernadette beruhigte sich mit dem Gedanken, dass gewiss alles in Ordnung war, schließlich konnte sie sich auf Alexander, ihren ältesten Sohn, den sie vor einigen Jahren zum Geschäftsführer gemacht hatte, stets verlassen. Und sie brachte gute, ja beste Nachrichten mit nach Hause. Ihr Besuch bei Constantin war ein voller Erfolg gewesen. Er hatte sich großzügig gezeigt. Bernadette war nach Berlin gereist, um Constantin ihre Anteile am Astor zu übertragen und sich hierfür auszahlen zu lassen. Doch das hatte ihr Sohn abgelehnt. Er gab ihr einfach das Geld, das sie brauchte, um die neuen Strandkörbe für das Hotel fertigen zu lassen, damit sie zum Beginn der Sommersaison ein gutes Geschäft machen konnte.

Es war nicht zu verhehlen, dass das Grand noch längst nicht so dastand, wie Bernadette es sich wünschte. Gewiss, es war das prächtigste Gebäude, das an der Strandpromenade zu finden war. Hochherrschaftlich und luxuriös, gepaart mit dem Charme gelebter Sorglosigkeit, stand es da und verkörperte das, was Bernadette so unglaublich wichtig war: Eleganz und Klasse. Doch es war ihr in den Jahren nach dem verheerenden Brand nicht gelungen, das Hotel finanziell so unabhängig zu stellen, wie sie es sich gewünscht hätte. Der Krieg hatte das, was sie in den Jahren zuvor mühsam aufgebaut hatte, zum Großteil zunichtegemacht.

Bernadette hatte einiges unternehmen müssen, was sie lieber vergessen hätte, um das Hotel überhaupt am Laufen zu halten und die wenigen Gäste mit der Art von Speisen und Getränken zu versorgen, die diese von einem Hotel dieses Standards zu Recht erwarteten. Einzig die Tatsache, dass sie das Haus für diskrete Treffen von Politikern geöffnet hatte, die auf Geheimhaltung und Verschwiegenheit Wert legten, hatte ihr so manchen Monat beim bloßen Überleben geholfen. Für sie wie für jeden anderen im Land war es ein Aufatmen, als der Krieg vor sechs Jahren zu Ende gegangen war und ihre Söhne endlich nach Hause zurückkehrten.

Bis auf einen. Während Alexander und Constantin schon wenige Wochen nach dem ausgerufenen Kriegsende nach Binz heimkehrten, dauerte es weitere zwei Monate, bis Bernadette die Nachricht erhielt, dass Maximilian, ihr jüngster Sohn, im Kampf gefallen war. Jeden Tag hatte sie bis dahin gebangt, und selbst nachdem sie die Botschaft erhalten hatte, hatte sie die Hoffnung immer noch nicht ganz aufgegeben. Schließlich war ihr der Leichnam ihres Sohnes niemals übergeben worden. Es vergingen Wochen, Monate, fast drei Jahre, in denen Bernadette die Hoffnung nicht aufgeben wollte, dass Maximilian womöglich doch noch lebte und sich an einem unbekannten Ort in Gefangenschaft befand.

Doch sie musste weitermachen, für ihre Tochter Josephine, ihre Söhne Alexander und Constantin, ihr Hotel mit den Angestellten und auch für sich selbst. Aber die schmerzhafte Wunde in ihrem Herzen, die nur eine Mutter nachempfinden konnte, würde nie ganz heilen, dessen war sie sicher.

Doch es waren nicht nur die Erinnerungen daran, die sie in manchen Nächten nicht schlafen ließen. Es war vor allem auch die Sorge, wie es weitergehen sollte. Schon bald nach seiner Rückkehr eröffnete ihr Constantin seine Idee, in Berlin ein eigenes

Hotel, vergleichbar mit dem Grand in Binz, sowie ein gleichnamiges angeschlossenes Varieté für die abendliche Unterhaltung eröffnen zu wollen. Dem Widerstand ihres Sohnes Alexander zum Trotz hatte Bernadette eine Hypothek auf das Grand aufgenommen, um Constantin so den Start zu ermöglichen.

Und es war die richtige Entscheidung gewesen. In den vergangenen Jahren hatte sie mehr vom Astor profitiert als dieses vom Grand, und Constantin ließ sie großzügig an dem Erfolg ihrer damaligen Investition teilhaben. Bernadette war froh, ihn zum Sohn zu haben, und schämte sich gleichzeitig für das leise Bedauern tief in ihrem Innern, dass Alexander nicht ein klein wenig mehr Ähnlichkeit mit seinem jüngeren Bruder hatte.

Sie spürte, wie der Zug die Geschwindigkeit verringerte. In diesem Moment ging der Fahrkartenkontrolleur an ihrem Abteil vorbei. »Verzeihen Sie, ist der nächste Halt schon Greifswald?«

»Ja, gnädige Frau. Wir werden in wenigen Minuten dort einfahren.«

»Danke.«

Er nickte ihr zu und ging weiter.

Bernadette griff nach der ledernen Reisetasche, die sie links von sich abgestellt hatte, nahm ihre Handtasche und verließ das Abteil, um vor der nächsten Wagentür zu warten, bis der Zug vollständig zum Halten kam. Die Tür wurde von außen geöffnet, und ein junger Mann reichte ihr helfend die Hand. Sie stieg aus, drückte ihm etwas Kleingeld in die Hand und sah sich suchend auf dem Bahnsteig um. Ein Stück entfernt hob jemand grüßend den Arm und kam dann auf sie zu.

»Willkommen zu Hause, Frau von Plesow!« Der Mann deutete eine Verbeugung an und nahm ihr die Reisetasche ab.

»Guten Tag, Horst. Na, zu Hause bin ich noch nicht ganz.« Sie lächelte ihn an.

»Die See ist ruhig. Ich werde Sie sicher nach Binz hinüberbringen.«

»Das weiß ich doch. Danke, Horst.«

Ein Wagen stand bereit, der sie zum Anleger nach Wieck brachte. Hier hatte Horst das Boot festgemacht, das Bernadette vor zwei Jahren für das Grand angeschafft hatte und das die Gäste von den Anlegeplätzen um den Greifswalder Bodden, von Göhren und Sellin oder auch von Stralsund aus sicher zum Hotel brachte. Bernadette genoss die kleine Freiheit, wenngleich sie auch mit dem Zug hätte weiterfahren können.

Sie legte sich ein Kopftuch um und verknotete es unter dem Kinn, als Horst das Boot langsam aus dem kleinen Hafen steuerte. Dann setzte sie sich entspannt auf eine Bank an der Reling und genoss die letzten Momente, bevor sie ins Grand heimkehrte. In nicht einmal einer halben Stunde würden sie den Anleger erreichen, und sie würde ihre Arbeit wieder aufnehmen. Es war nicht leicht, Bernadette von Plesow zu sein. Doch sie würde ihr Bestes geben, um die Rolle wie immer auszufüllen.

Sanft trug der Wind die Klänge des Akkordeons bis zum Anleger herüber, als Horst das Boot seitlich brachte. Er half Bernadette, bis diese sicheren Stand auf dem Holzsteg fand.

»Die Tasche bringe ich gleich mit«, bot er an, und Bernadette nickte. Sie waren ein eingespieltes Team. Horst wusste, dass Bernadette es genoss, ganz allein den langen Weg über die Seebrücke zurückzulegen. Also erklärte er, noch das Boot in Ordnung bringen und später nachkommen zu wollen. Bernadette dankte es ihm mit einem Lächeln, öffnete den Knoten des Kopftuchs und nahm es ab. Sie war froh, wieder daheim zu sein, wenngleich sie die Reisen, die ihre Stellung mit sich brachte, als Abwechslung vom Alltag durchaus genoss. Sie sah über den lang gezogenen

Steg zum Hotel hinüber, zu ihrem Hotel, das herrschaftlich an der Promenade von Binz emporragte. Noch immer faszinierte sie der Anblick jedes Mal aufs Neue, wenngleich das Hotel nun schon im dreizehnten Jahr seit dem Wiederaufbau nach dem verheerenden Feuer in Betrieb war. Sie verabschiedete sich mit einer Geste von Horst und ging dann mit langsamen Schritten den Holzsteg entlang. Fünfhunderteinundachtzig Schritte. So viele waren es, bis man vom Steg auf die befestigte Promenade trat. Die Akkordeonmusik brach mitten im Stück kurz ab. Oder nahm Bernadette sie nur nicht mehr wahr, weil die Möwen ihr eigenes kleines Konzert gaben und mit unablässigen Schreien ihren Teil zu der Atmosphäre dieses Ortes beitrugen? Bernadette hörte genauer hin. Tatsächlich war die Musik verstummt, doch nur einige Schritte weiter erklang sie von Neuem. Die melancholische Melodie verriet Sehnsucht und Verträumtheit und berührte sie in diesem Moment tief im Herzen. Bernadette ging langsam, schlenderte fast, ganz entgegen ihrer sonstigen Gewohnheit, wenn sie zielstrebig und mit festem Schritt durch die Flure ihres Hotels eilte, gewohnt, alles zu kontrollieren und unablässig Entscheidungen zu treffen.

Doch nicht heute Morgen. Alles hatte sich zum Guten gewendet, alles war geregelt. Schon bald würden die zunehmenden Temperaturen mehr und mehr Gäste zur Sommerfrische in ihr Hotel locken. Constantin hatte ihr nicht nur das Geld gegeben, sondern zugesagt, auch weiterhin seine Geschäftsgäste in Berlin auf eine kurze Erholung mit ihren Familien nach Binz zu schicken, wie er es schon seit einiger Zeit tat. So trafen sich immer wieder Geschäftsleute, die sich kannten, in ihrem Hotel, während ihre Frauen und Kinder die Zeit am Strand verbrachten.

Alexander betrachtete dies mit einem gewissen Misstrauen. Er hatte seiner Mutter oft genug gesagt, dass ihm diese Geschäftsleute häufig zwielichtig erschienen, da sie nicht nur Geld, sondern auch Ärger ins Haus brachten. Bernadette weigerte sich, ihm zuzuhören. Geschäft war Geschäft, und Geld war Geld. Ihr war egal, mit wem man es verdiente. Wenn sich alles weiterhin so entwickelte, könnte dieser Sommer den monetären Befreiungsschlag bringen, den sie schon so lange herbeisehnte. Bernadette hoffte inständig darauf.

Die Klänge des Akkordeons, die sie sonst gegenüber ihren Angestellten oft als »Gejaule« oder »Katzenmusik« bezeichnete, zauberten ihr heute ein Lächeln aufs Gesicht und begleiteten sie mit jedem Schritt über den Holzsteg nach Hause. Bernadette atmete tief ein und ließ ihren Blick genussvoll über die See schweifen, dann über den Strand. Doch ihre eben noch entspannte Miene verzog sich rasch wieder. Sie kniff die Augen zusammen und beschattete sie mit der Hand, um besser erkennen zu können, was sie dort zu sehen meinte. Nach ein paar Schritten blieb sie stehen. Sie konnte mehrere Personen ausmachen, gleich vorn am Strand, auf der Höhe ihres Hotels. Eilig ging sie weiter, den Blick starr auf das Geschehen gerichtet. Was tat sich dort? Sie lief ein Stück, beherrschte sich jedoch, um nicht aufzufallen. Es gehörte sich für eine Dame nicht, in der Öffentlichkeit zu rennen, und sie würde sich keinesfalls dazu hinreißen lassen, nur um sehen zu können, was sich dort am Strand tat. Eilig ging sie weiter, bis sie schließlich erkannte, was vorging. Abrupt blieb sie stehen. Zwei Männer waren in die See gewatet, um einen leblosen Körper aus dem Wasser zu ziehen. Fünf weitere Männer standen am Strand und sahen zu, wie die anderen einen Mann aus der Ostsee bargen. Allem Anschein nach war er tot. Bernadette eilte weiter, bis sie auf der Seebrücke fast gleichauf mit den Männern am Strand war. Zwei von ihnen kannte sie namentlich, die anderen hatte sie auf jeden Fall schon einmal gesehen.

»Hans«, rief sie hinunter. »Was ist denn geschehen?«

Der Polizist sah zu ihr auf. »Bernadette, das solltest du dir lieber nicht ansehen. Keine Sorge. Wir schaffen ihn, so rasch es geht, fort.«

»Ist der Mann ertrunken?«

»Ja«, rief er zurück. »Aber erst nachdem jemand auf ihn geschossen hat.«

Bernadette presste die Lippen aufeinander, als sie einen Blick auf die Leiche warf und das Loch in der Mitte der Stirn entdeckte. Sie kannte den Mann.

»Weißt du, wer er ist?«, rief Oberwachtmeister Hans Bender ihr zu.

Bernadette schüttelte heftig den Kopf. »Ich habe ihn noch nie gesehen.«

Bender nickte. »Na dann. Wir schaffen den Leichnam jetzt fort. Einen guten Tag, Bernadette. Lass ihn dir hiervon nicht verderben.«

»Dir auch einen guten Tag, Hans. Adieu!« Bernadette ging die wenigen Meter bis zum Ende der Seebrücke und warf dem Akkordeonspieler einen kurzen Blick zu. Er saß ganz aufrecht, zeigte immer noch soldatische Haltung. Die Uniformjacke hatte er trotz der Wärme akkurat bis obenhin geschlossen, die Haare zum Seitenscheitel gekämmt, das Gesicht glatt rasiert. Auf seiner Brust prangte das Eiserne Kreuz I. Klasse, das nur dann zu sehen war, wenn er sein Akkordeon zusammenschob. Sein linkes Bein war gerade ausgestreckt, sein rechtes in der Mitte des Oberschenkels abgetrennt, die Uniformhose darunter umgeschlagen. Neben ihm lag seine Uniformmütze mit einigen Münzen darin. Sein Blick war ausdruckslos. Er nickte grüßend, doch Bernadette von Plesow hätte sich nie dazu herabgelassen, den Gruß zu erwidern. Sie hob den Kopf und beeilte sich, das Grand zu erreichen. Die Leichtigkeit, mit der sie von ihrem Boot getreten war, war verflogen.

Der Boy hielt ihr schon die Tür auf, als sie noch gut zehn Meter vom Eingang entfernt war. Er grüßte sie mit einer formvollendeten Verbeugung und wünschte einen guten Tag. Bernadette bedachte ihn mit einem Nicken und trat ein.

»Guten Morgen, gnädige Frau.« Das Zimmermädchen knickste und wollte mit dem Eimer und dem Lappen in der Hand rasch weiterhuschen, doch Bernadette hielt sie zurück.

»Marie! Einen Moment. Was machst du hier in der Empfangshalle?« Die Verärgerung in ihrer Stimme war nicht zu überhören. Es war den Gästen nicht zuzumuten, dass sie außer den Pagen und den Rezeptionisten irgendwelches Personal sehen mussten.

Die junge zarte Frau mit der blassen Haut und den hellblonden, straff zum Knoten gebundenen Haaren blieb stehen. Ihre Wangen röteten sich. »Ich bitte um Verzeihung.« Sie sah Bernadette aus ihren großen blauen Augen fast ängstlich an, dann senkte sie den Kopf. »Der Junge von den Forenbergs, der kleine Richard.«

»Was ist mit ihm?«

»Er hat sich übergeben müssen. Gleich dort vorn.« Sie deutete mit dem Finger. »Es ist alles wieder bereinigt, gnädige Frau.« Wieder senkte sie den Blick.

»Nun gut. Das ist natürlich etwas anderes«, lenkte Bernadette ein. Sie deutete in Richtung Strand. »Haben die Gäste mitbekommen, was dort draußen vor sich geht?«

»Es tut mir leid, das weiß ich leider nicht.« Marie schüttelte den Kopf. »Ich bin nur rasch von oben gekommen und habe aufgewischt.« Sie folgte Bernadettes Blick. »Was ist denn am Strand geschehen?«

»Ach nichts, nichts.« Bernadette machte eine Handbewegung, als wollte sie eine Fliege verscheuchen. »Geh wieder an die Arbeit.«

»Jawohl, gnädige Frau.« Marie knickste und beeilte sich, zu

den anderen Zimmermädchen zurückzulaufen. Rasch huschte sie davon.

Bernadette schaute sich in der Eingangshalle ihres Hotels um, nahm den Anblick in sich auf. Es hatte sich bezahlt gemacht, dass sie seinerzeit den teuren Marmor für den Fußboden hatten verlegen lassen. Alles wirkte immer noch nagelneu, ganz so, als wäre es erst vor wenigen Wochen fertiggestellt worden. Sie sah auf die großen Kübel, die genau dort standen, wo sie sie haben wollte, elegant bestückt mit frischen Blumen. Sie war zufrieden. Erst jetzt ging sie zur Rezeption, an der Werner Druminski seinen Dienst tat.

»Guten Morgen, gnädige Frau. Wie schön, Sie wohlbehalten im Hause begrüßen zu können. Ich hoffe, Sie hatten eine angenehme Reise?«

»Guten Morgen, Werner. Ja, alles war zufriedenstellend. Gab es etwas Besonderes während meiner Abwesenheit?«

Eifrig hob der etwas untersetzte Mann mit dem schütteren Haar das Reservierungsbuch auf den Tresen und drehte es zu ihr herum. »Wir sind ausgebucht für die nächsten zwei Monate.« Er deutete eifrig mit dem Stift. »Lediglich hier, an dem Wochenende des zweiten Juli, wären noch zwei Zimmer zu haben.« Er strahlte über das ganze Gesicht. Verschwörerisch und mit gesenkter Stimmte stellte er fest: »Es wird ein vortrefflicher Sommer für das Hotel werden, wenn ich mir die Bemerkung erlauben darf, gnädige Frau.«

Bernadette lächelte verhalten. »Ja, Werner. Ich sehe es. Ich bin mehr als zufrieden.«

»Es freut mich über die Maßen, dies aus Ihrem Munde zu hören, gnädige Frau.«

Sie gab ihm das Reservierungsbuch zurück. »Sind schon viele unserer Gäste unterwegs?«

»Noch nicht, soweit ich weiß, gnädige Frau. In den letzten Tagen wurden die ersten Kutschen nie vor elf Uhr bestellt.«

»Gut.« Sie ersparte es sich, auch ihn zu dem Geschehen am Strand zu befragen. Offenbar hatte noch niemand etwas mitbekommen, und die Wachtmeister würden nicht mehr lange brauchen, bis der Leichnam fortgeschafft war. Es war besser, wenn kein weiteres Aufhebens gemacht wurde. Je weniger Aufregung, desto zufriedener die Gäste.

»Ich gehe nach oben in mein Arbeitszimmer«, verkündete Bernadette. »Ich erwarte im Laufe des Vormittags einige Anrufe.«

»Ich werde sogleich verbinden, sobald jemand Sie zu erreichen versucht, gnädige Frau.«

»Wo ist mein Sohn Alexander?«

»Noch nicht im Haus, gnädige Frau. Soll ich mich melden, sobald er kommt?«

»Er ist noch nicht da?« Sie zog die rechte Augenbraue hoch, ein untrügliches Zeichen dafür, dass sie über diese Nachricht nur wenig erfreut war. »Schicken Sie ihn in mein Büro, sobald er da ist«, ordnete sie an.

»Sehr wohl, gnädige Frau.«

Bernadette machte kehrt und ging zu den Treppen hinüber. Den Fahrstuhl benutzte sie nur, wenn ein geschäftliches Treffen anstand und sie die Gäste begleitete. Sonst nahm sie stets die Stufen in dem Bestreben, nicht zu bequem zu werden.

Ihr Büro im zweiten Stock war wie immer verschlossen. Selbst wenn sie ihren Arbeitsplatz nur für wenige Momente verließ, weil sie im Hotel zu tun hatte, war es ihr zur Gewohnheit geworden abzusperren. Dies galt natürlich erst recht, wenn sie wie jetzt, insgesamt vier Tage, nicht im Hotel war. Mit den Jahren war sie noch misstrauischer geworden, als sie es ohnehin schon immer gewesen war. Manchmal fast schon argwöhnisch. Doch konnte man es ihr verdenken, nach allem, was sie erlebt hatte? Um sie herum gab es mehr Neider als Freunde, und selbst die, die ihr verbunden waren, hatten stets ihren eigenen Vorteil im Auge. Sie ging zum Schreibtisch hinüber, schloss ihn auf und legte die Papiere und das Geld, das sie mit sich führte, in die unterste Schublade. Nur der Brief ihres verstorbenen Ehemannes blieb in ihrer Handtasche verborgen. Bernadette atmete erleichtert aus, als sie das Fach wieder zuschob. Es war geschafft. Endlich!

Es klopfte. »Mutter?«

»Komm herein, Alexander.«

Die Tür wurde geöffnet, und ihr ältester Sohn trat ein. Dreißig Jahre alt wurde er im November, und Bernadette war froh, dass er ebenso wie der eineinhalb Jahre jüngere Constantin die Größe und auch das Aussehen von ihr geerbt hatte. Genau genommen hatten das all ihre Kinder, auch die vierundzwanzigjährige Josephine, die genau so aussah wie Bernadette in diesem Alter.

»Guten Morgen, Mutter.« Alexander kam zu ihr herüber und küsste sie auf die Wange.

»Guten Morgen, Alexander.« Sie setzte sich an ihren Schreibtisch, während Alexander auf einem der Besucherstühle davor Platz nahm.

»Ich hoffe, du hattest eine angenehme Reise, Mutter? Konntest du in Berlin alles erledigen, was du vorhattest?«

»Ja, Alexander. Danke. Constantin hat mir den neuen Varieté-Saal gezeigt. Er bietet Platz für über einhundert Gäste und ist tatsächlich jeden Abend voll besetzt.«

»Die Menschen gieren eben nach Ablenkung«, meinte er.

»Berlin ist lauter und rasanter als je zuvor«, erklärte Bernadette. »Constantin macht es richtig, diese Tatsache für seine Unternehmungen zu verwenden.«

»Es war keineswegs als Kritik gemeint«, beeilte sich Alexander zu versichern. »Wenngleich ich zugebe, dass ich froh darüber bin, dieses Hotel hier führen zu dürfen. In Binz ist alles ein wenig bedächtiger und ruhiger, obwohl auch hier eine gewisse …«, er suchte nach dem richtigen Wort, »… Entwicklung abzusehen ist, die mich ein wenig beunruhigt. Und nicht nur mich.«

»Wir haben das Geld für neue Strandkörbe bekommen«, berichtete Bernadette, ohne auf seine letzte Bemerkung einzugehen.

»So gut läuft es also in Berlin, ja?« Es klang schnippisch.

»In der Tat, das tut es. Ich gehe doch davon aus, dass dich der Erfolg deines Bruders ebenso freut wie mich?« Ihre Worte waren als Frage formuliert, aber wer Bernadette kannte, wusste auch, dass eine Warnung darin mitschwang.

»Gewiss, Mutter. Warum sollte es anders sein?«, gab Alexander ausweichend zur Antwort.

»Gut. Das hatte ich erwartet.« Sie sah ihn ernst an. »Als ich heute Morgen ankam, haben Hans Bender und seine Männer gerade eine Leiche aus dem Wasser gezogen.«

»Eine Leiche?« Alexander seufzte, überrascht wirkte er jedoch nicht. »Ein Badeunfall?«

»Der Mann hatte eine Kugel im Kopf«, stellte Bernadette klar. »Er war einer von denen, die für Bischoff, den Bankier, arbeiten.«

»Das ist nun schon der Zweite«, stellte Alexander fest.

»Du meinst den anderen Toten in Hiddensee?«, fragte Bernadette nach.

»Er wurde nur dort angespült, weil man ihn irgendwo vom Boot in die Ostsee geworfen hat. Doch er war einer von Gideon Kaubs Leuten.«

»Und damit gehörte er zum Personal eines unserer wichtigsten Binzer Geschäftsleute«, erkannte Bernadette bedrückt.

»Ich habe Gerüchte gehört, dass es einen Streit um die Lizenzen von Kaub gegeben haben soll«, sagte Alexander. »Es hieß, er habe sich geweigert zu zahlen.«

»Und das war auch richtig so. Du weißt, ich habe nicht besonders viel für die Konkurrenz übrig. Gideon Kaub macht mir nun schon seit Jahren das Leben schwer und würde nur zu gern das Grand übernehmen, aber in diesem Punkt stehe ich hinter ihm.« Bernadette funkelte ihn aufgebracht an. »Ich habe das Problem mit Constantin besprochen. Sollte irgendjemand an uns herantreten, wird er uns helfen.«

»Von Berlin aus?«

»Ja.«

»Und wie stellt er sich das vor?«

Bernadette zuckte mit den Schultern. »Überlass das Constantin. Er hat gute Kontakte und wird nicht zulassen, dass solche Verbrecher sich hier breitmachen.«

Alexander wollte etwas erwidern, beließ es aber dabei. Er wusste, dass seine Mutter große Stücke auf seinen jüngeren Bruder hielt und dass es aussichtlos war, ihr seine Bedenken mitzuteilen. »Dann werde ich jetzt auch an die Arbeit gehen«, erklärte er und stand auf.

»Alexander, eine kurze Frage noch. Weshalb bist du heute so spät zum Dienst erschienen?«

»Eine Privatangelegenheit«, gab er knapp zurück.

»Das ist eine Antwort für das Personal. Ich bin deine Mutter. Also?«

»Nun, wenn du es unbedingt wissen willst: Ich hatte ein Treffen mit einigen Geschäftsleuten wegen der Entwicklung im Land.«

»Wegen der Entwicklung im Land?«, echote sie. »Geht es etwas konkreter?«

Alexander zögerte. »Wir haben den Krieg verloren und müssen nun dafür geradestehen, aber die Reparationszahlungen führen uns alle an unsere Grenzen. Viele von uns waren ganz vorn an der Front und sollen nun zusehen, wie die Unterwanderung durch gewisse Mitbürger«, er brachte das letzte Wort spöttisch gepresst hervor, »direkt vor unseren Augen geschieht. Das ist nur schwer hinzunehmen.«

»Und du denkst, dass du mit einer Handvoll Männer etwas daran ändern kannst?«

»Wenn nicht wir, wer dann?«

»Alexander. Ich gebe dir einen guten mütterlichen, vor allem aber auch geschäftlichen Rat. Es sind schwierige Zeiten. Überlass es Friedrich Ebert und seinen Leuten, dafür zu sorgen, dass alles wieder in Ordnung kommt.«

Alexander sah sie einen Moment nachdenklich an. Offenbar lag ihm eine Erwiderung auf der Zunge, doch er schluckte sie hinunter. »Es ist schön, dass du zurück bist, Mutter. Essen wir zusammen zu Mittag?«

Bernadette bedauerte, dass er offenbar eine weitere Unterhaltung mit ihr über die politische Lage ablehnte, doch sie wusste, dass sie bei Alexander auf taube Ohren stieß. Seine Überzeugungen hatten sich in letzter Zeit noch verfestigt. Es beunruhigte sie, doch sie wusste auch, dass sie derzeit nichts dagegen unternehmen konnte. »Das wäre wunderbar, mein Sohn«, antwortete sie deshalb nur. »Was ist mit Josie?«

»Was soll mit ihr sein?«

»Hattest du Schwierigkeiten, deine Schwester an den Abenden zu Hause zu halten?«

»Aber nein. Sie war ganz friedlich.«

»Ist der Baron noch im Haus zu Gast?«

»Ja. Und um deine nächste Frage vorwegzunehmen: Sein Sohn wird am Wochenende aus dem Studium kommen und seine Zeit hier verbringen.«

»Gut«, befand Bernadette. »Josie soll ein kleines Programm für ihn zusammenstellen und sich persönlich um ihn kümmern.«

»Das wird ihr nicht gefallen. Sie sagt, sie stecke gerade in einer überaus kreativen Phase und möchte das Atelier am liebsten gar nicht verlassen.«

Bernadette lächelte kühl. »Sie wird das Atelier bald gar nicht mehr betreten dürfen, wenn sie nicht mit Freude und erkennbar großem Eifer tut, was ich ihr auftrage.«

»Ich werde mit ihr sprechen, Mutter.«

»Tu das. Sonst übernehme ich das.«

»Das wird nicht nötig sein. Wir sehen uns heute Mittag. Adieu, Mutter.«

»Adieu, Alexander. Bis später.«

Alexander verließ das Büro. Bernadette lehnte sich in ihrem Stuhl zurück. Neunundvierzig Jahre war sie nun, und ihr Ehrgeiz war ungezügelt. Doch manchmal hätte sie nichts dagegen, ihre Ziele etwas leichter zu erreichen.

2. Kapitel

Sicher ist, dass jeder kriegt, was ihm zusteht.
Nur die Meinungen darüber, was das ist, gehen auseinander.
Constantin von Plesow

Gerd Nolte eilte mit gesenktem Kopf die letzten Meter, bis er mit seinem Begleiter den Eingang des Berliner Varietés erreichte. Sein Blick fiel auf das Werbeschild vor dem Astor, das in grellbunten Farben den spektakulären Auftritt der *Volants Marocains*, der »Fliegenden Marokkaner«, ankündigte. Die kleinen Lämpchen rund um das Schild waren nicht eingeschaltet, obwohl Constantin darauf bestand, dass diese auch am Tag brannten. Nolte öffnete die Tür und ließ seinen Begleiter schweigend eintreten. »Warte kurz«, sagte er, zog seinen Schlüssel hervor, ging durch eine Seitentür in den Nebenraum und schaltete die Außenbeleuchtung an. Dann kam er wieder heraus, zog die Tür hinter sich zu und atmete laut aus. »Komm. Der Chef ist um diese Zeit immer in seinem Büro.« Der andere nickte, doch er sagte kein Wort. Zusammen gingen sie die Treppen hinauf, dann über den Flur bis zu einer Tür, vor der seitlich rechts und links je zwei Stühle standen. Der Holzboden knarrte leicht unter ihren Schritten. »Setz dich hierhin und warte. Ich sag dir dann Bescheid.« Nolte klopfte kurz und trat in das Büro, ohne eine Antwort abzuwarten.

»Kassier die Nutten ab und schick sie zum Waschen. Erst danach kriegen sie ihr Frühstück.« Constantin von Plesow blätterte einige Papiere durch. Als Gerd Nolte das Büro betrat, sah er auf.

»Geht klar, Chef.« Ludger Schnurr, ein hochgewachsener, breitschultriger ehemaliger Boxer, der aussah, als hätte er keinen Hals, stand direkt vor dem Schreibtisch und wartete auf weitere Anweisungen. Schnurr war fürs Grobe zuständig, und jeder der sechs Männer, die außer ihm anwesend waren und allesamt in Constantins Dienst standen, wusste, dass mit ihm nicht zu spaßen war. Seine schiefe Nase verriet, dass seine Deckung nicht die Beste gewesen sein konnte und er manchen Schlag hatte einstecken müssen. Doch im Austeilen, das wussten sie ebenfalls, war Schnurr noch stärker.

»Und pass auf, dass dich die Neue – wie heißt sie doch gleich? – nicht verarscht. Die kassiert extra, das habe ich schon ein paar Mal mitbekommen.« Constantin von Plesow nahm einen letzten Zug von seiner Zigarette und drückte sie dann im Aschenbecher aus. Er warf einen Blick auf einen der Briefumschläge und legte ihn umgedreht links neben sich, während die weiteren Schreiben ungelesen im Papierkorb landeten.

»Ich werde drauf achten. Wenn sie's nicht freiwillig rausrückt, durchsuch ich sie eben.« Schnurr grinste schief.

»Durchsuchen ja, aber nichts weiter«, wies Constantin ihn an. »Für zerschundene Ware können wir kein Geld verlangen. Also halt dich zurück.«

Schnurr nickte, machte kehrt und verließ das Büro.

Constantin warf Gerd Nolte, seiner rechten Hand, einen kurzen Blick zu. »Du bist spät dran.«

»Ich hatte noch was zu erledigen«, erklärte Nolte.

Constantin nickte kurz und sah die anderen fünf Männer an, von denen zwei in den Sesseln saßen, einer an den Tisch gelehnt war und zwei im Hintergrund standen. »Heute Abend wird

Ministerialrat Hermann von Hohewald zu Gast sein. Ich will, dass es ihm und seinen Begleitern an nichts fehlt.«

»Geht klar«, erwiderte Eduard Köhler, der zusammen mit Nolte dafür zuständig zeichnete, dass die Bar stets gut gefüllt war. »Wir haben gerade den neuen Champagner bekommen, so viel, dass wir ganz Berlin darin ersäufen können.«

»Und die härteren Sachen?«, fragte Constantin.

»Alles da, für noch mindestens einen Monat. Die Lager sind voll.«

»Heute Abend will ich keine Nutten sehen, es könnte nämlich sein, dass seine Frau mitkommt. Ich hab gehört, dass sie ihn oft begleitet. Heute Abend gibt's Alkohol in Maßen und leichte Varietéunterhaltung. Alles andere folgt, wenn sich das Verhältnis gefestigt hat.«

»Also auch keine Nutten anderswo im Lokal?«

»Nur die, die auch als ›Bekanntschaften‹ durchgehen würden. Ich will keine dabeihaben, die ihre Titten nicht im Kleid lassen kann. Amüsement und Ablenkung von der Politik und den Sorgen des Alltags, aber so, dass es auch ehefrauentauglich ist.«

»Geht klar«, sagte Nolte und trat vor Constantins Schreibtisch. Sein Blick fiel auf den umgedrehten Briefumschlag. Er sah seinen Chef kurz an, dann konzentrierte er sich wieder auf den bevorstehenden Abend. »Wir kümmern uns um alles. Vor allem um Catherine. Seit sie selbst das Koks für sich entdeckt hat, muss man bei der mit allem rechnen.«

»Sie soll sich gefälligst zusammenreißen und ihr dämlicher Bruder auch. Sonst vermasseln sie am Ende noch alles«, polterte Constantin.

»Mach dir keine Gedanken. Zwei Tassen starken Kaffee, und wir kriegen sie schon wieder in die Spur.«

Constantin sah in die Runde. »In Ordnung. Dann ist es das für den Moment. Ich muss ein Telefonat führen.«

Während die Männer einer nach dem anderen das Büro verließen, blieb Nolte stehen. »Kann ich dich gleich noch mal sprechen?«

»Ja. Aber erst das Telefonat.«

»In Ordnung.« Nolte ging zur Tür. »Ich komme gleich wieder.«

Kaum hatte seine rechte Hand die Tür hinter sich geschlossen, nahm Constantin den Telefonhörer ab und wartete, bis sich die Vermittlung meldete. »Ich möchte eine Verbindung zum Grand Hotel in Binz.«

»Einen Moment, bitte.«

Es knackte einige Male in der Leitung, dann hörte Constantin das Freizeichen.

»Grand Hotel Binz, Werner Druminski am Apparat.«

»Constantin von Plesow. Guten Tag, Herr Druminski. Ist meine Mutter im Haus?«

»Oh, Herr von Plesow. Welche Freude. Ja, sie ist da. Ich verbinde Sie. Einen kurzen Augenblick, bitte.«

Wieder knackte es in der Leitung.

»Constantin. Wie schön, dass du dich meldest.«

»Guten Morgen, Mutter. Ich wollte nur sichergehen, dass du gut zu Hause angekommen bist.«

»Ich danke dir. Ja, ich bin gut angekommen, und es ist alles zu meiner Zufriedenheit. Vor allem, seit ich gesehen habe, wie wunderbar die Geschäfte bei dir laufen. Da muss ich mir keine Sorgen machen.«

Constantin lachte auf. »Um mich? Nein, bestimmt nicht. Meldet euch bei mir, wenn ihr noch etwas braucht. Ich werde euch in Kürze weitere Gäste vermitteln.«

»Unsere Reservierungsbücher sind gut gefüllt«, berichtete Bernadette. »Dank dir. Es scheint sich herumzusprechen, dass man in unserem Hause die Sommerfrische am besten genießen kann.«

»Ist der Baron mit seiner Familie noch da?«

»Ja. Mit seiner Frau und zweien seiner Kinder. Sein Sohn wird am Wochenende erwartet, er soll ein wenig Ablenkung haben vom anstrengenden Studium.«

Constantin lachte kehlig. »Vom Studium? Erzähl es nicht seinem alten Herrn, Mutter, doch das Studium macht der längst nicht mehr. Der ist die meiste Zeit hier in Berlin und geht seinem Vergnügen nach. Wenn er am Wochenende bei euch in Binz sein sollte, dann nur, um sich von seinem ausschweifenden Leben zu erholen.«

»Was sagst du da? Dann ist also nicht damit zu rechnen, dass er einmal in die Fußstapfen seines Vaters tritt?«

»Mutter, er ist ein Nichtsnutz und bringt das Geld seines Vaters schneller durch, als der es verdienen kann.«

Bernadette schnaufte kurz. »Gut, dass du mir das sagst. Ich hatte ihn als Kandidaten für Josie ins Auge gefasst.«

»Lieber nicht. Sonst wäre das, was meine Schwester mit in die Ehe bringt, am Ende auch noch weg.« Wieder lachte er auf, diesmal lauter. »Ich muss Schluss machen, Mutter. Die Geschäfte warten. Ich wollte nur sichergehen, dass du wohlbehalten heimgekehrt bist.«

»Ach Constantin, eines noch.«

»Ja?«

»Es hat hier heute Morgen einen Zwischenfall gegeben. Ein Mann wurde am Strand angespült. Stell dir vor: Er hatte eine Kugel im Kopf.«

»Wer war es?«

»Einer der Männer von Bankier Bischoff.«

»Verdammt noch mal. Es gerät immer mehr außer Kontrolle.«

»Kannst du dir erklären, was dahintersteckt?«

Constantin konnte es sich nicht nur erklären, er kannte auch die Hintergründe ganz genau, trotzdem sagte er: »Nein, noch nicht, doch ich höre mich mal um. Sollte sich bei euch irgendetwas tun, melde dich sofort bei mir. Ich kümmere mich darum.«

»Von Berlin aus?«

»Ja. Meine Leute sind zuverlässig, ob in Berlin oder Binz. Mach dir keine Sorgen, Mutter.«

»Gut, Constantin. Danke. Und nun geh wieder an deine Arbeit. Auf bald, mein Lieber.«

»Auf bald, Mutter.«

Beide legten auf.

Constantin dachte noch einen Moment über das Gehörte nach. Er wusste, dass der Markt immer härter umkämpft wurde und es alles andere als zimperlich zuging, wenn man seinen Platz behaupten wollte. Hier waren Durchsetzungsvermögen und klares Handeln gefragt. Kurz überlegte er, ob es klug wäre, bereits jetzt etwas zu unternehmen, entschied sich aber dagegen. Es gab derzeit keine konkrete Bedrohung, das Grand betreffend. Und erst wenn dies der Fall war, wäre es sinnvoll, seine Leute loszuschicken. Und das würde er auch tun. Zunächst galt es, hier in Berlin die Fäden fest in der Hand zu halten.

Es klopfte. »Ja?«

Nolte trat ein. »Renaldo will dich sprechen, und danach hab ich auch noch was.«

Constantin verdrehte die Augen. Er hatte jetzt kaum die Nerven für den Artisten. »In Ordnung. Schick ihn rein.«

Nolte nickte und trat beiseite. Constantin setzte ein verbindliches Lächeln auf und erhob sich von seinem Stuhl. »Renaldo, mein Guter. Ich hoffe, du bist in Höchstform? Wir erwarten heute Abend wichtige Gäste.« Er trat auf den dunkelhäutigen Varietékünstler zu, gab ihm die Hand und legte die andere in einer freundschaftlichen Geste darauf.

»Es ist wegen Catherine«, begann Renaldo. »Sie fühlt sich nicht besonders. Ich glaube nicht, dass sie heute Abend auftreten kann.«

»Möchtest du etwas trinken? Whisky? Er ist aus Irland importiert. Feine Ware.«

»Nein danke.« Renaldo schüttelte den Kopf. Ihm war deutlich anzusehen, dass ihm bei dem Gespräch alles andere als wohl war.

Constantin ging zum Bartisch hinüber, auf dem etliche Flaschen und Gläser standen, und schenkte sich ein. Er trank einen Schluck, dann wandte er sich wieder seinem Besucher zu.

»Kannst du dich noch an eure Anfänge hier erinnern, Renaldo? Vor zwei Jahren hat euch keiner gekannt, und heute werdet ihr gut gebucht. Wir haben eigens für euch umgebaut. Das Trapez, die Aufhängungen an der Decke für die Seile, die Leitern.«

»Ich weiß, Constantin«, beeilte sich der Angesprochene zu versichern. »Und ich bin dir wirklich dankbar. *Wir*«, korrigierte er rasch, »wir sind dir dankbar.«

Constantin trank noch einen Schluck und legte Renaldo jovial den Arm um die Schultern. »Weißt du, ihr müsst mir nicht dankbar sein.« Plötzlich schwang etwas Gefährliches in seiner Stimme mit. »Ich brauche keinen Dank. Wir sind schließlich Freunde. Genau genommen, mag ich es nicht einmal, wenn man mir dankt. Allerdings erwarte ich von meinen Freunden Loyalität und dass ich mich ebenso auf sie verlassen kann, wie sie sich auf mich verlassen können. Verstehst du, Renaldo?« Er nahm den Arm von der Schulter des Artisten, prostete ihm zu und trank den letzten Schluck.

Renaldo nickte ergeben. »Du kannst dich auf uns verlassen. Ganz bestimmt. Wir wollen keinen Ärger, Constantin.«

»Aber, aber.« Er winkte ab. »Wer wird sich denn hier ärgern? Ihr macht einfach, was ihr am besten könnt: Ihr tretet heute

Abend auf, wie überall auf den Plakaten angekündigt. Catherine wird schön und begehrenswert aussehen, wenn sie am Trapez durch die Luft schwingt und dann sicher in deinen Armen landet, wenn sie auf deinen Schultern balanciert oder ihr an den Leitern eure Kunststücke darbietet. Ihr werdet das Publikum begeistern. Dann setzt ihr eure Reise fort und liefert aus, was ich euch mitgebe.« Er öffnete die Arme und lächelte breit. »Und schon, mein lieber Renaldo, sind wir alle glücklich.«

»Ich weiß nicht, ob Catherine bei den Hebefiguren und am Trapez das Gleichgewicht halten kann. Sie ist wirklich nicht in bester Verfassung.« Renaldo sah zu Boden.

»Dann sorgst du eben dafür, dass sie bis heute Abend in guter Verfassung ist.« Constantin lächelte, doch in seiner Stimme lag etwas Warnendes. »Es ist doch ganz einfach. Gib ihr etwas von dem, was sie so gern mag. Aber nicht zu viel. Dann wird es schon werden.«

»Sie geht daran zugrunde.« Renaldo schluckte hart.

»Möglich«, erwiderte Constantin. »Doch nicht heute Abend. Denn heute Abend wird sie eine ganz unglaubliche Vorstellung bieten, nicht wahr? Und du wirst dafür Sorge tragen. Ich verlasse mich auf dich, mein Freund.« Er betonte das letzte Wort.

Renaldo wollte etwas erwidern, doch Constantin kam ihm zuvor.

»Entschuldige mich bitte, die Geschäfte rufen.«

Renaldo nickte, den Blick zu Boden gerichtet. Offenbar rang er mit sich, doch dann verließ er ohne einen weiteren Gruß den Raum.

Constantin verdrehte die Augen, ging zu seinem Schreibtisch und setzte sich, um sich einige Papiere vorzunehmen. Nach kaum fünf Minuten klopfte es erneut.

»Ja?«

»Chef, der Freund ist hier, von dem ich dir erzählt habe«, vermeldete seine rechte Hand.

»Welcher Freund?«

»Der Freund meines Vetters, der Arbeit sucht.«

Constantin seufzte. »Schick ihn rein.«

Gerd Nolte war mit seinen fast fünfzig Jahren der älteste unter den Männern, die für Constantin arbeiteten. Er war früher Buchhalter gewesen und noch heute vor allem für die Papiere sowohl des Hotels als auch des Varietés zuständig. Er war Constantins Problemlöser und gleichzeitig derjenige, der sich mit den Rechtsanwälten beriet, sobald es Schwierigkeiten gab. Ein Privatleben kannte er nicht. Niemand wusste, dass seine Frau vor drei Jahren verstorben war. Constantin und er sprachen nie über etwas anderes als das Geschäft, das Nolte zum Lebensinhalt geworden war. Er war für seinen Chef ein unentbehrlicher Berater – doch ein Freund war er nicht. Nun betrat er, gefolgt von einem Mann, der um die eins neunzig groß sein mochte, Constantins Arbeitszimmer und schloss hinter ihnen die Tür.

Constantin deutete auf die Besucherstühle vor seinem Schreibtisch. »Bitte.«

»Danke, Herr von Plesow.«

Die beiden nahmen ihre Plätze ein.

»Wie heißen Sie?«

»Klaus Denker.«

»Und was haben Sie bisher gemacht?«

»Er hat nicht weit von meinem Vetter entfernt gewohnt, Constantin. Gerald, mein Vetter, sagt, dass er sich immer auf Klaus verlassen konnte«, mischte Nolte sich ins Gespräch ein. Aber seine Stimme klang unsicher.

Constantin hob die Brauen. Er kannte Nolte nun schon lange genug, um zu wissen, wann dieser ihm etwas zu verheimlichen versuchte. »Wie schön, dass dein Vetter das sagt. Also, Klaus – ich darf doch Klaus sagen?«

»Ganz wie Sie wollen.«

»In Ordnung, Klaus, nennen Sie mich Constantin. Also, was haben Sie beruflich gemacht?«

»Ich war Elektriker, bevor der Krieg kam. Dann musste ich an die Front.«

»Einen Elektriker brauche ich nicht. Ich habe schon jemanden, der sich um solche Dinge im Hotel kümmert.«

»Ich nehme jede Arbeit an«, erklärte Denker.

»Was haben Sie nach dem Krieg gemacht? Er ist immerhin sechs Jahre her.«

Denker warf Nolte einen fragenden, fast hilfesuchenden Blick zu. Dieser zuckte mit den Schultern.

Denker seufzte. »Ich habe gesessen.«

»In Ordnung«, erwiderte Constantin. »Weshalb?«

Der andere sah schweigend zu Boden.

»Ich habe kein Problem damit«, stellte Constantin klar. »Sagen Sie mir nur, weshalb Sie im Gefängnis waren.«

»Es ist nicht so, wie es sich im ersten Moment anhört«, warf Nolte schon wieder ein.

»Weshalb?«, fragte Constantin nur.

»Totschlag«, antwortete Klaus Denker.

Sofort stand Constantin auf. »Was soll das, Gerd? Du kennst die Regeln. Kein Mord, kein Totschlag, keine Vergewaltigung.«

»Hör dir seine Geschichte an, Constantin.«

»Das muss ich nicht.«

»Tu es. Aus Freundschaft zu mir. Bitte.«

Constantin setzte sich wieder, sagte aber nichts. Nolte stieß Denker auffordernd an.

Dieser brauchte einen Moment, bevor er zu sprechen begann.

»Ich hatte eine Frau und zwei Kinder«, erklärte er. »Konnte es kaum erwarten, sie endlich wiederzusehen. Ich war in russischer Gefangenschaft, hab die letzte Kriegszeit eingesperrt verbracht. Irgendwann sagten sie, der Krieg sei vorbei, und haben uns freigelassen.« Er presste die Lippen aufeinander. »Ich bin dann zurück nach Tremsbüttel.«

»Tremsbüttel?«, fragte Constantin.

»Das ist in der Nähe von Hamburg«, erklärte Denker. »Da haben wir damals gewohnt. Ist nicht groß da.«

»Ich verstehe.«

»Na ja, ich hab mich gefreut, endlich wieder heim zu dürfen. Doch als ich dort ankam, war niemand da.« Er schluckte schwer, knetete seine Hände, kaute auf der Unterlippe. »Gerufen hab ich, aber keiner hat geantwortet. Hab überall nachgesehen. In den Zimmern, sogar im Keller. Dann bin ich zur Werkstatt rüber.«

Constantin legte die Stirn in Falten und sah zu Gerd, der fast unmerklich nickte.

»Da hab ich sie dann gefunden. Alle drei lagen sie da.«

»Ihre Frau und Kinder waren tot?«

Denker nickte, den Blick weiter zu Boden gerichtet. »Else war vergewaltigt worden, und allen dreien hatte man die Schädel eingeschlagen.« Seine Augen füllten sich mit Tränen.

»Das tut mir leid«, sagte Constantin. »Warum hat man Sie für die Tat verantwortlich gemacht?«

Denker zuckte mit den Schultern. »Es hieß, es habe dort schon eine Weile so ein Kerl bei Else und den Kindern gelebt. Die Nachbarn haben das gesagt. Angeblich hatte Else irgendwann die Nachricht erhalten, dass ich gefallen war.«

»Aber deshalb hängt Ihnen doch niemand die Morde an.«

Wieder zuckte er mit den Schultern. »Sie haben behauptet, Else hätte mich nach meiner Heimkehr aus dem Krieg fortgeschickt. Angeblich hab ich sie und die Kinder deshalb erschlagen. Doch das stimmt nicht. Sie waren schon tot. Das schwöre ich.« Er sah Constantin an. »Ich schwöre es bei meinem Leben.«

»Aber Ihnen hat niemand geglaubt?«

Denker schüttelte den Kopf. »Der Prozess war schneller vorbei, als ich gucken konnte. Der Anwalt, den sie mir gegeben haben, meinte, ich könne froh über das Urteil sein. Totschlag im Affekt. Acht Jahre. Ich habe nicht alles absitzen müssen. Seit ich wieder raus bin, halte ich mich mit Gelegenheitsarbeiten über Wasser.« Er sah zu Boden, dann wieder hoch und Constantin direkt in die Augen. »Ich werde keinen Ärger machen. Hab ich nie. Bitte geben Sie mir die Chance. Ich mache alles, was Sie sagen, Herr von Plesow.«

Constantin rang mit sich. Nicht, weil ihn die Geschichte besonders gerührt hätte, wenngleich er sicher war, dass dieser Mann die Wahrheit sagte. Vielmehr glaubte er, auf ihn zählen zu können, wenn er ihm jetzt die Chance gab, um die er bat. »Ich werde es mir überlegen.« Er stand auf, und auch Denker und Nolte erhoben sich. Er reichte Klaus die Hand. »Gerd wird sich bei Ihnen melden.«

»Danke, Herr von Plesow.« Er schüttelte ihm die Rechte.

»Constantin«, wiederholte dieser.

»Danke.« Die beiden Männer gingen zur Tür.

»Ach, eines noch«, rief Constantin ihnen nach. »Werden Sie versuchen, den Kerl zu finden, der Ihre Familie getötet hat?«

Denkers Miene versteinerte. »Nein. Das ist für mich erledigt.«

»In Ordnung. Danke. Ich melde mich.« Jetzt war Constantin sicher, dass Denker, was die Geschichte über seine Familie anging, nicht gelogen hatte. Denn gerade eben stand ihm die Lüge, nicht nach deren Mörder suchen zu wollen, so deutlich ins Gesicht geschrieben, dass er es auch in großen Lettern auf ein Plakat hätte drucken können.

»Gerd, warte.«

»Ja?«

Constantin bedeutete ihm, noch einmal zurückzukommen. Nolte verabschiedete sich von Klaus und ging wieder zu Constantins Schreibtisch.

»Ich sage es dir nur ein einziges Mal.« Constantins Stimme klang warnend. »Schlepp mir nie wieder einen hier an, der wegen so etwas gesessen hat, ist das klar?«

»Ich … ich dachte nur, weil er ja unschuldig ist …«

»Dann denk nicht.« Constantin hob den Zeigefinger. »Nie wieder, haben wir uns verstanden?«

»Ja, Chef. Nie wieder.«

»In Ordnung. Und nun geh ihm nach. Er hat die Stelle.«

Nolte sah ihn überrascht an. Sein Gesicht hellte sich auf. »Danke, Constantin. Ich wusste es. Ich …«

»Raus jetzt, bevor ich es mir anders überlege.« Sein Blick fiel auf den Brief auf seinem Schreibtisch. »Ach, eines noch, Gerd.« Er nahm den Brief und reichte ihn Nolte. »Geh da hin und schmier die Leute. Die wollen die Hauszinssteuer noch mal anheben. Mach denen klar, dass wir schon bezahlt haben, und dann leg ihnen was auf den Tisch, damit sie uns in Ruhe lassen. Wenn das nicht hilft, soll Ludger denen mit ein paar anderen begreiflich machen, dass wir mehr nicht zahlen werden. Neuer Erlass hin oder her. Das ist mir scheißegal.«

»Mach ich, Chef!« Nolte griff nach dem Brief und beeilte sich. Bevor er die Tür von außen schloss, drehte er sich noch einmal um. »Danke, Chef. Du hast was gut bei mir wegen Klaus.«

Constantin winkte ab. »Als ob mir das je etwas nützen würde.«

3. Kapitel

Für eine Frau ist vor allem eines wichtig,
um in der Geschäftswelt bestehen zu können:
ein falsches Lächeln,
das nicht als solches erkannt wird.

Bernadette von Plesow

»Was für ein zauberhaftes Kleid, Baronin.« Bernadette lächelte bewundernd. »Fast zu schade für den Strand, nicht wahr?«

Die Baronin hatte an der Rezeption gerade eine Kutsche zum Strand ordern wollen, als Bernadette zu ihr trat.

»Liebe Frau von Plesow, danke für das reizende Kompliment! Ja, es fällt ganz weich, nicht wahr? Ach, wenn ich Ihre Figur hätte, könnte ich auch alles tragen. Seit ich die Kinder bekommen habe, passe ich in viele Sachen einfach nicht mehr hinein.«

Bernadette lächelte. »Aber Baronin, Sie werden mir doch nicht wirklich weismachen wollen, dass ausgerechnet Sie nicht zufrieden mit Ihrem Äußeren sind.« Sie legte den Kopf schräg. »Sie wollen wohl eine einfache Hoteliersfrau auf den Arm nehmen?«

Die Baronin kicherte verzückt. »Aber das würde ich mir nie erlauben, meine Teuerste.«

»Werner, die Baronin möchte mit ihrer Familie an den Strand. Lassen Sie den Esel einspannen und alles zu den Körben hinüberschaffen«, ordnete Bernadette an, und der Rezeptionist verneigte sich sofort und eilte davon.

»Ich wünsche Ihnen einen wunderbar erholsamen Tag, liebe Baronin.«

»Danke sehr. Wir genießen hier jeden Augenblick, wenngleich ich ja die Wärme fast schon zu arg finde.«

»Aber Sie sehen dadurch so frisch aus, Baronin. Gönnen Sie Ihrer Haut einige Sonnenstrahlen, und Sie werden nochmals um Jahre verjüngt wirken.« Verschwörerisch neigte Bernadette sich noch weiter zu ihr. »Obwohl wir beide sehr genau wissen, dass Sie dies nicht im Mindesten nötig haben.«

»Ach, Sie sind zu freundlich, Frau von Plesow. Oder darf ich Sie vielleicht Bernadette nennen?«

»Sie glauben gar nicht, welche Freude mir das bereiten würde«, gab Bernadette mit einem warmen Lächeln zurück.

»Ach, ich merke schon, wir werden noch die besten Freundinnen. Bitte nennen Sie mich Viktoria.«

»Sehr gerne, liebe Viktoria.«

Werner, der durch den Seitenausgang verschwunden war, trat nun durch die Vordertür wieder in die Eingangshalle. »Der Esel steht bereit, Madame.«

»Dann möchte ich Ihnen keinen weiteren Moment dieses wunderbaren Tages stehlen, Viktoria.« Sie deutete mit der Hand Richtung Tür. »Werner, ich verlasse mich darauf, dass meine Freundin Viktoria und ihre Kinder den besten Strandplatz bekommen.«

»Gewiss, gnädige Frau. Ich werde mich selbst darum kümmern.«

»Und sobald der Baron wiederkommt, werde ich ihm den Boy an die Seite geben, damit er Ihrem Gatten zeigt, wo er Sie finden kann«, wandte sich Bernadette wieder an die Baronin.

»Vielen Dank, meine Liebe. Das ist wirklich zu freundlich. Mein Mann musste noch einige Telegramme aufgeben und kommt sicher bald nach. Hach, die Männer und ihre Geschäfte! Sie sind darin ganz anders als die Frauen. Ach Bernadette, Sie sind eine so reizende und bewundernswerte Dame«, schwärmte Viktoria nun. »Ich könnte noch stundenlang mit Ihnen plaudern. Und wie Sie das Personal befehligen! So ruhig und geschickt. Erstaunlich.«

Bernadette lächelte ob des Kompliments, wollte nun jedoch dringend die Unterhaltung beenden, um sich wieder ihren Geschäften zu widmen. »Haben Sie herzlichen Dank. Ich wünsche Ihnen einen wunderbaren Strandtag, meine Teure.«

»Die Kinder werden für Sie ein paar hübsche Muscheln sammeln!«, rief die Baronin Bernadette noch zu, als sie schon fast draußen war. Bernadette winkte ihr und den Kindern nach, bis sie aus ihrem Blickfeld verschwunden waren. Dann ließ sie erleichtert den Arm sinken und atmete tief aus. Diese Person war einfach nervtötend!

* * *

Gott ist groß und voller Güte. Er vergisst keines seiner Schafe, und blökt es auch noch so leis'.

Marie Reidel

Welch eine wunderbare Musik. Marie öffnete die Fenster, so weit es eben ging. Wie sehr sie es doch liebte, dem versehrten Akkordeonspieler zu lauschen, der in den warmen Monaten Tag für Tag an der Promenade saß und seine sehnsuchtsvollen Melodien spielte. Oft hatte sie sich ausgemalt, er spiele nur ihretwegen, nur für sie allein, weil er wusste, wie sehr sie der Klang berührte. Natürlich war ihr klar, dass das Unsinn war. Kein Mensch spielte für Marie Reidel. Die meisten wussten wahrscheinlich nicht einmal, dass es sie gab, auch wenn sie direkt neben ihnen stand. Es machte ihr durchaus zu schaffen, obwohl sie sich ein wenig schämte, sich dies einzugestehen. Zu gern wäre sie ein bisschen mehr wie Josephine gewesen, die Tochter der von Plesows, die stets voller Übermut nur das tat, wonach ihr der Sinn stand, und die alle mit ihrer guten Laune ansteckte. Josephine war für Marie das, was einer Freundin wohl am nächsten kam, wenngleich sie so unterschiedlichen gesellschaftlichen Schichten entstammten, dass eine Freundschaft auf Augenhöhe vollkommen ausgeschlossen war. Josephines Mutter war Bernadette von Plesow, eine *Grande Dame*, und Marie hatte sich ein ums andere Mal gefragt, ob der Name des Hotels nicht einfach dem Auftreten seiner Besitzerin geschuldet war. Maries Mutter Gertrud hingegen hatte bis zu ihrem Tod als Zimmerfrau im Hotel gearbeitet, und Marie selbst trat wie selbstverständlich in ihre Fußstapfen, auch wenn sie sich wahrhaftig etwas anderes erträumt hatte. Zu gern wäre sie fortgegangen und hätte etwas anderes gemacht. Vielleicht als Schneiderin gearbeitet oder zumindest eine Anstellung in einem der vielen Damenbekleidungsgeschäfte angetreten, wo sie den ganzen Tag von schönen Stoffen umgeben war. Doch wie ihre Mutter immer bekräftigt hatte, konnte sie von Glück sagen, überhaupt eine Stelle bekommen zu haben. Also tat sie, was alle von ihr erwarteten, vor allem nachdem die Schwindsucht ihre Mutter vor vier Jahren ins Grab gebracht hatte. Damit war ein Fortgehen aus Binz für sie ohnehin in weite Ferne gerückt. Schließlich musste sich jemand um den Haushalt und auch um ihre jüngere Schwester Lisa kümmern. Der Vater war seit dem Tod seiner Frau noch schlechter gelaunt als zuvor und brachte manchen Wochenlohn in der Kneipe durch. Wahrscheinlich, so mutmaßte Marie, um zu vergessen. Doch wer wusste das schon so genau? Kurz schloss sie die Augen, atmete tief die durchs Fenster hereinströmende Seeluft ein und lauschte den sehnsuchtsvollen Klängen des Akkordeons. Dann löste sie sich mit einem Ruck aus der wehmütigen Stimmung, ergriff die Bettdecke und schüttelte sie aus. Sie hatte nicht die Zeit, um zu träumen und irgendwelchen Gedanken nachzuhängen. Eilig schob sie die Betten auseinander, um den Boden darunter zu reinigen, straffte die Laken und schob die Betten wieder zusammen. Anschließend drapierte sie die Kissen und Decken darauf, ganz so, wie sie es von ihrer Mutter gelernt hatte. Ein Kleid hing zerknittert über dem Stuhl am Fenster. Sie nahm es und hängte es auf einen Bügel, dann ging sie zum Schrank, um es ordentlich darin zu verstauen. Wie konnte man etwas so Wunderbares so lieblos behandeln? Vor dem Spiegel blieb sie stehen, hielt sich das Kleid vor den Körper und betrachtete sich. Wie schön es wäre, einmal etwas so Wertvolles tragen zu können! Das Kleid war blassrosa und aus feiner Seide, unterhalb der Taille war ein Gummiband eingezogen, das von einem etwas dunkleren Stoffstreifen kaschiert wurde. In der Mitte entdeckte Marie feine Spitze im gleichen Farbton, aufgenäht in der Form eines kleinen Dreiecks, das den Betrachter erahnen ließ, was sich darunter befand. Marie musterte sich im Spiegel und seufzte. Das Kleid war ihr viel zu weit, da sie um einiges schlanker war als die Frau, der es gehörte. Ihre Mutter hatte schon immer behauptet, dass sie zu dünn sei. »Dürr wie ein Klappergestell«, hatte Mutter gesagt, und seit ihrem Tod hatte Marie noch einmal Gewicht verloren, teils wegen der Trauer und teils, weil sie nun noch mehr zu tun hatte als früher. Sie wirkte blass und kränklich, fand Marie, vor allem wenn sie sich mit den sonnengebräunten Hotelgästen verglich, die die Tage am Strand genossen. Ihre Blässe wurde zudem von den hellblonden Haaren verstärkt, was sie insgesamt noch zerbrechlicher wirken ließ. Trotzdem würde auch sie in einem solchen Kleid als hübsche junge Frau wahrgenommen werden, dessen war sie sich ganz sicher. Was würde sie nur dafür geben, einmal ein solches Stück ihr Eigen nennen zu können? Sie zuckte zusammen, als sie ein Geräusch auf dem Korridor vernahm. Eilig öffnete sie den Schrank und hängte das Kleid hinein, als auch schon, ohne Klopfen oder Vorwarnung, die Tür geöffnet wurde und Bernadette von Plesow hineinblickte.

»Ah, Marie. Hier bist du also.« Sie trat ein und sah sich um. »Ich sehe, du bist gleich fertig?«

»Ja, gnädige Frau.« Marie schloss den Schrank.

Bernadette ging zum Bett hinüber und strich einige Male prüfend über die Decken. Marie senkte den Blick, dabei gab es nichts, was sie nicht mit äußerster Sorgfalt erledigt hätte. Das Bett sah einwandfrei aus, doch sie kannte Bernadette und wusste, dass diese stets noch etwas fand, was ihrer Meinung nach verbessert werden musste.

»Wenn du hier fertig bist, gehst du gleich zu den Zimmern der von Bramstedts hinüber. Sie haben soeben das Hotel verlassen, und ich möchte, dass alles fertig ist, sollten sie ihre Pläne ändern und sich doch im Hotel aufhalten wollen.«

»Sehr wohl, gnädige Frau.«

»Nun gut.« Bernadette ging wieder zur Tür. »Und wenn du heute alle Zimmer fertig hast, kommst du in mein Büro und reinigst dort. Der Staub mehrerer Tage sammelt sich schon auf den Arbeitsflächen.« Es klang vorwurfsvoll.

»Jawohl, gnädige Frau.« Wieder senkte Marie den Kopf. Endlich verließ Bernadette den Raum.

Marie ärgerte sich über den Vorwurf. Schließlich hatte sie das Arbeitszimmer der Bernadette von Plesow während deren Abwesenheit gar nicht betreten dürfen. Wie hätte sie also dort reinigen sollen? Sie seufzte. Andererseits war Bernadette trotz ihrer Strenge stets sehr gut zu ihr, erkundigte sich, ob sie und ihre kleine Familie daheim alles hatten, was sie brauchten, und steckte ihr ab und an einen kleinen Geldbetrag zu, wenn sie hörte, dass ihre Schwester krank war oder sonst wo der Schuh drückte. Marie seufzte erneut, dann ging sie entschlossenen Schrittes zum Fenster und machte es zu. Plötzlich war ihr die Akkordeonmusik unerträglich.

* * *

Kunst ist Freiheit, und ich bin Kunst.
Sperr mich ein, und ich sterbe.

JOSEPHINE VON PLESOW

»Du willst mich also allen Ernstes zwingen, diesen Widerling zu unterhalten?«

Bernadette hatte gar nicht bemerkt, dass ihre Tochter vor dem Büro auf sie gewartet hatte. »Guten Morgen, Josie. Alexander hat also bereits mit dir gesprochen. Nun, mein Wunsch hat sich erledigt. Du kannst wieder ins Atelier zurückkehren.«

Josephine hätte nicht überraschter sein können. Sie löste die eben noch vor der Brust verschränkten Arme und wartete, bis ihre Mutter die Tür zum Büro aufgeschlossen hatte, dann folgte sie ihr hinein. »Bitte verzeih mein Auftreten. Guten Morgen, *maman*.«

Bernadette gefiel es, dass Josephine für sie noch immer die französische Anrede wählte. Sie hatte es sich während ihrer Zeit in Paris angewöhnt und ließ auch heute noch gern einige französische Redewendungen einfließen, besonders dann, wenn sie über ihre Kunst sprach. »Ist schon gut«, sagte Bernadette und nahm hinter ihrem Schreibtisch Platz. »Möchtest du dich setzen?«

»Gern.« Josephine ließ sich kerzengerade auf einem der Besucherstühle nieder. »Darf ich fragen, warum du deine Ansicht geändert hat?«

»Du bist zu schade für diesen Baronssprössling, wenn du es genau wissen möchtest«, antwortete Bernadette.

»Ach, auf einmal?«

Bernadette ging nicht auf diese ironische Entgegnung ein. »Was sind deine Pläne für die nächste Zeit, Josephine? Du wirst dich wohl erinnern, dass ich dir bis Ende dieses Monats Zeit gegeben habe, um zu überlegen, was du in Zukunft aus deinem Leben machen willst.«

Josephine rutschte unruhig auf dem Stuhl hin und her. »Der Monat ist noch nicht vorbei.«

»In vier Tagen ist er es.«

»Weißt du, Mutter«, Josephine seufzte, »ich glaube, ich gehöre nicht hierher. Ich liebe das Hotel, das schon. Doch ich bin nicht für eine Arbeit hier geschaffen.«

Ein herablassendes Lächeln umspielte Bernadettes Lippen. »Soso. Und für welche Art von Arbeit glaubst du geschaffen zu sein, junge Dame?«

»Für die Kunst!« Sie lächelte ihre Mutter glücklich an.

»Für die Kunst also. Und damit meinst du vermutlich deine Malerei, ja?«

»Ganz recht. Ich werde immer besser.«

»Ach ja, wirst du das? Ich werde nachher hinüber ins Atelier kommen, und dann kannst du es mir beweisen. Was hast du zuletzt fertiggestellt?«

Josephines Gesichtsausdruck änderte sich. »Ich arbeite noch daran.«

»Du arbeitest also noch daran? Nun, das sollst du gern tun. Doch du bist nun seit fast drei Monaten aus Paris zurück, und ich frage dich: Was genau hast du seitdem wirklich fertiggestellt?«

»Ich habe viele Ideen, ja, die habe ich«, gab sie trotzig zur Antwort. »Und an der *École nationale supérieure des beaux-arts de Paris* hat man mich gelehrt, dass jeder Künstler Findungs- und Schaffensphasen hat. Ich befinde mich in einer Findungsphase.«

»Oh, eine Findungsphase, sich an.« Bernadette hob die Augenbrauen. »Ich werde dir jetzt etwas gestehen, Josephine, denn ich kann dieser bitteren Erkenntnis nicht länger ausweichen. Ich habe bei dir einen Fehler begangen.«

»*Mon Dieu, maman.*« Josephine verdrehte die Augen.

»Komm mir nicht mit *mon Dieu* und wage es nicht noch einmal, mich zu unterbrechen.« Bernadette funkelte ihre Tochter wütend an. »Ich war viel zu nachsichtig mit dir und hätte schon damals nicht zustimmen dürfen, dass du nach Paris gehst. Ich habe mich von deinen Brüdern überreden lassen, doch damit ist jetzt Schluss.«

Josephine wollte widersprechen, wagte es jedoch nicht, als sie den Gesichtsausdruck ihrer Mutter sah.

»Ich sage dir jetzt, was geschehen wird. Du hast noch bis Ende dieses Monats Zeit, dein Bild oder an was auch immer du gerade ›arbeitest‹«, ihre Stimme troff vor Ironie, »zu Ende zu bringen. Danach wirst du eine richtige Arbeit aufnehmen, und zwar hier im Hotel.«

»Und was soll ich wohl machen? Mich neben Werner an die Rezeption setzen oder das Zimmermädchen spielen? Oder noch besser: Warum lässt du statt des Esels nicht mich den Karren mit den Strandsachen für unsere Gäste ziehen?«, spottete sie.

»Das ist durchaus ein reizvoller Gedanke«, gab Bernadette zurück, »doch vermutlich wäre der Karren zu schwer für dich. Tatsächlich wirst du eine Zeit lang die Arbeit eines Zimmermädchens verrichten. Schließlich musst du alles von der Pike auf lernen. Du wirst mit Marie Seite an Seite arbeiten. Sie kann dir alles zeigen.«

»Das ist doch wohl nicht dein Ernst?« Josephine war vom Stuhl aufgesprungen. »Lieber nehme ich meine Sachen und gehe ohne einen Pfennig fort von hier. Weit fort, zurück nach Paris!«

»Du bist eine Spur zu theatralisch, Liebes«, entgegnete Bernadette ungerührt. »Wir wissen beide, dass du ohne Geld nicht einen Tag allein zurechtkommst.«

Josephine öffnete den Mund und schloss ihn wieder.

»Setz dich.« Bernadette wartete, bis Josephine der Aufforderung Folge leistete.

»Ich habe die Zügel bei dir schleifen lassen«, fuhr sie fort. »Das war mein Fehler, und ich gestehe ihn ein. Doch das gehört der Vergangenheit an.«

»Wenn ich schon im Hotel arbeiten muss, dann lass mich wenigstens nach Berlin zu Constantin gehen.«

»Das fehlte gerade noch. Du hast es immer hervorragend verstanden, deinen Bruder um den Finger zu wickeln. O nein, Josephine, du wirst hierbleiben, und ich werde genau beobachten, wie du dich machst. Du glaubst wohl, ich hätte nicht mitbekommen, dass du diverse Male in den letzten Monaten abends fortgegangen bist, um dich zu amüsieren?«

Josephine wurde rot.

»Ist es das, was du in Paris gelernt hast? Dich zu benehmen wie ein gewöhnliches Straßenmädchen?«

»Ich habe nicht …«

»Schweig.« Bernadette schlug mit der flachen Hand auf den Tisch. »Ich habe dir ein Studium an der renommierten Pariser Kunstakademie finanziert, für deine Unterkunft und Verpflegung sowie deine persönlichen Ausgaben dort bezahlt. Ich habe das getan, weil ich ein Kind im Krieg verloren habe und meine anderen Kinder glücklich sehen will. Ich möchte, dass sie ihr Leben genießen. Doch du hast nichts aus diesem Geschenk gemacht, Josephine, und ich habe genug von deinen Ausreden. Du wirst hier im Hotel arbeiten. Und ich erwarte von dir, dass du allen anderen ein Vorbild an Fleiß und Disziplin sein wirst. Du wirst jede Aufgabe, die dir übertragen wird, besser erledigen als die anderen, und du wirst alles tun, damit ich stolz auf dich sein kann, hast du verstanden?«

Josephine sah zu Boden. »Ja, *maman*.«

»Gut. Dann geh jetzt. Geh und genieße die kommenden vier freien Tage. Es werden für eine lange Zeit die letzten für dich sein.«

Das Telefon klingelte. Bernadette griff zum Hörer, nahm ihn aber noch nicht ab. »Wenn du mich jetzt entschuldigen würdest. Ich denke, es ist alles besprochen.«

Josephine stand auf. Sie wollte noch etwas hinzufügen, doch sie wusste, dass jedes Wort vergebens sein würde. »Einen guten Tag, *maman*.«

»Auch dir einen guten Tag, Josephine.«

Sie wartete, bis ihre Tochter das Büro verlassen hatte, dann nahm sie das Gespräch entgegen. »Ja?«

»Madame, hier spricht Werner. Oberwachtmeister Bender wünscht Sie zu sprechen. Soll ich ihn hinaufschicken?«

»Nein, Werner. Ich werde in die Halle kommen. Er soll einen Moment warten.«

»Ich werde es ausrichten, gnädige Frau.«

Bernadette hängte ein. Was konnte Bender von ihr wollen? Bestimmt ging es um den Toten am Strand. Sie erhob sich, strich ihren Rock glatt und nahm den Parfümflakon aus ihrer Schublade, um zwei, drei Stöße auf Hals und Dekolleté zu geben. Dann stellte sie den Flakon wieder ab, ging zur Tür und schloss diese von außen ab. In aller Ruhe und ohne jede Hast stieg sie die Stufen hinunter. In der Halle sah sie Hans Bender an der Rezeption stehen und sich mit Werner unterhalten. Die beiden lachten.

Als sie Bernadette kommen sahen, brachen sie ihr Gespräch ab. »Meine Herren«, sagte sie und nickte ihnen zu.

»Bernadette, ich hätte da einige Fragen. Können wir irgendwo ungestört sprechen?«

Sie lächelte den Polizisten an. »Aber gern. Ich war heute kaum an der Luft.« Sie hakte sich bei ihm unter.

Hans Bender schien die Berührung zu genießen. »Dann lass uns ein wenig spazieren gehen«, willigte er ein und nahm diskret einen tiefen Atemzug, um ihren Duft aufzunehmen. Er kannte keine Frau, die er auch nur im Mindesten so aufregend fand wie Bernadette von Plesow. Doch natürlich hatte er ihr dies nie gesagt. Weshalb auch? Er hatte sie schon gekannt, als Karl, ihr Mann, noch lebte. Damals, als das alte Hotel den Flammen zum Opfer gefallen war und die Polizei eine Zeit lang Brandstiftung vermutet hatte, hatte er seinen damaligen Vorgesetzten bei den Untersuchungen begleitet. Da hatte er sie das erste Mal gesehen. Sie hatte mit Tränen in den Augen vor der qualmenden Ruine des Hotels gestanden, und Hans Bender hatte ihr ein Taschentuch gereicht, das sie dankbar annahm. Ihr Gesicht war voller Trauer gewesen über den Verlust des Hotels, doch in ihrem Blick lag auch Stärke. Er wusste, dass es ihr und ihrem Mann gelingen würde, alles neu aufzubauen, wenngleich er zu dem Zeitpunkt noch nicht ahnte, dass das Gebäude mit einer beträchtlichen Summe bei einer französischen Assekuranz abgesichert war. Dies, daran erinnerte er sich noch gut, hatte seinen damaligen Vorgesetzten ein wenig zögern lassen, den Brand als Unfall zu den Akten zu legen. Doch letztendlich kam er zu dem Schluss, dass er nur zu prüfen hatte, ob von einer absichtlichen Brandstiftung ausgegangen werden musste, nicht aber, einer französischen Assekuranz einen Grund zu liefern, einer deutschen Hoteliersfamilie, die in Binz gute Arbeitsplätze bot, die Zahlung zu verweigern. Und hätte es nicht einen Toten gegeben, wäre der Fall noch schneller erledigt gewesen. Aber so war das nun einmal: Wenn es brannte, konnte ein Mensch sein Leben verlieren – wie in diesem Fall. Die von Plesows hierfür verantwortlich zu machen entbehrte jeglicher Grundlage, weshalb der Vorgang schon bald seinen Abschluss gefunden hatte.

Sie verließen gemeinsam das Hotel und wandten sich nach links. Fast wie ein Paar spazierten sie an der Promenade entlang, was Hans Bender genoss, auch wenn es nicht von Dauer sein würde.

»Du fragst dich bestimmt, weshalb ich dich sprechen wollte«, begann er das Gespräch.

»Nein, eigentlich nicht«, entgegnete Bernadette, während sie langsam neben ihm herschlenderte. »Wenn ich ganz offen sein darf, genieße ich einfach deine Gesellschaft und die Sonne.« Sie sah ihn an und lächelte, dann reckte sie ihr Gesicht genüsslich der Sonne entgegen.

Bender fühlte sich geschmeichelt, wenngleich er wusste, wie unangebracht es war. Er war im Dienst, und der sah ganz bestimmt nicht vor, dass er mit einer Frau über die Promenade bummelte. Doch er tat dies ja auch nicht mit irgendeiner Frau, sondern mit Bernadette von Plesow. Diesen Gedanken ließ er einen Moment nachwirken, dann nahm er das Gespräch wieder auf. »Ich bin dienstlich hier, Bernadette.«

»Frag, was immer du wissen möchtest. Ich kann dir auch antworten und dabei die Sonne genießen.«

Bender lächelte. Verstohlen sah er sie von der Seite an, wie sie die Augen schloss und ihr Gesicht in die wärmenden Strahlen hielt. Sie stolperte und erschrak, doch er hielt sie fest genug, um einen Sturz zu vermeiden.

»Wie ungeschickt von mir. Bitte verzeih, Hans.«

»Keine Sorge. Ich halte dich.«

Ihr Lächeln veränderte sich, wurde geradezu verführerisch. »Ich weiß«, erwiderte sie schmunzelnd.

Sie spazierten weiter, und Bender musste sich zusammenreißen, damit er nicht vergaß, was er eigentlich von Bernadette wollte. »Also«, begann er von Neuem, nun in geschäftsmäßigem Ton. »Es geht um den Toten von heute Morgen. Den Mann am Strand.«

»Ja?«

»Du müsstest ihn gekannt haben.«

Sie blickte ihn nicht an, schüttelte nur nachdenklich den Kopf. »Nein«, sagte sie dann, als hätte sie gründlich darüber nachgedacht. »Nein, ich glaube nicht.«

»Er hat in deinem Hotel gewohnt.«

»In meinem Hotel?«, wiederholte sie, blieb stehen und sah ihn an. »Ausgeschlossen. Ich kenne meine Gäste, und er war keiner davon.«

»Vielleicht nicht im Moment. Doch er ist einer der Männer von Bankier Bischoff, der, wenn ich richtig informiert bin, bei seinen Besuchen in Binz stets in deinem Hotel absteigt, richtig? Soweit ich weiß, sind seine Leute immer in seiner Nähe.«

Bernadette setzte sich langsam wieder in Bewegung. »Einer von Bischoffs Leuten«, sagte sie nachdenklich und legte den Kopf schräg. »Nun, das ist möglich. Vielleicht habe ich mich getäuscht. Meine eigentlichen Gäste kenne ich natürlich sehr genau, wer sie jedoch begleitet – nun ja, du verstehst sicher, es sind so viele Gesichter …«

»Natürlich verstehe ich das. Du hast ihn also noch nie zuvor gesehen?«

»Nicht bewusst. Ach herrje, jetzt fühle ich mich schlecht. Was sagt es wohl über mich aus, wenn ich die Begleiter meiner Gäste nicht wahrnehme, nur weil sie deren Angestellte sind? Offen gesagt, ist es mir peinlich, das einzugestehen.«

»Aber ich bitte dich, bei dem Trubel, der im Grand stets herrscht. Du solltest nicht so streng mit dir sein.«

Sie lächelte dankbar.

»Dann kann ich also davon ausgehen, dass du keinen Streit oder Ähnliches mitbekommen hast?«

»Einen Streit? Zwischen Herrn Bischoff und einem seiner Leute?«

»Das auch. Aber ich meinte eigentlich, dass jemand Bischoff bedroht und der Tote etwas davon mitbekommen hat. Sein Name war übrigens Ottokar Schild.«

Bernadette dachte nach. Hier konnte sie ruhigen Gewissens bei der Wahrheit bleiben. »Wie du vermutlich weißt, war ich für vier Tage bei meinem Sohn in Berlin.« Sie zuckte mit den Schultern. »Was sich während dieser Zeit hier ereignet hat, entzieht sich meiner Kenntnis.«

»Nein, ich meine davor. Soweit ich in Erfahrung gebracht habe, war Bischoff selbst schon einige Wochen nicht mehr hier.«

»Ich müsste im Reservierungsbuch nachsehen. Dann kann ich es dir genau sagen.«

»Das hat Werner bereits erledigt. Bischoff war vor drei Wochen zuletzt bei euch zu Gast.«

Bernadette ärgerte sich, dass ihr Rezeptionist der Polizei so bereitwillig Einblick gewährt hatte. Andererseits war es womöglich ganz gut so. Wenn Hans Bender das Gefühl hatte, dass er volle Unterstützung erhielt, konnte das nur von Vorteil sein. »Nun, wenn das so im Buch steht, wird es wohl stimmen.«

»Dann war dieser Ottokar Schild also nicht bei euch in der letzten Zeit?«

»Hast du Werner nachsehen lassen?«, fragte sie zurück.

»Ja.«

»Und?«

Bender schüttelte den Kopf. »Nein. Er war nicht im Gästebuch eingetragen. Und es ist auch sonst kein allein reisender Mann bei euch abgestiegen. Ich habe Werner nachschlagen lassen, nur für den Fall, dass dieser Ottokar Schild einen falschen Namen benutzt hat.«

»Einen falschen Namen? Warum hätte er das tun sollen?«

»Wer weiß. Meine Vermutung geht dahin, dass Schild sich im Auftrag seines Dienstherrn hier in Binz mit jemandem getroffen hat. Vermutlich, um etwas zu verhandeln. Und das ist dann schiefgelaufen.«

»Hast du schon mit Bischoff sprechen können?«

Bender schüttelte den Kopf. »Noch nicht. Ich habe versucht, ihn zu erreichen, doch es scheint, dass derzeit niemand weiß, wo er sich aufhält.«

»Hoffentlich ist ihm nicht auch etwas geschehen.« Die Sorge in Bernadettes Stimme war echt.

Bender wollte gerade etwas erwidern, als das laute Schrillen einer Trillerpfeife ihn unterbrach. Ein junger Mann in Uniform rannte wie von Sinnen vom Strand herauf und pfiff unablässig. Fast wäre er an seinem Vorgesetzten vorbeigelaufen, hätte dieser ihn nicht am Arm gepackt und festgehalten. »Was ist geschehen?«

»Verzeihung, Oberwachtmeister Bender. Ich habe Sie nicht gesehen. Es ist ein Toter angespült worden.«

»Ein Toter?«

»Ja, dort unten.«

»Zeig ihn mir.« Er warf Bernadette einen flüchtigen Blick zu. »Du solltest dir das lieber nicht ansehen.« Dann folgte er dem jungen Polizisten, der sich bereits wieder auf den Weg zum Strand gemacht hatte.

Bernadette lief ihnen nach, doch auch wenn sie es nicht getan hätte, war unschwer zu erkennen, wo die Leiche angespült worden war: An der Stelle hatte sich bereits eine Menschentraube angesammelt. Die Leute sprachen hitzig durcheinander, teils entsetzt, teils aufgeregt, und diskutierten, was sich zugetragen haben mochte.

»Machen Sie doch Platz! Lassen Sie mich durch«, forderte Oberwachtmeister Bender und bahnte sich einen Weg durch die Menge.

Bernadette blieb direkt hinter ihm, bis sie nahe genug am Fundort der Leiche angelangt war, um einen Blick auf das Gesicht des Mannes werfen zu können. Entsetzt schlug sie die Hand vor den Mund. Sie fand es grausam, den stolzen Bankier Bischoff so zugerichtet zu sehen. Genau wie Schild hatte er eine Schusswunde mitten auf der Stirn.

Bernadette erschauerte, wandte sich ab und ging ohne ein weiteres Wort wieder zur Promenade hinauf. Wie von selbst trugen ihre Beine sie zum Hotel zurück. Bankier Bischoff war tot, sie hatten also Ernst gemacht. Alles würde sich verändern, und Binz würde von nun an nicht mehr der friedliche Ort sein, der er immer gewesen war.

»Sie sehen blass aus, gnädige Frau. Geht es Ihnen nicht gut?«, fragte Werner besorgt, als sie an der Rezeption vorbeikam.

»Ich brauche sofort eine Telefonverbindung mit meinem Sohn Constantin in Berlin.«

»Jawohl, gnädige Frau.«

Sie stieg die Stufen zu ihrem Arbeitszimmer hinauf, und noch bevor sie die Tür öffnete, hörte sie schon das Klingeln des Telefons. Von nun an gab es kein Zurück mehr.

4. Kapitel

Es ist unbedingt erforderlich, seinen eigenen Standpunkt durch das Aufzeigen klarer Grenzen deutlich zu machen. Ein Zögern oder Abwägen käme einem Zurückweichen gleich.

Constantin von Plesow

Das Telefongespräch mit seiner Mutter hatte Constantin beunruhigt oder eher noch: Es hatte ihn wütend gemacht. Er ballte die Hand zur Faust, öffnete sie wieder und berührte dann mit dem linken Zeigefinger nachdenklich seinen Siegelring. Nicht nur, dass sie einen von Bischoffs Männern getötet hatten, auch der Bankier selbst war erschossen worden. Die Botschaft war unmissverständlich für jeden in Binz, man wollte Entschlossenheit signalisieren, und es war an Constantin, diesem Treiben Einhalt zu gebieten. Es würde Ärger geben, gewaltigen Ärger, wenn er sich in die Geschäfte der Libellen einmischte, das war klar. Aber glaubten diese Kerle denn wirklich, dass er schweigend zuschauen würde, nur weil seine eigene Organisation in Berlin war? Oder war diesen Idioten der Zusammenhang zwischen ihm und dem Grand Hotel womöglich gar nicht bewusst? Nun gut, sie würden bald klarer sehen, dafür würde er schon sorgen.

»Gerd!«, rief er laut durch die geschlossene Tür. Als sich nichts tat, stand er von seinem Schreibtisch auf, verließ das Büro und trat an das Flurgeländer. Von dort aus konnte man ins Varieté hinuntersehen. Laute, schnelle Dixie-Musik, die meisten Berliner nannten sie »Negermusik«, drang quäkend zu ihm herauf. Klarinetten, Posaunen und Trompeten, die einander zu übertönen versuchten. »Gerd!«, rief Constantin abermals, als er Nolte unten mit einer Kiste Champagner vorbeigehen sah. Nolte blieb stehen und sah zu ihm herauf. »Ich muss mit dir sprechen.« Ohne eine Antwort abzuwarten, kehrte Constantin in sein Büro zurück.

Es dauerte nicht lange, bis seine rechte Hand durch die offene Tür trat und sie sofort hinter sich schloss. Constantin war die Verärgerung deutlich anzusehen. »Ja?«

»Setz dich.« Von Plesows Miene war wie versteinert.

Nolte folgte der Aufforderung und nahm vor dem Schreibtisch Platz.

»Ich habe eben mit meiner Mutter telefoniert«, kam Constantin direkt zur Sache. »Schnidtkes Leute haben nicht lange gefackelt. Bischoff und einer seiner Männer sind tot.«

»Bischoff?«

»Ein Bankier aus Binz. Die Libellen waren auch im Grand. Vor zwei Wochen schon. Meine Mutter hat mir davon erzählt, als sie hier war.«

»Die Libellen … Was wollen sie? Schutzgeld?«

»Ja.«

»Wie hat sie reagiert?«

»Sie hat versucht, Zeit zu schinden. Ich hab ihr versprochen, mich darum zu kümmern, doch die Morde an dem Bankier und seinem Handlanger verändern natürlich die Lage. Sie machen Druck, und es ist nur eine Frage der Zeit, bis sie wieder im Grand auftauchen und ihren …«, er zögerte, als suchte er das richtige Wort, »… Forderungen Ausdruck verleihen.«

»Wie hat dein Bruder auf die Sache reagiert?«

»Die mit dem Bankier?« Constantin zuckte die Achseln. »Weiß ich nicht. Meine Mutter hat nicht darüber gesprochen.«

»Nein, ich meine das Schutzgeld«, stellte Nolte klar.

Ein Lächeln umspielte von Plesows Mund. »Du kennst meine Mutter nicht. Sie hat es ihm nicht gesagt.«

»Wie das? Ich dachte, ihm gehört das Grand so wie dir das Astor?«

Constantin grinste breit. »Auf dem Papier, ja. Meiner Mutter gehört jeweils die Hälfte der Hotels, doch sie ist diejenige, die im Grand die Zügel in der Hand hält. Mein Bruder …«, er winkte ab, »… ist nichts als ein besserer Buchhalter. Er ist ein Schwächling, wenn du mich fragst. Und noch dazu einer, der bei seiner eigenen Frau unter der Knute steht und überdies den verlorenen Krieg nicht wahrhaben will.«

»Viel habt ihr wohl nicht gemeinsam«, erkannte Nolte.

Constantin schüttelte den Kopf. »Nee, bestimmt nicht. Er ist ein Langweiler und Faschist. Wenn der sehen könnte, was bei uns abends unten im Varieté los ist, würde er schreiend davonlaufen und sich die Monarchie zurückwünschen.«

Nolte lachte kurz auf. »Was soll ich also tun?«

»Ich kann im Moment hier nicht weg, obwohl ich am liebsten selbst nach Binz fahren würde. Nimm dir ein Dutzend unserer Leute und mach diesem Schnidtke und seinem dämlichen Verein klar, dass wir sie in Ruhe ihre Geschäfte machen lassen, aber das Grand ist für sie tabu.«

»Wie deutlich soll ich werden?«

»So deutlich es eben sein muss. Nimm dir Schnurr und noch ein paar von seinem Schlag mit. Ich will, dass die Sache nach dem einen Besuch geklärt ist.«

»Schnidtkes Leute machen in Binz und Umgebung nichts anderes als wir hier. Würdest du dir reinquatschen lassen, wenn er mit seinen Leuten herkäme, Chef?« Nolte war der Zweifel über das geplante Vorhaben deutlich anzusehen.

»Das Grand befindet sich im Besitz der von Plesows, und dieser Name spricht für sich. Mach Schnidtke klar, dass er meine Familie in Ruhe lassen und außerdem nicht so viel Aufhebens in Binz machen soll. Nicht dass uns noch die Besucher wegbleiben. Die Leute wollen an die See, wollen sich erholen und ihre Zeit genießen. Wenn Schnidtke die Geschäftsleute abknallt, hat er keine Einnahmen.«

Nolte schien keineswegs überzeugt, dennoch sagte er: »Ist gut, Chef, ich stelle eine Truppe zusammen.«

Er stand bereits auf, als Constantin noch anfügte: »Nimm den Neuen mit.«

»Denker?«

»Ja, Denker. Und dann sag mir, wie er sich macht. Behalt den Kerl im Auge, Gerd. Ich spüre bis in die Eier, dass der Ärger machen wird.«

»Ich pass auf ihn auf.« Nolte wandte sich zum Gehen. »Ich bereite noch eben alles für heute Abend vor. Morgen früh fahren wir nach Binz. In Ordnung?«

»Ja, tu das. Danke, Gerd.«

Nolte nickte und ging zur Tür, dann verharrte er, die Klinke in der Hand. »Warum glaubst du eigentlich, dass er Ärger machen wird? Denker meine ich? Er war echt dankbar, dass er den Job bei dir bekommen hat.«

Constantin verzog den Mund. »Der hat mit dem Tod seiner Familie nicht abgeschlossen, das ist so sicher wie das Amen in der Kirche. Wenn ich wetten sollte, würde ich alles darauf setzen, dass er den Mörder in Berlin vermutet und nur aus diesem einen Grund hier ist. Der will keine Arbeit, um ein neues Leben zu beginnen. Er hat sich umgehört und will sich unsere Kontakte zunutze machen, um den Kerl aufzustöbern. Und wenn er ihn in die Finger bekommt, wird nicht viel von ihm übrig bleiben.«

»Und das willst du alles aus dem kurzen Treffen von heute Morgen schließen?«

»Menschenkenntnis«, erwiderte von Plesow nur.

»Warum hast du ihn dann eingestellt?«

»Weil einem wie ihm egal ist, was er tun muss, um sein Ziel zu erreichen. Der hat vor nichts Angst.«

Nolte wusste nicht recht, ob er dies wirklich als gute Eigenschaft werten sollte. »Ich geh dann jetzt«, sagte er. »Bis später, Chef.«

»Und sieh noch mal nach Catherine!«, rief von Plesow ihm nach.

Nolte drehte sich nicht mehr um, doch Constantin war sicher, dass er ihn gehört hatte. Er sortierte noch einige Unterlagen, schaltete die Schreibtischlampe aus, stand auf und verließ sein Büro. Er schloss zweimal ab, steckte den Schlüssel wie immer in die rechte Westentasche, dann ging er über den Flur nach unten, wo er den Musikern zunickte, die ein noch schnelleres Stück als zuvor probten. Der Mann an der Trompete ließ sein Instrument sinken. »Gefällt es Ihnen, Herr von Plesow?«, rief er laut. »Kommt direkt von den Amis, das spielen die drüben überm großen Teich rauf und runter!«

»Klingt gut, Fredy!« Constantin streckte bekräftigend den Daumen in die Luft. »Aber wenn ihr noch lauter spielt, fällt mir bald der Putz von der Decke.«

»Die Leute lieben das!«, rief Fredy zurück und setzte die Trompete wieder an. Er tippte mehrfach mit dem Fuß und versuchte, seinen Einsatz zu finden. Dann blies er wieder in sein Instrument.

Constantin war froh, als er das Varieté verließ und die Tür hinter sich ins Schloss fallen hörte. Die lärmende, hektische Stadt draußen wirkte fast ruhig nach der schnellen, schrillen Musik. Auch auf der Straße war sie noch zu hören. Sein Blick fiel auf das

Plakat neben dem Eingang, das in grellbunten Farben die *Volants Marocains* ankündigte. Er konnte nur hoffen, dass heute Abend alles gut gehen würde. Ministerialrat Hermann von Hohewald war kein einfacher Gast, zumal die Wahrscheinlichkeit groß war, dass er zusammen mit seiner Frau käme. Moderne Unterhaltung, Varieté und ein wenig Frivolität im richtigen Maß, darauf kam es an. Nichts zeugte so sehr von der Befreiung Berlins von der Monarchie und den Folgen des Kriegs wie das Nachtleben dort. Und Constantin war ein Meister darin, seinen Gästen genau diese Illusion vom Befreiungsschlag gegen das Alte, Verbrauchte und Spießige zu präsentieren. Sowohl im Hotel wie im Varieté Astor gab es keinen noch so ausgefallenen Wunsch für vermögende Gäste, den Constantin und seine Leute nicht erfüllen konnten. Hier war nichts zu spüren von der Armut der Arbeiter, hier gab es keine Gespräche über den verlorenen Krieg oder die abartig hohen Reparationszahlungen. Das Astor war eine eigene schillernde Welt aus Vergnügen, verruchter Erotik, Gier, Musik und Lebenslust. Und Constantin glich einer Spinne im Netz, wenn er die Geldsäcke mit einem jovialen Lächeln empfing und eine Wertschätzung vorspielte, die er keine Sekunde lang empfand. Jeder dieser Gäste erfüllte für Constantin einen bestimmten Zweck. Die meisten dienten dazu, eine Menge Geld in Hotel und Varieté zu lassen, andere, wie Ministerialrat Hermann von Hohewald, würden Constantin als spendablen Gastgeber kennenlernen und schnell meinen, sie könnten einen Vorteil daraus ziehen, wenn sie ihm geschäftlich und freundschaftlich verbunden waren. Constantin bot, was jeder dort draußen wollte: Leben – zügellos, wild, ohne Kompromisse. Und alle waren bereit, dafür ihre Seele zu verkaufen, bis sie schließlich an einen Punkt kamen, an dem Constantin sie in der Hand hatte. Jeden Einzelnen von ihnen.

Er ging die wenigen Meter bis zum nächsten Hauseingang und

betrat sein Hotel Astor. Der rote Teppich vor dem Gebäude würde bald wieder ausgewechselt werden müssen. Und das nun schon zum zweiten Mal in diesem Jahr. »Johann!« Er ging entschlossen auf den Mann zu, der neben dem Rezeptionstresen stand.

Dieser verbeugte sich formvollendet. »Guten Tag, Herr von Plesow.«

»Der Teppich draußen ist schon wieder schmutzig. Sorg gefälligst dafür, dass dieses Pack den Gehweg vor dem Hotel meidet.«

»Aber dann müssten die Leute auf die Straße treten«, wagte Johann Glatschnik, der bereits seit zwei Jahren als Concierge im Astor arbeitete, einen leisen Widerspruch.

»Wenn sie Glück haben, werden sie von einem Automobil überrollt und von ihrem Leiden erlöst«, frotzelte Constantin. »Ich will niemanden außer unseren Gästen über den Teppich gehen sehen, ist das klar?«

»Ja, Herr von Plesow.« Wieder verbeugte er sich. »Ich werde mich darum kümmern.«

»Gut. Ist Ministerialrat von Hohewald bereits eingetroffen?«

»Noch nicht, Herr von Plesow. Ich hätte sonst sofort den Boy zu Ihnen geschickt.« Johann reckte den Hals und sah an seinem Arbeitgeber vorbei. »Dort«, er deutete zaghaft mit dem Finger. »Ist er das nicht?«

Constantin drehte sich um. Ministerialrat Hermann von Hohewald stieg soeben aus dem gerade vorgefahrenen Fahrzeug, reichte seiner Gattin die Hand und half ihr ebenfalls heraus. »Perfekt.« Von Plesow wartete noch einen Moment, bis das Ehepaar die Eingangstür erreicht hatte, dann ging er auf die beiden zu. »Frau von Hohewald, welche Freude, Sie zu sehen.« Er gab ihr einen Handkuss und verbeugte sich tief. »Wie schaffen Sie es nur, so strahlend auszusehen nach der unbequemen Fahrt?«

»Sie sind ein Schmeichler, Herr von Plesow.« Frederike von Hohewald lächelte erfreut.

»Das wäre ich gern, doch in Ihrem Fall ist jedes Wort wahr.« Constantin wandte sich nun an den Ehemann. »Herr Ministerialrat, es ist mir eine Ehre.« Er reichte dem Gast die Rechte und legte sogleich in freundschaftlicher Geste die Linke darauf, als von Hohewald einschlug.

»Von Plesow, die Freude ist auf unserer Seite. Haben Sie herzlichen Dank für die Einladung. Ihr Hotel ist wahrlich das schönste und prächtigste in ganz Berlin.«

»Fühlen Sie sich bitte ganz wie zu Hause!« Constantin winkte den Pagen herbei. »Boy! Die von Hohewalds sind unsere Ehrengäste. Lass dir den Schlüssel für die Kaisersuite geben.«

»Ja, Herr von Plesow.« Der Bursche, er mochte nicht älter als siebzehn Jahre sein, rannte wie von der Tarantel gestochen an die Rezeption, schlitterte fast in den Tresen, griff nach dem Schlüssel, den der Rezeptionist ihm bereits entgegenstreckte, und rannte zu Constantin zurück.

»Bitte, Herr von Plesow.« Er verbeugte sich.

»Und nun hol das Gepäck unserer Gäste. Aber nicht so ungestüm, hörst du?«, mahnte Constantin. »Sonst lässt du es am Ende noch fallen.«

Die Hohewalds lachten über den kleinen Scherz.

»Wenn ich kurz vorausgehen darf? Ich werde Sie natürlich persönlich zu Ihrer Suite begleiten.«

»Ich muss schon sagen, Herr von Plesow«, begann Frederike von Hohewald.

»Bitte, meine Freunde nennen mich Constantin.«

»Aber sehr gern, Constantin«, willigte sie mit einem charmanten Lächeln ein. »Ich muss schon sagen«, wiederholte sie, »dass Ihr Hotel einen ganz vortrefflichen Eindruck macht.« Sie deutete zu den goldfarbenen Tapeten. »Diese Eleganz. Endlich traut sich mal wieder jemand, einen angemessenen Lebensstil zu zelebrieren. Immer dieses Gerede von Reparationszahlungen, Armut und Inflation. Ich kann es nicht mehr hören.«

»Aber, aber, Frederike«, mahnte ihr Mann. »Vielen Menschen geht es sehr schlecht in dieser Zeit.«

»Und deshalb müssen sie es fortwährend in die Welt hinausposaunen?«, empörte sich Frederike von Hohewald. »Können sie nicht leise unter ihrer Armut leiden? Allein auf dem Weg hierher haben wir vom Automobil aus an jeder zweiten Ecke Bettler gesehen. Und das in einer Stadt wie Berlin. Das ist doch erbärmlich!«

»Sie haben vollkommen recht, liebe gnädige Frau.«

Sie betraten zusammen den Aufzug. »Genau aus diesem Grund ist das Astor ein Ort, an dem Gespräche über Armut, Inflation, Reparationszahlungen oder dass zu Kaisers Zeiten alles besser war, absolut tabu sind.« Der Aufzug setzte sich in Bewegung. »Und heute Abend lade ich Sie beide herzlich in mein Varieté direkt nebenan ein. Ich habe die beste Loge für Sie reserviert.« Constantin schob das Metallgitter beiseite und ließ den von Hohewalds den Vortritt, als der Fahrstuhl anhielt.

»Haben Sie schon einmal von den *Volants Marocains* gehört? Außergewöhnliche Künstler, die weltweit auftreten. Heute werden Sie das Vergnügen haben, hier im Varieté einen Auftritt mitzuerleben. Das gesamte Varieté ist im marokkanischen Stil dekoriert und entführt Sie in eine andere Welt. Sie werden staunen, das verspreche ich Ihnen.«

»Wirklich?« Frederike schien beeindruckt zu sein. »Siehst du, Hermann? Und du warst nicht sicher, ob der Aufenthalt hier auch etwas für mich sein würde.«

»Ich muss mich bei dir entschuldigen, meine Liebe. Bestimmt

steht uns ein unterhaltsamer Abend bevor.« Er nahm die Hand seiner Frau und hauchte einen Kuss darauf.

»Da sind wir schon.« Constantin blieb stehen, schloss die Tür auf und ließ das Ehepaar eintreten. »Und – habe ich Ihren Geschmack getroffen, verehrte Frau von Hohewald?«

»Constantin!« Sie legte entzückt die rechte Hand auf die Brust, dann ging sie zum Fenster hinüber. »Das ist ja herrlich! Ich werde mich hier so wohlfühlen.« Sie zog die Gardine beiseite und blickte hinunter auf die Straße.

»Dann erlauben Sie mir, Ihnen nun diesen Schlüssel zu übergeben«, sagte Constantin und reichte ihn Hermann von Hohewald.

»Haben Sie herzlichen Dank, Constantin.«

»Wünschen Sie im Hotel zu speisen, oder bevorzugen Sie ein kleines Diner im Varieté?«

Der Ministerialrat sah zu seiner Frau hinüber. »Frederike?«

»Ach bitte, Hermann, ich habe noch nie in einem Varieté gespeist.«

»Dann wird es mir eine Freude sein, alles entsprechend für Sie zu arrangieren«, gab Constantin zurück. »Sagen wir gegen neunzehn Uhr?«

»Wunderbar.« Sie ging ein paar Schritte auf ihn zu. »Ach, es ist so herrlich in dieser Umgebung!«

»Gnädige Frau, die Freude ist ganz auf meiner Seite. Doch nun will ich Sie nicht länger stören. *Enchanté*, wie die Franzosen zu sagen pflegen.«

»*Enchanté!*«, gab sie strahlend zurück. In diesem Moment erschien der Boy mit dem Gepäck.

»Stell die Koffer ab und hol gleich das Mädchen, damit es die Kleider der von Hohewalds einräumt«, befahl Constantin, und der Bursche lief ohne ein Wort wieder los.

Constantin verabschiedete sich von seinen Gästen und schloss die Tür hinter sich. Ein Lächeln trat auf sein Gesicht. Eines stand fest: Er würde in jedem Fall seinen Vorteil aus dieser Bekanntschaft ziehen.

Die Kapelle spielte bereits seit kurz nach sechs. Als die von Hohewalds gegen Viertel vor sieben das Varieté betraten, waren sie die ersten Gäste.

Am Eingang war neben dem Aufsteller mit der großen Aufschrift *Les Volants Marocains* ein weiteres Plakat angebracht, das die abendliche Show unter dem Motto »Die Farben von Tanger« ankündigte. Kaum hatte Constantin für die von Hohewalds den schweren roten Vorhang, der als Windfang diente, beiseitegeschoben, war es, als würden die drei eine andere Welt betreten. Überall hingen feine Perlenvorhänge von der Decke, die sich sanft im Luftzug bewegten. Hier und da schien ein zarter Duft in der Luft zu liegen, kaum merklich, doch von unverkennbar orientalischem Aroma. War es verführerischer Moschus oder ein leicht schwüler Orchideenhauch? Transparente, schimmernde Seidenschals lockten den Blick in die Tiefen des Raums, während sie ihn gleichzeitig geheimnisvoll verhüllten. Die Schweinwerfer warfen rotes und gelbes Licht auf die Kulisse aus weißen Bauten mit Kuppeln und Türmchen, welche die Illusion hervorrief, sich inmitten einer marokkanischen Stadt oder auf einem exotischen Basar zu befinden.

Den Bühnenhintergrund bildete ein riesiges Gemälde mit Meer, Strand, Anleger sowie einer kleinen Hafenstadt, der durch das wechselnde Licht der Scheinwerfer mal das Azurblau des Meeres in den Vordergrund stellte, dann das Glutrot der untergehenden Sonne, dann wieder rosé und violette Töne. Ganz hinten, am Gang zu den Waschräumen, stand ein ausgestopftes Kamel, das verblüffend lebensecht wirkte, wären nicht die starren Augen gewesen.

Die von Hohewalds staunten mit großen Augen und offenen Mündern.

Constantin führte die Gäste zur leicht erhöhten Loge hinüber, von der aus man einen guten Blick auf die Bühne hatte und zugleich etwas abseits des später hektisch werdenden Betriebs im Varieté saß, und bat sie, Platz zu nehmen. Es gab nur zwei dieser Logen im Varieté, die Constantin eigens so hatte einbauen lassen und für die stets gut bezahlt wurde, um die Gäste, in deren Begleitung man den Abend verbrachte, beeindrucken zu können. Heute nun waren es seine persönlichen Gäste, die es zu unterhalten galt. Constantin hatte die Kapelle angewiesen, zunächst noch etwas leisere Töne anzuschlagen und Tempo sowie Lautstärke der Musik erst anzupassen, wenn das Varieté sich gegen neun füllen würde. So konnten die von Hohewalds noch ein wenig die besondere Atmosphäre genießen, die das Etablissement zu bieten hatte.

»Das ist ja ganz unglaublich«, stieß Frederike begeistert hervor. »Ich muss sagen, ich wundere mich ein wenig, dass wir die einzigen Gäste sind.«

Constantin, der sich ebenfalls setzte, lachte auf. »Weil Sie meine *persönlichen* Gäste sind, liebe gnädige Frau. Normalerweise werden hier auch nicht die Speisen gereicht, die man Ihnen gleich servieren wird. Das Menü ist sonst den Gästen des Hotels vorbehalten. Außerdem ist es mir eine Freude, dass die Künstler, die ich Ihnen vorhin angekündigt habe, gleich mit einer Extravorstellung beginnen werden – und zwar exklusiv für Sie.«

»Wirklich?« Der Ministerialrat nickte anerkennend. »Sie verstehen, dafür zu sorgen, dass Ihre Gäste sich wohlfühlen, lieber von Plesow, das muss man Ihnen lassen. Es wirkt alles sehr orientalisch.«

»Genau das ist meine Absicht.«

Der Koch kam aus der Küche, gefolgt von drei Kellnern, von

denen jeder einen Teller mit einer silbernen Haube darüber trug. Diese stellten sie gleichzeitig vor Constantin und seinen Gästen ab, dann hoben sie auf ein Zeichen des Kochs die Hauben an.

»Als Vorspeise reichen wir eine leichte Rinder-Consommé mit Markklößchen und ein wenig feinem Gemüse, abgeschmeckt mit einem Hauch von Sherry. Guten Appetit, die Herrschaften.«

»Das sieht köstlich aus«, lobte Frederike.

»Ich habe wirklich großen Hunger«, fügte ihr Mann hinzu.

»Danke, Jean.« Constantin nickte dem Koch anerkennend zu. »Unser Küchenchef ist ein Meister seines Fachs. Bitte genießen Sie Ihren ersten Gang.«

Die drei begannen zu essen, während der Koch und seine Kellner wieder in Richtung Küche verschwanden. Nur einen Moment später sah Constantin Nolte an der Seitentür zur Bühne stehen und ihm zunicken.

Von Plesow ließ den Löffel sinken. »Und nun beginnt exklusiv für Sie beide der Auftritt des Künstlerpaars, das Ihnen einen Vorgeschmack auf die spätere Vorstellung geben wird.«

Der Conférencier trat auf die Bühne, und die Kapelle ließ das Musikstück ausklingen. »Geschätzte Gäste, sehr verehrtes Ehepaar von Hohewald«, wandte er sich an die beiden. »Speziell für Sie habe ich nun das Vergnügen, unsere international renommierten Künstler präsentieren zu dürfen. Bitte begrüßen Sie mit mir *Les Volants Marocains*, die fliegenden Marokkaner!« Er klatschte enthusiastisch, während er von der Bühne ging und die Musik einen Tusch spielte, bei dem Catherine und Renaldo auf die Bühne liefen und sich tief verbeugten. Catherine trug ein orangefarbenes Trikot mit lila, roten, gelben und grünen Federn daran und Renaldo einen passenden Anzug in den gleichen leuchtenden Farben. Sofort begannen die beiden Artisten zu nun etwas lauterer Musik mit ihrem Auftritt. Catherine kletterte behände am Körper ihres Bruders hinauf und kam auf seinen Schultern zum Stehen. Renaldo fasste ihre Füße, stemmte sie hoch und ließ seine Schwester einen Salto schlagen. Dann warf er sie abermals in die Höhe, diesmal mit mehr Schwung, und sie wiederholte ihr Kunststück.

Die Gäste legten die Löffel beiseite, um begeistert zu applaudieren, dann dinierten sie weiter und staunten über das, was die beiden Künstler an gekonnter Artistik vorführten. Als Catherine und Renaldo ihre Bodennummer beendeten und nun flink über Strickleitern zum Trapez hinaufkletterten, waren die von Hohewalds mit der Vorspeise fertig.

»Hat es Ihnen geschmeckt, gnädige Frau?«, fragte Constantin höflich.

»Köstlich, wirklich köstlich!« Sie beugte sich näher zu Constantin. »Die beiden da auf der Bühne, das sind ja Neger«, flüsterte sie. »Solche Menschen habe ich noch nie gesehen.«

»Sie sind Marokkaner«, erklärte Constantin mit geduldigem Lächeln. »Also ja, sie sind Neger.«

»Ach, wie aufregend!« Frederike von Hohewald klatschte begeistert in die Hände.

Die Kellner kamen zurück und räumten ab, während sich der Küchenchef mit drei anderen Kellnern der Loge näherte. Wie vorhin hoben die Kellner gleichzeitig die Hauben von den Tellern.

»Wir haben hier als Hauptgericht zart gebratene Kalbsmedaillons, begleitet von jungem Leipziger Allerlei, garniert mit frischen Morcheln. Ich wünsche den Herrschaften guten Appetit.«

Die von Hohewalds und Constantin dankten und griffen zum Besteck, während ein Trommelwirbel ihre Aufmerksamkeit erneut auf die Artisten lenkte.

Von Plesow ließ sich seine Besorgnis nicht anmerken. Er applaudierte lächelnd und schien bester Stimmung zu sein, doch er hatte Catherine sehr genau beobachtet, während sie die Strickleiter hochgeklettert war. Wie viel Kaffee man ihr auch eingeflößt haben mochte, es war noch nicht genug. Sie hatte bedenklich geschwankt und keineswegs einen sicheren Eindruck gemacht. Constantin konnte nur hoffen, dass sie nicht beim ersten Sprung abrutschen und ungebremst aus viereinhalb Meter Höhe auf die Bühne fallen würde.

»Nun, habe ich Ihnen zu viel versprochen?«, lenkte er eilig die von Hohewalds ab, als er sah, dass Catherine Schwierigkeiten zu haben schien, auf dem schmalen Holzpodest das Gleichgewicht zu halten.

»Wirklich wundervoll!«, schwärmte Frederike und nahm einen weiteren Bissen. »Exquisites Essen und zugleich spektakuläre Unterhaltung! Ich kann mich nicht erinnern, wann ich mich zuletzt so amüsiert habe.«

»Es macht mich sehr glücklich, dies zu hören, meine Liebe.« Hermann von Hohewald legte seiner Frau zärtlich die Hand auf den Unterarm.

Die Musik veränderte den Rhythmus, spielte nun langsamer, melodischer. Renaldo hängte sich kopfüber ans Trapez und schwang gleichmäßig vor und zurück. Catherine stand noch immer auf dem kleinen Podest, abwartend, zögernd. Constantin fluchte stumm. Diese verdammte Kuh konnte alles kaputtmachen! Er wusste nicht, ob er erleichtert oder besorgt sein sollte, als sie schließlich beherzt die Trapezstange ergriff und ebenfalls in gleichmäßigem Tempo durch die Luft schwang. Renaldo und sie bewegten sich synchron aufeinander zu, dann wieder voneinander fort. Die von Hohewalds hörten auf zu essen und starrten gebannt zur Kuppel, und auch Constantin war zu angespannt, um noch Konversation betreiben zu können. Die Musik wurde lauter, fast schon fordernd in Erwartung des Saltos, den Catherine jeden Augenblick wagen würde. Doch sie ließ ihr Trapez nicht los, schwang wieder und wieder durch die Luft, bis der Trommelwirbel nahezu ohrenbetäubend war. Constantin verfluchte die Künstlerin, wagte kaum, nach oben zu schauen, da er fast schon erwartete, die Marokkanerin jeden Augenblick mit zerschmetterten Knochen am Boden liegen zu sehen. Auf einmal stieß Renaldo einen Ruf aus. Catherine ließ ihr Trapez los, drehte sich in der Luft und flog auf ihren Bruder zu. Renaldo packte sie an den Fußgelenken, und die Musik spielte einen erleichterten Tusch.

Die von Hohewalds klatschten begeistert, und Constantin beeilte sich, es ihnen gleichzutun. Er hatte die Nummer schon oft gesehen, daher wusste er ganz genau, dass Catherine von ihrem Bruder sonst nie an den Füßen, sondern stets an den Händen gehalten wurde. Noch mehr durfte er nicht riskieren. Unvermittelt sprang er auf, rief laut: »Bravo! Bravo!« und gab Nolte ein diskretes Zeichen.

Der löste zusammen mit Köhler das Seil vom Haken, mit dem über eine Spule das Trapez gehalten wurde. Langsam ließen sie die Künstler herab, bis Catherine geschmeidig in den Stand springen konnte und Renaldo mit einem Salto ebenfalls auf der Bühne landete.

»Nochmals unseren Dank für diese Extravorstellung!« Constantin eilte auf die Bühne, nahm Catherines Arm und hob ihn in die Höhe. Die von Hohewalds applaudierten begeistert. Constantin fasste Catherines Handgelenk fester und beugte sich mit einem Lächeln zu ihr hinunter. »Du hast genau zwei Stunden, dann wirst du hier eine einwandfreie Show abliefern. Und gnade dir Gott, wenn du dann immer noch nicht in der Lage dazu bist«, zischte er immer noch lächelnd.

Renaldo hatte seine Worte gehört und griff nach der Hand seiner Schwester. Auch er setzte für die Gäste in der Loge ein strahlendes Lächeln auf. »Sie wird nüchtern sein«, sagte er leise zu Constantin, der daraufhin Catherines Arm losließ. Die Künstler verbeugten sich nochmals und liefen dann scheinbar unbeschwert von der Bühne.

Von Plesow wandte sich zur Kapelle um. »Spielt etwas Beschwingtes, aber nicht zu laut«, wies er den Trompeter an.

»Wird gemacht«, gab dieser gut gelaunt zurück, während Constantin wieder zu seinen Gästen hinüberging und Platz nahm. Drei weitere Gänge lang würde er sie unterhalten müssen, bis das gewohnte Treiben im Varieté es ihm erlaubte, sich zu entschuldigen und seinen Geschäften nachzugehen. »Was sagen Sie? Habe ich Ihnen zu viel versprochen? Renaldo und Catherine haben übrigens ein eigenes Varieté in Tanger. Habe ich das noch nicht erwähnt?«

»Nein«, antwortete von Hohewald. »Doch wir freuen uns schon darauf, mehr darüber zu hören.«

5. Kapitel

Ich atme, ich tanze, ich lebe! Ja – jetzt kommt meine Zeit!

Josephine von Plesow

»Ich weiß wirklich nicht, ob das eine gute Idee ist, Fräulein Josephine.« Der Friseur hielt ihr hüftlanges Haar in der Hand und schüttelte nachdenklich den Kopf. »Und wenn wir erst einmal nur bis zur Höhe der Schulterblätter schneiden würden? Das wird sehr hübsch aussehen.«

Ihre Blicke trafen sich im Spiegel. Josie funkelte ihn wütend an. »Bis zum Kinn, sagte ich, und keinen Zentimeter länger. So tragen es die jungen Frauen jetzt.«

Der Friseur zögerte noch immer.

Entschlossen beugte sich Josephine vor und packte die Schere, die Fred dort abgelegt hatte. Ohne zu zögern, griff sie sich eine dicke Strähne ihrer Haare und schnitt sie auf Schulterlänge ab.

»So! Werden Sie nun den Rest erledigen, oder soll ich das auch noch machen?«

Fred öffnete den Mund und schloss ihn wieder. Sein schockierter Blick fiel auf die circa vierzig Zentimeter lange Haarsträhne, die Josephine achtlos auf den Boden geworfen hatte.

»Ein Pagenschnitt, ganz recht«, sagte er dann resigniert. »Aber bitte, Fräulein Josephine, sagen Sie Ihrer Mutter unbedingt, dass es nicht meine Idee war.«

»Nur keine Sorge.« Josie setzte sich mit einem zufriedenen

Lächeln auf dem Stuhl zurecht. »Meine Mutter ist schon wütend genug auf mich. Da macht der Haarschnitt kaum noch etwas aus.«

Zufrieden sah sie zu, wie der Friseur seinem Handwerk nachging und sich ihr Aussehen Strähne für Strähne den Frauen in der Modezeitschrift *STYL – Blätter für Mode und die angenehmen Dinge des Lebens* annäherte, das Josephine dem Friseur als Vorlage direkt aufs Waschbecken gelegt hatte. Wenn Mutter wüsste, dass sie eines der Hefte für ganze fünfzig Mark erworben hatte, würde sie ihr vermutlich den Kopf abreißen. Hinzu kam noch das Kleid, das sie erst kürzlich gekauft hatte und das sie am heutigen Abend zusammen mit ihrer neuen Frisur im Restaurant des Grand vorzuführen gedachte. Es war schneeweiß, betonte ihren blassen Teint und reichte nicht einmal bis zum Knie. Wenn sie sich so sehen ließe, würde sie bestimmt alle Blicke auf sich ziehen. Mutter bekäme einen Wutanfall, aber sie würde gewiss nicht so weit gehen, sie vor allen Leuten zu ohrfeigen. Ob sie diese Contenance auch später noch wahren würde, wenn sie mit ihr allein war, war mehr als fraglich, aber Josie kümmerte es nicht. Sicher, sie konnte nicht umhin, mit einem unbehaglichen Gefühl an die Reaktion ihrer Mutter zu denken, aber im Grunde war es egal, was Josie tat oder eben nicht tat. Sie konnte es ihrer Mutter ohnehin nie recht machen. Bernadette von Plesow, die *Grande Dame* der Binzer Gesellschaft … Wie Josephine es hasste, stets in ihrem übergroßen Schatten zu stehen und das Gefühl zu haben, keinen wärmenden Sonnenstrahl auf ihrer Haut zu spüren. Jeden Raum, den Bernadette betrat, erfüllte sie augenblicklich mit ihrer Präsenz. Die Bewunderung aller war ihr gewiss, ganz gleich, ob die der Frauen oder der Männer. Sie hatte etwas geradezu Magisches an sich, und Josie hasste es zu wissen, dass sie ihr niemals würde das Wasser reichen können. Doch nicht nur das. Wenn Bernadette doch nur einziges Mal stolz auf sie sein könnte, wenn sie nur ein einziges Mal anerkennen würde, was sie leistete. Ja, es stimmte, sie hatte noch kein Gemälde fertiggestellt, seit sie aus Paris zurück war, doch das lag nur daran, dass das biedere Leben in Binz sie sämtlicher Kreativität beraubte. Alles war so langsam, so anständig, so gottverdammt brav. Josephine hätte aus der Haut fahren mögen. Wie konnte man nur hier leben? Und ab morgen sollte sie dann auch noch die endgültige Demütigung erfahren und als Zimmermädchen im Hotel arbeiten. Bei diesem Gedanken schloss sie kurz die Augen, um ihre Selbstbeherrschung zu bewahren. Innerlich schrie ihre Seele um Hilfe, um Befreiung von der Dominanz ihrer überlebensgroßen Mutter. Sie war Künstlerin. Und nun sollte sie Betten machen und hinter den Gästen herräumen? Wie sollte ihr da auch nur noch ein einziger mutiger Pinselstrich möglich sein?

»Fertig, Fräulein Josephine. Ich hoffe, es gefällt Ihnen?«

Josephine öffnete rasch die Augen. Begeistert jauchzend betrachtete sie sich im Spiegel. Ja, sie sah genauso aus wie die junge Frau in dem Magazin, die gerade einen großen Sprung über eine Pfütze wagte und dabei selbstbewusst, schön und unglaublich frech und erotisch wirkte. So wollte Josephine sein und auch von den anderen gesehen werden. So und nicht anders.

»Es ist wunderbar«, entfuhr es ihr entzückt. Sie drehte den Kopf nach rechts und nach links und berührte immer wieder ihre Haarspitzen. »Es ist genau so, wie ich es wollte, Fred.« Sie sprang auf, griff in ihre Tasche und zog ein paar Münzen hervor. »Hier, der Rest ist für Sie!«

»Vielen Dank, Fräulein Josephine. Ich muss schon sagen, Sie hatten recht. Sie sehen hinreißend aus mit dem neuen Haarschnitt.« Josephine nahm sich bereits ihre Strickjacke, legte sie über den Arm und rollte eilig die Modezeitschrift zusammen. »Ich wünsche Ihnen einen wunderbaren Tag, Fred. Und keine Sorge, ich werde meiner Mutter nicht erzählen, dass Sie das gemacht haben.« Sie strich spielerisch über ihre Ponyfransen.

Da er der einzige Friseur am Ort war, würde Bernadette von Plesow nicht lange rätseln müssen, wer für den Haarschnitt ihrer Tochter verantwortlich war. Doch Fred verkniff sich jeglichen Kommentar und beeilte sich lieber, noch vor Josephine die Ladentür zu erreichen, um sie hinauszulassen. Fast wäre sie mit zwei Herren zusammengestoßen, die in diesem Moment den Friseurladen betraten.

Josephine lachte. »Nun hätte ich Sie fast umgerannt. Bitte entschuldigen Sie«, sagte sie kokett zu dem Mann, der voranging.

»Von einer so reizenden jungen Dame würde ich mich gern öfter umrennen lassen«, gab er zurück und lüftete den Hut.

Josephine merkte, wie sich die Miene ihres Friseurs beim Anblick der Männer veränderte. »Alles in Ordnung, Fred?«, fragte sie verwirrt.

Der Angesprochene zuckte kurz zusammen. »Aber ja, selbstverständlich, Fräulein Josephine.«

»Machen Sie sich keine Sorgen um meine Mutter. Ich nehme tapfer die Schuld auf mich.« Sie strahlte ihn an, doch als sie seinen angespannten Gesichtsausdruck bemerkte, verging ihr das Lachen. »Fred?« Sie berührte seine Schulter. »Sie sind plötzlich so blass. Geht es Ihnen wirklich gut?«

»Machen Sie sich keine Sorgen, Fräulein«, versicherte ihr einer der Herren. »Wir kümmern uns um ihn. Fred und wir sind alte Freunde. Stimmt's, Fred?«

Der Friseur wurde noch bleicher. »Ich wünsche Ihnen einen guten Tag, Fräulein Josephine. Und meine Empfehlung an Ihre Frau Mutter.«

Josie zögerte kurz, dann drehte sie sich um und ging beschwingt davon. Dass das Schild »Geöffnet« auf »Geschlossen«

gedreht wurde, kaum dass sie außer Sichtweite war, bekam sie nicht mit.

Josephine lief vom Friseurladen auf der Marienstraße nach rechts in Richtung Margaretenstraße, auf die sie einbog und dann nach links in Richtung Strandpromenade ging, die sie nach etwa sechzig Metern erreichte. Eilig ging sie weiter, lächelnd und in ausgelassener Stimmung. Freundlich grüßte sie die Menschen, die ihr begegneten, und genoss die erstaunten Blicke. Die Binzer kannten sie seit jeher nur mit langen Haaren, doch damit war es nun vorbei. Ja, sie war eine erwachsene Frau geworden, sollten es nur alle sehen. An der Strandpromenade wandte sie sich wieder nach rechts und erreichte nach etwa hundertfünfzig Metern das Hotel. Vor dem Grand angekommen, blieb sie kurz stehen und sah an der Fassade hinauf. Einen Großteil ihrer Kindheit hatte sie in diesem Gebäude verbracht, das sich so herrschaftlich an der Promenade erhob. Sie kannte jedes Zimmer, jeden Gang, jede noch so kleine Nische. Es war eine schöne Kinder- und Jugendzeit gewesen, die sie hier erlebt hatte. Wäre es möglich, hierzubleiben und zu einer respektierten Frau und Künstlerin heranzureifen? Vor allem: Würde ihre Mutter es zulassen? Seit ihrer Rückkehr aus Paris lebte sie wieder im Privathaus der Familie von Plesow direkt neben dem Hotel, zusammen mit ihrer Mutter, ihrem Bruder Alexander, dessen Ehefrau und den zweijährigen Zwillingen. Sie hatte sich neben ihrem Schlafzimmer ganz oben ein kleines Künstleratelier einrichten dürfen, das genau ihrem Geschmack entsprach. Dennoch musste sie sich eingestehen, dass sie darin nur wenig Zeit verbrachte und wenn, dann eher um sich auf der weinroten Chaiselongue niederzulassen, statt tatsächlich ihrer Arbeit nachzugehen. Sie hätte es Bernadette gegenüber niemals zugegeben, am liebsten nicht einmal sich selbst gegenüber, doch sie hatte tatsächlich seit der Rückkehr aus Paris kaum einen Pinselstrich getan. Die Tage rannen ihr nur so durch die Finger, ohne dass sie am Abend hätte sagen können, was sie wirklich geleistet hatte. Ein Gefühl aus Selbstmitleid und Trotz bestimmte ihren Alltag, doch jetzt endlich spürte sie, dass die Befreiung nahte. Mit dem neuen Haarschnitt würde auch ihr neues Leben beginnen. Sie sah nicht nur aus wie eine moderne, selbstständige Frau, sie war es auch. Und eine Künstlerin obendrein. Das würden die anderen schon noch sehen. Entschlossen hob sie das Kinn, bereit, es Bernadette und allen anderen zu zeigen.

Als sie sich wieder in Bewegung setzte, wäre sie fast mit einem Mann zusammengestoßen, der zusammen mit fünf anderen auf den Eingang des Hotels zutrat.

»O Verzeihung«, sagte Josephine.

Sofort zog der Mann den Hut. »Aber ich bitte Sie, es war meine Schuld.« Er musterte sie intensiv.

Josephine lächelte. »Nun, es ist ja nichts geschehen.« Sie deutete auf das Hotel. »Ich wünsche Ihnen einen angenehmen Aufenthalt hier in Binz.«

»Zu liebenswürdig, haben Sie vielen Dank. Guten Tag.« Er neigte kurz den Kopf, setzte seinen Hut wieder auf und verschwand zusammen mit seinen Begleitern im Foyer. Josephine eilte in Richtung Privathaus. Nicht dass ihre Mutter sie entdeckte. Sie hatte ihren großen Auftritt für heute Abend geplant und wollte auf keinen Fall riskieren, dass Bernadette sie womöglich schon vorher zu Gesicht bekam. Nur wenige Momente später sperrte sie die Eingangstür auf und huschte hinein.

»Wir möchten zu Frau von Plesow«, verkündete der Mann, der vor der Tür fast mit Josephine zusammengestoßen wäre.

»Sie werden von der gnädigen Frau erwartet?«, fragte Druminski förmlich.

»Vermutlich nicht so bald. Doch sie wird erfreut sein, dass wir gekommen sind.«

»Wen darf ich melden?«

»Gerd Nolte mit Begleitung. Wir kommen aus Berlin, im Auftrag ihres Sohnes Constantin.«

»Ah, Freunde von Herrn Constantin! Einen Augenblick, bitte.« Der Rezeptionist nahm den Telefonhörer ab und wählte an der Drehscheibe. Nach kurzem Warten sagte er: »Gnädige Frau, hier ist ein Herr Nolte, Gerd Nolte, mit Begleitern. Er sagt, er sei von Ihrem Herrn Sohn aus Berlin geschickt worden.« Er wartete kurz. »Sehr wohl, gnädige Frau.« Er deutete eine Verbeugung an, was etwas lächerlich wirkte, da Bernadette ihn ja gar nicht sehen konnte, dann legte er auf. »Die gnädige Frau erwartet Sie. Wenn Sie mir bitte folgen wollen.« Druminski begleitete die Berliner zum Aufzug, mit dem in diesem Moment der Page nach unten gefahren kam. »Begleite die Herren zum Büro der gnädigen Frau«, ordnete Werner an, worauf der Page nickte und die Männer in den Fahrstuhl treten ließ.

Gerd Nolte stieg mit den fünf anderen Männern im zweiten Stock aus und folgte dem Pagen bis zu Bernadette von Plesows Büro. Der Page klopfte, wartete Bernadettes »Herein!« ab und kündigte die Besucher an. Sofort erhob sie sich von ihrem Schreibtischstuhl.

»Herr Nolte, wie schön, Sie wiederzusehen. Bitte treten Sie näher.«

Nolte ging Bernadette entgegen und bedeutete den anderen, ihm zu folgen.

»Frau von Plesow, es ist mir eine Freude. Ihr Sohn Constantin hat uns zu Ihnen geschickt wegen der Schwierigkeiten, die sich ergeben haben. Vielleicht erinnern Sie sich an Ludger Schnurr? Auch Dieter Klann kennen Sie bereits.« Er deutete der Reihe nach mit einer Handbewegung auf jeden der Männer, deren Namen er nannte. »Die Bekanntschaft von Walter Demel und Roland Neuber haben Sie in Berlin ebenfalls bereits gemacht. Klaus Denker hier ist erst vor Kurzem zu uns gestoßen.«

»Guten Tag, meine Herren. Ich heiße Sie herzlich im Grand Hotel willkommen. Bitte nehmen Sie doch Platz.« Sie deutete auf die Sitzecke, die aus zwei Sofas und zwei Sesseln bestand, welche um einen geschwungenen Glastisch angeordnet waren. »Was kann ich Ihnen anbieten?«

»Bitte keine Umstände, Frau von Plesow«, lehnte Nolte dankend ab und ging mit der Hotelchefin und den Männern hinüber zur Sitzecke. »Wir würden am liebsten gleich zur Sache kommen.«

Als die Männer Platz genommen hatten, sah Bernadette von einem zu anderen, dann sagte sie zu Constantins rechter Hand: »Ich bin wirklich erleichtert, dass Sie so rasch kommen konnten. Die Situation ist, wie soll ich sagen, geradezu beängstigend.«

»Machen Sie sich keine Sorgen, Frau von Plesow. Wir werden das für Sie klären.«

»Danke, Herr Nolte.«

»Was wissen Sie über die Männer, die bei Ihnen vorstellig wurden?«

Sie zuckte mit den Schultern. »Nicht viel. Sie waren zu zweit.«

»Haben sie ihre Namen genannt?«

Bernadette nickte. »Sie haben sich mir als Hübner und Schwatzke vorgestellt, aber ich kann mir kaum vorstellen, dass das ihre richtigen Namen sind.«

»Und was haben sie gesagt?«

»Dass wir dringend eine Schaufensterversicherung benötigen. Das erste Gespräch haben sie mit meinem ältesten Sohn Alexander geführt. Ich habe es nur am Rande mitbekommen.«

»Sie waren also mehrmals da?«

»Zweimal. Das letzte Mal vorgestern. Alexander war nicht da, deshalb kamen sie zu mir, und ich habe mich an Constantin gewandt.«

»Das war genau richtig. Was wollten die beiden Männer denn genau von Ihnen?«

»Sie wollten wissen, ob Alexander das Thema Schaufensterversicherung mit mir besprochen habe, was ich verneinte. Natürlich hatte er mir davon erzählt und mir überdies erklärt, es gehe um nichts anderes als Schutzgelderpressung. Ich stellte mich ahnungslos, um Zeit zu gewinnen.«

»Wann kommen sie wieder?«

»Irgendwann in den nächsten Tagen.« Bernadette zuckte mit den Schultern.

»Haben sie noch etwas gesagt?«

»Ja, sie sind recht deutlich geworden. Sie fragten mich, ob ich den Bankier Bischoff gekannt habe und ob ich wisse, was mit ihm geschehen sei, was ich bejahte. Einer der Männer, der größere der beiden, Schwatzke, sagte daraufhin, dass der Bankier den Abschluss einer Schaufensterversicherung abgelehnt habe.«

»Die Kerle haben sich also keine Mühe gemacht, lange um den heißen Brei herumzureden«, meinte Nolte.

»Nein, das wohl nicht.« Bernadette schüttelte den Kopf. »Was können Sie und Ihre Männer für uns tun, Herr Nolte?«

»Wenn wir mit denen gesprochen haben, werden die keinen Fuß mehr in Ihr Hotel setzen«, knurrte Ludger Schnurr.

»Halt dich zurück!«, mahnte Nolte leise.

»Haben Sie vielen Dank, Herr Schurr.«

»Schnurr! Wie der Faden, nur mit zwei R.« Schnurr grinste Bernadette schief an.

»Herr Schnurr«, korrigierte sie sich. »Ich weiß Ihre Einsatzbereitschaft zu schätzen. Allerdings habe ich ein wenig Sorge, welcher Eindruck vom Grand entstehen könnte, sollte so etwas publik werden.«

»Wir werden diskret sein«, versicherte ihr Nolte. »Und diese Kerle werden selbst daran interessiert sein, dass niemand von der Sache erfährt.«

»Wegen der Polizei, meinen Sie?«, fragte Bernadette.

»Nein. Vor denen haben die keine Angst. Aber wenn sich herumspricht, dass sie sich haben einschüchtern lassen, ist das schlecht fürs Geschäft.«

»Ich verstehe.« Bernadette wollte von Gerd lieber nicht so genau wissen, weshalb er die Denkweise dieser Ganoven so gut nachvollziehen konnte. Ihr war etwas unwohl bei dem Gedanken, dass Constantins Leute über derlei Erfahrungen verfügen mochten, weil sie sich selbst in dem Metier nur allzu gut auskannten.

»Wenn es Ihnen nichts ausmacht, würde ich gern mit meinen Leuten für die nächsten Tage in Ihrem Hotel wohnen, um vor Ort zu sein, wenn die beiden Kerle Sie das nächste Mal aufsuchen.«

»Ich werde Ihnen Zimmer vorbereiten lassen.«

»Wir nehmen gern Doppelzimmer, wenn Sie also sechs Zimmer für uns hätten?«

Bernadette war verblüfft. »Weshalb denn sechs, wenn Sie sich die Zimmer teilen?«

»Wir haben noch sechs weitere Leute dabei. Für so ein Vorhaben ist ein Dutzend immer besser.«

»Ich verstehe«, sagte sie abermals und stand auf. »Ich werde mich gleich darum kümmern.«

»Danke, Frau von Plesow. Bitte sagen Sie Ihrem Rezeptionisten Bescheid, dass er uns sofort informiert, sobald diese Kerle Sie aufsuchen. Um alles andere kümmern wir uns dann.« Nolte und die anderen erhoben sich.

»Ich kann Ihnen gar nicht sagen, wie erleichtert ich bin, Sie hier zu wissen.«

»Machen Sie sich keine Sorgen mehr. Wenn wir wieder abreisen, ist die Sache ein für alle Mal geklärt«, versprach Nolte.

Kurz darauf verabschiedeten sich die Männer von Bernadette, die sie noch bis zur Tür begleitete und dann Druminski informierte, dass sechs Doppelzimmer hergerichtet werden sollten. Wirklich erleichtert war sie allerdings nicht. Noch war die Sache nicht ausgestanden. Doch sie hatte so ein Gefühl, dass Constantins Leute sehr genau wussten, was sie taten. Ob ihr das am Ende gefiel, stand auf einem anderen Blatt.

Es war fast sechs Uhr abends, als Bernadette in einem blassblauen Seidenkleid, das ihre schlanke Figur betonte, das Restaurant des Grand betrat. Ihr volles dunkles Haar war zu einem großzügigen Knoten gesteckt, ihre Lippen in einem satten Rot geschminkt. Ernst Bautner erwartete sie bereits an dem gewohnten Tisch. Bernadette genoss es, nicht zusammen mit ihm das Restaurant zu betreten, sondern als unabhängige Geschäftsfrau ihren Auftritt zu zelebrieren, an den Tischen vorbeizuspazieren und jeden Gast persönlich zu begrüßen, um dann am Tisch des angesehenen Politikers Platz zu nehmen. Für sie war es ein anregendes Wechselspiel, sich einerseits als erfolgreiche Unternehmerin und andererseits an der Seite eines Mannes zu zeigen, von Zeit zu Zeit jedenfalls. Manche mochten es anrüchig finden, dass sie ihr Zusammensein mit einem verheirateten Mann nicht diskreter handhabte, doch ihr Verhalten war so unbefangen, dass jeder, der sie beobachtete, von einer Freundschaft, jedoch nicht unbedingt von mehr ausging. Nichts von dem, was sie taten und nach außen hin zeigten, war anstößig oder auch nur zweideutig. Sie wirkten eher, als hätten sie nichts zu verbergen. Dass es im Hotel ein diskretes Zimmer gab, in das Bernadette sich zurückzog, wenn sie das Haus nicht verlassen wollte und doch einen Moment der Entspannung für sich brauchte, wussten nur wenige. Dass sie sich hier zu später Stunde mit Bautner traf, sobald dieser nach Binz kam und im Grand abstieg, wusste außer den beiden keine Seele. Und Bernadette war fest entschlossen, dass es genau so bleiben sollte. Nicht weil seine Ehefrau davon erfahren könnte. Das wäre ihr einerlei gewesen. Nein, sie wollte unbedingt verhindern, dass jemand einen Zusammenhang zwischen den Vergünstigungen und Sondergenehmigungen herstellte, die ihr durch den einflussreichen Politiker zugutekamen. Womöglich hätte sonst der eine oder andere Gastronom oder Hotelier in Binz nicht nur seine Schlüsse aus dieser Verbindung gezogen, sondern ähnliche Vergünstigungen für sich selbst beansprucht. Wenn sie sich schon in regelmäßigen Abständen Bautner hingeben und ihm Leidenschaft vorspielen musste, dann wollte sie wenigstens den Gewinn mit niemandem teilen müssen.

Mit selbstbewussten Schritten durchquerte sie den Raum, in dem der weiche Teppich jedes Geräusch schluckte. Herzlich begrüßte sie die Hotelgäste, versprühte Charme und gute Laune, wusste für jeden Einzelnen einige nette Worte. Schließlich erreichte sie den Tisch, an dem Ernst Bautner saß, der aufstand, ihr die Hand küsste und den Stuhl zurechtrückte. Bernadette fragte sich, ob Constantins Männer wohl auch im Restaurant speisten oder eine Mahlzeit in einer etwas einfacheren Gaststätte vorzogen. Ehrlich gestanden, hoffte sie es sogar. Gerd Nolte und ein, zwei andere konnten durchaus noch als typische Gäste durchgehen, die Übrigen, darunter dieser ehemalige Boxer, jedoch keinesfalls. Bernadette bemühte sich, diese Gedanken für den Moment zu unterdrücken. Hier und jetzt musste sie sich auf das Gespräch mit Ernst Bautner konzentrieren.

Etwa eine Viertelstunde nachdem Bernadette Platz genommen

hatte, betrat Alexander den Speisesaal. Genau wie zuvor seine Mutter ging er zu jedem Tisch und begrüßte die Gäste, erkundigte sich nach ihrem Befinden, lauschte der einen oder anderen Anekdote und wünschte eine angenehme Mahlzeit. Dann kam er an den Tisch, an dem Bernadette mit Ernst Bautner saß, begrüßte seine Mutter mit einem Kuss auf die Wange und den Politiker mit einem festen Handschlag.

»Da bist du ja, mein Lieber. Bitte setz dich doch. Ich habe soeben mit unserem Freund Ernst über eine erweiterte Nutzung der freien Fläche an der Promenade gesprochen«, sagte Bernadette und berührte kurz Alexanders Arm.

»Ihre Frau Mutter hat sehr deutlich gemacht, wie wichtig Ihnen diese zusätzliche Nutzung ist«, warf Bautner schmunzelnd ein.

Alexander lächelte ebenfalls. »Sie wissen ja, wie überzeugend meine Mutter sein kann, nicht wahr?«

»Allerdings. Natürlich kann ich nichts versprechen, doch ich werde mich nachdrücklich für Ihre Interessen einsetzen, das versichere ich Ihnen«, erklärte er in verbindlichem Tonfall.

Bernadette lächelte ihm zu. »Sie haben schon so viel für das Grand getan, lieber Ernst. Wir sind Ihnen zu großem Dank verpflichtet, und ich baue fest darauf, dass der Stadtrat Ihnen auch dieses Mal wieder folgen wird.«

Bautner legte unter dem Tisch seine Hand auf Bernadettes Oberschenkel und drückte kurz zu. »Unsere Freundschaft ist mir wichtig.« Er sah von Bernadette zu Alexander und wieder zurück. »Sie können sich stets auf meine Loyalität verlassen. Der Einsatz Ihrer Familie ist beispielhaft für unsere Zeit. Sie transportieren Werte, die, wie man fürchten könnte, mit der Kaiserzeit abgeschafft wurden. Umso glücklicher bin ich, Ihr Tun mit meinen begrenzten Mitteln unterstützen zu können.«

»Aber, aber – begrenzte Mittel?« Alexander hob die Augenbrauen. »Meine Mutter hat vollkommen recht. Was Sie bereits alles für uns getan haben, sucht in der…« Er verstummte, genau wie die Gespräche der anderen Gäste, als in diesem Augenblick eine junge Frau mit hoch erhobenem Kopf das Restaurant betrat und sich umsah. »Josephine?«, stieß Alexander ungläubig hervor.

Josephine genoss ihren Auftritt, der genauso verlief, wie sie es geplant hatte. Alle Blicke waren auf sie gerichtet, die Gespräche verstummten, als sie sich, ihr neues Kleid und vor allem den Bubikopf präsentierte. Sie sah ihre Mutter zusammen mit Alexander und Ernst Bautner an dem Tisch hinten am Fenster sitzen. Sie nickte den Gästen zu, begrüßte jedoch keinen von ihnen wie zuvor Bernadette oder Alexander, sondern tänzelte stattdessen mit einem provozierenden Lächeln direkt auf deren Tisch zu und hielt dem Blick ihrer Mutter stand.

»*Maman, mon frère,* Monsieur Bautner – wie schön, euch zu sehen!« Sie küsste ihre Mutter und ihren Bruder auf die Wange und reichte dann etwas übertrieben Ernst Bautner die Hand, der pflichtschuldig einen Kuss darauf hauchte. Bernadette starrte sie einen Moment lang mit offenem Mund an, bevor sie ihre Fassung wiedererlangte. Dann stand sie auf, umarmte ihre Tochter und hielt sie an den Armen ein Stück von sich. »Josephine, du siehst ja fantastisch aus! Fast hätte ich dich nicht erkannt.«

Josephine hätte verblüffter nicht sein können. »Du magst es?«

»Ich *liebe* es!« Sie berührte Josephines Haarspitzen. »Es sieht so modern aus, so besonders. Ich habe Frauen in Berlin gesehen, die ihre Haare so trugen. Wunderbar, dass du dich das getraut hast.«

Bernadette wirkte aufrichtig angetan, doch Josephine war sich keineswegs sicher, dass ihre Mutter es auch so meinte.

»Komm, setz dich und iss eine Kleinigkeit mit uns«, schlug Bernadette vor und zog ihre Tochter auf den Stuhl neben sich.

»Ich muss schon sagen, Fräulein Josephine, Ihre Frau Mutter hat vollkommen recht. Sie sehen entzückend aus mit dem neuen Haarschnitt.«

»Danke sehr, Herr Bautner.« Josephine fühlte sich ehrlich geschmeichelt.

Immer wieder warf sie ihrer Mutter während des fast zweistündigen Essens verstohlene Blicke zu, um festzustellen, ob sie vor Stadtrat Bautner ihre Begeisterung vorhin nur geschauspielert hatte. Es war ihr unmöglich, Bernadette in diesem Moment einzuschätzen. Ihre Mutter war geradezu unschlagbar darin, zu lächeln und herzlich zu wirken, auch wenn es in ihr brodelte. Josephine war gespannt, wie das Gespräch verlaufen würde, wenn ihre Mutter sie demnächst allein antraf.

Doch das war an diesem Abend nicht mehr der Fall. Irgendwann verabschiedete Bernadette sich und zog sich zurück, während Alexander, Josephine und Ernst Bautner noch ein wenig weiterplauderten. Bald jedoch empfahl Letzterer sich ebenfalls, so dass nur noch die Geschwister am Tisch zurückblieben. Kurz darauf verließen auch sie das Restaurant und gingen nach Hause. Ihre Mutter sah Josephine an diesem Abend nicht mehr. Wahrscheinlich hatte sie sich schon schlafen gelegt. Sie lauschte noch eine ganze Weile, als sie schon im Bett lag, ob sie Bernadettes Schritte hörte. An die Schlafzimmertür der Mutter zu klopfen hatte sie nicht gewagt. Es würde sich also erst am nächsten Morgen herausstellen, was Bernadette tatsächlich von ihrem neuen Aussehen hielt.

6. Kapitel

Loyalität und unbedingte Entschlossenheit sind zwei der wichtigsten Eigenschaften für einen Mann. Fehlt auch nur eine von beiden, ist ein Scheitern unausweichlich.

Gerd Nolte

Josephine fand auch am darauffolgenden Morgen nicht die Gelegenheit zu einem Gespräch mit ihrer Mutter. Bernadette war schon früh ins Hotel hinübergegangen, und als Josephine ihr später folgte, wurde sie noch am Empfang von Werner Druminski abgefangen, der ihr ausrichtete, dass sie sich unverzüglich im Gesindetrakt bei Marie melden solle, um mit dieser und den anderen Zimmermädchen ihren Dienst aufzunehmen.

Josephine zögerte. Konnte es wirklich sein, dass ihre Mutter ihr durch einen Angestellten Anweisungen erteilen ließ? All die Selbstsicherheit, die sie gestern noch verspürt hatte, war wie weggeblasen. Sie fühlte sich zurechtgewiesen, ja sogar ein bisschen gedemütigt. Es war nicht schwer zu erraten, dass dies die Quittung für den neuen Haarschnitt war, der Bernadette noch am Vortag angeblich so wunderbar gefallen hatte. Kurz überlegte sie, sich der Weisung zu widersetzen und schnurstracks zum Büro ihrer Mutter hinaufzugehen. Doch schließlich gab sie nach, als Werner ihre Gedanken zu lesen schien und sie in sanftem Ton darauf hinwies, dass er es für keine gute Idee hielt, die gnädige Frau zum jetzigen Zeitpunkt zu stören. Josephine nickte, unterdrückte die aufsteigenden Tränen und ging zum Personaltrakt hinüber, in dem Marie gerade alles zusammentrug, was sie benötigte, um ihren Dienst anzutreten. Die anderen sieben Zimmermädchen waren nicht zu sehen. Vermutlich war Marie wie immer die Erste, die ihre Arbeit aufnahm.

»Guten Morgen, Marie.« Josephine bemühte sich um ein Lächeln. »Ich soll dir in nächster Zeit bei der Arbeit helfen.«

Marie sah sie an. »Ich weiß. Deine Mutter war bereits hier und hat mir gesagt, was du tun sollst.« Sie machte einen Schritt auf Josephine zu und streichelte etwas zaghaft ihre Schulter. »Was ist denn geschehen? Ist es wegen der neuen Frisur?«

»Ach nichts.« Josephine wischte sich mit dem Handrücken eine Träne aus dem Augenwinkel. »Also, wo fangen wir an?«

Marie zögerte, besann sich dann aber. Zwar war Josephine fast so etwas wie eine Freundin für sie, weil sie sich schon so lange kannten, doch machte sie sich nichts vor: Josephine war die Tochter ihrer Chefin. Es stand ihr nicht zu nachzuhaken, wenn sie sich ihr nicht anvertrauen wollte.

»Wir werden die Zimmer der Gäste richten, während diese beim Frühstück sind.«

»Woher weißt du, welche Zimmer bereits frei sind?«

»Die Borgfelts sind fast immer die Ersten. Kurze Zeit später gehen meist die Meyers aus den Zimmern 133 und 134, die Laschkes aus 140 erst später. Bei den neuen Gästen klopfe ich ab zehn Uhr, sofern ich sie nicht vorher sehe. Wir fangen also bei den Borgfelts an. Bevor ich hochgehe, frage ich bei Druminski nach, wer schon im Frühstücksraum ist. Dann teile ich die anderen Zimmermädchen ein.«

Josephine nickte nur, obwohl ihr die Frage auf den Lippen lag, woher Marie so genau über die Frühstückszeiten der Gäste Bescheid wusste. Aber es erklärte sich eigentlich von selbst: Marie war eben aufmerksam und nicht umsonst diejenige, der ihre Mutter die Aufsicht über die Arbeit der anderen Zimmermädchen anvertraute, ganz im Gegensatz zu Josephine, die nicht die Namen der Dauergäste behalten konnte. Sie kam sich klein, unfähig und dumm vor, da sie nicht einmal über die einfachsten Qualitäten zu verfügen schien. »Also gut. Sag mir, was ich tun soll.«

»Nun ja«, begann Marie zögerlich. »Wie gesagt, deine Mutter war schon hier, um mir mitzuteilen, welche Aufgaben ich dir zuweisen soll.«

»Also nicht mit dir oder einer der anderen zusammen die Zimmer machen?«

»Nein, leider.«

Josephine schluckte schwer. Innerlich verfluchte sie ihre Mutter. Was hatte diese Hexe sich jetzt wieder einfallen lassen, um sie zu quälen?

»Du musst die Toiletten putzen, die Badewannen und Waschbecken. Sie müssen glänzen.« Marie sah, dass Josephine erneut Tränen in die Augen traten. »Ich würde dir ja helfen, aber deine Mutter hat es mir ausdrücklich verboten. Sie hat gesagt, dass ich meine Anstellung verliere, wenn sie mich dabei erwischt.« Marie ging zu einem kleinen Schränkchen und holte einen Schwamm, eine Klobürste und Scheuerpulver heraus, legte die Sachen in einen Eimer und reichte ihn Josephine. »Glaub mir, es hört sich schlimmer an, als es ist.«

»Ich hasse diese Frau«, stieß Josephine wütend hervor.

»Pscht, pscht«, machte Marie. »Ich hole jetzt die Bettwäsche, dann gehen wir zusammen hinauf, bevor die anderen kommen, und ich zeige dir alles.«

»Warum muss sie immer gewinnen?«, schluchzte Josephine.

»Gib dein Bestes. Dann wird deine Mutter stolz auf dich sein.«

Josephine schnaubte verächtlich. »Mein Bestes?« Sie ballte die

Hand zur Faust. »Du verstehst es wirklich nicht, oder? Ich bin meiner Mutter niemals gut genug. Nicht als Künstlerin, nicht als Mensch. Nicht einmal als Dienstmädchen. Und wenn ich die Arbeit im ganzen Hotel allein schaffen würde – sie wäre immer noch nicht zufrieden mit mir.« Sie wischte sich energisch übers Gesicht, nahm den Eimer mit den Putzsachen und folgte Marie. Sie hätte sich nicht elender fühlen können.

* * *

»Wir möchten zu Frau von Plesow«, sagte der Mann, der sich zusammen mit seinem Begleiter vor Werner Druminski aufgebaut hatte.

Druminski erkannte die beiden sofort. Nun tauchten sie schon zum dritten Mal im Hotel auf! Beim ersten Mal hatten sie mit Alexander von Plesow gesprochen, der nach dieser Begegnung einen äußerst beunruhigten Eindruck auf Werner Druminski gemacht hatte. Beim zweiten Besuch, der erst vor wenigen Tagen erfolgt war, baten sie um ein Gespräch mit der gnädigen Frau, die anschließend sehr nachdenklich wirkte, jedoch keinesfalls so besorgt und aufgebracht wie zuvor Alexander.

»Ah, die Herren Schwatzke und Hübner. In welcher Angelegenheit wünschen Sie Frau von Plesow zu sprechen?«

»Frau von Plesow ist informiert. Es geht um die Schaufensterversicherung.«

»Sehr wohl.« Druminski deutete eine Verbeugung an, nahm den Hörer ab und wählte, ohne die beiden aus den Augen zu lassen, die Nummer von Bernadettes Büro. Derjenige, der ihn angesprochen hatte, Schwatzke, musste etwa Mitte dreißig sein. Er war größer, wirkte gepflegter und, wenn Werner es richtig beurteilte, auch schlauer als sein Begleiter, der Druminski aufgrund seiner breiten Nase sofort an einen Boxer erinnerte. Als er die Besucher angemeldet hatte, legte er wieder auf. »Frau von Plesow wird gleich kommen. Bitte nehmen Sie doch noch einen Moment dort drüben Platz.« Der Rezeptionist deutete auf die Sitzecke mit den vier Sesseln, die vor dem Fenster um einen runden Glastisch platziert waren.

»Nein danke. Wir werden hier warten, wenn es Ihnen nichts ausmacht.«

»Ganz wie die Herren wünschen.« Werner schlug das Reservierungsbuch wieder auf, das er zugeklappt hatte, als die Männer an den Tresen getreten waren, und verglich einige Eintragungen mit den Notizen, die er auf einen Zettel geschrieben hatte.

Kurze Zeit später stiegen vier Männer aus dem Aufzug, die erst am Tag zuvor im Hotel eingetroffen waren, betraten die Halle und nahmen an genau dem Tisch am Fenster Platz, den Werner kurz vorher den beiden Fremden angeboten hatte. Nur einen Moment danach kamen sechs weitere Männer aus einem der oberen Stockwerke in die Empfangshalle herunter und gingen in den hinteren Teil, wo sie eine weitere Sitzecke mit Beschlag belegten. Dann schritt Bernadette von Plesow, flankiert von Gerd Nolte und Ludger Schnurr, die Stufen aus dem ersten Stock herab und ging auf den Empfang zu. Sie nickte den Männern höflich zu und reichte jedem von ihnen die Hand. »Guten Morgen, meine Herren.«

Die beiden tauschten einen skeptischen Blick. »Guten Morgen, Frau von Plesow«, erwiderte Schwatzke. Hübner sagte nichts.

»Was kann ich heute für Sie tun?«, fragte Bernadette mit verbindlicher Stimme.

»Das würden wir gern mit Ihnen allein besprechen.«

»Geht es wieder um die Versicherung?«, hakte Bernadette nach, ohne auf die Bemerkung einzugehen.

»Ganz recht«, erwiderte der Mann knapp.

»Dann bleibt mir nur, Ihnen mein Bedauern auszudrücken. Ich habe den Abschluss einer solchen Versicherung hier im Hause besprochen und muss Ihnen leider mitteilen, dass derzeit kein Bedarf besteht. Aus diesem Grund habe ich meine eigenen Versicherungsvertreter dazugebeten – Herr Nolte, Herr Schnurr«, wandte sie sich an die beiden, »das hier sind Herr Schwatzke und Herr Hübner.« Die Männer musterten einander abschätzig. »Ich möchte ganz sicher keine Absicherung ausschlagen, die das Hotel womöglich doch benötigt«, fuhr Bernadette fort, »doch man hat mir versichert, dass an der von Ihnen vorgeschlagenen geschäftlichen Beziehung kein Bedarf besteht.« Sie wandte sich an Constantins rechte Hand. »Ist es nicht so, Herr Nolte?«

Gerd Nolte nickte. »Frau von Plesow hat recht. Wir haben die Angelegenheit geprüft. Es besteht nicht der geringste Bedarf.«

»Das sehe ich anders.« Schwatzke verzog drohend das Gesicht.

»Lassen Sie uns das doch draußen besprechen«, schlug Nolte vor und bedeutete den beiden Männern mit einer Handbewegung, das Hotel zu verlassen.

»Sie machen einen großen Fehler«, sagte Schwatzke, an Bernadette gewandt.

Auf eine Kopfbewegung von Nolte hin erhoben sich gleichzeitig die vier Männer am Fenster, und auch die sechs, die in der Sitzecke im hinteren Teil des Foyers Platz genommen hatten, schlenderten herüber und postierten sich im Halbkreis um Bernadette, Nolte und Schnurr.

»Wie gesagt«, wiederholte Nolte, »wir sollten das in aller Ruhe draußen besprechen. Oder noch besser: Bringen Sie uns zu Ihrem Auftraggeber, damit wir unverzüglich eine Klärung herbeiführen können.«

Das Gesicht des Mannes verzerrte sich. Er tauschte einen Blick mit seinem Kumpan. »Wer zum Teufel sind Sie? Wissen Sie überhaupt, mit wem Sie sich hier anlegen?«

Werner Druminski sah von seinem Reservierungsbuch auf und suchte Bernadettes Blick, die jedoch weiter die beiden Fremden anstarrte.

Nolte machte einen Schritt auf Schwatzke zu und stand nun ganz nah vor ihm. Sie waren ungefähr gleich groß, nur war Nolte nicht so massig wie der andere. »Wir führen ein ähnliches Versicherungsunternehmen in Berlin. Bestimmt haben Sie, in jedem Fall aber Ihr Chef, schon von uns gehört.« Seine Stimme klang ruhig und konzentriert. »Wir sind nicht daran interessiert, hier in Binz Ihre Geschäfte zu stören, doch im Grand ist nichts für Sie zu holen.«

»Das werden wir ja sehen«, gab Schwatzke grimmig zurück.

»Ja, das werden wir. Wenn wir jetzt gehen könnten …«, drängte Nolte ungeduldig und deutete abermals zum Ausgang.

Die beiden zögerten kurz, dann verließen sie, gefolgt von Constantins Männern, das Hotel.

Sie betraten gerade die Strandpromenade, als Hans Bender zusammen mit einem Streifenpolizisten ihren Weg kreuzte. Alle vierzehn Männer lüfteten ihre Hüte zum Gruß und warteten, bis die beiden Polizisten an ihnen vorbei waren. Die Polizisten musterten sie durchdringend. Hans Bender stand eine beträchtliche Skepsis ins Gesicht geschrieben, doch keiner sagte etwas.

Erst als Bender und der Streifenpolizist außer Hörweite waren, sagte Nolte: »Lassen Sie uns zu Schnidtke gehen.«

Er sah die Verblüffung im Gesicht seines Gegenübers. Hübner räusperte sich überrascht.

»Ja, ich weiß, wie er heißt«, stellte Nolte klar. »Also los, gehen wir.«

»Ihr mögt zwar ein Dutzend Männer sein, aber nehmt es als

guten Rat: Macht, dass ihr wegkommt. Schnidtke wird nicht gefallen, was ihr hier abgezogen habt. Kann gut sein, dass ihr Binz in einer Kiste wieder verlasst«, drohte Schwatzke.

»Das lass nur unsere Sorge sein.« Nolte hielt dem Blick des anderen stand. »Also los, bevor wir noch Aufsehen erregen, wenn wir hier vor dem Hotel herumlungern.«

Schwatzke zögerte kurz, dann zuckte er mit den Schultern. »Ihr seid schon so gut wie tot.«

Sie gingen die Strandpromenade entlang bis zur Margaretenstraße und folgten mehreren beschaulichen Sträßchen in Richtung Freilicht-Dünenwald Theater. Nolte prägte sich den Weg genau ein. Sie boten ein recht bedrohliches Bild, diese vierzehn Männer, und mehrere Passanten, die ihnen entgegenkamen, wechselten bei ihrem Anblick die Straßenseite. An der Ecke zur links einmündenden Sonnenstraße befand sich ein großes zweistöckiges Haus mit der für Binz typischen weißen Hausfassade. Nolte fand es imponierend mit seinen Jugendstilelementen, dem Schnitzwerk und den offenen Balkonen aus Holz im ersten und zweiten Stock. Im Erdgeschoss befand sich eine Veranda mit Stühlen und Sesseln.

»Das ist eure letzte Chance, doch noch abzuhauen.« Als keiner der Berliner reagierte, drückte Schwatzke auf die Türklingel. »Ich habe euch gewarnt.«

Ein Summer ertönte. Ohne auf die Worte von Schnidtkes Handlanger einzugehen, stieß Nolte die Tür auf.

Vom Flur aus waren insgesamt vier Männer in einer Art Wohnbereich zu erkennen. Zwei von ihnen sprangen auf und eilten auf sie zu. Erst als sie ihre eigenen beiden Leute hinter Nolte eintreten sahen, entspannte sich die Situation ein wenig.

»Wir haben Besuch mitgebracht«, sagte Schwatzke. »Ich geh zum Chef und sag ihm Bescheid.«

Nach und nach traten alle Berliner ins Haus. Auch die anderen Männer, die sich im Erdgeschoss aufgehalten hatten, kamen nun herüber. Einer von ihnen bahnte sich einen Weg zur Tür und schob sich an den Besuchern vorbei. Nolte und Schnurr tauschten einen Blick. Es war offensichtlich, dass er Verstärkung holen wollte.

»Soll ich hinterher?«, raunte Schnurr leise.

Nolte schüttelte den Kopf. »Wir wollen uns nur kurz unterhalten. Es gibt keinen Grund, Ärger zu machen«, sagte er so laut, dass auch alle anderen es hören konnten.

Es dauerte einen Moment, bis sich die Tür zu Schnidtkes Büro wieder öffnete. »Einer von euch kann jetzt mit dem Chef sprechen. Aber nur einer, klar?«

Nolte ging sofort hinüber. »Danke«, sagte er höflich und betrat das Büro. Gleich darauf wurde die Tür hinter ihm von außen geschlossen.

Am Schreibtisch saß ein Mann, den Nolte auf Ende dreißig schätzte. Sein Haar war an den Seiten akkurat kurz, fast militärisch geschnitten. Das Deckhaar hingegen war um einiges länger und so über den Schädel gekämmt, dass es offenbar die kahlen Stellen verdecken sollte. Der Mann machte sich nicht die Mühe, sich aus seinem Schreibtischsessel zu erheben.

»Gerd Nolte.« Er reichte dem anderen die Hand, die dieser ergriff. »Ich bin im Auftrag von Constantin von Plesow hier. Danke, dass Sie sich die Zeit nehmen, mit mir zu sprechen, Herr Schnidtke.«

Schnidtke deutete auf den Stuhl gegenüber dem Schreibtisch. Nolte setzte sich.

Sein Gegenüber grinste schief. »Ich bin neugierig. Sind Sie dumm oder einfach nur lebensmüde?«

»Nichts von beidem«, antwortete Nolte ruhig. »Ich halte Sie für einen Geschäftsmann.«

Schnidtke zündete sich eine Zigarette an, nahm sich Zeit. »Glauben Sie wirklich, dass es mich beeindruckt, wenn Sie mit einem Dutzend Männer hier reinkommen? Ihnen muss doch klar sein, dass einer meiner Leute längst losgelaufen ist, um die anderen zusammenzutrommeln.«

»Und?«

»Was und?«, gab Schnidtke gereizt zurück. »Gleich kommen hier drei Dutzend meiner Leute durch die Tür gestürmt und schlagen Ihre Leute zu Brei. Und danach knöpfen wir uns diese von Plesows im Grand vor.«

»Das glaube ich nicht.« Gerd holte sein Zigarettenetui hervor. In dem Moment, in dem er in seine Jackentasche griff, öffnete Schnidtke hastig die oberste Schublade seines Schreibtischs und zog eine Pistole hervor.

Nolte wirkte kurz überrascht, zuckte aber kaum mit der Wimper. In aller Ruhe nahm er sich eine Zigarette, zündete sie an und steckte das Etui in seine Jackentasche zurück. »Dachten Sie, ich ziehe eine Waffe?«

Schnidtke ging nicht auf die Frage ein. »Sie sind wohl ein ganz Schlauer, was? Weshalb sollten meine Männer Sie nicht allemachen und sich dann das Grand unter den Nagel reißen?«

»Ganz einfach: Weil ich nicht nur das Dutzend dort draußen habe. Es sind schon noch ein paar mehr mit uns nach Binz gekommen«, bluffte Nolte und nahm einen tiefen Zug von seiner Zigarette. »Aber das ist nicht mal das Entscheidende. Eine kurze Nachricht von einem unserer Männer nach Berlin, und Sie werden erleben, dass unsere Organisation die Ihre bei Weitem übertrifft.«

»Soll ich das etwa als Drohung auffassen?« Schnidtke beugte sich warnend über den Tisch.

»Selbstverständlich«, gab Nolte ungerührt zurück. »Wie denn sonst? Das genau ist doch unser Geschäft, nicht wahr?«

Schnidtke starrte sein Gegenüber einen Moment lang an, dann entspannte sich seine Haltung wieder, und er lehnte sich in seinem Sessel zurück.

»Welcher Organisation, sagten Sie, gehören Sie an?«

»Dem Berliner Ring.«

Schnidtke pfiff durch die Zähne.

»Genau. Und wenn es Ihnen bisher nicht klar war«, fuhr Gerd fort: »Constantin von Plesow, der Chef, ist der Sohn von Bernadette von Plesow und der Bruder von Alexander.«

Schnidtke stampfte seine Zigarette in den Aschenbecher. »Das war mir tatsächlich nicht klar. Ich dachte, es handele sich lediglich um eine unbedeutende Namensgleichheit.«

»Nun, das tut es nicht. Genau deshalb bin ich hier. Der Berliner Ring ist nicht daran interessiert, Ihnen in Ihre Geschäfte zu pfuschen. Aber das Grand ist tabu.«

»Ich würde Ihnen gern helfen, doch das kann ich nicht machen. So was spricht sich rum. Gerade jetzt, wo wir deutliche Zeichen gesetzt haben, müssen wir am Ball bleiben. Ich bin sicher, Sie verstehen das.«

»Sie meinen den Mord an dem Bankier und einem seiner Leute?«

»Das war eine Lektion«, erklärte Schnidtke. »Und sie ist von vielen richtig verstanden worden. Wir haben seither weniger Schwierigkeiten, unsere Gelder einzutreiben.«

»Meiner Erfahrung nach sorgt so etwas eher für unliebsames Aufsehen«, gab Nolte zu bedenken.

Schnidtke zuckte mit den Schultern. »Der eine sagt so, der andere so. Mein Vorgänger hat das Ganze ein wenig schleifen lassen. Deshalb mussten wir deutlich werden. Und genau darum«, er setzte ein Lächeln auf, »kann ich leider bei den von Plesows keine Ausnahme machen. Das werden Sie doch sicher verstehen.«

»Ich kann den Gedankengang dahinter nachvollziehen, aber ich muss Sie eindringlich warnen: Legen Sie sich lieber nicht mit Constantin von Plesow an. Das ist bisher noch keinem gut bekommen.«

Schnidtke grinste verschlagen. »Sie und Ihre Leute können nicht immer in Binz sein. Und selbst wenn – irgendwann müssen alle mal schlafen. Die Geschäfte der von Plesows laufen gut, wie man so hört. Und daran muss sich auch nichts ändern. Wenn sie auf unsere Bedingungen eingehen, werden meine Männer und ich persönlich dafür Sorge tragen, dass alles seinen Gang geht und die Sicherheit des Hotels und der Menschen darin nicht gefährdet ist. Das sollte ihnen doch etwas wert sein.«

»Ist das die Antwort, die ich mit nach Berlin nehmen soll?«

»Nehmen Sie mit, was Sie wollen. Ich gebe den von Plesows genau eine Woche Zeit. Dann werde ich zwei meiner Leute vorbeischicken, um die ›Versicherung‹«, er malte mit den Fingern Anführungszeichen in die Luft, »zu kassieren. Sollten sie mit leeren Händen wiederkommen, wird es Folgen haben. Glauben Sie mir, Nolte, wir sind gut informiert. Wie würde es Ihrem Chef wohl gefallen, wenn sich zum Beispiel einige meiner Männer ein bisschen mit seiner kleinen Schwester beschäftigen? Hübsches Ding – *noch*.«

Es war das erste Mal in diesem Gespräch, dass Nolte um Beherrschung rang. Er stand auf. »Ich habe verstanden. Wie lautete noch gleich Ihre Frage, als ich vorhin Ihr Büro betrat? Ich glaube, Sie wollten wissen, ob ich dumm oder lebensmüde sei. Ich möchte die Frage an Sie zurückgeben, doch ich weiß auch so, dass es keine Rolle mehr spielt. Sie sind vor allem eines: ein toter Mann.«

7. Kapitel

Wir Deutschen müssen zurückkehren zu alter Stärke, zu ehrenvollen Siegen, zu Macht und Ruhm!

Alexander von Plesow

»Es wird heute Abend später.« Alexander klopfte mit dem Löffel gegen sein Frühstücksei und pellte sorgfältig die Schale ab.

»Darf ich erfahren, weshalb?« Margrit stutzte.

»Es findet eine Versammlung statt – nun, vielleicht sollte ich es eher als Treffen bezeichnen –, bei der wir uns über die Zukunft austauschen wollen.«

»Ich verstehe.« Sie stellte die Kaffeetasse auf dem Unterteller ab. »Wer wird alles dabei sein?«

»Das werde ich am Abend sehen«, antwortete er ausweichend.

Es klopfte, und Inge, das Dienstmädchen, trat ein. Sie knickste. »Die Zwillinge sind gewaschen und angezogen, gnädige Frau.«

»Gut. Beaufsichtige sie, bis ich komme.«

»Sehr wohl, gnädige Frau.« Inge knickste abermals, verließ das Zimmer und schloss die Tür.

»Wie gedenkst du, deinen heutigen Tag zu gestalten?«

Margrit zuckte mit den Schultern. »Ich bin mit den Zwillingen bei den Hartjens eingeladen. Es wird nur eine kleine Gesellschaft sein, und ich werde Inge mitnehmen, damit sie sich um die Kinder kümmert.« Margrit seufzte. »Ach, tatsächlich vergeht kaum ein Tag, an dem ich nicht zu einer Gesellschaft eingeladen bin. Und dann noch nebenher das Personal zu beaufsichtigen – manchmal wird es mir fast zu viel.«

»Du bist eben beliebt, Margrit. Man schätzt deine Anwesenheit.« Er lächelte seine Frau an.

»Ich weiß. Und dennoch bin ich erschöpft. Vor allem, wenn solche selbstgerechten Personen wie diese Helene von Lürssen dabei sind.«

»Was ist denn mit ihr?« Alexander trank einen Schluck Kaffee.

»Sie hat einen unmöglichen Ton am Leib. Was ihr Mann, dieser erfolgreiche Herr aus gutem Hause, an dieser einfältigen Person findet, ist mir wirklich ein Rätsel. Du wirst es kaum glauben, aber sie hat Beate Hinrichsen neulich tatsächlich darauf angesprochen, dass sie deren Umgang mit dem Personal für unangemessen hält.«

»Wie bitte?«

»Ja, wenn ich es dir doch sage. Die Haushälterin der Hinrichsens hat sich ungeschickt angestellt und hätte deshalb fast das gute Porzellan fallen lassen. Beate hat sie zurechtgewiesen, und das nun wirklich nicht besonders grob. Da hat sich diese Helene von Lürssen doch erdreistet, der Hausherrin vor allen Gästen zu raten, ihren Ton zu überdenken. Das muss man sich mal vorstellen.«

Alexander schüttelte den Kopf. »Manche Menschen wissen eben nicht, wie man mit der Unterschicht umgehen muss.« Er sah auf die Uhr, nahm die Serviette vom Schoß und legte sie auf den Tisch, dann stand er auf. »Es wartet heute viel Arbeit auf mich. Ich wünsche dir einen angenehmen Tag, Margrit.« Er beugte sich zu ihr hinunter und küsste sie auf die Wange.

»Dir auch, mein Lieber.«

Alexander rückte seine Krawatte zurecht und verließ dann das Zimmer. Margrit sah ihm nach, bis er die Tür hinter sich schloss. Ja, er war genau der Ehemann, den sie an ihrer Seite und als Vater ihrer Kinder haben wollte. Es war eine gute Entscheidung gewesen, dass sie ihn vor etwas mehr als drei Jahren geheiratet hatte, wenngleich sie sich daran störte, dass seine Mutter noch immer einen so großen Einfluss auf ihn hatte. Sicher, das Hotel gehörte zu siebzig Prozent Bernadette, und Alexander musste sich mit den übrigen dreißig Prozent und seiner Position als Geschäftsführer zufriedengeben. Natürlich wussten das nur die wenigsten, denn in der Öffentlichkeit stellte Bernadette es stets so dar, als wäre Alexander der Besitzer des Grand, der sämtliche Entscheidungen traf. Margrit fand es gut, dass ihre Schwiegermutter das tat, so konnte sie sich in der Gesellschaft als Frau eines Hoteliers präsentieren, der das größte und eleganteste Haus in Binz besaß. Dennoch störte es sie, dass es in Wirklichkeit ganz anders war. Man konnte es Bernadette zwar nicht verdenken, dass sie letztlich die Kontrolle über das behalten wollte, was sie gemeinsam mit ihrem verstorbenen Ehemann aufgebaut hatte, aber wenn es nach Margrit ginge, war es höchste Zeit, das Hotel endlich vollständig zu übergeben. Schließlich führte ihr Schwager Constantin das Hotel sowie das Varieté in Berlin eigenständig und vollkommen unabhängig von Bernadette. Und das, obwohl er zwei Jahre jünger als sein Bruder Alexander war!

Margrit hatte ihren Mann bisher nur ein einziges Mal darauf angesprochen und sofort an seiner Reaktion gemerkt, dass sie wesentlich subtiler vorgehen musste, wollte sie ihn zum Handeln bewegen. Er war der Auffassung, dass er dankbar für die Chance sein musste, die seine Mutter ihm mit der Geschäftsführerposition gegeben hatte, und dass er noch immer in hohem Maße von ihrem unternehmerischen Geschick und ihrem Charme profitierte. Aus welchem Grunde auch immer: Alexander bezeichnete seine Mutter Bernadette stets als das Herz des Grand; ohne sie hätte das Hotel es schwer, allen Stürmen standzuhalten. Margrit hielt dies für vollkommenen Unsinn. Sobald Bernadette sich zurückzog, würde sie selbst die Position als Hoteliersfrau an Alexanders Seite einnehmen und die Gäste mit ebensolchem Charme begeistern. Und mehr noch. Sie war immerhin über zwanzig Jahre jünger als Bernadette, da sollte es ihr doch wohl gelingen, mit ihrem fabelhaften Aussehen und ihrem gewinnenden Auftreten zu überzeugen. Warum Alexander das nicht von selbst erkannte, blieb ihr ein Rätsel.

Sie stand auf, legte die Serviette beiseite und ging zur Tür. Aus dem oberen Stockwerk drangen Stimmen zu ihr.

»Nein, Erich, nicht in den Mund stecken.«

»Inge!«, rief Margrit hinauf. »Der Tisch muss abgeräumt werden.«

»Ja, gnädige Frau«, gab das Dienstmädchen zurück und erschien kurz darauf mit Paul auf dem Arm am oberen Treppengeländer. »Ich bringe nur rasch die Zwillinge in den Laufstall und komme dann sofort herunter.«

»Das wird auch Zeit. Der Tisch räumt sich schließlich nicht von allein ab.« Margrit ging die Treppe hinauf. »Ich werde mich noch ein wenig zurückziehen. Sorg dafür, dass die Zwillinge keinen Lärm machen. Ich möchte nicht gestört werden.«

»Jawohl, gnädige Frau.« Inge stand die Sorge darüber, wie sie die Zwillinge ruhig halten und gleichzeitig das Geschirr abtragen sollte, deutlich ins Gesicht geschrieben. »Wenn die gnädige Frau nichts dagegen hat, würde ich mit den beiden an die Promenade gehen, sobald ich mit dem Tisch fertig bin.«

»Sofern du vorher noch die Hausarbeit erledigst.«

»Selbstverständlich, gnädige Frau.« Aus dem Nachbarzimmer drang ein Weinen zu ihnen herüber.

»Ich komme schon, Erich. Ich komme.« Inge warf Margrit einen gehetzten Blick zu. »Darf ich gehen, gnädige Frau?«

Margrit wedelte herablassend mit der Hand, dann ging sie ohne ein weiteres Wort die letzten Stufen hinauf und verschwand in ihrem Schlafzimmer. Inge beeilte sich, auch Erich zu holen, der in diesem Augenblick fast die Tischdecke von dem kleinen Beistelltischchen neben dem Fenster gezogen hätte. Gerade noch rechtzeitig erreichte sie den Zweijährigen und hielt ihn zurück. Sie zog ihn sanft von dem Tischchen weg, setzte Paul auf den Fußboden und nahm statt seiner Erich hoch. Anschließend gab sie Paul das kleine Kissen in die Hand, mit dem er so gern spielte, eilte dann mit Erich die Stufen hinunter und ging mit ihm in die Küche, wo sie Mechthild, die Haushälterin der von Plesows, bat, kurz auf ihn Acht zu geben. Mechthild nahm Erich auf den Arm, mahnte die zwanzigjährige Inge jedoch, sich zu beeilen, da sie selbst an diesem Tag mehr Arbeit hatte, als sie eigentlich bewältigen konnte. Inge nickte nur und lief sofort wieder nach oben, weniger wegen Mechthilds Mahnung als aus Sorge darum, was Paul in der Zwischenzeit angerichtet haben mochte. Sie war erleichtert zu sehen, dass Paul noch immer dort saß, wo sie ihn zurückgelassen hatte, und hingebungsvoll auf dem kleinen Kissen kaute. Sie bückte sich und nahm ihn hoch, eilte die Treppe wieder hinunter und kehrte in die Küche zurück. Mechthild gab ihr Erich auf den anderen Arm, dann trug das Dienstmädchen die Kinder durch die Hintertür hinaus und war erleichtert, als sie beide in den kleinen Karren setzen konnte, den sie seit einiger Zeit für die Ausflüge mit den Zwillingen nutzte. Er war mit Decken und Kissen ausgelegt, hatte aber im Vergleich zu dem Kinderwagen den Vorteil, dass beide darin Platz fanden und ihre Ausflüge unkomplizierter vonstattengingen. Inge rannte noch einmal in die Küche, holte Kekse und eine Flasche Apfelsaft und beeilte sich, zu den Zwillingen zurückzukehren. Dann hob sie die Deichsel an und zog mit dem Karren los. Paul und Erich guckten sich zufrieden nach allen Seiten um. Mit jedem Schritt fühlte Inge sich besser. Ihre Anspannung ließ merklich nach. Sie atmete tief die Seeluft ein und lauschte den Klängen des Akkordeons, die, begleitet von dem Geschrei der Möwen, zu ihr herüberwehten. Kurz darauf erreichte sie die Promenade. Drei Stufen musste sie den Karren hochheben, dann konnte sie ihn über das glatte Pflaster der Promenade ziehen. Sie drehte sich zu den Zwillingen um, die genau wie sie der Melodie zu lauschen schienen. Inge genoss diese wenigen Momente des Tages, in denen sie nicht hastig und voller Angst vor der gnädigen Frau durch das Haus hetzen musste.

In anderen Familien war es durchaus üblich, dass die Herrschaften ein Kindermädchen einstellten, sobald Nachwuchs auf die Welt kam. Inge hatte Mechthild, die schon seit über zehn Jahren im Dienst der von Plesows stand, darauf angesprochen. Zwar wusste Mechthild es nicht genau, vermutete jedoch, dass deshalb kein Kindermädchen eingestellt wurde, weil Alexander und Margrit von Plesow dieses Kindermädchen aus eigener Tasche hätten bezahlen müssen, während das übrige Personal bei Bernadette von Plesow angestellt war und von dieser auch bezahlt wurde. Offenbar scheuten Alexander und Margrit die Ausgaben für ein Kindermädchen, wobei Inge vermutete, dass es eher die gnädige Frau und weniger ihr Ehemann war, die von solchem Geiz getrieben wurde. Herr von Plesow hatte eigentlich immer ein freundliches Wort für die Angestellten, während seine Gattin überall Angst und Schrecken verbreitete. Zumindest Inge zuckte jedes Mal zusammen, wenn sie nur ihre Stimme hörte.

Plötzlich blieb sie abrupt stehen und schlug erschrocken die Hand vor den Mund. In der Eile hatte sie ganz vergessen, den Tisch abzuräumen. Sofort machte sie kehrt. Sie konnte nur hoffen, dass die gnädige Frau es sich nicht anders überlegt hatte und nach wie vor in ihrem Schlafzimmer ruhte. Die Lippen vor Angst zusammengepresst, rannte Inge zurück, den Karren hinter sich herziehend, und flehte im stillen Gebet, dass Margrit von Plesow ihren Fehler noch nicht bemerkt hatte.

Alexander stand am Fenster und lächelte, als er Inge bemerkte, die den kleinen Karren mit den Zwillingen darin hinter sich herzog. Ganz plötzlich blieb sie stehen, wendete und lief im Eilschritt zurück. Alexander runzelte die Stirn. Bestimmt hatte sie etwas vergessen.

»Hörst du mir überhaupt zu?« Josephine starrte mit in die Hüften gestemmten Händen auf den Rücken ihres Bruders.

Alexander wandte sich vom Fenster ab und drehte sich zu ihr um.

»Sicher habe ich dir zugehört. Aber hast du denn allen Ernstes geglaubt, dass Mutter dich damit durchkommen lässt? Du hast doch ihre Reaktion geradezu provoziert.«

»Ich habe mir lediglich die Haare schneiden lassen«, empörte sich Josephine. Sie hob den Kopf. »Ich bin eine selbstständige junge Frau und habe das Recht dazu, mir die Frisur machen zu lassen, wie ich es will.«

»Allerdings lebst du unter Mutters Dach, und sie sorgt für dein Auskommen. Also hat sie auch das Recht, dir die Aufgaben zuzuteilen, die sie für richtig hält.«

Josephine schossen die Tränen in die Augen. »Immer bist du auf ihrer Seite!«, schimpfte sie.

Alexander machte einige Schritte auf seine Schwester zu und zog sie an sich. »Das stimmt nicht. Hätten Constantin und ich nicht so auf Mutter eingewirkt, hättest du niemals nach Paris gehen dürfen.« Er fasste sie an den Schultern und hielt sie ein Stück von sich weg, um ihren Blick zu suchen. »Das weißt du doch, oder nicht?«

»Ja, schon. Aber ich würde mir jetzt und hier mehr Unterstützung von dir erwarten.«

»Josie, ich weiß, dass du das, was ich dir jetzt sage, nicht hören willst, aber seien wir doch mal ehrlich: Dein Auftritt im Restaurant hatte doch nur einen einzigen Grund – du wolltest Mutter vor allen Leuten deine neue Frisur unter die Nase reiben.«

»Ich habe mir die Haare nicht ihretwegen abschneiden lassen«, entgegnete Josephine trotzig.

»Das habe ich auch nicht behauptet. Aber so, wie du deine neue Frisur präsentiert hast, wolltest du einfach nur provozieren. Das kannst du nicht leugnen.«

Josephine öffnete den Mund, schloss ihn dann aber wieder.

»Du wolltest Mutter zu einer Reaktion herausfordern, und die hast du bekommen. Worüber wunderst du dich also?«

»Es ist ungerecht.« Sie wandte sich von ihm ab und ließ sich auf einen der Besucherstühle vor seinem Schreibtisch fallen.

»Mag sein. Aber werde doch endlich mal erwachsen.«

»Willst du damit sagen, dass ich *nicht* erwachsen bin?« Sie funkelte ihn herausfordernd an.

»Wenn du dich aufführst wie eine Sechsjährige, kannst du dir die Frage wohl selbst beantworten, oder?«

»Du redest genau wie sie.«

»Ach Josie, nun hör schon auf. Du wolltest die große Revolution und magst nun nicht mit den Folgen leben. So einfach ist das. Mutter hat dir wahrlich genug Zeit gelassen, dich hier in Binz in deine Rolle hineinzufinden, und ich muss ihr recht geben: Du hast nicht viel vorzuweisen, seit du aus Paris zurück bist, oder?«

»Kunst kann man nicht erzwingen.«

Alexander seufzte. »Hörst du dich eigentlich selbst reden?«

Josephine verschränkte die Arme. »Ich kann es ihr einfach nicht recht machen. Und jetzt zwingt sie mich sogar dazu, die Toiletten zu schrubben. Einerseits erwartet sie, dass ich meine Gemälde fertigstelle, andererseits füllen ›die neuen Aufgaben‹ meinen ganzen Tag aus. Sie macht das nur, um mich zu demütigen.«

»Bist du fertig?«, fragte Alexander und musste sich alle Mühe geben, nicht die Augen zu verdrehen.

Josephine funkelte ihn wütend an und sprang auf. »Ich habe schon verstanden. Ich bin für euch nichts als die dumme kleine Josie. Doch ihr werdet schon sehen!«

»Das wäre wirklich mal eine Überraschung«, entgegnete ihr großer Bruder trocken.

»Was willst du damit sagen?«

»Zeig es uns«, forderte Alexander. »Zeig uns doch, dass wir uns irren und viel mehr in dir steckt als nur Trotz und Rebellion. Du willst eine Künstlerin sein? Gut. Dann mach! Ich bin sicher, dass Mutter voller Stolz deine Gemälde präsentieren würde.«

»Das denkst du tatsächlich?«, fragte Josephine in schnippischem Ton. »Ich glaube, du täuschst dich. Gewiss würde sie meine Bilder mit hochgezogenen Augenbrauen betrachten und mir schließlich mitteilen, dass sie nicht gut genug sind, um im Grand ausgestellt zu werden.«

»Das kannst du doch nicht wirklich glauben!« Alexander schüttelte den Kopf. »Du kannst Mutter vieles vorwerfen, aber sie hat uns Kindern immer alle Chancen geboten, aus unserem Leben etwas zu machen. Was glaubst du wohl, warum sie dir sonst das Kunststudium in Paris ermöglicht hat?«

»Um mich aus den Augen haben. Ja, so ist es. Ich war schon immer eine Enttäuschung für sie, und sie wollte mich einfach nicht in ihrer Nähe wissen.«

»Wenn du das denkst, bist du wirklich einfältig.«

»Das muss ich mir von dir nicht sagen lassen!«

»Nein, das musst du nicht.« Er deutete zur Tür. »Doch wenn du ohnehin kein Einsehen zeigst, musst du mich jetzt entschuldigen. Ich habe zu arbeiten.«

Josephine kniff die Augen zusammen. Es fiel ihr schwer, die aufsteigenden Tränen zurückzuhalten. »Du bist schon genau wie sie.«

Alexander nahm einen der Briefe auf seinem Schreibtisch zur Hand und begann zu lesen, ganz so, als wäre Josephine bereits nicht mehr im Raum. Sie zögerte noch einen Moment, dann stürmte sie zur Tür hinaus und warf sie krachend hinter sich zu. Nach ein paar eiligen, ziellosen Schritten den Gang entlang blieb sie stehen und ließ sich mit dem Rücken an die Wand sinken. Tränen liefen ihr über die Wangen.

»Da bist du ja.« Marie bog um die Ecke und eilte auf Josephine zu.

»Lass mich. Ich muss allein sein«, schluchzte diese.

»Josie, die Zimmer reinigen sich nicht von selbst. Die Gäste werden ungehalten sein und sich bei deiner Mutter beschweren.« Sie fasste Josephines Arm. »Bitte, komm jetzt. Ich helfe dir auch.«

»Das darfst du nicht. Meine Mutter hat es verboten.«

Marie schluckte schwer und ließ Josephines Arm los. »Was ist nur los mit dir?«

»Jetzt fang du nicht auch noch an, an mir herumzumeckern. Warum sind eigentlich alle gegen mich?«

Es war Marie anzusehen, dass sie etwas sagen wollte, sich dann aber besann. »Kommst du jetzt oder nicht?«

»Nein«, entschied Josephine. »Putz du die Toiletten oder lass es sein. Es ist mir einerlei.« Sie löste die Schleife ihrer Schürze und warf sie auf den Boden. »Ich gehe jetzt.«

Marie wurde blass. »Das kannst du doch nicht tun!«

»Doch, ich kann. Und ich werde.« Aufgebracht wandte Josephine sich um und lief durch den Gang davon. Marie sah ihr kurz nach, dann hob sie rasch die Schürze auf und hastete zu dem Zimmer zurück, in dem sie nach Josephine gesucht hatte in der Annahme, dass diese dort putzte. Eilig machte sie sich an die Arbeit. Josephine hatte ihren Zeitplan völlig durcheinandergebracht, nichts war fertig, und Marie würde ihre liebe Not haben, ihre umfangreichen Aufgaben überhaupt noch zu schaffen. Sie arbeitete, so schnell sie konnte, und bemerkte deshalb nicht, dass die Tür des Hotelzimmers aufging und Bernadette von Plesow im Türrahmen erschien.

»Habe ich mich unklar ausgedrückt?«

Marie, die gerade den Boden wischte, zuckte zusammen. Dann sprang sie auf. »Es tut mir leid, gnädige Frau. Josephine … also … es ging ihr nicht so gut … und deshalb …«

»Ich habe dir genau gesagt, was ich von dir erwarte, Marie. Du hast versucht, mich zu Josephines Gunsten zu hintergehen. Ich hoffe, sie weiß deinen Einsatz zu schätzen, denn ich werde dir die getane Arbeit, für die du nicht zuständig warst, vom Lohn abziehen.«

Marie war am Boden zerstört. Sie brauchte jeden Pfennig, um für ihre Schwester zu sorgen und ihren Vater, so gut es ging, zu unterstützen. Wenn sie am Ende der Woche noch weniger in der Lohntüte hatte, als es normalerweise der Fall war, würde es nicht reichen, um alle satt zu bekommen, vor allem wenn auch noch der Vater hineingriff, um sich in der Kneipe volllaufen zu lassen.

»Bitte, gnädige Frau. Ich … ich wusste nicht, was ich tun sollte. Josephine ist einfach gegangen, und die Gäste werden schon bald zur Mittagsruhe ins Hotel zurückkehren. Ich befürchtete Beschwerden von den Gästen und womöglich Gerede, dass es hier im Grand …« Sie wischte sich eine Träne aus dem Augenwinkel. »Bitte, gnädige Frau, ich würde es nie wagen, Sie zu hintergehen. Ich wusste einfach nicht, was ich tun sollte …«

»Du hättest zu mir kommen und mir sagen müssen, dass Josephine die ihr zugewiesene Arbeit nicht erledigt hat.«

»Das wollte ich, wirklich, ich hätte es bestimmt noch getan. Aber dann wäre es für die Gäste zu spät geworden …«

Bernadette glaubte Marie keinen Moment lang, dass sie wirklich zu ihr gekommen wäre und Josephine verpetzt hätte, doch sie wusste, dass das Dienstmädchen es alles andere als leicht hatte, seit ihre Mutter Gertrud vor vier Jahren an der Schwindsucht gestorben war. Marie hatte noch eine jüngere Schwester und lebte zusammen mit ihr und dem Vater in der kleinen Wohnung an den Eisenbahngleisen. Bernadette wusste aus Gertruds Erzählungen, dass die Tassen in den Schränken schepperten, sobald ein Zug vorbeifuhr, und das ganze Haus für ein paar Sekunden zu beben schien. Gertruds Mann hatte den Tod seiner Frau nicht gut verkraftet und seinen Kummer im Alkohol ertränkt. Soweit Bernadette gehört hatte, ließ Hermann Reidel oftmals einen ganzen Wochenlohn in der Kneipe und scherte sich nicht darum, dass er für seine Töchter zu sorgen hatte. Deshalb lag es bei Marie, sich darum zu kümmern, dass stets genug Lebensmittel im Haus waren. Es würde sie nicht wundern, wenn er wegen seiner Sauferei bald auch noch seinen Posten bei der Eisenbahn verlieren würde.

Bernadette sah Marie ernst an. »Ich will dir glauben, dass du wirklich zu mir gekommen wärst«, erklärte sie dann. »Erledige jetzt alles und komm in mein Büro, wenn du fertig bist, damit ich weiß, wie viel Zeit dich Josephines Fehlverhalten gekostet hat. Ich werde dir kein Geld vom Lohn abziehen.«

»Danke, gnädige Frau.« Marie seufzte erleichtert auf. »Haben Sie vielen Dank. Ich beeile mich.«

»Ist gut.« Bernadette verließ das Zimmer, dann ging sie die Treppe hinauf zu ihrem Büro. Sie würde sich etwas für Josephine einfallen lassen müssen. So konnte es nicht weitergehen.

Kaum hatte sie die Tür aufgeschlossen, klingelte das Telefon. Ohne Hast ging sie zum Schreibtisch und nahm den Hörer ab. Werner Druminski meldete sich und entschuldigte sich, falls er gestört haben sollte.

»Was gibt es denn?«, fragte Bernadette in ruhigem Tonfall.

»Die Herren aus Berlin wünschen die gnädige Frau zu sprechen.«

»Sie sollen heraufkommen«, ordnete Bernadette an und legte auf, noch bevor Druminski ein weiteres Wort sagen konnte.

Kurz darauf klopfte es an der Tür, und Bernadette rief: »Herein!« Sie war überrascht, dass nur Gerd Nolte ihr Büro betrat.

»Frau von Plesow, ich hoffe, ich störe nicht?«

»Aber nein, Herr Nolte. Bitte setzen Sie sich doch. Wo sind denn Ihre Begleiter?«

»Die warten unten.«

Sie gingen zusammen zur Sitzecke und nahmen Platz. »Kann ich Ihnen etwas anbieten, Herr Nolte?«

»Nein, vielen Dank. Ich wollte Ihnen nur Bescheid geben, dass wir heute Ihr Hotel verlassen werden, und mich für Ihre Gastfreundschaft bedanken.«

»Sie reisen ab?«

»Nicht direkt. Doch wir halten es für klüger, in der nächsten Zeit nicht in Ihrem Haus zu wohnen.«

Bernadette zögerte. »Darf ich fragen, weshalb?«

»Nun«, gab Nolte zur Antwort, »ich möchte es mal so ausdrücken: Die Gespräche mit den Versicherungsvertretern waren nicht so erfolgreich, wie ich es mir gewünscht hätte. Möglicherweise wird es in Binz zu Zwischenfällen kommen, die ein Eingreifen der Polizei erforderlich machen. Da wäre es besser, wenn gewisse Personen nicht im Grand wohnen, sondern auf kleinere Pensionen verteilt sind.«

»Ich denke, ich kann Ihnen folgen, Herr Nolte.« Bernadette wollte sich die Unruhe, die plötzlich in ihr aufwallte, nicht anmerken lassen. »Könnten Sie etwas konkreter werden, was diese ›Zwischenfälle‹ betrifft? Womit haben wir zu rechnen?«

Nolte sah sie nur an. Er schien sich seine Antwort genau zu überlegen, bevor er schließlich sagte: »Dazu kann ich Ihnen leider nichts Genaueres mitteilen. So etwas«, er hob die Handflächen, »ergibt sich einfach.«

»Ich verstehe. Und was ist, wenn die Männer von der Versicherung noch einmal ins Grand kommen und ihre Forderungen wiederholen?«

»Das wird nicht geschehen. Wir wohnen hier nicht mehr, werden das Hotel jedoch überwachen. Sollte sich jemand nähern, von dem wir glauben, dass er dazugehört, werden wir uns darum kümmern.«

»Danke.«

Fast gleichzeitig standen beide auf. »Ich werde Constantin über alles informieren und permanent auf dem Laufenden halten. Wir werden für Sie die Angelegenheit zufriedenstellend klären, gnädige Frau.«

»Danke. Und wenn Sie einmal wieder nach Binz kommen, Herr Nolte, sind Sie selbstverständlich mein Gast.«

Gerd verbeugte sich, verabschiedete sich dann und ging.

Bernadette kehrte an ihren Schreibtisch zurück und setzte sich. Auch wenn sie es sich ungern eingestand, beunruhigte sie diese Situation. Sie konnte nur hoffen, dass Nolte die Lage richtig einschätzte und alles im Griff hatte. Kurz überlegte sie, Constantin anzurufen, um alles mit ihm zu besprechen, allerdings wusste sie ja nicht einmal, was genau sich zugetragen hatte. Darüber hatte Nolte sich ausgeschwiegen. Ganz abgesehen davon wollte sie sich für den Fall, dass es in den nächsten Tagen zu den von Nolte erwähnten »Zwischenfällen« kommen würde, besser zurückhalten. Nervös spielte sie mit dem Ring an ihrer rechten Hand. Sie trug noch immer ihren Ehering, selbst nach all den Jahren, und es gab Tage, so gestand sie sich ehrlich ein, da wünschte sie sich mehr als alles andere, dass Karl noch am Leben wäre und ihr beistehen würde. Doch sie war nun mal auf sich gestellt und musste selbst einen Weg aus dieser Krise finden.

Bernadette stand auf, ging zum Fenster hinüber und öffnete es. Sie atmete tief die frische Seeluft ein, schloss einen Moment lang die Augen und lauschte dem Akkordeon. Am liebsten würde sie jetzt einfach das Hotel verlassen, die Promenade entlangschlendern wie die vielen Besucher, ihr Gesicht der Sonne entgegenstrecken und einfach den Ort und das Leben genießen. Bei dieser Vorstellung überkam sie eine tiefe Sehnsucht, und sie musste tief durchatmen, um ihre Fassung wiederzuerlangen. Sie hatte viel dafür gegeben, da zu sein, wo sie heute war. Sehr oft mehr, als sie sich eingestehen wollte. Nach einer Weile löste Bernadette ihren Blick von der Promenade, trat vom Fenster zurück und schloss es. Sie ging zum Schreibtisch, öffnete die unterste Schublade und zog den Brief hervor, den ihr Ehemann Karl ihr hinterlassen hatte. Alles war in Aufruhr geraten, alles drohte ihr zu entgleiten. Die Ereignisse überschlugen sich, was sie zutiefst verunsicherte. Mit zitternden Fingern zog sie den Brief aus dem Umschlag und faltete ihn auf. Dann ließ sie sich langsam im Sessel zurücksinken und las mit einem kurzen Aufseufzen die längst vertrauten Zeilen.

8. Kapitel

Ich habe geglaubt und geliebt. Beides wurde mir genommen. Man kann einen Menschen nicht mehr töten, in dem schon alles Leben erloschen ist.

Klaus Denker

Klaus Denker wollte alles tun, um die Sache hier in Binz zu beschleunigen. Er hatte die Spur des Mannes, der seiner Überzeugung nach für den Tod seiner Familie verantwortlich war, bis nach Berlin verfolgt. Soweit er herausgefunden hatte, war dieser Egbert Müller damals tatsächlich für einige Wochen bei Else und den Kindern untergekommen. Allerdings bezweifelte Klaus Denker, dass er der Liebhaber seiner Frau gewesen war, wie die Nachbarn es im Prozess ausgesagt hatten. Er hatte Müller eine Zeit lang überwacht, konnte sich jedoch noch nicht auf alles einen Reim machen, so dass er sich um die Stelle bei Constantin von Plesow bemüht hatte, um den Kerl besser im Blick behalten zu können.

Müller gehörte zu den Männern, die Klaus Denker als »unsichtbar« beschrieben hätte. Er arbeitete in der Küche des Astor Variétés, allerdings nicht als Koch, sondern nur als Küchenhelfer. Über seinem rechten Auge trug er eine Klappe, die mit Stoff verlängert war und dadurch auch einen Teil seines Gesichts abdeckte. Dennoch waren die Brandnarben, die die Haut zusammengezogen hatten, auf der gesamten rechten Gesichtshälfte deutlich zu erkennen. Vermutlich hatte er sich die Verbrennungen schon in frühen Jahren, womöglich sogar als Kind, zugezogen und deshalb nicht wie alle anderen Männer in den Krieg ziehen müssen. Wo jedoch die Verbindung zwischen diesem Egbert Müller und Else lag, wusste Klaus Denker nicht zu sagen. Es reichte ihm nicht, sich diesen Egbert nur zu schnappen und zu töten, denn so würde er vermutlich bloß einen Teil der Geschichte erfahren. Nein, es reichte nicht, nur Rache zu nehmen. Er wollte alles herausbekommen, jedes Wort erfahren, das seine Kinder und Else vor ihrem Tod noch gesagt hatten. Und er würde nur einmal die Chance haben, sich diesen Egbert zu greifen, das wusste Denker mit Sicherheit. Ihm war klar, dass er in dem Moment, in dem er zuschlug, selbst ein toter Mann war. Dafür würden Constantin von Plesows Leute sorgen. Doch in den vielen Jahren im Zuchthaus und auch danach hatte es nicht einen einzigen Tag gegeben, an dem er nicht an Else und die Kinder, vor allem aber an ihren schrecklichen Tod gedacht hatte. Sein eigenes Leben war vorüber gewesen, als er nach Hause zurückgekehrt war und die drei leblos vorgefunden hatte, ihre Körper noch warm. Er war nur wenige Stunden zu spät gekommen. Nur wenige Stunden – nach all den Jahren, in denen er sie so schmerzlich vermisst und seine einzige Hoffnung darin bestanden hatte, eines Tages aus der Gefangenschaft nach Hause zurückzukehren und seine Familie wieder in die Arme zu schließen.

Manches Mal hatte Denker sich während seiner Zeit im Zuchthaus gefragt, ob er seine Familie im Jenseits wiedersehen würde. Gab es überhaupt ein Jenseits? Früher war er davon überzeugt gewesen, doch nach all dem, was er erlebt hatte, glaubte er weder an Gott noch an irgendeine andere höhere Macht. Und wenn es doch etwas gab nach all dem Leid hier auf Erden, würde er dann an den gleichen Ort kommen wie seine Familie? Er würde als Mörder sterben, während seine Else und die Kinder ihr ganzes Leben lang keiner Seele etwas Schlechtes gewollt hatten. Oft hatte er sich überlegt, einfach ein Seil zu knüpfen und sich an einem Balken aufzuhängen. Hätte er Gewissheit gehabt, auf diese Weise zu seiner Familie zu gelangen – er hätte keinen Moment gezögert. Aber sollte er den Mörder seiner Familie einfach so davonkommen lassen? Einen Kerl, der eine zarte Frau und zwei unschuldige Kinder getötet hatte? Auch er selbst hatte getötet, aber weder aus Vergnügen noch Habgier, sondern an der Front und weil er den Befehl dazu erhalten hatte. Ihm war einfach keine Wahl geblieben. »Sei schneller, oder du bist tot«, so hatte es immer geheißen. Und das war ihm stets gelungen. Doch es bedeutete nicht, dass er auch nur einen einzigen Mann wirklich hatte töten wollen. Er hatte sich dazu gezwungen gesehen.

Mit Egbert Müller jedoch war es etwas anderes. Schon oft hatte Denker sich ausgemalt, was er mit diesem Einäugigen tun würde. Jede Grausamkeit, die ihm durch den Kopf gegangen war, hatte er in Gedanken bis zum Ende durchgespielt. Er würde ihn sich direkt im Anschluss an seine Schicht in der Küche greifen, ganz zum Schluss, wenn niemandem mehr auffiel, dass Müller fort war.

Soweit Denker inzwischen herausgefunden hatte, gab es keinen, der in der kleinen Kammer unterm Dach auf Müller wartete. Doch insgesamt wohnten neun Mietparteien in dem Haus, weshalb es keine gute Idee war, Müller dort zu foltern, um ihm die Antworten zu entlocken, die Denker für sein Seelenheil brauchte. Die Gefahr, dabei gestört zu werden, erschien ihm zu groß. Deshalb hatte er sich die Heizungsräume im Keller des Astor genauer angesehen, und diese waren für seine Pläne geradezu optimal.

Die einzelnen Räume waren durch Stahltüren voneinander getrennt, und der Geräuschpegel durch die Generatoren war ohnehin ohrenbetäubend. Ganz abgesehen davon ging nur selten jemand nach unten, meist um Getränke aus einem der angrenzenden Räume zu holen. Doch das würde zu so später Uhrzeit, wenn das Varieté längst geschlossen hatte, niemandem mehr einfallen, was Denker viele ungestörte Stunden mit diesem Egbert Müller versprach.

Wäre ihm nicht der Besuch in Binz dazwischengekommen, könnte schon alles längst erledigt sein, und sowohl Müller als auch er selbst wären nicht mehr am Leben. Denker hätte es gewiss nicht als Todessehnsucht bezeichnet, dennoch sah er dem Tag, an dem er seinen Plan in die Tat umsetzen würde, freudig und mit großer Ungeduld entgegen. Es interessierte ihn nicht, ob er mit dem Leben davonkommen würde oder nicht. Ihm ging es nur um Gerechtigkeit.

»Was genau ist unsere Aufgabe?«, wollte Denker nun von Nolte wissen.

»Du bleibst mit Peter, Harald und Erich hier vor dem Hotel und behältst alles im Auge. Sollten irgendwelche verdächtigen Kerle hier herumschleichen, schnappt ihr sie euch.«

»Ist das nicht ein bisschen riskant?«, gab Denker zu bedenken. »Es gibt genug Geschäftsleute, die in meinen Augen ziemlich verdächtig aussehen. Nicht dass wir uns den Falschen schnappen.«

»Ihr werdet sie schon unterscheiden können«, winkte Nolte ab. »Geht jetzt und seht zu, dass ihr unsichtbar bleibt.«

»In Ordnung.«

Die vier zogen ab, und Klaus Denker sparte sich die Nachfrage, ob er nicht einer von denen sein könnte, die sich diesen Dieter Schnidtke schnappten. Nicht nur weil er wusste, dass er der Richtige dafür war, sondern weil er vor allem verhindern wollte, dass sich der Aufenthalt hier in Binz weiter in die Länge zog, während sich Egbert Müller in Berlin und damit außerhalb seiner Kontrolle befand.

Gerd Nolte sah den Männern kurz nach, dann gab er Ludger Schnurr, dem Exboxer, der bester Laune war und sich auf das, was in den nächsten Stunden vor ihnen lag, zu freuen schien, sowie den anderen sechs Männern ein Zeichen, ihm zu folgen. Nolte verteilte die Männer auf insgesamt sechs kleinere Pensionen, die alle im näheren Umkreis lagen, dann ging er zusammen mit Schnurr zu einem Kontaktmann, der ihm von Constantin von Plesow genannt worden war, als Nolte ihm am Telefon von seinem Gespräch mit Schnidtke berichtet hatte.

Nolte wusste nicht genau, mit welcher Reaktion er gerechnet hatte, als er seinem Chef mitteilte, dass Schnidtke nicht daran dachte, das Grand von seinen Schutzgeldforderungen auszunehmen. Als der jedoch vollkommen ruhig blieb und nicht einmal die Stimme hob, wusste Nolte, dass er nicht übertrieben hatte: Dieter Schnidtke würde schon bald ein toter Mann sein.

Constantin sagte ihm zu, sofort weitere dreißig Männer nach Binz zu schicken, die dafür sorgen würden, dass die Libellen bald der Vergangenheit angehörten. Noltes Auftrag bestand für den Moment darin, sich vereinzelte Männer zu greifen und aus dem Verkehr zu ziehen. Dieser Kerl sollte merken, dass seine Truppe immer mehr schrumpfte, allerdings sollte Nolte dafür Sorge tragen, dass die Leichen nicht in Binz auftauchten, um weitere Unruhe zu vermeiden.

Am frühen Abend trafen sich die Berliner erneut, um gemeinsam zu dem Haus zu gehen, in dem Nolte mit Schnidtke gesprochen hatte. Sie bezogen Stellung hinter den gut zwei Meter hohen Rhododendronbüschen, durch die sie eine gute Sicht auf das Haus hatten, und mussten nicht lange warten, bis einer der Männer aus der Tür trat, um eine Zigarette zu rauchen. Lautlos schlichen sich zwei Berliner auf Noltes Zeichen an ihn heran, hielten ihm den Mund zu und rammten ihm ein Messer in den Nacken. Ohne einen Laut brach der Mann zusammen. Sofort packten Constantins Leute den leblosen Körper und schleppten ihn hinter die Rhododendronbüsche. Nolte sah sich aufmerksam nach allen Richtungen um. Alles war unverändert, niemand hatte etwas von ihrem Vorgehen bemerkt. Er wies seine Männer an, den Toten zu einem Wagen zu bringen, der nur wenige Meter entfernt auf sie wartete, und ihn dann zum Anleger zu fahren, wo der Kontaktmann, den Constantin vermittelt hatte, bereits mit einem Boot wartete. Er würde heute Nacht mehr als einmal auf die See hinausfahren und die Leichen entsorgen müssen, die Nolte und seine Männer anschleppten.

Ein weiteres Mitglied der Libellen trat vor die Tür und sah sich um. Vermutlich fragte sich der Kerl, wo sein Kollege so lange blieb. Nach einem kurzen Moment kehrte er ins Haus zurück. Er schien keinen Verdacht geschöpft zu haben. Noltes Männer warteten noch einen Moment ab, dann zogen sie sich geräuschlos zurück und teilten sich wieder in kleinere Gruppen auf. Sie würden später zurückkehren und sich den nächsten Kerl greifen, aber keinesfalls mehr als drei, so hatten Constantin und Nolte es für diesen Abend vereinbart. Schnidtke sollte spüren, dass seine Weigerung Folgen hatte. Schon morgen würde die Verstärkung aus Berlin eintreffen. Nolte hoffte, einen offenen Kampf, der im beschaulichen Binz mit Sicherheit nicht unbemerkt bleiben würde, umgehen zu können. Er sah sich eher als Verhandler und weniger als Mann fürs Grobe. Dafür waren die anderen da. Doch wenn es sein musste, würde er auch selbst Hand anlegen. So war nun einmal das Geschäft.

Josephine hatte in ihrem Zimmer am Fenster gesessen und so lange dort ausgeharrt, bis sie sah, wie ihre Mutter am frühen Abend das Hotel verließ, auf das private Wohnhaus zustrebte und kurz darauf die Tür aufschloss. Es war bereits zwei Stunden her, seit der Akkordeonspieler sein Musikinstrument eingepackt hatte und mühsam aufgestanden war. Josephine hatte ihm nachgesehen, wie er, auf eine Krücke gestützt, den Akkordeonkasten in der freien Hand, davongehumpelt war.

Eigenartig … Seit er zu spielen aufgehört hatte, schien sich eine fast bleierne Schwere über Binz gelegt zu haben.

Josephine sprang von der Marmorfensterbank, verließ ihr Zimmer und sprang eilig die Stufen zum Erdgeschoss hinunter. Unten angekommen, blieb sie stehen und sah sich suchend um. Ihre Mutter war nicht da. Wohin mochte sie gegangen sein? In ihr Zimmer gewiss nicht, dann wäre sie Josephine begegnet. Aus dem Salon waren Geräusche zu hören. Josephine trat näher und hörte Bernadettes Stimme.

»Weißt du, wo Alexander ist? Ich habe ihn beim Abendessen im Hotel vermisst.«

»Er hat eine Verabredung mit Bekannten«, antwortete seine Ehefrau Margrit.

Josie trat an die nur angelehnte Tür des Salons und klopfte an den Rahmen.

»Bitte entschuldigt die Störung«, bat sie. »Mutter, könnte ich dich wohl kurz sprechen?«

Bernadette bedachte ihre Tochter mit einem leicht ungehaltenen Blick, doch dann nickte sie. »Sicher«, antwortete sie knapp.

»Ich wollte ohnehin noch einmal zu den Zwillingen gehen«, erklärte Margrit und erhob sich.

»Aber nein, ich wollte dich keinesfalls vertreiben«, entschuldigte sich Josephine.

Margrit ging nicht auf die Bemerkung ein. Auf dem Weg aus dem Zimmer blieb sie kurz stehen und sagte an Josie gewandt:

»Übrigens fand ich deine lange Haare wesentlich passender als diesen Haarschnitt, der wohl eher zu jungen Frauen passt, die gar zu offensichtlich das Vergnügen suchen.«

Josephine senkte den Kopf. Sie konnte die Frau ihres Bruders nicht ausstehen, und das beruhte ganz und gar auf Gegenseitigkeit. Trotzdem schmerzte sie das Gefühl, dass Margrit vermutlich besser in dieses Haus passte als sie selbst.

»Bitte schließ die Tür, wenn du mit mir sprechen möchtest.« Bernadette ging zu dem Sessel hinüber, der zusammen mit zwei Sofas um den Tisch drapiert war, und setzte sich. Josephine schloss die Tür und nahm dann auf dem gegenüberstehenden Sofa ganz vorn auf der Kante Platz. Sie saß sehr aufrecht, ohne sich anzulehnen, genau wie ihre Mutter, deren Blick streng auf sie gerichtet war. Einen Moment lang wünschte sich Josephine, Bernadette hätte auf einem der Sofas Platz genommen, so dass sie sich neben sie hätte setzen und ihr etwas näher kommen können. Manchmal, wenn auch nur selten, sehnte sie sich zutiefst danach, von ihrer *maman* einfach nur in den Arm genommen und gehalten zu werden. Jetzt war so ein Moment. Sie fühlte sich schuldig und auf gewisse Weise geradezu zerrissen. Verzweifelt suchte Josephine nach einem Ausweg, wenngleich sie nicht hätte sagen können, welcher Situation sie eigentlich entfliehen wollte.

»Du wolltest mich sprechen«, sagte Bernadette. »Ich höre.«

Josephine schluckte schwer und strich ihren Rock glatt. »Ich möchte mich für mein Verhalten entschuldigen und dich um Verzeihung bitten.«

»Für welches Verhalten genau?« Bernadette hob die Augenbrauen.

Josephine presste die Lippen aufeinander, Tränen stiegen ihr in die Augen. Sie zögerte. »Für alles«, antwortete sie dann leise.

»So einfach geht es nicht. Ich möchte gern von dir hören, was konkret du an deinem eigenen Verhalten missbilligst und was du daran ändern möchtest.«

»Ich bin unglücklich, *maman*.« Josephine blickte Bernadette aus großen glänzenden Augen an. »Ich habe das Gefühl, es zerreißt mich.«

»Merkst du das gar nicht?« Bernadettes Miene verriet keine Gefühlsregung.

»Was meinst du?«, fragte Josephine verwirrt.

»Gerade hast du behauptet, dass du dich für dein Verhalten entschuldigen willst. Doch was ich hier höre, lässt keineswegs auf Einsicht schließen. Stattdessen jammerst du, dass du dich nicht glücklich fühlst.«

»Du verstehst mich einfach nicht.«

»Da gebe ich dir recht, Josephine. Ich verstehe dich tatsächlich nicht. Dein selbstquälerisches Verharren in Selbstmitleid finde ich ebenso unverständlich wie abstoßend. Warum bist du nicht willens beziehungsweise in der Lage, Verantwortung für dich und dein Verhalten zu übernehmen?«

Josephine wollte etwas erwidern, wollte sich empören, doch sie blieb still. Zorn stieg in ihr auf, außerdem war da ein Gefühl, das sie zweifelnd innehalten ließ. War es möglich, dass ihre Mutter recht hatte und sie sich tatsächlich aufführte wie ein verzogenes Kind?

Einen Moment lang sagte keine von beiden ein Wort. Schließlich hielt Josephine das Schweigen nicht länger aus, ebenso wenig wie den Blick ihrer Mutter. »Ich weiß, dass es nicht richtig von mir war, die Arbeit einfach hinzuwerfen und mich nicht an das zu halten, was du von mir erwartet hast.«

Bernadettes Blick ruhte weiter auf der Tochter. Josephine knetete nervös die Hände. »Und es tut mir leid, dass ich dich mit dem Haarschnitt überrumpelt habe. Ich wollte wohl … hm, ich weiß auch nicht … ich finde die Frisur einfach schön, wollte so aussehen wie die Frauen in Paris, und ich hatte wohl Angst vor deiner Reaktion, wenn ich dir allein gegenübertrete, ohne die Gäste des Hotels um mich herum.«

Bernadette hob die Augenbrauen. »Wovor hattest du Angst?«

»Dass du wütend wirst.«

Bernadette seufzte. »Dir ist nicht ein einziges Mal der Gedanke gekommen, dass mir deine Frisur gefallen könnte, nicht wahr?«

Josephine starrte sie überrascht an. »Nein«, sagte sie dann kopfschüttelnd, »nein, der Gedanke ist mir wirklich nicht gekommen.«

»Daran siehst du, wie wenig du mich tatsächlich kennst.«

»Du meinst, meine Haare gefallen dir?« Josephine hätte nicht verblüffter sein können.

»Allerdings. Die Frisur ist zauberhaft. Hättest du mir vorher von deinen Plänen erzählt, hätte ich dich ermutigt, dein Vorhaben in die Tat umzusetzen.« Bernadettes Miene veränderte sich, sie sah nun nicht mehr streng, sondern eher betrübt drein. »Aber diese Möglichkeit hast du mir genommen und mir außerdem noch unterstellt, ich würde dich bestrafen.«

»Aber ich habe doch auch eine Strafe bekommen!«, empörte sich Josephine. »Ich sollte die Toiletten schrubben!«

»Ja, weil du vorhattest, mich mit deinem Verhalten bloßzustellen, nur deshalb. Dass du das nicht einmal verstanden hast, zeigt mir, wie weit wir uns inzwischen voneinander entfernt haben.«

»Bitte sag so etwas nicht, *maman*.«

Bernadette wirkte traurig. »Aber es ist wahr. Das kann keine von uns leugnen. Ich hätte dich nicht nach Paris gehen lassen dürfen. Du bist dort ein anderer Mensch geworden.«

Josephine schluckte schwer. Die Worte der Mutter trafen sie ins Herz. Nie hätte sie geglaubt, dass Bernadette so dachte und fühlte, ja dass sie bedauerte, dass sie beide sich fremd geworden waren.

»Marie hat die Aufgaben erledigen müssen, die dir zugedacht waren«, sagte Bernadette vorwurfsvoll. »Ist das ein Verhalten, mit dem du selbst gut leben kannst?«

»Aber ich …«

»Nein, Josephine. Ich bin deine Ausreden leid.«

Josephine senkte den Kopf. Sie hatte das Gespräch mit ihrer Mutter nicht nur gesucht, um sich zu entschuldigen, nein, sie hatte sie außerdem darum bitten wollen, zu ihrem Bruder Constantin nach Berlin ziehen zu dürfen. Bestimmt würde Bernadette es ihr verbieten. Doch dann würde sie einfach ihre Sachen packen und eine Fahrkarte lösen, die sie in die Metropole brachte, in der das Leben tobte, ganz anders als hier in Binz.

»Ich … ich kann hier in Binz nicht bleiben«, murmelte sie tränenerstickt. Entmutigt sah sie zu Boden, spürte jedoch den Blick ihrer Mutter auf sich ruhen.

»Du möchtest nach Berlin, habe ich recht?«

Josephine nickte.

»Das dachte ich mir.« Bernadette seufzte. »Ich habe heute Nachmittag viel über dich nachgedacht. Und ich bin zu der Erkenntnis gelangt, dass es womöglich keine Umkehr mehr für dich und mich gibt. Du kannst oder willst die Erwartungen, die ich an dich stelle, nicht erfüllen. Vielleicht ist es tatsächlich das Beste, wenn sich unsere Wege trennen und jede von uns ihr eigenes Leben lebt.«

Josephine fuhr ein Schauer durch den Körper. »Du erlaubst mir, dass ich gehe?«

»Ja, Josephine. Ich weiß, dass du das, wonach du suchst, auch dort nicht finden wirst, doch ich habe nicht die Kraft, jeden Tag aufs Neue gegen dich anzukämpfen. Es stehen schwere Zeiten bevor, die mir alles abfordern werden. Wenn ich mich nicht auf dich verlassen kann, ist es wohl besser, dass du gehst.«

Josephine wusste mit den Worten der Mutter nicht umzugehen. Was sagte *maman* da? Meinte sie wirklich, dass sie einfach gehen sollte? Josephine schluckte schwer, dann schlug sie schluchzend die Hände vors Gesicht. Es war ihrer Mutter also ganz recht, sie von sich zu schieben.

»Was hast du, Josephine?«

»Du bist also froh, wenn ich gehe?«

»Von froh kann keine Rede sein. Du bist meine Tochter, ich liebe dich und wünschte, du hättest Gefallen am Hotel gefunden und dich mit deiner Rolle hier identifiziert. Doch es gibt in jeder Beziehung zu einem anderen Menschen einen Punkt, an dem man den Verstand und nicht das Herz entscheiden lassen muss.« Bernadette hob den Kopf. »Und wieso beschwerst du dich überhaupt? Bist du nicht zu mir gekommen, um dich halbherzig zu entschuldigen und mich dann zu überreden, dich gehen zu lassen? Nun, jetzt gebe ich dir mein Einverständnis, und doch ist es nicht richtig?«

Josephines Herz klopfte wild. Es stimmte. Ihre Mutter hatte tatsächlich in allem recht. Warum war sie dann so enttäuscht, ja fast schon schockiert, dass Bernadette ihr zustimmte und einfach das gab, was sie wollte? Was stimmte nur nicht mit ihr, dass sie scheinbar nie glücklich sein konnte?

»Möchtest du mir nicht antworten?«

»Ich weiß nichts darauf zu sagen«, gab Josephine die einzig ehrliche Antwort, die ihr einfiel.

Bernadette erhob sich aus dem Sessel und ging zu Josephine. Sie legte den Arm um die Schultern der Tochter und zog diese leicht an sich. Josephine ließ es geschehen und schluchzte, als sie ihr einen Kuss aufs Haar drückte.

»Alles in dir ist zerrissen, nicht wahr?«, fragte Bernadette sanft.

Josephine sagte nichts, nickte nur und schmiegte sich noch enger an sie.

»Das, was dich glücklich machen kann, findest du an keinem Ort der Welt. Ob es nun Paris oder Berlin ist, du wirst immer wieder dieses Gefühl in dir spüren, solange du nicht dort zu leben beginnst, wo es richtig ist.«

»Und wo ist das?«

Bernadette streichelte sanft Josephine Arm. »Tief in dir. Nur dort kannst du finden, was dich glücklich oder auch unglücklich macht. Beides ist da.«

»Ich habe das Gefühl, laut schreien zu müssen, *maman*. Es ist, als würde ich die ganze Zeit aus tiefster Seele schreien, doch niemand könnte mich hören.«

»Weil du nicht auf dich selbst hörst.«

»Wie meinst du das?«

»Es wird dir nicht gefallen, was ich jetzt sage, Josephine. Es ist an dir, es anzunehmen oder als Unsinn abzutun. Die Wahrheit ist es jedoch allemal. Du findest stets Ausreden für dein Nichtstun. Du findest diese Ausreden aber nur für die anderen. Für mich, für Alexander, ja sogar für Marie. Doch dich selbst kannst du damit nicht überzeugen. Du selbst weißt, dass mehr in dir steckt, doch dass du zu bequem bist, um dich anzustrengen.«

Josephine wollte aufbegehren, aber Bernadette sprach weiter.

»Du hast noch kein Leid erlebt, keine Armut, keine richtige Angst. Ich habe alles von dir fernzuhalten versucht, weil ich der Überzeugung war, dass es so richtig ist. Ich selbst habe mich als Kind furchtbar allein gelassen gefühlt und wollte es bei meinen eigenen Kindern anders, besser machen. Doch ich erkenne, dass der Mensch Leid erfahren muss, um wahre Freude empfinden zu können. Kein Licht ohne Schatten, Josephine. Kein Schatten ohne Licht.«

Josephine war an der Schulter ihrer Mutter ruhig geworden. Sie genoss es, Bernadettes Worten zu lauschen, und konnte sich nicht erinnern, wann sie zuletzt einen so intensiven Moment mit ihrer Mutter erlebt hatte. Hatte es etwas Derartiges überhaupt je gegeben?

»Du hattest also keine schöne Kindheit? Du hast nie davon erzählt.«

»Nein, das habe ich nicht. Und ich werde es auch jetzt nicht tun.« Bernadettes Stimme wurde härter.

Josephine wollte nachfragen, doch ihr Instinkt riet ihr, diesen besonderen Moment nicht zu zerstören.

»Kannst du mir sagen, was ich tun soll, *maman*?«

»Nein, diesmal nicht. Es ist dein Weg, du musst ihn selbst finden.«

»Kannst du mir helfen?«

»Mit all meiner Kraft«, versicherte Bernadette und streichelte weiter zärtlich den Arm ihrer Tochter.

»Dann würde ich gern in Binz bleiben und die Aufgaben erledigen, die du mir zuteilst, und zwar so gut, dass du zufrieden bist. Ich werde gleich morgen zu Marie gehen und mich auch bei ihr entschuldigen. Und ich werde, wenn du es erlaubst, einen Teil ihrer Arbeit übernehmen.«

»Ja, das ist ein guter Gedanke«, lobte Bernadette, wenngleich sie der festen Überzeugung war, dass Josephine Binz verlassen musste, um ihren Weg zu finden. Doch sie beschloss, ihr dies jetzt nicht zu sagen. Nicht in diesem Augenblick, denn das hätte ohnehin nichts gebracht. Ihre flatterhafte Tochter musste selbst daraufkommen, hierfür würde Bernadette Sorge tragen. Josephines Wunsch, nach Berlin zu gehen, würde sich erfüllen – ob sie es schlussendlich wollte oder nicht. »Und was ist mit deiner Malerei?«

»Ich weiß nicht. Womöglich bin ich gar keine Künstlerin.«

»Doch, das bist du. Aber du hast zu viele Ausreden im Kopf. Du musst dir selbst verbieten, immerzu eine Entschuldigung dafür zu finden, weshalb du nicht an deinen Gemälden arbeitest.«

»Ich möchte so gern als echte Künstlerin wahrgenommen werden«, gab Josephine leise zu, und es war, als gestünde sie sich diese Tatsache zum ersten Mal ein.

»Und das wird auch geschehen. Doch zunächst musst du dich selbst verstehen, um mit deinen Gemälden das auszudrücken, was in dir ist.«

»Es klingt, als hättest du ebenfalls schon darüber nachgedacht.« Josephine sah auf und suchte den Blick ihrer Mutter.

»Nein«, gab diese lächelnd zurück und wirkte auf einmal um Jahre jünger. »Nicht über die Kunst. Doch ich drücke mich mit dem Hotel aus, und das jeden einzelnen Tag. Das ist es, was ich den Menschen von mir zeige und was sie wahrnehmen. Und ich hoffe, es gefällt ihnen.«

Josephine richtete sich auf. »Weißt du, dass du unglaublich schön bist, wenn du lächelst?«

Bernadettes Miene wurde wieder ernst. »Ich lächle selten, nicht wahr?«

»Ja.«

»Nun, dann musst du es eben für uns beide tun. Was denkst du? Schaffst du das?«

Josephine umarmte ihre Mutter, wie sie es zuletzt als kleines Mädchen getan hatte. »Ich danke dir, *maman*.«

»Geht es dir besser?«

»Ja.« Josephine löste die Umarmung und nahm Bernadettes Hand. »Wir sollten beide mehr lächeln.«

»Ein guter Gedanke«, lobte Bernadette. »Ein wirklich guter Gedanke.«

9. Kapitel

Pflichten, und seien sie auch angenehm, wiegen schwerer als Leidenschaft.

Dr. Robert Herbst

»Na, Herr Doktor Herbst? Haben Sie mal wieder alles auf Vordermann gebracht?«

Constantin ging auf den Arzt zu, der soeben aus dem Gemeinschaftszimmer der Prostituierten kam.

»Herr von Plesow.« Der Arzt, der nach Constantins Schätzung ein paar Jahre älter war als er selbst, streckte ihm die Hand entgegen. »Einige Ihrer Damen haben sich einen Husten geholt, doch das ist nicht weiter schlimm. Ich werde ein Rezept ausschreiben und es Ihrem Herrn Nolte geben.«

»Gerd ist im Moment in Binz. Eduard Köhler kümmert sich um diese Dinge, bis er zurück ist, Sie können ihm das Rezept dalassen.«

»In Ordnung, das mache ich gern. In Binz, sagen Sie? Ich habe gehört, dass es dort an der See sehr schön sein soll.«

»Wenn Sie und Ihre Familie einmal einige Tage von Berlin wegmöchten, lassen Sie es mich bitte wissen. Meine Mutter und mein Bruder besitzen das beste Hotel in Binz, das Grand. Es ist direkt an der See gelegen und bietet größtmöglichen Komfort.«

»Wirklich?« Der Arzt schien aufrichtig interessiert zu sein. »Ich habe tatsächlich überlegt, mal einige Tage der Stadt den Rücken zu kehren. Meine Frau ist zusammen mit den Kindern für mehrere Wochen zu ihren Eltern gefahren, während ich eigentlich arbeiten wollte.« Er beugte sich mit verschwörerischer Miene zu Constantin. »Die Eltern meiner Frau liegen mir nicht besonders.« Tatsächlich war dies nur ein Teil der Wahrheit, doch das sagte der Arzt nicht. Schon seit einer Weile hatte er mehr und mehr das Gefühl, vom alltäglichen Leben geradezu erdrückt zu werden. Manchmal war es ihm, als bekäme er kaum noch Luft.

»Nun, wenn Sie ausspannen wollen, kann ich Ihnen das Grand nur empfehlen. Ich werde gern für Sie dort anrufen und ein Zimmer reservieren lassen. Allerdings muss ich Sie vorwarnen: In Binz gibt es wirklich nichts als Ruhe und See. Wenn Sie's etwas turbulenter mögen, kommen Sie nach getaner Abend lieber abends zu mir ins Varieté.« Constantin zwinkerte dem Arzt vielsagend zu.

»Tatsächlich reizt mich der Gedanke an einige ruhige Tage sehr. Was denken Sie, wann könnte ich dort ein Zimmer mieten?«

Constantin war überrascht, wie eilig der Arzt auf sein Angebot eingestiegen war, behielt diesen Gedanken jedoch für sich. »Ich werde gleich mal nachfragen. Das Hotel ist gut gebucht, doch für Sie werden wir ein Zimmer finden. Betrachten Sie sich als meinen persönlichen Gast, Herr Dr. Herbst.«

»Das ist wirklich sehr großzügig, Herr von Plesow. Doch ich kann meine Rechnung durchaus selbst begleichen.«

»Das weiß ich doch. Aber sehen Sie es bitte als Zeichen meiner Wertschätzung. Wann soll das Zimmer reserviert sein?«

»Wenn Sie mich so fragen, würde ich gern in den nächsten paar Tagen noch alles in der Praxis regeln und dann am kommenden Freitag anreisen. Mein Kollege Dr. Rebers kann in der Zwischenzeit meine Vertretung übernehmen und auch die Besuche bei Ihren Damen durchführen.«

»Sehr gut. Das Zimmer wird bereitstehen. Reisen Sie mit dem Zug an?«

Der Arzt überlegte kurz. »Ja, ich denke, das wird das Beste sein.«

»Die Reichsbahn fährt mehrmals täglich in Richtung Stralsund.« Constantin reichte ihm die Hand. »Dann eine gute Reise, Herr Dr. Herbst.«

»Danke sehr, Herr von Plesow.«

Die beiden verabschiedeten sich. Bevor er in sein Büro zurückkehrte, sah Constantin noch, wie der Arzt Köhler ein Rezept in die Hand drückte, was dieser mit einem Nicken zur Kenntnis nahm. Es war immer gut, den Doktor bei Laune zu halten, der sich um die Gesundheit der Mädchen kümmerte. Schließlich waren die Verordnungen strenger geworden, und die Ärzte waren inzwischen verpflichtet, Fälle von Syphilis und anderen Infektionskrankheiten den Behörden zu melden. Doch das war nicht gut fürs Geschäft. Wenn Herbst die eine oder andere Meldung unter den Tisch fallen ließ, brachte dies Constantin letztlich einiges mehr ein, als ihn der Aufenthalt des Arztes in Binz kosten würde.

Als Dr. Herbst auf die Straße trat, irritierte ihn sofort der Lärm, den die immer zahlreicher werdenden Automobile mit sich brachten. Es hatte den Anschein, alles würde immer nur schneller und lauter, dabei wünschte er sich nichts sehnlicher als Ruhe. Er war jetzt achtunddreißig Jahre alt, fühlte sich aber manchmal, als ginge er bereits auf den Ruhestand zu. Alles in seinem Leben war zur Routine geworden und von Perspektivlosigkeit geprägt. Sein Beruf, seine Frau, die Kinder. Für nichts, was er hatte oder womit er sich umgab, brachte er auch nur einen Hauch von Leidenschaft auf. Dabei wusste er, dass es nur an ihm selbst lag, wie er die Dinge beurteilte und wahrnahm.

Er war als Arzt im Krieg gewesen und unversehrt von der Front zurückgekehrt. Zumindest, was seinen Körper anging. Was der Krieg mit seiner Seele gemacht hatte, war für ihn in vollem Ausmaß noch immer nicht greifbar. Das alles war nun bereits sechs Jahre her, doch er hatte das Gefühl, nie wirklich ins Leben hier in Berlin zurückgefunden zu haben. Sein erster Sohn war vier Monate nach seinem Marschbefehl zur Welt gekommen, sein zweiter vor drei Jahren. Er versuchte, vor seinen Patienten Souveränität und Ruhe auszustrahlen, ja sogar Zuversicht, doch er kam sich dabei vor wie ein Betrüger. Er lebte ein Leben, das irgendwie nicht sein eigenes zu sein schien. Am Morgen stand er auf und ging am Abend wieder zu Bett. In den Stunden dazwischen arbeitete er, aß und trank etwas und kümmerte sich um seine Patienten. Doch das Gefühl, lebendig zu sein, hatte er nicht.

Er hatte immer alles getan, wovon er glaubte, dass es von ihm erwartet wurde. Auch sein Vater war Arzt gewesen, und es hatte nie einen Zweifel daran gegeben, dass er selbst den gleichen beruflichen Weg einschlagen würde. Im Grunde war alles vorhersehbar gewesen, bis auf den Krieg, der ihn vier Jahre seines ansonsten geordneten Lebens gekostet hatte.

Er wusste nicht, ob es die lange Zeit in der Fremde gewesen war, gepaart mit der alles überschattenden Angst, dass schon der nächste Tag sein letzter sein könnte, die ihn veranlasst hatte, seine Sichtweise auf das Leben zu überdenken. Wozu war er auf der Welt? Aus welchem Grund hatte Gott eine Seele erschaffen, die im Körper eines Dr. Robert Herbst wohnte? Wofür stand er? Welchen Nutzen hatte die Welt davon, dass es ihn gab? Und: Was hatte diese Welt *ihm* zu bieten? Es waren diese Fragen, die ihn umtrieben und immer tiefer in Zweifel stürzten. Was war der Sinn des Lebens? Was wartete da draußen auf ihn, für das es sich zu leben lohnte? Seine Frau? Seine Kinder? War er überhaupt wichtig für sie, er als Mensch? Oder ging es nur um die Versorgung der Familie, dessen Oberhaupt er war?

Seit dem Tod seines Vaters vor einem Jahr lastete zusätzlich zu allen anderen Pflichten auch noch die Sorge um seine Mutter auf ihm, die mit dem Tod ihres geliebten Mannes nur schwer zurechtkam. Auf gewisse Weise beneidete Robert sie. Diese tiefe, echte Trauer, die Verzweiflung über Friedrich Herbsts Tod. Die Leidenschaft, von der ihre nicht enden wollenden Tränen zeugten. All diese Gefühle waren Robert Herbst fremd, fremd geworden im Laufe der Jahre und durch die alltäglich gelebte Routine. Nach außen hin war er der zuverlässige Arzt, der auch mal ein Auge zudrückte, wenn er es verantworten konnte, dafür aber genug Geld nach Hause brachte, um sich und die Seinen zu versorgen. Doch wie es in ihm aussah, wusste niemand – nicht einmal er selbst.

»He, pass doch auf, du Schnösel!«

Herbst zuckte zusammen, als ihn der Mann auf dem Fahrrad anschnauzte.

»Hast wohl keene Augen im Kopp, wa?«

Er blieb stehen, doch er erwiderte nichts, sah dem Fahrradfahrer nur einen Moment lang stumm nach. Dann ermahnte er sich, sich zusammenzunehmen, und kehrte auf direktem Weg in seine Praxis zurück. Ohne Umschweife erklärte er seiner Angestellten, Fräulein Mahler, dass er nur noch in den nächsten Tagen Patienten behandeln und ab kommenden Freitag für einige Tage verreist sein werde. Sie möge sofort seinen Kollegen Rebers bitten, während seiner Abwesenheit für ihn die Vertretung zu übernehmen und sich um seine Patienten zu kümmern. Die Sprechstundenhilfe sah ihn besorgt an, fragte jedoch nicht genauer nach.

Herbst behandelte an diesem Tag noch einen Patienten, der bereits im Wartezimmer saß. Danach rief er Dr. Rebers an, um mit ihm die Einzelheiten für die Urlaubsvertretung zu klären.

Herbst war schon oft für den Kollegen eingesprungen und hegte nicht den geringsten Zweifel, dass Rebers sich ihm gegenüber als ebenso kollegial erweisen würde.

Am darauffolgenden Freitag räumte Robert nach der Sprechstunde sein Behandlungszimmer auf, ließ Fräulein Mahler die Praxistür bereits zwei Stunden früher als sonst zusperren und wies sie an, sich während seiner Abwesenheit in sämtlichen Belangen vertrauensvoll an Dr. Rebers zu wenden. Die Frage seiner Sprechstundenhilfe, wann genau er zurück sein werde und ob die Möglichkeit bestehe, ihn telefonisch zu erreichen, ließ er unbeantwortet. »Ich werde mich regelmäßig bei Ihnen melden«, erklärte er ausweichend und ging.

Je weiter er sich auf dem Weg nach Hause von seiner Praxis entfernte, desto befreiter fühlte er sich. Ihm war, als hätte er sich soeben einer zentnerschweren Last entledigt.

Obwohl er Züge sogar noch schlimmer fand als Automobile, fühlte er sich in dem Abteil der Deutschen Reichsbahn ausgesprochen wohl. Das sanfte, gleichmäßige Ruckeln des Zuges auf den Gleisen, der ihn mit jedem Meter der See und damit auch der Ruhe, die er so herbeisehnte, näher brachte, empfand er als angenehm. Es war ein eigenartiges Gefühl, es tatsächlich gewagt zu haben. Er hatte der Praxis den Rücken gekehrt und war einfach aufgebrochen. Etwas so Ungeplantes und Verrücktes hatte er noch nie getan. Als er die Tür hinter sich ins Schloss gezogen hatte, war ihm die Frage durch den Kopf gegangen, ob es womöglich das letzte Mal gewesen sein könnte, dass er in der Praxis gearbeitet hatte. Was, wenn er einfach nicht zurückkehrte? Wenn er nach Binz führe und dann weiter, immer weiter an der See entlang, einfach so, wohin auch immer die Reise ihn führte? Könnte er so sein Glück finden? Und was bedeutete Glück überhaupt? Seit er denken konnte, war ihm stets suggeriert worden, dass Glück darin bestand, ein geordnetes, verantwortungsvolles Leben zu führen, einen sinnvollen Beruf zu ergreifen und eine Familie zu gründen, die man mit diesem Beruf ernähren konnte. Ansehen und gesellschaftliche Anerkennung waren in den Augen seiner Eltern das, was wahres Glück ausmachte. Und dieses Denken hatte er sein Leben lang nie in Zweifel gezogen. Erst in den letzten Monaten war das anders geworden, oder war es schon viel länger her, dass sich sein Blick auf die Dinge verändert hatte?

»Stralsund! Nächster Halt Stralsund!«, kündigte der Schaffner an, der sich seinen Weg durch den engen Gang des Zuges bahnte.

Robert Herbst stand auf und griff nach dem braunen Lederkoffer, den er oben auf der Ablage verstaut hatte. Seine schwarze Arzttasche hatte er neben sich auf dem Boden abgestellt. Nun nahm er sie in die eine, den Koffer in die andere Hand und ging zum Ausstieg. Tatsächlich fühlte er sich ein wenig nervös. Ein so spontanes Handeln entsprach nicht seinem Wesen, und der Gedanke, nicht genau zu wissen, was ihn in den nächsten Tagen erwartete, verursachte ihm schweißfeuchte Hände. Er war froh, dass er während der gut dreistündigen Fahrt fast durchgehend allein im Abteil gesessen hatte. In Berlin hatte zusammen mit ihm ein gut gekleideter Herr den Zug bestiegen und war auch mit in sein Abteil gekommen. Er war jedoch nur bis Eberswalde gereist und hatte während der ganzen Zeit kaum etwas gesagt. Offenbar ging es dem Mitreisenden genau wie Herbst, der ebenfalls keine Lust auf ein Gespräch verspürte.

Der Zug verringerte die Geschwindigkeit und kam endlich zum Halten. Der Schaffner öffnete die Tür und klappte die eingelassene Treppe mit den zwei Stufen herunter, um den Passagieren den Ausstieg zu ermöglichen.

»Einen angenehmen Tag, der Herr, und einen guten Aufenthalt in Stralsund«, grüßte der Schaffner, als Robert Herbst an ihm vorbeikam.

»Ihnen eine sichere Weiterfahrt«, gab der Arzt zurück, betrat den Bahnsteig und ging einige Schritte vom Zug weg, blieb dann aber stehen und sah sich um. Er war noch nie in Stralsund gewesen und wusste nicht, was er erwartet hatte, doch gewiss nicht einen so schönen und großen Bahnhof wie in Berlin. Das prachtvolle Gebäude mit dem Rundbogen und den großen Glasflächen überraschte ihn. Es war erfreulich zu sehen, dass der Bahnhof nicht nur unter praktischen Gesichtspunkten erbaut, sondern dass durchaus Wert auf Schönheit und Stil gelegt worden war.

Nach kurzer Orientierung ging er zum Ausgang, wo er eine Pferdedroschke nehmen wollte, die ihn nach Binz bringen sollte. Zu seiner Verblüffung erblickte er direkt am Ausgang einen Mann mit Chauffeursmütze und schwarzer Uniform, der ein Schild mit dem Namen Dr. Robert Herbst hochhielt.

»Guten Tag, ich bin Dr. Herbst«, sagte er, als er auf den Mann zutrat.

Dieser verbeugte sich. »Sehr herzlich Willkommen, Herr Dr. Herbst. Mein Name ist Frederik Hochhut. Ich habe den Auftrag, Sie ins Grand zu befördern. Darf ich Ihnen Ihr Gepäck abnehmen?«

Robert hätte verblüffter nicht sein können. »Woher wussten Sie denn, welchen Zug ich nehmen würde?«

»Frau von Plesow sagte mir, Sie würden ab Mittag mit einem der Züge aus Berlin ankommen, also habe ich gewartet.« Der Chauffeur lächelte freundlich.

»Dann bin ich aber froh, dass es noch nicht einmal drei Uhr nachmittags ist«, gab Herbst freundlich zurück.

»Ich auch«, erwiderte Hochhut und ließ sich von Robert den Koffer reichen. Die Arzttasche behielt Herbst bei sich.

Der Arzt folgte dem Chauffeur aus dem Bahnhofsgebäude zur gegenüberliegenden Straßenseite, wo ein Automobil geparkt war, auf das Hochhut zuhielt. Er stellte den Koffer ab, öffnete Herbst die Tür und verstaute dessen Gepäck, dann ließ er den Wagen an und fuhr los.

Es war nicht das erste Mal, dass Herbst in einem Automobil saß, doch es war das erste Mal, dass es ihm gefiel. Empfand er es sonst als überflüssig, ja geradezu störend, einen Ort via Automobil gar zu rasch zu erreichen, fühlte er sich heute frei und auf eine gewisse Weise sehr elegant, von dem Chauffeur direkt zum Grand Hotel gebracht zu werden. Ja, ein gewisser Lebensstil mochte ihm gefallen, wenngleich er es immer auch als etwas anrüchig empfunden hatte, allzu bequem zu werden. Doch hier ging es nicht nur um Bequemlichkeit.

Dr. Robert Herbst gehörte zu den Menschen, die Annehmlichkeiten vor allem früher als den ersten Schritt in eine ungesunde Lebensweise betrachtet hatten. Der Mensch war nicht dafür gemacht, auf schnellen Fortbewegungsmitteln unterwegs zu sein und die körperliche Bewegung zu vernachlässigen, denn es schwächte die Muskulatur, wenn sie nicht ausreichend beansprucht wurde. Aus seiner ärztlichen Praxis wusste er, dass übermäßige Trägheit unweigerlich mit Fettleibigkeit einherging. Gewiss, einen repräsentativen Lebensstil musste man sich leisten können, doch wurde Herbst nicht müde, seine gut betuchten Patienten vor dem übermäßigen Genuss von Alkohol und zu üppigen Speisen zu warnen.

Ja, viele Jahre hatte er seinen Patienten ins Gewissen geredet. Doch irgendwann hatte er damit aufgehört. Nicht weil seine Überzeugungen sich geändert hätten. Nein, er wusste, dass er recht hatte. Doch was nützte das schon?

Die Fahrt von Stralsund nach Binz dauerte noch einmal eineinhalb Stunden. Insgesamt war er nun seit dem Aufbruch aus seiner Wohnung in Berlin fast fünf Stunden unterwegs, und langsam, aber sicher verspürte er sowohl Hunger als auch Erschöpfung. Er hatte am Morgen zwar gefrühstückt, aber seitdem nichts mehr zu sich genommen, nicht einmal einen Schluck Wasser. Er bereute, sich nicht besser auf seine Reise vorbereitet zu haben. Wäre Hilde zu Hause gewesen, hätte sie ihn bestimmt nicht ohne einige belegte Brote und Getränke als Wegzehrung fahren lassen. Immer sorgte sie sich darum, dass er ausreichend aß, genug Schlaf bekam und keinesfalls, wie so viele in dieser Zeit, dem grauenvollen Laster des Rauchens verfiel. Noch vor Kurzem hätte Herbst seiner Frau recht gegeben, dass es überall immer stärker nach Zigaretten stank, doch jetzt, in diesem Augenblick, als sie das Hotel erreichten, er aus dem Automobil ausstieg und ein Mann mit einer Zigarette in der Hand seinen Weg kreuzte, hielt er inne und atmete tief den vorbeiziehenden Rauch ein. Dieser herbe Geruch, zusammen mit der Seeluft und dem Kreischen der Möwen über seinem Kopf, schenkte ihm eigenartigerweise ein nie gekanntes Gefühl von Freiheit. Von irgendwoher hörte er den Klang eines Akkordeons und blickte um sich, um nachzusehen, woher die Musik kam.

Der Chauffeur hob den Koffer aus dem Automobil und blieb neben ihm stehen. »Wenn Herr Doktor mir folgen wollen?«

Herbst zuckte zusammen, so weit fort war er in Gedanken gewesen. »Ja natürlich. Ich komme.« Er umfasste den Handgriff seiner Arzttasche noch etwas fester, betrat hinter dem Chauffeur das Gebäude und ging auf die Rezeption zu. Seine Schritte hallten auf dem glänzenden Marmorfußboden des Foyers wider.

Der Chauffeur stellte den Koffer ab. »Herr Dr. Herbst«, stellte er den neuen Gast dem Rezeptionisten vor.

»Ah, Herr Dr. Herbst aus Berlin!« Der Mann hinter dem Tresen nickte ihm freundlich zu. »Herzlich willkommen im Grand. Mein Name ist Werner Druminski. Bitte sprechen Sie mich jederzeit an, wenn Sie einen Wunsch haben.«

»Das ist sehr freundlich. Vielen Dank, Herr Druminski. Soweit ich weiß, ist auf meinen Namen ein Zimmer reserviert.«

»Selbstverständlich. Sie sind Herrn Constantin von Plesows persönlicher Gast und werden eines unserer besten Zimmer bewohnen.« Er schlug zweimal auf eine kleine Handklingel, um den Pagen herbeizurufen, dann griff er zum Telefonhörer. »Einen kurzen Augenblick, bitte«, sagte er zu Herbst und wählte eine Durchwahl. »Gnädige Frau, der Gast Ihres Herrn Sohnes, Herr Dr. Herbst, ist soeben angereist.« Er nickte. »Jawohl, gnädige Frau. Ich richte es aus.« Er wandte sich wieder dem Gast zu. »Frau von Plesow wird gleich hier sein und Sie persönlich begrüßen.«

»Das ist sehr liebenswürdig, vielen Dank.«

Der Page, der nach Druminskis Klingeln herbeigeeilt war, stand abwartend neben dem Tresen, bereit, einer möglichen Anweisung zu folgen.

Der Chauffeur wollte sich verabschieden, doch Robert hielt ihn zurück. »Ich muss noch die Fahrtkosten begleichen«, sagte er.

»Sie sind Gast des Hotels«, erklärte Hochhut freundlich. »Es ist bereits alles bezahlt.«

»Dann nehmen Sie wenigstens dies an«, bat Herbst und zog aus der Hosentasche einige Münzen hervor.

»Danke, der Herr. Ich wünsche eine gute Zeit hier in Binz.«

Herbst nickte dem Chauffeur zu, der sich verabschiedete und das Hotel verließ. In diesem Moment kam Bernadette von Plesow die Stufen herunter und zog sofort die Aufmerksamkeit aller Anwesenden auf sich.

Auch wenn Dr. Robert Herbst Bernadette von Plesow nie zuvor gesehen hatte, erkannte er Constantins Mutter sofort. Die Augenpartie der beiden schien vollkommen identisch zu sein, hinzu kamen die Haltung und auch die Haarfarbe. Doch nicht die Ähnlichkeit der beiden, sondern vielmehr die ungewöhnliche Ausstrahlung Bernadette von Plesows zog ihn vom ersten Moment an in ihren Bann. Den Kopf ein wenig zur Seite geneigt, das Kinn leicht angehoben, schritt sie auf ihn zu. Er folgte bewundernd jeder ihrer Bewegungen. Was für eine Frau.

Lächelnd reichte sie ihm die Hand. »Herr Dr. Herbst, es ist mir eine besondere Freude, Sie im Grand begrüßen zu dürfen. Mein Sohn hat mir schon so viel von Ihnen erzählt.«

Fast zögernd nahm der Arzt ihre Hand. »Sie sind zu liebenswürdig, Frau von Plesow.«

»Für Sie bitte Bernadette.«

»Es ist mir eine Ehre. Mein Name ist Robert.«

Bernadette trat noch einen Schritt näher heran und hakte sich bei ihm unter. »Wunderbar, und nun kommen Sie, Robert, ich werde Ihnen Ihr Zimmer zeigen.« Sie gingen zusammen zum Fahrstuhl, und Herbst vergaß sowohl seine Arzttasche als auch den Koffer am Empfangstresen, doch beides wurde ihm vom Pagen hinterhergetragen.

»Sie haben von Ihrem Zimmer aus einen ganz wunderbaren Blick auf die See«, fuhr Bernadette fort. »Ich hoffe, Sie werden sich in unserem Hause sehr wohlfühlen.«

»Davon bin ich überzeugt. Ihr Hotel ist wirklich beeindruckend.«

Sie betraten den Fahrstuhl, der Page lief mit dem Koffer und der Arzttasche die Treppe hinauf.

»Ich hoffe, es klingt nicht gar zu eitel, lieber Robert, doch ich bin tatsächlich immer noch ganz verliebt in dieses Gebäude.

Und ich darf Ihnen anvertrauen, dass es fast all unseren Gästen ebenso ergeht. Wer einmal im Grand war, dem fällt es schwer, sich danach mit weniger zufriedenzugeben.« Sie lachte auf und warf dabei ihren Kopf in den Nacken. »Aber erzählen Sie mir doch, was Sie sich von Ihrem Besuch hier in Binz erhoffen.«

»Ruhe!« Die Antwort des Arztes kam wie aus der Pistole geschossen. »Einfach nur Ruhe.«

»Ich verstehe Sie so gut, mein Lieber. Insbesondere deshalb, weil ich selbst erst vor Kurzem zu Besuch in Berlin war.«

Der Fahrstuhl hielt, und das Gitter wurde beiseitegeschoben, um ihnen den Ausstieg zu ermöglichen. »Danke, Walter«, sagte Bernadette zum Liftboy.

»Ganz im Vertrauen«, nahm sie dann das Gespräch wieder auf. »Mein Sohn Constantin fühlt sich außerordentlich wohl in Berlin, doch für mich wäre das kein Ort, an dem ich leben möchte.«

»Nun, liebe Bernadette, ich muss gestehen, dass auch ich immer weniger Gefallen am Leben in der Stadt finde.«

»Tatsächlich? Sie sind gerade erst angekommen, und schon haben wir eine Gemeinsamkeit entdeckt«, stellte Bernadette erfreut fest. »Ich bin glücklich, dass Sie den Plan gefasst haben, hier in Binz ein wenig Erholung zu suchen. Berlins Verlust ist unser Gewinn.«

»Wir reizend von Ihnen, Bernadette.«

Sie erreichten die Tür zu Herbsts Zimmer. Der Page hielt den Schlüssel bereit und steckte ihn erst ins Schloss, als Bernadette mit dem Gast davorstand. Dann stieß er die Tür auf, um die beiden eintreten zu lassen.

»Kommen Sie, mein lieber Robert«, lud Bernadette ihn ein, betrat das Zimmer und breitete die Arme aus. »Na, habe ich Ihnen zu viel versprochen? Ist es nicht herrlich?« Sie ging zum Fenster und zog die Gardine beiseite.

Herbst stellte sich neben sie. »Ja, es ist unglaublich schön«, meinte der Arzt, als er die strahlend blaue See vor sich sah, und öffnete das Fenster. Sofort strömten sommerliche Wärme und salzige Luft herein, die Herbst genüsslich einatmete. »Einfach wunderbar.«

»Ich freue mich, dass es Ihnen hier gefällt.« Bernadette gab dem Pagen ein Zeichen, das Gepäck abzustellen und das Zimmer zu verlassen, was dieser unverzüglich tat. Robert hatte dem Burschen noch einige Münzen geben wollen, ließ es aber für den Moment dabei bewenden. Bestimmt würde sich in den nächsten Tagen noch eine Gelegenheit ergeben.

»Sie müssen hungrig und durstig sein nach der langen Fahrt«, bemerkte Bernadette. »Darf ich Ihnen rasch eine Kleinigkeit aus der Küche bringen lassen?«

»Das wäre sehr freundlich. Ich bin tatsächlich fast am Verhungern und Verdursten.«

»Ich werde mich gleich darum kümmern. Ruhen Sie sich inzwischen etwas aus. Und darf ich mir erlauben, Sie zum Abendessen im Restaurant an meinen Tisch einzuladen? Es wäre mir eine Freude, Sie etwas näher kennenzulernen.«

»Die Freude ist ganz auf meiner Seite, liebe Bernadette.« Er ergriff ihre Hand und deutete einen Kuss an, was Bernadette mit einem anmutigen Nicken quittierte.

»Nochmals herzlich willkommen, lieber Robert. Ich bin sicher, dass Sie hier eine wunderbare Zeit verbringen werden.« Damit wandte sich Bernadette zum Gehen und wäre beinahe mit Marie zusammengestoßen, die mit einem Stapel Handtücher an der Tür erschien.

»Marie?«

»Verzeihung, gnädige Frau. Ich wollte nur rasch die Handtücher ins Bad bringen.«

»Marie, der Gast ist bereits da!«, zischte Bernadette.

»Ich bitte um Verzeihung.« Marie zog den Kopf ein.

»Aber das macht doch nichts«, schaltete Herbst sich ein. »Bitte, legen Sie die Handtücher einfach ab.«

Marie dankte ihm mit einem Nicken und zog abermals den Kopf ein, als sie Bernadettes wütendes Gesicht sah. Rasch lief sie ins Bad und legte die Handtücher ab. Nur wenige Sekunden später war sie zurück.

»Ihr Imbiss kommt gleich, Robert. Und nun lassen wir Sie Ihre Freizeit genießen.«

»Danke, Bernadette.«

Bernadette zog die Tür ins Schloss, nachdem Marie und sie das Zimmer verlassen hatten.

»Weshalb lagen die Tücher noch nicht bereit?«, fragte Bernadette ungehalten, fasste Marie am Arm und zog sie in Richtung Fahrstuhl, damit Robert Herbst ihr Gespräch nicht mit anhören konnte.

Marie musste dem Drang widerstehen, ihren Arm aus dem festen Griff der Chefin zu befreien. »Trutchen sollte eigentlich die Zimmer machen. Sie war auch schon fast fertig, doch dann wurde ihr übel, und sie musste … nun ja, Sie wissen schon. Und später hat sie's wohl vergessen, es ist ihr eben erst wieder eingefallen.«

»Wo ist Trutchen jetzt?«

»Unten, aber ihr geht's noch immer nicht gut. Sie hängt mit dem Kopf überm Eimer.«

Bernadettes Miene veränderte sich. »Das hat sie doch schon öfter gehabt in letzter Zeit, nicht wahr?«

Marie sagte nichts.

Bernadette packte Marie an beiden Schultern, so dass diese ihrem Blick nicht mehr ausweichen konnte. »Nun rede schon: Hat Trutchen sich schwängern lassen?«

Marie zuckte die Achseln. »Ich weiß es nicht, gnädige Frau.«

»Natürlich weißt du es und lügst mir ins Gesicht.«

»Nein, wirklich, ich schwöre es. Trutchen hat mir nichts gesagt.«

»Aber du bist schließlich nicht auf den Kopf gefallen, Marie.« Erst jetzt lockerte Bernadette ihren Griff. »Also, was denkst du?«

»Sie sollten wirklich mit Trutchen sprechen. Aber vielleicht ist es ja auch nur der Magen.«

Bernadette atmete vernehmlich aus. »Lauf in die Küche und lass einen kleinen Imbiss für unseren neuen Gast zusammenstellen, den du ihm persönlich bringen wirst. Und stell auch noch eine Flasche Wein aufs Tablett.« Bernadette schien zu überlegen. »Einen trockenen Roten«, ordnete sie an. »Und eine Karaffe Wasser.«

»Jawohl, gnädige Frau.« Marie knickste.

»Und jetzt beeil dich.«

»Ja, gnädige Frau.« Marie knickste abermals und rannte dann zur Treppe, während Bernadette mit dem Fahrstuhl wieder nach unten fuhr.

Sie eilte auf direktem Weg zu den Personalunterkünften, um sich Trutchen vorzunehmen. Es war ein immer wiederkehrendes Ärgernis, dass sich die jungen Mädchen von irgendeinem Dahergelaufenen schwängern ließen. Mit der Reitgerte fortjagen sollte man die, wie räudige Köter.

10. Kapitel

Die Menschen müssen spüren, dass sie leben. Und ich bin derjenige, der dafür sorgt.

Constantin von Plesow

Es war noch nicht einmal neun Uhr abends, aber das Astor Varieté war bereits überfüllt mit Menschen, die nach Ablenkung und Vergnügen lechzten. Die Luft war rauchgeschwängert. Constantin, der oben an der Brüstung stand und auf das Treiben hinuntersah, konnte vor lauter Zigarettenqualm die Gesichter der dicht gedrängten Gäste kaum mehr erkennen. Der Geruch nach Alkohol mischte sich mit dem Duft teurer Parfums, Lachen und Stimmengewirr verschmolzen mit der lauten, schnellen Dixie-Musik. Quäkende Posaunen, die sich mit helltönenden Trompeten einen Wettstreit lieferten, und kräftige Trommelwirbel schienen das Gebäude zum Beben zu bringen. Constantin erinnerte die wogende Menge an ein Gefäß mit zappelnden Aalen, wie er sie in Kindertagen in Binz gesehen hatte, wenn die Fischer vom Schmachter See ihren Fang an Land brachten.

Er hätte diesem bunten, lauten Treiben noch Stunden zusehen können. Ja, er liebte es. Die schnelle, laute Gier nach Leben und immer noch mehr Leben und Vergnügen, zügellos, wild und uneingeschränkt. Die Menschen lachten, boten sich überdeutlich ihrem Gegenüber an. Manches Paar, das sich erst an diesem Abend kennengelernt hatte, ging gemeinsam durch den nur mit einem Vorhang abgetrennten Bereich über den kleinen Flur zu den Separees und gab sich dort der Lust hin, dem vielbeschworenen preußischen Anstand zum Trotz. Lag es nur an Berlin, oder war es überall so, dass seit den Kriegsjahren Moral neu definiert wurde, dass die frühere Tugend scheinbar in den Gräbern der vielen Soldaten verschwunden war? Ihm war es nur recht, denn die Vergnügungssucht der Menschen spülte immer mehr Geld in seine Kassen. Gleich kam der Auftritt der *Volants Marocains*, und der würde die exotische Note des Lokals noch ein Stück lebendiger werden lassen. Constantin hatte die Show schon hunderte Male gesehen: wie die Geschwister in schlichten weißen Hemden auf die Bühne kamen und der Conférencier dazu die traurige Geschichte zweier Waisen erzählte, die, von Vater und Mutter verlassen, allein durch die Straßen von Tanger liefen, arm, ohne etwas zu essen und zu trinken, auf das angewiesen, was die Menschen ihnen zusteckten. Sie bedankten sich mit artistischen Kunststücken für die Großzügigkeit der anderen und brachten sie zum Staunen, bis auch der Letzte ihr Talent erkannt hatte und sie schließlich in bunten Kostümen am Trapez über den Dächern der Stadt schwebten. Frei, ungebunden, aller Sorgen ledig.

Von Plesow sah noch einen Moment amüsiert auf das Treiben hinab, dann stieß er sich von dem Geländer ab und ging in sein Büro. Er hörte noch, wie die Fliegenden Marokkaner angekündigt wurden, dann schloss er die Tür hinter sich.

Er hatte noch viel Arbeit zu erledigen. Seit Gerd Nolte in Binz war, fühlte er sich von den vielen Kleinigkeiten, die jeden Tag anfielen, fast ein bisschen überfordert oder besser gesagt: belästigt. Ihm lag dieser Kleinkram, der aber nun einmal dazugehörte, wenn man ein Lokal wie das Astor Varieté betrieb, einfach nicht. Natürlich wusste er, was seine rechte Hand alles erledigte und worum er sich kümmerte, doch erst jetzt, wo er einige Tage auf Nolte verzichten musste, wurde Constantin bewusst, dass vor allem der Varietébetrieb ohne ihn längst nicht so reibungslos lief, wie er es sich wünschte.

Er hatte eben erst mit Nolte telefoniert und von ihm erfahren, dass die von ihm angeforderten dreißig Männer in Binz eingetroffen waren. Die Libellen waren inzwischen auf ein verschrecktes Dutzend zusammengeschrumpft, die jederzeit einen erneuten Angriff der Feinde befürchteten. Sieben von ihnen lagen mittlerweile auf dem Grund der Ostsee, die Übrigen hatten sich bis an die Zähne bewaffnet und gingen so gut wie gar nicht mehr vor die Tür. Gerd hatte berichtet, dass ihnen einmal täglich ein Junge von ungefähr elf oder zwölf Jahren einen kleinen Handwagen voller Lebensmittel vorbeibrachte. Nolte und seine Leute hatten sich heute ganz offen auf der gegenüberliegenden Seite des Hauses aufgestellt, so dass derjenige, der die Lebensmittel für die Libellen in Empfang nahm, sie unweigerlich entdecken musste. Angst und Wut hatten sich im Gesicht des Mannes widergespiegelt, als er die Berliner dort stehen sah. Er hatte dem Jungen eilig das Geld gegeben und die Tür wieder zugeschlagen. Es war beinahe amüsant, wie rasch die Libellen die Schwänze eingezogen und sich ängstlich in ihr Häuschen verkrochen hatten.

Nolte ging davon aus, dass ein weiteres Gespräch mit Schnidtke reichen würde, um das Thema Schutzgeld für das Grand ein für alle Mal als erledigt betrachten zu können. Doch Constantin hatte sich dagegen entschieden. Nachdem er mithilfe seiner Leute seinen Standpunkt deutlich gemacht hatte, wäre es ein Zeichen von Schwäche gewesen, einen Rückzieher zu machen und darauf zu vertrauen, dass seine Familie nicht länger von den Libellen bedroht wurde. Dieses Entgegenkommen hätten sie womöglich später bitter zu bereuen.

Nein, Constantin hatte sich entschieden: Die Libellen in Binz mussten weg, und zwar endgültig. Für ihn machte es keinen Unterschied, ob es letztlich sieben oder fast zwanzig Tote waren, die ihr feuchtes Grab in der Ostsee fanden. Die Devise war nicht »leben und leben lassen«, sondern »leben oder sterben«. Schnidtke hatte sich gegen Constantin gestellt, was unweigerlich die letzte Option zur Folge haben musste.

Wenn alles gut ging, wovon Constantin überzeugt war, würden die über vierzig Berliner heute Nacht ins Haus der Libellen eindringen und sich auch noch die restlichen Männer holen. Constantin tat es nicht um einen von ihnen leid. Vielmehr hoffte er, dass alles ohne Verzögerungen ablief, damit Nolte nach Berlin zurückkehren und seinen gewohnten Dienst wiederaufnehmen konnte. Alles andere kümmerte ihn nicht.

Es klopfte an der Tür, und von Plesow, der an seinem Schreibtisch saß und soeben einen Stapel Briefe zur Hand genommen hatte, sah auf. »Herein!«

»'tschuldigung, Chef, aber da ist wohl was schiefgelaufen.« Eduard Köhler betrat das Büro und schloss die Tür hinter sich.

»Was ist schiefgelaufen?«, fragte Constantin, ohne sich anmerken zu lassen, wie sehr ihn die diffuse Aussage seines Angestellten störte.

»Am besten kommst du und guckst selbst.«

»Himmel noch mal!« Constantin fuhr in die Höhe. »Muss man hier wirklich alles selbst machen? Rede, Menschenskind!«

Eduard Köhler zeigte auf die Tür, statt eine Antwort zu geben.

Constantin mahnte sich zur Ruhe. Er hatte von seiner Mutter gelernt, dass es wenig souverän wirkte, wenn man die Fassung verlor, und ihre Ratschläge waren im Umgang mit Menschen stets Gold wert. Also atmete er tief durch, warf Köhler noch einen Blick zu und verließ sein Büro. Köhler trat ans Geländer, von wo aus man direkt auf die Bühne hinunterblicken konnte. Schweigend nickte er in die Richtung, wo die *Volants Marocains* gerade ihren Auftritt hatten. Constantin trat zu ihm und folgte Köhlers Blick. Einen Moment lang wusste er nicht, was er davon halten sollte: Die Menschen im Raum, die sonst stets wie gebannt der Show folgten, lachten und feixten. Constantin sah Köhler verständnislos an. »Was soll die Scheiße? Wo ist Catherine?«

Er starrte auf die Frau, die zusammen mit Renaldo auf der Bühne stand. Es war Vera, eine der Tänzerinnen, die am ganzen Körper schwarze Schminke und außerdem eine dunkle Perücke trug. Dass es sich um eine Weiße handelte, sah man trotzdem auf den ersten Blick, was beim Publikum zu grölendem Gelächter führte und die gesamte Show ins Lächerliche zog.

Constantin ballte die Hand zur Faust. Er konnte seine Wut nun kaum mehr im Zaun halten. »Wo ist Catherine?«, zischte er.

Köhler zuckte die Achseln. »Keine Ahnung. Ich hab's auch eben erst gesehen, als ich die Leute lachen hörte.«

Constantin blickte noch einmal nach unten.

»Und dort, in den Gassen von Tanger«, hörte er nun den Conférencier sagen, der an der linken Seite der Bühne stand und seinen Text vortrug, »sind die Geschwister ganz auf sich gestellt. In Lumpen gekleidet, mutterseelenallein, hungrig und ohne ein Dach über dem Kopf. Doch sie verstehen etwas, was so viel mehr wert ist als alles Gold der Welt – sie verstehen es, die Menschen mit ihrer Kunst zu begeistern.«

In diesem Moment streiften Renaldo und seine Partnerin das weiße Hemd ab, und zum Vorschein kamen die prächtigen Kostüme, was heute jedoch nicht zu entzücktem Applaus, sondern zu neuerlichem Gelächter beim Publikum führte, denn Vera rieb sich beim Abstreifen des Hemdes einen Teil der Schminke ab. Ihre Schultern und Oberarmen leuchteten hell, während der Rest ihres Körpers dunkel blieb.

Verunsichert sah die Tänzerin zu Renaldo, der die Situation mit einem Kunststück zu retten versuchte. Anders als Catherine stieß Vera jedoch einen spitzen Angstschrei aus, als er sie vom Boden in die Luft hob.

Für das Publikum gab es nun kein Halten mehr.

Constantin suchte den Blick des Conférenciers und bedeutete ihm mit einer Geste, den Auftritt sofort abzubrechen. Der nickte kurz, ging mit schnellen Schritten zu Renaldo und Vera und stellte sich in die Mitte.

»Und nun unterhält Sie wieder unser Fredy mit seiner Swingband!«, rief er laut, drückte Vera und Renaldo eine Hand in den Rücken, so dass sie sich verbeugten, und schob die beiden dann eilig in Richtung Bühnenausgang.

Constantin lief schnellen Schritts nach unten in Richtung Garderoben. Köhler folgte ihm, so schnell er konnte, und winkte im Vorbeigehen zwei weiteren Kollegen zu, sich ebenfalls anzuschließen.

»Wo ist Renaldo?« Wütend stürmte Constantin in die Garderobe, in der sich gerade einige Tänzerinnen umzogen. Vera saß im hinteren Bereich auf einem Stuhl und heulte Rotz und Wasser, während zwei Kolleginnen sie zu trösten versuchten. Constantin sah sie kurz an, und sie schüttelte ängstlich den Kopf, als wollte sie sich bei ihm entschuldigen.

»Er ist nebenan«, flüsterte sie, und Constantin eilte mit großen Schritten in den Raum, in dem Renaldo sich befand, und knallte die Tür hinter sich zu.

Renaldo saß vor dem Spiegel und schminkte sich ab. Er wirkte völlig fertig. »Sie ist weg«, war alles, was er hervorbrachte.

Constantin platzte der Kragen. Er packte seinen Artisten und warf ihn zu Boden, holte mit dem Fuß aus und trat ihm in den Leib. Renaldo schrie auf und krümmte sich vor Schmerzen, doch von Plesow holte erneut aus und trat noch zweimal zu.

Es klopfte. »Chef! Alles klar da drinnen? Soll ich reinkommen?«, hörte er Köhler rufen.

»Ihr bleibt draußen. Das hier ist meine Sache«, gab Constantin zurück und trat erneut zu, diesmal gegen Renaldos Beine, der wimmernd am Boden lag.

»Steh auf!«

Als Renaldo nicht sofort reagierte, brüllte Constantin: »Steh auf, oder ich mache weiter, bis ich dir alle Knochen gebrochen habe!«

Renaldo rollte sich auf den Bauch und versuchte unter Schmerzen, sich auf alle viere hochzustemmen. Einen Moment lang verharrte er so, dann gelang es ihm ächzend, sich so weit aufzurichten, dass er sich mühsam auf den Stuhl vor dem Schminktisch setzen konnte.

»Wo ist Catherine?«

Renaldo hustete einige Male und presste die Hand auf den Bauch, wo Constantin ihn getreten hatte.

»Ich weiß, es wird mir nichts mehr nützen, du wirst mich so oder so fertigmachen«, stammelte er und sah seinen Chef flehentlich an. »Ich würde es dir sagen, wenn ich es wüsste. Als ich ihr vorhin Bescheid geben wollte, damit wir uns für die Show fertig machen, war sie nicht mehr zu finden. Sie ist abgehauen, ohne mir ein Wort zu sagen.«

»Diese undankbare kleine Hure«, zischte Constantin. »Ich will, dass du sie zurückbringst. Und mir ist egal, wie du das machst, ist das klar?«

Renaldo nickte schwach.

Wieder klopfte es, diesmal heftiger. »Chef! Es ist wichtig!«, rief Köhler.

Seufzend stand Constantin auf und ging zur Tür. »Was ist?«

Köhler beugte sich vor. »Nicht nur Catherine ist weg: Sie hat auch das Koks mitgenommen«, raunte er seinem Chef zu.

Constantin riss die Augen auf und wirbelte zu Renaldo herum, der ihn schockiert anstarrte und sofort heftig den Kopf schüttelte. »Das hat sie nicht! Das hat sie nicht getan!«

Constantin wusste sofort, dass Renaldo nicht mit seiner Schwester unter einer Decke steckte. Sein Blick verriet ihm, dass er selbst fassungslos darüber war, was seine Schwester getan haben sollte.

»Das hat sie nicht getan«, stammelte Renaldo noch einmal. »Sie weiß, dass ihr mich umbringen werdet, wenn ihr es merkt. Das würde sie nicht tun. Das hat sie nicht getan!«

»Ebenso wenig, wie sie dich mit der Show hängen lassen würde, die eure Existenz hier in Berlin sichert?«, gab Constantin zurück. »Deine Schwester ist eine dreckige kleine Kokshure, und sie hat dich ans Messer geliefert, so einfach ist das.«

»Bitte, Constantin, du musst mir glauben, ich …«

»Ich glaube dir, dass du nichts davon gewusst hat«, fiel Constantin ihm ins Wort. »Aber das wird dir nichts nützen.«

Renaldo schluckte, sah zu Constantin, dann zu Köhler, der nun mit weiteren Männern an der Tür stand. Seine Schultern sackten herab.

»Ich bringe sie zurück, Constantin.« Er warf ihm einen flehenden Blick zu. »Bitte, ich bin der Einzige, der sie finden kann. Lass es mich versuchen. Sonst seht ihr euer Koks nie wieder.« Er sah von Constantin zu Köhler, dann wieder zurück.

Constantin funkelte ihn wütend an. »Wo ist sie, Renaldo?«

»Ich weiß es wirklich nicht. Doch es gibt nicht viele Orte in Berlin, die sie gut genug kennt.«

»Wo?«

»Lass sie mich suchen, bitte, Constantin, lass mich nach ihr suchen«, bettelte Renaldo. »Ich finde sie. Sie ist meine Schwester. Ich finde sie, dann bringe ich euch euer Koks zurück, und ihr seht uns nie wieder. Ich schwöre es!«

Constantin überlegte. Die Geschwister hatten ihm in den letzten Jahren eine Menge Geld mit dem Schmuggel von Drogen eingebracht. Zweimal im Jahr legten sie die etwa dreitausend Kilometer lange Strecke von Tanger bis Berlin zurück, wobei sie jeweils in Barcelona, Lyon und Frankfurt für einige Tage Halt machten. Sie hatten in den Städten mehrtägige Engagements, die ihnen aber nur als Tarnung dienten, damit sie mit ihrem LKW, einem 1920er MAN Typ 3,5-Tonner, unbehelligt die Grenzen nach Spanien, Frankreich und Deutschland passieren konnten. So waren sie immer etwa vier Wochen hin und zurück unterwegs, um sich danach für zwei Monate in Berlin aufzuhalten und dort in Constantins Etablissement aufzutreten.

Catherine war schon länger zum Risiko geworden, seit ihre Drogensucht zugenommen hatte. Doch selbst wenn die Geschwister bei der Auslieferung der Ware und beim Kassieren erwischt würden, könnte man Constantin nichts nachweisen. Dafür hatte er gesorgt. Ohnehin waren die Kontrollen eher mäßig. Die Regierung und die staatlichen Ermittlungsbehörden konzentrierten ihre Bemühungen viel mehr darauf, Aufstände und Unruhen niederzuwalzen, als dass sie sich dafür interessiert hätten, wer welche Drogen wo im Land verteilte. Vermutlich würde es nicht ewig so weiterlaufen, doch für eine Weile ließe sich hier noch gutes Geld verdienen, worauf Constantin keinesfalls verzichten wollte. Vor allem die Abnehmer in Lyon verlangten immer mehr, und Constantin war nur allzu bereit, die gewünschten Mengen zu liefern. Der Drogenhandel war neben den Einkünften aus den Zigaretten- und Spirituosenverkäufen seine Haupteinnahmequelle und überstieg sogar die Zahlungen aus den Schutzgelderpressungen. Er und seine Männer hatten Berlin fest im Griff, und Constantin war derjenige, der alle Fäden in der Hand hielt. Ganz gewiss würde er sich seine Geschäfte nicht von einer dahergelaufenen Schlampe kaputtmachen lassen, die sich zu viel Gift in die Nase gezogen hatte.

»Gut«, entschied er schließlich. »Such sie und bring mir mein Koks zurück. Und vergiss nicht, dass sie dich einfach so über die Klinge hätte springen lassen.«

Renaldo nickte nur.

»Wenn du sie gefunden und wieder in die Spur gebracht hast, gibt es für mich keinen Grund, weshalb wir nicht einfach so weitermachen sollten wie bisher.«

»Du gibst uns noch eine Chance?«

Constantin streckte ihm die offenen Hände entgegen. »Ach Renaldo, wir alle machen mal Fehler. Catherine ist durcheinander, das ist alles. Nichts, weswegen sie gleich sterben müsste.«

Er trat einen Schritt näher an den Artisten heran, so dass er nun direkt vor ihm stand und auf ihn hinuntersah. »Ich bin ein wenig enttäuscht, das gebe ich zu. Und ja, auch verärgert. Aber ich bin bereit, euch beiden zu verzeihen, weil wir Freunde sind.« Er packte Renaldo unvermittelt bei den Haaren und riss dessen Kopf nach hinten, so dass er ihm ins Gesicht blicken musste.

»Ich bin großzügig, doch nicht besonders geduldig. Bring mir deine Schwester und mein Koks und sorg dafür, dass sie wieder auf die Reihe kommt. Wenn nicht, werden meine Männer euch finden, egal, in welchem Loch ihr euch verkriecht. Und dann ist euer Leben keinen Groschen mehr wert. Hast du mich verstanden?«

Renaldo versuchte zu nicken, was ihm in dieser Position jedoch kaum gelang. »Ja, Constantin, ich habe dich verstanden.«

Von Plesow löste seinen Griff. Renaldos Kopf sackte nach vorn. »Gut, sehr gut. Dann solltest du keine Zeit mehr verlieren und Catherine suchen, damit wir alle wieder Freunde sein können.« In seiner Stimme schwang etwas Gefährliches mit.

»Ja, Constantin.« Renaldo sprang auf. »Ich kümmere mich darum. Das verspreche ich dir.«

»Davon gehe ich aus«, gab von Plesow zurück und bedeutete seinen Männern, Renaldo den Weg frei zu machen. Der Artist ging mit gesenktem Kopf an den Männern vorbei und erhielt dabei den einen oder anderen groben Stoß, dann verschwand er, noch immer im Kostüm, aus dem Blickfeld der Männer. Constantin nickte kurz, woraufhin sich zwei seiner Leute in Bewegung setzten, um ihm unauffällig zu folgen.

»Ich gehe wieder nach oben«, kündigte von Plesow an. »Gebt mir Bescheid, sobald sich etwas tut.«

»Geht klar, Chef.«

Constantin verließ die Garderobe. Auch wenn er es niemandem, nicht einmal sich selbst, eingestanden hätte, fragte er sich, ob er in Bezug auf Renaldo und Catherine gerade die richtige Entscheidung getroffen hatte.

11. Kapitel

Es gibt keine noch so dunklen Farben, mit denen ich die Zerrissenheit in mir auf die Leinwand bringen könnte.

Josephine von Plesow

Josephine hatte die ganze Nacht über wach gelegen und bis in die frühen Morgenstunden geweint. Am Abend war ihre Mutter noch einmal zu ihr gekommen, um abermals mit ihr zu sprechen. Lange hatten sie miteinander geredet, und irgendwann hatte Josephine überlegt, ob es nicht womöglich klug wäre, Binz doch für eine Weile den Rücken zu kehren, um ein wenig Abstand zu gewinnen. Nur so könne sie sich darüber klar werden, wohin ihr künftiger Weg sie führen würde. Sie hatte Bernadette versichert, keinesfalls für immer bleiben zu wollen, und auf deren Reaktion gewartet. Ihre Mutter hatte nachdenklich den Kopf gewiegt und schließlich befunden, dass sie sie natürlich nicht gern gehen lassen würde, dennoch sei sie geneigt, ihr zu helfen und sie zu unterstützen, vorausgesetzt, ein Umzug nach Berlin war wirklich das, was Josephine wollte.

Erst später, als Bernadette sich längst zurückgezogen und Josephine wach in ihrem Bett gelegen hatte, war das Gefühl in ihr aufgestiegen, womöglich überrumpelt worden zu sein. Ja, ihre Mutter besaß die Fähigkeit, einen so zu manipulieren, dass man am Ende glaubte, von allein zu dieser oder jener Erkenntnis gelangt zu sein.

Vielleicht hatte Bernadette ja von Anfang an geplant, sie aus

Binz fortzuschicken, damit sie ihr nicht länger vor den Füßen herumsprang. Sie fühlte sich hintergangen und dumm, vor allem aber – und das lastete schwer auf ihrer Seele – fühlte sie sich ungeliebt und weggestoßen. Weggestoßen von ihrer eigenen Mutter, gerade als sie das Gefühl hatte, sie hätten sich wieder angenähert.

So traurig sie darüber auch war – in ihre düsteren Empfindungen mischte sich auch ein klein wenig Freude darüber, der strengen Hand ihrer Mutter entkommen und sich bei Constantin in Berlin ein schönes Leben machen zu können. Es war doch großartig, dass Bernadette sie unterstützte und ihr die Möglichkeit gab, sich in der großen Stadt zu entfalten. Sie durfte nicht alles so negativ sehen, aber das Gefühl, es sei Bernadette womöglich ganz recht, dass sie ging, blieb und versetzte ihr lauter kleine Stiche, jedes Mal, wenn sie an Berlin dachte.

Sie konnte nicht sagen, was genau es war, doch irgendetwas in ihr sträubte sich heftig dagegen, Binz den Rücken zu kehren und tatsächlich ein neues Leben bei ihrem Bruder zu beginnen. Nun jedoch hatte sie das Gefühl, nicht mehr aus der Sache herauszukommen. Was hätte sie auch sagen sollen? Dass sie auf den Widerstand ihrer Mutter gezählt hatte und im Grunde nur auf eine neuerliche Konfrontation aus gewesen war? War das wirklich der Grund? War sie wirklich nichts anderes als die verwöhnte Tochter, die sich kindisch benahm und immer nur das wollte, was sie nicht haben konnte?

Über diesen Gedanken hatte sie Stunde um Stunde gegrübelt. Wer war sie eigentlich? Wer war Josephine von Plesow? Eine Erkenntnis allerdings hatte ihr diese Nacht eingebracht: Die Person, als die sie wahrgenommen werden wollte, und die, die sie wirklich war, unterschieden sich frappierend voneinander. Und das, so musste sie sich eingestehen, verunsicherte sie zutiefst.

In Paris an der Kunstakademie war alles ganz anders gewesen, viel einfacher, klarer und greifbarer. Alle waren dort wie sie gewesen, zumindest die, mit denen sie intensiver zu tun gehabt hatte. Alle hatten sie diese unbändige Lust auf das Leben – und dann auch wieder die schwermütigen Momente, in denen sie mit sich und der Welt haderten. Und alles, was sie und ihre Kommilitonen taten, war geprägt von Leidenschaft, heftiger Lust oder eben tiefer Trauer. Keiner von ihnen war darauf bedacht gewesen, in den gesellschaftlichen Strömungen mitzuschwimmen wie ein Fisch, der gar nicht wusste, ob er noch lebte oder schon tot an der Oberfläche trieb.

Müde und antriebslos setzte sie sich auf und verharrte einen Moment auf der Bettkante. Dann erhob sie sich, ging ins Bad, das sich direkt neben ihrem Zimmer befand, und verrichtete ihre Morgentoilette. Sie betrachtete sich im Spiegel. Dunkle, fast violette Schatten lagen unter ihren Augen, ihre Haut wirkte fahl, die Lippen fast farblos. Einen Moment lang blieb sie so stehen, dann stieß sie sich vom Waschbecken ab, lief zurück ins Zimmer, zog sich eilig Rock, Pullover und Schuhe über und verließ fast fluchtartig den Raum. Alles war noch ganz still, niemand außer ihr war wach. Sie schlich die Stufen hinunter und warf einen Blick auf die Standuhr – es war gerade einmal kurz nach fünf. So leise sie konnte, schob sie den Riegel zurück und öffnete die Haustür. Josephine trat hinaus, zog die Tür hinter sich ins Schloss und atmete tief durch, dann schlenderte sie langsam die wenigen Schritte bis zur Promenade. Dort wandte sie sich nach rechts, ging am Grand vorbei und schlug den Weg zur Seebrücke ein. Zum ersten Mal seit vielen Jahren saß der Akkordeonspieler noch nicht an seiner Stelle links neben der Seebrücke. Josephine fragte sich, wann er wohl täglich hier eintraf, um seine traurigen, sehnsuchtsvollen Lieder zu spielen und sich so ein paar Münzen zu verdienen.

Sie verschränkte die Arme vor dem Körper und betrat die

Brücke. Noch war es kühl, doch die Luft ließ erahnen, dass erneut ein schöner, warmer Sommertag aufziehen würde. Josie schlenderte über die Planken und atmete tief die Seeluft ein. Alles war ruhig und friedlich, selbst die Möwen schienen noch zu schlafen. Weiter draußen lag noch Nebel über der Ostsee, der das Ende der Seebrücke verschluckte. Sie ging in den Nebel hinein, dann wandte sie sich um und stellte fest, dass das Hotel hinter ihr nicht mehr deutlich zu erkennen war, sondern ebenfalls im Nebel verschwand. Josephine fröstelte. Kurz blieb sie stehen. Eine eigenartige Unruhe nahm von ihr Besitz. War noch jemand hier draußen? Sie sah sich um und starrte über die Seebrücke hinweg aufs Meer. War das eine Gestalt dort vorn? Schaudernd überlegte sie, ob sie nicht besser umkehren sollte. Die Situation hatte etwas Beunruhigendes. Angestrengt blickte sie nach vorn und versuchte, durch den Nebel etwas zu erkennen. Ja, jetzt war sie sicher, dass am Ende der Seebrücke ein Mann stand, der sich in diesem Moment zu ihr umdrehte. Womöglich hatte er ihre Schritte auf der Brücke gehört, vielleicht auch einfach nur das gleiche Gefühl gehabt wie sie selbst, dass noch jemand hier draußen war. Josephine fühlte sich auf eigenartige Weise ertappt. Jetzt umzukehren würde albern wirken. Nein. Josephine lief schon viel zu lange vor unangenehmen Situationen davon. Das musste ein Ende haben.

Entschlossen ging sie weiter und erkannte schon bald den Mann vor sich. Ein Hotelgast – an seinen Namen konnte sie sich jedoch nicht erinnern. Er war wohl Arzt, doch sicher war sie nicht. Auf alle Fälle sah er gut aus und war auffallend groß, fast so groß wie ihr Bruder Alexander.

»Guten Morgen«, sagte Josephine, als sie ihn fast erreicht hatte.

»Guten Morgen«, gab der Mann mit warmer Stimme zurück.

»Können Sie auch nicht schlafen, Herr …?«

»Herbst. Dr. Robert Herbst.«

»Ich bin Josephine von Plesow.«

»Es ist mir ein Vergnügen, Fräulein von Plesow. Doch, ich habe herrlich geschlafen, ich bin nur so früh aufgestanden, um in aller Ruhe und ohne Menschen um mich herum den Tag zu beginnen.«

»Oh, verzeihen Sie. Ich wollte Sie nicht stören.«

»Um Himmels willen, nein, so war es nicht gemeint. Aber das hier«, er deutete mit dem ausgestreckten Arm auf die See hinaus, »erlebt man am besten vollkommen ungestört, ohne die vielen Menschen, die sich tagsüber am Strand und auf der Seebrücke aufhalten.«

»Da haben Sie recht.« Josephine stellte sich neben den Arzt an die Brüstung und sah aufs Meer. »Es ist einmalig, nicht wahr?«

»Ja, das ist es. Ich bin erst seit wenigen Tagen in Binz, doch ich mag mir kaum vorstellen, wieder abreisen zu müssen. Alles hier fühlt sich so unbeschwert an. Und vor allem ruhig. Es scheint fast, als gingen die Uhren in Binz ein wenig langsamer.«

»Das ist wohl auch so«, gab Josephine nachdenklich zur Antwort. »Manchmal sogar etwas zu langsam.«

»Empfinden Sie das so?« Der Arzt schien aufrichtig überrascht. »Nun, es mag daran liegen, dass ich nur zu Besuch bin, doch ich kann mir keinen schöneren Ort zum Leben vorstellen.«

Josephine drehte sich um, lehnte sich ans Geländer und versuchte, durch den Nebel hindurch das Grand auszumachen. Der Dunst hatte sich etwas aufgelöst, doch das Hotel war noch immer kaum zu sehen.

»Ich glaube, Sie haben recht. Es gibt wohl wirklich keinen schöneren Ort«, sagte sie nachdenklich. »Eigenartig, dass ein Fremder mir dies sagen muss, damit auch ich es sehe.« Josephines Magen zog sich plötzlich zusammen.

»Alles in Ordnung?« Der Arzt hatte die rasche Geste bemerkt, mit der sie die Hand gegen den Bauch presste.

»Ja danke. Mir wurde nur eben erst bewusst, was ich aufgebe, wenn ich Binz verlasse.«

»Sie wollen fortgehen?«

Josephine wandte sich wieder um, den Blick aufs Meer gerichtet. Es gefiel ihr, mit diesem Fremden zu sprechen, ohne ihm dabei in die Augen zu sehen. Es war befreiend, ihre Worte nicht genau abwägen zu müssen, ihre Gedanken unverhüllt preisgeben zu können.

»Ja, schon in zwei Tagen. Ich werde nach Berlin zu meinem Bruder fahren.«

»Zu Constantin von Plesow, nicht wahr?«

»Sie kennen meinen Bruder?« Nun sah Josephine doch zu ihm hin, während Herbst weiter geradeaus blickte.

»Ja, ich arbeite sogar für ihn. Ich behandle seine Tänzerinnen«, er wählte das Wort mit Bedacht, »wenn sie krank sind. Sie habe ich vorhin gleich erkannt. Nicht nur wegen des Nachnamens, sondern weil sie die gleichen Augen und Haare wie Ihr Bruder haben. Vor allem aber sind Sie Ihrer Mutter wie aus dem Gesicht geschnitten, Fräulein von Plesow.«

»Bitte nennen Sie mich doch Josephine.«

»Sehr gern. Mein Name ist Robert.«

»Also sind Sie Berlin entflohen, um für einige Tage hier zur Ruhe zu kommen, Robert?«

»Ganz recht. Es war sogar die Idee Ihres Bruders. Und ich muss sagen, er lag goldrichtig damit.«

»Ich freue mich auf Constantin.« Josephine lehnte sich ein Stück über das Geländer und starrte ins Wasser. »Ich weiß, dass alles gut wird, wenn ich erst in Berlin bin.«

»Ist denn hier nicht alles gut für Sie?«

Josephine überlegte kurz. »Doch, wahrscheinlich schon. Wie Sie schon sagten, Robert: Hier ist alles so ruhig und friedlich. Aber ist das das Leben?«

»Es *könnte* das Leben sein.«

»Nein.« Sie schüttelte den Kopf, sah ihn an und lächelte. »Ich bin traurig, meine Mutter und meinen Bruder Alexander hier zurückzulassen, auch wenn ich weiß, dass Berlin genau das Richtige für mich ist.« Ihr Lächeln wurde breiter. »Genau genommen habe ich mich bei Ihnen zu bedanken.«

»Bei mir? Wofür denn?«

»Nun, als ich vorhin auf die Seebrücke ging, war ich noch voller Zweifel, ja sogar ein bisschen unglücklich. Doch nun, da ich Gelegenheit hatte, mit Ihnen zu sprechen, erscheint mir plötzlich alles ganz klar und logisch. Ja, Berlin ist der richtige Schritt für mich.«

»Es freut mich, dass ich Ihnen helfen konnte, obwohl ich nicht das Gefühl habe, irgendetwas für Sie getan zu haben.«

Das Geschrei der Möwen zog Josephines Blick nach oben. »Wir sind nicht mehr allein. Der Tag beginnt.«

Robert Herbst folgte ihrem Blick, dann sah er sich um. Das Grand war jetzt deutlich zu erkennen.

»Was meinen Sie, Josephine, wollen wir zurückgehen?« Er reichte ihr den Arm, und Josephine hakte sich ein.

»Sehr gern.« Zusammen schlenderten sie über den Steg in Richtung Strand. »Sagen Sie, Robert, wie lange bleiben Sie in Binz?«

»Einige Tage, ich weiß es noch nicht genau.«

»Schade. Sonst hätten wir zusammen nach Berlin reisen können.«

»Das wäre schön. Wissen Sie, Josephine, ich glaube, auch ich bin auf der Suche, genau wie Sie.«

»Und wonach?«

»Nach Glück, Frieden und Ruhe.«

»Darin unterscheiden wir uns, Robert. Glück ja, Ruhe und Frieden eher nicht.« Sie lachte hell auf. »Wenn Sie aber ohnehin noch bleiben, dann müssen Sie heute Abend an einer kleinen Feier teilnehmen, die ich anlässlich meines Abschieds gebe.«

»Ich möchte Sie nicht verärgern, doch ich weiß nicht recht. Ich glaube, ich bin zurzeit kein sehr guter Gesellschafter.«

»Aber ich bestehe darauf! Es ist nur eine Handvoll Gäste geladen, Freunde, Bekannte, die meisten kenne ich schon sehr lange, fast mein ganzes Leben.«

»Sehen Sie? Da gehöre ich gar nicht hin. Zum einen dürften Ihre Bekannten kaum in meinem Alter sein, zum anderen werden diese nur wenig Gefallen an einem Mann finden, der nichts als Ruhe haben möchte.«

Josephine sagte nichts, stattdessen lächelte sie ihn an, bis er ihren Blick erwiderte. »Aber ich bitte Sie, Robert. Es würde mich so freuen. Heute Abend in der Kakadu-Bar? Sagen wir gegen neun?«

Er seufzte hörbar. »Wie könnte ich einem derart bezaubernden Lächeln widerstehen?«

»Wunderbar.« Sie hakte sich etwas fester unter und umfasste mit der anderen Hand seinen Arm. »Ich freue mich aufrichtig darauf.«

Den Rest des Wegs über die Seebrücke legten sie schweigend zurück. Der Nebel hatte sich nun vollends verzogen, und als sie von den Holzplanken auf den festen Untergrund der Promenade traten, sah Josephine in der Ferne den Akkordeonspieler mit seiner Krücke heranhumpeln. Ja, sie würde Binz vermissen. Doch in diesem Moment wusste sie auch, dass sie wiederkommen würde, eines Tages. Sie musste gehen, um heimkehren zu können. Ein warmes Gefühl der Erkenntnis breitete sich in ihr aus und zeichnete ihr ein Lächeln aufs Gesicht.

Auch wenn er es zugesichert hatte, war Josephine keinesfalls sicher, dass Dr. Robert Herbst am Abend auch wirklich kommen würde. In der Kakadu-Bar herrschte bereits ausgelassene Stimmung, obwohl es noch nicht einmal neun Uhr war. Fritz und Albert, die Josephine schon kannte, seit sie auf der Welt war, sprangen wie wild auf der Tanzfläche herum und zogen immer wieder das eine oder andere Fräulein zu sich heran, um es zum Tanzen zu bewegen. Josephine war überrascht gewesen, dass ihre Mutter nichts gegen diese kleine Abschiedsfeier eingewandt hatte. Aber sie hatte ohnehin das Gefühl, Bernadette längst nicht so gut zu kennen, wie sie immer geglaubt hatte. Das Verständnis, das die Mutter ihr in der letzten Zeit entgegenbrachte, verwunderte Josephine über die Maßen. Vielleicht würde sie tatsächlich eines Tages nach Binz zurückkehren und an Bernadettes Seite im Hotel arbeiten, wie sie es sich an dem Abend der Aussprache mit ihrer Mutter gewünscht hatte.

Doch erst einmal war es wichtig, eigene Erfahrungen zu sammeln, da hatte *maman* ganz recht. Und Josephine konnte sich dafür keinen besseren Ort auf dieser Welt vorstellen als Berlin – die Stadt, die im Ruf stand, niemals zu schlafen. Die wilde, laute Musik, die an diesem Abend gespielt wurde, war für Josephine wie ein kleiner vorweggenommener Gruß, und sie genoss schon jetzt das unausgesprochene Versprechen dahinter, in Berlin ein Stück Freiheit zu kosten.

Sie reckte den Hals. Dr. Herbst war noch nicht zu sehen. Nun ja, er war auch nicht gerade begeistert über ihre Einladung gewesen. Viel mehr störte Josephine jedoch, dass sie auch Marie bisher noch nicht entdeckt hatte. Wenn deren Vater ihr die Erlaubnis verweigern sollte, an diesem Abend von Josie Abschied zu nehmen, wäre es für beide sehr schmerzlich. Trotz der sozialen Unterschiede bedeutete sie Josephine sehr viel. Immer schon hatte sie das Gefühl gehabt, niemandem so vertrauen zu können wie Marie, ja, die zwei Jahre Jüngere war für sie beinahe so etwas wie eine kleine Schwester. Dabei hatte es sich für Josephine eigentlich stets so angefühlt, als wäre nicht sie, sondern Marie die Ältere von ihnen. Marie war so vernünftig und zuverlässig, und manchmal fand Josephine sie sogar richtig langweilig wegen all ihrer Regeln und ihres tiefen Glaubens. Nach dem Tod ihrer Mutter Gertrud vor vier Jahren war Marie noch ernster und in sich gekehrter geworden. Leicht hatte sie es wirklich nicht, schließlich musste sie neben ihrer Arbeit im Hotel auch noch den Haushalt für ihre jüngere Schwester Lisa und den Vater führen. Dieser, das war überall bekannt, versoff das meiste Geld, das er als Lokführer verdiente, kaum dass er die wöchentliche Lohntüte erhalten hatte. Früher, als Gertrud noch gelebt hatte, war das anders gewesen. Doch inzwischen war er immer mehr abgerutscht und machte alles und jeden für das elende Leben verantwortlich, das er führte. Wie es Marie dabei erging, interessierte ihn nicht, auch nicht, dass er ihr Angst machte, wenn er betrunken und voller Wut nach Hause kam.

Bernadette hatte Marie angeboten, zusammen mit Lisa für eine Weile kostenfrei im Hotel unterzukommen, als es zu Hause besonders schlimm stand. Marie hatte zwar geweint, dann aber abgelehnt, aus Pflichtgefühl ihrem Vater, womöglich auch ihrer verstorbenen Mutter gegenüber. Anschließend war es zu Hause etwas besser geworden, hatte Marie berichtet. Josephine wusste es nicht mit Sicherheit, doch sie vermutete, dass Bernadette Maries Vater aufgesucht und ihm gewaltig die Leviten gelesen hatte. Ihrer Mutter war es schon immer egal gewesen, was sie sich als Frau herausnehmen durfte und was nicht.

Constantin hatte ihr einmal erzählt, dass er damals, als sein Vater noch lebte, mitbekommen hatte, wie ein Angestellter sich weigerte, einer von Bernadette ausgesprochenen Anordnung zu folgen. Angeblich stünde es nur ihrem Mann zu, ihm Befehle zu erteilen. Constantin hatte mit eigenen Augen gesehen, wie ihre Mutter daraufhin nach der Gerte für die Esel gegriffen und so lange auf den Mann eingeschlagen hatte, bis dieser heulend am Boden lag.

Ja, Bernadette wusste sich durchzusetzen, daran bestand kein Zweifel. Fast musste sie schmunzeln bei dem Gedanken, dass ihre Mutter mit Maries Vater, dem Säufer, das Gleiche getan haben könnte. Verdient hätte es der Kerl allemal.

Josephine spürte, wie jemand ihr von hinten auf die Schulter tippte. Sie drehte sich um und sah in die leuchtend blauen Augen ihrer Freundin. »Marie! Du bist hier!« Sie umarmte die Jüngere herzlich.

»Mein Vater hat es verboten, aber er bekommt es sowieso nicht mit, ob ich da bin oder nicht.«

Wieder drückte Josephine sie an sich. »Ich bin ja so froh. Ich hätte nicht nach Berlin aufbrechen können, wenn du nicht gekommen wärst.« Josephine sah sich um und nahm zwei Gläser Sekt von einem Tablett, das ein Kellner herumtrug. »Trinken wir auf Berlin und auf das wilde Leben.«

Marie schüttelte den Kopf. »Nein, ich möchte lieber nicht.«

»Ach Marie, nun komm schon. Es ist mein letzter Abend hier.« Josephine drückte ihr das Glas in die Hand. »Alles auf einmal!«

Marie schüttelte noch einmal den Kopf, aber nur kurz, dann ließ sie sich von Josephines ausgelassener Stimmung anstecken. »Alles auf einmal!«, echote sie, ließ ihr Glas gegen das der Freundin klirren, führte es an die Lippen und trank es in einem Zug aus. Sie riss die Augen auf, als sie das Glas wieder absetzte, und Josephine tat es ihr nur einen Moment später nach. »Noch mal zwei!«, rief sie ausgelassen und nahm zwei weitere Gläser von dem Tablett.

»Komm! Jetzt tanzen wir!« Josephine zog Marie mit sich auf die Tanzfläche, wo sich sofort einige junge Männer um sie scharten. Die Posaunen dröhnten, und die beiden jungen Frauen rissen die Arme hoch und wirbelten lachend herum, ließen sich mitreißen von der ausgelassenen Stimmung. Minutenlang tanzten sie mal mit dem einen, dann mit einem anderen zu wilden Shimmy-Klängen, bis die Musik schließlich endete und sie lachend von der Tanzfläche stolperten.

»Guten Abend, Josephine.«

»Robert! Sie sind gekommen!« Übermütig fiel Josephine Herbst um den Hals, der Mühe hatte, nicht das Gleichgewicht zu verlieren, dann löste sie sich wieder und winkte einen Kellner heran. Sie nahm ein Glas Sekt von dem Tablett und reichte es Robert, dann griff sie zwei weitere, drückte eines Marie in die Hand und hielt das dritte selbst hoch. »Brüderschaft!«, brüllte sie aus vollem Hals, schlang ihren Arm um Roberts und trank einen Schluck. Er nippte verhalten.

»Ich heiße Josephine, und ab jetzt duzen wir uns.« Sie drückte ihm einen Kuss auf den Mund, dann blickte sie zwischen Marie und Robert hin und her. »Jetzt ihr.« Als sie sah, wie die beiden zögerten, drängte sie eifrig: »Nun mal los, ihr zwei, nicht so schüchtern!«

Robert war die Situation unangenehm, jedoch offensichtlich nicht so sehr wie Marie, die kaum wusste, wohin sie gucken sollte. Also ergriff er die Initiative, umschlang mit seinem Arm den ihren, trank einen Schluck und drückte ihr einen Kuss auf den Mund. »Robert.«

Marie riss die Augen auf, zögerte, dann tat sie es ihm hastig gleich. »Marie.«

Josephine jubelte vor Begeisterung, leerte ihr Glas und zerrte Marie und Robert, denen kaum Zeit blieb, ihre Gläser abzustellen, zur Tanzfläche. Josephine schnappte sich Albert, einen jungen Burschen, den sie schon seit Schulzeiten kannte. Robert nickte Marie zu. »Wollen wir?«

»Ja!«, rief sie und erschrak über ihre laute Stimme. Robert und sie fingen an zu lachen, dann ließen sie sich vom Rhythmus davontragen.

Als die Musik zwischendurch eine kurze Pause einlegte, eilten Marie und Robert zur Bar und bestellten sich noch etwas zu trinken. Maries Kehle war wie ausgedörrt. Hastig trank sie das Glas leer.

»Vorsicht, sonst wirft der Sekt dich noch um«, warnte Robert.

»Fängst du mich dann auf?« Marie hätte über ihre eigenen Worte erschrocken sein müssen, doch sie war zu angeheitert, zu ausgelassen, zu sehr von der Stimmung angesteckt, als dass sie sich von ihrer üblichen Schüchternheit hätte bremsen lassen. Sie vergaß alles um sich herum, genoss den Sekt, von dem sie in ihrem Leben bisher nur bei zwei oder drei Gelegenheiten einen kleinen Schluck getrunken hatte, spürte die schnelle Musik bis in jede Faser ihres Körpers und gab sich ganz und gar der Stimmung des Augenblicks hin. Sie vergaß vollkommen die Zeit, verschwendete keinen einzigen Gedanken daran, dass sie eigentlich nach Hause zu gehen und sich um Schwester und Vater zu kümmern hatte. Sie tanzte und lachte – ja, man konnte sagen, sie lebte. Es schien ihr, als wäre sie hier und heute das erste Mal mit dem in Berührung gekommen, was die Welt Leben nannte.

Es war weit nach Mitternacht, als die Kakadu-Bar sich endlich leerte. Marie war vollkommen durchgeschwitzt vom Tanzen und nicht mehr in der Lage, auch nur halbwegs gerade zu gehen.

»Ich bringe dich nach Hause«, bot Robert an.

Marie wusste, dass sie hätte widersprechen sollen, doch sie

nickte nur und ließ den Kopf an seine Schulter sinken. Sie sah zu Josephine hinüber, die betrunken an Alberts Hals hing und mit ihm zu einer langsamen Melodie tanzte, die nur sie beide hören konnten. Um die beiden nicht zu stören, nahm Marie ihr Tuch, legte es sich über die Schultern und ließ sich von Robert Herbst nach draußen begleiten.

Er hielt sie im Arm, und sie schmiegte sich fest an ihn. Eng umschlugen flanierten sie über die mondbeschienene Promenade. Marie legte den Kopf in den Nacken.

»Ich habe noch nie so viele Sterne gesehen«, sagte sie, und Robert blickte ebenfalls zum Himmel, wobei er kurz ins Straucheln geriet. Lachend blieben sie stehen.

»Ich auch nicht«, sagte er etwas undeutlich.

»Ich möchte mich an den Strand legen und weiter die Sterne anschauen«, flüsterte Marie und sah ihn an. Sie blickten einander tief in die Augen, umarmten sich, und Robert küsste sie. Nicht fordernd, nicht stürmisch, einfach nur voller Zärtlichkeit und so, als wäre es das Normalste der Welt. Marie ließ es geschehen und schloss die Augen. Dann gingen sie hinunter an den Strand. Robert schlüpfte aus seiner Jacke und breitete sie im Sand aus, damit Marie darauf sitzen konnte, doch sie ließ sich einfach fallen, wickelte die Jacke zusammen und bettete ihren Kopf darauf. So lag sie ausgestreckt auf dem Rücken, während Robert auf der Seite ruhte und sie betrachtete.

»Du bist so schön«, raunte er ihr zu. »Und wenn du nicht so jung wärst und …« Er ließ den Satz unvollendet.

Marie sah in den Sternenhimmel. »Du findest mich schön?«

»Schöner als jede Frau, die ich in meinem Leben gesehen habe. Doch morgen würde ich mich dafür hassen, wenn ich dich …«

»Es gibt kein Morgen«, unterbrach ihn Marie leise. »Es gibt nur das Heute, nur das Hier und Jetzt. Morgen bist du Gast im

Hotel, und ich bin das Zimmermädchen. Doch in diesem Augenblick gibt es nur uns und den Sternenhimmel.«

Robert zögerte, dann stemmte er sich hoch und küsste Marie. Sie schloss die Augen, hörte seinen Atem und die Wellen, die an den Strand schlugen. Ihr war schwindelig, alles drehte sich, und dann spürte sie nur noch seine Lippen, die immer fordernder wurden, und seine Männlichkeit, die sich fordernd gegen ihre Schenkel presste. Er zog sie aus, zog sich selbst aus und drang in sie ein. Marie hob die Hüften und drängte sich ihm entgegen. Es war das erste Mal für sie, und alles in ihr wollte es, wollte ihn. Sie wusste nicht, wie lange es gedauert hatte, als er sich von ihr herunterrollte und sie an sich zog. Sein Herzschlag schien in ihrem Körper zu pochen. Oder war es ihr eigener? Sie spürte ihm nach, fühlte die Feuchtigkeit zwischen ihren Schenkeln.

Sie mussten eingeschlafen sein, denn als Marie erwachte, war der Mond ein gutes Stück weitergewandert, und die Luft hatte sich merklich abgekühlt. Sie setzte sich auf und wollte ihre Sachen anziehen, als auch Robert wach wurde. Kurz war sie verunsichert, doch dann zog er sie an sich und küsste sie zärtlich auf den Mund.

Schweigend verließen sie den Strand und traten eng umschlungen auf die Promenade. Den ganzen Weg bis zu Maries Elternhaus sprachen sie kein Wort, hielten sich nur fest.

»Hier wohne ich«, sagte sie schließlich und blieb stehen. Robert sah ihr tief in die Augen. »Ich möchte dich wiedersehen.«

Marie kamen die Tränen. »Du bist ein Gast und ich ein Zimmermädchen.«

»Nicht nach deinem Dienst.«

»Es geht nicht«, erwiderte sie traurig und mit Tränen in den Augen. Sie gab ihm einen zärtlichen, innigen Kuss, dann machte sie auf dem Absatz kehrt und lief zum Haus. Robert wartete, bis sie die Tür hinter sich geschlossen hatte, danach ging er langsam zurück zum Hotel.

Immer wieder fragte er sich, wie das nur hatte geschehen können.

12. Kapitel

Manches Ja fällt einem schwerer als ein Nein. Doch niemals, wirklich niemals taugt ein Vielleicht.

BERNADETTE VON PLESOW

Heute war kein leichter Tag.

Bernadette von Plesow hoffte sehr, dass sie zu keiner Zeit die Contenance verlor, denn die Entscheidung, Josephine nach Berlin zu schicken, war ihr schwer genug gefallen. Doch sie wusste, dass es das Richtige war. Ihr ging es einzig darum, dass ihre überbehütete Tochter dort das ungeschönte, echte Leben kennenlernte, um danach gern und aus freien Stücken nach Binz und in die Sicherheit des Hotels zurückzukehren.

Ja, insgeheim hoffte sie sogar, dass Josephine sich in dieser tobenden Metropole nicht wohlfühlte und das Leben in Binz danach umso mehr zu schätzen wüsste.

Sie hatte sich am Morgen die Zeit genommen, in aller Ruhe mit Josephine zu frühstücken und sich mit ihr zu unterhalten. Bernadette hatte geschmunzelt, als sie das blasse Gesicht der Tochter gesehen hatte. Die Abschiedsfeier, die Josephine in der Kakadu-Bar gegeben hatte, war offenbar ein voller Erfolg gewesen und hatte dazu geführt, dass sie nicht gerade viel Schlaf bekommen hatte.

Nun gingen sie Arm in Arm die Seebrücke entlang, an deren Ende Horst, der Josephines großen Koffer bereits vorausgetragen hatte, sie schon erwartete. Josephine hatte den Rat der Mutter befolgt, sich von Horst im Boot das erste Stück mitnehmen zu lassen, um noch einmal die Fahrt über die offene See zu genießen. Bernadette hatte ihrer Tochter prophezeit, dass sie in Berlin vor allem das Meer vermissen würde.

Am Ende des Stegs blieben die beiden Frauen stehen, wandten sich einander zu und fassten sich an den Händen.

»Du wirst mir furchtbar fehlen«, sagte Bernadette, um ein Lächeln bemüht.

»Du mir auch, *maman.*« Josephine stiegen Tränen in die Augen. Sie trat einen Schritt vor und umarmte ihre Mutter.

Bernadette zog ihre Tochter an sich, legte ihr die rechte Hand an den Hinterkopf und streichelte sie beruhigend, wie sie es früher getan hatte, wenn Josephine als Kind den Trost der Mutter brauchte.

Josephine atmete tief den Duft ihres Parfums ein. Es hieß *Mon Péché*, war erst seit Kurzem erhältlich und heiß begehrt. Josephine beneidete ihre Mutter ein wenig um dieses teure Geschenk. Zumindest vermutete sie, dass es ein Geschenk gewesen war, obwohl sie nicht hätte sagen können, von wem.

Bernadette löste sich als Erste aus der Umarmung, nahm Josephines Hände und sah ihr in die Augen. »Ich wünsche dir alles Glück der Welt, mein Kind. Und wenn du es gefunden hast, dein Glück, dann leg es in deinen Koffer und komm zu mir zurück, ja?«

»Ich werde zurückkommen, *maman*, das verspreche ich.«

»Du wirst mir schrecklich fehlen.« Bernadette zog ihre Tochter noch einmal an sich, schluckte schwer und versuchte, die Tränen zurückzuhalten, die in ihr aufstiegen.

Josephine gelang dies nicht. Sie weinte bitterlich, als sie sich voneinander lösten und sie zu Horst hinüberging, der ihre Hand nahm und ihr ins Boot half. Rasch machte er das Seil los, das er am Pfosten der Seebrücke befestigt hatte, und stieß das Boot ab.

»Melde dich, wenn du in Berlin angekommen bist!«, rief Bernadette mit Tränen in den Augen und winkte ihrer Tochter mit einem Taschentuch. Für einen kurzen Moment wäre Josephine am liebsten umgekehrt. Es erschien ihr nicht richtig, ausgerechnet jetzt zu gehen, wo das Verhältnis zu ihrer Mutter so innig geworden war. Und womöglich hatte sie Bernadette unrecht getan, indem sie ihr unterstellte, dass sie sie nur loswerden wollte und es ihr ganz recht zu sein schien, wenn sie ging. Nun, da sie die Tränen in den Augen ihrer Mutter sah, glaubte sie, nein, sie wusste, dass Bernadette sie liebte und wirklich nur ihr Bestes wollte. Schluchzend hob sie den Arm und winkte zurück, dann wandte sie sich ab und blickte über den Bug auf die See. Es war besser, nach vorn zu schauen, auch wenn ihr der Schmerz über diesen Abschied die Kehle zuschnürte.

Bernadette sah ihr noch lange nach, dann drehte sie um und kehrte zum Hotel zurück. Sie hatte plötzlich das Gefühl, einen furchtbaren Fehler begangen zu haben. Es war anders als vor ein paar Jahren, als Josephine nach Paris gegangen war. Da hatte Bernadette der Tochter die aufregende neue Lebensphase von Herzen gegönnt, ja, sie hatte sie fast beneidet um die Möglichkeiten, die sich ihr boten. Doch nun fühlte es sich falsch an, einfach nur falsch, ganz so wie damals, als ihre Söhne in den Krieg gezogen waren und sie sich von Maximilian, ihrem Jüngsten, verabschiedet hatte. Bei dem Gedanken wurde ihr übel. Sie blieb stehen, lehnte sich haltsuchend an das Geländer der Seebrücke und atmete tief durch, um sich zu beruhigen, doch wie eine Sturmflut brachen die Erinnerungen an den Verlust des Sohnes über sie herein. Maximilian, der Feingeist, der wahre Künstler der Familie. Er war ein begnadeter Pianist gewesen und hatte so oft an dem Flügel im Hotel gespielt. Mit jedem Tastenanschlag hatte er seine Zuhörer in eine andere Welt entführt, hatte sie die Melodie nicht nur hören, sondern spüren lassen. Jede einzelne Note war wie ein Geschenk an die, die ihm lauschten. Er war ein ganz besonderer junger Mann gewesen und hatte nicht einmal seinen zwanzigsten Geburtstag erleben dürfen. Es war falsch, so grausam falsch und ungerecht. Gott hatte ihm ein Leben geschenkt, und der Krieg hatte es ihm genommen. Viel zu früh und ohne jeden Sinn.

Es war eigenartig, doch schon als sie ihre drei Söhne verabschiedet hatte, war Bernadette geradezu krank vor Sorge um Maximilian gewesen. So als hätte sie von Anfang an geahnt, nein, als hätte sie *gewusst*, dass er nicht mehr heimkehren würde.

Alexander dagegen war schon immer derjenige gewesen, der mit einer geradezu stoischen Ruhe Situationen abgewogen und beurteilt hatte. Er war keiner, der übermäßige Leidenschaft an den Tag legte, ganz gleich, worum es ging. Im Grunde war er der perfekte Soldat, denn er tat mit Bedacht, was man ihm auftrug. Er hätte niemals sich selbst oder andere unnötig einer Gefahr ausgesetzt.

Constantin war genau das Gegenteil von Maximilian: impulsiv und voller Leidenschaft, aber gewiss nicht so dumm, sich selbst als Kanonenfutter zu verschwenden. Ohne jede Beschönigung hätte Bernadette ihn als gerissen bezeichnet, als fähig, sein gesamtes Umfeld so zu manipulieren, dass viele bereit waren, das, was er verlangte, vorbehaltlos zu tun. Nein, er war kein Mann, der auf einem Schlachtfeld endete, dessen war Bernadette sich sicher.

Womöglich wäre sie mit ihrem jüngsten Sohn Maximilian in späteren Jahren hart ins Gericht gegangen, wenn er noch immer so träumerisch und ohne Ziel in den Tag hinein gelebt hätte, doch dazu war es nicht mehr gekommen, und Bernadettes Verzweiflung darüber war fast unerträglich.

Sie wusste nicht, wie genau ihr Sohn ums Leben gekommen war. War er erschossen oder erschlagen worden? Hatte er sich für einen Kameraden geopfert und war in seinen letzten Sekunden zum Helden geworden? Hatte er gelitten, geschrien, Schmerzen erduldet und auf Hilfe gehofft? Oder hatte ihn nur ein einziger Schuss getroffen, und er war sofort tot gewesen? Diese Fragen hatten Bernadette Monate, sogar Jahre gequält, und auch heute noch gab es Nächte, in denen die Verzweiflung überhandnahm und sie glaubte, nicht mehr atmen zu können, weil sie niemals Antworten erhalten würde.

Sie drehte sich um und hielt noch einmal nach dem Boot mit Josephine Ausschau, das jedoch kaum noch zu erkennen war. Eine überwältigende Furcht breitete sich in ihr aus, auch die Tochter womöglich nie wiederzusehen. Damals bei Maximilian hatte es keine Möglichkeit gegeben, sich einer Trennung zu verweigern. Sie hatte keine Wahl gehabt. Doch heute war es anders. Sie konnte es verbieten. Ja, sie konnte der Tochter verbieten zu gehen – sie *musste* der Tochter verbieten zu gehen!

Bernadette stieß sich vom Geländer ab und rannte bis ans Ende der Seebrücke. So laut sie konnte, rief sie Josephines Namen, riss die Arme hoch, winkte, gestikulierte, Horst möge umkehren und ihr ihre Tochter zurückbringen. Doch das Boot fuhr weiter und verschwand schließlich aus ihrem Blickfeld.

Schluchzend sackte sie auf die Knie. Wieder hatte sie ein Kind verloren, und dieses Mal war es allein ihre Schuld. Sie spürte, wie die Holzplanken unter ihr vibrierten, schnelle Schritte kamen näher. Eilig wischte sie die Tränen ab und stand auf.

»Ist alles in Ordnung bei Ihnen?«, rief die Frau, die hastig angelaufen kam. Bernadette hatte sie noch nie zuvor gesehen, vermutlich ein Badegast und niemand aus Binz, wie sie erleichtert zur Kenntnis nahm.

»Ja, vielen Dank. Ich bin nur ausgerutscht und habe das Gleichgewicht verloren.«

»Ich habe Sie laut rufen hören …« Die Frau zögerte.

»Nein, nein, es ist nichts. Trotzdem danke.« Bernadette ordnete ihre Kleidung und strich den Rock glatt. »Bitte entschuldigen Sie mich, ich wünsche Ihnen noch einen angenehmen Tag.« Damit ließ sie die überrascht dreinblickende Frau stehen und ging zurück zum Hotel.

Eine ganze Stunde lang hatte Josephine nur geweint, selbst noch in ihrem Abteil im Zug. Sie hatte eine Weile gebraucht, um sich und ihre Gefühle in den Griff zu bekommen, doch je näher sie Berlin nun kamen, desto mehr wich ihre Traurigkeit einer aufgeregten Vorfreude.

Endlich fuhr der Zug ein. Kaum war sie ausgestiegen, kam ein Mann auf sie zu.

»Fräulein von Plesow?«

»Ja?«

»Ihr Bruder Constantin hat mich gebeten, Sie vom Zug abzuholen.«

»Mein Bruder kommt gar nicht selbst?« Josephine konnte ihre Enttäuschung nicht verhehlen.

»Ihm ist eine dringende Angelegenheit dazwischengekommen«, erklärte der Mann. »Mein Name ist Gerd Nolte.« Er zog seinen Hut.

»Habe ich Sie nicht schon mal gesehen?« Josephine musterte ihn eingehend.

»Das glaube ich kaum«, log Nolte, der erst gestern zusammen mit seinen Männern wieder aus Binz heimgekehrt war. Er wollte nicht, dass Josephine sich an die Begegnung in Binz erinnerte, und dachte gar nicht daran, ihr einen Hinweis zu geben.

Je weniger Menschen wussten, dass er gerade erst dort gewesen war, desto besser, denn es konnte durchaus sein, dass die eine oder andere Leiche eines Libellen-Mannes noch an Land gespült wurde. Nein, er konnte gut darauf verzichten, dass man sich an ihn oder einen der übrigen Berliner erinnerte.

Der Schaffner stellte Josephines Gepäck auf den Bahnsteig. Nolte drückte ihm etwas Kleingeld in die Hand und griff nach ihrem Koffer. »Haben Sie Steine aus Binz mitgebracht?«, fragte er scherzend.

»Darin ist nur das Nötigste, was eine Frau so braucht«, gab Josephine lachend zurück.

Nolte führte Josephine zum Automobil, half ihr beim Einsteigen und machte sich auf den Weg zum Hotel. Während der Fahrt fragte sich Josephine, was ihre Mutter wohl mit Constantin wegen ihres Aufenthalts in Berlin besprochen hatte. War es ihrem Bruder überhaupt recht, dass sie kam? Der Gedanke, dass sie ihm ungelegen kommen könnte, war ihr zuvor gar nicht in den Sinn gekommen.

»Wie geht es Constantin?«, fragte sie Nolte von der Rückbank aus.

»Ihm geht es gut.«

»Freut er sich auf mich?«

»Fragen Sie das, weil er sie nicht selbst abholt, Fräulein von Plesow?« Als Josephine nicht antwortete, fügte er hinzu: »Ihr Bruder hat sich sehr geärgert, dass ihm der Termin dazwischengekommen ist. Doch manches lässt sich leider nicht verschieben. Um Ihre Frage zu beantworten: Ja, Ihr Bruder freut sich sehr auf Sie.«

Josephine, die vorgebeugt gesessen hatte, ließ sich gegen die gepolsterte Rücklehne fallen.

»Gut so.« Sie seufzte erleichtert. »Sonst hätte er aber auch etwas zu hören gekriegt.«

Nolte hielt schmunzelnd vor dem Hotel an, an dem in großen Buchstaben »Astor« geschrieben stand. Die Tür des Automobils wurde von außen geöffnet, und jemand reichte Josephine eine Hand. Während sie ausstieg, legte sie den Kopf in den Nacken, um an der Fassade des Hotels hochzusehen. »Das ist ja riesig, sogar noch höher als das Grand in Binz!«

Der Page kam herausgelaufen und ließ sich von Nolte den Koffer geben.

»Beeindruckend, nicht wahr? Es ist das beste Hotel in Berlin. Und dort«, Nolte deutete auf den Bau daneben, »ist das Varieté.«

»Ich hatte ja keine Ahnung, was Constantin hier aufgebaut hat. Ich kannte es bisher nur aus den Erzählungen meiner Mutter.«

»Kommen Sie herein«, bat Nolte. »Sie werden sich wohlfühlen, glauben Sie mir.«

Josephine nickte und betrat mit Nolte zusammen das Hotel, das so ganz anders war als das in Binz. Einzig der Marmorboden war gleich, ansonsten wirkte alles noch wesentlich prunkvoller als im Grand.

Die Tapeten an den Wänden schimmerten golden, die Teppiche, die auf dem Marmorboden und vor allem unter den Sitzecken lagen, stammten vermutlich aus Persien. Sie sahen kostbar aus, genau wie die Kronleuchter, von denen es immerhin fünf in der Eingangshalle gab.

»Da bist du ja!«, hallte es durch die Lobby. Mit ausgestreckten Armen eilte Constantin auf sie zu.

Josephine lief ihm entgegen und umarmte den Bruder überschwänglich. »Tino!«

»Ach, meine Josie. Es ist so schön, dass du gekommen bist.«

»Kurz dachte ich, es wäre dir vielleicht gar nicht recht«, gab sie zu.

»Wieso sollte mir dein Besuch nicht recht sein?«, empörte sich Constantin. »Nun hör aber auf. Was könnte es Schöneres geben, als seiner zauberhaften kleinen Schwester die Stadt zu zeigen?«

»Was hat Mutter dir denn gesagt, wie lange ich bleibe?« Für Josephine hatte es einen Moment lang so geklungen, als ginge Constantin davon aus, ihr Aufenthalt bei ihm sei auf einen kurzen Zeitraum begrenzt.

»Sie sagte, du möchtest Berlin kennenlernen und womöglich ganz hierherziehen. Je nachdem, wie es dir gefällt.«

Josephine war zufrieden. »Ja, genauso ist es.«

»Wie hast du Mutter dazu gekriegt, dich gehen zu lassen?«

»Ich war selbst überrascht, doch es war gar nicht so schwer.« Josephine zuckte die Achseln. »Wer weiß. Vielleicht ist es ihr sogar ganz recht.«

Constantin drückte die Schwester noch einmal an sich. »Ach, was redest du denn da? Na komm, ich zeige dir erst mal dein Zimmer.«

»Ich bekomme also ein Zimmer hier im Hotel? Nicht bei dir zu Hause?«

Constantin sah sie überrascht an, dann prustete er los. »Da kannst du mal sehen, wie wenig du von mir weißt, mein Schwesterherz.« Er schüttelte den Kopf und deutete dann mit dem Arm in die Runde. »Das hier ist mein Zuhause. Ich wohne ebenfalls hier im Hotel, ob du's glaubst oder nicht.«

»Wirklich? Du bist immer hier? Auch nach Feierabend?«

»Nein, da bin ich meist drüben im Varieté.«

»Du arbeitest also rund um die Uhr?«

»Wenn du das so sehen willst, ja. Aber Arbeit wäre es ja nur dann, wenn es sich auch so anfühlt, oder nicht?«

Sie drückte sich noch einmal an ihn. »Ach Tino, du hast mir gefehlt.«

»Du mir auch. Und jetzt komm.« Er legte den Arm um ihre Schultern und sah zu Nolte hinüber, der ihm ein Zeichen gab.

»Einen Augenblick noch«, bat Constantin und ging zu seinem Mitarbeiter. »Gibt es was Neues von Catherine?«

»Schnurr hat von einem seiner Kontaktleute erfahren, dass Catherine angeblich versucht, das Koks unter die Leute zu bringen.«

»Weiß er, wo sie ist?«

»Noch nicht. Aber wir sind dran. Ich werde mit Renaldo sprechen, sobald er im Haus ist.«

»Der hat sie gestern auch schon nicht gefunden«, knurrte von Plesow. »Und in der Zwischenzeit verkauft sie meinen ganzen …«

»Pst«, flüsterte Gerd. »Deine Schwester …«

»Gut, dann mach es so«, sagte Constantin nun laut. Josephine trat an seine Seite.

»Ah, Schwesterherz. Ich komme. Gerd und ich hatten nur noch kurz etwas zu besprechen.«

»Noch einmal vielen Dank fürs Herbringen, Herr Nolte.«

Nolte tippte sich an den Hut. »Es war mir ein Vergnügen, Fräulein von Plesow.«

»So, und nun zeige ich dir endlich dein Zimmer«, kündigte Constantin an. »Wir sprechen uns später, Gerd.«

»Ja, Chef.«

Während Constantin mit seiner Schwester zum Fahrstuhl ging, fragte sie: »Sag mal, wie lange arbeitet Gerd Nolte eigentlich schon für dich?«

»Seit mehreren Jahren.«

»Und immer hier in Berlin?«

»Warum fragst du?«

»Ich habe das Gefühl, ihm irgendwo schon einmal begegnet zu sein. Aber ich war ja noch nie hier in Berlin.«

»Hast du ihn danach gefragt?«

»Ja, er meinte, wir seien uns gewiss noch nie über den Weg gelaufen. Aber irgendwoher kenne ich ihn doch.« Sie blieb stehen.

»Was ist?«, fragte Constantin, der ebenfalls Halt gemacht hatte.

»Ich könnte schwören, dass ich ihn schon einmal gesehen habe«, sagte sie nachdenklich und blickte zurück in die Lobby, doch Nolte war schon gegangen. »Und woher wusste er überhaupt, wie ich aussehe?«

»Na, weil ich dich beschrieben habe. Und außerdem bist du Mutters Ebenbild.«

Josephine schien nicht überzeugt.

»Ich kann mir schon denken, warum er dir so bekannt vorkommt. Ich habe Mutter einige Fotos geschickt, auf denen Gerd neben mir steht. Bestimmt hast du sie bei ihr gesehen.«

»Nicht dass ich wüsste.«

»Doch, glaub mir, so wird es sein. Und nun komm. Oder bist du gar nicht neugierig, wo du künftig wohnen wirst?«

Josephine nickte und setzte sich wieder in Bewegung. »Bestimmt hast du recht …« Sie blickte sich ein letztes Mal um, dann hakte sie sich bei ihrem Bruder unter und zog ein hochnäsiges Gesicht. »Und nun zeig mir mein Zimmer. Es ist doch wohl hoffentlich das beste des Hauses?«

»Aber selbstverständlich, meine Teuerste!« Er knuffte sie liebevoll in die Seite. »Wie könnte ich mir etwas anderes erlauben?«

Lachend betraten sie zusammen den Fahrstuhl, doch Constantin merkte, wie sich eine leichte Besorgnis in ihm breitmachte. Josie war schon immer eine Spur zu neugierig gewesen.

Er fragte sich, ob es wirklich eine gute Idee seiner Mutter gewesen war, sie zu ihm nach Berlin zu schicken.

13. Kapitel

Zwei Dinge machen mein Leben fast unerträglich: Scham und das eigene Gewissen.

Marie Reidel

Marie hatte kaum in den Spiegel sehen können, als sie am Morgen nach viel zu wenig Schlaf aus dem Bett gekrochen und ins Badezimmer gegangen war. Was hatte sie nur getan? Wie ein leichtes Mädchen hatte sie sich benommen, wie eine von denen, für die ihr sonst jedes Verständnis fehlte. Wie hatte es nur dazu kommen können? War ihr anzusehen, was letzte Nacht geschehen war? Stand es ihr ins Gesicht geschrieben? Die Ränder unter ihren Augen erzählten lediglich von zu wenig Schlaf. Doch das, was wirklich passiert war, war so unglaublich, so unaussprechlich, so vollkommen gegen die christlichen Gebote, dass sie sich am liebsten verkrochen hätte, um niemandem unter die Augen treten zu müssen. Sie schämte sich in Grund und Boden.

Wieder und wieder hatte sie ihre Hände in das mit kaltem Wasser gefüllte Waschbecken getaucht und ihr Gesicht benetzt. Dann hatte sie sich mit dem Handtuch abgetrocknet. Ihr war speiübel. Der Alkoholkater, gepaart mit zu wenig Schlaf und unendlicher Scham über ihr Verhalten, schlug ihr auf den Magen.

Angewidert hatte sie sich von ihrem Spiegelbild abgewandt, war hinausgegangen und hatte ihre jüngere Schwester Lisa geweckt, damit die nicht zu spät zu ihrer Lehrstelle in der Schneiderei kam. Ihr Vater hatte zu dieser Zeit noch fest geschlafen. Sein Schnarchen war selbst im Nebenraum hörbar gewesen.

Anders als sonst hatte Marie die Wohnung verlassen, ohne zusammen mit Lisa zu frühstücken. Ihr war viel zu übel gewesen, um etwas hinunterzubringen, und abgesehen davon hatte sie mit niemandem sprechen wollen. Was, wenn die jüngere Schwester ihr angesehen hätte, dass etwas passiert war, und Fragen gestellt hätte? Nein, das hätte Marie nicht ertragen.

Leise hatte sie daher die Tür hinter sich ins Schloss gezogen und war die kleine Treppe hinuntergestiegen. Das Haus, in dem sie mit ihrem Vater und ihrer Schwester wohnte, bestand aus vier Wohneinheiten. Alle waren Mitarbeitern der Deutschen Reichsbahn vorbehalten und wurden nur an diese vermietet.

Trotz der Wärme, die schon so früh am Morgen einen heißen Tag verhieß, war Marie fröstelnd durch die um diese Uhrzeit noch menschenleeren Straßen geeilt und hatte sich dabei immer wieder über die Gänsehaut auf ihren Armen gestrichen. Fast meinte sie, man könne ihr die Schande ansehen, die sie über sich gebracht hatte.

Nun war es bereits Mittag, und sie hatte noch immer keinen Bissen gegessen. Vor über einer Stunde hatte sie beobachtet, wie Frau von Plesow zurückgekommen war, nachdem sie zuvor Josephine zum Anleger an der Seebrücke gebracht hatte.

Wie sehr doch Marie Josephine beneidete! Sie ließ alles hinter sich, einfach so, fing ein ganz neues Leben an. Nicht dass Marie selbst je daran gedacht hätte, so etwas zu tun. Nein, dafür war sie viel zu pflichtbewusst. Und abgesehen davon gab es ohnehin keinen Ort auf der Welt, an dem man sie erwartete. Nicht einmal hier in Binz, außer vielleicht im Hotel, wo eine Vielzahl an Aufgaben zu verrichten war. Doch dabei ging es nur um die Arbeit, nicht um sie selbst. Nein, sie war eben nicht wie Josephine, weder von der Herkunft noch von ihrem Naturell her. Sie verrichtete stets nur ihre Pflichten, tagein, tagaus. Ohne Leidenschaft, ohne Enthusiasmus, ohne Aussicht auf eine Besserung oder auch nur eine Änderung in ihrem Leben.

Und seit gestern war alles noch viel schlimmer. Das letzte bisschen Selbstachtung hatte sie am Strand zurückgelassen und bezweifelte nun, jemals vergessen zu können, wie schändlich sie sich benommen hatte.

Sie presste das heiße Bügeleisen auf die Leintücher, stellte es zur Seite und legte die Stoffbahnen zusammen. Die Übelkeit war noch stärker geworden, als sie am Morgen die Zimmer gereinigt und für Ordnung gesorgt hatte. Nun ging es wieder einigermaßen, und gewiss wäre es besser, endlich etwas zu essen. Doch Marie verwarf den Gedanken an einen Imbiss. Sie hatte es nicht verdient, dass es ihr besser ging.

Sie fuhr zusammen, als plötzlich das Wandtelefon läutete. Hastig sah sie sich um, doch niemand außer ihr war in dem Hauswirtschaftsraum, so dass ihr nichts anderes übrig blieb, als selbst abzunehmen. Diesen Anschluss riefen ausschließlich Werner Druminski oder die gnädige Frau an. Nur ein einziges Mal hatte Alexander von Plesow sich hier gemeldet, als einem Besucher in seinem Büro ein Glas heruntergefallen und in tausend Scherben zersprungen war.

Sie hoffte inständig, dass es nicht ausgerechnet die gnädige Frau war, die einen Auftrag für sie hatte, denn sie wollte ihr jetzt nicht unter die Augen treten. Der Gedanke, dass Bernadette von Plesow womöglich ahnen könnte, was letzte Nacht geschehen war, erschreckte sie. Hatte Josephine ihrer Mutter etwa erzählt, dass Dr. Herbst Marie nach Hause begleitet hatte, und die gnädige Frau reimte sich nun den Rest zusammen? Mit glühenden Wangen nahm Marie den Hörer ab und meldete sich mit zittriger Stimme.

»Marie, bist du das?«, hörte sie Werner Druminski fragen.

»Ja, ich bin's.«

»Mädchen, nun rede doch etwas lauter. Ich kann dein Flüstern ja kaum verstehen.«

»Entschuldigung.«

»Marie, hol bitte einen Stapel frische Handtücher und bring sie ins Zimmer 135.«

»Zimmer 135?« Marie wurde übel. »Aber das ist das Zimmer von Dr. Herbst!«, entfuhr es ihr.

»Ganz recht.«

»Dort sind Handtücher vorhanden, das weiß ich genau. Birte hat heute Morgen dort gereinigt. Sie hat…«

»Wenn der Gast weitere Handtücher wünscht, werden wir nicht darüber diskutieren, Marie.«

»Ja, Herr Druminski.« Marie klopfte das Herz bis zum Hals. »Ich werde Trutchen oder Birte schicken, sobald sie zurück sind.«

»Was soll das heißen? Wenn Trutchen und Birte oder eine der anderen nicht da sind, wirst du eben selbst gehen. Der Gast wünscht die Handtücher sofort. Also beeil dich.«

»Bitte, Herr Druminski, es wird gewiss nicht lange dauern, bis die anderen wieder da sind. Und auch Helen müsste jeden Moment oben fertig sein.« Marie traten die Tränen in die Augen.

»Marie!« Druminski klang nun verärgert, was selten der Fall war.

»Ja, Herr Druminski. Entschuldigung. Ich werde die Handtücher gleich hochbringen.« Marie hängte den Hörer ein, lehnte sich mit dem Rücken an die Wand und schloss für einen Moment die Augen. Ihr war speiübel und eiskalt, ihr Mund staubtrocken. Sie schluckte schwer, stolperte hinüber zum Wasserhahn, drehte ihn auf, beugte sich über das Spülbecken und trank ein paar gierige Schlucke. Dann befeuchtete sie die Hände und legte sie sich aufs Gesicht. Sie zitterte, doch ihre Wangen glühten, als hätte sie hohes Fieber. Nachdem sie ihr Gesicht erneut gekühlt hatte, richtete sie sich auf, trocknete sich ab und ging zum Handtuchschrank hinüber, dem sie einen Stapel mit vier Tüchern entnahm. Das Herz schlug ihr bis zum Hals, als sie zögerlich die Tür öffnete und den Gang entlang zum hinteren Treppenhaus huschte, das ausschließlich das Personal benutzte, um von den Gästen unbemerkt die oberen Räumlichkeiten zu erreichen. Gerade hatte sie die erste Stufe betreten, als sie hörte, wie Trutchen und Birte mit Körben beladen durch die Seitentür hereinkamen.

Sofort machte Marie kehrt, nahm dem verdutzten Trutchen den Korb ab und drückte ihr stattdessen die Handtücher in die Arme. »Hier. Zimmer 135. Beeil dich!«

Trutchen zögerte.

»Nun beeil dich schon, oder soll ich es der gnädigen Frau melden?«, fuhr Marie die Kollegin an, die daraufhin ohne ein weiteres Wort die Stufen hinaufeilte, um die Handtücher ins Zimmer des Gastes zu bringen.

Marie atmete erleichtert aus.

»Was ist denn mit dir los?«, fragte Birte erstaunt.

»Gar nichts. Und du wirst nicht fürs Herumstehen bezahlt. Also mach schon.«

»Ist ja gut.« Birte schüttelte den Kopf und eilte in Richtung Personalküche, um dort die Waren abzuliefern, die Trutchen und sie soeben geholt hatten.

Marie folgte ihr mit schlechtem Gewissen. Doch dass sie sich nun wegen ihrer Kolleginnen elend fühlte, war ihr wesentlich lieber, als oben im Zimmer Robert zu begegnen. Nein, das hätte sie auf keinen Fall ertragen.

»Herein«, bat Robert, als es klopfte. Ein ihm unbekanntes Zimmermädchen trat ein und knickste. »Die Handtücher, der Herr.«

Robert wollte sich seine Enttäuschung, dass nicht, wie gehofft, Marie zu ihm kam, nicht anmerken lassen. »Ja danke. Legen Sie sie einfach dorthin, Fräulein.«

Wieder knickste die junge Frau. »Soll ich die benutzten Tücher gleich mitnehmen, der Herr?«

»Nein, nein, lassen Sie nur«, wehrte Robert ab, der nicht wollte, dass sie ins Bad ging und den Stapel unbenutzter Handtücher bemerkte. Eilig zog er einige Münzen aus der Tasche. »Danke, Fräulein. Das wäre alles.«

»Vielen Dank, der Herr«, sagte sie und freute sich, so unerwartet etwas Geld verdient zu haben. Sie ließ die Münzen eilig in ihrer Schürzentasche verschwinden, knickste zum Abschied und zog die Tür hinter sich zu.

Robert ging zum Fenster und sah hinaus. Er hatte mit Marie reden wollen, hatte sich gewünscht, sie wiederzusehen. Ob sie wohl mitbekommen hatte, dass er Handtücher bestellt hatte? Doch vielleicht war sie ja gar nicht daran interessiert, ihn wiederzusehen. Sicher, er war um einiges älter als sie. Doch war sie wirklich eine Frau, die das abschreckte? Hatte er ihre Hingabe falsch gedeutet, und würde es wirklich nur bei der einen Nacht bleiben, die sie beide verband?

Er war sich sicher, dass sie nicht zu den Mädchen zählte, die sich leicht, und ohne viel nachzudenken, einem Mann hingaben. Nein, so viel Menschenkenntnis traute er sich durchaus zu. Außerdem hatte er gemeint, einen Widerstand gespürt zu haben, als er in sie eingedrungen war. Womöglich bildete er es sich nur ein, doch wenn er sich nicht sehr täuschte, war Marie noch Jungfrau gewesen.

Ohne den Blick von den Wellen abzuwenden, die sich gleichmäßig am Ufer brachen, rieb er sich nachdenklich das Kinn. Ja, er hatte ein schlechtes Gewissen – jedoch nicht, wie man hätte vermuten können, seiner Frau gegenüber. Nein, seine Gedanken kreisten ausschließlich um Marie. Sie hatte ihm vertraut und sich ihm hingegeben, ja, sie hatte sogar seine Skrupel und Bedenken mit ihren Worten, dass es nur sie beide gebe in dieser Nacht, fortgewischt. Doch mochte dies wirklich als Entschuldigung gelten? Immerhin war er ein erfahrener Mann und sie ein junges, unschuldiges Mädchen. Er hätte sich nicht hinreißen lassen dürfen, hätte standhaft bleiben und sich der Verantwortung dieser jungen Frau gegenüber bewusst sein müssen. Doch da war etwas zwischen ihnen, etwas, das ihn auf eine Weise mitgerissen hatte, die er nie zuvor erlebt hatte. Ja, er hatte sich jung gefühlt, lebendig, so voller Tatendrang und Leichtigkeit. Die Last seiner Verpflichtungen war in den Stunden, in denen Marie in seinen Armen gelegen hatte, von seinen Schultern gefallen. Er war nicht länger der Herr Doktor Herbst gewesen, nicht der Ehemann und Vater zweier Kinder, nicht der Kriegsveteran, der so vieles hatte mit ansehen müssen, was ein Mensch niemals zu Gesicht bekommen sollte. Nein, er war einfach nur Robert gewesen, ein Mann, der sich jung und leidenschaftlich fühlte, der Sinnlichkeit erleben durfte.

Er öffnete das Fenster, atmete tief die frische Luft ein und ließ den Blick über die See schweifen. Was machte dieser Ort nur mit ihm? Er fühlte sich ganz anders als in Berlin, fast wie ein anderer Mensch. Ihm war, als würde sein Leben mit jedem Tag, den er hier verbringen durfte, leichter, doch dann legte sich ihm unweigerlich ein bedrückender Gedanke auf die Brust: dass er früher oder später wieder zurückmusste in sein altes Leben.

Die Möwen kreischten und stießen immer wieder ins Wasser. Roberts Blick folgte ihren Bewegungen, er hörte das Schlagen der Wellen, die Klänge des Akkordeons, spürte die warme Luft, die ins Zimmer strömte. Die Hände auf die Fensterbank gelegt, schloss er die Augen und gab sich ganz dem Moment hin, dann öffnete er die Augen wieder. Er spürte, dass hier in Binz eine neue Zeit für ihn beginnen würde. Noch scheute er sich, in aller Konsequenz zu Ende zu denken, was dies für ihn, seine Familie und seine Karriere bedeuten mochte. Doch er wusste, dass er nicht einfach so weitermachen wollte, nein: nicht mehr so weitermachen *konnte* wie bisher. Nicht nachdem er all das hier erlebt hatte. Robert sah zu den Menschen hinunter, die auf der Promenade flanierten. Sie beeilten sich nicht, bewegten sich viel langsamer als die Leute in Berlin. Es ging ihnen nicht darum, von einem Ort zum anderen zu gelangen, nein, sie wollten das Hier und Jetzt genießen und nahmen sich dafür alle Zeit der Welt. Es war genauso, wie Constantin von Plesow gesagt hatte: In Binz gab es nichts als Ruhe.

Herbst blickte zum Strand, und seine Gedanken wanderten zu der vergangenen Nacht zurück. Der Sand, die See, Marie … Wieder atmete er tief ein. Fast meinte er, noch den Duft ihrer Haut wahrzunehmen. Er fuhr sich mit dem Daumen über die Fingerspitzen – damit hatte er sie berührt, sie gestreichelt, jeden Zentimeter ihres Körpers erkundet. Ihre Haut war so weich, so zart, so jung …

Wie lange war es her, dass Hilde und er sich geliebt hatten? War es überhaupt jemals so gewesen zwischen ihnen? Seufzend machte er sich bewusst, dass es niemals so gewesen war, nicht ein einziges Mal. Die körperliche Liebe mit Hilde war ein Akt der Vernunft gewesen, eine konventionell gelebte Pflicht. Ja, er hatte Befriedigung dabei erfahren, doch keine Erfüllung. Ob es Hilde ebenso ging? Oder war sie zufrieden mit dem, was sie hatten? Wollte sie wirklich nicht mehr als das? Er seufzte. Hatte er selbst denn mehr gewollt, bevor er nach Binz gekommen war und Marie getroffen hatte?

Er schloss abermals die Augen und lauschte dem Akkordeon, dessen Melodie ihn fortzutragen schien, leicht, schwebend, hinaus aufs Meer, sehnsuchtsvoll und wehmütig zugleich. Sacht bewegte er den Kopf im Rhythmus der Musik, genoss die aufsteigenden Bilder vor seinem geistigen Auge, die eine Geschichte von Aufbruch und Freiheit erzählten. Und von Marie. Der jungen Marie mit der hellen zarten Haut, den blonden Haaren und den blauen Augen. Marie, diese unschuldige Frau mit der reinen Seele, die sich ihm hingegeben und Leidenschaft in ihm entflammt hatte. Sein Blick schweifte erneut zur Seebrücke hinüber und zu dem kriegsversehrten Akkordeonspieler. Er öffnete den obersten Knopf seines Hemdes, verharrte noch einen Moment, dann schloss er das Fenster, griff nach seinem Portemonnaie und dem Zimmerschlüssel und verließ den Raum. Er wandte sich in Richtung der Aufzüge, entschied sich dann aber für die Treppe. Im Foyer grüßte er den Rezeptionisten Druminski und gab seinen Schlüssel ab.

»Würden Sie den Schlüssel verwahren, damit ich ihn nicht mitnehmen muss?«

»Aber sehr gern, Herr Dr. Herbst. Wurden Ihnen die Handtücher gebracht?«

»Ja danke.«

»Und wie gefällt Ihnen der Aufenthalt in unserem schönen Binz?«

»Außerordentlich gut, wirklich. Vielen Dank. Am liebsten würde ich gar nicht wieder abreisen.«

Werner Druminski nickte ihm lächelnd zu. »Das freut mich sehr. Und glauben Sie mir, so wie Ihnen geht es vielen unserer Gäste.«

»Das glaube ich gern.«

»Dann noch einen guten Tag, Herr Dr. Herbst, und lassen Sie mich wissen, wenn ich etwas für Sie tun kann.«

»Danke, Herr Druminski. Ihnen auch einen angenehmen Tag.« Robert verließ das Hotel und wandte sich nach rechts in Richtung Seebrücke, dann sah er sich noch einmal um. Ob Marie wohl noch im Hotel war? Vermutlich, immerhin hatte sie am gestrigen Abend gesagt, dass sie schon frühmorgens zur Arbeit antreten müsse und bis nach siebzehn Uhr Dienst habe. Er schlenderte ein paar Schritte weiter und sah eines der anderen Zimmermädchen aus dem Seitenausgang des Hotels kommen. Das war also der Personaleingang. Er blieb stehen und sah sich um. Ein Stück weiter standen zwei Bänke, von denen aus er den Ausgang gut im Auge behalten konnte. Kurz überlegte er, wie Marie es wohl finden mochte, wenn er sie auf diese Weise abfing. Würde sie sich freuen oder belästigt fühlen? Er wusste es nicht einzuschätzen. Doch was hatte er schon zu verlieren? Nur wenn er sie wiedersah, würde er wissen, woran er war. Also schlenderte er zu einer Bank und setzte sich. Die Sonne schien ihm auf die linke Wange, und er wandte sich etwas ab, um sich nicht die Haut zu verbrennen. Von hier aus hatte er sowohl den Seiteneingang als auch den Zugang zum Hotel im Blick. Zwei Männer, die in diesem Augenblick die Lobby betraten, zogen seine Aufmerksamkeit auf sich. Er konnte es nicht genau sagen, warum, doch die beiden großen Kerle wirkten irgendwie bedrohlich auf ihn. Robert legte den Kopf in den Nacken und lauschte weiter der Musik. Es war jetzt kurz vor halb fünf. Wenn Marie pünktlich Feierabend machte, würde er nicht mehr allzu lange auf sie warten müssen. Er sah dem Moment mit einer gewissen Unruhe, ja Unsicherheit entgegen. Vermutlich wäre es besser, den Plan zu verwerfen. Was versprach er sich davon, mit Marie zu reden? Sein Verhalten gestern Abend war falsch gewesen. Und genauso falsch war es, jetzt hier auf sie zu warten.

Die beiden Männer, die eben ins Hotel gegangen waren, kamen nun wieder heraus und gingen zügig davon. Kurz darauf kam Bernadette von Plesow aus dem Hotel und rief ihnen etwas nach. Die Männer blieben stehen, dann machten sie kehrt. Bernadette sagte etwas zu ihnen, was Robert auf diese Entfernung nicht verstehen konnte. Einer der beiden Männer zog ein Stück Papier aus der Tasche. Bernadette nahm es, betrachtete es kurz und sprach weiter. Die beiden nickten ein paarmal, wechselten einige Worte, dann streckte Bernadette ihnen die Hand hin, und sie verabschiedeten sich voneinander. Eigenartig. Die Körperhaltung der Männer hatte sich verändert. Eben noch hätte Robert ihnen etwas Bedrohliches zugeschrieben, nun jedoch wirkten sie wesentlich entspannter, beinahe zufrieden. Bernadette sah ihnen nach, als sie sich entfernten, dann kehrte sie zurück ins Hotel.

Robert hätte gern gewusst, was sie wohl besprochen hatten. Die Männer hatten auf ihn nicht wie Hotelgäste gewirkt.

Einige Passanten, die soeben an seiner Bank vorbeikamen, grüßten ihn und wünschten einen guten Tag. Etwas weiter entfernt führte ein junger Mann einen Esel mit einem Karren vom Strand auf die Promenade, gefolgt von einigen Badegästen. Er musste schmunzeln, welche Mühe eine der Damen, die dem Karren folgten, mit ihrem Kleid hatte. Robert war in diesem Moment wieder einmal sehr froh, ein Mann zu sein; die langen Kleider der Damen waren an einem Sandstrand mehr als unpraktisch. Die kleine Gruppe hielt direkt auf das Hotel zu. Der junge Bursche, der den Esel führte, versicherte den Gästen soeben, dass die Strandsachen sogleich auf die jeweiligen Zimmer gebracht würden, dann verbeugte er sich und lächelte dankbar, als ihm einer der Herren ein wenig Kleingeld in die Hand drückte.

Robert dachte wieder an Marie. Er wusste, dass es besser wäre, aufzustehen und zu gehen. Zurück ins Hotel, am besten sogar direkt zurück nach Berlin. Doch er tat nichts dergleichen. Er blieb einfach sitzen, spürte die Sonne auf seiner Haut und blickte ohne Unterlass zum Personaleingang hinüber.

14. Kapitel

Zuwiderhandlungen enttäuschen mich nicht. Doch sie müssen Folgen haben.

Constantin von Plesow

Constantin von Plesow ballte die Hand zur Faust, als er an seinem Schreibtisch saß und hörte, was Nolte ihm zu berichten hatte.

Catherine war noch immer nicht wieder aufgetaucht, obwohl gut zwei Dutzend Männer nach ihr suchten. Anscheinend hatte man sie am Bahnhof gesehen, doch als Constantins Männer dort eingetroffen waren, war sie längst weggewesen.

Die Kontaktpersonen, über die Renaldo Bescheid wusste und bei denen er Catherine vermutete, hatten sich als Fehlanzeige erwiesen. Keiner von ihnen hatte Catherine in der letzten Zeit gesehen.

Die Verzweiflung stand dem marokkanischen Artisten ins Gesicht geschrieben, und sie wurde immer größer. Constantin glaubte zu ahnen, dass es ihm nicht nur um seine Schwester ging, sondern dass bei Renaldo die Sorge mitschwang, sein Chef könnte die Geduld verlieren und ihn für das Verhalten seiner Schwester bestrafen.

Doch Constantin dachte gar nicht daran, etwas Derartiges zu tun, wenngleich ihn die Tatsache, dass Catherine mit jeder Stunde, die verstrich, mehr von seinem Kokain unter die Leute brachte, nicht nur immer wütender, sondern auch immer nervöser werden ließ. Er hatte Abnehmer für jedes einzelne Gramm und würde dafür geradezu königlich bezahlt. Zwar könnte er den finanziellen Verlust verkraften, doch er hasste es, als unzuverlässig zu gelten. So viele andere Möglichkeiten, aus einer einzigen Quelle eine derart große Menge Kokain zu beziehen, hatte er nicht. Ganz abgesehen davon führte ihn diese kleine Koksschlampe an der Nase herum, und das konnte Constantin auf den Tod nicht leiden. Er würde genau abwägen, wie er mit Catherine verfahren wollte, sollte er sie je in die Finger bekommen. Keinesfalls würde sie ungeschoren davonkommen, doch durfte die Bestrafung auch nicht so hart ausfallen, dass sie danach nicht mehr zu gebrauchen war. Hier war ein wenig Fingerspitzengefühl gefragt, was Constantin nicht wirklich behagte – ihm lagen eher die endgültigen Lösungen.

Das Telefon klingelte und unterbrach Noltes Bericht an seinen Chef.

Constantin nahm den Hörer ab. »Ja?«

»Hallo? Constantin?«

»Mutter? Guten Tag.«

»Guten Tag, mein Lieber. Ich hoffe, es geht dir gut?«

»Ja danke. Josie ist sicher hier eingetroffen. Hat sie sich noch nicht bei dir gemeldet?«

»Doch, sie hat mir vorhin Bescheid gegeben. Aber das ist nicht der Grund, weshalb ich mich bei dir melde.«

»Du klingst besorgt. Was kann ich für dich tun, Mutter?«

»Vorhin waren zwei Polizisten aus Stralsund hier. Es wurde eine Leiche dort angespült, und sie haben Fragen gestellt.«

»Aus Stralsund?« Constantin sah zu Nolte hoch, der vor seinem Schreibtisch stand, und bedeutete diesem mit einer Handbewegung, sich wieder zu setzen. »Weshalb kommen Ermittler aus Stralsund zu euch nach Binz?«

»Der Tote hatte zerknülltes goldenes Einwickelpapier in der Tasche, auf dem die Worte *Grand* und *von Plesow* standen.«

Constantin fluchte innerlich. Es musste sich um das Einwickelpapier eines der hauchfeinen Schokoladentäfelchen handeln, auf das das Emblem des Hotels sowie der Name der Familie gedruckt waren. Diese Täfelchen wurden den Gästen in der Hotelhalle in wunderschönen Bleikristallschalen angeboten. Er ahnte, dass der Mann zu den Libellen gehörte und von den Berlinern beseitigt worden war. Zu dumm, dass sie sich nicht die Mühe gemacht hatten, die Taschen der Toten zu durchsuchen.

»Ein Gast?«, fragte Constantin, nur um etwas zu sagen.

»Nein«, gab Bernadette mit fester Stimme zurück. »Die Männer hatten ein Foto des Toten dabei. Er war kein Gast, Constantin. Er war einer von denen, die hier waren, um Schutzgeld zu erpressen.«

Constantin atmete geräuschvoll aus, sagte aber nichts. Er rechnete damit, dass seine Mutter ihn fragen würde, ob er etwas über die Angelegenheit wisse, doch das tat sie nicht.

»Die Ermittler haben zunächst Druminski gefragt, ob er den Toten schon einmal gesehen habe«, fuhr sie stattdessen fort. »Er hat ausweichend geantwortet, dass er sich nicht erinnern könne; der Mann sei ihm im Hotel zumindest nie aufgefallen.«

»Haben die Polizisten ihm geglaubt?«

»Das weiß ich nicht. Sie haben anschließend mit Alexander gesprochen. Ich kam erst hinzu, als die Ermittler bereits aufgebrochen waren.«

»Und?«

»Nun, ich habe mir das Bild zeigen lassen und behauptet, der Mann sei im Hotel gewesen, um mir eine Versicherung zu verkaufen, doch ich hätte sein Angebot abgelehnt, weil unsere Versicherungen seit dem Brand über eine Schweizer Assekuranz laufen.«

»Was haben die Ermittler gesagt?«

»Sie haben mir gedankt und sind gegangen.«

»Und Alexander?«

»Er war bereits in sein Büro zurückgekehrt. Wir haben bisher nicht darüber gesprochen. Ich wollte erst dich anrufen, bevor ich zu ihm gehe.«

Von Plesow wartete schweigend ab, was seine Mutter ihm sonst noch mitteilen würde.

»Der Mann ist durch einen Schuss in den Kopf getötet worden, Constantin.«

»Dann hat wohl jemandem sein Vorgehen nicht gefallen«, stellte er fest.

»Vermutlich nicht.« Bernadette machte eine kurze Pause und schien zu überlegen, was sie als Nächstes sagen sollte. »Nun, ich wollte dich nur informieren, damit du Bescheid weißt.«

»Danke, Mutter. Was wirst du Alexander sagen?«

»Was soll ich ihm schon sagen? Ich weiß ja nichts.«

»In Ordnung.«

»Dann will ich dich nicht länger von deinen Geschäften abhalten. Grüße Josephine von mir und pass gut auf sie auf.«

»Du kannst dich auf mich verlassen, Mutter.«

»Ja, ich weiß. Mach's gut, Constantin.«

»Du auch, Mutter.« Constantin hängte den Hörer ein und sah Nolte an. »Einer von den Libellen wurde in Stralsund angespült«, erklärte er knapp. »Ihr hättet die Taschen kontrollieren sollen. Es war ein Schokoladenpapierchen mit der Aufschrift *Grand* und *von Plesow* darin.«

»Verdammt.«

»Die Polizei war im Hotel.«

»Und?«

»Meine Mutter hat sich bedeckt gehalten.«

»Hat sie dich gefragt, ob du etwas damit zu tun hast?«

Constantin schüttelte langsam den Kopf. Ein Lächeln umspielte seine Lippen. »Meine Mutter ist eine sehr kluge Frau. Sie würde keine Frage stellen, wenn sie annimmt, dass ihr die Antwort womöglich nicht gefällt.«

Nolte nickte.

»Wie viele habt ihr insgesamt beiseitegeschafft?«

»Elf, mit Schnidtke.«

Constantin hob abwehrend die Hand. »Ich will keine Einzelheiten wissen«, erklärte er. »Wie viele waren es insgesamt?«

»Ich würde schätzen, etwa zwei Dutzend. Zumindest am Anfang. Einige sind schon abgehauen, nachdem wir uns die ersten geholt hatten. Der Rest hat sich davongemacht, nachdem wir uns Schnidtke geschnappt hatten. War es ein Fehler, sie nicht auch kaltzumachen?«

»Nein, ganz im Gegenteil. Denn dann wäre keiner mehr da, der erzählen kann, was passiert, wenn man sich mit mir anlegt.«

Nolte ließ die Schultern sinken. Er hatte befürchtet, dass Constantin wütend wäre, weil er den Abbruch und die Rückkehr nach Berlin befohlen hatte, nachdem der Boss der Libellen tot war.

»Lass gut sein. Das Thema ist erledigt. Die Polizei wird noch ein bisschen herumschnüffeln und die Sache dann auf sich beruhen lassen. Wir haben uns hier um unseren Kram zu kümmern. Wie geht es nun mit Catherine weiter?«

»Wie ich dir vorhin schon sagte: Sie wird sich in irgendeinem Loch verkrochen haben. Ich habe überall Leute ausgeschickt, doch absolute …« Es klopfte, dann stürmte Köhler ins Zimmer, ohne Constantins »Herein« abzuwarten.

»Sie haben sie gefunden!«

Constantin sprang auf. »Wo?«

»Sie liegt in der Charité. Sieht nicht gut aus.«

»Weiß Renaldo schon Bescheid?«

»Nein, ich bin direkt zu dir gekommen.«

»Gut. Hol ihn und lass meinen Wagen vorfahren.«

»Ja, Chef.« Köhler ging wieder hinaus.

»Bleib du hier, Gerd, und sorg dafür, dass alles reibungslos läuft. Und wenn meine Schwester nach mir fragen sollte, dann sag ihr, dass ich kurz losmusste, aber zum Essen zurück sein werde.«

»Mach ich«, willigte Nolte gehorsam ein.

»Und, Gerd …«

»Ja?«

»Das war gute Arbeit in Binz. Dass mal einer wieder auftaucht, kann passieren.«

»Danke, Chef.«

Constantin nickte und verließ dann sein Büro. Nolte folgte ihm und schloss die Tür ab.

Noch bevor von Plesow die Treppe nach unten gegangen war, kam ihm Renaldo schon auf dem Flur entgegen. »Wie geht es ihr? Weißt du schon etwas?«

»Nein. Komm, wir fahren jetzt gleich hin.«

»Du kommst mit?«, fragte Renaldo, ebenso verwundert wie besorgt.

»Ja«, erwiderte von Plesow knapp und ging in Richtung Ausgang. Renaldo folgte ihm zusammen mit zwei von Constantins Leuten.

»Wir brauchen euch nicht«, sagte Constantin zu den beiden.

»Bist du sicher, Chef?«

»Bin ich.« Damit ging Constantin hinaus. Sein Automobil stand bereits vor der Tür, der Motor lief, sein Fahrer hielt ihm und Renaldo die Tür auf, dann setzte er sich wieder hinters Steuer.

»Zur Charité«, ordnete Constantin an, und sofort setzte sich der Wagen in Bewegung.

Sie legten die etwa zwanzigminütige Fahrt schweigend zurück. Renaldo wischte sich mehrfach seine schwitzenden Hände an der Hose ab, während Constantin scheinbar völlig emotionslos neben ihm saß.

Am Krankenhaus angekommen, stieg Constantin als Erster aus. Renaldo folgte ihm auf dem Fuß. Der Marokkaner schwitzte, nicht nur wegen der sommerlichen Temperaturen, sondern weil sein Herz mindestens doppelt so schnell schlug wie normal. Er konnte seine Anspannung nicht verbergen, knetete nervös die Finger, atmete viel zu schnell.

»Versprich mir, dass du ihr nichts tun wirst«, forderte er plötzlich, trat vor Constantin und versperrte ihm den Weg

Constantin war stehen geblieben und sah Renaldo offen in die Augen. »Ich verspreche dir gar nichts. Und wenn du dieses Krankenhaus auf deinen eigenen Beinen betreten und nicht riskieren willst, dass ich dir alle Knochen breche, dann gehst du mir besser aus dem Weg.«

Der Artist schluckte, zögerte, dann trat er beiseite und ließ Constantin vorbei. Nahezu panisch suchte er nach einem Ausweg, einer Möglichkeit, Constantin daran zu hindern, sich seiner Schwester zu nähern, doch er wusste, dass er nichts, aber auch gar nichts tun konnte. Gegen Constantin hatte er nicht die geringste Chance, selbst wenn er ihm körperlich nicht unbedingt unterlegen war, doch sein Chef hatte seine Leute und er nicht.

Gedankenverloren trat er zu Constantin an den Empfang. »Guten Tag. Wir möchten zu Catherine Farizah«, erklärte der soeben einer streng dreinblickenden Schwester.

»Es ist keine Besuchszeit mehr«, gab die Frau zurück, ohne von den Unterlagen vor ihr aufzublicken.

»Wir bitten um Entschuldigung«, wiederholte Constantin mit charmanter Stimme. »Wir wollen nur kurz nach ihr sehen.«

»Keine Ausnahme.« Die Schwester schaute auf.

Constantin lächelte gewinnend. »Gute Frau, wir sind in großer Sorge.«

»Bedaure.« Sie schüttelte den Kopf.

Constantin reichte es. Er beugte sich über den Tresen, griff mit der Hand unter die Platte und ertastete den Knopf, der die Tür freigab. Ein Summen ertönte, die Tür sprang auf.

»Ich muss doch sehr bitten!«, protestierte die Schwester und sprang auf, doch Constantin und Renaldo traten bereits ein und schlossen die Tür hinter sich. Eine Krankenschwester kam ihnen entgegen.

»Guten Tag. Wir möchten zu Catherine Farizah.«

»Es ist keine Besuchszeit mehr.«

»Das wissen wir. In welchem Zimmer liegt sie?«

»Sind Sie Angehörige?«

»Ja«, erklärte Renaldo. »Ich bin ihr Bruder.«

Die Krankenschwester musterte ihn. Zweifelsohne fiel es ihr leicht, das zu glauben, waren doch Catherine und Renaldo vermutlich die einzigen Dunkelhäutigen in diesem Krankenhaus. »Bitte kommen Sie.« Sie deutete mit der Hand einen Gang entlang. »Ihre Schwester ist in keinem guten Zustand.«

»Wird sie überleben?«

»Dieses Mal schon. Wir haben ihr Infusionen verabreicht, die das Gift aus ihrem Blutkreislauf entfernen, und ihre Wunden versorgt. Wenn Sie Genaueres wissen wollen, müssen Sie morgen mit dem Herrn Doktor sprechen. Heute ist er bereits weg.«

»Das wird nicht nötig sein«, erklärte Constantin. »Wir wollen nur kurz zu ihr und uns vergewissern, dass sie alles hat, was sie braucht. Dann sind wir wieder verschwunden.«

»Sie liegt in Zimmer 7«, fuhr die Krankenschwester fort. »Ich weiß ja nicht, wie es in dem Land üblich ist, aus dem Sie kommen«, wandte sie sich an Renaldo. »Aber wenn Ihre Schwester so weitermacht, wird ihr Körper das nicht mehr lange aushalten.«

Die Eingangstür zur Station wurde aufgestoßen, und zwei Männer vom Wachdienst, gefolgt von der Empfangsschwester, kamen mit schnellen Schritten herbeigeeilt. Offenbar hatte sie das unbefugte Eindringen der beiden Besucher gemeldet.

»Da sind sie!«, keifte sie nun. »Verlassen Sie auf der Stelle das Krankenhaus!«

»Guten Tag, die Herren, die Dame«, erwiderte Constantin gelassen. »Wir wollen nur kurz nach einer Patientin sehen und werden uns dann umgehend wieder entfernen.«

Einer der beiden Wachmänner wollte etwas erwidern, doch sein Kollege berührte ihn am Arm. »Sie sind Constantin von Plesow, richtig? Der Eigentümer des Astor?«

»Das stimmt.« Constantin ging den beiden einige Schritte entgegen und zog ein Geldbündel aus seiner Hosentasche. Er zählte einige Scheine ab und reichte sie den beiden. »Das ist für Ihre Mühe, meine Herren. Haben Sie vielen Dank. Bitte betrachten Sie sich als meine persönlichen Gäste, sollten Sie einen Abend im Varieté verbringen wollen.«

»Danke, Herr von Plesow«, sagte derjenige, der ihn erkannt hatte, und ließ das Geld in seiner Hosentasche verschwinden. Sein Kollege tat es ihm gleich.

»Wir werden uns nicht lange aufhalten«, versicherte Constantin.

»Das ist gegen die Hausordnung!«, wetterte die Empfangsschwester noch einmal, doch niemand schenkte ihr Beachtung.

»Einen schönen Abend, die Herren«, sagte Constantin und

wandte sich wieder an die Krankenschwester. »Zimmer 7, sagten Sie?«

»Ja, ich bringe Sie hin.«

Renaldo hatte die Szene schweigend verfolgt. Die Menschen taten, was Constantin von ihnen verlangte. So oder so. Mit einem noch schlechteren Gefühl als zuvor folgte er der Krankenschwester und Constantin, bis sie die Zimmertür mit der 7 daran erreichten. Wieder zog Constantin einen Schein aus seiner Tasche.

»Vielen Dank für Ihre Mühe«, sagte er zu der Krankenschwester.

»Aber bitte wirklich nur ein paar Minuten.«

»Versprochen.« Constantin lächelte sie an, dann betraten er und Renaldo das abgedunkelte Zimmer.

Renaldo schluckte schwer, als er näher trat und den zerschundenen Körper seiner Schwester erblickte. Catherine war fast nicht wiederzuerkennen. Ihr Gesicht wies etliche Blessuren auf, ihr linkes Auge war blutig und geschwollen. Die Bettdecke reichte ihr bis zur Brust, ihre Arme lagen seitlich am Körper.

Sie war in ein Krankenhaushemd mit halblangen Ärmeln gekleidet, so dass deutlich Abschürfungen und blaue Flecken an ihren Unterarmen zu erkennen waren, die sich vermutlich auch unter dem Stoff über den gesamten Arm fortsetzten.

»Sieh sie dir an.« Constantin blickte zu Renaldo. »Das wäre mit Sicherheit nicht passiert, hätte sie sich nicht mit meinem Besitz davongemacht.«

Renaldo traten Tränen in die Augen. Er stellte sich seitlich ans Bett und griff vorsichtig nach der Hand seiner Schwester. »Ach Catherine, was hast du nur getan?«

Die Verletzte wurde unruhig, offenbar wachte sie auf.

Renaldo beugte sich über sie. Ihre Lider flatterten, dann öffnete sie die Augen.

»Naldo«, flüsterte sie und hob kurz die Mundwinkel.

»Ich bin hier.« Er strich ihr vorsichtig über die Wange. Obwohl er sie kaum berührt hatte, zuckte sie zurück.

»Es wird alles gut«, sagte Renaldo in beschwichtigendem Tonfall.

Als Constantin ebenfalls ans Bett trat, riss Catherine erschrocken die Augen auf.

»Hab keine Angst«, versuchte Renaldo, sie zu beruhigen. »Constantin und ich sind zusammen hergekommen, um nach dir zu sehen.«

»Du wirst hier gut versorgt werden. Ich werde für die Kosten aufkommen«, versicherte ihr Constantin mit einem Lächeln.

Catherine schluckte schwer. »Es tut mir leid«, stieß sie heiser hervor.

»Wir alle machen Fehler.« Er drückte sanft ihre Hand. »Wo ist das Kokain, Catherine?«

Sie schluckte schwer. Tränen rannen über ihre Wangen. »Es ist alles weg.« Sie verzog ängstlich das Gesicht und wandte den Kopf ab, als erwartete sie einen Schlag. Als dieser nicht kam, drehte sie sich wieder Constantin zu. »Es tut mir leid«, wimmerte sie. »Es tut mir alles so leid.«

»Du hast das ganze Kokain verkauft?« Es klang skeptisch.

»Nein.« Sie schluckte schwer. »Sie haben es mir geklaut.«

»Wer?«

»Ich ... ich weiß es nicht. Da war einer, den die anderen Herrmann nannten, dem hab ich was verkauft.«

»Und weiter?«

»Er fragte mich, ob ich noch mehr hätte. Ich sagte Ja und ...«

»Und was?«

Tränen traten in ihre Augen, doch sie fuhr mit kaum hörbarer Stimme fort: »Ich bin mit zu ihm. Mit dem Koks. Ich sollte warten, bis er einem Bescheid gesagt hat, der was kaufen wollte.« Sie zögerte, bevor sie weitersprach. »Ich habe eine Prise oder zwei geschnupft oder auch ein bisschen mehr, ich weiß gar nicht mehr, wie viel, und dann ist mir schwindelig geworden. Ich hab mich hingelegt und bin wohl weggetreten. Das Einzige, was ich noch gemerkt habe, war, wie sie das Tuch unter mir weggezogen haben.«

»Welches Tuch?«

»Das Tuch, das ich um die Kokainpakete gewickelt hatte. Ich hatte den Kopf daraufgelegt. Ich wollte nicht, dass sie mir den Stoff wegnehmen, und hab mich gewehrt, und da haben sie mich verprügelt und sind mit dem Kokain abgehauen. Ich bin dann irgendwann die Treppen runtergestolpert, auf die Straße gelaufen und zusammengebrochen. Als ich wieder wach wurde, war ich hier. Es tut mir leid, Constantin. Wirklich. Bitte, bitte verzeih mir. Renaldo hat nichts gewusst. Bitte gib uns noch eine Chance.«

»Die Wohnung, in die der Kerl dich gebracht hat, würdest du die wiederfinden?«

Catherine überlegte kurz. »Ja«, sagte sie dann. »Das würde ich.«

»Gut. Zieh dich an.«

»Aber sie kann in diesem Zustand nicht gehen«, widersprach Renaldo.

»Dann hat sie ja Glück, dass wir mit dem Automobil da sind.« Constantins Stimme hatte einen gefährlichen Unterton angenommen. »Ich lasse den Arzt kommen, damit du im Hotel versorgt wirst. Aber erst zeigst du uns die Wohnung.«

Catherine zögerte, dann nickte sie und setzte sich mit einem gequälten Stöhnen auf.

»Ich komme gleich wieder«, sagte Constantin und wandte sich zur Tür. »Hilf deiner Schwester beim Anziehen.« Damit ging er hinaus auf den Krankenhausflur und sah sich suchend nach der Schwester um, die ihnen vorhin Catherines Zimmer gezeigt hatte.

»Sagen Sie, wo kann ich hier telefonieren?«

»Vorn am Empfang ist ein Telefon«, erklärte sie. »Hier auf der Station haben wir keines.«

»Danke.« Er zog wieder einen Schein hervor und gab ihn ihr. »Wir werden Catherine Farizah gleich mitnehmen und von unserem eigenen Arzt weiterversorgen lassen. Was bin ich dem Krankenhaus schuldig?«

»So einfach geht das nicht.«

»Glauben Sie mir, es geht so einfach«, stellte Constantin klar. »Haben Sie Papier und Stift? Ich werde Ihnen meinen Namen und meine Anschrift geben. Sollte noch etwas zu klären sein, kann der Arzt sich gern mit mir in Verbindung setzen.« Er zog erneut das Geldbündel aus seiner Hosentasche und gab ihr einige Scheine. »Das müsste reichen. Was übrig bleibt, können Sie behalten.«

»Danke.« Sie war zu verblüfft, um noch Widerstand zu leisten.

Constantin ging in Richtung Ausgang, öffnete die Tür und klemmte einen Stuhl dazwischen, so dass sie nicht ins Schloss fallen konnte. Anschließend ging er zu der Empfangsschwester, die ihn zornig anfunkelte.

»Ich müsste kurz telefonieren.«

»Kommt nicht in Frage.«

Er klappte das Brett hoch, das die Abgrenzung zwischen Tresen und Korridor darstellte, und trat hinter sie. Dann griff er nach dem Telefon und wählte die Nummer des Varietés.

Die Empfangsschwester sah ihn mit offenem Mund an.

»Hans, bist du das? Hier ist Constantin von Plesow. Schick zehn Männer zur Charité. Sie sollen gleich losfahren. Wir treffen uns vor der Tür.« Constantin hängte ein und zog einen Schein hervor, den er unter das Telefon legte.

»Verbindlichsten Dank.« Damit verließ er den Empfang und kehrte zu Zimmer 7 zurück. Er klopfte kurz an und trat ein. Catherine saß angezogen auf der Bettkante. Renaldo stützte sie.

»Seid ihr so weit?«

»Sie ist sehr schwach. Ich weiß nicht, ob sie es schafft.«

»Dann trägst du sie eben.« Constantin hielt die Tür auf. »Und nun kommt.«

Renaldo legte sich vorsichtig Catherines Arm über die Schultern und hob seine Schwester hoch, die einen Schmerzensschrei unterdrückten musste.

Von Plesow voran, verließen sie das Krankenhaus.

Das Automobil stand noch genau dort, wo Constantin und Renaldo ausgestiegen waren. Der Fahrer beeilte sich, die Tür zu öffnen, als er Renaldo mit Catherine auf dem Arm kommen sah.

Der Artist setzte seine Schwester, so vorsichtig es eben ging, auf die Sitzbank des Automobils, dann stieg er selbst ein und wartete, dass sein Chef es ihm gleichtat.

»Worauf wartest du?«, fragte Renaldo, als Constantin draußen stehen blieb und sich eine Zigarette anzündete.

»Auf meine Leute. Ich habe ihnen Bescheid gegeben. Sie müssten jeden Moment kommen.«

»Aber Catherine braucht Ruhe«, wandte Renaldo ein.

Mit einer raschen Bewegung beugte sich Constantin zu ihm herunter und steckte seinen Kopf ins Auto. »Catherine ist selbst schuld an ihrem Zustand. Und sie wird noch genau so lange durchhalten, bis sie uns die Wohnung gezeigt hat, in der sie ihr das Zeug abgenommen haben. Hast du verstanden?«

»Selbstverständlich. Entschuldige. Ich dachte nur …«

»Dann denk nicht.«

Etwa zehn Minuten später fuhren seine Leute in drei Automobilen vor. Gerd Nolte stieg als Erster aus.

»Da sind wir, Chef.«

Constantin nahm noch einen Zug von seiner Zigarette, dann ließ er sie auf den Boden fallen und trat sie aus. »Gut. Einige Kerle haben Catherine zusammengeschlagen und ihr das Kokain abgenommen. *Mein* Kokain.«

Nolte beugte sich herunter und sah ins Fahrzeuginnere, wo Catherine, an Renaldos Schulter gelehnt, saß und am ganzen Körper zitterte. Nolte richtete sich wieder auf.

»Ich fahre mit den beiden voraus. Ihr folgt uns. Sobald wir die Wohnung gefunden haben, bringst du Catherine und Renaldo ins Hotel und holst Dr. Herbst.«

»Der ist doch immer noch in Binz.«

»Ach ja, richtig. Wie heißt der andere noch mal? Reben?«

»Dr. Rebers.«

»Ja, genau der. Er soll kommen und sich um Catherine kümmern.«

»Ist gut, Chef.«

»In Ordnung. Dann fahren wir.« Constantin stieg zu Catherine und Renaldo in den Wagen. »Wohin, Catherine?«

»Zum Lehrter Bahnhof«, sagte sie leise. »Von da aus finde ich es wieder.«

»Hast du gehört?«, sagte Constantin zu seinem Fahrer. »Zum Lehrter Bahnhof, und dann folgst du ihren Anweisungen.«

»Ja, Chef.«

Sie fuhren etwa fünfzehn Minuten. Der Fahrer hielt direkt vor dem Platz, der an das Bahnhofsgebäude grenzte. »Und jetzt?«, fragte er nach hinten.

Renaldo half Catherine, sich aufzurichten und aus dem Fenster zu sehen. »Diese Straße entlang und dann dort vorn links.«

Der Fahrer folgte ihrer Anweisung und bog am Ende der Straße links ab.

»Noch ein Stück weiter und an dem Zeitungsstand rechts«, wies sie ihn an. Catherine hatte sichtlich Mühe, sich zu konzentrieren. »Moment«, sagte sie, und der Fahrer fuhr rechts ran und hielt. »Nein, das ist es nicht. Es muss noch ein Stück weiter sein.« Sie dirigierte ihn weiter durch die Straßen. Constantin wurde unruhig. Wer wusste schon, ob sie sich in ihrem Zustand richtig erinnern konnte? Noch dazu war sie übel zugerichtet und mit Drogen vollgepumpt gewesen, als sie das Haus verlassen hatte.

»Bist du sicher, dass wir richtig sind?« Constantin beugte sich weiter vor.

Catherine sah angestrengt aus dem Fenster und schien für einen Moment selbst nicht mehr zu wissen, wo sie sich befand. Dann riss sie plötzlich den Arm hoch, was sie jedoch augenblicklich zu bereuen schien, als der Schmerz sich meldete, und rief aufgeregt: »Dort vorn ist es! Da bin ich mir ganz sicher.«

Der Fahrer fuhr auf das Gebäude zu und brachte das Fahrzeug zum Stehen. Neben ihnen parkten die drei anderen Automobile. Constantin stieg aus dem Auto und lehnte sich dann, beide Arme vorgestreckt, wieder hinein, um Catherine zu helfen.

Nun stieg auch Renaldo aus und hob die sichtlich erschöpfte Catherine auf seine Arme.

»Der hintere Eingang, die Tür mit den Glaseinsätzen«, flüsterte sie.

Constantin gab seinen Leuten ein Zeichen, und gemeinsam hielten sie auf den Eingang zu. Catherine ließ erschöpft den Kopf an Renaldos Brust sinken und schloss die Augen. Constantin sah, dass sie zitterte. Die Krankenschwester hatte gesagt, sie hätten Catherines Kreislauf stabilisiert und ihr wegen der Überdosis Kokain Infusionen zur kurzfristigen Entgiftung verabreicht. Neben den äußeren Verletzungen würde sie daher bald mit Entzugserscheinungen zu kämpfen haben, wenn diese nicht sogar schon eingesetzt hatten. Constantins Mitleid hielt sich in Grenzen. Er empfand Menschen als schwach, die sich von Drogen abhängig machten oder die so viel soffen, dass sie nichts mehr mitbekamen. Er selbst würde sich nie so weit gehen lassen, dabei hatte er wegen des Hotels und Varietés Alkohol im Überfluss und war der größte Kokslieferant von Berlin. Tatsächlich war er nur ein einziges Mal in seinem Leben betrunken gewesen, zwei Abende, bevor er in den Krieg gezogen war. An diesem Abend hatten Alexander, Maximilian und er sich zwei Flaschen Schnaps aus der Hotelbar genommen und waren zum Strand gegangen. Alexander hatte am nächsten Tag erzählt, er habe sowohl Maximilian als auch Constantin ins Bett schleppen müssen. Constantin wusste nichts mehr davon, doch eines hatte er unauslöschlich in Erinnerung behalten: das Gefühl, die Kontrolle zu verlieren. Was andere am Alkohol begrüßten, war für ihn die schrecklichste Erfahrung gewesen, die er je gemacht hatte. Auf keinen Fall wollte er das noch einmal erleben. Nie wieder.

Die Tür war nur angelehnt. Constantin sah Catherine an, die nachdenklich die Stirn in Falten legte.

»Es ist im dritten Stock«, sagte sie schließlich.

»Soll ich sie dir mal abnehmen?«, bot Nolte an.

Renaldo schüttelte den Kopf. »Es geht schon.« Er drückte seine Schwester noch enger an sich, ganz so, als wäre dies seine einzige Möglichkeit, sie zu beschützen.

Nolte zuckte mit den Schultern und betrat zusammen mit Constantin das Haus, dann stiegen sie die Treppen in den dritten Stock hinauf.

»Die linke Tür«, erklärte die Marokkanerin.

Die zwei Männer, die vorgegangen waren, klopften an, doch

drinnen rührte sich nichts. Sie warteten kurz, dann klopften sie erneut, diesmal fordernder. Die Tür blieb verschlossen. Die beiden Männer tauschten einen Blick aus.

»Da drinnen war ein Geräusch«, sagte einer und sah Constantin fragend an.

»Aufmachen«, befahl dieser nur, worauf sich die beiden, ohne zu zögern, mit voller Kraft gegen die Tür warfen. Die Tür flog auf, Männerstimmen – mindestens zwei – riefen einander etwas zu, während von Plesows Leute in die Wohnung stürmten. Geräusche wie von einem Kampf drangen zu ihnen heraus auf den Flur.

»Wartet noch«, forderte Constantin Renaldo auf und betrat die Wohnung.

Der Flur war dunkel und eng, es roch muffig und nach Zigaretten. Links von ihm befand sich eine kleine Küche mit einem Tisch und drei Hockern, einem Spülbecken, in dem sich das Geschirr stapelte, und einem Fenster, durch das man vor lauter Dreck nicht mehr hindurchsehen konnte. Die Geräusche und Stimmen kamen aus dem Raum am Ende des Flurs, auf den Constantin nun zuhielt. Als er eintrat, sah er zwei Männer mit den Gesichtern nach unten auf dem schmutzigen Steinboden liegen, in Schach gehalten von seinen Männern. Auf dem Couchtisch lag ein offenes Paket Koks, auf dem Fußboden waren überall Geldscheine verteilt, zusammengeknüllt zu kleinen Bällen.

»Lasst mich los, ihr Schweine!«, brüllte der Größere von beiden, woraufhin ihm Schnurr einen harten Schlag gegen den Hinterkopf verpasste.

Constantin betrachtete die beiden mit schräg gelegtem Kopf.

»Renaldo!«, rief er dann zum Hausflur hinüber. »Ihr könnt reinkommen.«

Es dauerte nur einen kurzen Moment, dann betrat der Artist mit Catherine auf dem Arm das Wohnzimmer.

»Kennst du die Männer?«, fragte Constantin die Marokkanerin.

»Der linke«, sie deutete auf den Kleineren, »ist Herrmann. Und der andere war einer von denen, die mich verprügelt haben.«

Die beiden Männer am Boden versuchten, sich umzudrehen.

»Du elendes Flittchen, wir hätten dich totprügeln sollen«, knurrte Herrmann, als er sah, mit wem sie es zu tun hatten.

Constantin spitzte die Lippen und schnalzte mit der Zunge. »So redet man aber nicht mit einer Dame.« Blitzschnell machte er einige Schritte vor und trat dem Großen mit voller Wucht mehrmals in den Körper und einmal gegen den Kopf. Herrmann krümmte sich ächzend zusammen. »Du brauchst wohl ein paar Manieren?«

»Bitte«, flehte der, »nehmt euch, was ihr wollt. Nehmt euch das Geld.«

Constantin sah belustigt zwischen den beiden Männern hin und her. Aus Herrmanns Mund quoll Blut. Außerdem hatte er eine Platzwunde über der Augenbraue. »Habt ihr das gehört?«, wandte er sich an seine Leute. »Ist das nicht großzügig, wir dürfen uns das Geld nehmen.« Constantin packte Herrmanns Schopf und zog seinen Kopf nach hinten. »Ich darf mir also mein Geld nehmen, das ihr mir gestohlen habt, ja?«

Herrmann stöhnte auf. »Wir haben es nicht gestohlen.«

Constantin knallte den Kopf auf den Boden. Herrmann stöhnte gequält auf.

»Ja, das stimmt wohl. Ihr habt nicht das Geld gestohlen, sondern das Koks.«

»Das wussten wir nicht«, jammerte Herrmann. »Die Schlampe hat behauptet, es würde ihr gehören.«

»Und das hast du geglaubt, ja?« Constantin schmunzelte, dann packte er abermals Herrmanns Kopf und zog ihn zurück. »Und selbst wenn. Dann hättet ihr es ja immer noch gestohlen, nicht wahr?« Wieder schlug er den Kopf nach vorn auf den Boden, dann richtete er sich auf und sah sich um. Außer dem auf dem Tisch ausgeschütteten Pulver konnte er kein weiteres entdecken.

»Wo ist der Rest?«

»Im Schlafzimmer«, antwortete Herrmann keuchend. »Unter zwei losen Bodenbrettern.«

Constantin bedeutete seinen Männern mit einem Kopfnicken nachzusehen. Renaldo legte seine Schwester aufs Sofa, um seine Arme einen Moment auszuruhen. Kurz darauf kamen Constantins Leute zurück.

»Zwei Päckchen, Chef. Das ist alles.«

Constantin sah zu Catherine hinüber. »Wie viele waren es noch?«

»Acht«, sagte sie. »Ich hatte eines verkauft.«

»Wo sind die restlichen?«, fragte Constantin an Herrmann gewandt und stellte sich direkt neben diesen, so dass der nur seine Schuhe sehen konnte.

»Wir haben es verkauft.«

»Und das Geld?«

»Nur das, was hier überall liegt.«

Constantin sah sich um. »Das ist nicht mal ein Zehntel dessen, was das Zeug wert war.«

»Wir haben sonst nichts mehr, ich schwöre es.«

Constantin wies seine Leute mit einer Geste an, das Geld einzusammeln.

»Dreht die zwei um«, forderte Constantin nun, und seine Leute befolgten den Befehl. Herrmann zappelte und versuchte, sich dem Griff zu entwinden, während der andere völlig benommen war und außer Stande, irgendwelchen Widerstand zu leisten.

»Wer war noch dabei?«, fragte Constantin.

Herrmann schüttelte den Kopf.

»Wer noch?«, wiederholte Constantin. »Es war ein weiterer Kerl dabei, und ich will seinen Namen wissen.«

»Es gibt kein weiteres Koks«, stammelte der andere.

»Danach habe ich nicht gefragt. Wer war der Dritte?«

»Lasst ihr uns frei, wenn wir es sagen?«

»Nicht!«, rief Herrmann. »Sag es ihm nicht.«

Schnurr holte aus und schlug ihm ins Gesicht. »Du gibst hier keine Befehle, ist das klar?«

Herrmann jammerte, während Constantin sich vor seinen Kumpanen hockte. »Du wolltest uns was sagen?«

»Nur wenn ihr mich gehen lasst.«

Constantin lächelte. »Ich denke darüber nach. Den Namen.«

»Es ist sein Bruder«, brachte er gequält hervor.

»Du sollst dein Maul halten, du verdammtes Schwein!« Herrmann versuchte, dem neuerlichen Schlag auszuweichen, den Schnurr mit der Faust androhte.

»Und wie heißt dieser Bruder?«, fragte Constantin.

»Dieter.«

Herrmann begann zu wimmern. »Es war meine Schuld. Lasst meinen Bruder in Ruhe. Lasst ihn in Ruhe.«

»Und wo finden wir diesen Dieter?« Constantin war völlig ruhig.

Herrmann zappelte und versuchte, sich zu befreien.

»Er arbeitet in dem großen Schlachthaus an der Spree. Er hat auch noch was von dem Koks mitgenommen. Jetzt lasst mich los.«

Die beiden Männer, die ihn am Boden hielten, suchten Constantins Blick, als erwarteten sie seine Weisung.

Dieser zögerte kurz, dann sagte er: »Ich finde, für deine Mithilfe hast du eine Belohnung verdient.« An seine Männer gewandt, fuhr er fort: »Ihr wisst, was ihr zu tun habt. Kümmert euch um die Schweine. Und dann nehmt alles Geld, was ihr hier noch finden könnt.«

»Sollen wir die beiden anschließend wegschaffen?«, fragte Nolte.

»Nein. Lasst sie einfach liegen. Wenn jemand sie findet, wird es ihm eine Warnung sein.«

Constantin drehte sich um und ging hinaus. Renaldo folgte ihm eilig mit Catherine. Die anderen Männer blieben zurück, um dem Auftrag ihres Chefs Folge zu leisten.

Als Constantin zurück ins Hotel kam, wartete Josephine bereits im Foyer auf ihn. »Da bist du ja! Ich dachte schon, du kommst gar nicht mehr, und ich muss allein zu Abend essen.«

Constantin legte den Arm um die Schultern seiner kleinen Schwester. »Als ob ich dich an deinem ersten Abend allein lassen würde«, gab er zurück.

»Was hast du da?« Josephine klopfte ihm ein wenig weißes Pulver vom Jackett.

»Mehl«, sagte Constantin. »Ich war noch beim Koch und habe eine seiner neuen Kreationen probiert. Glaub mir, die Küche hier ist noch besser als in Binz.«

»Wirklich?« Josephine strahlte ihn an. »Dann freue ich mich jetzt noch mehr aufs Essen. Ich bin schon am Verhungern.«

Constantin führte sie lächelnd ins Restaurant. Er würde vorsichtiger sein müssen, jetzt, da sie hier war und seine Aufmerksamkeit beanspruchte. Er konnte nur hoffen, dass sie nicht anfing, ihre Nase in Dinge zu stecken, die sie nichts angingen.

15. Kapitel

Manchmal verändert ein einziger Tag ein ganzes Leben. Und dreht sich die Welt dann weiter wie zuvor, droht man, in den Abgrund zu stürzen.

MARIE REIDEL

Es war bereits kurz vor sechs, als Marie das Hotel verließ. Wie fast immer hatte sie so viel zu tun gehabt, dass es ihr nicht möglich gewesen war, pünktlich Feierabend zu machen. Eigenartigerweise schafften es die anderen Dienstmädchen immer. Nur sie ging erst, wenn alles erledigt war, was ihr Pflichtbewusstsein von ihr verlangte. Und auch wenn sie es nicht darauf anlegte, so erhielt sie doch so manche Münze extra von der gnädigen Frau, die durchaus bemerkte, wer sein Schaffen ganz in den Dienst des Hotels stellte und wer nicht.

Die Sonne war bereits tiefer gesunken, doch es war noch immer warm und taghell, als Marie aus der Seitentür trat und in Richtung Promenade ging. Sie atmete tief ein und wieder aus, zog tief die Luft in ihre Lunge.

Die gnädige Frau war vor etwa einer halben Stunde in die Personalküche gekommen und hatte Marie erlaubt, dass sie etwas von der Suppe mit nach Hause nahm, die es am Mittag für die Gäste des Hotels gegeben hatte. Marie hatte das Angebot dankbar angenommen, denn es ersparte ihr, noch am Abend für ihren Vater, ihre Schwester und sich selbst zu kochen. Es waren ebendiese kleinen Gesten des Entgegenkommens, die Bernadette von Plesows Wertschätzung gegenüber Marie zum Ausdruck brachten. Eine mitunter nahezu mütterliche Unterstützung, für die Marie dankbar war.

Sie erschrak und blieb abrupt stehen, als ihr plötzlich jemand die Hand von hinten auf die Schulter legte.

»Guten Abend, Marie.«

Sie schluckte schwer und wagte nicht aufzusehen, als er vor sie trat. »Guten Abend, Herr Dr. Herbst.«

Robert zog die Hand weg und machte einen Schritt rückwärts. »Wie hast du mich gerade genannt? Was ist denn los, Marie?«

Sie blickte gehetzt zum Hotel hinüber, von wo aus man sie gut erkennen konnte.

Robert bemerkte es. »Kann ich dich ein Stück begleiten?«, bat er.

»Natürlich.« Ohne aufzublicken, setzte Marie ihren Weg fort und schluckte mehrmals. Sie hatte den ganzen Tag über nichts essen können, fühlte sich elend und vollkommen überfordert.

Eine Weile gingen sie schweigend nebeneinanderher. Erst als sie außer Sichtweite des Hotels waren, nahm Robert das Gespräch wieder auf. »Ist alles in Ordnung, Marie? Bist du böse auf mich?«

»Nein.« Sie schüttelte den Kopf, sah ihn weiter nicht an und beschleunigte ihren Schritt.

Robert fasste ihren Arm und verstellte ihr den Weg. »Bitte, Marie. Sprich mit mir«, flehte er beinahe und suchte ihren Blick. »Bitte, Marie. Was habe ich dir getan?«

Sie sah ihn an, schluckte und presste die Lippen aufeinander. Könnte sie ihm nur klarmachen, was sie von sich selbst dachte! Wie sollte er, der erfahrene Mann verstehen, was in ihr vorging? »Ich schäme mich«, flüsterte sie schließlich und schlug die Augen nieder.

Herbst legte den Zeigefinger unter ihr Kinn und hob langsam ihren Kopf. »Es gibt nichts, wofür du dich schämen müsstest. Es war ein besonderer Abend, und wir haben uns treiben lassen. Schäm dich doch nicht für etwas, was so wundervoll war.«

»Aber ich habe noch nie … ich … ich bin nicht so eine.«

»Ich weiß.« Er lächelte sie an. »Deshalb war es ja so besonders, für dich und auch für mich.«

Marie war ihm dankbar für den Trost, den er ihr zu spenden versuchte, auch wenn ihr das nichts nützte. »Ich habe das Gefühl, jeder könne es mir ansehen«, brachte sie stockend hervor.

Er lächelte. »Niemand sieht dir irgendetwas an. Nur dass du eine wunderbare, schöne, feinfühlige und ganz besondere junge Frau bist, das kann jeder sehen.«

»Danke.« Sie blickte sich kurz um, um sich zu vergewissern, dass die anderen Passanten auf der Promenade nicht auf sie aufmerksam wurden. »Können wir bitte weitergehen?«

»Natürlich«, willigte Robert ein. Eine Weile gingen sie schweigend nebeneinanderher, doch für Marie fühlte es sich nicht mehr so unerträglich an wie noch vor wenigen Minuten.

»Hattest du heute viel zu tun?«, fragte Robert, um ein ungezwungenes Gespräch zu beginnen.

»Nicht mehr oder weniger als sonst.«

»Du bist später herausgekommen als deine Kolleginnen«, bemerkte er. »Ich habe auf der Bank gegenüber vom Hotel gesessen und es gesehen.«

»Hast du auf mich gewartet?«

»Ja«, gestand er ein. »Das habe ich. Ich wollte dich gern wiedersehen.«

»Weshalb?«

»Weshalb?« Robert schmunzelte. »Weil ich den Abend mit dir sehr genossen habe und hoffte, es würde dir ebenso gehen.«

»Ich weiß nicht, was ich dazu sagen soll.« Marie sah auf ihre Schuhe.

»Fandest du es denn nicht schön?«, hakte Robert nach. »Das Tanzen, das Lachen, die Stunden, die wir zusammen erlebt haben?«

»Doch«, sagte Marie leise. »Aber … aber ich hätte nach dem Tanzen nach Hause gehen sollen.«

»Hat es dir denn nicht gefallen?«

Marie wurde rot, den Blick starr nach unten gerichtet.

»Mir hat es gefallen«, fuhr Robert fort, »und ich wünschte, du könntest das Gleiche von dir behaupten.«

»Du bist verheiratet«, stellte Marie fest. »Und ich habe mich hingegeben wie eine Dirne.«

»Nein«, widersprach Robert entschieden. »Ja, ich bin verheiratet, und ich habe mich nicht korrekt verhalten. Doch auf dir lastet keine Schuld. Und eine Dirne bist du schon gar nicht.« Einen Moment sagten sie nichts, dann fügte er hinzu: »Und nur, damit du es weißt: Ich habe so etwas noch nie getan, seit ich verheiratet bin. Ich weiß, dass es nicht richtig von mir war, doch bereue ich es nicht. Dafür war es zu schön.«

»Es gibt einige Mädchen, die ich kenne, für die es ganz normal wäre, sich so zu verhalten wie ich letzte Nacht.«

»Doch dir macht es zu schaffen. Und ehrlich gesagt, finde ich das gut.«

»Weshalb?« Marie sah ihn an.

»Du bist kostbar, Marie. Du bist eine ganz besondere junge Frau, und ich bin glücklich, dass du mir gestern diese Stunden geschenkt hast.«

Schweigend gingen sie weiter, bis sie das Haus erreichten, in dem Marie mit ihrer Schwester und ihrem Vater lebte. Vor der Tür blieben sie stehen.

»Ich würde dich gern wiedersehen, Marie.« Er sah ihren verschreckten Blick und fügte rasch hinzu: »Ich möchte einfach nur mehr Zeit mit dir verbringen.«

»Ich habe den gestrigen Abend auch sehr genossen«, gestand sie nun ein.

»Könnten wir uns dann nicht später treffen? Ginge das?«

»Mein Vater würde es nicht erlauben.«

»Ich verstehe.«

Marie zögerte und wollte sich bereits abwenden, doch dann drehte sie sich wieder zu ihm um. »Aber er ist ohnehin die meiste Zeit nicht da.«

Ein Lächeln erhellte Roberts Gesicht. »Wann kann ich dich sehen?«

»So gegen acht?«

»Wo?«

»Wir treffen uns an der Promenade, dort, wo der große helle Findling am Zugang zum Strand ist. Weißt du, welche Stelle ich meine?«

»Das ist etwa dort, wo wir gestern entlanggegangen sind, richtig?«

»Ja. Richtig.«

»Acht Uhr. Ich werde da sein.«

»Ich muss jetzt wirklich gehen.«

»Ja, bis später. Ich freue mich auf dich.«

Sie lächelte ihn an, ging zur Tür, drehte sich noch einmal um und hob die Hand. Dann schloss sie auf und verschwand im Innern des Hauses.

Robert kehrte zur Promenade zurück und schlenderte in Richtung Hotel. In Gedanken war er bei Marie. Wie sehr er sich darauf freute, sie später wiedersehen zu dürfen!

Als er das Grand erreichte, betrat mit ihm zusammen ein weiterer Mann das Hotel. Sie grüßten einander und gingen beide zur Rezeption.

»Ah, Herr Oberwachtmeister Bender und Herr Dr. Herbst«, begrüßte Druminski die Herren. Seine Schicht war bereits zu Ende, der Kollege Ulrich Bachmann trat soeben seinen Dienst an.

»Guten Tag, Herr Druminksi«, grüßte Bender, während der Rezeptionist bereits hinter sich ans Brett griff und den Schlüssel mit dem Anhänger für Zimmer 135 zur Hand nahm. »Bitte sehr, Herr Dr. Herbst.«

»Vielen Dank, Herr Druminski.« Robert nahm den Schlüssel entgegen, nickte Oberwachtmeister Bender kurz zu und ging dann zu den Aufzügen hinüber.

»Was kann ich für Sie tun, Herr Oberwachtmeister?«

»Ich möchte gern mit Alexander von Plesow sprechen.«

»Der gnädige Herr ist noch in seinem Büro, dürfte aber in Kürze das Haus verlassen wollen. Ich werde ihn fragen, ob es noch passt.« Druminski griff zum Telefon.

»Es wird nicht lange dauern«, versicherte Bender und nahm sich ein in goldenes Papier gewickeltes Schokoladentäfelchen aus der Schale auf dem Tresen, während der Rezeptionist mit Alexander sprach.

»Herr von Plesow wird gleich herunterkommen.«

»Danke schön.« Der Polizist steckte sich die Schokolade in den Mund und das Papier in die Tasche.

»Möchten Sie vielleicht Platz nehmen, darf ich Ihnen etwas bringen lassen?«

»Nein danke. Machen Sie sich keine Mühe. Wie ich schon sagte: Es wird nicht lange dauern.« Er griff noch einmal zu, betrachtete den aufgedruckten Namen des Hotels und der Familie, dann trat er ein paar Schritte vom Empfang weg, um Druminski nicht gar zu sehr auf die Finger zu starren. Der wandte sich dem

Kollegen Bachmann zu, um die Übergabe zu machen. Druminski erklärte ihm im Flüsterton, was zu beachten sei, und übergab ihm einige Unterlagen. In diesem Moment kam Alexander von Plesow die Stufen herunter.

»Herr Bender.« Er ging auf den Polizisten zu. »Was kann ich für Sie tun?« Alexander streckte ihm die Rechte entgegen, die dieser ergriff.

»Schön, Sie zu sehen, Herr von Plesow. Ich habe nur ein paar kurze Fragen.«

»Bestimmt haben Sie noch nicht zu Abend gegessen, nicht wahr?«

»Nein, aber das ist nicht nötig. Ich möchte Ihre Zeit nicht über Gebühr beanspruchen.«

»Aber, aber. Es wäre dem Grand ein Vergnügen, dem unermüdlichen Hüter des Gesetzes eine kleine Stärkung anzubieten.«

»Wollten Sie nicht bald nach Hause?«

»Für eine Suppe wird die Zeit schon reichen.«

»Dann nehme ich die Einladung gerne an.«

Sie gingen zusammen zum Restaurant hinüber, das etwa zur Hälfte besetzt war, und Alexander lotste den Polizisten zu seinem reservierten Tisch. Der Hotelier wusste, dass auch Bernadette bald zum Essen kommen würde, und hoffte, diesen Umstand nutzen zu können, da Bender eine mehr als offensichtliche Schwäche für seine Mutter hegte.

»Was möchten Sie trinken, Herr Bender?«

»Ich nehme gern ein Glas Bier.«

Der Kellner trat an den Tisch, grüßte und reichte den beiden die Karten.

»Zwei Bier für meinen Gast und mich«, bestellte Alexander.

»Sehr wohl, Herr von Plesow.« Der Kellner verneigte sich und ging davon.

Dann schlugen beide die Karten auf.

»Darf ich Ihnen etwas empfehlen?«, fragte Alexander.

»Danke, aber ich bleibe tatsächlich bei der Tagessuppe.«

»Gut«, befand Alexander und klappte seine Karte ebenfalls zu. Sie warteten, bis der Kellner mit den Biergläsern zurückkam, dann bestellte er für beide die Suppe.

Alexander hob das Glas. »Also, Herr Bender, dann Prost.«

Hans Bender erwiderte die Geste.

Als Alexander das Bier wieder auf den Tisch stellte, fragte er: »Wie kann ich Ihnen behilflich sein?«

»Es geht um den Toten, der in Stralsund angespült wurde. Die Kollegen dort haben um unsere Unterstützung hier in Binz gebeten.«

»Ja, ich erinnere mich. Es waren zwei Polizisten da, die mir ein Foto zeigten, doch ich kann mich nicht erinnern, den Mann darauf schon einmal gesehen zu haben.«

»Er hatte ein Einwickelpapier von Ihren Schokoladentäfelchen in der Tasche, so eins wie dieses.« Er zog das leere Goldpapier hervor und glättete es auf dem Tisch.

»Ja, das wurde mir gesagt. Womöglich war er ein Gast und auf dem Weg zu uns?«

»Das bezweifle ich.«

»Ach ja?« Alexander trank einen Schluck. »Und weshalb, wenn ich fragen darf?«

»Er wohnte ganz in Ihrer Nähe, in der Sonnenstraße. Die Vermieterin hat ihn wiedererkannt. Weshalb hätte er also im Grand ein Zimmer mieten sollen?«

»Nein«, stimmte Alexander ihm zu, »das ergibt wirklich keinen Sinn.« Er nahm einen weiteren Schluck Bier.

»Warum hatte er dann ein solches Papierchen bei sich?«

Alexander zuckte die Achseln. »Das kann ich beim besten

Willen nicht beantworten. Womöglich wollte er sich hier mit jemandem treffen und hat sich aus einer der Schalen in der Lobby bedient?«, schlug er vor. »Oder er wollte sich um eine Stelle bewerben, aber meine Mutter und ich waren nicht da?«

Bender legte nachdenklich den Kopf schief. »Seine Vermieterin gibt an, er und die anderen Männer, die sich bei ihr eingemietet hatten, seien Vertreter gewesen. Klingelt da etwas bei Ihnen?«

»Vertreter für was?«

»Das wusste sie selbst nicht so genau. Die Miete wurde immer pünktlich bezahlt. Geldnot scheint also nicht geherrscht zu haben.«

Alexander sah auf. »Ah, meine Mutter«, stellte er fest, als in diesem Moment Bernadette das Restaurant betrat und ihre übliche Runde an den Tischen der Gäste absolvierte. Als sie Alexander mit Hans Bender an ihrem Tisch sitzen sah, wünschte sie guten Appetit, verabschiedete sich und ging hinüber.

Alexander stand auf und küsste ihre Wange, als sie zu ihnen trat. »Mutter, wie schön.«

Hans Bender hätte fast seinen Stuhl umgestoßen, so eilig stand er auf und hauchte einen Kuss auf die Hand, die Bernadette ihm reichte.

»Hans. Welch angenehme Überraschung!«

»Du siehst hinreißend aus, Bernadette.«

Sie nickte ihm lächelnd zu. »Und du bist ein Schmeichler. Darf ich mich dazugesellen?«

»Aber sicher. Womöglich kannst du sogar weiterhelfen«, erklärte Alexander, rückte seiner Mutter den Stuhl zurecht und nahm dann selbst wieder Platz. Kaum dass sie saßen, kam der Kellner mit der Suppe. Er grüßte Bernadette und stellte die Suppentassen auf dem Tisch ab. Dann fragte er höflich, was er ihr bringen dürfte.

»Ich nehme ein Glas Wein und ebenfalls die Tagessuppe. Danke sehr, Caspar.«

Der Kellner verneigte sich und ging eilig davon. Anders als zuvor dauerte es dieses Mal nur wenige Augenblicke, bis er mit einem Glas Wein und einer Tasse Suppe zurückkam. »Bitte sehr, gnädige Frau, und Ihnen allen einen guten Appetit.«

»Vielen Dank, Caspar.« Bernadette schenkte ihm ein Lächeln, dann hob sie das Weinglas. »Auf unverhoffte, angenehme Gäste.« Sie nickte Hans Bender zu.

»Du bist zu freundlich, liebe Bernadette.«

Alexander schmunzelte, als er sah, wie leicht sich der Polizist von seiner Mutter einwickeln ließ. Und nicht nur er. Selbst bei Caspar hatte er gemeint, ein verlegenes Lächeln zu bemerken, als seine Mutter ihn mit Namen angesprochen hatte. Sie verstand es mit ihrem Charme auf eine unvergleichliche Art, die Menschen für sich zu gewinnen, Frauen wie Männer. Alexander wusste, dass dies seiner eigenen Frau Margrit nicht gegeben war, ganz gleich, wie sehr sie sich darum bemühte. Es würde schwer werden, Bernadette zu ersetzen, wenn diese eines Tages das Hotel verlassen sollte.

»Ich hoffe, ich störe euch nicht bei einem wichtigen Gespräch«, erklärte Bernadette nun.

»Wie könntest du? Herr Bender und ich unterhielten uns gerade über diesen bedauernswerten Mann, der in Stralsund zu Tode gekommen ist.«

»Ja richtig. Zwei deiner Kollegen waren hier im Hotel und haben ein Foto von ihm gezeigt. Ich kannte ihn.«

»Du kanntest ihn?«, wiederholte Bender verblüfft. »Davon haben mir die Kollegen nichts gesagt.«

Überrascht sah Bernadette zwischen Alexander und Hans hin und her. »Aber ja, natürlich. Und du kanntest ihn auch, Alexander. Er war hier im Hotel, um die Versicherung zu verkaufen.«

Alexander schlug sich mit der flachen Hand gegen die Stirn. »Natürlich, da habe ich ihn schon mal gesehen! Ich wusste ja, dass er mir zuvor schon begegnet war. Das habe ich Ihren Kollegen aus Stralsund auch gesagt. Aber ich konnte ihn nicht einordnen.«

»Ein Versicherungsvertreter«, sagte Bender. »Ja, das kommt hin. Es passt zu der Aussage seiner Vermieterin.« Der Polizist schien zufrieden, so rasch aufgeklärt zu haben, weshalb der Tote ein Einwickelpapier aus dem Grandhotel Binz in der Tasche gehabt hatte. Einzig störte er sich an der Tatsache, dass die Stralsunder Kollegen vor Ort zwar um Mithilfe gebeten, die Tatsache, dass Bernadette die Zusammenhänge bereits aufgeklärt hatte, jedoch unberücksichtigt gelassen hatten. Er fragte sich, ob die Stralsunder womöglich Zweifel an ihrer Aussage hegten.

»Eigenartig, das haben die Kollegen gar nicht erwähnt …«, sagte er nachdenklich.

»Frag sie einfach, was dahintersteckt«, schlug Bernadette vor. »Ich kann dir nur weitergeben, was ich ihnen gegenüber bereits ausgesagt habe.« Sie zuckte mit den Schultern. »Aber verrat mir doch bitte, Hans, ob du einen Zusammenhang vermutest zwischen dem Toten in Stralsund, Kaubs Mann in Hiddensee und unserem Bankier?«

»Das kann ich dir nicht sagen«, erwiderte Bender nachdenklich. »Allerdings hatten Bankier Bischoff und Kaubs Mann beide eine Kugel im Kopf, der Mann aus Stralsund ebenfalls.«

Bernadette nickte und nahm einen Löffel Suppe. Zwar hatte sie Constantin nicht direkt danach gefragt, ob er etwas mit dem Tod des Schutzgelderpressers zu tun gehabt hatte, doch sie ahnte, dass genau das der Fall war.

»Ein Kopfschuss ist in gewissen Kreisen nun mal das bewährte Mittel zur endgültigen Lösung von Problemen«, überlegte Bender laut.

»Aber, aber, Hans, Binz ist nicht gerade der Ort für die Auseinandersetzungen solcher, wie nennt man sie – Banden?«, wandte Bernadette ein. »Sind die nicht eher in den großen Städten tätig und nicht in unserem beschaulichen Seebad?«

»Da gebe ich dir recht. Noch ist für mich der Zusammenhang zwischen dem Lakaien eines Geschäftsmannes, einem Bankier und einem Versicherungsvertreter weder erkennbar noch eindeutig nachweisbar, doch sollte bei den Ermittlungen zweifelsohne versucht werden, einen solchen zu finden.« Bender nahm die letzten Löffel seiner Suppe. »Wirklich köstlich. Es gibt keinen zweiten Koch in ganz Binz, der seine Arbeit so hervorragend versteht.«

»Wir sind auch sehr glücklich, dass wir ihn für unser Haus gewinnen konnten«, gab Alexander jovial von sich.

Bender sah von Alexander zu Bernadette. »Ich gebe zu, dass ich froh bin, wie schnell sich die Verbindung des Toten zum Hotel und der Familie von Plesow aufgeklärt hat«, sagte der Polizist. »Es sind unruhige Zeiten, und solche Vorkommnisse führen dazu, dass die Menschen hier unsicher werden.«

»Hier und überall im Land«, stellte Alexander fest. »Es ist dringend an der Zeit, dass eine gewisse Ordnung wiederhergestellt wird.«

Bernadette warf Alexander einen kurzen warnenden Blick zu. Sie kannte die Ansichten ihres Sohnes und wusste, dass es nicht ungefährlich war, solche Überzeugungen zu vertreten. Ginge es nach ihm und seinesgleichen, würde Friedrich Ebert alsbald sein Amt verlieren und eine radikale Macht die Führung des Landes übernehmen.

»Sie denken, dass keine ausreichende Ordnung im Lande besteht, Herr von Plesow?« Hans Benders Stimme klang misstrauisch, abwartend.

»Nun, solange es Menschen gibt, die andere durch Kopfschüsse ums Leben bringen, gebe ich meinem Sohn recht«, schaltete Bernadette sich ein. Sie legte in vertraulicher Geste ihre Hand auf die von Hans Bender. »Aber zum Glück kümmerst du dich um die Angelegenheit, so dass wir Binzer schon bald wieder ruhig schlafen können.«

Bender zögerte, dann lächelte er Bernadette an. »Ich werde herausfinden, wer dafür verantwortlich ist.«

»Das wissen wir, lieber Hans.« Noch einmal tätschelte sie die Hand des Polizisten, dann sah sie zu ihrem Sohn. »Nicht wahr, Alexander?«

»Ganz recht.« Alexander hob sein Bier. »Ich trinke auf die Sicherheit, Herr Bender.«

Der Polizist blickte auf sein Bierglas, hob es ebenfalls und prostete Alexander zu. »Ich werde mich darum kümmern, Herr von Plesow.«

Bernadette nahm ihr Weinglas, stieß mit beiden an und schenkte ihnen ein herzliches Lächeln. Es war wieder einer der Momente, in denen sie spürte, wie wichtig es war, stets die Contenance zu bewahren. Haltung um jeden Preis, das war etwas, was sie beherrschte.

16. Kapitel

Wenn das Werk eines Menschen vollbracht ist, stellt sich endlich Frieden ein.

Klaus Denker

Heute Abend sollte es so weit sein. Denker konnte es kaum mehr erwarten. Er hatte alles vorbereitet und war dabei auf eine Art und Weise ruhig geworden, wie er es seit dem Tag, an dem er nach Hause gekommen und seine Familie tot vorgefunden hatte, nicht mehr gewesen war.

Am Morgen war er zur Kirche gegangen, um sowohl für das Gelingen seiner Tat als auch für seine Seele zu beten, wenngleich er kaum annahm, dass ihm dies etwas nützen würde. Er war jedoch schon an der Kirchentür gescheitert, die fest verschlossen war und kein Hinweisschild enthielt, wann das Gotteshaus betreten werden konnte. Denker hatte schmunzeln müssen, nahm er es doch als Zeichen, dass Gott, so es ihn denn gab, ihm schon im Hier und Jetzt die Tür verschloss. Er konnte sich also denken, was nach seiner Tat mit seiner Seele geschehen würde. So war er unverrichteter Dinge wieder abgezogen. An seinem Plan änderte es nichts.

Er hatte sich den Tag über bei Gerd Nolte abgemeldet mit der Begründung, einige persönliche Dinge erledigen zu müssen. Nolte hatte nicht weiter nachgefragt und ihm lediglich Hilfe angeboten, falls etwas nicht in Ordnung sei. Denker hatte abgewiegelt, sich bedankt und war gegangen.

Nun spazierte er an der Spree entlang, nahm sich Zeit für den letzten Tag seines Lebens hier auf Erden und sah sich um. Berlin war der geschäftigste Ort, den er je erlebt hatte. Sicher, bisher kannte er auch nur Hamburg, die Orte drum herum und die Gegenden, durch die er gegangen war, um an die Front und wieder zurückzugelangen. Doch er war sicher, dass es, auch wenn er weiter gereist wäre, kaum eine Stadt gegeben hätte, die mit Berlin vergleichbar war. Berlin war für ihn wie ein lebendiger Krake, der seine Tentakel in alle Richtungen streckte, ständig in Bewegung, ständig voller Energie und immer auf der Suche. Heute, mit der Ruhe, die er im Hinblick auf die bevorstehenden Ereignisse in sich trug, kam er sich hier vollkommen fehl am Platz vor. Die Menschen hasteten an ihm vorbei, jeder schien es noch eiliger als sein Vordermann zu haben. Frauen mit Röcken, die gerade bis übers Knie reichten, und bunten Glockenhüten auf den Köpfen. Es war das erste Mal, dass ihm auffiel, wie allein jeder in dieser Stadt zu sein schien, während er in aller Eile seinen Weg suchte. Eigenartig, dass er das vorher nie bemerkt hatte. Er sah kaum Paare, die gemeinsam in den Straßen unterwegs waren. Nein, jeder blieb für sich allein, genau wie er. Er passte gut in diese Stadt, auch wenn das nie sein Ziel gewesen war. Und es war auch gleichgültig, denn sein Leben würde heute noch enden. Ja, der 24. Juni 1924 würde sein Todestag sein.

Er kam an einer Litfaßsäule vorbei, blieb stehen und besah sich die Plakate. Dann ging er langsam einmal um die Säule herum. Ein Plakat warb für die Olympischen Spiele in Paris, die bereits seit dem 4. Mai dort ausgetragen wurden und noch bis zum 27. Juli dauerten. Eine Werbung der Deutschvölkischen Freiheitspartei, direkt daneben fröhlich dreinblickende Menschen und die Unterschrift *Stimmen der Völker in Liedern*. Die Wirtschaftspartei prangerte in großen Lettern die Folgen der Zwangswirtschaft an, gleich danach kam ein Hinweis auf die Deutsche Automobilausstellung, die vom 5. bis 14. Dezember dieses Jahres in Berlin stattfinden würde. Darüber war ein grellbuntes Plakat der *Volants Marocains* angebracht, das Catherine und Renaldo am Trapez zeigte. Denker schüttelte den Kopf. Zwischen dem Plakat und der Realität lagen Welten, vor allem wenn man den Zustand der bedauernswerten Catherine bedachte. Aber so war wohl das Leben: Hinter der nach außen gerichteten, fröhlich strahlenden Fassade verbarg sich ein tiefer Abgrund. In diesem Moment wurde Denker bewusst, dass er es nicht bedauern würde, wenn dieser Tag sein letzter war.

In gemächlichem Tempo ging er zu der Wohnung, in der er ein Zimmer bei einer Witwe angemietet hatte, deren Mann im Krieg geblieben war. Außer ihm wohnten dort noch zwei Männer und die Witwe selbst. Denker war sicher, dass sie sich neben der Vermietung der Zimmer durch einige Gefälligkeiten mindestens einem der Männer gegenüber etwas hinzuverdiente. Der Gedanke, dass Else womöglich ebenfalls dazu gezwungen gewesen war, während er an der Front für sein Vaterland kämpfte, war schmerzhaft. Bittere Galle stieg ihm in die Kehle. Nein, er konnte diesen Gedanken nicht zu Ende bringen, wenn er nicht wollte, dass ihm die Vorstellung, es könnte wirklich so gewesen sein, das Herz zerriss.

Er beschleunigte seinen Schritt, erreichte bald die Wohnung, schloss die Eingangstür auf und ging direkt in sein Zimmer. Dort legte er sich aufs Bett, verschränkte die Arme hinter dem Kopf und starrte an die Decke. Es war gerade mal Mittag, genug Zeit, noch etwas zu schlafen. Oder sollte er irgendwo essen gehen? Teuer, einfach so, eine Henkersmahlzeit mit allem Drum und Dran. Denker schmunzelte. Eigenartig. Er hatte den Tod vor Augen und fühlte sich doch so frei wie vielleicht nie zuvor. Womöglich gerade wegen seiner aussichtslosen Situation. Ja, es war befreiend, mit allem abgeschlossen zu haben. Vor allem aber sah er dem Zeitpunkt entgegen, da dieser Egbert Müller im Keller des Varietés an einen Stuhl gefesselt vor ihm sitzen würde. Ja, dann würde er nach all den Jahren endlich Antworten erhalten. Manche, das wusste er, würden Bilder in seinem Kopf entstehen lassen, die er gern vermeiden wollte. Er musste sich nicht fragen, ob er wirklich alles bis ins kleinste Detail wissen wollte. Nein. Das gewiss nicht. Doch konnte die Realität wirklich schlimmer sein als das, was er sich in all den Jahren im Gefängnis und auch danach noch als letzte Momente im Leben seiner Frau und seiner Kinder ausgemalt hatte? Gab es etwas, was noch widerwärtiger, menschenverachtender und grausamer war als das, was Else und die Kinder hatten durchmachen müssen, weil er an der Front und nicht da gewesen war, um sie zu verteidigen?

Wieder einmal war er bei dem Gedanken hängen geblieben, auf den er stets zurückkam, wenn er an Else, die Kinder und ihre letzten Momente dachte. Auch wenn er nichts hatte tun können, waren es doch vor allem die Selbstvorwürfe, die seine Seele zerfraßen.

Er war nicht da gewesen. Er war nicht da gewesen, um seine Familie zu beschützen, nur weil er im Krieg für eine Sache kämpfte, an die er nie geglaubt hatte. Es war geradezu absurd, und Denker hätte es als üble Ironie abgetan, wären die Auswirkungen für ihn und seine Familie nicht derart dramatisch gewesen.

Über diesen Gedanken döste er ein und verschlief so das Mittagessen, seine Henkersmahlzeit. Als er wieder aufwachte, waren seine Arme, die er noch immer hinter dem Kopf verschränkt hatte, eingeschlafen. Sie kribbelten, als er sie nach vorn zog und seitlich neben sich legte. Er wartete, bis das Blut in seinen Armen wieder zirkulierte, dann stand er auf und sah auf seine Taschenuhr, ein

Geschenk seines Großvaters. Es war Viertel nach drei. Denker trat vor den Spiegel, zog seinen Kamm hervor und richtete seine Haare. Der Mann, den er vor sich sah, wirkte auf ihn keinesfalls wie ein skrupelloser Killer, der kaltblütig einen Mord plante. Er wirkte nicht einmal wirklich entschlossen und schon gar nicht voller Tatendrang. Nein. Der Mann dort im Spiegel sah einfach nur müde aus. Voller Überdruss, das Leben betreffend und den Schmerz.

Er steckte seinen Kamm in das kleine Lederetui und schob es in seine Hosentasche, dann wandte er sich vom Spiegel ab, griff nach seinem Sakko, ging hinaus und drehte sich noch einmal um. Eigenartig, wie bedeutsam ihm plötzlich eine so einfache Sache wie seine Unterkunft erschien, jetzt, da er wusste, dass er sie das letzte Mal betreten hatte und für immer verlassen würde. Alles war in Ordnung. Die Witwe würde keine Scherereien haben, seine wenigen Sachen zusammenzupacken und zu entsorgen. Gut. Er wollte nicht, dass jemand seinetwegen Arbeit hatte. Denker hob den Kopf, zog die Zimmertür zu, schloss ab und legte den Schlüssel auf das kleine Schränkchen im Flur. Anschließend öffnete er die Wohnungstür, ging hinaus und zog auch diese hinter sich zu, bevor er auf direktem Weg zum Varieté eilte. Dort meldete er sich bei Gerd Nolte, der gerade erst aus dem Büro vom Chef gekommen war.

»Ah, Klaus. Da bist du ja. Und? Alles erledigt?«

»Ja, alles bestens. Was kann ich tun?«

»Es ist eben eine neue Lieferung Schnaps angekommen. Hilf Köhler beim Reinbringen.«

»Wird erledigt.« Denker wandte sich ab.

»Ach, und, Klaus?«

»Ja?«

»Wenn irgendwas ist, dann brauchst du mir nur Bescheid zu sagen. Ich kann dir helfen, das weißt du doch, oder?«

Denker, der sich schon zum Gehen gewandt hatte, drehte sich noch einmal zu Nolte um. »Danke, Gerd. Du hast wirklich schon eine Menge für mich getan, indem du mir diese Arbeit hier besorgt hast. Ich bin dir dankbar.«

Nolte musterte den Freund seines Vetters nachdenklich. »Ist da etwas, was du mir sagen willst?«

Denker zuckte die Achseln. »Nicht dass ich wüsste.« Er zwang sich zu einem unbefangenen Lächeln. »Alles in Ordnung. Wirklich. Wenn was ist, komme ich zu dir.«

»Gut.«

Denker nickte knapp, dann drehte er sich um und ging davon, um die Schnapslieferung in den Keller zu schaffen.

Nolte sah ihm nach. Sein Gefühl, auf das er bisher immer hatte vertrauen können, sagte ihm, dass etwas nicht stimmte. Denker strahlte eine Ruhe, eine Gelassenheit aus, die sonst nicht da gewesen war. Nolte hatte ihn als nachdenklichen, in sich gekehrten Mann kennengelernt, der mit dem, was das Leben ihm als Schicksal auferlegt hatte, nicht zurechtkam. Warum wirkte er plötzlich so ausgeglichen, so entspannt?

»Wollen wir?«, riss Schnurr ihn aus seinen Gedanken.

»Ja, ich komme.« Nolte setzte sich in Bewegung. Soeben hatte er seinen Chef darüber informiert, dass Herrmanns Bruder Dieter ihren Leuten ins Netz gegangen sei. Nicht im Schlachthaus, wo sie ihn vermutet hatten, sondern in einem Bordell. Sofort hatte Nolte vier Männer dorthin geschickt, um diesen Dieter abholen zu lassen. Gleich danach hatte er Constantin Meldung gemacht. Nun hieß es, diesen Kerl in den Keller des Varietés zu schaffen, ohne dass es jemand mitbekam. Constantin wollte selbst mit ihm sprechen, auch wenn Nolte bezweifelte, dass dies irgendetwas brachte. Sowohl das Kokain als auch ein Großteil des Geldes waren mit Sicherheit schon weg. Und ihm als abschreckendes

Beispiel eine Lektion zu erteilen, von der er anderen berichten konnte, würde ebenfalls nicht funktionieren. Denn dass dieser Dieter das Astor nicht mehr lebend verlassen würde, stand außer Zweifel.

Nolte ging zum Hinterausgang des Etablissements und erwartete dort die Rückkehr seiner Leute mitsamt Dieter, dessen Leben, ohne dass er es wusste, keinen Pfifferling mehr wert war.

Nach etwa zwanzig Minuten hatten Denker und Köhler die Schnapslieferung ins Varieté gebracht. Nolte rauchte noch zwei Zigaretten, dann sah er die fünftürige Limousine Marke Triumph 13/35 um die Ecke biegen. Kaum dass der Wagen anhielt, wurde die Hintertür geöffnet und Dieter, der von Constantins Leuten auf der Rückbank in die Mitte genommen worden war, herausgezerrt. Er versuchte, sich zu wehren und ihrem Griff zu entwinden, doch die Männer hielten ihn unerbittlich fest.

»In den Keller mit ihm«, befahl Nolte ruhig, blickte die Straße auf und ab, um sich zu vergewissern, dass niemand etwas bemerkt hatte, und kehrte ins Gebäude zurück, wo er Denker begegnete.

»Wer ist das?«, wollte der wissen.

»Das ist Dieter, der Bruder von diesem Herrmann. Sie haben Catherine verprügelt und ihr das Koks geklaut.«

»Was macht ihr mit ihm?«

»Erst mal in den Keller bringen. Constantin möchte sich mit ihm unterhalten.« Nolte zog beim letzten Wort süffisant die Augenbrauen in die Höhe.

Denker wurde sichtlich nervös. »Wie lange … Ich meine, ist es nicht gefährlich, das hier im Haus zu machen? Immerhin wird das Varieté am Abend wieder voller Gäste sein.«

»Wenn einer da unten hinter den Stahltüren ist, kann er schreien, so viel er will«, gab Nolte gelassen zurück. »Außerdem übertönen die Generatoren alles.«

Denker wollte einen Einwand erheben, wusste jedoch nicht, was er sagen sollte. Er war fest entschlossen, sich heute Abend diesen Egbert Müller vorzunehmen. Alles war vorbereitet. Hinter den Fässern hatte er verschieden lange Stricke bereitgelegt, außerdem vier Messer mit unterschiedlich breiten Klingen und mehrere Kerzen, an denen er die Klingen erhitzen wollte. Sicher, er könnte sein Vorhaben auch auf morgen verschieben – es würde wohl kaum jemand die Sachen in dem Versteck bemerken –, doch das wollte er nicht. Heute war Müller mit den Aufräumarbeiten in der Küche dran. Der andere Helfer, mit dem er sich abwechselte, hatte seinen freien Tag. Müller wäre also der Letzte, und niemand würde bemerken, wenn er das Gebäude nicht verließ. Nur so konnte Klaus sicher sein, genug Zeit mit diesem Verbrecher zu haben. Ja, es war alles optimal. Er wollte die Sache nicht verschieben, auf gar keinen Fall.

»Kann ich ihn verhören?«, schlug Denker vor, was Nolte überraschte.

»Du? Weshalb?«

»Ich bin ganz gut in so was.«

»Was soll das denn heißen?«

»Im Krieg war es von Vorteil, wenn man wusste, wie man jemandem eine Antwort entlockte«, log Denker schnell.

Nolte sah ihn zweifelnd an. »Ach ja?«

»Ja.« Er merkte, dass Nolte immer misstrauischer wurde. »Ist nur ein Angebot«, wiegelte er schließlich ab.

»Du kannst dich ja in der Nähe aufhalten«, willigte Nolte halbherzig ein. »Wenn Constantin einverstanden ist, hol ich dich dann.«

Denker nickte. »Ich geh dann mal und sortiere die Schnapsflaschen.«

Nolte sah ihm nachdenklich hinterher. Mit Denker stimmte etwas nicht, doch er hatte keine Ahnung, was.

»Gerd!«, rief von Plesow ihm vom oberen Geländer zu. »Ist er da?«

»Ja, Chef. Ich wollte dir gerade Bescheid sagen.«

»Gut.« Constantin eilte die Stufen hinunter und ging gemeinsam mit seiner rechten Hand in den Keller, wo seine Leute Dieter bereits auf einen Stuhl gesetzt, an Händen und Füßen daran gefesselt und außerdem geknebelt hatten.

»Sieh an, sieh an«, sagte von Plesow beim Eintreten. »Wen haben wir denn da? Einen kleinen gierigen Dieb, der mein Geld bei den Nutten verprasst?«

Dieter schüttelte den Kopf. Er wollte etwas sagen, doch das war ihm durch das Tuch in seinem Mund unmöglich.

Constantin ging zu ihm und zog es heraus. »Was wolltest du mir sagen?«

»Ich war das nicht. Das war mein Bruder. Zusammen mit seinem blöden Freund. Ich hatte nichts damit zu tun.«

»Ach nein? Dann sag mir mal, woher einer wie du die Kohle hat, um im Bordell damit um sich zu schmeißen?«

»Das … das war mein Wochenlohn. Ich hab alles dort gelassen.«

»Dein Wochenlohn soll dafür reichen?« Constantin grinste breit. »Hoffentlich hast du ordentlich Spaß gehabt. Es war nämlich das letzte Mal für dich.«

Dieter schüttelte den Kopf. »Ich bin unschuldig! Ich hab nichts geklaut.«

»Hm, das ist eigenartig. Weißt du, ich habe eine Freundin, ihr Name ist Catherine. Schöne Frau. Ganz schwarze Haut. Na, klingelt da was?«

Dieter riss die Augen auf.

»Ah, jetzt weißt du, wovon ich spreche. Gut.« Constantin ging noch näher an ihn heran und packte sein Kinn. »Ihr habt sie ziemlich mies verprügelt, meine Freundin. Sie wird wochenlang nicht auftreten können, was mich einiges kosten wird. Und dann noch das Geld aus dem Koksverkauf, das mir entgeht.« Er schüttelte langsam den Kopf. »Nein, das kann ich nicht durchgehen lassen.«

»Ich wusste nicht, dass es nicht ihr Koks war, wirklich.« Dieter sah Constantin flehend an.

»Also warst du doch dabei. Sieh an.«

»Ja, aber ich dachte, es gehört ihr.«

»Sagtest du nicht gerade, du hättest nichts damit zu, nur dein verstorbener Bruder und sein schwachsinniger Freund?« Constantin sah, wie sich die Augen des Mannes weiteten.

»Ich verstehe«, sagte Constantin nun und grinste breit. »Das wusstest du noch gar nicht, was? Ja, dein Bruder ist tot. Mausetot. Genau wie sein Kumpel. Und jetzt bist du dran.«

Dieter stieß einen Schrei aus und versuchte mit aller Kraft, sich von den Fesseln zu befreien. Weder Constantin noch seine Männer unternahmen etwas, um ihn zum Schweigen zu bringen. Seelenruhig blieben sie vor ihm stehen und betrachteten ihn.

»Wer war noch in die Sache verstrickt?«, wollte Constantin wissen.

Dieter hörte auf zu schreien. »Ich komme hier doch sowieso nicht mehr raus.«

»Stimmt. Aber dann hast du nicht irgendeinen Idioten geschützt, der es nicht verdient hat weiterzuleben.«

Dieter ruckte erneut an seinen Fesseln, die tief in seine Unterarme schnitten.

»Gab es noch jemanden, der mitgemacht hat?«, wiederholte Constantin seine Frage.

»Ich sage es euch, aber nur, wenn ihr mich losbindet. Ja, es gibt noch weitere Männer. Macht mich los.«

Constantin legte den Kopf schief und schien einen Moment zu überlegen. »Nein«, urteilte er dann. »Ich glaube dir nicht. Du versuchst nur, deine erbärmliche Haut zu retten. Gib mir einen Namen, dann werde ich darüber nachdenken.«

Dieter sah zu ihm auf. »Fred«, stieß er dann hervor. »Er heißt Fred.«

»Und wo ist dieser Fred?«

»Er wohnt in der Atzpodienstraße.«

»Welche Hausnummer?«

»9. Hausnummer 9. Fahrt hin. Und wenn kein Fred da ist, dann wartet. Er wird kommen. Bestimmt.«

Wieder legte Constantin den Kopf schief. »Nein«, meinte er dann. »Ich glaube dir nicht. Ich glaube vielmehr, dass du diesen Fred gerade eben erst erfunden hast, um Zeit zu schinden. Hast du mir sonst noch etwas anzubieten?«

»In der Wohnung meines Bruder«, keuchte Dieter. »Im Schlafzimmer sind einige Dielenbretter lose. Darunter haben wir das Koks versteckt.«

Constantin nickte. »Siehst du. Nun glaube ich dir. Zu dumm nur, dass wir das längst wissen. Und ich bin ein bisschen enttäuscht, dass du nicht gleich damit rausgerückt bist. Womöglich hätte es dir noch etwas genützt.« Er schüttelte den Kopf. »Nein, ich will dich nicht anlügen, es hätte gar nichts verändert.« Constantin drehte sich um und gab Schnurr ein Zeichen. »Aber verschwende keine Kugel«, wies er den Exboxer an. Dann ging er, gefolgt von Gerd Nolte, hinaus.

Als Constantin und Gerd wieder nach oben kamen, stand Klaus Denker auf dem Flur. »Alles in Ordnung, Chef? Kann ich irgendwie helfen?«, fragte er.

Constantin grinste. »Dem da unten hilft keiner mehr.« Er ging an Denker vorbei zu der Treppe, die in das obere Stockwerk führte. Nolte folgte ihm schweigend, warf Denker jedoch einen nachdenklichen Blick zu.

Kurz darauf kamen zwei weitere Männer aus dem Keller herauf.

»Kann ich was tun?«, fragte Denker nun auch seine Kollegen.

»Wenn du dich nützlich machen willst, kannst du dich darum kümmern, dass der Wagen bereitsteht. Es wird nicht mehr lange dauern. Und bevor der da unten vergammelt, sollten wir zum Wannsee fahren und ihn versenken.«

»Ich kümmere mich um das Automobil«, willigte Denker eifrig ein, froh, dass sich die Angelegenheit mit diesem Dieter offenbar nicht unnötig hinzog. So könnte er sein Vorhaben wie geplant verfolgen. Er versuchte, sich die Freude hierüber nicht anmerken zu lassen, wenngleich es ihm schwerfiel, das Hochgefühl, das in ihm aufstieg, zu unterdrücken.

Es war gegen 1.45 Uhr, als Klaus Denker im Türrahmen der Küche des Varietés Astor auftauchte. Mit vor der Brust verschränkten Armen lehnte er sich gegen das Holz und beobachtete Egbert Müller, der fast fertig damit war, alles aufzuräumen und zu putzen.

»Na, Feierabend?«, fragte Denker.

Müller zuckte zusammen. »Mann, hast du mich erschreckt.«

»Schlechtes Gewissen?« In Denkers Stimme lag etwas, was Müller nicht einzuschätzen wusste.

»Willst du irgendwas?«

»Ja. Unten stehen noch ein paar Kisten rum, die ich wegsortieren soll. Kannst du mir sagen, wo die hinkommen?«

»Kann das nicht jemand anders machen? Ich bin hier gleich fertig und will nach Hause.«

»Klar, ich kann auch den Chef fragen.«

Müller war deutlich anzusehen, dass er sich keinen Ärger mit von Plesow einhandeln wollte, nur weil er keine Lust mehr hatte, die Aufgabe zu erfüllen. »Ich komme.« Er wischte die Ablagefläche trocken, knüllte das Tuch zusammen und warf es in den Behälter für Schmutzwäsche, der neben der Tür stand. Die Küche war jetzt in einem einwandfreien Zustand. Noch der kurze Gang nach unten, dann konnte er endlich gehen.

Denker ging ihm voran in den Raum, den er für sein Vorhaben ausgewählt hatte. Noch vor wenigen Stunden hatte hier Dieter seine letzten Atemzüge getan. Der Stuhl, an den er gefesselt gewesen war, stand nun an der Seite.

Denker hielt Müller die Tür auf, der bereitwillig eintrat.

»Also, welche Kisten?«, brachte er noch hervor, dann erhielt er einen Schlag auf den Hinterkopf.

Bevor er wusste, wie ihm geschah, schlug Denker abermals zu. Müller ging zu Boden und blieb einen Moment benommen liegen, was Denker dazu nutzte, hinter das Regal zu greifen und die Stricke hervorzuziehen, die er dort versteckt hatte. Geschickt band er Müllers Beine zusammen, packte ihn, zog den Stuhl von der Wand und bugsierte ihn auf die Sitzfläche. Erst dann fasste er dessen Arme und band sie auf dem Rücken zusammen, so fest, dass die Oberarme an die Stuhllehnen gepresst wurden.

Vollkommen überrumpelt schüttelte Müller den Kopf und starrte Denker fassungslos an.

»Na, fragst du dich gerade, was das soll?« Denker ging einmal um den Stuhl herum, wie ein Tier, das seine Beute umkreist. Dann blieb er vor Müller stehen. »Schönen Gruß von Else.«

Müller riss erschrocken die Augen auf.

»Wie schön, du erinnerst dich also«, stellte er zynisch fest.

»Wer bist du wirklich?«

Denker verzog den Mund. »Ich bin genau der, als der ich mich vorgestellt habe, Klaus Denker. Else war meine Frau, Harald und Martha waren meine Kinder.«

Müller zerrte an seinen Fesseln. »Was willst du von mir?«

»Antworten.«

»Ich weiß nichts.«

»Dann wird das hier sehr schnell gehen«, stellte Denker fest und zog das Messer mit der längsten Klinge hervor.

Müller wich mit dem Kopf zurück. »Mach keinen Scheiß.«

»Ich wiederhole mich genau einmal: Ich will Antworten. Und entweder du gibst sie mir, oder du stirbst.« Er hob das Messer an Müllers Gesicht und durchschnitt mit einer schnellen Bewegung das Haltebändchen seiner Augenklappe.

Müller zuckte zusammen und schrie auf. »Hör auf!«

»Willst du jetzt doch mit mir reden?«

»Ich habe Else nichts getan. Weder ihr noch den Kindern.«

»Das soll ich glauben? Ist doch eigenartig, dass du die Wochen vor ihrem Tod bei uns zu Hause ein und aus gegangen und genau dann verschwunden bist, als sie umgebracht wurden.«

Müller erwiderte nichts.

»Was hattest du mit Else zu tun?«

Müller antwortete nicht.

Denker sah ihn an und betrachtete die leere Augenhöhle und die Narben auf der Wange. Dann hob er das Messer. »Mann, dein Gesicht sieht echt beschissen aus.« Er presste das Messer gegen den Wangenknochen, woraufhin Müller wie am Spieß zu brüllen anfing.

»Hör auf! Hör auf!«, flehte er verzweifelt.

Denker zog das Messer weg und betrachtete ihn kalt. »Soll das heißen, dass du doch Antworten für mich hast?«

»Von Plesow wird herausfinden, was du mit mir gemacht hast, und dann macht er dich fertig.«

»Davon ist auszugehen.« Denker packte Müller am Kinn. »Sieh mir in die Augen. Glaubst du, dass mich das noch stört?«

Müller schluckte. Eben noch verzweifelt und vor Angst halb wahnsinnig, veränderte sich nun sein Blick. »Du willst mich wirklich umbringen«, erkannte er.

»So sieht's aus.«

»Warum sollte ich dir dann überhaupt noch was sagen?«

Müller sah ihn an und verzog hasserfüllt das Gesicht. »Eigentlich hast du recht. Dann wirst du dein Wissen wohl mit ins Grab nehmen.« Er zückte abermals das Messer.

»Halt! Warte! Nicht!«, brüllte Müller. »Wenn ich dir sage, was passiert ist, lässt du mich dann laufen?«

»Ist schon eigenartig«, stellte Denker fest. »Die ganze Zeit über habe ich mir vorgestellt, wie es sein würde, dich hier zu fesseln und zu quälen, bis ich alles, wirklich alles bis ins kleinste Detail weiß. Doch jetzt, wo du so vor mir sitzt mit deinem jämmerlich entstellten Gesicht, hab ich das Gefühl, dass es mir nicht mehr wichtig ist. Ich will dich einfach nur noch einen Moment zappeln lassen. Und dann steche ich dir dieses Messer so oft in den Leib, bis du nicht mehr atmest.« Er brachte sein Gesicht ganz nah an Müllers. »Du wirst leiden, wie Else und die Kinder gelitten haben.«

»Ich war das nicht. Ich hab sie nicht umgebracht.«

Denker hob drohend das Messer.

»Deine Frau hat mir geholfen«, stammelte Müller. »Sie hat mich aufgenommen, als ich nicht wusste, wohin.« Tränen liefen ihm über die Wangen.

»Warum?«

»Sie hatte wohl einfach Mitleid«, sagte Müller, als versuchte er, sich selbst zu erklären, weshalb Else so gütig zu ihm gewesen war. »Ich hab ihr geholfen, die Sachen am Haus zu reparieren, und mich nützlich gemacht. Dafür durfte ich bleiben.«

»Hast du sie angerührt?«

»Nein!« Müller schüttelte heftig den Kopf. »Nie! Kein einziges Mal.«

Klaus nahm es mit einer gewissen Genugtuung zur Kenntnis. Er hatte gehofft, dass er sich in Else nicht getäuscht hatte und es auch tief in seinem Innern gewusst. Doch andererseits waren da so viele Fragen und Zweifel, dass er nicht mehr hätte sagen können, was sicher war und was nicht.

»Wie hast du sie kennengelernt?«

»Ich bin auf meinem Weg dort vorbeigekommen und habe nach Arbeit gefragt. Sie hat mein Gesicht gesehen und wohl Mitleid gehabt. Na ja, und es gab einiges zu tun, was eine Frau nicht kann. Also hat sie mir eine Matratze zum Schlafen gegeben, die ich in der Werkstatt auf den Boden gelegt habe, und ich bekam zu essen und zu trinken von ihr. Das Dach war undicht, und ich hab's in Ordnung gebracht. Außerdem hab ich ihr geholfen, im Garten das Gemüse anzubauen und den Boden zu hacken. Die Wasserleitung hat auch geleckt. Ich habe das alles in Ordnung gebracht. Sie war zufrieden mit mir.«

»Und trotzdem hast du sie vergewaltigt und umgebracht.«

Müller schüttelte heftig den Kopf. »Wirklich nicht, Denker. Ich war das nicht. Ich hätte ihr nie etwas angetan. Ich hab sogar noch versucht…« Er brach abrupt ab, als er merkte, dass er bereits zu viel gesagt hatte.

»Du warst also da«, stellte Denker fest. »Und du hast ihr nicht geholfen.«

Müller senkte den Blick.

»Wer war es?«

Müller schluchzte auf, dann begann er jämmerlich zu weinen. Tränen und der Rotz liefen ihm übers Gesicht.

»Wer?«, wiederholte Denker und wartete, bis Müller sich wieder etwas beruhigt hatte.

»Ich habe versucht, sie aufzuhalten. Sie haben nur gelacht.«

»Wer waren die?«

»Mein Cousin und seine Kumpel.«

Denkers Atmung beschleunigte sich. »Wie heißt er? Erzähl mir genau, was passiert ist.«

Müller hielt den Blick noch immer gesenkt. »Wir haben das schon öfter gemacht«, begann er dann. »Sind über Land gezogen, haben uns Frauen ausgeguckt, deren Männer im Krieg waren, und ich hab nach Arbeit gefragt. Das hat einige Male geklappt. Wenn die Frauen dann weg waren, zum Einkaufen oder so, habe ich mich im Haus umgesehen und alles, was irgendwie von Wert war, ausgekundschaftet. Dann habe ich meinem Cousin Bescheid gegeben, und bei der nächstbesten Gelegenheit haben wir alles zusammengerafft und sind abgehauen.«

»Habt ihr die Frauen auch umgebracht?«

Müller schüttelte den Kopf. »Wir haben nie eine von ihnen angefasst, nicht ein einziges Mal. Und wenn sie merkten, was geschehen war, waren wir längst über alle Berge.«

»Was war bei Else anders?«

»Ich bin schuld.« Müller schluchzte. »Sie war gütig, hat mich behandelt wie einen richtigen Menschen. Ihr war egal, wie entstellt ich war. Sie hat das nicht gestört. Deshalb habe ich meinem Cousin und seinen Leuten gesagt, dass bei ihr nichts zu holen ist. Anfangs haben sie mir wohl geglaubt, doch sie wollten weiter, das nächste Opfer ausgucken. Und ich … na ja, ich wollte nicht wieder weg. Ich wollte bei deiner Frau, Harald und Martha bleiben. Ich hab ihnen geholfen, und sie haben mich behandelt, als gehörte ich zu ihnen. Als wäre ich ein entfernter Onkel oder so.« Wieder schluchzte er auf. »Sie haben mich nicht spüren lassen, wie abstoßend ich bin.«

»Und deine Leute?«

»Ich habe ihnen gesagt, dass ich nicht mehr mitmachen will. Mir war nicht klar, was sie vorhatten.« Er blickte zu Denker hoch. »Ich schwöre es dir. Ich wusste es nicht.« Wieder schluchzte er so heftig, dass sein ganzer Körper bebte. »Ganz plötzlich waren sie da. Lothar, Matthias Vorweg und Sigmund Blessen. Ich war in der Werkstatt, hab nicht mal mitbekommen, dass sie Else und die Kinder im Haus überfallen haben. Sie haben sie in die Werkstatt getrieben und sie dort zu Boden gestoßen. Dann ist Lothar über Else hergefallen.«

»Du hättest versuchen müssen, ihr zu helfen«, sagte Denker leise. Die Betroffenheit ließ seine Stimme rau klingen.

»Vorweg hat mich festgehalten. Er hat mich zu Boden gedrückt, die ganze verdammte Zeit.«

»Und meine Kinder?«

Wieder schluchzte Müller. »Sie haben's mit ansehen müssen. Blessen hatte beide gepackt.«

Denker schloss einen kurzen Moment die Augen, um die Übelkeit, die in ihm aufstieg, nicht überhandnehmen zu lassen.

»Und dann?«

»Als er fertig war, hat Lothar mich angespuckt, ist zur Werkbank rüber und hat sich den Hammer geholt. Er hat ihnen die Schädel eingeschlagen, allen dreien.«

Denker stand nur da. Ein eisiger Schauder überlief ihn, als er auf das Bündel Mensch herabblickte, das dort auf dem Stuhl saß. Unter dem Stuhl sah er eine Urinpfütze; offenbar hatte sich Müllers Blase bei der Erinnerung entleert.

Einen Moment lang sagte keiner von beiden etwas. Das quietschende Geräusch der Tür, die geöffnet wurde, riss Denker aus seiner Starre.

»Nun hast du deine Antworten«, sagte Nolte, der in diesem Moment hinter ihn trat.

Er nahm Denker das Messer aus der Hand, was dieser widerstandslos zuließ, trat damit hinter den Stuhl und durchschnitt Müllers Fesseln erst an den Händen, dann an den Füßen. Anschließend hob er die Augenklappe auf und reichte sie ihm.

»Räumt das hier auf«, befahl Nolte ruhig. »Und dann geht nach Hause. Ich will euch beide morgen pünktlich bei der Arbeit sehen. Wagt es ja nicht, zu spät zu kommen.«

17. Kapitel

Wenn jeder Mensch ein Anrecht auf Glück haben sollte, frage ich mich, wann meine Zeit hierfür kommen wird.

Marie Reidel

Was für ein wunderbarer Abend. Marie und Robert hatten sich eine etwas versteckte Ecke am Strand gesucht, die von der Promenade aus nicht direkt einzusehen war. Robert hatte Wein, eine Decke und zwei Gläser aus dem Hotel mitgebracht, und Marie war gerührt, wenngleich sie sich im ersten Moment gefragt hatte, was der Arzt sich hiervon versprach. Glaubte er womöglich, sie würde sich ihm abermals hingeben?

Als ihr Vater nach Hause gekommen war, hatte sie ihm weisgemacht, dass sie an diesem Tage gutes Trinkgeld bekommen hätte, und ihm stolz die Münzen auf den Tisch gelegt. Wie beabsichtigt, hatte er das Geld knurrend an sich genommen und nur kurze Zeit später die Wohnung verlassen, um in die Kneipe zu gehen. Marie bedauerte, dass sie etwas von ihrem heimlich Ersparten hatte hergeben müssen, um ihr Ziel zu erreichen. Doch jetzt, wo sie mit Robert hier war, sich unterhielt und so glücklich fühlte, hielt sie das Geld für gut investiert.

»Erzähl mir etwas von deiner Familie«, bat sie.

Robert war anzusehen, dass ihm nicht ganz wohl dabei war, doch Marie sah ihn so entspannt und gelassen an, dass er seine Bedenken überwand.

»Hilde ist zwei Jahre jünger als ich. Sie ist eine angenehme Person, sehr gepflegt. Sie kümmert sich gern um den Haushalt und kann ausgezeichnet kochen. Sie ist unseren Söhnen eine liebevolle Mutter und mir eine gute Ehefrau.«

»Wie alt sind deine Söhne?«

»Arno ist zehn Jahre alt, Peter drei.«

»Und wie ist dein Leben so in Berlin?«

»Ich müsste wohl zufrieden sein«, resümierte Robert. »Ich habe eine Frau und zwei Söhne, auf die ich stolz sein kann. Ich lebe in einem Haus, das mir gehört, habe eine eigene Arztpraxis, die gut besucht wird. Alles, was man braucht, nicht wahr?«

»Und bist du auch zufrieden?« Marie sah ihn nachdenklich an. »Du musst mir nicht antworten, wenn es dir unangenehm ist.«

»Zufrieden?«, echote Robert versonnen. »Ja, zufrieden bin ich wohl. Doch weißt du…«, er nahm Maries Hand und sah ihr in die Augen, »… glücklich bin ich nicht.« Er ließ ihre Hand wieder los und blickte aufs Meer. »Nenn mich undankbar. Aber ich kann es nicht ändern. Da ist dieses Gefühl in mir, der Gedanke, was wäre, wenn.«

»Was wäre, wenn?«, wiederholte Marie.

»Ja genau.« Robert schaute kurz zu ihr, dann wieder auf die See. »Was wäre, wenn alles anders gekommen wäre? Was, wenn ich nicht dem Wunsch oder besser: der Anordnung meiner Eltern gefolgt und kein Arzt geworden wäre? Was, wenn ich einfach ich gewesen wäre, Robert Herbst? Was, wenn ich den Beruf ergriffen hätte, den ich mir immer gewünscht habe? Was, wenn ich nicht aus Vernunft Hilde geheiratet hätte sondern dir begegnet wäre, ohne die Verpflichtungen in Berlin?«

Marie ließ ihn reden und betrachtete den Mann, mit dem sie die letzte Nacht verbracht hatte. Sie hatte sich ihm hingegeben, ohne etwas von ihm zu wissen. Doch jetzt, da sie hier saß und er ihr Einblick in seine Seele gab, fühlte sie sich ihm näher als zu dem Zeitpunkt, an dem sie sich körperlich vereinigt hatten. »Was hättest du denn gern für einen Beruf ergriffen?«

Er schmunzelte. »Versprich mir, dass du nicht lachst.«

Sie schmunzelte ebenfalls. »Ich verspreche, dass ich mir Mühe gebe«, schränkte sie ein.

»Ich wollte gern Archäologe werden und die jahrtausendealten Pyramiden erforschen.«

Marie lachte hell auf, hielt sich aber sofort gespielt ernst die Hand vor den Mund. »Entschuldige.«

»Ja, es muss albern für dich klingen. Doch das habe ich schon als Kind tun wollen.«

»Wie kam es dazu?«

»Ich habe mal ein Buch gelesen, da war ich nicht älter als zehn oder elf. Es ging um fremde Völker, Religionen und ihre Schätze. Für mich war das unglaublich.« Wieder sah er Marie an. »Hast du den Namen George Andrew Reisner schon einmal gehört?«

»Nein. Wer ist das?«

»Reisner leitete im Jahr 1899 seine erste Expedition nach Ägypten. Seit 1905, also schon seit fast zwanzig Jahren, führt er dort Ausgrabungen im Auftrag der Harvard-Universität durch. Überleg nur – all die Jahre immer mit dem Ziel vor Augen, etwas zu entdecken, das jahrtausendelang verborgen geblieben ist.«

»Und hat dieser Reisner schon etwas gefunden?«

»Natürlich hat er das, aber das ist es nicht allein. Ich verneige mich vor der Leidenschaft, die dieser Mann für seine Arbeit aufbringt.«

»So ein Leben würdest du also gern führen?«

»Ich hätte es gern geführt, doch es gab vieles, was mir dazwischengekommen ist.«

»Weshalb bist du Arzt geworden, wenn du es gar nicht wolltest?«

Robert griff in den Sand und ließ ihn zwischen seinen Fingern hindurchrieseln. »Ich habe mich wohl dazu verpflichtet gefühlt.« Er öffnete die Hand, und die restlichen Körnchen fielen heraus. »Ich habe eigentlich nie erwogen, wirklich nach Ägypten zu gehen, weißt du. Es war eine Träumerei, mehr nicht. Es war immer klar, dass ich in die Fußstapfen meines Vaters treten und Arzt werden würde. Aber gefragt, ob es das ist, was ich will, hat mich niemand.«

»Ich weiß, was du meinst. Meine Mutter hat damals schon für das Hotel gearbeitet, genau wie ich jetzt.« Marie zog die Knie an und sah ebenso versonnen aufs Meer wie Robert. »Mich hat auch niemand gefragt. Meine Mutter sagte, ich könne dankbar sein, die Stelle zu bekommen. Und die gnädige Frau ist auch wirklich sehr gut zu mir. Sie hat mir sehr geholfen, damals, als Mutter gestorben ist.« Marie sah Robert kurz an. Als sie spürte, wie sich ihre Augen mit Tränen füllten, wandte sie sich eilig ab.

»Woran ist deine Mutter gestorben?«

»An der Schwindsucht. Es war eine schwere Zeit für meinen Vater, genau wie für meine Schwester und mich. Na ja, seitdem habe ich irgendwie ihren Platz eingenommen, koche, putze und versuche, alles in Ordnung zu halten. Und im Hotel ist es genauso.«

»Doch gern machst du es nicht, oder?«

Marie zuckte mit den Schultern. »Es ist eben, wie es ist. Ich weiß, dass es viele gibt, die nicht so gut dran sind wie ich.«

»Aber du bist nicht glücklich.«

»Nein«, Marie schüttelte den Kopf, »glücklich bin ich nicht. Doch wer ist das schon?«

»Genau das meine ich.« Er drehte sich zu ihr und fasste ihre

Schultern. »Findest du nicht, dass es so sein sollte? Das Leben, meine ich. Sollte es nicht genau darum gehen, dass wir die Zeit, die Gott uns schenkt, dafür nutzen, glücklich zu sein?«

»Ich weiß nicht. Ich habe eigentlich nie darüber nachgedacht.«

»Ich schon«, sagte Robert und ließ ihre Schultern los. »Du bist noch so jung, Marie. Was, wenn du all das hier hinter dir lassen und etwas ganz Neues anfangen würdest? Wenn du fortgehen und anderswo von vorn beginnen würdest?«

»Wo denn?«

»Ich weiß nicht, wohin du möchtest.«

Nachdenklich betrachtete Marie die Wellen. »Aber meine Schwester und mein Vater«, wandte sie leise ein. »Ich kann sie nicht einfach im Stich lassen.«

»Wer sagt dir, dass sie nicht auch ohne dich zurechtkämen?«

Hierauf wusste Marie nichts zu erwidern.

Sie schwiegen eine Weile, dann sagte Robert leise: »Ich war letzte Nacht sehr glücklich, Marie.«

Marie errötete.

»Und ich bin es jetzt«, fuhr Robert fort, ohne sie anzusehen. »Mit dir fühle ich mich frei und losgelöst von allen Pflichten und Zwängen. Ich habe das erste Mal seit langer Zeit das Gefühl, wieder richtig zu leben, statt nur zu existieren.«

»Ich fühle mich auch sehr wohl mit dir«, stimmte Marie zu.

Robert nahm ihre Hand. »Und wenn wir es einfach täten?«

»Was?«

»Wenn wir gemeinsam aufbrechen würden in ein neues Leben? Ohne Pflichten und Zwänge, nur wir beide. Wir würden wohnen, wo wir wollen, Orte bereisen, uns Dinge ansehen, von denen wir bisher nur gehört oder in Büchern gelesen haben.«

»Das klingt verlockend. Aber von irgendetwas müssten wir dennoch leben.«

»Ein bisschen Geld habe ich zurückgelegt. Keine Reichtümer, aber eine Weile würde es schon reichen. Wir bräuchten doch nicht viel.«

Marie zögerte, dann ließ auch sie ihren Träumen freien Lauf. »Wir könnten uns ein Brot kaufen, ein Stück Käse, vielleicht eine Flasche Wein, die Beine ausstrecken und die Sonne beobachten, wie sie am Morgen auf- und am Abend wieder untergeht. Wir würden weiter und immer weiter fahren, bis wir an einen Ort kämen, an dem wir bleiben möchten. Nur für eine Weile. Und dann würden wir erneut aufbrechen. Ich würde für niemanden putzen müssen, nur für uns.«

»Was würdest du auch putzen wollen? Es gäbe ja gar keinen festen Wohnort.« Er lächelte sie an.

»Stimmt!«, erkannte Marie. »Die Tage würden wir im Freien verbringen, wir könnten sogar dort schlafen, eng aneinandergeschmiegt.«

»Das wäre wundervoll.«

Robert legte den Arm um Maries Schultern und zog sie sanft an sich. So blieben sie sitzen, die Augen aufs Meer gerichtet, das in der Dunkelheit nur noch schwer zu erkennen war. Wortlos hingen sie ihren Gedanken nach und genossen die Wärme und Nähe des anderen. Robert streichelte sanft Maries Arm, während sie die Augen schloss und ihren Kopf an seine Schulter lehnte. So saßen sie, bis es vollständig dunkel war und darüber hinaus zu kühl, um länger zu verweilen. Mit Widerwillen lösten sie sich voneinander, räumten ihre Sachen zusammen und verließen den Strand. Robert begleitete Marie noch bis zu ihrer Haustür, wo er stehen blieb und ihr einen zärtlichen Kuss gab.

»Morgen Abend um die gleiche Zeit?«

»Ja«, willigte Marie ein, dankbar und berauscht von den Stunden, die sie mit ihm hatte erleben dürfen. Sie hatten sich nur umarmt, einige Male an den Händen berührt und zum Abschied geküsst. Das war alles. Für Marie waren es die zärtlichsten Momente gewesen, die sie jemals hatte erleben dürfen.

In der kommenden Zeit trafen sie sich täglich, sobald Maries Dienst versehen war. Dann brachte Robert sie nach Hause, und am Abend, sobald Lisa im Bett und der Vater entweder in der Kneipe oder betrunken auf dem Sofa eingeschlafen war, schlich Marie sich hinaus und ging mit Robert zum Strand. Dann träumten sie gemeinsam von einem Leben abseits von Pflicht und Vernunft, schmiedeten immer weitere Pläne. Sie fühlten sich frei, unbeschwert, und sie liebten sich, mal wild und leidenschaftlich, dann wieder voller Zärtlichkeit. Danach gingen sie schwimmen oder schmiegten sich auf den Decken aneinander. Für beide waren es unvergleichlich schöne Stunden, und keiner von ihnen mochte daran denken, dass die Zeit je enden würde. Doch das tat sie.

Anders als ursprünglich geplant, war Herbst ganze zwei Wochen in Binz geblieben. Als er vor wenigen Tagen in seiner Praxis angerufen hatte, war seine Sprechstundenhilfe ebenso erleichtert wie besorgt gewesen, so lange nichts von ihm gehört zu haben. Es waren keine dramatischen Vorfälle, die sie zu berichten hatte, doch spürte der Arzt, dass es an der Zeit war, nach Berlin zurückzukehren und seine Verpflichtungen wieder aufzunehmen. Ganz abgesehen davon würden auch Hilde und die Kinder vermutlich bald aus den Ferien bei den Schwiegereltern zurück sein, und er mochte nicht in Erklärungsnot geraten. Doch dass er künftig so viel Zeit wie nur möglich auch in Binz verbringen würde, stand für ihn zweifelsfrei fest. Er hatte den Plan gefasst, sich, sooft es ging, am Wochenende freizumachen und zurückzukommen. Während der Woche wollte er seinen Beruf ausüben und so viele Patienten wie nur möglich behandeln, außerdem würde er seinen Kontakt zu Constantin von Plesow intensivieren und sich sooft wie möglich um dessen Prostituierte kümmern. Von Plesow hatte Geld, das er großzügig unter die Leute brachte. Herbst hatte vor, nach und nach ein gutes Sümmchen beiseitezulegen, um für sich und Marie ein Polster zu schaffen, von dem sie leben konnten, sobald sie nicht nur von ihrem Aufbruch träumten, sondern ihn schließlich in die Tat umsetzten. Ja, er wollte – nein, er konnte nicht mehr ohne Marie sein. Und die Zeiten, die er in Berlin verbringen würde, wären nur seinen derzeit noch vorhandenen Verpflichtungen geschuldet. Gewiss hatte er Bedenken und auch ein schlechtes Gewissen Hilde und seinen Söhnen gegenüber. In den letzten Tagen hatte er sogar darüber nachgegrübelt, ob er warten sollte, bis Arno und Peter alt genug waren, um ohne Vater aufzuwachsen, doch diesen Gedanken hatte er rasch wieder verworfen. Er würde ein Jahr brauchen, bis er genug Geld zusammenhatte, um mit Marie eine gute Weile davon leben zu können, wahrscheinlich sogar weniger. Sie würden gemeinsam durch die Welt ziehen, bis sie irgendwann das Gefühl hätten, genug gesehen zu haben, und sich dann irgendwo weit weg von hier niederlassen. Ja, sie wären frei, endlich frei.

Doch erst einmal stand ihnen ein schwerer Abschied bevor. Am nächsten Tag würde Robert sich von dem Chauffeur zum Bahnhof nach Stralsund fahren lassen und dort in den Zug nach Berlin steigen. Der Gedanke, sich von Marie trennen zu müssen, zerriss ihm fast das Herz. Mehr noch. Allein die Vorstellung, sie für einige Zeit nicht sehen zu können, bereitete ihm geradezu körperliche Schmerzen. Nein, das hatte er bei Hilde nie gehabt, und so qualvoll dieser Zustand auch sein mochte, so euphorisierend war es für ihn, so tiefe Gefühle für eine Frau zu empfinden.

An ihrem letzten gemeinsamen Abend blieben sie bis in die

frühen Morgenstunden am Strand, liebten sich wieder und wieder, weinten, klammerten sich aneinander. Erst als es bereits hell zu werden begann, brachte Robert Marie nach Hause und gab ihr einen letzten, nicht enden wollenden Kuss. Beide hatten Tränen in den Augen, als sie sich verabschiedeten, und Robert versprach ihr, zu schreiben und so bald wie möglich nach Binz zurückzukehren. Dann ging Marie hinein, ohne durch das Meer von Tränen auch nur die Stufen vor sich erkennen zu können. Ihr war, als könnte sie kaum noch atmen. Leise schlich sie in die Wohnung, hörte das Schnarchen ihres Vaters und war beruhigt. Auch ihre Schwester schlief tief und fest und sah dabei so friedlich aus. Lisa würde ihr fehlen, wenn sie gemeinsam mit Robert fortginge. Sie selbst würde genau wie er jeden Pfennig sparen, um ihren Teil beitragen zu können. Hauptsache, sie könnten bald aufbrechen.

***

Zurückzukehren zu Tugenden und Werten ist nicht gleichzusetzen mit Rückschritt.

Alexander von Plesow

Es waren mehr Gleichgesinnte gekommen, als er erwartet hatte. Alexander saß am Kopfende eines der aneinandergeschobenen Tische und hörte mehr zu, als dass er selbst sprach – etwas, was er von seiner Mutter gelernt hatte. Die Menschen mochten es, wenn man ihnen zuhörte. Es signalisierte Respekt und Interesse, wobei Alexander dies wahrlich nicht für jeden der Anwesenden empfand. Sicher waren sie alle auf die eine oder andere Art besorgt über die derzeitige Situation, doch die Gedanken einiger gingen ihm einfach nicht weit genug. Es kam ihm eher so vor, als deuteten sie zaghaft gewisse Missstände an, ohne wirklich durchgreifen zu wollen oder aber mit den sich daraus ergebenden Konsequenzen leben zu können. So zum Beispiel Fred, der Friseur, der sich noch vor wenigen Wochen über die immer mehr außer Kontrolle geratende politische Situation und die schlechter werdende Sicherheitslage echauffiert hatte. Anfangs war er bereit gewesen, sich ganz in den Dienst der Sache zu stellen, um gewissen aufkeimenden Kräften mit Entschlossenheit entgegenzutreten. Nun jedoch, da das Haus in der Sonnenstraße von heute auf morgen von den Männern verlassen worden war, die in ganz Binz Schutzgelder gefordert und größtenteils auch bekommen hatten, waren die Überzeugung und Kampfbereitschaft der vormals Betroffenen auf ein Minimum gesunken. Sahen denn diese Kretins nicht, dass es nur eine Frage der Zeit war, bis eine neue, andere Gruppe wie ein Heuschreckenschwarm über den Ort herfallen würde? Den Grund dafür sah Alexander in der schwachen politischen Führung des Landes, die mit ihrer Erfüllungspolitik nichts anderes tat, als das deutsche Volk zu verraten. Er bedauerte wie kein anderer, dass der Aufstand des von ihm so bewunderten Erich Ludendorff im November des Vorjahres gescheitert war. Ludendorff, der ehemalige General im Krieg, wäre Alexanders Meinung nach der Richtige gewesen, um das Land zu neuer Stärke zu führen, genau wie der Vorsitzende der NSDAP, dieser Adolf Hitler, wenngleich er diesen nicht genau einzuschätzen wusste.

Viele der Leute in diesem Raum dachten genauso, denn die meisten von ihnen hatten gedient und das Land verteidigt, nur um nun mit ansehen zu müssen, wie die vermeintliche Führung vor den Siegermächten buckelte. Nein, dieser Kampf war noch nicht entschieden, und es war an der Zeit, aufzustehen und für die gerechte Sache zu kämpfen. Alexander war bereit dazu, denn er wollte nicht, dass seine Zwillinge in einem Land aufwuchsen, das seines Stolzes beraubt war und verbrecherischen Kräften Tür und Tor geöffnet hatte.

»Aber jetzt, wo sie weg sind, hat doch alles wieder seine Ordnung«, hörte er nun Raimund Lefers sagen, der einen Gemischtwarenladen in Binz führte.

»Ja, bis die Nächsten kommen«, widersprach Herbert Koldehofer, ein Gastwirt, dessen vier Söhne allesamt im Krieg gefallen waren.

Die etwa dreißig Männer in dem kleinen Saal sprachen wild durcheinander. Alexander stand auf und wartete, bis auch der Letzte auf ihn aufmerksam geworden und Stille im Raum eingekehrt war.

»Ich möchte so nicht leben«, fing er an und ließ seine Worte einen Moment wirken, dann fuhr er fort: »Jeder hier kennt mich, und die meisten von euch wissen, dass einer meiner Brüder im Krieg gefallen ist. Viele von euch haben ein ähnliches Schicksal erlitten. Wir alle wissen, wie es sich anfühlt, einen geliebten Menschen zu verlieren.« Wieder machte er eine Pause und ließ den Blick über die Köpfe schweifen. »Wir haben für unser Land gekämpft, sind trotz aller Verluste, trotz allen Schmerzes heimgekehrt und haben versucht, unser Leben weiterzuführen. Wir haben den Krieg verloren, ja. Doch soll das wirklich bedeuten, dass wir selbst, unsere Kinder und Kindeskinder dafür zu bezahlen haben?«

Zustimmendes Gemurmel wurde im Saal laut.

»Sollen wir uns ständig erniedrigen lassen, jeden einzelnen Tag, den Gott uns schenkt?«

»Nein!«, rief nun jemand.

»Sollen wir uns auch noch den letzten Stolz nehmen lassen? Sollen wir uns wirklich damit abfinden, dass sich hier, in unserem eigenen Land, jeder das nimmt, was er will, ganz gleich, woher er kommt, und dass die schwachen Politiker nur mit den Schultern zucken und die Augen verschließen? Diese Verbrecher mit ihren Schutzgeldforderungen sind bloß der Anfang. Sie sind weg, weitergezogen wie die Heuschrecken, die das nächste Feld zum Plündern suchen. Doch glaubt mir, meine Freunde, es werden neue kommen und wieder neue, und es werden immer mehr, wenn wir uns nicht zur Wehr setzen!«

»Verschwinden sollen diese Dreckskerle!«, brüllte nun Koldehofer.

»Wir sind nicht allein, meine Freunde, es gibt viele andere, die so denken wie wir«, redete Alexander sich in Rage. »General Ludendorff und Adolf Hitler haben sich vorgewagt, und es ist unsere Aufgabe, Männern wie ihnen den Rücken zu stärken, damit diese elenden Kriecher von Politikern begreifen, dass wir nicht länger hinnehmen werden, was sie in diesem Land anrichten!«

»Genau!«, rief einer dazwischen. Applaus brandete auf.

»Niemand wird kommen und uns helfen, es sei denn, wir helfen uns selbst!« Alexander ballte die Hand zur Faust. »Sie wollten, dass wir Soldaten sind. Nun, das sind wir. Wir sind Soldaten für das Wohl unseres Landes, und wir werden es nicht hinnehmen, dass man uns weiter erniedrigt! Wir werden aufstehen und kämpfen, wie wir es gelernt haben! Wir werden vorangehen und uns von Binz aus mit den Kräften vereinen, die unser Land aus dem Klammergriff der gierigen Siegermächte und unserer kriecherischen Regierung befreien!«

Jubel brandete auf. Die Männer klatschten begeistert und stimmten Alexander immer lauter zu.

»Ich erwarte eure volle Unterstützung!«, rief Alexander. »Wer nicht bereit ist, sich hinter mich zu stellen, der möge jetzt den Saal verlassen und in das Wurmloch zurückkriechen, aus dem er gekommen ist.«

Keiner stand auf, wenngleich nicht jeder so überzeugt wirkte wie Alexander.

»Gut. Ich bin stolz auf euch, Männer. Wir werden nie mehr zulassen, dass man uns so behandelt. Sie haben uns unterschätzt und werden ihren Fehler schon bald bereuen.« Er schlug mit der flachen Hand auf die Tischplatte. »Hier in Binz machen wir den Anfang. Hier und nirgendwo sonst!«

Alexander setzte sich wieder, während die Männer im Saal aufstanden und ihm minutenlang begeistert Applaus spendeten. Dann setzten sie sich nach und nach wieder hin.

»Sag uns, was wir tun sollen«, wandte sich Koldehofer an Alexander. »Und vor allem: Was machen wir, wenn wieder solche Erpresser um die Ecke kommen?«

»Wir sind Soldaten, oder nicht?«, stellte Alexander fest. »Einen von diesen Libellen hat man mit einer Kugel im Kopf gefunden. Ich weiß nicht, wer das war, aber die Lösung, die er gewählt hat, zeigt uns den Weg.«

Fred, der Friseur, zuckte fast unmerklich zusammen. Die Männer um ihn herum waren begeistert von Alexanders Worten, weshalb er sich nicht traute zu widersprechen, doch das, was von Plesow hier vorschlug, gefiel ihm gar nicht. Dabei würde er nicht mitmachen, ganz gleich, was der Besitzer des Grand sagte oder tat. Er wusste nur noch nicht, wie er sich aus dieser Sache herauswinden sollte.

18. Kapitel

Bunte Farben und grelle Lichter lassen das Grau nur noch trostloser erscheinen.

JOSEPHINE VON PLESOW

Josephine war nun schon seit über zwei Wochen in Berlin und hatte sich teilweise zusammen mit Constantin, teilweise aber auch allein alles angesehen, was diese laute und tobende Stadt zu bieten hatte.

Ihre Abende verbrachte sie im Varieté, in dem das wilde Leben nur so tobte. Das Treiben hier war lasziv, um nicht zu sagen dekadent. Hätte ihre Mutter gewusst, dass sie in diesem Etablissement verkehrte, hätte sie sie gewiss augenblicklich an den Haaren herausgezerrt. Doch Bernadette war weit weg in Binz, und Josephine liebte es, Champagner zu trinken, zu tanzen und sich auch auf so manchen kurzen Flirt einzulassen.

Die Welt, die das Varieté seinen Besuchern bot, war anders als alles, was Josephine bisher erlebt hatte. Selbst in ihrer Studienzeit in Paris hatte sie nie etwas Vergleichbares kennengelernt, was nicht zuletzt ihrer strengen Vermieterin geschuldet war, die von Bernadette genaueste Anweisungen erhalten hatte, was sich für ihre Tochter schickte und was nicht.

Doch nun, vierzehn Tage später, trat die gleiche Leere in ihr Leben, die sie meinte, in Binz zurückgelassen zu haben. Josephine hob ihr Champagnerglas, tanzte und lachte freudlos auf. Sie hatte das Gefühl, alles in ihr schreie nach etwas Echtem, etwas Greifbarem, nach einer Leidenschaft, die erfüllt werden wollte. Jeden Abend putzte sie sich heraus mit den fünf neuen Kleidern, die Constantin ihr gekauft hatte und von denen eines schöner und teurer war als das andere. Dazu hatte ihr Bruder ihr eine echte Perlenkette geschenkt, über die Josephine sich von Herzen gefreut hatte, doch auch diese Freude hielt nicht lange an.

Heute Abend hatte sie bereits sechs oder sieben Gläser Champagner getrunken, die sie deutlich spürte. Etwas schwankend ließ sie sich von dem Mann, dessen Namen sie bereits vergessen hatte, von der Tanzfläche an die Bar führen. In einiger Entfernung sah sie Constantin vorbeigehen, der gerade neue Gäste begrüßte. Ohne ein Wort ließ sie ihren Tanzpartner stehen und schlängelte sich durch die Menschenmenge zu ihrem Bruder.

»Tino!«, rief sie und hob den Arm.

Constantin blickte in die Richtung, aus der er ihre Stimme vernommen hatte, und ging Josephine lächelnd entgegen. Erleichtert ließ sie sich in seine Arme fallen.

»Hallo, Schwesterherz. Na, kann es sein, dass du etwas beschwipst bist?« Constantin suchte ihren Blick.

»Mir ist langweilig, Tino…«

»Ach, und du musst Champagner trinken, damit dir nicht mehr so langweilig ist?«

Josephine kicherte. »Nein… Aber dann fühl ich mich hier nicht so allein.«

»Allein?« Constantin sah sie an. »Sieh dich hier mal um. Hier tobt das Leben, und du bist mittendrin.«

»Ach…« Sie winkte ab. »Alles namenlose Gesichter. Keinen hier interessiert, ob es mich gibt oder nicht.«

»Mich interessiert es.« Er sah seine kleine Schwester liebevoll an. »Was ist denn los mit dir? Ist Berlin doch nicht so, wie du es dir vorgestellt hattest?«

»Nein«, erwiderte sie mürrisch und bedeutete dem Barkeeper, ihr ein weiteres Glas einzuschenken. »Es ist wie Binz, nur lauter.«

»Constantin«, rief jemand, bevor er etwas erwidern konnte. »Kommst du mal?«

»Bin gleich da!«

»Nie hast du Zeit für mich«, beschwerte sich Josephine.

»He, du bist ein großes Mädchen«, stellte er fest. »Amüsiere dich, tanze und feiere das Leben.«

»Das Leben ist langweilig«, schmollte Josephine missmutig, aber ihr Bruder hatte sich bereits abgewandt und bahnte sich einen Weg durch die Menge zu Köhler.

Josephine lehnte sich seufzend an einen der Pfeiler und beobachtete die Sängerin, die soeben im Herrensmoking und mit einer Zigarette in der Hand die Bühne betrat. Ein Mann kam herbei und stellte einen Barhocker in die Mitte, auf dem sie Platz nahm. Sie zog an ihrer Zigarette und blies lasziv den Qualm in die Luft, dann ließ sie den Blick über die Menge schweifen. »Guten Abend, Berlin!«, rief sie aus, und die Gäste im Varieté fingen an zu jubeln. Die Band begann zu spielen, und sie sang zunächst ein ruhiges Chanson, dann wurde die Musik immer schneller. Die Menschen stürmten erneut die Tanzfläche und begannen, sich ausgelassen zur Musik zu bewegen und ihre Körper aneinanderzureiben. Josephine sah ihnen eine Weile zu und ließ sich dann von einem Mann, der in ihrer unmittelbaren Nähe stand und einen ebenso gelangweilten Eindruck machte wie sie selbst, eine Zigarette und Feuer geben.

»Ich heiße Ferdinand, und du?«

»Josephine.«

Er beugte sich zu ihr, um sich bei der lauten Musik mit ihr unterhalten zu können. »Du siehst nicht so aus, als hättest du besonders viel Spaß.«

Josephine zuckte die Achseln. »Ist doch nur laut hier. Was soll einem daran schon gefallen?«

»Die meisten hier scheinen es zu mögen.«

»Ich bin eben nicht wie die meisten«, gab Josephine hochnäsig zurück. Beinahe hätte sie geschmunzelt, denn sie klang genauso wie Bernadette.

»Arrogante Zicke.« Ferdinand verdrehte die Augen.

»Entschuldigung? Wie hast du mich eben genannt?«, fuhr sie ihn entrüstet an.

»Hast mich schon verstanden.«

»Wo ich herkomme, hat kein junger Mann ein so schlechtes Benehmen.«

»Warum biste dann nicht dageblieben?«

Josephine funkelte ihn wütend an. Was bildete dieser Kerl sich bloß ein?

»Na, nun sei mal nicht gleich eingeschnappt«, sagte er in versöhnlichem Tonfall. »Ich hab doch nur Spaß gemacht. Woher kommst du denn?«

Josephine warf ihre Zigarette auf den Boden und trat sie aus.

»So, da bin ich wieder.« Constantin trat an ihre Seite. »Ah, Ferdinand. Na, da haben sich die beiden Künstler ja endlich getroffen.«

Josephine sah ihren Bruder fragend an.

»Habt ihr euch denn noch nicht bekannt gemacht? Josephine, das ist Ferdinand Dux. Er ist Künstler, genau wie du. Ferdinand bemalt die Kulissen für unser Varieté.«

»Das kann man wohl kaum Kunst nennen«, entgegnete Josephine schnippisch.

»Nimm es meiner Schwester nicht übel, Ferdinand. Sie hat an einer Kunstschule in Paris studiert und ist jetzt ein bisschen eingebildet«, zog Constantin Josephine auf.

»Ich habe an der *École nationale supérieure des beaux-arts de Paris* studiert und nicht an irgendeiner Kunstschule«, korrigierte Josephine ihn gereizt.

»Schade, dass wir einen so schlechten Start hatten«, bemerkte Ferdinand. »Vielleicht hätten wir uns ja ganz gut verstanden.«

Wieder rief jemand Constantins Namen, der den Hals reckte und sah, dass Gerd Nolte mit zwei Polizisten in Zivil in der Nähe des Eingangs stand und ihn herbeiwinkte. Die Amtshüter wollten ihr Schweigegeld abholen. Constantin hatte nichts dagegen. Wenn er auf die gleiche Art doch endlich diese Idioten von der Hauszinssteuer wegbekäme! Er hatte in die Richtung schon reichlich Schmiergeld fließen lassen, doch es schien immer wieder einen zu geben, der die Sache übernahm und nicht gewillt war, das Ganze auf sich beruhen zu lassen. Er nickte Nolte zu, setzte sich in Bewegung und sagte über die Schulter: »Entschuldige, Schwesterchen, die Pflicht ruft schon wieder.«

Josephine sah ihm nach. Nach einer Weile hörte sie Ferdinand sagen: »Fangen wir noch mal von vorn an. Mein Name ist Ferdinand. Ich bin Künstler und habe die Kulissen hier bemalt. Willst du vielleicht eine Zigarette? Du siehst mir aus wie eine Künstlerin.«

Josephine blieb einen kurzen Moment ernst, dann drehte sie sich zu ihm um und prustete los. »Schön, dich kennenzulernen, Ferdinand. Ich heiße Josephine. Du hast eine gute Menschenkenntnis. Ich bin tatsächlich Künstlerin.« Sie zögerte kurz, dann deutete sie auf die Kulissen. »Das ist wirklich eine wunderschöne Arbeit.«

»Danke. Freut mich, dass es dir gefällt. Wollen wir was zusammen trinken?«

»Gern.«

Sie gingen zusammen zur Bar, Ferdinand bestellte für beide ein Glas Champagner, und sie stießen an. »Freut mich wirklich, dich kennenzulernen«, sagte Ferdinand.

»Ja, geht mir genauso.«

Josephine und Ferdinand unterhielten sich mehrere Stunden, dann brachte er sie ins Hotel und verabschiedete sich am Fahrstuhl von ihr. Zum ersten Mal, seit die Euphorie über ihre Ankunft in Berlin verflogen war, fühlte sich Josephine wieder glücklich. Sie spürte, dass Ferdinand und sie etwas verband. Womöglich war es nur die Kunst, vielleicht auch mehr. Das wollte sie auf jeden Fall noch herausfinden. Sie fühlte sich wohl in seiner Gegenwart und freute sich schon darauf, wenn sie sich am nächsten Tag treffen und er ihr Berlin zeigen wollte. Ihren Einwand, dass ihr Bruder sie bereits mit den Sehenswürdigkeiten der Stadt vertraut gemacht hatte, hatte er rundweg verworfen und behauptet, dass dies nicht das echte, das richtige Berlin sei, sondern nur das, was den Fremden gezeigt wurde, um diese zu beeindrucken.

Am nächsten Tag um kurz nach elf Uhr holte er sie im Hotel Astor ab, und sie machten sich zu Fuß auf den Weg. Ferdinand führte sie an Orte, die Constantin ihr tatsächlich nie gezeigt hatte – alte Katakomben, Baustrecken, die an das noch junge U-Bahn-Netz angeschlossen werden sollten, verlassene Gebäude und verfallene Orte, die wirkten, als gehörten sie gar nicht in diese Stadt, die pulsierte vor Leben.

»Ganz schön trostlos«, bemerkte Josephine, als sie durch eine verlassene Wohnung gingen, deren Eingangstür nur noch an der oberen Verankerung hing.

»Findest du?«, fragte Ferdinand.

»Aber natürlich. Schließlich ist alles verlassen und verfällt langsam.«

»So ist doch das Leben, oder nicht? Alles wird alt und vergeht schließlich, genau wie wir Menschen. Du magst das Verlassene sehen, ich sehe einen Ort, an dem Menschen gelebt haben. Sie haben die Steine hier aufeinandergesetzt, an dem Tisch dort drüben haben sie zusammen gesessen und gegessen. Vielleicht haben sie gelacht, vielleicht haben sie sich auch gestritten. Aber es war Leben in dieser Wohnung, das trotz der Leere noch immer spürbar ist, findest du nicht?«

Josephine sah sich um. Sie standen zusammen in der Küche; neben dem Holztisch war ein alter Schrank die einzige Einrichtung. Der Fußboden war löchrig, die Dielen knarrten bei jedem Schritt. Eine der Scheiben im Sprossenfenster war zerbrochen, die anderen waren so dreckig, dass man nicht mehr hindurchblicken konnte. Josephine ließ den Raum auf sich wirken, versuchte zu verstehen, was Ferdinand an diesem Ort faszinierte. Dann öffnete sie nacheinander alle Türen des Küchenschranks, um zu sehen, ob sich noch etwas darin befand. Hinter der dritten Tür oben wurde sie fündig und zog eine alte Zuckerdose hervor. Sie hob den Deckel an. Die Dose war leer.

»Die hat man hier vergessen.« Sie hielt sie Ferdinand hin.

»Genau das meine ich. Spürst du's nicht auch? Das ist für mich Berlin.« Ferdinand sah sich um. »Überall heißt es, es gebe nicht genug Wohnungen in der Stadt, doch Häuser wie dieses gibt es jede Menge. In manchen wohnen wieder Leute, auch ein paar von meinen Freunden.« Er überlegte kurz. »Ich würde dir gern etwas vorschlagen, aber ich muss mich auf dein Schweigen verlassen können.«

Josephine nickte eifrig.

»Hast du Lust, heute Abend mit mir Freunde in einem solchen Haus zu besuchen?«

»Wo sind denn die Besitzer?«

Ferdinand zuckte die Achseln. »Keine Ahnung. Das Haus stand schon lange leer. Anfangs haben meine Freunde dort nur ein oder zwei Nächte unterkommen wollen, um sich das Geld für ein Zimmer zu sparen. Doch niemand hat was gesagt oder sie gefragt, was sie dort zu suchen hätten, also haben sie sich nach und nach eingerichtet.«

»Das ist ja verrückt.« Josephine konnte sich kaum vorstellen, dass es Menschen gab, die sich einfach so das Eigentum anderer aneigneten und damit offenbar ganz gut zurechtkamen. »Ich würde deine Freunde wirklich gern kennenlernen. Was machen sie beruflich?«

»Sie sind Künstler, genau wie wir. Einer ist Schriftsteller, der andere Maler. Sie bekommen viel Besuch, von Leuten wie uns: Bildhauer, Musiker, vor allem aber Schriftsteller und Journalisten, die Reportagen über die Missstände hier in Berlin und im ganzen Land schreiben.«

»Ist das denn erlaubt?«

Ferdinand schmunzelte. »Erlaubt nicht, doch einer muss es ja machen.«

Josephine nickte, obwohl sie nicht sicher war, dass sie seine Meinung teilte. »Wann wirst du mich nachher abholen? Um sieben? Oder eher um acht?«

Ferdinand schmunzelte. »Eher gegen zehn, halb elf. Vor zwölf brauchen wir bei meinen Freunden gar nicht erst aufzutauchen. Die meisten von ihnen schlafen noch.«

»Jetzt? Es ist bereits Nachmittag!«

»Tja, so sind sie.«

»Und du? Du arbeitest schließlich bei meinem Bruder. Fällst du in deinem Freundeskreis damit nicht unangenehm auf?« Sie zwinkerte ihm zu.

»Ach, weißt du, die da sind nicht so.« Er wurde ernst. »Genau deshalb bin ich gern mit ihnen zusammen. Sie urteilen nicht über die anderen; viel wichtiger ist es ihnen, Missstände aufzuzeigen. Verstehst du, was ich meine?«

Josephine nickte.

»Gut. Dann lass uns gehen. Du solltest dich noch ein bisschen ausruhen. Es kann spät werden an solchen Abenden.«

Gemeinsam verließen sie die aufgegebene Wohnung, und Ferdinand brachte Josephine ins Hotel zurück. Kurz überlegte sie, noch bei Constantin vorbeizugehen, den sie den ganzen Tag über nicht gesehen hatte, doch dann entschied sie sich dagegen. Auch wenn er es ihr nicht sagte, glaubte sie, dass ihr Bruder sich in letzter Zeit so manches Mal durch sie gestört gefühlt hatte. Und sie war es leid, ein lästiges Anhängsel zu sein. Überhaupt, so fand Josephine, war es an der Zeit, ihren eigenen Weg zu gehen. Nur welcher dies sein würde, hätte sie nicht sagen können. Einerseits freute sie sich auf das Neue, das sie erwartete. Andererseits war sie über die Maßen unsicher, war sie doch einem Menschen wie Ferdinand, der so unabhängig, so unangepasst zu sein schien, nie zuvor begegnet. Und seine Freunde lebten, wenn sie Ferdinands Worten Glauben schenkte, noch wesentlich mehr abseits jeder gesellschaftlichen Norm und damit auch abseits von allem, was sie selbst bisher kennengelernt hatte.

Es war eigenartig, doch sie hatte das Gefühl, dass es genau die Begegnung mit Ferdinand Dux war, die ihrem Leben eine neue Richtung geben würde. Vom äußeren Erscheinungsbild her war er nicht gerade der Typ Mann, der ihr in einer Menge aufgefallen wäre. Sie schätzte ihn nicht größer als einen Meter achtzig, und sein Haar war ebenso dunkel wie ihres, was ihr nie sonderlich bei einem Mann gefallen hatte. Sie fand eher die Blonden schön, die ganz anders aussahen als die Männer in ihrer eigenen Familie. Doch dieser Ferdinand hatte etwas an sich, das sie reizte und geradezu magisch anzog. Sie musste kichern bei dem Gedanken, was wohl ihre Mutter zu so einem Mann gesagt hätte. Einer, der davon lebte, Bühnenkulissen zu bemalen, und in Kreisen verkehrte, die sich am Rande der Legalität bewegten. Nein, so einer wäre in Bernadettes

Augen gewiss nicht gut genug für Josephine. Trotzdem – oder vielleicht sogar gerade deswegen – fand Josephine ihn von Sekunde zu Sekunde reizvoller und freute sich, ihn später wiederzusehen und noch dazu seine sonderbaren Freunde kennenzulernen.

Es war bereits nach zehn, als Ferdinand an Josephines Zimmertür klopfte, um sie abzuholen. Josephine war ein wenig verstimmt, hatte sie doch damit gerechnet, dass er etwas früher kommen würde, auch wenn sie nicht gleich zu dem Haus gehen würden, in dem seine Freunde wohnten. Schließlich sollte Ferdinand doch daran gelegen sein, sie so bald wie möglich wiederzusehen. Es passte ihr nicht, dass er scheinbar nicht ebenso auf ihr Treffen gebrannt hatte wie sie. Josephine war es gewohnt, dass man um sie warb und großes Interesse an ihrer Gesellschaft zeigte.

»Ist alles in Ordnung?«, fragte Ferdinand, als sie nebeneinanderher schlenderten und ihr Schweigen immer lauter wurde.

»Aber sicher.« Es klang schnippisch.

»Was hast du denn? Hab ich dir etwas getan? Du wirkst so, als wärst du wütend auf mich.«

»Warum sollte ich denn wütend sein?«, gab sie zurück und sah dabei weiter geradeaus.

»Hm, wenn du meinst. Mir kommt es so vor.«

Eine Weile gingen sie schweigend weiter nebeneinanderher, bis Josephine es nicht mehr aushielt. Abrupt blieb sie stehen. »Ich finde, du hättest mich ruhig etwas früher abholen können.«

Ferdinand sah sie verdutzt an. »Aber ich habe doch gesagt, dass ich um diese Zeit kommen werde«, verteidigte er sich.

»Ja, ich weiß. Trotzdem wäre es nett gewesen.« Josephine ging weiter.

»Warum wäre es nett gewesen, dich entgegen unserer Absprache zu einer früheren Uhrzeit abzuholen?«

So wie Ferdinand den Umstand zusammenfasste, kam Josephine sich dumm vor. »Weil es sich so gehört«, gab sie ausweichend zurück. »Es würde für gutes Benehmen sprechen.«

Ferdinand lachte auf. »Ich habe kein gutes Benehmen, das kann ich dir versichern. Und wenn du darauf Wert legst, triffst du dich besser nicht mehr mit mir.«

Josephine wollte weitergehen, doch Ferdinand machte einen Schritt nach vorn, stellte sich ihr in den Weg und fasste sie an den Schultern. »Ich meine es ernst, Josephine«, erklärte er. »Erwarte besser nichts von mir. Du wirst sonst nur enttäuscht sein.«

Seine Worte versetzten Josephine einen Stich. »Warum sagst du das?«

»Weil ich es so und nicht anders meine. Willst du trotzdem mit mir zu Hartmut und den anderen kommen oder nicht?«

Am liebsten hätte Josephine sich umgedreht und wäre zurück zum Hotel gerannt. Doch war es nicht genau das, was sie schon immer getan hatte? War es nicht genau das Verhalten, das sie ablegen wollte? »Ich möchte trotzdem mit«, sagte sie, so ruhig sie konnte.

»Gut.« Er gab den Weg frei. »Dann gehen wir.«

Sie sprachen kaum ein Wort, bis sie das Haus erreichten, das Josephine sich aufgrund Ferdinands Beschreibung vollkommen anders vorgestellt hatte. Sie wusste nicht genau, was sie erwartet hatte – vermutlich irgendein altes, beschädigtes Gebäude, dem man die Jahre und den fortschreitenden Verfall deutlich ansah. Der kleine gepflasterte Weg, der zur Eingangstür führte, wirkte allerdings ebenso gepflegt und sauber wie jeder andere in dieser Straße, und das Gebäude selbst war zumindest von außen gut in Schuss. Die Gegend, in der Josephine nie zuvor gewesen war, sprach von einem gutbürgerlichen Dasein, in dem die Nachbarn wussten, mit wem sie es zu tun hatten, und sich nötigenfalls aushalfen.

»Hier ist es?«, fragte Josie überrascht.

»Ja. Sieht ganz schön aus, oder?«

»Allerdings. Ich hatte mit etwas völlig anderem gerechnet.«

»Wahrscheinlich ist die Sache genau deshalb noch nicht aufgeflogen«, überlegte Ferdinand, drückte, ohne anzuklopfen, die Türklinke herunter und ließ Josephine eintreten.

Im Innern gingen von dem Flur, auf dessen Boden ein grauer Teppich lag, insgesamt fünf Türen ab. Ferdinand hielt direkt auf die am Ende des Ganges zu und trat ein, ebenfalls ohne zu klopfen. »Ah, Hartmut«, sagte er und bedeutete Josephine, zu ihm zu kommen. »Das ist Josephine, eine Bekannte. Josephine – Hartmut.«

Die beiden reichten sich die Hand. »Freut mich«, sagte Hartmut, und Josephine erwiderte den Gruß.

»Ihr seid die Ersten«, stellte Hartmut fest. »Was möchtest du trinken, Josephine? Bier?«

Josephine mochte kein Bier, doch das wollte sie ihm nicht verraten. »Ja gern.«

Hartmut reichte ihr eine Flasche und deutete auf einen der Sessel, die alle unterschiedlich waren und nicht zueinanderpassten. Josephine nahm Platz und sah sich um. Neben sieben Sesseln, die ohne jede feste Anordnung im Raum verteilt waren, gab es noch eine Sitzbank neben der Tür zur Terrasse. In der rechten Ecke stand ein hellbrauner Kachelofen mit einer umlaufenden Bank, die eine weitere Sitzfläche bot. Es gab nicht einen Tisch im Raum, keinen Schrank oder andere Abstellflächen. In der Ecke gegenüber dem Kachelofen lehnten verschiedene Bilder an der Wand, daneben sah Josephine eine Staffelei und einige Stapel bedrucktes oder mit Schreibmaschine beschriebenes Papier. Auf dem Fußboden lagen mehrere Teppiche übereinander.

»Es ist schön hier«, bemerkte Josephine.

Hartmut hielt die Flasche hoch und prostete ihr zu. »Ja, finde ich auch. Du kommst nicht aus Berlin, nicht wahr?«

Josephine schüttelte den Kopf. »Nein, aus Binz.«

»Und was machst du hier?«

»Mein Bruder wohnt in Berlin, und ich besuche ihn für eine Weile. Vielleicht bleibe ich auch ganz hier. Ich weiß es noch nicht.«

»Ihr Bruder ist Constantin von Plesow, dem das Astor gehört«, erklärte Ferdinand.

»Von Plesow.« Hartmut stieß einen Pfiff aus. »Dann müssen wir wohl aufpassen, dass wir dich auch gut behandeln, was?«

Josephine wusste nicht, wie sie auf diese Bemerkung reagieren sollte, also lächelte sie, so wie sie es auch in Binz tat, wenn sie in eine Situation geriet, mit der sie nicht recht umgehen konnte.

»Er ist schon in Ordnung.« Ferdinand lachte. »Josephine ist übrigens Malerin«, erklärte er Hartmut.

»Malerin?«

Josephine nickte nicht ohne Stolz. »Ich habe an der *École nationale supérieure des beaux-arts de Paris* studiert.«

Wieder pfiff Hartmut durch die Zähne. »Ich bin beeindruckt.« Der Spott war nicht zu überhören.

Josephine fühlte sich gekränkt. Sie mochte diesen Hartmut nicht, der sie offenbar verurteilte und gleichermaßen etwas gegen Constantin zu haben schien.

In diesem Moment wurde die Tür geöffnet, und zwei weitere Männer und eine Frau betraten den Raum. Die Anwesenden begrüßten sich, und Ferdinand stellte Josephine den anderen vor. Die Frau, Josephine schätzte sie einige Jahre älter als sich selbst, hieß Luise. Sie und Sebastian wurden von Ferdinand als »Schreiberlinge« vorgestellt, während Matthis, der bereits gute dreißig Jahre alt sein mochte, sowohl Bildhauer als auch Maler war. Josephine begrüßte jeden von ihnen freundlich, wenngleich zurückhaltend. Die kurze Begegnung mit Hartmut hatte sie verunsichert, auch wenn er sie nicht persönlich angegriffen hatte. Doch sie hatte gemeint, eine gewisse Ablehnung bei ihm zu spüren, und war nun etwas misstrauisch, wie die anderen ihr wohl begegnen würden.

»Du bist also Malerin?«, fragte Matthis und schien aufrichtig interessiert.

»Ja, das stimmt.«

»In welcher Stilrichtung?«

»Realismus wie abstrakt«, antwortete Josephine knapp.

»Vielleicht kann ich mir gelegentlich mal etwas von dir ansehen?« Matthis deutete auf die Bilder in der Ecke. »Mit dem Abstrakten kenne ich mich aus, auch wenn es im Wortsinn wohl eher dem Realismus zuzuordnen ist.«

Josephine wusste nicht recht, wie sie seine Worte deuten sollte, und folgte Matthis zu den Bildern hinüber. Sie bückte sich und sah sich eines nach dem anderen an. »Sie gefallen mir«, sagte sie mehr zu sich selbst. Es waren vor allem Strichzeichnungen, die in düsteren Farben gehalten waren und allesamt Gewalt und Unterdrückung zum Thema hatten. Ein düsteres Grau in Grau, lediglich unterbrochen von einem leuchtenden, bedrohlich wirkenden Rot.

»Ach ja?« Matthis schien überrascht. »Ich dachte nicht, dass es irgendjemanden gibt, dem meine Kunst gefällt.«

»Die Gewalt, die du darstellst, hat etwas sehr Direktes.« Josephine sah die Bilder noch einmal durch.

»Hat die Gewalt selbst nicht immer etwas Direktes?«

»Da gebe ich dir recht.« Josephine stellte die Bilder zurück und richtete sich wieder auf.

»Hast du Kunst studiert?«, fragte nun Matthis.

Nach der Situation mit Hartmut war Josephine zurückhaltend geworden. »Ja«, gab sie etwas zögerlich zurück.

»Und wo?«

Josephine seufzte. Sollten doch alle hier sie dafür verurteilen, dass ihre Mutter ihr eine gute Ausbildung ermöglicht hatte. Was wussten diese Leute denn schon? Sie reckte das Kinn. »An der *École nationale supérieure des beaux-arts de Paris.*«

»Wirklich?« Matthis schüttelte den Kopf. »Ab jetzt hast du offiziell einen Neider«, erklärte er.

»Ach ja?«

»Na sicher. Welcher Künstler würde dich nicht darum beneiden?«

Sie zuckte mit den Schultern. »Bei Hartmut hatte ich den Eindruck, als fände er es geradezu verwerflich.«

Matthis winkte ab. »Du darfst Hartmut nicht zu ernst nehmen. Versteh mich nicht falsch, er ist schon ein netter Kerl. Aber er sieht alles nur schwarz-weiß.« Er deutete auf seine Bilder. »Dabei gibt es viele Grautöne, findest du nicht?«

»Doch, ja«, stimmte sie zu. »Das finde ich auch. Weshalb ist Hartmut denn so?« Sie hatte die Stimme gesenkt.

»So gut kenne ich ihn nicht«, gestand Matthis. »Soweit ich weiß, ist seine Familie einfach arm. Nicht wegen irgendeines Schicksalsschlags, sondern weil es eben so ist. Einfache Arbeiter, die den ganzen Tag buckeln, um die Familie durchzubringen. Für Hartmut ist das nichts. Er prangert lieber die an, die das Sagen haben, immer reicher und reicher werden und die kleinen Arbeiter in den Dreck treten.«

»Wer wird in den Dreck getreten?« Hartmut war unbemerkt hinter sie getreten und hatte die letzten Fetzen des Gesprächs verfolgt.

»Wir sprechen über die politische Lage«, erklärte Matthis.

»Oh, es interessiert mich brennend, wie Fräulein Stinkreich darüber denkt.« Hartmut sah Josephine herausfordernd an.

Sie schluckte schwer. Was hatte sie diesem Kerl denn nur getan? Fast wären ihr die Tränen gekommen, doch eigenartigerweise gewann die Wut, die langsam, aber sicher in ihr aufstieg, die Oberhand.

»Zum einen bin ich selbst nicht stinkreich. Ja, meine Familie besitzt Hotels, ich jedoch nicht.«

Nun wurden auch Ferdinand, Sebastian und Luise aufmerksam und kamen zu ihnen herüber.

Hartmut wollte etwas sagen, doch sie brachte ihn mit einer Geste zum Schweigen.

»Ich bin noch nicht fertig«, stellte sie fest. »Ich verfüge über finanzielle Möglichkeiten, die es mir erlaubt haben, ein Studium zu absolvieren, doch auch wenn ich darauf verzichtet hätte, hätte sich deine Situation oder die vieler anderer Leute im Land nicht geändert. Ich kann gern gehen, wenn du das möchtest, doch ich finde Menschen heuchlerisch, die stets andere für ihr eigenes oder fremdes Leid verantwortlich machen. Hast du eigentlich jemals nachgefragt, welchen Standpunkt sie vertreten, oder ob sie möglicherweise sogar dazu beitragen, das Leben anderer, weniger privilegierter Personen zu verbessern?«

Hartmut grinste sie freudlos an. »Du glaubst also, dass du und deinesgleichen das Leben anderer verbessern?«

»Ich glaube, dass allein die Einstellung zum Teilen zählt.«

»Ich teile dieses Haus mit meinen Freunden«, erklärte Hartmut. »Was teilst du?«

»Ich habe noch nichts, was ich teilen kann«, hielt Josephine dagegen. »Doch das soll nicht so bleiben. Ich möchte gern mit meiner Kunst Geld verdienen und versuchen, so viel Gutes damit zu tun, wie ich kann. Und nur damit du's weißt: Ich habe im Hotel meiner Mutter in Binz zusammen mit den Zimmermädchen die Räume in Ordnung gehalten und die Toiletten geputzt, und ich habe mich dafür weder geschämt, noch war ich mir zu gut dafür. Meine beste Freundin ist ebenfalls Zimmermädchen.« Das entsprach zwar nicht ganz der Wahrheit, doch sie wollte Hartmut unbedingt etwas entgegensetzen.

»Du glaubst also, dass du verstehst, was die Arbeiterschicht durchmacht, weil du in deinem Leben schon mal ein Klo geputzt hast?« Es klang verächtlich.

»Und du glaubst, dass du sie mehr verstehen kannst und etwas für die Arbeiterschicht tust, weil du unbemerkt ein Haus gestohlen und dich wie ein Parasit hier eingenistet hast?« Sie hob den Kopf, wie sie es so oft bei ihrer Mutter gesehen hatte. »Gewiss wird dir jeder Arbeiter da draußen für deinen Dienst an der Menschheit dankbar sein.« Sie lachte auf, drückte Matthis das Bier in die Hand und wandte sich zum Gehen. Es war eigenartig. Woher kam diese plötzliche Entschlossenheit? Beinahe hatte sie das Gefühl, ihre Mutter würde da sprechen, nicht sie selbst. Auch wenn sie deren manchmal so kalte, fast schon an herzlos grenzende Art hasste, bewunderte sie sie doch für ihre Entschlossenheit und ihr Selbstbewusstsein. Ja, Bernadette kannte keine Furcht und hatte auch keine Bedenken, die Dinge auf den Punkt bringen und ihr Gegenüber mit einer unangenehmen Wahrheit zu konfrontieren. Doch noch nie war Josephine so forsch, so selbstbewusst gewesen, obwohl sie spürte, wie sie innerlich vor Zorn und Furcht vor ihrer eigenen Courage zu zittern begann. Trotzdem – es fühlte sich gut an, für sich selbst einzustehen und diesem eingebildeten Möchtegernklassenkämpfer die Stirn zu bieten!

»Wo sie recht hat …«, sagte Luise.

Hartmut hielt Josephine am Arm zurück, bevor sie die Tür erreichte. »Du gefällst mir, Josephine.«

»Du mir nicht.« Noch immer hielt sie den Kopf trotzig erhoben.

»Willst du dennoch bleiben und mit uns den Abend verbringen?«, fragte Hartmut. »Wir könnten diskutieren und uns über die Lage austauschen. Mich würde interessieren, wie du die Dinge beurteilst.«

Josephine schlug das Herz bis zum Hals. War sie nicht doch zu forsch gewesen? Was hatte sie schon zu sagen? Sie, das behütete, verwöhnte Mädchen aus Binz? Andererseits war sie in Paris gewesen, und die vierzehn Tage bei Constantin hatten ihr ebenfalls einen neuen Blick aufs Leben verschafft. Manchmal musste man eben etwas wagen, wenn man etwas – sich selbst – ändern wollte. Ihr Blick traf den von Luise, die ihr aufmunternd zunickte.

»Na gut, ich bleibe noch einen Moment«, lenkte sie ein.

»Schön.« Hartmut nahm Matthis das Bier ab und gab es Josephine zurück. Dann verteilten sich alle auf die Sessel und redeten stundenlang über die Probleme im Land, den Wegfall der Monarchie und deren Folgen sowie das Aufstreben radikaler Mächte, die die Not der Arbeiter für ihre Zwecke benutzten. Je länger sie sprachen, desto mehr meinte Josephine dazuzugehören. Als Ferdinand sich auf den Weg machen wollte und ihr anbot, sie nach Hause zu begleiten, war es bereits nach halb vier morgens. Josephine nahm das Angebot an, und auch auf dem gesamten Rückweg unterhielten sich die beiden noch angeregt miteinander. Als er sich dann am Hotel von ihr verabschiedete, gab Josephine ihm spontan einen Kuss auf den Mund, wünschte ihm eine gute Nacht und ging beschwingt hinein. Ferdinand folgte ihr ein paar Schritte.

»Josephine, morgen Abend um dieselbe Zeit?«

»Ja«, gab sie leichthin zurück, drehte sich um und tänzelte zum Fahrstuhl, der ihr augenblicklich geöffnet wurde. Sie fuhr nach oben, schloss ihre Zimmertür auf und ließ sich voll bekleidet aufs Bett fallen. Alles schien sich zu drehen, obwohl sie kaum Alkohol getrunken hatte. Das erste Mal seit langer Zeit fühlte sie sich rundum glücklich.

19. Kapitel

Und wenn auch der Boden unter dir bebt, verliere niemals deinen sicheren Stand.

Bernadette von Plesow

Für den Abend hatte sich Ernst Bautner angekündigt, um mit Bernadette zu essen und den Ausbau der Terrassenanlage des Hotels bis hin zur Promenade zu besprechen. Die Genehmigung dafür war dem Grand zunächst verweigert worden, genau wie jedem anderen Anlieger der Promenade. Doch Bernadette hatte sich damit nicht abfinden wollen und neben vielen guten Argumenten schließlich den Einfluss Bautners ins Rennen geführt, was ihr, damit rechnete sie fest, den gewünschten Erfolg bringen würde. Bautner hatte ihr mitgeteilt, es gebe etwas zu feiern, und was könnte das anderes sein als die Erteilung der Baugenehmigung? Sie kannte ihn lange genug, um zu wissen, wie überaus durchsetzungsfähig er war und dass ihn die unablässig brodelnde Gerüchteküche völlig kaltließ. Immer wieder hieß es, dass die von Plesows mit ihrem Grand Hotel bei der Genehmigungsvergabe bevorzugt würden, aber er wischte alles mit einem gleichgültigen Lächeln beiseite. Für Bernadette war Bautner ein verlässlicher Partner und guter Berater. Und sie wusste, was er als Gegenleistung von ihr erwartete. Bernadette störte sich nicht weiter daran. Sie war eine Frau und setzte ein, was sie hatte, um zu bekommen, was sie wollte. Ob sie sich ihm nun einmal mehr oder weniger hingab, war ihr nicht wichtig. Sie hatte die Terrasse vor Augen, die bereits im Herbst gebaut werden sollte und pünktlich zu Beginn der neuen Saison fertiggestellt sein würde, das Grand, das dadurch endgültig zur ersten Adresse von Binz werden würde. Da konnte sie eine Nacht mit einem Mann, für den sie nicht das Geringste empfand, nicht schrecken.

Es klopfte an ihre Bürotür.

»Ja bitte?«

Die Tür wurde geöffnet, und Alexander trat ein. »Mutter, ich würde dich gern mit jemandem bekannt machen.« Hinter ihm betrat ein Mann, den Bernadette als etwa gleichaltrig, vielleicht sogar ein paar Jahre jünger schätzte, den Raum. Er sah gut aus, war groß und von schlanker Gestalt mit breiten Schultern. Seine Haare, voll und dunkel, waren lediglich an den Schläfen leicht ergraut.

»Das ist Major Götz Wilhelm«, stellte Alexander vor. »Ich hatte die Ehre, im Krieg unter ihm dienen zu dürfen.«

Bernadette erhob sich lächelnd, kam um den Schreibtisch herum und hielt dem Major die Hand entgegen. »Es ist mir eine Freude, Sie kennenzulernen, Herr Major.«

Der Major sah Bernadette einen kurzen Moment wie gebannt an, dann schüttelte er den Kopf, als müsste er sich selbst zur Beherrschung rufen, nahm ihre Hand und küsste sie. »Die Freude ist ganz auf meiner Seite, gnädige Frau.«

»Bitte nennen Sie mich Bernadette. Einen Mann, der seinen Anteil daran hatte, dass ich meinen Sohn sicher wieder zu Hause willkommen heißen durfte, betrachte ich als meinen Freund.«

»Ich bin überwältigt, gnädige – äh, Bernadette. Bitte nennen Sie mich Götz.«

»Mit Vergnügen.«

»Der Major wird sich einige Zeit in Binz aufhalten. Ich habe ihm angeboten, bei uns Quartier zu beziehen.«

»Und zwar als unser Gast«, fügte Bernadette hinzu.

»Das kann ich wirklich nicht annehmen«, widersprach Götz Wilhelm.

»Es ist bereits entschieden, mein Lieber.« Bernadette nahm seine Hand und legte ihre darauf. »Mein Sohn hat das Thema Krieg stets, so gut es ging, ausgespart, weil es für eine Mutter nur schwer zu ertragen ist, sich vorzustellen, welche Höllenqualen ihre Kinder durchleben müssen. Doch nun würde ich die eine oder andere Geschichte sehr gerne hören.«

»Wir könnten zusammen zu Abend essen«, schlug Alexander vor.

»Das wäre mir eine Freude.« Bernadette überlegte kurz, dann fiel ihr ein, dass sie heute Abend mit Bautner verabredet war. »Ach Entschuldigung, ich habe heute Abend bereits einen Termin.«

»Wie schade«, bemerkte der Major.

Bernadette nickte. »Ja, es ist wirklich bedauerlich«, pflichtete Bernadette ihm aufrichtig bei.

»Ach richtig, das Treffen mit Bautner, nicht wahr?«

»Ganz recht.«

»Das war mir entfallen«, gestand Alexander ein. »Ich hatte ebenfalls vor, dabei zu sein.« Er sah Götz an. »Oder hätten Sie Gefallen daran, uns Gesellschaft zu leisten, Herr Major? Ernst Bautner ist ein guter Freund, der uns über viele bürokratische Hürden hinweghilft.«

Wilhelms Blick war auf Bernadette gerichtet. »Ich möchte keinesfalls stören.«

»Aber gewiss nicht, Herr Major«, beschwichtigte Bernadette. »Es wäre uns eine Freude. Herr Bautner wird bereits um sechs Uhr zum Essen kommen. Ich schlage vor, dass Sie gegen halb sieben dazustoßen. Dann ist das Geschäftliche geregelt, und wir könnten zusammen einen wunderbaren Abend genießen.«

»Ein vortrefflicher Vorschlag, Mutter.« Alexander sah Götz an. »Dürfen wir auf Ihr Erscheinen hoffen, Herr Major?«

»Halb sieben – ich werde pünktlich sein und freue mich sehr auf den Abend.«

»Wunderbar.« Bernadette reichte ihm die Hand. Als der Major sie ergriff und erneut einen Kuss darauf hauchte, bekam sie am ganzen Körper Gänsehaut.

Alexander und der Major verabschiedeten sich, dann verließen sie Bernadettes Büro. Sobald sie die Tür hinter sich geschlossen hatten, kehrte sie zu ihrem Bürosessel zurück und ließ sich seufzend auf das braune Leder sinken. Ein eigenartiges Gefühl, wie sie es schon eine kleine Ewigkeit nicht mehr gespürt hatte, ergriff von ihr Besitz. Dieser Major hatte etwas an sich, das sie anzog. Sie mahnte sich selbst zur Ordnung. Im November würde sie ihren fünfzigsten Geburtstag feiern, ein Datum, dem sie nicht gerade mit Freude entgegensah. Sie fragte sich, wo die Zeit geblieben war. Als sie noch ein Kind gewesen war, hatte sie sich nichts sehnlicher gewünscht, als endlich erwachsen zu werden. Die Enge und der Muff ihres Elternhauses hatten sie damals zu ersticken gedroht. Vater, Mutter, ihre vier Geschwister und sie selbst in einem Haus mit nur vier Zimmern, in dem es permanent nach Leder roch, da ihr Vater einen der Räume als Werkstatt für sein Schusterhandwerk eingerichtet hatte. Es hatte Momente gegeben, in denen sie sich gefragt hatte, was wohl aus ihren Geschwistern geworden war, und irgendwann hatte sie über sieben Ecken die Nachricht erhalten, dass ihre Eltern nicht mehr lebten. In ihrer eigenen Familie wussten sie nicht einmal, dass sie Geschwister hatte. Ihrem Mann Karl hatte sie damals erzählt, ihre Eltern seien längst tot, und sie habe keine weiteren Verwandten. Danach war das Thema nur ein einziges Mal wieder aufgekommen, als Maximilian, ihr verstorbener Sohn, sie im Alter von neun oder zehn

Jahren gefragt hatte, ob sie nicht auch Geschwister habe. Sie hatte verneint, und sie hatten nie wieder darüber gesprochen.

Eigenartig, dass sie gerade jetzt daran dachte. Womöglich hing es mit dem runden Geburtstag zusammen, der sie immer wieder resümieren und sich die Frage stellen ließ, ob das, was sie tat, richtig war. Die kurze Begegnung mit dem Major hatte ein Gefühl in ihr aufsteigen lassen, das sie zuletzt bei Karl, ihrem Ehemann, gespürt hatte. Karl von Plesow hatte sie gereizt und auf eine Art und Weise fasziniert, wie sie es nie zuvor erlebt hatte. Dabei war er gewiss keiner von denen, die alle Blicke auf sich zogen und dem die Frauen nur so zu Füßen lagen, nein, es war seine Ausstrahlung gewesen, die sie zu ihm hingezogen hatte. Und auch wenn er stets geglaubt hatte, dass er Bernadette um einiges mehr liebte als sie ihn, war sie doch sicher, dass es genau andersherum gewesen war. Sie lächelte bei dem Gedanken an sein Gesicht, spürte Wärme in sich aufsteigen bei den Erinnerungen an die Zeit, die sie gemeinsam gehabt hatten. Sie bückte sich zu der Schreibtischschublade, zog sie auf und holte den Brief hervor – seinen letzten Brief an sie, den sie zuletzt auf der Rückfahrt von Berlin in den Händen gehalten hatte. Nun holte sie ihn aus dem Umschlag und begann zu lesen:

Meine geliebte Bernadette!

Es ist an der Zeit, dir meine Gefühle zu beschreiben, und zwar von dem Moment an, in dem du in mein Leben getreten bist. Als ich dich das erste Mal sah, damals, in dem Tanzlokal mit den kleinen Leuchten an den holzverkleideten Wänden, verschlug es mir fast den Atem. Mir schien es, als wärst du vom Moment deines Eintretens an das Metronom, das für alle im Saal den Takt vorgab. Du warst so vollkommen anders als all die anderen jungen Frauen im Lokal, die gekommen waren, um sich zu vergnügen und die eine oder andere Bekanntschaft zu schließen. Der Schein des Kronleuchters ließ dein dunkles Haar fast bläulich schimmern, und mein Blick folgte dir bei jedem deiner Schritte, deinem stolzen Kopfnicken, gepaart mit deinem unwiderstehlichen, geheimnisvollen Lächeln, das demjenigen, dem du es schenktest, eine Auszeichnung war. Wie ein Magnet zogst du alle Blicke auf dich, und ich bin sicher, das war dir bewusst. Deine Aura und dein Charisma waren anders als alles, was ich je zuvor erlebt hatte. Ich weiß noch, dass es mir schwerfiel, damals dein Alter zu schätzen. Dein Gesicht war jung und irgendwie auch wieder nicht, was an diesen wunderbar markanten Zügen lag, doch deine Ausstrahlung war schon damals die einer erfahrenen Frau. Ich erinnere mich genau, als ich auf dich zuging und mich dir vorstellte. Ich vermochte das Funkeln in deinen Augen zu erkennen, das zweifelsohne dem von in meinem Namen geschuldet war. Bitte verzeih mir die Offenheit, doch mir war selbstverständlich vollkommen klar, dass dein Interesse unmöglich meinem äußeren Erscheinungsbild gelten konnte. Schließlich war ich nicht besonders stattlich und noch dazu um einiges älter als du. Darüber vermochten auch meine teure Kleidung und meine italienischen Schuhe nicht hinwegzutäuschen.

Ich weiß noch genau, wie du mich angesehen hast, als ich dir den Champagnerkelch reichte. Erinnerst du dich noch? Wir tanzten an diesem Abend, bis die Kapelle ihre Instrumente weglegte. Ich sehe alles noch vor mir, als wäre es gestern geschehen – und das, obwohl nun schon so viele Jahre seit diesem Tag vergangen sind.

Meine Bernadette, ich möchte dir danken! Du hast mir mit deiner unglaublichen Persönlichkeit ein Leben beschert, das weit schöner und besser ist als alles, was ich mir je erträumt habe.

Deine Stärke war es, die mir die Kraft gab, Berge zu versetzen. Was auch immer mir in den vielen Jahren unserer Ehe gelang, trägt deine Handschrift deutlicher als meine. Selbst die Kinder sind ein direktes Abbild von dir, was schon fast bezeichnend ist für den Anteil, den du an allem trägst, was mein Leben ausmacht.

Doch nun, und es fällt mir unglaublich schwer, dir dies zu schreiben, ist die Zeit gekommen, da wir Abschied voneinander nehmen müssen. Sei versichert, meine Geliebte, dass mir die Entscheidung nicht leichtgefallen ist. Nein, es zerreißt mir das Herz zu wissen, dich bald nicht mehr in meinen Armen halten zu können. Und doch muss es sein.

Wenn du diesen Brief in den Händen hältst, werde ich tot sein. Und ich habe lange überlegt, ob ich das, was ich dir nun mitteilen werde, nicht lieber mit ins Grab nehmen sollte. Doch aus ebenjenem Grund, weshalb ich aus dem Leben scheide, musst du es auch wissen, damit du nicht eines Tages womöglich schutz- und ahnungslos einem Angriff ausgesetzt bist, den du nicht kommen siehst.

Deshalb werde ich dir nun die Wahrheit offenbaren müssen über mich, und auch wenn ich es nicht zu hoffen wage, dass du mir je vergibst, so bitte ich dich dennoch darum, mich nicht zu verachten.

Die Wahrheit, meine Geliebte, lautet, dass ich nie der war, für den du mich gehalten hast …

Mit Tränen in den Augen ließ sie den Brief sinken. Sie schluckte, musste mehrere Male tief ein- und wieder ausatmen, um ihre Fassung zurückzuerlangen. Weiterlesen konnte sie nicht, tat ihr doch das, was dort geschrieben stand, allzu weh. Vor allem aber schmerzte sie, dass Karl gestorben war, ohne zu erfahren, dass sie ihm die Lüge nie nachgetragen hatte. Nein, sie hätte ihn gewiss nicht verurteilt für das, was er getan hatte, auch wenn sie niemals in Erwägung gezogen hatte, den gleichen Weg zu gehen wie er. Sie an seiner Stelle hätte sich niemals das Leben genommen. Er musste doch wissen, was es für eine Frau bedeutete, allein mit vier Kindern zu sein. Es hatte Zeiten gegeben, in denen selbst sie am Rand ihrer Kräfte gewesen war.

Am 8. Februar 1912 war Karl freiwillig aus dem Leben geschieden. Keiner außer ihr wusste, dass es kein Unfall gewesen war, als Karl bei dem Versuch, einen vermeintlich losen Dachziegel in Ordnung zu bringen, in den Tod gestürzt war. Auch Bernadette war von einem Unfall ausgegangen, bis sie in dem kleinen Geheimfach, in dem sie stets einiges an Bargeld aufbewahrten und von dem nur Karl und sie wussten, den Brief gefunden hatte. Und nicht nur das. Neben dem Abschiedsbrief hatte sie eine Versicherungspolice entdeckt und eine kleine Liste mit genauen Instruktionen, was sie zu tun hatte, um das Geld ausbezahlt zu bekommen und den Unterhalt für sie und die Kinder zu sichern, bis das erst im Vorjahr nach dem schrecklichen Brand neu aufgebaute Hotel so viel abwarf, dass es Bernadette und den Kindern eine stetige Einnahmequelle bot. Karl hatte alles von langer Hand geplant, schon bevor das Hotel in Flammen aufgegangen war. Ja, es war tatsächlich Brandstiftung gewesen, genau wie die Versicherung seinerzeit vermutet hatte. Durch Karl. Doch nicht, um an das Geld zu kommen, nein, es war Karl ausschließlich darum gegangen, den Mord an dem Mann zu vertuschen, von dem er erpresst worden war. Auf diese Weise hatte er sich dessen Leiche entledigen können, ohne Spuren zu hinterlassen.

Hatte er sich deshalb das Leben genommen?

Weil ihn das schlechte Gewissen quälte? Oder hatte er die Furcht, dass man ihm doch noch auf die Schliche kommen könnte, nicht länger ausgehalten und wollte seine Familie um jeden Preis schützen?

Diese quälenden Gedanken hatten sie monatelang wach gehalten, bis ein Gespräch mit ihrem Hausarzt ihr einen Aspekt offenbarte, auf den sie niemals gekommen wäre: Karl litt an einer schleichenden, aber unheilbaren Krebserkrankung.

Er hatte es wohl schon eine ganze Weile gewusst, und während er sich sonst bei einem Schnupfen stets über die Maßen angestellt hatte, war kein Wort über seine Lippen gedrungen. Erst als Bernadette hiervon erfahren hatte, ergab alles für sie einen Sinn – der Brand, die neue Versicherung auf ihrer beider Namen und der anschließende Unfall.

Bernadette hielt den Brief noch einen Moment in der Hand, überblätterte die Seiten, in denen Karl ihr alles gestanden hatte, und starrte mit Tränen in den Augen auf seine Unterschrift:

Dein dich auf ewig liebender Ehemann Karl

Sie hob den Brief einen Moment an ihr Herz, faltete ihn dann wieder zusammen, verstaute ihn im Umschlag und legte ihn in die Schublade zurück, wo sie ihn ganz nach hinten schob und einige Papiere darüberlegte. Anschließend verschloss sie den Schreibtisch, zog den Schlüssel ab und stand auf. Bevor sie ihr Büro verließ, legte sie noch etwas von dem Parfum auf, das Ernst Bautner ihr geschenkt hatte, kontrollierte ihr Aussehen im Spiegel und strich sich mit den Händen die feinen Härchen zurück, die sich aus ihrer Frisur gelöst hatten.

Das Lesen des Briefes hatte sie aufgewühlt. Oder war es doch die Aussicht auf ein späteres Treffen mit Major Götz Wilhelm? Sie beschloss, zuvor in ihr Privathaus zu gehen und sich umzuziehen. Heute Abend wollte sie fabelhaft aussehen, wenngleich sie wusste, dass sie sich in erster Linie Bautner zu widmen hatte.

Plötzlich widerte sie der Gedanke an, sich ihm hingeben zu müssen, jetzt, da sie das erste Mal seit so langer Zeit wieder spürte, wie gern sie eine Frau sein wollte, die begehrt wurde und diese Begierde erwiderte. Sie strich sich noch einmal über die Haare und rief sich gedanklich selbst zur Ordnung. Wer war sie, dass sie sich solchen Gedanken hingab und derart die Contenance verlor? Kurzerhand drehte sie sich vom Spiegel weg und setzte sich wieder an ihren Schreibtisch. Nein, sie würde sich nicht umziehen, sich nicht extra zurechtmachen und Gedanken an etwas verschwenden, das es nicht gab. Sie war Bernadette von Plesow, und alle, die glaubten, dass nicht ein Fünkchen Wärme und Gefühl in ihr war, mochten wohl recht haben. Bernadette hatte nichts dagegen. Die Disziplin war ihr eine gute Freundin, und sie hatte nicht vor, irgendetwas daran zu ändern. Entschlossen griff sie nach ihrem Füller und kontrollierte die noch nicht beantwortete Korrespondenz, bis es fast achtzehn Uhr war und an der Zeit, ins Restaurant hinunterzugehen und Bautner zu treffen. Wieder tupfte sie einige Tröpfchen Parfum auf und kontrollierte ihr Spiegelbild. Der Ausdruck, der vorhin in ihren Augen gelegen hatte, war verschwunden. An seine Stelle getreten war der, den sie nun schon seit Jahren sah – kalt und ohne jedes Gefühl.

»Mein lieber Ernst.« Bernadette hatte die Gäste, die um diese Zeit bereits zu Abend aßen, begrüßt und ging nun auf ihren eigenen Tisch zu.

Ernst Bautner erhob sich und küsste ihre Hand. »Du siehst hinreißend aus, meine liebe Bernadette, hinreißend.« Er rückte ihr den Stuhl zurecht und nahm dann selbst wieder Platz. »Bleiben wir zu zweit?«, fragte er augenzwinkernd.

»Nein, zu meinem großen Bedauern.« Sie seufzte. »Alexander müsste jeden Augenblick eintreffen, und dann wird später noch ein weiterer Gast hinzukommen. Ein Major Wilhelm. Alexander hat unter ihm gedient.« Sie beugte sich weiter vor. »Doch später am Abend, mein lieber Ernst, bestehe ich darauf, dich ganz für mich zu beanspruchen.«

Wieder griff er ihre Hand und küsste sie, diesmal etwas heftiger als zuvor, fast schon fordernd. »Ich kann es kaum erwarten.«

Bernadette blickte auf. »Ah, da kommt Alexander«, stellte sie fest und setzte ihr übliches, unverbindliches Lächeln auf, bei dem nicht einmal ihre engsten Familienmitglieder sagen konnten, ob es echt war oder nicht.

»Mutter, Herr Bautner.« Alexander beugte sich zu Bernadette und gab ihr einen Kuss auf die Wange, dann reichte er Bautner die Hand, der sich zur Begrüßung erhoben hatte.

»Ich bin ein bisschen zu spät dran und bitte um Verzeihung. Es gab Schwierigkeiten mit den Zwillingen.«

»Sie sind doch nicht krank?«, fragte Bernadette.

»Aber nein. Margrit ist ein wenig indisponiert, blümerant, wie heute so gern gesagt wird. Deshalb musste das Dienstmädchen bleiben und – ach …«, unterbrach er sich, »ich möchte nicht mit meinen Vatersorgen langweilen.«

Bernadette schluckte die Bemerkung hinunter, die ihr auf der Zunge lag: dass sie Margrit für unfähig hielt, sich um ihre eigenen Kinder zu kümmern. Was sie über ihre Schwiegertochter dachte, hatte sie Alexander kurz nach dessen Verlobung mitgeteilt in der Hoffnung, er würde es sich noch einmal überlegen. Denn ihres Erachtens war Margrit vor allem eines: völlig außer Stande, irgendeine Arbeit zu versehen, die auch nur mit der kleinsten Anstrengung verbunden war. Ein Umstand, den Bernadette nicht nachvollziehen konnte. In jedem Fall würde sie sich etwas einfallen lassen, um zu verhindern, dass Margrit eines Tages an Alexanders Seite das Hotel übernehmen und damit unweigerlich in den Ruin treiben würde. Doch das stand noch längst nicht an, und Bernadette hatte gelernt, im Hier und Jetzt die Probleme aus der Welt zu räumen, anstatt sich Gedanken um die Zukunft zu machen, die doch noch in weiter Ferne lag.

Der Kellner trat an den Tisch, um ihre Bestellung aufzunehmen.

»Ich denke, wir sollten zunächst mit Champagner anstoßen«, schlug Bautner vor, und Bernadette fügte hinzu: »Bring uns bitte einen *Golden Guinea,* Caspar.«

»Sehr wohl, gnädige Frau.« Er deutete eine Verbeugung an und eilte davon.

»Deine Ankündigung lässt mich hoffen, dass du gute Nachrichten für uns hast, Ernst.«

»Die besten, meine Teure, die besten. Die Abstimmung war erfolgreich. Eurer Baugenehmigung steht nichts mehr entgegen.«

»Ach Ernst, wie hast du das nur gemacht?« Bernadette legte ihre Hand auf seine und tätschelte sie kurz. »Ich bin aufrichtig erleichtert. Eine Zeit lang sah es ja wirklich nicht danach aus.«

»Ich wusste doch, dass es dir … also euch, meine ich, weiterhelfen würde. Nun, ich kann in aller Bescheidenheit verkünden, dass sich mein Einsatz gelohnt hat.«

»Herr Bautner, wir können Ihnen gar nicht genug danken«, ließ sich Alexander vernehmen. In diesem Moment kehrte der Kellner mit dem Champagner und drei Gläsern an ihren Tisch zurück. Er stellte die Gläser ab und schenkte ein, bemüht, nichts überzusprudeln zu lassen.

»Darf ich bereits die Karten bringen?«

»Wir erwarten noch einen Gast und werden später wählen«, erklärte Bernadette. »Erst einmal stoßen wir gemeinsam an.«

»Sehr wohl, gnädige Frau.« Caspar entfernte sich.

Bernadette nahm zwei Gläser und reichte eines davon Bautner, während Alexander sich selbst nahm. Bernadette hob ihr Glas. »Auf eine wunderbare neue Terrasse und den Erfolg des Grand.« Sie lächelte strahlend und stieß gläserklirrend mit Bautner und Alexander an.

»Auf den Erfolg des Grand!«, stimmten die Männer ein, und alle drei tranken einen kräftigen Schluck.

»Sag, Ernst, wie hast du das nur geschafft?«

Bautner leerte sein Glas und ließ sich von Alexander nachfüllen.

»Nun, wie ich schon sagte, war es nicht ganz einfach. Es gab einigen Widerstand.«

»Widerstand von welcher Seite?« Bernadette hob den Kopf. Sie wusste, dass es viele Neider in Binz gab, denen das Grand ein Dorn im Auge war. Kein Wunder, lag das Hotel doch direkt an der Promenade und in unmittelbarer Nähe zur Seebrücke – ein großer Anziehungspunkt für die Besucher des Ortes. Hatte man das nötige Geld, mietete man sich im Grand ein und wich nur dann aus, wenn dieses ausgebucht war. Die Entwicklung der letzten Jahre war für Bernadette mehr als zufriedenstellend. Für Gäste, die etwas auf sich und ihren guten Ruf hielten, kam allein das Grand als Unterkunft in Frage. Nun noch die Terrasse bauen zu können würde eine weitere exklusive Vergünstigung und größtmöglichen Komfort für die wohlhabenden Gäste bedeuten. Bernadette war zufrieden. Nun hieß es, die letzten verbliebenen Konkurrenten auszuschalten und auf diese Weise eine Monopolstellung zu erschaffen, wie sie es in Binz noch nie zuvor gegeben hatte.

»Aber Bernadette, diese Abstimmungen sind vertraulich. Ich darf dir keine Namen nennen.«

»Wehner, nicht wahr?«, riet sie, ohne auf Bautners Einwand einzugehen.

»Ach bitte, Mutter, bring unseren Freund nicht in eine schwierige Lage. Wir haben, was wir wollten, und das ist gut so.«

»Ist dir eigentlich bekannt, Ernst, dass Zacharias Wehner der zukünftige Verlobte von Viktoria Kaub ist?«

»Wirklich? Nein, das wusste ich nicht. Du redest von Gideon Kaubs Tochter, dieser verwöhnten kleinen Prinzessin?«

Bernadette nickte. »Ja, von genau der.«

»Das ist tatsächlich interessant. Hätte ich das vorher gewusst, hätte ich seine Einwände anders zu werten gewusst und ihn in der Runde damit konfrontiert.«

»Ich wollte nichts sagen, um niemanden zu denunzieren, der sich womöglich vollkommen korrekt verhält«, erwiderte Bernadette. »Ich muss zugeben, tatsächlich auf die Neutralität der Ämter vertraut zu haben. Doch offenbar bin ich zu gutgläubig.«

»Nun, da du es dir ja ohnehin denkst, kann ich ganz offen sprechen. Wehner ist alles andere als ein Freund der von Plesows.«

»Was ist mit Kaub?«, wollte nun Alexander wissen.

»Was soll mit ihm sein?«, fragte Bautner.

»Sein Hotel befindet sich nicht weit von unserem. Es ist daher naheliegend, dass er nun ebenfalls eine Genehmigung beantragen wird, zumal unserem Antrag stattgegeben wurde.«

»Davon war zumindest während der Abstimmung keine Rede.«

»Alexander hat vollkommen recht, der Antrag wird kommen«, stimmte Bernadette ihrem Sohn zu.

»Wenn dem so sein sollte, wird es heißen, gleiches Recht für alle«, befand Bautner.

»Das mag wohl sein«, räumte Bernadette ein. »Doch der Ausschuss sollte nicht außer Acht lassen, dass Kaub zuvor einen Ausbau der Grundstücke und die Errichtung von Terrassen direkt an der Promenade als überflüssig abgelehnt und damit für eine erhebliche Verzögerung bei der Entscheidungsfindung gesorgt hat.«

Bautner schmunzelte. »Bernadette, Bernadette, wie schrecklich böse ein so schöner Mensch doch sein kann.«

»Ich habe lediglich an Kaubs eigene Argumente erinnert.« Sie hob ihr Glas und prostete ihm zu.

Alexander blickte zum Eingang. Soeben betrat Götz Wilhelm den Saal. »Bitte entschuldigt mich einen Augenblick. Unser Gast ist da.« Er stand auf, um den Major zu begrüßen und an den Tisch zu geleiten.

Bernadette spürte, wie ihr Herz heftig zu klopfen begann, als sie die beiden herüberkommen sah. Sie mahnte sich zur Disziplin, konnte jedoch nicht verhindern, dass sich ihre Wangen leicht röteten.

»Bernadette.« Der Major verbeugte sich leicht und gab ihr einen Handkuss.

»Guten Abend, Götz.« Sie nickte ihm zu. »Darf ich Ihnen einen guten Freund vorstellen: Ernst Bautner, Major Götz Wilhelm.«

Bautner war aufgestanden und schüttelte ihm die Rechte. »Es ist mir eine Freude, Herr Major.«

»Die Freude ist ganz auf meiner Seite.«

Götz setzte sich mit an den Tisch, und nur einen Augenblick später kam der Kellner mit den Karten. »Bitte sehr, die Herrschaften.« Er wandte sich an Götz. »Darf ich Ihnen ebenfalls ein Glas für den Champagner bringen?«

»Ich bevorzuge Rotwein«, erklärte Götz.

»Für mich ebenfalls«, sagte Bernadette, während Bautner und Alexander sich ein Bier bestellten.

Einen Moment lang herrschte Schweigen, während die vier ihr Menü wählten, dann betrieben sie höfliche Konversation, wobei Bernadette nicht entging, dass Götz sie immer wieder verstohlen ansah, während sie sprach.

Es wurde ein heiterer Abend, und als Bautner erklärte, sich zurückziehen zu wollen, weil am nächsten Tag viel Arbeit auf ihn wartete, erschrak Bernadette fast ein wenig, weil sie in der heiteren Stimmung vollkommen vergessen hatte, welche Verpflichtung sie noch hinter sich bringen musste.

Sie wartete eine Weile, dann verabschiedete sie sich ebenfalls und wünschte Alexander und Götz noch einen schönen Abend. Letzterem stand das Bedauern darüber, dass sie ging, deutlich ins Gesicht geschrieben.

Bernadette hatte bereits die Tür des Restaurants erreicht, als sie hörte, wie Götz leise ihren Namen rief. Sie drehte sich um und stellte fest, dass er ihr gefolgt war.

»Ich entschuldige mich, sollte ich mich unpassend verhalten«, kündigte er an, »doch ich habe in meinem Leben die Erfahrung machen müssen, dass es keinen Sinn hat, Dinge, die einem am Herzen liegen, vor sich herzuschieben.«

Bernadette sah ihn fragend an.

»Wie dem auch sei«, fuhr er etwas verlegen fort, »ich wollte fragen, ob wir uns morgen wiedersehen können.«

»Zum Abendessen?«, schlug sie lächelnd vor.

»Gern auch früher, wenn es Ihre Zeit erlaubt?«

»Dann am Mittag«, schlug sie vor. »Um zwölf Uhr im Restaurant?«

»Wunderbar. Ich werde da sein.«

»Gute Nacht, Götz«, sagte sie und berührte kurz seinen Arm.

»Gute Nacht, Bernadette.«

Sie spürte, wie er ihr nachsah, als sie durch den Vorderausgang das Hotel verließ. Draußen schlug sie nicht den Weg zum Privathaus ein, sondern bog um die Ecke, nahm den Seiteneingang ins Hotel und eilte über die Gesindetreppe in den zweiten Stock in das Zimmer, in dem Ernst Bautner bereits im Bett lag und auf sie wartete. Bernadette schloss die Tür hinter sich, schlüpfte aus ihren Schuhen, öffnete ihr Kleid und ließ es zu Boden gleiten. Bautner schlug einladend die Bettdecke zurück. Der Anblick seines weißen Bauchs widerte sie fast noch mehr an als der seines sich aufrichtenden Glieds. Lächelnd kroch sie zu ihm ins Bett, und als er sie küsste, schloss sie die Augen und stellte sich vor, sie würde sich nicht ihm, sondern Götz Wilhelm hingeben.

20. Kapitel

Einzig Arbeit vermag es, die innere quälende Stimme für eine Weile zum Schweigen zu bringen.

Dr. Robert Herbst

»Robert?« Josephine hätte nicht überraschter sein können, als sie den Arzt zufällig im Hotel Astor traf.

»Josephine! Welch angenehme Überraschung.« Sie reichten sich die Hand. »Hast du dich in Berlin gut eingelebt?«

»Ja, es sind ja auch schon fast drei Monate. Die Zeit verfliegt hier nur so.« Sie deutete auf die drei Hotelangestellten, die in diesem Augenblick eine Staffelei, Leinwände und andere Malutensilien an ihnen vorbeitrugen. »Constantin richtet mir hier im Hotel ein Zimmer als Atelier ein.«

»Also hast du hier zu dir und deiner Kunst zurückgefunden? Das freut mich aufrichtig.«

»Wir werden sehen. Und wie geht es dir? Hast du genug Ruhe in Binz bekommen können?«

»Ich bin ja bereits seit einigen Wochen wieder in Berlin, doch die Sehnsucht nach deinem wunderbaren Heimatort will nicht schwinden.« Natürlich verriet er ihr nicht, dass er bereits einige Male wieder in Binz gewesen war, um dort gestohlene, leidenschaftliche Tage mit Marie zu erleben.

Josephine lachte. »Der unverbesserliche Romantiker«, scherzte sie, dann sah sie leicht besorgt den Hotelangestellten nach, die aus ihrem Blickfeld verschwunden waren. »Es tut mir leid, Robert, ich muss hinterher, damit sie nicht alles falsch einräumen. Ich hoffe, wir sehen uns bald einmal wieder.«

»Das würde mich auch freuen. Dann frohes Schaffen, Josephine.«

»Danke schön. Auf bald.« Sie hob rasch die Hand und lief den Männern nach, während Robert in die andere Richtung davonging. Er war auf dem Weg zu Constantins Büro, weil er etwas Dringendes mit ihm zu besprechen hatte. Der Zustand eines der Mädchen war geradezu jämmerlich, und wenn es weiter für ihn arbeiten sollte, würde es eine Pause brauchen. Robert hatte schon länger mit einer gewissen Sorge beobachtet, dass Lotte, so hieß die junge Frau, immer dünner und dünner geworden war und ihre Haut inzwischen nicht nur blass, sondern fast durchsichtig wirkte. Mit ihren weizenblonden Haaren und der hellen Haut erinnerte sie ihn ein wenig an Marie, an die er ohnehin pausenlos dachte.

Die wenigen Male, die er sich aus Berlin hatte davonstehlen können, um mit dem Zug nach Binz zu fahren und sich dort mit seiner Geliebten zu treffen, waren für ihn voller Glück und Schmerz zugleich gewesen. Es war ihm jedes Mal eine Qual, wenn er Marie Adieu sagen musste, was ihm deutlich vor Augen führte, wie sehr er die junge Frau begehrte.

Er hatte sich in einer kleinen Pension eingemietet und der Inhaberin erklärt, er ziehe es vor, zu kommen und zu gehen, wann er wollte, weshalb sie sich nicht die Mühe machen müsse, ihm das Bett zu bereiten. Seine Nichte würde sich während der Tage, die er in Berlin verbrachte, um sein Zimmer kümmern und dieses in Ordnung halten. Der Vermieterin schien diese Regelung nur recht zu sein, denn auf diese Art erhielt sie regelmäßig ihr Geld, ohne Arbeit zu haben. Den Schlüssel zu dem Zimmer hatte Marie, und wann immer Robert ihr per Brief ankündigte, sich für ein oder zwei Tage von seinen Verpflichtungen in Berlin freimachen zu können, war sie bei seiner Ankunft schon da oder hinterlegte den Schlüssel unter dem kleinen Blumentopf an der Seite, wenn es ihr nicht möglich war, pünktlich Feierabend zu machen.

Robert fand, dass er in Binz die glücklichste Zeit seines ganzen bisherigen Lebens verbrachte. Hilde, seine Frau, hatte ihn bisher nicht ein einziges Mal gefragt, weshalb er inzwischen öfter auch mehrere Tage nicht nach Hause kam. Er hatte ihr vorsorglich erklärt, er habe sich eines bettlägerigen Patienten angenommen, dessen Versorgung ausschließlich in dessen Haus auf dem Lande erfolgen konnte. Robert wusste nicht, ob seine Frau wirklich so einfältig war oder nur den Konflikt scheute und aus diesem Grunde schwieg. Oder war er ihr einfach gleichgültig? Vermutlich traf Letzteres zu. Hilde schien mit ihrem Dasein als Ehefrau eines Arztes und Mutter zweier Söhne überaus zufrieden zu sein. Warum sollte er sie also aus ihrer heilen Welt herausreißen? Er spürte, dass sich etwas in ihm veränderte. Genau wie Hilde war auch er zufrieden gewesen mit seinem Leben, doch nun hatte er das Glück kennengelernt. Mit Hilde hatte er Befriedigung erfahren, mit Marie Leidenschaft. Aber war Leidenschaft tatsächlich etwas für die Dauer? War nicht genau die ruhige, stete Zuneigung das, was man gemeinhin Liebe nannte, und nicht der wilde, unbändige Strudel, der einen womöglich immer tiefer in einen Abgrund der Gefühle hineinriss?

Wenn es nach ihm ginge, müsste sich nichts an der jetzigen Situation ändern. Anfangs hatte er nach seiner Rückkehr nach Berlin noch fleißig Geld gespart, um so bald wie möglich seine Zelte abbrechen und mit Marie anderswo ein neues Leben beginnen zu können, doch je mehr Zeit mit ihrem neuen Arrangement verstrich, desto mehr rückte er von diesem Vorhaben ab. Wenn alles so blieb, wie es war, dann konnte er mit Marie zusammen sein und die gemeinsamen Zeiten genießen, ohne seine Frau, seine Kinder oder auch die mühsam aufgebaute Arztpraxis aufgeben zu müssen. Sicher war sein Verhalten Marie gegenüber nicht ganz richtig, denn sie glaubte weiterhin fest an ihre gemeinsamen Zukunftspläne. Doch ahnte sie in ihrem jugendlichen Alter überhaupt, was gut für sie war? War es nicht vielmehr Roberts Aufgabe, sie zu lenken? Tief im Innern wusste er, wie schändlich er sich ihr gegenüber verhielt, wenn sie in seinen Armen lag und von dem gemeinsamen Leben schwärmte, das in einem fernen Land auf sie wartete, während er nur liebevoll nickte und sich erneut an ihrem Körper ergötzte. Ein Traum wie dieser konnte dem realen Leben nicht standhalten, und irgendwann käme der Tag, an dem er die junge Frau würde bitter enttäuschen müssen. Doch daran wollte er vorerst nicht denken. Morgen würde er nach Binz fahren, und er hatte fest vor, die Zeit mit ihr zu genießen. Morgen. Ein wohliger Schauer lief ihm über den Rücken bei dem Gedanken daran, welche Wonnen ihn in Binz erwarteten.

Gedankenverloren blieb er vor Constantins Bürotür stehen und wollte gerade anklopfen, als die Tür geöffnet wurde und Gerd Nolte das Büro verließ. Beinahe wären die beiden Männer zusammengestoßen, Herbst zuckte gerade noch rechtzeitig zurück.

»Der Herr Doktor, guten Tag.«

»Guten Tag, Herr Nolte. Ist Herr von Plesow zu sprechen?«

Nolte wandte sich um und erhielt von seinem Arbeitgeber offenbar ein Zeichen, dass der Arzt eintreten möge, denn er gab umgehend die Tür frei. »Bitte, Dr. Herbst.«

Herbst trat ein.

»Dr. Herbst, nehmen Sie doch Platz«, bot von Plesow an, während er sich erhob und auf einen der Besucherstühle vor seinem Schreibtisch deutete. Sie reichten sich zur Begrüßung die Hand, dann setzten sie sich.

»Ich fürchte, ich habe keine guten Nachrichten«, begann der Arzt das Gespräch und fasste dann seine Beobachtungen zum Gesundheitszustand von Lotte zusammen. Von Plesow hörte aufmerksam zu und strich sich anschließend mehrfach nachdenklich übers Kinn.

»Lotte hat etwas ganz Spezielles an sich«, stellte er nach einer Weile klar. »Viele Besucher des Varietés fragen gezielt nach ihr.«

»Ich kann und will Ihnen nicht vorschreiben, wie Sie Ihre Geschäfte zu führen haben«, sagte Robert mit fester Stimme. »Doch Lotte ist mit ihren Kräften am Ende. Die Arbeit frisst sie auf.«

»Können Sie ihr etwas geben, damit sie wieder in die Spur kommt?«

»Das Problem ist nicht ihr Körper, sondern ihre Seele.«

Constantin nickte. »Danke.« Er stand auf, und auch Robert erhob sich. Die beiden Männer reichten sich die Hand und verabschiedeten sich voneinander. Als Robert das Hotel verließ, hätte er nicht sagen können, wie Constantin sich in Bezug auf Lotte verhalten würde.

Sein Koffer für das bevorstehende Wochenende war schnell gepackt. Er brauchte nicht viel, wenn er die Zeit mit Marie verbrachte. Seinen Anzug nutzte er ausschließlich für die Anreise. Vor Ort bevorzugte er eine bequeme Hose und ein einfaches Hemd, ganz ungezwungen und leger, passend zu der unbeschwerten Zeit, die er dort mit seinem geliebten Mädchen verbringen würde. Er hatte Hilde vor zwei Tagen informiert, dass er am Donnerstag nach der Arbeit in der Praxis nur kurz nach Hause käme, um sodann zu einem Patienten aufs Land zu fahren. Hilde hatte es zur Kenntnis genommen und ihm dann Banalitäten aus ihrem Alltag berichtet. Robert hatte höflich zugehört, sich über die Entwicklung seiner Söhne informiert und die Zeitung gelesen. Später waren sie ins Bett gegangen und jeder auf seiner Seite eingeschlafen.

Ab Donnerstagmittag hatte Robert in ausgelassener Laune sowohl mit seinen Patienten als auch mit der Sprechstundenhilfe gescherzt, die informiert war, dass die Praxis von Freitag bis Montag geschlossen bleiben würde. Nachdem er seinen Koffer von zu Hause geholt hatte, war er in aller Ruhe zu Fuß zum Bahnhof gegangen und hatte sich schon unterwegs gelöst und entspannt gefühlt. Als er im Abteil des Waggons Platz genommen hatte, schlug seine Stimmung beinahe in Euphorie um.

Gegen zehn Uhr am Abend würde er Binz erreichen und hoffte inständig, dass es Marie gelänge, sich von zu Hause fortzustehlen, damit sie die Nacht miteinander verbringen konnten. Sie hatte ihm erzählt, sie habe ihrem Vater weisgemacht, sie müsse in nächster Zeit öfter einmal im Hotel bleiben für den Fall, dass dort zu später Stunde noch ihre Dienste benötigt wurden. Maries Vater hatte sich offenbar nichts dabei gedacht und die Lüge geschluckt. Aber ihm war laut Marie ohnehin alles egal, solange er nur genug Bier und Schnaps hatte.

Es war zwanzig nach zehn, als Robert bei der kleinen Pension eintraf, an die seitlich gelegenen Fenster trat und sanft dagegen klopfte. Sofort sah er im Innern einen Schatten, der sich in Richtung Tür bewegte. Nur einen Wimpernschlag später öffnete Marie und ließ ihn eintreten.

Eilig stellte er seinen Koffer ab, um sie in seine Arme zu ziehen, doch er merkte sofort, dass heute etwas anders war. Sie war nicht so überschäumend glücklich wie sonst, wenn er kam, irgendetwas stimmte nicht, das konnte er deutlich spüren.

»Alles in Ordnung?«, erkundigte er sich mit besorgter Miene.

»Ja.« Sie bemühte sich um ein Lächeln. »Ich muss mit dir sprechen.«

»Du bist doch nicht etwa krank? Marie, du machst mir Angst. Ist es wegen deines Vaters? Ist er hinter unser Geheimnis gekommen?«, fragte er, nun ernsthaft in Sorge.

Sie setzte sich auf einen der beiden Stühle an dem einzigen Tisch im Raum. »Ich weiß kaum, wie ich es dir beibringen soll.«

Er zog den anderen Stuhl neben sie, ließ sich darauffallen und nahm ihre Hand. »Sag es nur, Marie. Sprich es einfach aus.«

Sie sah ihn an, und Tränen traten in ihre Augen. »Unser Traum«, begann sie. »Ich fürchte, es wird nicht so einfach werden.«

»Wegen des Geldes, meinst du?«

Sie schüttelte den Kopf. »Nein.« Eine Träne lief über ihre Wange. »Ich müsste glücklich sein, doch ich habe auch Angst.«

»Angst wovor?«

»Davor, wie du reagieren wirst, wenn ich es dir sage.«

»Marie, um Himmels willen, sprich mit mir.«

»Ich bin in anderen Umständen«, brachte sie leise hervor und atmete tief aus. »Ich … ich bekomme ein Kind von dir, Robert.«

Reflexartig ließ er ihre Hand los, sah sie entgeistert an, als könnte er nicht fassen, was sie ihm soeben mitgeteilt hatte.

Sie sah ihn ängstlich an. »Ich weiß, dass wir das nicht wollten. Doch vielleicht hat alles so kommen sollen.«

Er sprang von dem Stuhl auf, fuhr sich mehrfach nervös mit der Hand durch die Haare und ging dabei im Zimmer auf und ab. »Aber du hast doch jedes Mal gespült, wenn wir fertig waren«, wandte er ein. Es klang wie ein Vorwurf.

»Ja, und dennoch bin ich schwanger. Bitte, Robert, sprich nicht mit mir, als wäre es meine Schuld.«

»Wessen Schuld soll es denn sonst sein? Wir waren uns einig, Marie – nur wir beide, von Kindern war nie die Rede.«

»Ich weiß.« Sie schluchzte auf. »Ich habe es doch auch nicht gewollt. Doch der Herr hat seine eigenen Pläne mit uns, und nun, wo wir eine Familie werden …«

»Verdammt noch mal! Ich habe schon eine Familie«, brach es aus ihm heraus, so zornig, dass er sich selbst nicht wiedererkannte. Er machte einen Schritt auf sie zu, packte sie bei den Schultern und schüttelte sie. »Verstehst du nicht, Marie, ich habe eine Familie! Wir können dieses Kind nicht brauchen!«

Marie schluchzte erschrocken auf und schlug die Hände vors Gesicht. Ihre Schultern bebten.

Robert schloss die Augen, schluckte schwer und zog sie in seine Arme. »Es tut mir leid, Marie. Ich wollte dich nicht so behandeln. Bitte verzeih mir.« Er atmete heftig.

Eine Zeit lang verharrten sie so, dann führte Robert Marie hinüber zum Bett, legte sich mit ihr hin und hielt sie in seinen Armen. Keiner von beiden sagte etwas, sie lagen einfach nur da, jeder gefangen in seinen eigenen Gedanken.

»Es tut mir leid«, flüsterte Marie nach einer Weile. »Ich weiß, dass es unseren Traum zerstört.«

»Pscht, pscht«, machte er. »Wir werden eine Lösung finden.«

Marie wusste nicht, wie er das meinte, fragte aber auch nicht weiter nach. Stattdessen weinte sie leise weiter, bis sie irgendwann der Schlaf überkam.

Als sie am nächsten Morgen erwachte, war Robert nicht mehr an ihrer Seite. Sie wartete eine Weile auf ihn, bis es Zeit war, ihren Dienst im Hotel anzutreten. Als er immer noch nicht kam, machte sie sich, so gut es ging, zurecht und ging ins Grand.

Den ganzen Weg über dachte sie darüber nach, was Roberts Abwesenheit zu bedeuten hatte. Sein Koffer, den er gestern Abend mitgebracht hatte, stand immer noch dort, wo er ihn abgestellt hatte, genau wie seine Arzttasche.

Wie von selbst trugen ihre Beine sie ins Hotel. Sie huschte durch den Personaleingang und hoffte inständig, niemandem zu begegnen, doch kaum dass sie eingetreten war, lief sie Bernadette von Plesow in die Arme.

»Guten Morgen, gnädige Frau«, sagte sie eilig und knickste.

»Guten Morgen, Marie.« Bernadette lächelte sie an, dann veränderte sich ihr Blick. »Alles in Ordnung?«

»Ja danke. Ich … ich habe nur schlecht geschlafen.«

»Soso. Du bist doch wohl nicht krank?«

»Nein, gnädige Frau.«

»Nun gut, wenngleich ich dich etwas blass finde.« Sie berührte mit der Hand Maries Arm. »Wo wir uns gerade begegnen, würde ich dir gern etwas zeigen, Marie.«

»Habe ich etwas falsch gemacht?«, fragte das Zimmermädchen ängstlich.

»Ach was, das ist es nicht.« Bernadette zog einen Brief hervor. »Den habe ich gestern von Josephine bekommen. Ich dachte, es würde dich interessieren. Ihr wart ja fast wie Schwestern. Josephine hat jetzt ein eigenes Atelier in Constantins Hotel. Sie malt wieder, Marie.«

»Das freut mich sehr, gnädige Frau.«

Bernadette legte den Kopf schräg. »Du hast doch etwas. Das sehe ich dir an. Geht es dir wirklich gut, Marie? Kann ich dir irgendwie helfen?«

Marie presste die Lippen aufeinander und schüttelte heftig den Kopf. »Nein, gnädige Frau. Vielen Dank.«

»Du weißt, wie sehr ich deine Mutter geschätzt habe. Wenn du Sorgen hast, möchte ich, dass du zu mir kommst, so wie du zu ihr gekommen wärst.«

Marie nickte, sah aber dabei zu Boden. »Danke sehr, gnädige Frau.«

»Nun gut. Ich werde später in meinem Büro sein, falls du es dir überlegen solltest.«

Wieder nickte Marie, ohne aufzusehen. »Danke.«

Bernadette ging davon, sah sich aber noch einmal kurz um. Das letzte Mal, dass sie Marie so nervös und fahrig gesehen hatte, war direkt nach dem Tod ihrer Mutter Gertrud gewesen. Hätte es sich um eines der anderen Mädchen gehandelt, hätte sie sich gefragt, ob es sich vielleicht leichtfertig mit jemandem eingelassen hatte und in anderen Umständen war oder sich zu einem Fehlverhalten hatte hinreißen lassen, das es nun bereute. Doch so etwas schloss sie bei Marie kategorisch aus. Dafür wäre Josephine, ihre eigene Tochter, eher der Typ gewesen als die folgsame, gläubige Marie. Trotzdem war sie sicher, dass etwas nicht stimmte, sie konnte sich nur keinen Reim darauf machen, was. Aber sie beschloss, ein Auge auf Marie zu haben. Womöglich hatte sich ihr Vater wieder einmal in Schwierigkeiten gebracht, die Marie nun aus der Welt zu schaffen versuchte. Es wäre nicht das erste Mal. Oder aber Lisa, ihre jüngere Schwester, bereitete ihr Sorgen. Wie auch immer. Bernadette hoffte nur, dass Marie den richtigen Moment finden würde, sich ihr anzuvertrauen.

Den ganzen Tag über war Marie während der Arbeit mit ihren Gedanken nicht recht bei der Sache. Immer wieder fiel ihr versehentlich etwas herunter, sie vergaß, die Handtücher auszutauschen oder ließ einen Lappen im Waschbecken liegen. Bei den Bergers in Zimmer 132 wäre sie fast wieder hinausgegangen, ohne das Bett gemacht zu haben. Als es schließlich fünf Uhr nachmittags war und sie das Hotel verlassen konnte, war sie mit den Nerven vollkommen am Ende. Sie verließ das Grand durch den Seiteneingang und sah sich in alle Richtungen um in der Hoffnung, dass Robert auf der Bank auf sie wartete. Doch er war nirgendwo zu sehen. Also beschloss sie, bei der Pension vorbeizugehen, bevor sie sich auf den Weg nach Hause machte. Unterwegs sprach sie ein stilles Gebet, dass sein Koffer und die Arzttasche noch dort waren und sie nicht plötzlich mutterseelenallein mit einem neuen Leben unter dem Herzen dastand.

Mit einem bangen Gefühl hob sie den Blumentopf an, um zu sehen, ob der Schlüssel noch da war. Die Stelle unter dem Topf war leer. Robert hatte den Schlüssel also an sich genommen. Ob er drinnen war?

Mit hämmerndem Herzen klopfte sie an die Scheibe. Kurz darauf erschien er am Fenster. »Ich mache dir auf«, erklärte er und deutete zur Tür.

Marie war erleichtert, ihren Geliebten zu sehen, wenngleich ihr sein Gesichtsausdruck verriet, dass er alles andere als glücklich war.

»Schön, dass du gekommen bist«, sagte Robert, als sie das Zimmer betrat.

»Ich hatte gehofft, dass ich dich hier antreffe.« Sie befeuchtete mit der Zunge ihre Lippen. »Ich war erschrocken, als du heute Morgen nicht mehr da warst.«

»Ich musste nachdenken«, erklärte er. »Deshalb bin ich noch vor Tagesanbruch zur Seebrücke gegangen. Du hast geschlafen, und ich wollte dich nicht wecken.« Er ging auf Marie zu und zog sie in seine Arme. »Ach, meine Marie. Es wird alles gut werden.«

Sofort stiegen ihr wieder die Tränen in die Augen. »Ja?« Ihre Stimme vibrierte.

»Ja, Marie. Es wird nicht leicht werden, aber wir werden es überstehen.«

»Ich habe das wirklich nicht gewollt, Robert. Bitte, das musst du mir glauben.«

»Aber, aber. Das brauchst du mir doch nicht zu sagen«, flüsterte er voller Wärme. »Ich weiß, dass du es ebenso wenig willst wie ich.«

»Also bist du nicht zornig auf mich?«

»Nein, meine Marie, ich bin nicht zornig auf dich.«

Sie stellte sich auf die Zehenspitzen und küsste ihn. Die Erleichterung über seine Worte war so groß, dass sie gar nicht aufhören konnte, sich wieder und wieder an ihn zu drücken. Er umschlang sie mit seinen Armen und erwiderte zärtlich ihre Küsse.

»Es wird alles gut, Marie. Ich verspreche es dir.«

»Aber wie? Du bist in Berlin, hast Frau und Kinder, und ich bin hier in Binz. Man wird mich wie eine Aussätzige behandeln und mit dem Finger auf mich zeigen.« Wieder brach sie in Tränen aus.

»Deshalb habe ich mir auch etwas überlegt.« Seine Stimme klang ruhig, und für einen kleinen Moment gaben ihr seine Worte Zuversicht. Doch da war auch etwas Fremdes in seinem Blick, das ihr Angst machte.

»Was hast du dir überlegt?«

»Du wirst wohl noch ganz am Anfang deiner Schwangerschaft sein«, erklärte er nüchtern. »Ein Abort ist ein einfacher Eingriff. Es gibt auch Medikamente, doch ich habe schon von Fällen gehört, wo sie nicht zu hundert Prozent zuverlässig wirkten. Ein chirurgischer Eingriff ist sicherer.«

Mit weit aufgerissenen Augen machte Marie einen Schritt rückwärts. »Du willst unser Kind töten?« Ihre Stimme klang schrill.

»Marie, du steigerst dich da in etwas hinein«, sagte er in einem Tonfall, als belehrte er eine Vierjährige. »Wir beide wissen, dass es die einzige Möglichkeit ist, diese Angelegenheit zu klären und auch weiterhin ein Leben zu führen, das uns erstrebenswert erscheint.«

Marie sah ihn an, unfähig, seine Worte zu begreifen oder gar etwas zu erwidern.

»Glaub mir, ich habe den ganzen Tag darüber nachgedacht. Ich habe einige Medikamente bei mir, doch nicht für einen solchen Eingriff, daher werde ich alles Notwendige aus der Apotheke in Stralsund besorgen und mich um dich kümmern, Marie.«

Sie trat zwei weitere Schritte zurück, fast als wollte sie vor ihm fliehen, und schlug erschrocken die Hände vor den Mund. »Nein«, stieß sie schockiert hervor. »Ich will das nicht.«

»Marie, ich bitte dich, jetzt nicht töricht zu sein. Wir beide wissen, dass es keinen anderen Ausweg gibt.« Er kam auf sie zu und fasste sie erneut bei den Schultern. »Denk doch nur an unsere Träume, Marie. Sonne, Meer, fremde Länder und Kulturen. Wir wollten zusammen die Welt erkunden, Marie. Willst du das denn nicht mehr?«

»Aber es ist doch ein Kind«, stammelte sie. »*Unser* Kind. Ich werde unser Kind keinesfalls töten!«

»Marie, nimm um Himmels willen Vernunft an!«, mahnte er. »Das, was du Kind nennst, hat gerade einmal die Größe einer Erbse. Es denkt nicht, es spürt nichts, es lebt nicht wirklich, Marie. Es existiert nur in deiner idealisierten Vorstellung. Aber wenn wir zulassen, dass es über diese Größe hinaus weiterwächst, wird es unser beider Leben zerstören.« Der Druck seiner Hände wurde fester. »Willst du das, Marie? Willst du zulassen, dass alles, was ich mir aufgebaut habe, durch deine Torheit zunichtegemacht wird? Ich würde dich dafür hassen, Marie. Ich würde dich ein Leben lang hassen.«

Marie war speiübel. Seine Worte hallten in ihr nach. Die Worte des Mannes, den sie über alles liebte. Was sagte er da nur? Was schlug er ihr vor? Sie war fassungslos, konnte nicht begreifen, was er von ihr erwartete. »Aber ich kann doch nicht …«

»Doch, Marie. Du kannst, und du wirst.«

Marie taumelte, ihr wurde schwindelig. Sie spürte noch, wie Robert sie auffing, danach wurde ihr schwarz vor Augen.

Als sie wieder zu sich kam, lag sie auf dem Bett. Robert hatte ihren Kopf in seinen Schoß gelegt und strich ihr zärtlich eine Haarsträhne aus dem Gesicht. Keiner von beiden sagte etwas. So verharrten sie eine Weile, traurig und verzweifelt, dann beugte er sich zu Marie herab und küsste sie zärtlich. Ihr liefen Tränen über die Wangen.

»Ich liebe dich«, sagte sie nach einer Weile.

»Ich liebe dich auch, Marie.«

»Wird es wehtun?«

Er schüttelte langsam den Kopf. »Nein. Du wirst nichts spüren.«

»Und kann ich dann immer noch Kinder bekommen, wenn ich es will?«

»Ja, meine Geliebte, das kannst du.«

Sie schluckte schwer. »Die gnädige Frau hat mich heute gefragt, ob etwas mit mir nicht stimmt«, sagte Marie. »Ich werde sie morgen bitten, dass ich schon am Mittag gehen darf, wenn ich die Zimmer in Ordnung gebracht habe. Bestimmt wird sie nichts dagegen haben.«

»Gut. Ich werde bis dahin aus Stralsund zurück sein und alles vorbereitet haben. Du wirst sehen: Schon morgen Abend werden unsere Sorgen der Vergangenheit angehören.« Wieder gab er ihr einen zärtlichen Kuss.

Marie fröstelte bei dem Gedanken an das, was auf sie zukam. Doch bestimmt hatte Robert recht – es musste wohl sein.

21. Kapitel

Eine Verlockung, süß wie eine reife Kirsche, birgt stets auch die Gefahr auf einen bitteren Nachgeschmack.

Bernadette von Plesow

Bernadettes Herz klopfte wild, denn gleich würde sie sich mit Götz treffen.

Sie hatten in den vergangenen Wochen viel Zeit miteinander verbracht und sich besser kennengelernt. Wenn sich der Major nicht um seine Geschäfte kümmerte, weilte er stets in ihrer Nähe, und es war ihm gelungen, was Bernadette für unmöglich gehalten hatte – er hatte ihr Herz erobert und eine Sehnsucht in ihr geweckt, die sie längst vergessen geglaubt hatte. Den Wunsch nach bürgerlichem Glück, nach Wärme, Vertrauen und dem sicheren Gefühl, sich anlehnen zu können. Bei ihm war Bernadette nicht stark, nicht die Hotelchefin, die weisungsgewohnt ihre Angestellten dirigierte. Bei Götz taktierte sie nicht, hatte nicht das Gefühl, ihm auf eine gewisse Art und Weise begegnen zu müssen. Wenn sie mit ihm sprach, plauderte sie ungezwungen, statt ihre Worte genau zu überlegen. Sie lachten viel, doch sie konnten auch ernste Gespräche führen über seine Zeit im Krieg oder darüber, welchen Herausforderungen Bernadette sich täglich im Hotel stellen musste. Manchmal gingen sie auch einfach nur nebeneinanderher, genossen die Nähe des anderen, die Aussicht und teilten ihre Gedanken. Bernadette fühlte sich fremd und gleichzeitig so, als wäre endlich alles richtig in ihrem Leben und als wäre es niemals anders gewesen.

Letzte Nacht war sie das erste Mal bei ihm im Hotel geblieben. Als sie sich am Morgen durch den Personaleingang hinausschleichen wollte, war sie Marie in die Arme gelaufen. Sie hatte sich ertappt gefühlt und eilig so getan, als hätte sie ihr den Brief von Josephine zeigen wollen, was natürlich töricht war, denn sie musste sich bestimmt nicht vor einem ihrer Zimmermädchen rechtfertigen, warum sie den Personaleingang nahm. Bernadette war sofort aufgefallen, wie blass Marie gewesen war. Irgendetwas trieb das Mädchen um und bereitete ihm große Sorgen, da war sie sich ganz sicher. Sie kannte Marie von Kindheitstagen an, hatte gesehen, wie sie von einem schüchternen Mädchen zu einer immer noch schüchternen, zarten jungen Frau herangewachsen war. So manches Mal hatte sich Bernadette gefragt, welche Wünsche und Träume Gertruds Tochter haben mochte, war sie selbst doch mit Anfang zwanzig ganz anders gewesen. Damals hatte sie Karl bereits kennengelernt, und alles hatte seinen Weg genommen. Vor allem aber hatte Bernadette bereits viele Jahre zuvor genau gewusst, was sie wollte und was es zu erreichen galt. Marie hingegen schien sich ganz und gar in die Rolle gefügt zu haben, die ihre Mutter ihr schon früh zugedacht hatte. Und später, nach Gertruds Tod, hatte das Pflichtgefühl in Marie diesen Eifer noch verstärkt. Bernadette war es unverständlich, wieso eine junge, hübsche Frau bereit war, ihr Leben damit zu fristen, anderer Leute Betten zu machen und Bäder zu putzen – ohne jede Aussicht darauf, dass sich daran je etwas ändern würde. Nüchtern betrachtet, konnte es Bernadette nur recht sein, war Marie doch genau deshalb das zuverlässigste Zimmermädchen im Grand – was sie ihr durch kleine Zuwendungen auch immer wieder zu zeigen versuchte.

Sie öffnete eben die Tür ihres Büros, als sie auf Alexander traf.

»Mutter? Ich war gerade auf dem Weg zu dir.«

Wieder fühlte Bernadette sich ertappt, wollte sich dies aber auf keinen Fall anmerken lassen. »Alexander, wie schön. Weshalb wolltest du mich denn sprechen?«

»Es geht um die Buchungen für den nächsten Monat und den Baubeginn für die Terrassenanlage.«

»Ja?«

»Ich habe hier die Pläne.« Er deutete auf die Papierrolle in seiner Hand.

Bernadette wurde unruhig. Wenn sie noch lange hier stand, würde sie sich verspäten. »Hat das auch später noch Zeit?«

»Sicher. Bist du verabredet?«

Bernadette zögerte, bemüht, sich eine plausible Ausrede einfallen zu lassen, auch wenn das ziemlich albern war. Sie wurde dieses Jahr fünfzig, war verwitwet und hatte die Absicht, sich mit einem Mann zu treffen. Weshalb sollte sie ihrem erwachsenen Sohn etwas vormachen? »Ich wollte gerade hinunter in die Personalküche«, hörte sie sich selbst sagen. »Marie hat gestern keinen guten Eindruck auf mich gemacht, und ich möchte nach ihr sehen.«

»Ist sie krank?«

»Ich denke nicht, doch du kennst ja Marie. Selbst wenn es ihr mal nicht gut geht, sagt sie nichts und arbeitet einfach weiter.«

»Nun, dann besprechen wir die Pläne eben ein anderes Mal. Soll ich sie dir auf den Schreibtisch legen?«

»Ja bitte.« Sie wartete, bis er die Unterlagen in ihr Büro gebracht hatte, dann zog sie die Tür zu und schloss ab. »Hast du noch viel Arbeit?«, erkundigte sie sich. »Es würde dir und deinen Kindern vermutlich guttun, wenn du ein bisschen Zeit mit ihnen verbringst. Sie sehen ihre Eltern ja kaum.«

»Nur ihren Vater nicht«, stellte Alexander fest.

»Nein«, widersprach Bernadette. »Ihren Vater sehen sie nicht, weil er zu viel Arbeit hat. Ihre Mutter sehen sie nicht, weil der das Interesse an den beiden fehlt.«

»Wir hatten das Thema schon mehr als einmal, Mutter. Mir wäre es lieber, wenn du nicht so über Margrit sprechen würdest.«

»Und mir wäre es lieber, wenn sie ihre Pflichten ernster nähme. So aber werden wohl unser beider Wünsche unerfüllt bleiben.«

Alexander seufzte. »Ich wünschte, du wärst nicht gar so zynisch.«

»Meine Beobachtungsgabe zwingt mich dazu«, gab sie zurück.

»Ich wünsche dir einen angenehmen Tag, Mutter.« Er gab ihr einen Kuss auf die Wange, wandte sich ab und ging über den Flur davon. Bernadette wartete einen kurzen Augenblick, dann setzte auch sie sich in Bewegung, stieg die Stufen zum Gesindetrakt hinab und traf dort auf Trutchen, deren Leib sich inzwischen sichtlich wölbte. Sie war noch nie die Fleißigste gewesen, doch schon bald würde es ihr noch schwerer fallen, ihren Pflichten mit dem immer runder werdenden Bauch nachzukommen. Erst letzte Woche hatte sie sich von dem Erzeuger des Kindes, diesem Nichtsnutz, ehrbar machen lassen und war die Ehe mit ihm eingegangen. Um ihre Stellung aufzugeben, reichte das Geld, das er als Fischer verdiente, nicht aus. Sie würden es schwer haben, ihr Kind durchzubringen und selbst über die Runden zu kommen.

»Trutchen«, sprach Bernadette das Zimmermädchen an, »hast du Marie gesehen?« Nachdem sie Alexander angeschwindelt hatte, wollte sie sich nun tatsächlich vergewissern, dass mit Marie alles in Ordnung war. Wenn sie schon log, wollte sie keinesfalls dabei erwischt werden. Genau in diesem Augenblick trat Marie aus dem Nachbarraum in den Gang und ersparte Trutchen so die Antwort.

»Ah, Marie. Da bist du ja.« Bernadette sah Trutchen an. »Du

kannst gehen«, entließ sie sie und wartete ab, bis das schwangere Mädchen über den Korridor verschwunden war.

»Ja, gnädige Frau?«

»Ich bin seit gestern etwas in Sorge um dich«, erklärte Bernadette. »Geht es dir gut?«

»Nein, gnädige Frau«, gab Marie zu Bernadettes Überraschung zur Antwort. »Es geht mir wirklich nicht gut. Ich habe die Zimmer fertig. Wenn die gnädige Frau es erlauben, würde ich gern bald nach Hause gehen und mich auskurieren.«

Es war das erste Mal seit Jahren, dass Marie um eine solche Vergünstigung bat. Bernadette hätte überraschter nicht sein können, brauchte aber keinen einzigen Augenblick zum Überlegen. »Selbstverständlich kannst du gehen«, stimmte sie sofort zu.

Marie knickste. »Vielen Dank, gnädige Frau.«

Bernadette konnte sehen, dass Marie Tränen in den Augen standen. Ging es ihr womöglich schlechter, als sie ahnte?

Trutchen trat aus der Gesindekammer wieder auf den Flur, weshalb Bernadette davon absah, noch weiter in Marie zu dringen.

»Trutchen, Marie wird jetzt nach Hause gehen. Du wirst dafür sorgen, dass alles Weitere erledigt wird.«

»Jawohl, gnädige Frau.« Trutchen knickste und warf Marie einen ungehaltenen Blick zu. Es war ihr deutlich anzusehen, wie sehr es ihr missfiel, möglicherweise zusätzliche Arbeit verrichten zu müssen.

Marie beeilte sich, ihre Schürze abzubinden und zusammengefaltet auf den kleinen, dafür vorgesehenen Tisch zu legen. Dann holte sie ihre Tasche und verließ gemeinsam mit ihrer Chefin durch den Seiteneingang das Hotel. Draußen blieb Bernadette stehen.

»Wenn sonst noch irgendetwas sein sollte, erwarte ich von dir, dass du zu mir kommst und dich mir anvertraust, Marie. Gibt es Schwierigkeiten mit deinem Vater, oder hat deine Schwester Sorgen?«

Marie sah zu Boden, zögerte kurz. Dann schüttelte sie den Kopf. »Es ist sonst nichts.«

»Nun gut«, sagte Bernadette und blickte Richtung Seebrücke, wo Götz sie bereits erwartete. »Dann geh jetzt nach Hause.«

»Vielen Dank, gnädige Frau.« Marie lief sofort los. Sie wollte nicht, dass Bernadette die Tränen sah, die ihr über die Wangen liefen. Ihr war, als wäre sie auf dem Weg zu ihrer eigenen Hinrichtung, nur dass sie nicht die Hoffnung hatte, danach Erlösung zu finden.

Bernadette wartete noch einen Moment, um sicherzugehen, dass das Zimmermädchen sich nicht noch einmal umdrehte, dann ging sie eiligen Schritts in Richtung Seebrücke. Der Akkordeonspieler grüßte sie mit einem Kopfnicken. »Guten Tag«, sagte sie und war selbst überrascht, denn in all den Jahren war es das erste Mal, dass sie den Kriegsveteranen grüßte.

Götz stand nur einige Meter entfernt. Er hauchte ihr zur Begrüßung einen Kuss auf die Wange, und allein die flüchtige Berührung bescherte Bernadette eine Gänsehaut.

»Guten Tag, Götz.«

»Guten Tag.« Er lächelte sie an. »Du siehst umwerfend aus, Bernadette.«

»Gehen wir ein Stück?«

Er bot ihr den Arm. »Aber gern.«

Bernadette hakte sich bei ihm unter. Zu gern hätte sie ihren Kopf an seine Schulter gelehnt, doch das wollte sie in der Öffentlichkeit vermeiden. Dass sie sich überhaupt mit ihm sehen ließ, kostete sie eine gewisse Überwindung. Sie war es gewohnt, die Blicke auf sich zu ziehen, ganz gleich, wo sie war und was sie tat. Das lag auch daran, dass sie größer war als die meisten anderen Frauen und mit ihrer schlanken Figur diesen Eindruck noch verstärkte. Ganz abgesehen davon, dass jeder im Ort wusste, wer sie war. Sie hielt es für das Beste, sich ganz offen mit dem Major zu zeigen. Nicht weil sie wollte, dass man ihn als ihren Geliebten wahrnahm. Vielmehr wollte sie den Eindruck vermeiden, sich heimlich mit Götz zu treffen und damit Anlass zu Gerüchten zu geben. Ihrer Erfahrung nach waren Dinge, die man versteckte, wesentlich interessanter als alles, was man offen herumliegen ließ. Sie konnte nur hoffen, dass niemand sich zusammenreimte, was tatsächlich der Wahrheit entsprach. Andererseits dachten und redeten die Leute ohnehin, was sie wollten, ob es nun Tatsache war oder nicht. An einem Sonnabend war es am Strand und auf der Seebrücke ohnehin immer voller als in der Woche, und heute war keine Ausnahme. Ihnen kamen Eltern mit ihren Kindern entgegen oder auch Pärchen, die sich eng aneinanderdrückten und das schöne Spätsommerwetter genossen. Bernadettes Griff um Götz' Arm wurde fester, und er sah zu ihr herunter. »Alles in Ordnung?«

»Ja«, gab sie glücklich zurück. »Ich finde es ganz wunderbar.«

»Ich auch.«

»Darf ich dir sagen, wie sehr ich die letzte Nacht genossen habe?«, flüsterte Götz, ohne sie anzusehen, den Blick weiter geradeaus gerichtet.

»Ich ebenso«, hauchte Bernadette ihm zu. Am liebsten hätte sie ihn geküsst, doch sie mahnte sich zur Ordnung.

»Auch wenn du es mich vermutlich nicht fragen würdest, will ich dir sagen, dass ich so etwas nicht so oft habe.« Götz klang nachdenklich. »Ich bin kein Mann, der sich leicht verliebt.«

Bernadettes Herz machte einen Sprung bei seinem Geständnis. Er war in sie verliebt! »Und ich bin ganz sicher keine Frau, die leichtfertig ihr Herz verschenkt.«

»Doch jetzt ist es so?« In seiner Frage schwang Unsicherheit mit.

»Halt mich für töricht, aber ja: Es ist so.«

»Der einzige Grund, warum wir jetzt noch nebeneinandergehen und ich dich nicht an mich reiße und küsse, ist der, dass dir das sicher nicht recht wäre.«

»Das weiß ich sehr zu schätzen.« Sie drückte zärtlich seinen Arm.

»Wir haben uns oft gesehen in letzter Zeit, und ich bin bereits länger in Binz, als ich ursprünglich wollte.«

Bernadette schluckte schwer. War das der Moment, in dem er ihr sagte, dass er abreisen werde? Hatte er etwa nur darauf gewartet, dass sie sich ihm hingab, und jetzt, da er sein Ziel erreicht hatte, machte er sich aus dem Staub?

»Ich weiß, dass du eine sehr beschäftigte Frau bist, Bernadette.« Er blieb stehen und wandte sich ihr zu. »Ich bin nicht gut in so etwas. Für mich zählte immer nur mein Dienst beim Militär, doch nun frage ich mich, ob dies wirklich das Leben ist, das ich führen will.«

»Was möchtest du mir sagen, Götz?«

»Ich möchte dich fragen, ob du ebenso wie ich daran interessiert wärst herauszufinden, was das zwischen uns zu bedeuten hat und ...«, er zögerte, »und ob wir womöglich eine gemeinsame Zukunft haben können.«

Sie wäre ihm am liebsten um den Hals gefallen. Kurz ließ sie sich hinreißen, hob die Hand und streichelte seine Wange. »Ich würde mir sehr gern die Zeit nehmen, das herauszufinden.«

Götz lächelte glücklich, reichte ihr wieder seinen Arm, und sie gingen weiter.

»Dann werde ich einige Korrespondenz erledigen und mich auf einen längeren Aufenthalt einstellen«, entschied er.

»Ich freue mich mehr über diese Entscheidung, als ich sagen kann.«

»Vielleicht sollten wir uns die Worte sparen.« Er zwinkerte ihr zu.

»Nun, wenn du durch den Vordereingang zurück ins Hotel gehst, könnte ich den Personalaufgang nehmen und mich ebenfalls hinaufschleichen.«

Noch bevor Bernadette ihren Satz beendet hatte, drehte Götz sich um, und sie eilten beide in die Richtung zurück, aus der sie gerade gekommen waren – lachend, gelöst, verliebt – und wohl auch ein bisschen verlegen. Bernadette fand es einfach herrlich.

***

Marie schlug das Herz bis zum Hals, als sie die Pension erreichte. Sie blieb einen Moment neben dem Fenster stehen, bevor sie es über sich brachte, zu klopfen und sich dem zu stellen, was vor ihr lag. Robert erschien hinter der Scheibe und bedeutete ihr, zur Tür zu kommen, damit er sie einlassen konnte. Mit gesenktem Kopf betrat sie das Haus. Kam es ihr nur so vor, oder hatte er eben noch in alle Richtungen geblickt, ob sie auch niemand gesehen hatte? War es das schlechte Gewissen, das ihn dazu brachte? Oder hatte er womöglich die Medikamente in Stralsund nicht bekommen, und sie würden den Eingriff gar nicht durchführen können? Einen Moment lang erhoffte sich Marie nichts sehnlicher als das.

»Ich habe schon alles vorbereitet«, sagte Robert zur Begrüßung und zerstörte auf einen Schlag all ihre Hoffnung.

Marie blieb wortlos im Zimmer stehen. Robert und sie hatten sich weder begrüßt noch geküsst, wie sie es sonst taten. Die

Anspannung stand ihnen ins Gesicht geschrieben. Marie sah auf die Utensilien, die fein säuberlich auf dem Tisch aufgereiht waren. Ein Ledermäppchen lag aufgeschlagen da, darauf vier verschiedene Skalpelle, zwei Scheren, drei Pinzetten, eine Art kleiner Schaber, eine Klemme, etwas mit einer feinen Spitze und etwas, das sie an eine Häkelnadel erinnerte. Bei dem Anblick wurde ihr übel. Ihre Augen wanderten zu einem großen Stapel Tücher verschiedener Größe sowie zwei Medikamentenfläschchen mit flüssigem Inhalt.

»Du brauchst keine Angst zu haben«, versicherte ihr Robert, dessen Blick dem von Marie gefolgt war, trat von hinten an sie heran und umarmte sie. »Es wird alles gut werden. Ich bin ein hervorragender Arzt und weiß, was ich tue. Es wird nicht lange dauern, dann hast du es überstanden.«

Marie nickte nur. Ihre Knie zitterten. Robert hielt sie noch einen Moment, dann führte er sie zum Stuhl, damit sie sich setzen konnte. Er reichte ihr ein Glas, in das er etwas aus der Karaffe füllte. »Hier, bitte.«

»Was ist das?« Ihre Stimme klang ängstlich.

»Wasser.« Robert zog sich den anderen Stuhl heran und setzte sich neben sie, während sie in kleinen Schlucken trank. »Hast du jemandem erzählt, was wir vorhaben?«

Sie setzte das Glas ab und schüttelte den Kopf. »Nein, niemandem. Wie auch? Es weiß nicht ein Mensch außer uns beiden, dass ich in anderen Umständen bin.«

»Gut.«

»Ich habe Angst, Robert«, gestand sie ihm leise und sah ihn mit Tränen in den Augen an.

Er rückte noch näher heran und zog sie erneut in seine Arme. »Ich weiß. Doch das brauchst du nicht.« Er streichelte ihren Arm hoch bis zur Schulter und fuhr mit der Hand gleichmäßig immer wieder über ihren Rücken, um sie zu beruhigen. »Es wird alles gut werden, Marie. Das verspreche ich dir.«

»Und dann wird alles wieder so sein, wie es war?«

»Genau so.«

Sie atmete tief durch. »Was muss ich tun?«

»Ich fülle dir gleich einige Tropfen eines Medikaments in dein Wasserglas. Du trinkst es, ziehst dich dann aus, und wir legen dich aufs Bett. Wundere dich nicht, wenn du die Decke zurückschlägst. Ich habe eine Unterlage besorgt, damit wir die Matratze nicht verschmutzen. Sie ist nur dünn und zum Aufrollen. Für das, was wir vorhaben, wird sie ausreichen, und danach können wir sie einfach in den Müll werfen.« Er gab ihr einen Kuss aufs Haar. »Wenn du dich hingelegt hast, wirst du bereits merken, dass du müde wirst. Ich werde dir gerade genug Medikamente geben, damit du keine Schmerzen spürst und nichts mitbekommst. Du wirst überhaupt nichts wahrnehmen. Und wenn du wieder aufwachst, ist alles schon vorbei.«

»Werde ich danach Schmerzen haben?«

»Nein, das wirst du nicht. Und wenn doch, gebe ich dir etwas dagegen.«

»Ist gut.«

Einen Moment blieben sie noch so sitzen, dann löste Robert sich von Marie und stand auf. Er nahm ihr Wasserglas, füllte es zur Hälfte auf und gab etwas von dem Medikament aus einem der beiden Fläschchen hinein. »Hier. Trink alles auf einmal aus.«

Marie nahm das Glas und setzte es an den Mund. Sie zögerte kurz, doch auf Roberts Nicken trank sie es leer.

»Gut«, lobte er. »Nun zieh dich aus und leg dich auf das Bett.« Er ging hinüber und schlug die Decke zurück. Darunter kam eine schwarze Unterlage zum Vorschein.

Marie stand auf und zog sich aus.

»Du kannst dein Unterkleid anlassen«, bemerkte Robert. »Es reicht, wenn du es hochschiebst.«

Marie tat, wie ihr geheißen, legte ihre Kleidung ordentlich auf den Stuhl und setzte sich anschließend aufs Bett. Sie verspürte ein leichtes Schwindelgefühl und musste ein paarmal blinzeln. Das kleine Schränkchen neben dem Bett verschwamm vor ihren Augen.

»Komm, leg dich lieber hin«, forderte Robert sie auf und half ihr, indem er ihre Beine anhob und sie auf die Unterlage legte. Anschließend schob er ein Kissen unter ihren Kopf und drückte es zurecht.

Marie versuchte, ihr Unterkleid hochzuziehen, was ihr jedoch nicht richtig gelingen wollte. Sie hatte ihre Beine nicht mehr unter Kontrolle, konnte sich nicht abstützen.

»Lass nur«, sagte Robert sanft, schob seinen Arm unter ihrem Rücken hindurch, hob sie etwas an und zog das Kleid bis zu ihrer Taille hinauf. Marie ließ einfach alles über sich ergehen. Sie hatte keinerlei Kontrolle mehr über ihren Körper, lag nur da, glaubte aber, noch immer mitzubekommen, was geschah. Kurz ergriff sie Panik, dass sie noch wach sein würde, wenn Robert mit dem Eingriff begann. Ihr Herz schlug wie wild, Übelkeit stieg in ihr auf. Sie sah Roberts Gesicht vor sich, dann die Seebrücke. Konnte es sein, dass sie die Klänge des Akkordeons bis zur Pension hörte? Das konnte doch nicht sein. Das Haus war viel zu weit entfernt. Und doch hörte sie das Akkordeon, die Musik und die Möwen. Und die See. Ja, sie hörte die See rauschen.

Als sie wieder erwachte, brauchte sie einen Moment, um zu begreifen, dass es bereits vorbei war. Sie lag auf dem Bett, die Unterlage unter ihr war verschwunden. Sie trug eine Unterhose, die mit Einlagen ausgestopft war und ihr unter normalen Umständen zwei Nummern zu groß gewesen wäre. Robert saß auf einem der Stühle am Tisch und sah aus dem Fenster. Mühsam setzte Marie sich auf.

Robert nahm die Bewegung wahr, stand auf und kam zu ihr herüber. »Da bist du ja wieder«, sagte er sanft. »Wie fühlst du dich?«

»Ich … ich weiß nicht.« Sie schluckte. »Kann ich etwas Wasser bekommen?«

»Aber natürlich.« Eilig sprang er auf, füllte Wasser aus der Karaffe ins Glas und reichte es Marie. Sie nahm es mit zittriger Hand und trank einige kleine Schlucke. Ihr war, als würde sie von Moment zu Moment wacher. Das Wasser tat ihr gut.

»Ist alles gut verlaufen?«, fragte sie etwas ängstlich.

Robert nickte lächelnd. »Es ist alles in bester Ordnung. Keinerlei Komplikationen. Du bist vollkommen gesund und kannst auch weiter Kinder bekommen. Du solltest nur einige Tage versuchen, nicht zu schwer zu heben und lieber etwas langsamer gehen, statt zu laufen.«

Marie atmete erleichtert aus. »Ich danke dir.« Plötzlich kam ihr ein Gedanke. »Wo ist es? Kann ich es sehen?«

Robert wirkte überrascht, dann schüttelte er den Kopf. »Ich habe bereits alles weggebracht. Die Tücher, die Unterlagen … und den Rest auch.«

Marie nickte.

»Du musst dich von diesen Gedanken frei machen«, mahnte Robert. »Es gab nichts, was du hättest sehen können. Nichts, was in irgendeiner Art aussah wie ein Kind.«

Sie nickte beklommen.

»Denk nicht mehr daran, Marie. Du darfst dich nicht mehr damit beschäftigen, hörst du?«

»Ja.« Wieder nickte sie.

»Gut.« Er stand von der Bettkante auf.

Sie folgte ihm mit ihrem Blick, sah, wie er seinen Koffer aus der Ecke hervorzog, dann seine Arzttasche und beides in die Mitte des Raums stellte.

»Was hast du vor?«

»Ich fahre zurück nach Berlin«, sagte er. In seiner Stimme lag Bedauern.

»Schon heute? Wolltest du nicht bis morgen bleiben?«

»Das Zimmer ist noch für drei Wochen bezahlt«, teilte er ihr förmlich mit. »Wenn du herkommen möchtest in dieser Zeit, um Abstand von deinem Vater zu gewinnen oder um dich auszuruhen, kannst du dies gern tun. Ich werde der Vermieterin mitteilen, dass du den Schlüssel in der Schale im Flur zurücklässt, wenn du das letzte Mal hier bist.«

Marie sah ihn an, unfähig zu verstehen, was er ihr zu sagen versuchte. »Was sagst du da?«

Robert zögerte, dann kehrte er zum Bett zurück, setzte sich auf die Kante und nahm Maries Hand in seine. »Mir ist klar geworden, dass wir es beenden müssen, Marie.« Er seufzte schwer. »Wir sind diesmal davongekommen, doch ich möchte das nicht noch einmal durchmachen. Auch um deinetwillen nicht.«

Marie atmete stockend, ihr Puls schlug ihr bis zum Hals. »Bitte nicht, Robert. Bitte. Bitte stoß mich nicht weg.«

»Ich werde die Zeit, die wir miteinander hatten, niemals vergessen, Marie, doch mir ist klar geworden, dass wir keine Zukunft haben. Wir haben uns eine Gegenwart gestohlen, die nicht unsere war. Ich bin verheiratet und habe zwei Kinder. Ich trage Verantwortung, Marie, eine große Verantwortung. Und du«, er lächelte sie an, »bist eine so reine, unschuldige Seele. Wir haben uns mitreißen lassen, doch ich hätte es besser wissen müssen. Wir dürfen uns nicht mehr sehen, Marie. Nie mehr.«

Marie schnappte nach Luft, dann begann sie verzweifelt zu

schluchzen. »Ich kann nicht ohne dich leben, Robert. Ich … ich kann nicht mehr atmen.« Sie spürte, wie sich ihre Kehle zusammenzog. Das Zimmer um sie herum fing an, sich zu drehen. Sie schluchzte und schluchzte, bis sie kaum mehr als ein Keuchen hervorbrachte.

Auch Robert traten Tränen in die Augen. Er beugte sich vor, zog sie in seine Arme und schloss die Augen. Marie klammerte sich an ihn wie eine Ertrinkende. »Es tut mir leid, Marie. Alles tut mir so unendlich leid.« Er versuchte, sich von ihr zu lösen, doch sie ließ ihn nicht los.

»Nein«, schrie sie. »Geh nicht! Bitte, Robert, lass mich nicht allein!«

Er fasste ihre Arme, drückte sie zurück aufs Bett und löste sich aus ihrem Griff. Dann stand er auf, nahm sein Gepäck und ging entschlossenen Schritts zur Tür. »Leb wohl, Marie. Ich werde dich niemals vergessen, solange ich lebe.«

Marie schrie auf und rief seinen Namen – immer wieder, auch noch als er längst gegangen war.

Ihre Schreie in den Ohren, überquerte er im Laufschritt die Straße. Er lief weiter und immer weiter, ohne sich noch einmal umzudrehen. In diesem Moment wusste er, dass er niemals mehr nach Binz zurückkehren würde.

22. Kapitel

Liebe und Wut sind die stärksten Antriebsfedern. Erwächst das eine aus dem anderen, entbrennt ein nicht zu löschendes Feuer.

Klaus Denker

Inzwischen waren Monate vergangen seit dem Tag, an dem Klaus Denker Egbert Müller im Keller des Varietés Astor für dessen vermeintlichen Mord an Else und den Kindern hatte zur Rechenschaft ziehen wollen. Monate, in denen aus den beiden zwar keine Freunde geworden waren, aber doch Verbündete durch den Gedanken an Rache. Sie hatten viele Abende miteinander verbracht und waren zu dem Ergebnis gelangt, dass Matthias Vorweg und Sigmund Blessen, vor allem aber Müllers Cousin Lothar für ihre Tat an Else und den Kindern bestraft werden mussten. Sie hatten allerlei versucht, etwas über die drei in Erfahrung zu bringen, waren jedoch nicht wirklich weitergekommen. Egbert hatte schließlich vorgeschlagen, Gerd Nolte um Hilfe zu bitten, denn der hatte aufgrund seiner Verbindungen und wegen Constantins Stellung als führender Kopf des Ringvereins und Chef der Organisation in Berlin die besten Kontakte. Denker war nicht sicher, ob es klug war, mit Nolte zu sprechen. Ihm wäre es lieber gewesen, wenn so wenige Leute wie möglich von ihren Plänen wussten. Denn sie würden diese Kerle fertigmachen, so viel stand fest. Andererseits sprach einiges dafür, dass Nolte ihnen helfen konnte. Und dass der Mann keine Skrupel kannte, wusste Denker aus Erfahrung. Man musste nur an die Libellen in Binz denken oder an die Kerle, die Constantins Kokain geklaut hatten, ganz zu schweigen davon, wie er die Berliner Polizei zu bestechen oder gar zu bedrohen pflegte, je nachdem, wie diese sich fügten. In Denkers Augen war Nolte ein eigenartiger Mensch, der eher wie ein Buchhalter denn wie ein Schläger wirkte, auch wenn er nicht davor zurückschreckte, sich auch die Finger schmutzig zu machen, sobald es die Situation erforderte. Also hatte Denker schließlich eingelenkt und das Gespräch mit Nolte gesucht.

»Was genau habt ihr mit den Kerlen vor, wenn ihr sie gefunden habt?«, wollte Nolte nun wissen.

Denker zuckte mit den Schultern.

»Zum Teil kann ich es mir schon denken«, erklärte Nolte. »Ich will nur wissen, ob sie's überleben.«

Müller sah zu Denker, der kurz überlegte und dann langsam den Kopf schüttelte.

»Gut«, befand Nolte und reichte ihm einen Zettel. »Denn ich will nicht, dass einer am Ende noch plaudert und die Sache auf Constantins Leute zurückfällt, wenn der nichts von diesem Alleingang weiß.«

»Kannst dich drauf verlassen«, versicherte Denker.

»An Blessen kommt ihr im Moment nicht ran. Der sitzt in Moabit ein.«

»Hier in Berlin?«

»Ganz recht. Ich habe Leute, die sich darum kümmern können.«

»Einfach so?«, fragte Denker.

»Betrachte es als Geschenk. Ich hab im Keller nur einen Teil von dem mitbekommen, was deiner Frau angetan wurde, und ich kann solche Kerle nicht leiden.«

»Ich will, dass er weiß, warum er stirbt«, forderte Denker entschlossen.

»Ich werd's ihm ausrichten lassen.« Nolte grinste schief. »Die anderen beiden, Vorweg und Müller, waren schwieriger zu finden.« Er deutete auf den Zettel, den er Denker in die Hand gedrückt hatte. »Sie sollen sich in der Nähe von Bautzen aufhalten. Das da ist die Anschrift. In dem Ort wohnt ein gewisser Otto Leester, mit dem ihr euch in Verbindung setzen könnt. Grüßt ihn von mir. Er wird euch helfen.«

»Ich schulde dir was, Gerd«, sagte Denker und ließ den Zettel in seiner Hosentasche verschwinden.

»Ja, tust du. Sorgt dafür, dass euch dort niemand mit uns hier in Verbindung bringt, und macht, dass ihr rechtzeitig wieder verschwindet.« Nolte sah kurz von Denker zu Müller. »Kommt ihr danach zurück?«

Die beiden tauschten einen Blick, dann antwortete Denker: »Wie ich schon sagte: Ich schulde dir was. Wenn die Sache erledigt ist, kommen wir wieder, und du kannst dich darauf verlassen, dass ich dir das nie vergessen werde.«

»Hier ist das einzige Zuhause, das ich hab«, stellte Müller fest. »Was soll das Astor denn ohne mich machen?«

»Gut. Ich rede mit Constantin.«

»Wirst du ihm die Wahrheit sagen?«

»Nein. Und wie ich ihn kenne, wird er auch nicht danach fragen. Ich werde ihm sagen, dass wir euch eine Weile ersetzen müssen und ich mich um alles kümmern werde.«

»Gut.« Denker reichte Nolte die Hand. »Danke für alles, was du für mich getan hast.«

Nolte griff zu. »Erspar den Schweinen nichts.« Dann ging er hinaus.

Schon am nächsten Tag brachen Denker und Müller auf.

***

Josephine hatte viel Zeit mit Ferdinand und seinen Freunden verbracht und noch weitere Künstler kennengelernt, deren Gespräche sich allesamt um die Situation im Land, die anstehenden Wahlen, die Missstände der unterschiedlichen Schichten sowie die Kunst und deren Auswirkung auf Politik und das tägliche Leben drehten. Josephine fühlte sich einerseits wohl, andererseits hatte sie das Gefühl, immer tiefer einzutauchen in ein graues Einerlei von Ungerechtigkeit und Armut auf der einen sowie Machtmissbrauch und Überfluss auf der anderen Seite. Die Welten von Ferdinand und seinen Freunden zum einen und die des Astors hätten unterschiedlicher nicht sein können. Constantin versorgte sie mit allem, was sie brauchte. Äußerte sie einen Wunsch, ganz gleich, ob es sich um ein Kleid handelte, Farben zum Malen, Leinwände oder sogar Schmuck, wurde er erfüllt. Es gab nichts, was Constantin ihr nicht beschaffen ließ. Und auch seinen Leuten, die für ihn arbeiteten, schien es an nichts zu fehlen, wenngleich Josephine nicht hätte sagen können, wie es sich beispielsweise mit dem Hotel- oder Küchenpersonal verhielt.

Die Männer jedoch, die Constantin umgaben und sich stets wie eine Traube um ihn scharten, waren allesamt gut gekleidet und strahlten enormes Selbstvertrauen aus, schienen sich ihrer Position sehr sicher zu sein. Und auch die Tänzerinnen im Varieté schienen stets gut gelaunt, feierten sogar nach ihren Auftritten noch ausgelassen mit den Gästen, statt nach Hause zu gehen, wie Josephine jeden Abend beobachtet hatte. Ja, es waren zwei Welten, die unterschiedlicher nicht hätten sein können, und Josephine fragte sich in der letzten Zeit immer wieder, wo wohl ihr eigener Platz war und welcher Seite sie in ihrem Leben angehören würde.

Nun stand sie vor der Staffelei in ihrem Atelier, das eigentlich eine Hotelsuite war, welche Constantins Leute eigens für sie umgebaut hatten, und starrte die Leinwand an, auf der nur einige Striche zu sehen waren.

Sie hatte sich für ihre Lieblingsfarben entschieden, fröhliche Rot- und Orangetöne. Nun setzte sie den Pinsel wieder an und gab ihren Eindruck von der Spreebefestigung wieder, wobei sie den Fluss selbst nur andeutete, genau wie die Menschen, die durch Punkte dargestellt wurden. Sie trat einen Schritt zurück, um ihr Werk zu betrachten, dann fügte sie weitere Striche und kleine Wellen hinzu, trat wieder und wieder zurück und machte weiter, bis die Leinwand vollständig gestaltet und der Hintergrund gefüllt war. Josephine war zufrieden, spürte Lust in sich aufsteigen, ein weiteres Bild zu beginnen, stellte die Leinwand auf die Fensterbank zum Trocknen und nahm sich eine neue, um von vorn zu beginnen. Diesmal malte sie eine abstrakte Ansicht des Brandenburger Tors, Bäume, wieder Menschen und in kurzen Strichen dargestellte Automobile. Daneben einen Park, alles in kurzen Strichen, wild, bunt, unangepasst. Auch hiermit war sie bald fertig, doch sie hörte nicht auf, sondern griff nach einer weiteren Leinwand. Sie fand wieder Spaß am Malen, genoss es, mit den Farben zu arbeiten. Ihr Leben war auf einmal so einfach. Endlich fühlte sich alles richtig an. Sie lebte ihren Traum. Reichtum und Luxus auf der einen Seite, tiefsinnige Gespräche über die weltliche Lage, vor allem aber die Kunst, auf der anderen. Ja, so und nicht anders wollte sie leben. Sie liebte es, mit den anderen über die Kunst und deren Bedeutung zu sprechen, freute sich über ihr neues Selbstbewusstsein und darüber, als echte Künstlerin wahrgenommen, ja eben genau dafür wertgeschätzt zu werden. Was Ferdinand betraf, so hatte sie sich eine Weile zurückgenommen, um ihn nicht gar zu deutlich spüren zu lassen, dass sie ihn begehrte. Ihrer Meinung nach war die Taktik aufgegangen, machte er ihr doch immer deutlichere Avancen, und zur Begrüßung und zum Abschied küssten sie sich inzwischen jedes Mal. Und manchmal auch zwischendurch. Sie spürte, dass es ihm gefiel, wenn Josephine in der Runde der Künstler, zu der immer wieder neue Leute stießen, mit ihrem abgeschlossenen Kunststudium Aufmerksamkeit erregte. Ja, jeder dort hätte sofort mit ihr getauscht, und alle brannten darauf, möglichst bald einmal einige Gemälde aus Josephines Werk sehen zu dürfen. Sie war von der Außenseiterin zu einer von ihnen geworden. Mehr noch – sie war diejenige, deren Meinung man schätzte, allerdings, und das wusste sie nur zu genau, weil sie nicht ganz ehrlich gewesen war, als die anderen sie um ihre Meinung zu Constantin gebeten hatten. Ganz unverhohlen hatten ihm einige tatsächlich unterstellt, dass die Geschäfte ihres Bruders nicht immer ganz lupenrein oder besser gesagt: alles andere als legal seien. Mit dieser Tatsache schien jedoch keiner dort ein Problem zu haben. Vielmehr standen die Gerüchte im Raum, dass Constantin, wie sie es nannten, »Mädchen laufen ließ«, was nichts anderes zu bedeuten hatte, als dass diese sich zu prostituieren hatten und dass nicht jedes von ihnen dies freiwillig tat. Josephine hatte kurz gestutzt und dann über die Anschuldigungen so sehr gelacht, dass sie sich fast nicht mehr beruhigen konnte. Ausgerechnet Constantin, ihr großer Bruder, der sich früher wie kein anderer gerade für die Mädchen eingesetzt und so manchen seine Fäuste hatte spüren lassen, wenn jemand Josephine oder auch Marie dumm gekommen war. Sie wusste nicht, ob die anderen ihr geglaubt hatten, als sie ihnen versicherte, dass dies nur Gerüchte seien, vermutlich von Constantins Konkurrenten gestreut, um seinem Ruf zu schaden. Zumindest war das Thema danach erledigt gewesen und Josephine – so meinte sie zumindest – vor allem wegen ihrer Kunst und ihrer eigenen Persönlichkeit wieder in den Mittelpunkt gerückt. Ein weiterer Grund mochte sein, dass es Josephine war, die die gesamte Gruppe regelmäßig mit Alkohol aus Constantins Beständen versorgte. Sie nahm sich nie mehr als drei oder vier Flaschen Hochprozentiges, und Gerd Nolte, der sie einmal dabei erwischt hatte, hatte ein Auge zugedrückt. Doch selbst wenn er sie bei seinem Chef verpetzen würde, würde Constantin nicht böse auf sie sein. Dafür war er ein viel zu netter und gutmütiger Mensch.

Josephine trat von der Staffelei zurück und betrachtete ihr Werk, dann ließ sie ihren Blick zu den anderen Bildern schweifen, die sie am heutigen Tage gefertigt hatte. Sie war zufrieden mit sich. Alles war bunt und leuchtend, ganz wie ihre Stimmung. Ja, sie hatte Berlin für sich erfasst. Allerdings bezweifelte sie, dass die Bilder den Geschmack der anderen Künstler treffen würden. Matthis' Werke waren allesamt düster und drückten Schmerz und seelische Qualen aus. Überhaupt war das etwas, was sie ein wenig an dem Zusammensein mit ihren neuen Freunden störte. Alle waren immer so ernst, sahen den Untergang des deutschen Volkes voraus und schimpften auf alles und jeden, der nicht arm war und der Unterschicht angehörte. Deshalb genoss es Josephine auch, manchen Abend den Künstlern fernzubleiben und sich stattdessen im Varieté Astor zu amüsieren, zu tanzen, zu flirten und sich ein bisschen zu betrinken. Ja, sie war endlich unabhängig und genoss ihr Leben. So und nicht anders sollte es sein, wenngleich sie sehr darauf bedacht war, Ferdinand in dem Glauben zu lassen, dass sie die Abende, an denen sie sich nicht mit ihm traf, in ihrem Atelier verbrachte, um ungestört malen zu können. Schließlich war sie Künstlerin und brauchte diese Zeiten für sich. Sie musste nicht fürchten, dass Ferdinand noch einmal im Varieté auftauchen würde. Constantin hatte ihr erzählt, dass dieser sich bei ihrer ersten Begegnung lediglich sein Honorar für das Erstellen neuer Kulissen hatte abholen wollen. Das Varieté zähle nicht unbedingt zu den Lokalen, in die es ihn ansonsten verschlagen würde, hatte er ihr augenzwinkernd versichert. Josephine konnte es nur recht sein.

Zufrieden mit ihrer Arbeit, steckte sie sich eine Zigarette an und durchquerte mit langsamen Schritten ihr Atelier. Vor jedem einzelnen ihrer Bilder blieb sie stehen, betrachtete es aus allen Winkeln und zog dabei den Rauch tief in die Lunge. Anschließend ging sie zum Fenster und stieß es auf. Einen kleinen Moment lang verspürte sie Sehnsucht nach Binz, wünschte, die Klänge des Akkordeons zu hören und das Kreischen der Möwen. Draußen war es bereits dunkel. Josephine schloss die Augen, atmete tief die hereinströmende Luft ein und stellte sich vor, im Grand an einem der oberen Fenster zu stehen und der sehnsuchtsvollen Melodie des Akkordeonspielers zu lauschen, während die Möwen ganz nah am Fenster vorbeiflogen und ihr eigenes Lied kreischten. Im Hintergrund war das Rauschen der See zu hören, die in gleichmäßigen Wellen an den Strand schwappte …

Josephine lächelte, dann riss sie abrupt die Augen auf. Die Tür des direkt neben dem Hotel befindlichen Varietés schwang auf, und eine Gruppe lachender, lärmender, betrunkener Menschen stolperte auf die Straße hinaus. Durch die geöffnete Tür schallte schnelle, schrille Jazzmusik, die augenblicklich verstummte, als die Tür wieder zufiel. Kurz bedauerte sie es, aus ihrer Binz-Träumerei herausgerissen worden zu sein, doch die pulsierenden Geräusche der nächtlichen Großstadt, die laute, schnelle Musik und die lachenden, lärmenden Menschen weckten in Josephine die Lust, sich hübsch zu machen und nach drüben ins Varieté zu gehen. Ja, sie wollte feiern. Feiern, dass sie wieder malte, dass sie ein herrliches Leben führen durfte, dass sie eine Balance zwischen Unbeschwertheit und Tiefe gefunden hatte. Wie lange hatte sie darauf warten müssen und sich genau danach gesehnt?

Eilig schloss sie das Fenster, nahm ihren Schlüssel und verließ das Atelier. Ihr Zimmer, in dem sie wohnte, war nur drei Räume weiter. Sie schloss auf und huschte hinein, um gleich darauf ihren Kleiderschrank zu durchforsten, der aufgrund der Großzügigkeit ihres Bruders gut gefüllt war. Sie besaß mittlerweile sogar einen Pelzmantel, einen richtigen Pelzmantel, wie ihn die Damen in den Modeheften trugen. Was Mutter wohl dazu sagen würde? Vermutlich würde sie ihr schlichtweg verbieten, ein so teures Stück zu tragen, wenn sie nicht selbst dafür gearbeitet hatte. Doch das war Josephine einerlei. Ihre Mutter war Hunderte Kilometer von ihr entfernt und dachte ohnehin nie an etwas anderes als an ihre Arbeit im Hotel. Sollte sie nur. So wollte Josephine gewiss nicht leben. Ohne jede Leidenschaft und stets nur darum bemüht, alles unter Kontrolle zu haben. Nein, das wäre nichts für Josephine. Und genug Geld würde sie immer noch verdienen können, nämlich wenn jemand die Qualität ihrer Kunst erkennen und ihre Werke für horrende Summen erstehen würde. Oder aber wenn Ferdinand sich und seine Kunst in die richtigen Bahnen lenkte und sie ihn heiraten würde. Ja, auch dann wäre sie versorgt. Und bis dahin lebte sie eben auf Kosten ihres Bruders. Warum auch nicht? Constantin schien über eine nicht versiegende Geldquelle zu verfügen, und sie war seine kleine Schwester. Weshalb sollte sie sich also Gedanken machen?

Kurz kam Zweifel in ihr auf, ob das, was sie dachte, wirklich ihre Überzeugung war oder sie es sich nur einredete. Wie hatte ihre Mutter seinerzeit zu ihr gesagt? Dass sie bequem sei und stets den Weg des geringsten Widerstands zu gehen versuchte. Der Gedanke versetzte ihr einen Stich. Nein, sie wollte die Zweifel nicht zulassen.

Eilig streifte sie ihren Malerkittel ab und ließ ihn achtlos zu Boden gleiten, dann ging sie ins Bad, wusch sich und tupfte sich schwarzen Puder auf ihre Augenlider, was ihr etwas wunderbar

Verruchtes verlieh. Danach öffnete sie die Puderdose, bestäubte ihr Gesicht und legte anschließend ein kräftiges Rouge auf. Zu guter Letzt drehte sie den Lippenstift auf, der noch etwas dunkler war als das Rouge. Ein Blick in den Spiegel verriet ihr, dass sie heute Abend viel Spaß haben würde. Ja, heute würde sie feiern!

Nicht einmal eine Viertelstunde später stand Josephine mit einem Glas Champagner in der Hand im Varieté. Inzwischen wusste jeder Barkeeper dort, dass sie die Schwester des Chefs war. Sie brauchte nur an den Tresen zu gehen und zu bestellen, was immer sie wollte, ohne auch nur einen Pfennig dafür bezahlen zu müssen.

Heute Abend traten im Varieté die *Volants Marocains* auf, bevor sie sich in wenigen Tagen auf den Rückweg nach Tanger machen würden, um dort eine Zeit lang zu bleiben. Josephine hatte die Ankündigung auf den Plakaten gesehen und war gespannt, denn die Künstler waren schon seit Monaten nicht mehr aufgetreten, da sich die Frau, die Josephine als Catherine kannte, bei einer Darbietung offenbar schwer verletzt hatte.

Jetzt gerade war noch Freddy mit seiner Band auf der Bühne und heizte dem Publikum ordentlich ein, doch es war förmlich zu spüren, dass viele dem Auftritt der Fliegenden Marokkaner entgegenfieberten. Josephine war keine Ausnahme, hatte sie doch gehört, dass diese Vorstellung viele aufregende Höhepunkte zu bieten hatte.

Nun trat der Conférencier auf die Bühne, blieb am Rand stehen und wartete, bis die Musik verklungen war, dann breitete er die Arme aus. »Geschätzte Gäste, liebe Besucher, ihr wilden Berliner!«, rief er ins Mikrofon. »Sie sind zurück! Bitte begrüßen Sie mit mir unsere wunderbaren, einzigartigen, herausragenden Künstler, *Les Volants Marocains*, die Fliegenden Marokkaner!« Er klatschte enthusiastisch in die Hände, und es ertönte ein Tusch, als Catherine und Renaldo auf die Bühne liefen und sich tief verbeugten. Sie waren mit weißen, doch schmuddelig wirkenden, schlichten Hemden bekleidet, ihre Haare waren zerzaust. Die Menschen applaudierten und jubelten, offenbar in der freudigen Erwartung, dass ihnen etwas ganz Besonderes geboten werden würde.

Das Licht im Saal wurde für einen Moment komplett ausgeschaltet, so dass man nicht mehr die Hand vor Augen sehen konnte. Einige kurze überraschte Aufrufe waren zu hören, dann war alles still.

Aus dem Dunkel hörte man die Stimme des Conférenciers: »Heute, liebes Publikum, entführen wir Sie in die ferne Welt der exotischen Stadt Tanger. Das marokkanische Tanger – eine Stadt der Lichter und Farben. Die Sonne wärmt die Haut der dunklen Menschen, in den Straßen und Gassen riecht es nach fremdartigen Gewürzen und köstlichen Speisen. Überall hängen bunte Stoffe und feine Tücher von den Ständen. Die Frauen mit ihren nackten Bäuchen tanzen durch die Gassen.«

Plötzlich ging ein Scheinwerfer an und beleuchtete eine Stelle ganz am Ende des Lokals kurz vor dem Zugang zur Küche, wo Catherine und Renaldo am Boden kauerten, scheinbar frierend und mit jämmerlichem Gesichtsausdruck.

»Hier, in dieser bunten fernen Stadt, ohne Geld, Essen oder Kleidung, kämpft ein junges Geschwisterpaar jeden Tag um das bloße Überleben.«

Langsame, getragene Flötenmusik setzte ein. Die beiden Artisten rappelten sich hoch, Renaldo zog Catherine hinter sich her, dann drehte er sich um und hob sie hoch, hielt ihren gestreckten Körper auf den Händen über seinen Kopf, ganz so, als wollte er ihrer beider Leid dem Himmel klagen. Er machte ein paar Schritte, dann warf er seine Schwester unvermittelt ein Stück hoch, fing sie mit den Armen wieder auf, und sie rollte sich eng zusammen. Beschützend drückte er sie an sich. Bis auf den Lichtkegel, der ausschließlich auf die beiden Artisten gerichtet war und jeden ihrer Schritte vorwegnahm, war es komplett dunkel im Saal.

Nun hörte man erneut die Stimme des Conférenciers: »Ohne Hoffnung, ohne Aussicht auf ein wenig Glück und Wohlstand suchen sie sich ihren Weg.«

Die Musik wurde lebendiger, ein zweiter Lichtkegel erschien und beleuchtete einen Teil der Kulisse. Eine Menschenschar war dort dargestellt, die in Renaldos und Catherines Richtung zu blicken schien.

Renaldo sah in die Menge. Catherine streckte sich blitzschnell, sprang auf Renaldos Hände und wurde von diesem in die Höhe geworfen, wobei sie einen Salto machte. Die Musik wurde fröhlicher, verriet Aufbruchsstimmung.

»Doch dann«, hörte man nun wieder den Conférencier sagen, »nahmen die Menschen die Geschwister zum ersten Mal in ihrem Leben wahr. Wie gebannt betrachteten sie die Kunststücke, die die beiden vollbrachten, staunten und applaudierten.«

Der Lichtkegel, der auf die Menschenschar gerichtet war, schwenkte wild hin und her, so dass es aussah, als käme Bewegung in die Menge. Hinter der Bühne ertönte Applaus. Renaldo und Catherine verharrten und sahen sich an, dann vollführten sie weitere akrobatische Kunststücke.

»Und auf einmal«, setzte der Conférencier mit erhobener Stimme an, »traten die Geschwister aus dem Schatten der Armut ins Licht und zeigten der Welt, was sie zu bieten hatten.«

Der Lichtkegel auf der Kulisse wanderte weiter, zusammen mit Renaldo und Catherine, die Menschen aus aller Herren Länder ihre Kunst vorführten und bejubelt und gefeiert wurden. Anschließend ging das Licht im Saal wieder an. Renaldo ließ

Catherine abermals einen Salto machen und streifte ihr bei der Landung den schmutzigen Kittel von den Schultern. Zum Vorschein kam ein orangefarbenes Trikot mit lila, roten, gelben und grünen Federn daran. Gleich darauf warf auch Renaldo seinen Armenkittel ab. Darunter trug er einen zu Catherines Kostüm passenden Anzug in denselben leuchtenden Farben. Das Publikum applaudierte begeistert.

Nun wurde links vom Trapez ein Seil herabgelassen und rechts eine Strickleiter. Catherine kletterte geschmeidig die Leiter hinauf, während sich Renaldo am Seil in die Höhe zog. Die Besucher jubelten, als die Geschwister oben unter der Kuppel ankamen, ein Trapez ergriffen und anfingen, im gleichmäßigen Rhythmus hin und her zuschwingen. Renaldo klemmte sich die Stange unter die Kniekehlen, während Catherine sich mit den Händen an ihrem Trapez festhielt. Sie holte noch einige Male Schwung, dann ließ sie los, machte einen Salto in der Luft und griff Renaldos Hände. Die Zuschauer jubelten. Catherine drehte Salto um Salto und landete jedes Mal sicher in den Armen ihres Bruders, bis sich die beiden schließlich an Strickleiter und Seil wieder auf die Bühne herabließen.

Das Publikum applaudierte frenetisch, und Renaldo und Catherine verbeugten sich wieder und wieder, bis sie die Bühne für Freddy und seine Band frei machen mussten.

»Na, Fräulein, hat Ihnen der Auftritt gefallen?«, raunte Constantin, der unbemerkt hinter Josephine getreten war, in ihr Ohr.

Sie wirbelte herum, umarmte ihn und drückte ihm einen Kuss auf die Wange. »Tino! Es war umwerfend. Catherine ist eine so wunderschöne Frau!«

»Ja, nicht wahr?«

»Ich wünschte, ich könnte mich so bewegen wie sie.« Josephine seufzte. »Catherine ist so elegant und dabei leichtfüßig. Ach, das

Leben als Artist muss herrlich sein, allerdings ist die Verletzungsgefahr wohl doch recht hoch. Herr Nolte hat mir von dem Unfall erzählt.«

»Ach, das war halb so wild«, winkte Constantin ab. »Du hast ja gesehen, dass sie schon wieder in Hochform ist.« Er zwinkerte ihr zu. »Sag jetzt bloß nicht, du willst der Malerei den Rücken kehren und stattdessen aufs Trapez umsatteln? Die Einrichtung deines Ateliers war ziemlich teuer, junge Dame.«

»Aber nein.« Sie versetzte ihrem Bruder einen liebevollen Stups. »Ich weiß genau, wo mein Talent liegt. Stell dir vor: Ich habe heute nicht weniger als fünf Bilder fertiggestellt.«

Constantin schien ebenso überrascht wie erfreut. »Wirklich? Josie, das ist fantastisch! Ich bin stolz auf dich.«

»Komm doch mal ins Atelier und sieh sie dir an.«

»Aber sicher, gern. Wenn du magst, schaue ich gleich morgen vorbei.«

»Constantin von Plesow?«, fragte ein Mann, der soeben hinzugekommen war.

»Ja, der bin ich. Mit wem habe ich das Vergnügen?«

Der Mann zog einen kleinen runden Gegenstand hervor. »Kommissar Claas Rauner. Das ist mein Kollege Dietz Weinert. Ich müsste Sie kurz sprechen.«

»Sicher. Gehen wir doch in mein Büro.« Constantin warf einen raschen Blick auf den Mann, der ihm als Dietz Weinert vorgestellt worden war. Er kannte ihn, hatte ihn schon oft im Varieté gesehen, wenn er sich sein Schmiergeld abgeholt hatte. Er stand auf jeden Fall auf Constantins Gehaltsliste. Diesem Kommissar Rauner dagegen war er noch nie zuvor begegnet.

»Tino, ist alles in Ordnung?«

»Aber gewiss ist alles in Ordnung«, versicherte ihr Bruder. »Du hast es doch gehört. Die Männer sind von der Polizei. Da fühlen wir uns doch gleich noch ein bisschen sicherer.« Er beugte sich vor und gab Josephine einen Kuss auf die Wange. »Vielleicht solltest du es für heute gut sein lassen und auf dein Zimmer gehen. Ich komme morgen vorbei, und dann zeigst du mir deine Bilder, ja?«

Josephine nickte. Sie sah ihrem Bruder nach, der sich, gefolgt von den beiden Polizisten, den Weg durch die Menge zur Treppe bahnte, die zu seinem Büro hinaufführte. Je weiter er sich von ihr entfernte, desto stärker beschlich sie das ungute Gefühl, dass gar nichts in Ordnung war.

23. Kapitel

Und wenn der Boden sich auftut, ist dort nichts als dunkle Leere.

Marie Reidel

Wie in Trance machte sich Marie auf den Heimweg. Immer wieder wurde ihr schwindelig, zerfloss die Welt vor ihren Augen, geriet sie ins Stolpern. Wer sie sah, musste sie für betrunken halten. Doch weder Alkohol noch das Medikament, das Robert ihr gegeben hatte, waren der Grund für ihren Zustand. Nachdem er gegangen war und die Tür der Pension zum letzten Mal hinter sich ins Schloss gezogen hatte, war es Marie, als hätte sie ihren Körper verlassen und würde das, was geschah, beobachten wie eine Außenstehende. Sie hatte seinen Namen gerufen, wieder und wieder, doch er war nicht zurückgekommen. Anscheinend war sie allein im Haus gewesen, denn auch sonst hatte niemand auf ihre verzweifelten Schreie reagiert. Irgendwann war sie verstummt und reglos auf dem Bett liegen geblieben, da sie nicht wusste, was sie jetzt tun sollte. Nach einer gefühlten Ewigkeit hatte sie sich angezogen, das Bett ordentlich gemacht und war gegangen. Den Schlüssel für das Zimmer hatte sie einfach in die kleine Schale im Flur gelegt, wie Robert es ihr aufgetragen hatte. Sie wusste, dass sie nie wieder einen Fuß in dieses Haus setzen würde, niemals.

Marie merkte erst, wohin sie gegangen war, als sie vor der Tür zu dem Haus stand, in dem sie gemeinsam mit ihrer Schwester und ihrem Vater lebte. Sie hatte keine Ahnung, wie spät es überhaupt war. Langsam schloss sie die Eingangstür auf und ging die Stufen zur Wohnung hinauf. Ihr Unterleib schmerzte ein wenig, nicht stark, nur gerade genug, um sie keine Sekunde vergessen zu lassen, was sie getan hatte. Lisa war soeben aus ihrem Zimmer in den Flur getreten, als Marie die Wohnungstür aufschloss und eintrat. Sofort eilte sie auf die Schwester zu. »Um Himmels willen, Marie. Was ist geschehen?«

Ohne zu antworten, ging Marie an ihrer Schwester vorbei in ihr Zimmer. Sofort war Lisa bei ihr, um sie zu stützen. »Marie, so rede doch mit mir. Wurdest du überfallen? Soll ich einen Arzt holen? Bitte, sprich mit mir.« Ihre Stimme überschlug sich.

Marie schüttelte nur den Kopf, legte sich seitlich auf ihr Bett und krümmte sich zusammen.

»Ich hole Vater aus der Wirtschaft.«

»Nein«, brachte Marie schwach hervor. »Bitte nicht.«

Lisa setzte sich zu ihrer Schwester aufs Bett und nahm ihre Hand. »Dann sprich mit mir. Ich bitte dich.«

Marie blieb einfach nur liegen, unfähig, dem Wunsch ihrer Schwester nachzukommen. Tränen liefen ihr über die Wangen.

»Wer hat das getan?«, fragte Lisa und begann ebenfalls zu weinen. »Welche Schweine waren das?«

»Es ist nicht, was du denkst. Ich wurde nicht …« Marie brach ab, schluchzte auf.

»Dann sag mir um Himmels willen, was geschehen ist!« Lisas Stimme kippte vor Verzweiflung.

Marie brauchte noch einen Moment, um sich zu sammeln, dann vertraute sie ihrer Schwester in knappen Worten an, dass sie einen Geliebten gehabt hatte, schwanger geworden war und das Kind hatte abtreiben lassen. Lisa schlug erschrocken die Hand vor den Mund und rückte ein Stück von ihrer Schwester ab.

In diesem Moment hörten sie, wie die Wohnungstür aufgeschlossen wurde und ihr Vater nach Hause kam. Durch die angelehnte Zimmertür sahen sie, wie er durch den schmalen Flur schwankte und sich am Türrahmen abstützte. »Ich will mein Essen haben«, brüllte er seinen Töchtern zu.

Als keine von ihnen sich rührte, stieß er mit Schwung die Zimmertür auf. »Steh auf, du faules Stück, und mach mir was zu essen«, blaffte er Marie an.

»Ich mache dir etwas!«, sprang Lisa ihr eilig bei. »Ich mache dir etwas zu essen.«

Der Vater blickte argwöhnisch auf die noch immer zusammengekauerte Marie. »Du! Was ist mit dir?«

»Nichts«, antwortete Lisa an ihrer Stelle. »Ihr ist nur nicht gut.« Sie stand vom Bett auf. »Ich mache dir dein Essen, Vater. Bitte, lass Marie in Ruhe.«

Sie ging an ihm vorbei und fasste vorsichtig seinen Arm, um ihn aus dem Zimmer zu lotsen. Sofort schlug er ihre Hand weg und machte einige Schritte aufs Bett zu. Drohend baute er sich vor Marie auf. »Was ist hier los?«

Vor lauter Schluchzen brachte Marie kein Wort heraus.

Wütend packte er Marie am Arm und riss sie in die Höhe. »Was hier los ist, habe ich gefragt!«

Marie schrie auf und fasste sich an den schmerzenden Unterleib. Er ließ sie los, und sie fiel wie eine leblose Puppe zurück aufs Bett.

»Verdammt noch mal! Welches Schwein war das?«

»Es ist nicht, wie du denkst«, versuchte Lisa, ihn zu beruhigen.

»Ach nein.« Er drehte sich zu Lisa um, packte sie an den Oberarmen und schüttelte sie. »Du weißt also, was passiert ist? Mach den Mund auf, oder ich prügle es aus dir heraus.« Drohend hob er die Hand.

»Ich war schwanger!«, brüllte Marie voller Verzweiflung und setzte sich auf. »Ich war schwanger, und nun bin ich es nicht mehr! Lisa hat nichts davon gewusst.« Erschöpft sackte sie zurück in die Kissen.

Ihr Vater brauchte einen Moment, um zu verstehen, was sie da eben gesagt hatte, dann riss er Marie erneut hoch. Lisa wollte ihr helfen, doch er holte aus und schlug so fest zu, dass sie in die Ecke geschleudert wurde. Anschließend zerrte er Marie vom Bett und hinter sich her zur Wohnungstür. »Mach, dass du wegkommst, du dreckige Hure!«, schrie er, öffnete die Tür und stieß sie hinaus ins Treppenhaus. »Deine Mutter würde sich im Grab umdrehen. Und wag es ja nicht, je wieder hierherzukommen. Ich will dich hier nie wieder sehen.« Damit schlug er die Tür zu und ließ Marie einfach liegen.

Die Tür gegenüber wurde geöffnet, und Frau Liebetrud, deren Mann ebenfalls bei der Deutschen Reichsbahn arbeitete, kam heraus. Erschrocken bückte sie sich zu der am Boden liegenden Marie hinunter. »Kindchen, um Himmels willen. Was ist denn nur geschehen?«

Marie konnte kaum atmen. Ihr Unterleib schmerzte, vor lauter Tränen konnte sie kaum noch etwas sehen.

»Komm, Kindchen, komm rein. Ich werde dir helfen.« Vorsicht half Frau Liebetrud Marie auf. Doch kaum dass diese einigermaßen auf den Beinen war, machte sie sich los und wandte sich zur Treppe.

»Um Himmels willen, du kannst doch so nicht gehen.« Frau Liebetrud legte ihr die Hand auf den Arm, um sie zurückzuhalten. »Komm doch erst einmal herein. Es wird sich alles klären lassen.«

Doch Marie schüttelte ihre Hand ab. Stufe um Stufe stieg sie die Treppe hinunter und wankte zur Haustür hinaus, die besorgten Rufe der Nachbarin ignorierend.

Wie von selbst trugen ihre Füße sie die Promenade entlang zum Grand. Marie betrat das Hotel durch den Personaleingang, ging gleich mit langsamen, stolpernden Schritten zur Treppe, fasste das Geländer und zog sich die Stufen hinauf. Eine nach der anderen, immer weiter, erst in den ersten Stock, dann in den zweiten. Oben angekommen, schleppte sie sich über den Flur zu der Tür, von der aus eine schmale Holztreppe direkt zu einer kleinen Kammer mit dem Ausstieg zum Dach führte. Der Schlüssel zu dieser Tür lag wie immer oben auf dem Türrahmen. Marie musste sich strecken, was ihr ein schmerzhaftes Ziehen im Unterleib einbrachte. Erleichtert atmete sie aus, als sie den Schlüssel ertastete. Mit zitternden Händen führte sie ihn ins Schloss. Nun nur noch die schmale Treppe hinauf, dann hatte sie es geschafft. Gleich würde der Schmerz aufhören, alles würde aufhören. Für sie gab es keine Vergebung, da war kein Himmel, der sie erwartete. Doch nichts, was der Herr als Strafe für sie bereithielt, konnte so schlimm sein, wie weiterleben zu müssen.

Knarrend öffnete sich die Tür zur Treppe, und Marie stieg Stufe für Stufe hinauf, ihrer Erlösung entgegen.

* * *

Bernadette zog rasch den Kopf ein. Sie wollte sich gerade aus Götz Wilhelms Zimmer schleichen, als sie eine Gestalt im Flur bemerkte.

»Was ist?«, fragte Götz, als sie den Kopf zurückzog und die Tür, so leise es eben ging, wieder zudrückte.

»Da war jemand.« Bernadette lachte ausgelassen auf. Sie fühlte sich wie ein junges Mädchen, weil sie ihre Verpflichtungen im Hotel so sträflich vernachlässigte, um mit ihm zusammen zu sein, doch dann zog sie plötzlich ihre Stirn in Falten. »Ich glaube fast, das war Marie.«

»Wer ist das?«

»Sie ist eines unserer Zimmermädchen.« Bernadette wurde ernst. »Ich habe heute Mittag mit ihr gesprochen. Es ging ihr nicht gut, und sie hat mich gebeten, nach Hause gehen zu dürfen. Das hat sie noch nie gemacht.«

Götz, der auf dem Bett gesessen hatte, stand auf. »Machst du dir Sorgen?«

»Ich weiß es nicht«, antwortete Bernadette. »Marie war schon heute Morgen so eigenartig. Ich bin ihr in die Arme gelaufen, als ich von dir kam und mich davonschleichen wollte.« Sie sah Götz nachdenklich an. »Was macht sie hier nur, wenn sie eigentlich zu Hause sein müsste und auch ihre Schicht schon seit Stunden zu Ende ist?«

Götz zuckte mit den Schultern.

»Irgendetwas stimmt hier nicht.« Bernadette öffnete entschlossen die Tür und blickte den Flur entlang. Niemand war zu sehen. Sie ging einige Meter, blieb stehen, ging weiter und horchte an den Zimmern, ob dort ein Gast eventuell mit Marie sprach. Dann fiel ihr Blick auf den Schlüssel, der im Schloss zur Dachbodentür steckte. Ihr Herz schlug schneller. Dort oben gab es nichts als eine kleine Kammer und die Luke zum Dach. Von dort hatte sich seinerzeit Karl in den Tod gestürzt.

Ohne zu zögern, lief Bernadette los. Hinter sich hörte sie Schritte, offenbar folgte Götz ihr. Sie drückte die Klinke herunter, stellte fest, dass die Tür nicht verschlossen war, und eilte die Stufen hinauf. Auf der engen Treppe war es so dunkel, dass sie kaum die Hand vor Augen sehen konnte. Erst als sie oben ankam, fiel ein wenig Licht durch die offene Luke.

»Marie?« Bernadette glaubte, ihr Herz würde aussetzen. Götz

war hinter ihr, er schien zu verstehen, was Bernadette befürchtete. Besorgt beugte sie sich aus der Luke und sah sich suchend um. Marie hockte zitternd ganz vorn auf dem Dach, die Beine angezogen. Bernadette wollte ebenfalls hinausklettern, doch Götz hielt sie zurück. »Lass mich«, sagte er nur.

Bernadette schüttelte den Kopf, streifte ihre Schuhe ab und stieg vorsichtig hinaus. Ein Blick nach unten ließ sie schwindelig werden. Sie atmete tief durch und konzentrierte sich nur auf das Mädchen. Erst als sie nur noch wenige Meter entfernt war, sah Marie auf.

»Gnädige Frau!«, stieß sie erschrocken hervor.

»Marie, bitte komm wieder herein.« Sie streckte ihrem Zimmermädchen die Hand entgegen.

Marie atmete heftig und blickte wieder nach unten.

»Nicht, Marie, bitte! Es gibt nichts, wobei ich dir nicht helfen kann. Alles wird wieder gut werden.«

»Sie können mir nicht helfen. Bitte, gnädige Frau, lassen Sie mich. Ich möchte nur noch sterben.«

»Denkst du, dass deine Mutter mir je verzeihen würde, wenn ich das zuließe?« Bernadette hatte sie nun fast erreicht. Vorsichtig versuchte sie, so weit Halt zu finden, dass sie sich neben das zitternde Mädchen setzen konnte.

»Ihnen wird noch etwas geschehen, gnädige Frau. Bitte gehen Sie wieder hinein.«

»Nur wenn du mitkommst.«

Marie sah sie aus vom Weinen geschwollenen Augen an, dann schüttelte sie den Kopf. »Ich werde nicht wieder mit reinkommen. Ich kann nicht.«

»Doch, Marie, du kannst. Jeder von uns muss im Leben schwere Zeiten durchmachen, Marie. Wir sind auf dieser Welt, um genau diese Zeiten zu meistern.«

Marie schüttelte den Kopf, sagte aber nichts.

»Marie, ich kann dir helfen, glaub mir. Habe ich dir je etwas vorgemacht? War ich nicht immer für dich da?«

»Ja, das waren Sie, gnädige Frau.«

»Und was ist mit Josephine? Sie ist doch deine Freundin. Denkst du, sie würde hier sitzen, wenn sie in der gleichen Situation wäre wie du? Meinst du nicht, dass du alles zu schwarzsiehst?« Sie streckte Marie die Hand entgegen. »Sag mir doch einfach, was geschehen ist.«

Marie schüttelte erneut den Kopf und blickte auf die Promenade, über die noch immer vereinzelt Leute spazierten, ohne zu ahnen, was hier oben geschah. »Das kann ich nicht.«

»Warum solltest du es nicht erzählen können? Wenn alles so geschieht, wie du es willst, wirst du ohnehin in ein paar Minuten tot sein. Was macht es da schon aus, wenn du mir zuvor verrätst, was passiert ist, und so dein Herz ein bisschen erleichterst?«

Marie zögerte. »Ich schäme mich zu sehr.«

Bernadette hielt dem Mädchen weiter ihre Hand hin. »Ach Marie, meine liebe Marie, was denkst du, wie oft ich mich in meinem Leben hätte schämen müssen. Und ja, manchmal habe ich mich auch geschämt. Doch weißt du, das wird mit den Jahren weniger.«

Marie sah sie von der Seite an, sagte aber nichts. Bernadette spürte, dass sie weitersprechen musste, um sie von ihrem grässlichen Vorhaben abzubringen.

»Es gibt so vieles in meinem Leben, so vieles, für das ich mich geschämt habe. Als ich in deinem Alter war, habe ich mich ständig geschämt. Ach, eigentlich immer. Meist für Kleinigkeiten.«

»Bei mir ist es keine Kleinigkeit«, gab Marie mit verzagter Stimme zu.

»Mag sein. Und dennoch bin ich der Überzeugung, dass es

keine Rechtfertigung dafür ist, das Leben, das noch vor dir liegt, einfach wegzuwerfen.« Sie sah Marie an. »Geht es um einen Mann, Marie?«

»Nein.« Marie schluckte schwer. »Es ist etwas, das ich getan habe.«

Bernadette überlegte krampfhaft, was sie sagen könnte, dann hielt sie dagegen: »Weißt du, was ich getan habe? Ich werde es dir verraten, aber ich bitte dich, dass du mein Geheimnis für dich behältst. Nicht einmal meine Kinder wissen davon.«

Marie sah Bernadette überrascht an. »Ich verspreche es.«

»Ich habe meine Eltern vor ihrem Tod nicht mehr besucht. Ich hatte stets so viel zu tun, weißt du. Und irgendwann bekam ich dann die Nachricht, dass sie gestorben waren, ohne dass ich mich noch darum gekümmert hätte. Das liegt mir sehr auf der Seele.« Bernadette fand, dass sie damit der Wahrheit nahe genug gekommen war. Hauptsache, es genügte, um Marie vom Abbruch ihres Planes zu überzeugen.

»Sie wussten ja nicht, dass Ihre Eltern sterben würden.«

»Nein, das nicht. Aber ich hätte mich um sie kümmern können. Womöglich hätte ich es dann vorausgesehen.«

»Das tut mir sehr leid.« Marie zögerte, doch nach einer Weile ergriff sie Bernadettes Hand. Einige Momente saßen sie so da, dann fragte Bernadette: »Was ist geschehen, Marie?«

Das Zimmermädchen schluchzte auf.

»Ich werde dich nicht verurteilen, Marie, ganz gleich, was du getan hast. Das verspreche ich dir. Ich werde dir beistehen wie eine Mutter und dir helfen. Es wird alles gut werden, das musst du mir glauben.«

Bernadette legte Marie den Arm um die Schulter und zog sie noch ein bisschen näher zu sich heran.

»Sie werden mich verachten, gnädige Frau.«

»Diese Entscheidung triffst nicht du, Marie, sondern ich. Und ich verspreche dir, es nicht zu tun. Du hast mein Wort.«

Marie schluckte schwer, dann lehnte sie ihren Kopf gegen Bernadettes Schulter. »Ich habe mich verliebt, gnädige Frau. Ich weiß, dass es nicht richtig war, doch ich habe mich verliebt und mich hingegeben.«

»So etwas geschieht, Marie.«

»Und ich bin schwanger geworden.«

Bernadette unterdrückte ein Seufzen. Sie hatte es geahnt.

»Und er will dich nicht heiraten?«

»Nein, er ist schon verheiratet.«

Kalte Wut stieg in Bernadette auf. Diese elenden Kerle, die mit großen Versprechungen unschuldige Mädchen verführten, während ihre Frauen zu Hause saßen und die Kinder großzogen. Verprügeln sollte man die.

»*Er* ist verheiratet, Marie, nicht du. Seine Schuld wiegt also schwerer als deine.« Sie strich Marie zärtlich über den Rücken. »Wir werden das lösen, Marie. Ich werde dir helfen, das verspreche ich dir. Irgendwie wird es schon gehen, und in ein paar Jahren wirst du glücklich sein, dein Kind zu haben, ob nun mit Vater oder ohne. Außerdem gibt es auch Männer, die nicht auf so etwas achten und sich trotzdem in dich verlieben. Dann …« Weiter kam Bernadette nicht.

»Ich habe es wegmachen lassen.«

Nun musste auch Bernadette schwer schlucken, denn damit hätte sie bei Marie niemals gerechnet.

»Ich verstehe.«

»Sehen Sie – Sie verachten mich.«

»Nein«, erwiderte Bernadette nachdenklich, »es tut mir nur so leid für dich. Ich wünschte, du wärst früher zu mir gekommen und hättest dich mir anvertraut.«

»Gnädige Frau?«

»Ja?«

»Könnten Sie bitte jetzt wieder gehen? Ich möchte einfach loslassen und nichts mehr spüren.«

»Nein, Marie. Das kann ich nicht. Ich weiß, dass auch für dich alles wieder gut werden kann. Und ich werde nicht zulassen, dass dir etwas geschieht. Das bin ich deiner Mutter schuldig.«

»Ich werde damit nicht leben können.«

»Das denkst du heute. Doch glaube mir, es sind die schwärzesten Stunden in unserem Leben, die in uns eine Kraft entfesseln, mit der wir niemals gerechnet hätten.« Bernadette strich behutsam mit ihrem Daumen über Maries Handrücken. »Hast du noch Kontakt zu diesem Mann?«

Marie schüttelte den Kopf. »Gleich nachdem ich es weggemacht hatte, hat er mir gesagt, dass er mich niemals wiedersehen will.« Marie verschwieg wohlweislich, dass der Vater des Kindes auch derjenige war, der die Abtreibung vorgenommen hatte.

»So ein Mistkerl«, schimpfte Bernadette. »Sag, bist du wütend auf den Mann?«

»Ja«, kam sofort die Antwort. »Ich hasse ihn dafür.«

»Gut«, stellte Bernadette fest. »Und denkst du, dass er jetzt auch auf einem Dach sitzt und sich in die Tiefe stürzen will?«

Marie schüttelte den Kopf.

»Willst du wirklich zulassen, dass er dich mit deinen Seelenqualen zurücklässt und selber fein raus ist, weil du auch noch den Rest deines Lebens wegwirfst?«

Marie sah Bernadette an. Etwas in ihrem Blick veränderte sich. »Sie denken, dass er sich sogar freut, wenn ich das tue?«

Bernadette zuckte mit den Schultern. »Das kann ich nicht mit Sicherheit sagen, doch er hat dich allein gelassen, und nun sitzt du hier, und er ist nicht da, um dich zu retten. Also liegt die Vermutung nahe, dass es ihn nicht interessiert, wie es dir damit geht, oder?«

Marie überlegte eine Weile, dann senkte sie den Kopf, bevor sie Bernadette erneut ansah. »Ich kann trotzdem nicht zurück. Mein Vater hat mich rausgeworfen.«

»Er weiß von der Sache?«

Marie nickte. »Er wollte Lisa schlagen, damit sie ihm sagt, was mit mir los ist, da habe ich es lieber selbst getan.«

»Ich verstehe.« Bernadette versuchte, sich ihr Entsetzen nicht anmerken zu lassen. Eigentlich hatte sie Marie eben vorschlagen wollen, bei ihr einzuziehen und zu bleiben, bis sich die Wogen geglättet hatten, doch so, wie sie Maries Vater kennengelernt hatte, würde die Geschichte schon bald im Ort die Runde machen. Der alte Säufer würde das Leid seiner Tochter zu seiner Rechtfertigung nutzen, warum er sie aus dem Haus geworfen hatte.

»Ich habe eine Idee«, sagte sie plötzlich. »Ich verstehe, wenn du unter diesen Umständen nicht hier in Binz bleiben möchtest. Zwar verliere ich dich nur ungern, doch ich könnte mir vorstellen, dass du in Berlin genug Abstand bekommst, um das alles hier zu vergessen. Denk doch nur, Josie ist da, und bestimmt kann Constantin dich in seinem Hotel gut brauchen. Ich werde ihn gleich anrufen. Was meinst du?«

Marie schluckte bei dem Gedanken, dass sie in eben die Stadt gehen sollte, in der der Mann lebte, dem sie ihr Leid zu verdanken hatte, doch sie wollte Robert Herbst keinesfalls verraten. Außerdem war Berlin eine riesengroße Stadt. Die Wahrscheinlichkeit, ihm dort zu begegnen, war wohl eher gering.

»Berlin?«

»Ja, Berlin. Es ist nicht Binz, aber ich habe gehört, dass es dort für eine junge Frau wie dich eine ganze Reihe Möglichkeiten gibt«, versuchte Bernadette, ihr Mut zu machen. »Was denkst du?« Ihr Blick fiel auf Maries Kleid. »Marie, um Gottes willen!«, rief sie erschrocken.

Marie sah an sich hinab und bemerkte erst jetzt, dass ihr Kleid unterhalb der Hüfte voller Blut war. Entsetzt sah sie Bernadette an.

»Marie, wir klettern jetzt zurück ins Zimmer, und ich sage Dr. Winter Bescheid. Du wirst hier im Hotel bleiben und dich erholen. Und in der Zwischenzeit überlegst du dir mein Angebot mit Berlin.«

Marie zögerte und sah noch einmal nach unten.

»Marie, ich dulde jetzt keinen Widerspruch. Komm.« Bernadette suchte den Blick der jungen Frau, die zögernd nickte.

»Wir klettern jetzt Stück für Stück zurück. Du bleibst immer an meiner Seite, hast du gehört?«

»Ja, gnädige Frau«, sagte Marie folgsam. Eigenartigerweise wagte sie nun nicht mehr, Bernadette zu widersprechen. Langsam und Meter für Meter bewegten die beiden Frauen sich zurück in Richtung Luke, wo zu Maries Überraschung Major Wilhelm, ein Gast des Hauses, auf sie wartete. Er half zunächst Marie herein, dann Bernadette.

»Bleib du bitte kurz bei ihr, Götz. Ich werde zur Rezeption gehen und sehen, welches Zimmer frei ist.«

»Die Gäste von 232 sind heute früh ausgezogen«, flüsterte Marie.

»Gut. Götz, bring sie dorthin. Ich hole den Schlüssel.«

Der Major legte die Arme des Mädchens um seinen Hals und nahm sie hoch. Bernadette stieg vor ihnen die Stufen der schmalen Treppe hinunter, und Götz hatte Mühe, ihr mit Marie auf dem Arm zu folgen. Doch er schaffte es und ließ sich von ihr zeigen, wo sich das Zimmer 232 befand, während Bernadette im Laufschritt zum Treppenhaus hastete, um den Schlüssel zu besorgen. Als sie wiederkam, warteten die beiden schon auf sie. Bernadette schloss eilig auf, lief voraus und schlug die Bettdecke zurück.

»Das Blut, gnädige Frau«, sagte Marie. »Es wird die Laken verschmutzen.«

»Leg sie aufs Bett«, forderte Bernadette ihren Geliebten auf, ohne Maries Einwand zu beachten. »Ich habe den Arzt rufen lassen. Er wohnt nur zwei Straßen von hier entfernt und müsste gleich eintreffen.«

»Ich werde nach unten gehen und auf ihn warten«, schlug Götz vor.

»Gut. Ich danke dir.«

»Ich danke Ihnen auch«, fügte Marie schwach hinzu.

Sobald Götz das Zimmer verlassen hatte, zog Bernadette Marie das blutige Kleid aus und eilte ins Bad, um Handtücher zu holen, die sie als Vorlage zusammenfaltete und dem wimmernden Mädchen unterschob.

Bernadette setzte sich zu ihr auf die Bettkante, sah sie an und strich ihr zärtlich einige Strähnen aus dem Gesicht. »Ich weiß, dass du es in diesem Moment nicht glauben kannst, doch alles wird wieder gut. Glaub mir, Marie, alles wird wieder gut.«

24. Kapitel

Um einen Menschen in der Hand zu haben, musst du nur zwei Dinge über ihn in Erfahrung bringen: seine Schwachstelle und die Motivation für sein Handeln.

Constantin von Plesow

Constantin war genervt. Was für ein aufgeblasener Kerl, der es wagte, in sein Lokal zu kommen und mit seiner Polizeimarke herumzufuchteln.

Der Kommissar hatte ihm mitgeteilt, dass es um die Ermordung zweier Männer ging, die tot in ihrer Wohnung aufgefunden worden waren. Zeugen zufolge sollten die Künstler, die in seinem Varieté als die *Volants Marocains* arbeiteten, zusammen mit einer ganzen Schar Männer dort gesehen worden sein. Von Plesow hatte sich die Geschichte angehört, sich nach dem fraglichen Zeitraum erkundigt und dann behauptet, die Zeugen müssten sich geirrt haben. Zu dieser Zeit seien die Marokkaner bereits nicht mehr in Berlin gewesen und erst vor Kurzem wieder hier eingetroffen, weshalb sie auch heute Abend ihren ersten Auftritt seit Langem gehabt hatten. Dass er Renaldo und Catherine in einem abgelegenen Haus am Stadtrand untergebracht hatte, damit sich Catherine unter ärztlicher Obhut von ihren Verletzungen erholen und einen Kokainentzug machen konnte, erwähnte er nicht.

Rauner schien nicht überzeugt, denn er bestand darauf, mit den beiden Artisten zu sprechen. Constantin hatte nichts dagegen, vorausgesetzt, die Befragung fand im Beisein seiner Anwälte statt. Er würde nicht zulassen, dass man den Marokkanern ein Delikt anhängte, nur weil sie Ausländer und noch dazu dunkelhäutig waren.

Die Taktik hatte für den Moment gegriffen – Kommissar Rauner war bei dieser Unterstellung merklich zusammengezuckt. Die Situation der Polizei war dieser Tage alles andere als einfach. Die Vielzahl der sich streitenden politischen Parteien mit den sich um sie scharenden Gruppierungen und die deutliche Weisung Eberts, aus dem verlorenen Krieg zu lernen und eine offene Haltung gegenüber dem sich abzeichnenden Aufschwung und den damit verbundenen Veränderungen an den Tag zu legen, stießen in gewissen Kreisen auf wenig Gegenliebe, was wiederum dazu führte, dass die Staatsgewalt – und damit die Polizei als ausführendes Organ – an vielen Fronten eher gemäßigt eingriff, um keine weiteren Brandherde zu befeuern.

Für Constantin war dieses Abwägen, verbunden mit immer neuen Zugeständnissen, nichts als Schwäche, denn die labile Position der Politiker war nur allzu leicht auszuhebeln. Im Grunde hatte es lediglich dazu geführt, dass nach Beendigung der Hyperinflation mit den hohen Arbeitslosenzahlen jeder Einzelne mit aller Kraft versuchte, irgendwie durchzukommen und für sich das Beste herauszuholen. Die Polizei bildete da keine Ausnahme.

Und selbst die, die ihre Aufgabe ernst zu nehmen schienen wie dieser Kommissar Rauner, rannten gar zu schnell gegen eine Wand, wenn die Situation ein Durchgreifen erforderte, das augenblicklich von höherer Stelle unterbunden wurde. Nein, Constantin machte sich keine Sorgen. Aber lästig war ihm Rauner allemal. Er würde seine Anwälte anrufen, die sich der Sache annehmen sollten, womit das Thema für ihn erledigt war.

Bevor er das Varieté verlassen hatte, war er bei den Garderoben vorbeigegangen und hatte Renaldo und Catherine instruiert, keinerlei Angaben zu machen und darauf zu verweisen, dass sie die Sprache nicht gut genug beherrschten, weshalb sie ausschließlich Constantins Anwalt für sie sprechen lassen sollten, damit ihnen nichts falsch ausgelegt werden könnte. Des Weiteren hatte er ihnen den Zeitraum genannt, in dem sie Berlin angeblich verlassen hatten. Es sei wichtig, darauf zu bestehen, dass sie erst gestern hierher zurückgekehrt seien, damit sie nicht unter Mordverdacht gerieten. Um alles andere, so versicherte er den Geschwistern, werde er sich selbst kümmern.

Jetzt war er wieder im Hotel und wollte sich gerade ausziehen, als es an seiner Tür klopfte. Constantin öffnete und ließ Nolte eintreten, der, kaum hatte er die Tür hinter sich geschlossen, sagte: »Es gibt Probleme.«

»Wegen diesem Rauner?«

»Dem Kommissar? Nein, der interessiert mich nicht.« Nolte machte eine wegwerfende Handbewegung. »Es geht um Lotte.«

»Was ist mir ihr?« Constantin rechnete damit, dass die junge Frau sich erneut weigerte, etwas zu essen, was in letzter Zeit immer wieder vorgekommen war.

»Sie wurde ziemlich übel zugerichtet.«

»Von wem?« Constantin ballte die Hand zur Faust.

»Einem Gast, Regierungsrat Melzer.«

Von Plesow sah den übergewichtigen Mann vor sich. Ein Bulle von einem Kerl mit einem Wanst, der fast zu platzen drohte. Constantin hatte schon öfter gehört, dass er es mochte, wenn die Huren sich wehrten und ihm vorspielten, Angst zu haben vor dem, was er mit ihnen machte.

»Wie schlimm ist es?«

»Ich habe Dr. Herbst rufen lassen. Er ist gerade bei ihr. Kann sein, dass sie's nicht schafft.«

»Verdammter Mist!«, schimpfte Constantin. »Wo ist sie jetzt?«

»Ich hab sie von den Jungs in den Personalbereich im obersten Stockwerk schaffen lassen, du weißt schon, in eine der beiden Kammern.«

»Ist gut. Ich werde gleich nach ihr sehen.«

»Ach Constantin. Du weißt, ich will mich nicht einmischen, aber wenn sie die Sache überlebt, solltest du sie vielleicht gehen lassen.«

»Ich denke drüber nach«, antwortete Constantin, nahm seinen Zimmerschlüssel und ging hinaus. Nolte folgte ihm.

Im Personalwohnbereich gab es zwei abgelegene Zimmerchen, in denen die Mädchen zur kurzzeitigen Behandlung untergebracht werden konnten, sei es, weil sie sich eine Geschlechtskrankheit eingefangen hatten oder einfach einen Tag Pause brauchten, um danach wieder mit vollem Einsatz für Constantin zu arbeiten. Es wurde ohnehin Zeit, die Mädchen innerhalb des Rings gegen neue zu tauschen und seine Huren, wie schon das letzte Mal, zum Arbeiten nach Frankfurt oder München zu schicken. Dieses Arrangement hatte sich im Laufe der Zeit bewährt – er lieferte den Stammgästen Frischfleisch, und die Mädchen bekamen keine Gelegenheit, sich feste Freier zu suchen. Immer wieder kam es vor, dass ihm eine Hure davonlief, weil sich aus einer solchen Beziehung mehr entwickelte.

Als sie das Zimmer erreichten, zog Constantin seinen Generalschlüssel hervor und öffnete, ohne zu klopfen. In der Schlafkammer war es bis auf den Schein einer kleinen grünen Nachttischlampe dunkel. Dr. Herbst saß auf der Bettkante und sprach leise mit Lotte.

Als der Arzt Constantin bemerkte, stand er auf und kam auf ihn und Nolte zu. Sie reichten einander die Hände.

»Wie geht es ihr?«

Herbst verzog das Gesicht und schien seine Worte gut abzuwägen. »Sie hat schwere Verletzungen davongetragen, Risswunden, Prellungen, aber zum Glück keine Brüche. Vor allem die inneren Verletzungen bereiten mir Sorgen. Ich konnte die Blutungen stoppen, doch sie darf sich nicht bewegen, sonst reißt es sofort wieder auf.«

»Ich verstehe. Ich möchte, dass sie alles bekommt, was sie braucht. Kümmern Sie sich bitte um sie, Dr. Herbst.« Constantin zog ein Bündel Geldscheine hervor, nahm die Hälfte davon und gab sie dem Arzt.

»Danke, das werde ich.« Robert ließ die Scheine in seiner Hosentasche verschwinden. »Ich werde bleiben und ihren Zustand überwachen. In einer Klinik wäre sie dennoch besser aufgehoben.«

»Ich vertraue darauf, dass Lotte bei Ihnen in guten Händen ist.« Constantin reichte dem Arzt die Hand. »Rufen Sie bei der Rezeption an, wenn Sie irgendetwas brauchen. Ganz gleich, was es ist.«

»Das werde ich. Danke.«

Nolte nickte ihm zu und ging dann gemeinsam mit Constantin hinaus. »Sag unten Bescheid für den Fall, dass Herbst sich dort meldet. Er soll alles kriegen, was er braucht.«

»Ist gut.«

Sie gingen zusammen zum Fahrstuhl und wünschten sich eine gute Nacht. Dann bog Constantin zum Treppenhaus ab, und Nolte fuhr nach unten.

***

Josephine war nervös. Gleich würde Ferdinand kommen, um ihre Werke zu begutachten, und im Laufe des Tages käme sicher auch noch Constantin. Zumindest hatte er ihr das gestern versprochen.

Eigenartig. Sie fühlte sich wie damals, wenn sie an der Kunstakademie ihre Arbeiten vorzustellen hatte, wo man dann darüber entschied, ob sie ihre Ausbildung dort zum Abschluss bringen durfte oder nicht. Josephine fand sich selbst albern, musste sie doch nun wirklich niemandem beweisen, was sie konnte. Constantin hatte wahrlich keine Ahnung von Kunst, und Ferdinand wusste besser als jeder andere, dass Kunst im Auge des Betrachters lag. Ihr selbst gefiel, was sie auf die Leinwände gebracht hatte, doch vor allem hatte sie das Gefühl, endlich wieder malen zu wollen, nicht malen zu müssen, um sich »Künstlerin« nennen zu dürfen.

Und doch war da stets die Furcht, dass das, was sie geschaffen hatte, nicht ausreichte. Die Tatsache, beurteilt zu werden, hatte ihr schon immer zugesetzt. Schon in der Schule war sie vor jeder Prüfung schrecklich nervös gewesen, hatte manchmal vorher tagelang nichts essen können. Von jeher hatte sie das Gefühl gehabt, nicht gut genug zu sein, zu oberflächlich und ja – einfach zu dumm. Stets meinte sie, dass Alexander, Constantin und Maximilian schlauer seien als sie. Vor allem Maximilian, der nicht nur über ein unglaubliches Allgemeinwissen verfügt hatte, sondern darüber hinaus ein begnadeter Pianist gewesen war, dem jeder, der ihn jemals hatte spielen hören, eine große Zukunft voraussagte.

Nun ging sie angespannt in ihrem Atelier auf und ab und wartete darauf, dass Ferdinand an ihre Tür klopfte. Sie hatte am Empfang Bescheid gegeben, dass man sie anrufen sollte, wenn dort ein Herr Dux nach ihr fragte. Doch bisher hatte weder das Telefon geläutet, noch war Ferdinand bei ihr aufgetaucht, obwohl es bereits nach elf Uhr war und er um diese Zeit hatte kommen wollen.

Das Telefon klingelte, und Josephine stürzte förmlich hinüber zum Tisch. »Ja bitte, von Plesow?«

»Ebenfalls von Plesow«, sagte Constantin. »Ich wollte nur hören, ob du jetzt in deinem Atelier bist. Dann komme ich hoch und sehe mir deine Bilder an.«

»Aber …«

»Aber was? Soll ich nicht kommen?«

Josephine zögerte. »Doch, natürlich. Komm her. Ich freue mich auf dich!« Sie legte auf. Schlimmstenfalls trafen Constantin und Ferdinand eben zusammen. Und wenn schon. Ganz abgesehen davon war ja nicht einmal sicher, dass Ferdinand überhaupt noch kam.

Einige Minuten später klopfte es. Josephine öffnete, stellte sich auf die Zehenspitzen und gab ihrem Bruder einen Kuss auf die Wange. »Komm rein, Tino.«

»Bonjour, Mademoiselle de Plesow. Es ist mir ein Vergnügen, Ihre Kunst begutachten zu dürfen.«

Josephine lachte hell auf. »Du spinnst.« Sie schloss die Tür hinter ihm, tänzelte durchs Atelier und vollführte eine einladende Geste. »Bitte sehr, meine Gemälde.«

Constantin trat näher an die Fensterbank heran, wo Josephine eines ihrer Bilder aufgestellt hatte. Ein weiteres stand an der anderen Fensterbank, zwei lehnten am Boden, und eines befand sich noch auf der Staffelei. Er blieb vor dem Gemälde stehen, das das Brandenburger Tor in abstrakter Form zeigte, verschränkte die Arme, trat einen Schritt zurück und legte den Kopf schräg. Nachdem er einen anerkennenden Pfiff ausgestoßen hatte, ging er zum nächsten Bild, auf dem das Spreeufer mit seinen Bauten und Befestigungen zu sehen war. »Josie!« Er drehte sich zu ihr um. »Du kannst ja wirklich was!«

»Mach dich nicht über mich lustig.«

»Nein, nein, ich meine es ernst. Ich finde diese Bilder fantastisch.«

»Wirklich?« Sie machte ein paar schnelle Schritte auf ihn zu. »Sie gefallen dir?«

»Ja, allerdings.« Er klang absolut ehrlich und auch ein bisschen überrascht. »Verzeih mir, aber ich hatte ja keine Ahnung. Du hast wirklich etwas ganz Eigenständiges geschaffen mit deiner Arbeit.«

Josephine umarmte den Bruder stürmisch. »Danke, danke, danke! Ich hatte so gehofft, dass sie dir gefallen.« Sie fasste seine Hand. »Komm, sieh dir auch noch die anderen an.«

Constantin ließ sich bereitwillig von ihr mitziehen, erfreut darüber, seine Schwester so glücklich zu sehen.

Josephine hob eines der auf dem Fußboden stehenden Gemälde hoch, hielt es vor ihren Körper und spähte erwartungsvoll darüber hinweg. »Und, was sagst du zu dem?«

»Ich mag die Farben. Es ist schön, harmonisch, würde ich sagen. Es zeigt Berlin so, wie jeder Berlin gerne hätte.«

»Wie meinst du das: ›wie jeder es gerne hätte‹?« Sie ließ das Bild sinken, die Stirn in Falten gelegt.

»Du machst bunt, was eigentlich grau ist«, stellte er fest.

»Hm.« Enttäuscht stellte sie die Leinwand zurück.

»Aber was ist denn, Josie? Das ist doch etwas Gutes!«

Josephine ließ die Schultern sinken. »Ich wollte die Realität zeigen, Tino, kein bunt gemaltes Bild.«

»Es ist die Realität«, stellte er fest. »Deine Realität. Jeder nimmt eine Stadt doch anders wahr.«

»Ich bin zu oberflächlich«, stellte sie bitter fest. »Das hat mir mein Meister an der Pariser Kunstschule damals auch gesagt. Er meinte, irgendwann würde die wahre Künstlerin in mir zum Vorschein kommen, und zwar dann, wenn ich bereit sei, die Welt zu sehen, wie sie ist, und nicht, wie ich sie haben möchte.« Ihr traten Tränen in die Augen.

»Ach Josie.« Constantin nahm sie in die Arme. »Ich verstehe gar nicht, was du hast. Deine Bilder sind herausragend und zeigen, dass du die Welt positiv siehst.«

»Ach, du verstehst mich nicht. Niemand versteht mich.«

»Jetzt hör mir mal zu.« Er fasste ihre Oberarme und suchte ihren Blick. »Die Hyperinflation ist gerade erst zu Ende gegangen, Tausende und Abertausende Menschen sind arbeitslos und wissen nicht, wovon sie leben sollen. Die Parteien bekriegen sich gegenseitig, wir müssen Reparationszahlungen in Milliardenhöhe leisten, und es gibt Sorgen über Sorgen, die die Menschen quälen. Sieh dir beispielsweise das Varieté an. Dort ist alles bunt, Künstler fliegen am Trapez durch die Lüfte, Bands spielen schnelle Musik, die Menschen lachen und sind ausgelassen. Die Frauen tragen bunte Kleider und verrückte Hüte … Das ist es, was die Menschen wollen! Niemand erträgt tagein, tagaus eine graue Welt. Wir alle brauchen Hoffnung zum Leben, Hoffnung und auch Träume. Und du hast die Gabe, einen Ort zu sehen und ihn mit der Hoffnung auf Farbe und Licht zu malen. Das ist ein Geschenk, Josie, und ganz gewiss nichts, worüber du traurig sein müsstest.«

»Ich habe das Gefühl, ich werde es nie zu etwas bringen.« Sie sah ihn traurig an.

Es klopfte an der Tür. Eilig wischte Josie die Tränen ab. »Das wird Ferdinand sein. Er möchte sich meine Bilder ansehen.«

»Willst du, dass ich gehe?«

»Nein, bleib nur.« Sie öffnete die Tür. »Ah, Ferdinand, komm nur herein. Mein Bruder ist auch gerade hier.«

Ferdinand trat ein und begrüßte Constantin mit Handschlag. »Ich bin gespannt«, sagte er und ging zielstrebig auf die Bilder zu, die auf den Fensterbänken standen.

»Na, was sagst du?« Josephines Stimme klang, als erwartete sie ein vernichtendes Urteil.

»Die sind gut. Wirklich gut.« Er trat noch näher heran. »Du hast die Schatten sehr gut eingesetzt. Das gefällt mir.« Er sah Josephine bewundernd an. »Eine ganz eigene Handschrift, das muss ich dir lassen.«

»Ist es für dich Kunst oder nur Geklecksе?«, wollte Constantin von ihm wissen.

Josephine verschränkte die Arme vor der Brust.

»Kunst«, urteilte Ferdinand. »Eindeutig Kunst. Das ist mal was ganz anderes, als nur Bühnenkulissen zu bemalen, wie ich es tue.«

Josephine ließ die Arme sinken. »Tatsächlich?« Es klang, als könnte sie es kaum glauben.

»Aber ja.«

»Doch wirklich begeistert wirkst du nicht.«

»Es klingt fast so, als wärst du enttäuscht, dass mir deine Bilder gefallen.«

Constantin schüttelte den Kopf. »So war es bei mir eben auch schon.« Er beugte sich vor und gab seiner Schwester einen Kuss auf die Wange. »Ich werde jetzt gehen und die Künstler untereinander fachsimpeln lassen. Ach Josie, was ich dir noch sagen wollte: Mutter hat sich bei mir gemeldet. Sie wird in Kürze Marie nach Berlin schicken, damit sie hier im Hotel arbeiten kann.«

»Marie verlässt Binz?« Josephine sah ihn überrascht an.

»Es scheint so. Sie hatte wohl eine Auseinandersetzung mit ihrem Vater und will nun von dort weg. Wer könnte es ihr verdenken?«

Josephine strahlte über das ganze Gesicht. »Nun hast du mir meinen Tag doch noch gerettet. Ich freue mich so sehr, Marie hier zu haben.«

»Ich sage dir Bescheid, wenn ich weiß, wann sie kommt. Und nun muss ich an die Arbeit.« Er hob die Hand und grüßte Ferdinand, dann ging er hinaus.

»Marie?«

»Sie ist eine Freundin von mir. Wir sind zusammen aufgewachsen.«

»Malt sie auch?«

»Nein, sie ist Zimmermädchen. Ihre Mutter hat für meine Mutter gearbeitet.«

»Ah, ich erinnere mich. Du hast von ihr erzählt.«

Josephine deutete auf das Bild, das auf der Staffelei stand. »Constantin ist weg, du kannst also ehrlich deine Meinung sagen. Es ist nicht gut, oder?«

»Nein, nicht besonders«, gab Ferdinand nun unumwoben zu.

»Ich wusste es.« Josephine ließ sich entmutigt auf einen Stuhl fallen. »Was mache ich denn falsch?«

»Du hast keine Leidenschaft.«

»Was sagst du da?«, empörte sie sich. »Ich habe sehr wohl Leidenschaft!«

»Josephine, wir kennen uns nun schon eine ganze Weile. Wir sind zusammen, unterhalten uns, verbringen unsere Zeit mit den anderen. Und dennoch ist da nichts, was mir verrät, wie du denkst und fühlst. Es ist, als lebtest du stets nur in den Tag hinein, ohne dir Gedanken um andere zu machen. Du siehst nur auf dich und bist doch nie bei dir.«

»Ach ja? Dann will ich dir nicht länger zumuten, deine Zeit mit mir zu vergeuden.«

»Du benimmst dich wie ein Kind, das die Wahrheit nicht sehen will.«

»Und was ist die Wahrheit?«

»Tristesse, Dreck, Armut, Qual. Wir sind Künstler, und es ist unsere Aufgabe, der Gesellschaft den Spiegel vorzuhalten, verstehst du das nicht?«

»Aber was ist mit Glück, Frohsinn, Leichtigkeit?«

»Mach die Augen auf, Josephine. All das gibt es nicht. Es kann doch keinen Frohsinn geben, wenn die Menschen entweder zu Zigtausenden arbeitslos sind oder sich jeden Tag kaputt schuften, um nur nicht verhungern zu müssen, während auf der anderen Seite der Champagner durch die Kehlen rinnt.«

Josephine sah ihn einen Moment lang an, dann, vollkommen überraschend, zog sie sich aus, bis sie splitternackt vor ihm stand. »Dann bring mir bei, was Leidenschaft ist.«

Ferdinand stand da wie vom Donner gerührt, wusste nicht, was er sagen oder tun sollte. Josephine ging einen Schritt auf ihn zu, nahm seine Hand und legte sie auf ihre Brust, dann ließ sie ihre andere Hand in seinen Schritt gleiten. Ja, sie war zu allem entschlossen. Nie zuvor hatte sie sich einem Mann hingegeben, doch jetzt wollte sie es. Sie musste diesen Schritt gehen, um endlich erwachsen und damit auch sie selbst zu werden.

Ferdinand schluckte, schien nicht recht zu wissen, was er tun sollte, doch dann zog er sie an sich und küsste sie. Eilig streifte auch er seine Kleidung ab und zog sie mit sich hinunter auf den Teppich. Josephine drückte sich an ihn. Sie spürte seinen harten Penis und griff danach. Er fühlte sich eigenartig an, fremd. Sie spürte, wie Ferdinands Finger in sie eindrangen, während er gleichzeitig die Lippen um eine ihrer Brustspitzen schloss und daran saugte. Es war aufregend, doch irgendwie auch anders, als sie es sich vorgestellt hatte. Ehe sie sichs versah, rollte Ferdinand sie auf den Rücken und schob sich auf sie. Eilig, voller Hast drang er in sie ein. Josephine spürte einen Widerstand und ein kurzes schmerzhaftes Ziehen, dann fing er an, in sie zu stoßen. Sie presste die Lippen aufeinander, um einen Aufschrei zu unterdrücken.

Ferdinand bewegte sich schneller und schneller, dann stöhnte er plötzlich laut auf und sackte keuchend auf ihr zusammen.

Josephine war nicht sicher, ob sie alles richtig gemacht hatte. War das alles, oder musste sie noch etwas tun? Nach einer Weile hörte Ferdinand auf zu keuchen und rollte sich von ihr herunter.

Eine Zeit lang blieben sie nebeneinanderliegen, dann stand Ferdinand auf und zog sich eilig wieder an.

»Du willst schon weg?«, fragte Josephine.

»Ja.«

»Was soll das heißen? Hat es dir denn nicht gefallen?«

Er funkelte sie wütend an. »Du manipulierst die Menschen, um zu kriegen, was du willst, Josephine. Du bist genau wie dein Bruder.«

Josephine traten Tränen in die Augen, als er in seine Schuhe schlüpfte und das Atelier verließ. Die Tür fiel geräuschvoll hinter ihm ins Schloss. Traurig schüttelte sie den Kopf. Sie würde Ferdinand wohl nie verstehen.

25. Kapitel

Leben und Tod verbindet ein hauchdünner Faden. Ich weiß noch nicht, welches Ende ich aufnehmen werde.

Marie Reidel

Marie hatte sich gut erholt. Sie war Bernadette zutiefst dankbar, dass sie ihr so geholfen hatte. Sie hatte ihr nicht nur das Leben gerettet, sondern ihr noch dazu eine Perspektive aufgezeigt. Schon bald würde sie nach Berlin gehen und dort in Constantins Hotel arbeiten dürfen. Eine solche Freiheit hätte sie sich für ihr Leben niemals erträumt.

Die letzten Tage hatten sie verändert und ihr bisheriges Denken auf den Kopf gestellt. Marie wusste nicht mehr, wer sie war. Sie wusste nur, dass sie nicht länger die Marie war, die bisher alle in ihr gesehen hatten: das junge, strebsame Zimmermädchen, das sich leicht übervorteilen ließ und immer wieder den Dienst seiner Kolleginnen übernahm, auch wenn es wusste, dass diese ihm niemals den gleichen Gefallen tun würden. Die nicht auf sie hörten, auch wenn die Frau von Plesow ihr die Verantwortung für sie alle übertragen hatte. Seit drei Tagen lag sie nun schon in Zimmer 232, und bis auf die gnädige Frau, den Major und Dr. Winter war niemand bei ihr gewesen, um ihr Essen zu bringen und nach ihr zu sehen. Bernadette hatte die Zimmermädchen im Hotel harsch angewiesen, dass keine von ihnen es wagen sollte, das Zimmer zu betreten, um dort sauber zu machen. Der Gast, der darin wohnte, wolle nicht gestört werden, und jede von ihnen, die sich nicht an diese Anweisung hielt – sei es aus Neugierde oder Gedankenlosigkeit –, würde augenblicklich ihre Stelle verlieren.

Also hatte sich keine ihrer Kolleginnen getraut, dem Zimmer auch nur zu nahe zu kommen.

Bernadette kümmerte sich rührend um Marie, brachte ihr Essen und Trinken und nahm sich sogar die Zeit für Gespräche. Sie war tatsächlich wie eine Mutter zu ihr, eine Mutter voller Verständnis und Güte, ohne dass sie verurteilte oder verteufelte. Und hierfür war Marie aus tiefstem Herzen dankbar.

Sie hatte einen Brief an Lisa geschrieben, dass sie sich in Sicherheit befand und es ihr gut ginge. Wo sie sich aufhielt, hatte sie nicht erwähnt, und auch nicht, dass sie schon bald aus Binz fortgehen würde. Es würde ihr noch schwer genug fallen, sich für lange Zeit, womöglich sogar für immer von ihrer geliebten Schwester zu verabschieden. Marie mochte sich gar nicht ausmalen, wie die Situation für Lisa sein musste. Vater hatte sich zu einem immer schlimmeren, immer zügelloseren Menschen entwickelt, für den die Mutter sich in Grund und Boden geschämt hätte. Andererseits wäre es wohl nie so weit gekommen, wenn sie noch am Leben wäre. Doch es war müßig, darüber nachzudenken, was gewesen wäre, wenn oder eben auch nicht. Für Marie stand fest, dass sie das Haus, in dem sie mit ihrer Familie gelebt hatte, nie wieder betreten würde, selbst wenn ihr Vater es ihr nicht ausdrücklich untersagt hätte.

Ihre Scham hatte sich in den Tagen, in denen sie Ruhe hatte finden können, in Wut verwandelt. Schon immer hatte sie das Gefühl gehabt, allein dazustehen und alle Verantwortung selbst tragen zu müssen. Auch als ihre Mutter noch gelebt hatte, war sie stets die große Schwester gewesen, die sich um Lisa hatte kümmern und der Mutter bei der Hausarbeit zur Hand gehen müssen.

Sie war immer zuverlässig gewesen, hatte nie Widerworte gegeben und stets das getan, was ihr aufgetragen wurde. Sie hatte nicht darüber nachgedacht, wie das Leben sein könnte und was sie sich davon erwartete. Um ehrlich zu sein, hatte sie keinerlei Erwartungen gehabt. Doch nun war diese Marie zusammen mit dem Kind, das sie hatte abtreiben lassen, gestorben. Nichts war mehr so, wie es gewesen war, und es würde auch nie wieder so sein. Die Menschen, die ihr am nächsten standen – ihr Vater und ihr Geliebter –, hatten sie auf die schändlichste Art verraten, und die Einzige, die sie vorbehaltlos unterstützte, war ausgerechnet die Frau, die in dem Ruf stand, kein Herz in der Brust zu haben und sich stets nur um ihre eigenen und die Belange des Hotels zu kümmern. Wie falsch die Menschen Bernadette doch sahen.

Marie schlug die Decke zur Seite, hob vorsichtig ihre Beine aus dem Bett und blieb auf der Kante sitzen. Ihr war ein bisschen schwindelig. Sie wartete einen Moment ab, dann ging sie langsam und mit etwas zittrigen Schritten hinüber ins Bad. Dort erleichterte sie sich, wusch sich Hände und Gesicht und betrachtete sich im Spiegel. Eigenartig. Es schien ihr, als wäre sie in den letzten Tagen um Jahre gealtert.

Ihr Unterleib schmerzte nicht mehr, wie er es gestern noch getan hatte. Sie fühlte sich insgesamt wieder kräftiger, vor allem, nachdem sie in den letzten Tagen mehr und besser gegessen hatte als ihr gesamtes Leben zuvor.

Sie kam gerade aus dem Bad, als die Zimmertür aufgeschlossen wurde und Bernadette eintrat. Voller Wärme sah sie ihren Schützling an. »Marie, du siehst viel besser aus. Wie geht es dir?«

»Es tut nicht mehr weh, selbst wenn ich aufstehe.« Marie bemühte sich um ein Lächeln. Ihr Blick fiel auf die Schale in Bernadettes Hand. »Schon wieder etwas zu essen?«

»Aber natürlich. Du musst schließlich zu Kräften kommen.«

Marie war dankbar, seufzte jedoch innerlich, weil ihr die Fürsorge ihrer Chefin fast schon zu viel wurde. Noch nie zuvor war sie derart umsorgt worden. »Ich kann das alles nie wiedergutmachen.«

»Komm, leg dich wieder hin«, sagte Bernadette sanft, begleitete Marie zum Bett und deckte sie mütterlich zu, dann nahm sie auf der Kante Platz. »Es gibt nichts wiedergutzumachen, Marie. Ich bitte dich nur um eines: Sprich niemals über das, was du getan hast. Dass dein Vater und Lisa Bescheid wissen, ist eine Sache. Doch ich warne dich davor, dein Herz weiteren Menschen auszuschütten, selbst dann nicht, wenn du glaubst, du könntest ihnen vertrauen.«

»Sie trauen niemandem, nicht wahr?«

Bernadette sah Marie nachdenklich an. »Ich habe gelernt, dass es nicht klug ist, allzu gutgläubig zu sein. Bitte einen Menschen, etwas für sich zu behalten, was du ihm anvertraust, und du kannst dir sicher sein, dass es bei einem Zerwürfnis das Erste ist, was er weitertragen wird.«

»Aber es gibt doch gewiss Menschen, die Vertrauen verdienen.«

»Mag sein, doch wie willst du sie erkennen?«

Marie dachte nach, unsicher, was sie hierauf antworten sollte.

»Ich möchte nicht in einer noch offenen Wunde bohren, Marie, aber dachtest du bei dem Vater des Kindes nicht auch, du könntest ihm vertrauen? Hättest du je geglaubt, dass er dir so etwas antun würde?«

Marie blickte verschämt nach unten.

»Gräm dich nicht dafür, Marie. Was geschehen ist, ist geschehen, du kannst es nicht mehr ändern. Aber du kannst und musst daraus lernen. Glaub mir, die nützlichsten Erfahrungen deines Lebens werden nicht die guten, sondern die schlechten sein. Nur sie bringen dich weiter.«

»Ich hätte nie gedacht, dass mir so etwas widerfahren könnte«, sagte Marie bedrückt. »Ich hätte geschworen, nie eine von denen zu sein, die …« Sie brach ab.

»Was für eine denn?« Bernadette zog fragend die rechte Augenbraue hoch. »Eine von denen, die etwas Unbedachtes tun? Eine von denen, die sich unverheiratet schwängern lassen? Oder eine von denen, die abtreiben?«

Marie presste die Lippen aufeinander.

»Du bist erst zweiundzwanzig Jahre alt, Marie, und du hast eine der schlimmsten Erfahrungen bereits gemacht. Du schämst dich dafür, und das ist auch gut so, denn sonst würde ich an deinem Charakter zweifeln. Vergib dir selbst, doch bemitleide dich nicht, hörst du? Dafür gibt es keinen Grund. Du hast entschieden, dich auf diesen Mann einzulassen. Niemand hat dich dazu gezwungen.« Bernadette sah Marie an, als erwartete sie, dass diese widersprach, doch Marie schwieg. »Du hast dich schwängern lassen und dich für die Abtreibung entschieden.«

»Nein, das war er«, widersprach Marie.

»Aber du hast den Abbruch machen lassen. Und damit hast du dich ebenfalls dafür entschieden. Da gibt es nichts schönzureden.« Sie nahm Maries Hand in ihre. »Steh dazu, Marie. Steh zu deinen Taten, und dann lebe damit. Andernfalls wirst du niemals glücklich werden. Es hätte einen anderen Weg gegeben, und du bist ihn nicht gegangen. Nun wirst du diesen Weg gehen müssen, solange du nicht erneut abbiegst. Vor allem darfst du niemals glauben, du wärst unschuldig an dem, was dir geschieht. Es ist dein Leben, du entscheidest. Wenn du etwas nicht tun willst, dann tu es nicht. Doch gib niemand anders die Schuld an dem, womit du nicht leben kannst.« Bernadettes Tonfall klang schärfer, als sie es beabsichtigt hatte.

»Darf ich Sie etwas fragen, gnädige Frau?«

»Aber sicher.«

»Wird es mir eines Tages gelingen, so stark wie Sie zu werden?«

»Möchtest du das denn?«

»Ja, das möchte ich.«

»Wenn du dich dazu entschließt, dann ja. Sieh nicht nach rechts oder links, und lass nicht zu, dass ein anderer dein Denken lenkt, schon gar nicht ein Mann. Du kannst alles schaffen, wenn du es nur willst.«

»Auch wenn ich nur ein Zimmermädchen bin?«

»Wenn du kein Zimmermädchen mehr sein willst, dann sei es nicht.«

»Das ist so leicht gesagt.«

»Du tust es schon wieder.« Bernadette klang ein wenig verärgert, doch sie lächelte aufmunternd und drückte Maries Hand. »Wer zwingt dich, Marie? Wer? Deine Mutter hat dir einen Weg vorgegeben, den du gehen konntest. Du hast deine Erfahrungen hier im Hotel gemacht und eine ausgezeichnete Ausbildung genossen. Das kann dir niemand nehmen. Und wenn du nun in die Welt hinausgehst und lieber …«, sie überlegte, »… Goldschmiedin oder Fassadenmalerin werden möchtest, dann sorg dafür, dass du dieses Ziel erreichst.«

»Wollten Sie schon immer ein Hotel besitzen?«

Bernadette schmunzelte. »Ich bin meinen Weg gegangen, wie du nun deinen gehen musst. Und ja, ich bin heute das, was ich sein will. Doch auch ich hatte meine Schwierigkeiten, dorthin zu gelangen.«

»Am liebsten wäre mir, ich könnte hier bei Ihnen bleiben und von Ihnen lernen.«

Bernadette lächelte. Marie war so, wie sie sich eine Tochter wünschte. Sie konnte sich nicht erinnern, jemals ein vergleichbares Gespräch von solcher Tiefe mit Josephine geführt zu haben.

Das Verhältnis zu ihrer Tochter hatte sich nur kurz gebessert, als diese im Begriff war, nach Berlin zu gehen. Sie hoffte inständig, dass Josephine eines Tages zurückkäme und ihren Platz im Hotel einnehmen würde. Und wenn nicht? Sie sah Marie an. »Geh nach Berlin«, riet sie ihr. »Und wenn du nach einigen Jahren noch immer den Wunsch hast, nach Binz zurückzukommen und im Hotel zu arbeiten, werde ich einen Platz für dich haben.«

»Danke. Ich werde das nie wiedergutmachen können, doch eines kann ich tun: Ihnen beweisen, dass ich mir Ihre Worte zu Herzen nehme und aus meinen Fehlern lerne. Ich möchte, dass Sie stolz auf mich sind.«

Bernadette lächelte. »Ich werde stolz auf dich sein, Marie Reidel. So stolz, wie deine Mutter es wäre.«

Kaum dass sie ihr Büro betreten hatte, klingelte Bernadettes Telefon.

»Ja?«

»Ah, gnädige Frau. Wie schön, dass ich Sie erreiche«, hörte sie Druminski sagen. »Hier ist ein Herr, der Sie zu sprechen wünscht.«

»Wie heißt er?«

»Josef Kaczmarek. Er sagt, Sie und Ihr verstorbener Herr Gatte kannten seinen Cousin.«

Bernadette schnappte nach Luft.

26. Kapitel

Interessanterweise rechnen die, die Schlechtes tun, am wenigsten damit, dass ihnen selbst Derartiges widerfahren könnte.

Klaus Denker

Klaus Denker und Egbert Müller hatten einige Tage gebraucht, um den genauen Tagesablauf von Matthias Vorweg und Lothar Müller zu ermitteln. Otto Leester, der Kontakt, den Nolte ihnen genannt hatte, war ihnen eine große Hilfe gewesen, aber sie hatten schnell feststellen müssen, dass die Uhren in Bautzen anders tickten als in Berlin.

Sie waren in zwei unterschiedlichen Pensionen untergekommen, Denker hatte für zwei Wochen die Miete bezahlt, Müller sogar für drei Wochen. Keiner von beiden wollte die volle Zeit dortbleiben, doch sie hatten besprochen, keinesfalls zusammen aus Bautzen wieder abzureisen, damit sie niemand miteinander und mit dem Verbrechen in Verbindung brachte. Die Schwierigkeit bestand darin, dass Müller nicht auffallen durfte, was aufgrund seines entstellten Äußeren so gut wie unmöglich war.

Sie mussten zudem darauf achten, keinerlei Hinweise darauf zu hinterlassen, dass sie zu Constantin von Plesows Männern gehörten, denn laut Leester waren bei der Bautzener Polizei längst nicht alle bestechlich oder standen auf den Gehaltslisten der örtlichen Organisationen. Also hatten sie die Mörder beobachtet und waren nun gut mit deren Tagesablauf und Gewohnheiten vertraut.

Die beiden arbeiteten als Erntehelfer auf einem Hof, wo sie für diese Zeit eine Unterkunft hatten. Abends gingen sie in die etwa einen Kilometer entfernte Kneipe und blieben dort, bis sie das, was sie am Tag verdient hatten, in Bier und Schnaps umgesetzt hatten.

Gestern Abend war Denker in dieselbe Kneipe gegangen, hatte sich etwas entfernt hingesetzt und die beiden unauffällig beobachtet. Er hatte noch eine Weile gewartet, nachdem sie gegangen waren, und war ihnen dann zusammen mit Müller gefolgt, der sich gegenüber der Kneipe verborgen gehalten hatte. Die Mörder waren in Schlangenlinien zum Hof zurückgetorkelt und hatten sich schnurstracks zu ihren Unterkünften begeben. Denker hatte sich größte Mühe geben müssen, sie nicht gleich hier und jetzt zu greifen und ihnen den Garaus zu machen, doch wenn er eines im Leben gelernt hatte, dann das: Es war grundlegend wichtig, einen einmal gefassten Plan durchzuziehen. Jede Improvisation, jede Änderung, ganz gleich, aus welchem Motiv, erhöhten die Gefahr des Scheiterns. Und genau das wollte Denker auf jeden Fall vermeiden. Er würde nicht scheitern. Diese Kerle waren schon sechs Jahre davongekommen. Ein siebtes würde nicht hinzukommen, das schwor Klaus bei allem, was ihm heilig war.

In Müller hatte er einen Verbündeten gefunden. Zusammengeschweißt durch das erfahrene Leid, war der Bund zwischen ihnen fester und enger als jede Freundschaft.

Der Abend, an dem es geschehen sollte, war gekommen, und als Vorweg und Lothar betrunken und unter einigem Krakeelen den Weg von der Kneipe zu ihrer Unterkunft gefunden und die Tür des Nebengebäudes hinter sich ins Schloss hatten fallen lassen, kehrte die sternenklare Nacht zu ihrer Ruhe zurück, die durch die beiden Trunkenbolde nur kurz unterbrochen worden war. Denker und Egbert Müller hatten alles bis ins Kleinste besprochen. Es wäre leichter gewesen, die beiden Mörder unterwegs zu überfallen, doch falls sich die Polizei tatsächlich die Mühe machte, wegen dieser beiden Nichtsnutze zu ermitteln, sollte es Zeugen geben, die gehört hatten, dass sie in der Unterkunft angekommen waren, was die Schlussfolgerung nahelegte, dass sie diese später von sich aus wieder verlassen hatten.

So hielten sie sich noch eine Zeit lang verborgen, dann näherte sich Denker der Tür und prüfte, ob diese verschlossen war. Wie schon an den letzten Abenden war dies nicht der Fall. Denker gab Müller ein Zeichen, worauf auch dieser zur Tür kam und sich lautlos hinter ihm in den stockdunklen Korridor schob. Sie mussten leise sein, denn neben den Gaunern waren in Zweibettkammern noch vier weitere Hilfsarbeiter hier untergebracht.

Die beiden Männer kannten die Örtlichkeit genau. Sie waren insgesamt schon viermal hier gewesen, während der Cousin und Vorweg in der Kneipe hockten.

Die kleine Kammer von Matthias Vorweg und Lothar Müller befand sich hinten rechts. Sie hörten, wie die beiden lallend miteinander sprachen.

In den anderen Kammern war es still, allenfalls das eine oder andere Schnarchen drang auf den Korridor hinaus. Denker und Müller setzten sich wie besprochen vor die Kammertür und warteten.

In zwei Nächten war Lothar noch einmal rausgekommen, hatte sich etwas abseits des Gebäudes gestellt und gepinkelt. Sollte er auch heute wieder das Bedürfnis verspüren, würde Denker ihm hinterhergehen und ihn draußen außer Gefecht setzen. Anschließend würde er zurückkommen und sich zusammen mit Egbert diesen Vorweg vornehmen.

Nach etwa zwanzig Minuten drang lautes Schnarchen aus der

Kammer. Vorsichtig öffneten die beiden die Tür und schoben sich lautlos ins Zimmer. Ohne jedes Geräusch öffnete Denker den Korken des kleinen Fläschchens, das er mit sich führte, und tränkte erst das eine, dann das andere Tuch mit der süßlich riechenden Flüssigkeit. Er musste darauf achten, in der Dunkelheit nicht zu viel danebenzuschütten, vor allem aber, dass er selbst nichts einatmete. Als er die Tücher getränkt hatte, verschloss er das Fläschchen wieder, tastete nach Egbert und drückte diesem ein Tuch in die Hand.

»Eins, zwei, drei«, flüsterte er, dann stürzten sie sich gleichzeitig auf die beiden Schlafenden und drückten ihnen die Tücher auf Nase und Mund. Alles ging ganz schnell. Ein kurzes Zucken, eine schwache Gegenwehr, die sofort wieder vorbei war, dann war der erste Teil ihres Vorhabens geschafft.

Sie drückten die Tücher noch einen weiteren Moment an die Gesichter, dann steckten sie sie in ihre Hosentaschen. Jeder von ihnen hob einen der Männer auf seine Schulter und schlich mit seiner Last aus der Kammer und aus dem Nebengebäude, bevor sie die schlaffen Körper ein Stück weit entfernt zu Boden gleiten ließen.

Denker holte den kleinen Karren aus den Büschen hervor, den sie schon vor Tagen dort platziert hatten. Sie luden die beiden Männer auf, dann fasste Müller die Stange, während Denker von hinten schob. Bald schon hatten sie ein gutes Stück zwischen sich und den Bauernhof gebracht.

Bis zu ihrem Ziel hatten sie es nicht besonders weit, doch mit dem Karren und dessen schwerer Fracht brauchten sie länger, als sie gedacht hatten. Hoffentlich würde die Wirkung des Chloroforms nicht nachlassen. Besorgt tastete Denker nach dem kleinen Fläschchen, das sich sicher in seiner Tasche befand. Wenn nötig, würde er den Kerlen eben noch eine Dröhnung verpassen, aber nicht zu viel, damit sie genau mitbekamen, was mit ihnen geschah.

Endlich erreichten sie die leer stehende Scheune. Müller ließ die Stange los und öffnete das Scheunentor, dann schaffte er den Karren mit Denkers Hilfe hinein und schloss es wieder. Drinnen konnte man kaum die Hand vor Augen sehen. Denker tastete nach einer der Öllampen, die er vor zwei Tagen an der Wand abgestellt hatte, entzündete ein Streichholz und hielt es an den Docht. Anschließend machte er auch die zweite Lampe an und hängte diese an den Haken an der Wand.

Die beiden Mörder kamen langsam zu sich. Denker holte die bereitgelegten Seile und warf zwei davon Müller zu, der sie auffing und sofort begann, Vorwegs Füße zu verschnüren, während Denker sich Lothar vornahm. Als sie fertig waren, drehten sie die beiden unsanft auf den Bauch und fesselten ihnen die Hände auf dem Rücken.

Nachdem sich Denker vergewissert hatte, dass die Fesseln fest genug saßen, holte er zwei weitere Stricke, die sie den beiden mehrfach unterhalb der Achseln um den Körper schlangen und fest verknoteten. Anschließend kletterte Denker auf den Karren und zog den Haken herunter, den er ebenfalls vor zwei Tagen an einem Seil über einem der Dachquerbalken angebracht hatte. Mit Müllers Hilfe befestigte er den Haken an Lothars Achselstricken und zog ihn hoch, bis Lothars Füße knapp über dem Boden baumelten. Der stöhnte auf, anscheinend kam er langsam zu sich. Das Gleiche machten sie mit Vorweg.

Denker zog eine kleine Flasche Schnaps aus seiner Tasche hervor, nahm einen kräftigen Schluck und reichte sie Müller, der ebenfalls trank.

»Dann wollen wir mal«, verkündete er und griff nach einer der schmalen, etwa einen halben Meter langen Holzstangen, die er ebenfalls parat gelegt hatte. Er holte Schwung und hieb dann mit aller Kraft auf die von der Decke hängenden Männer ein. Beide gaben kurze gequälte Laute von sich. Denker schlug erneut zu und noch einmal. Egberts Cousin schrie auf und riss die Augen auf.

»Wunderbar. Unsere beiden Dornröschen werden langsam wach.« Ein weiterer Hieb, und auch Vorweg war wieder bei Bewusstsein.

Lothar riss die Augen auf, als er seinen Cousin erkannte. Er versuchte zu schlucken, hatte aber offenbar nicht genug Speichel, so dass er wieder und wieder schluckte, bevor er schließlich hervorstieß: »Scheiße, was soll das, Egbert? Mach mich los, verdammt!«

»Wo wir uns gerade erst die Mühe gemacht haben, euch da raufzuziehen?« Denker schüttelte den Kopf. »Wohl eher nicht.«

Die beiden Männer versuchten, sich zu befreien – vergeblich.

»Was wollt ihr?«, knurrte Vorweg.

»Rache für Else«, gab Denker mit eiskalter Stimme zurück. »Ich bin Klaus Denker, Else war meine Frau, Harald und Martha meine Kinder.« Er nahm mit Genugtuung zur Kenntnis, dass Lothar anfing zu keuchen und zu zittern. »Wie schön, du erinnerst dich an sie.«

»Ich hatte nichts damit zu tun!«, rief Vorweg sofort. »Lothar hat sie sich geschnappt. Es war alles seine Idee.«

»Weißt du was?« Klaus trat näher an Vorweg heran und sah zu ihm hoch. »Das glaube ich dir sogar.« Er holte aus und schlug ihm mit der Holzstange gegen den Leib. Vorweg schrie auf, hustete heftig. Sein Körper krampfte, und er zog die Beine an. Denker musterte ihn vollkommen reglos. »Doch das wird dir nichts nützen. Erinnerst du dich? Du hast mitgemacht. Oder willst du das abstreiten?«

»Er hat Harald festgehalten und ihm später auch den Schädel eingeschlagen«, sagte Egbert mit rauer Stimme.

»Halt dein verdammtes Maul!«, brüllte Lothar, was ihm einen

Schlag mit der Holzstange einbrachte, der ihn vor Schmerz aufschreien ließ.

»Soso, du hast dich also meines Sohnes angenommen. Und? Hat es dir gefallen, ein unschuldiges Kind zu töten?« Er holte wieder aus und ließ die Stange durch die Luft sausen. »Wollen mal sehen, wie du in ein paar Stunden darüber denkst. Genau wie darüber, dass ihr meine Kinder habt zugucken lassen, als ihr ihre Mutter vergewaltigt habt.« Er schlug noch ein paarmal zu, dann reichte er Müller die Stange und stopfte den beiden die äthergetränkten Tücher in den Mund.

Matthias und Lothar würgten und versuchten mit letzter Kraft, sich zu befreien, dann zuckten und krümmten sie sich nur noch, während Egbert Müller immer wieder zuschlug.

Als ihre erstickten Schreie verstummten, ließ Müller von ihnen ab und lehnte sich neben Denker an die Wand. Schwer atmend sahen sie zu, wie das Blut auf den mit Stroh ausgelegten Boden tropfte.

Als das erste Licht des Tages durch die Ritzen der Scheune fiel, nahmen sie die beiden Männer von den Haken und schleiften sie aus der Scheune und um das Gebäude herum bis zur Jauchegrube, die noch immer zu drei Vierteln gefüllt war. Sie banden die beiden los, zogen ihnen die Knebel aus dem Mund, rollten sie in die Grube und beobachteten, wie sie langsam untergingen.

Eine Weile blieben sie noch stehen, um sicherzugehen, dass sie auch wirklich verschwunden blieben, dann nickten sie einander zu, sammelten die Stricke und Knebel ein und kehrten zur Scheune zurück, um auch das blutige Stroh, das Seil vom Querbalken, die Holzstangen und die Öllampen zu entfernen und ebenfalls in der Jauchegrube zu versenken.

»Fühlst du dich jetzt besser?«, fragte Müller, als alles erledigt war.

Denker warf einen letzten Blick auf die Jauchegrube. »Ja«, stellte er fest. »Viel besser. Diese Kerle werden nie wieder jemandem etwas antun.« Er sah seinen Verbündeten an. »Und du?«

Müller nickte. »Mir geht es auch um einiges besser. Aber jetzt lass uns von hier verschwinden.«

Denker klopfte ihm auf die Schulter. »Wir haben es geschafft, mein Freund. Wir haben es tatsächlich geschafft.«

27. Kapitel

Wenn das, was du am meisten fürchtest, Wahrheit wird,
ist es nur dein Charakter,
der entscheidet, ob du lebst oder zerbrichst.

BERNADETTE VON PLESOW

Bernadette hatte Werner Druminski gebeten, Josef Kaczmarek zu ihr hinaufzuschicken. Nun ging sie ans Fenster und öffnete es, um tief die frische Seeluft einzuatmen. Das Herz schlug ihr bis zum Hals. Seit sie damals Karls Abschiedsbrief gefunden hatte, hatte sie sich vor diesem Tag gefürchtet. Druminski hatte gesagt, Josef Kaczmarek sei der Cousin von diesem Gottfried. Bernadette wusste nicht, wie es Gottfried Kaczmarek damals gelungen war, Karls Geheimnis herauszufinden. Und nun stand sein Cousin auf der Matte. In welcher Beziehung standen Karl und die Familie Kaczmarek zueinander? Welche alten Verbindungen mochten da existieren, von denen sie nichts ahnte? Wie hatte Karl sie nur mit so wenigen Informationen zurücklassen können?

Es klopfte. Bernadette schloss das Fenster. »Herein!«

Ein ihr fremder Mann in einfacher, ja ärmlicher Kleidung trat ein. Eine Ähnlichkeit mit Gottfried Kaczmarek war für sie im ersten Moment nicht erkennbar. Mit ausgestreckter Hand ging sie auf ihn zu. »Herr Kaczmarek, guten Tag. Ich bin Bernadette von Plesow.«

Der Mann deutete eine Verbeugung an und schüttelte ihre

Hand. »Guten Tag, gnädige Frau. Mein Name ist Kaczmarek, Josef Kaczmarek.«

»Wie angenehm, Sie kennenzulernen.« Bernadette deutete auf den Besucherstuhl vor ihrem Schreibtisch. »Bitte, setzen Sie sich doch.«

Während sie langsam zu ihrem Sessel ging, versuchte sie, ihren Besucher einzuschätzen. Er war kleiner als sie selbst und eher schmächtig gebaut. Seine Haltung verriet ihr, dass er Knecht oder einfacher Arbeiter sein musste, keinesfalls ein Mann, der auf sie im ersten Moment bedrohlich wirkte. Andererseits wollte sie sich von seinem äußeren Erscheinungsbild nicht trügen lassen. Immerhin war er Gottfried Kaczmareks Cousin und musste einen guten Grund haben, fast vierzehn Jahre nach dessen Tod hier aufzutauchen.

»Mein Rezeptionist sagte mir, Sie seien der Cousin von Gottfried?«

»Das ist richtig.« Er nickte. »Deshalb bin ich auch hier.«

»Also gut, was kann ich für Sie tun?«

»Wissen Sie, gnädige Frau, das Haus, in dem Gottfried früher gelebt hat, bevor er hierher nach Binz ging, wurde verkauft, und wir mussten es ausräumen. Und da haben wir etwas gefunden, mit dem wir nicht recht etwas anzufangen wissen.«

Bernadette lächelte ihn weiter abwartend an. »Und das wäre?«

»Es handelt sich um eine Dose aus Metall, in der Gottfried verschiedene Dinge aufbewahrte. Alles hat mit Ihrem Mann und dessen Familie in Schlesien zu tun. Es sieht so aus, als hätte Gottfried all das gesammelt und aufgehoben, weil es ihm wichtig war. Die Kiste war unter den Dielenbalken auf dem Dachboden versteckt.«

»Nun, ich kann nicht behaupten, dass ich Ihren Cousin besonders gut kannte. Von einer solchen Kiste weiß ich nichts. Wenn jedoch Dokumente und Unterlagen darin sind, die der Familie meines verstorbenen Mannes gehören, sind Sie vermutlich hier, um mir diese zu übergeben?«

Er biss sich auf die Unterlippe und verlagerte nervös sein Gewicht. »Wissen Sie, gnädige Frau, ich habe nicht ganz verstanden, was Gottfried da hatte. Aber meine Frau, die Ludmila, die schon.«

Bernadette legte den Kopf schräg. »Ich bitte um Verzeihung, doch offen gesagt, weiß ich nicht, worauf Sie hinauswollen.«

Er zögerte, den Blick gesenkt. Bernadette hatte keinen Zweifel, dass er nicht hier sein wollte.

»Es gibt da eine Aufnahme. Sie zeigt die von Plesows auf den Stufen ihres Anwesens. Die Eltern und ihren Sohn Karl.«

Bernadette nickte ihm aufmunternd zu, damit er weitersprach. In ihrem Kopf wirbelten die Gedanken wild durcheinander. Es existierte also ein Foto. Inwieweit konnte ihr das schaden?

»Wie wunderbar. Ich habe nur ein einziges Foto von meinen Schwiegereltern. Vielleicht können Sie mir Ihres auch überlassen, als Andenken?«, log sie. Selbstverständlich hatte sie kein einziges Bild der von Plesows in ihrem Besitz.

»Ich … ich weiß nicht. Ich … also, auf dem Foto sind nicht nur die von Plesows, sondern auch der Sohn ihres Knechts zu sehen«, fuhr er fort.

»Herr Kaczmarek, es tut mir leid, aber ich weiß nicht, was Sie mir sagen wollen.«

Er atmete geräuschvoll aus. »Die von Plesows waren allesamt blond. Der einzige Dunkelhaarige auf dem Foto ist der Sohn des Knechts. Und er hat ein Muttermal, ein sehr auffälliges Muttermal.«

Bernadette sah ihn weiter an. Ihr lief eine Gänsehaut über den Rücken.

»Es gibt eine Aufnahme von Ihnen und Ihrem Ehemann, das in der Zeitung veröffentlicht wurde. Das war noch vor dem alten Hotel. Gottlieb muss es gesehen und Ihren Ehemann wiedererkannt haben, denn kurze Zeit danach ist er nach Binz gegangen und hat begonnen, für Sie zu arbeiten.« Er räusperte sich. »Der Mann auf dem Foto, Ihr Mann, hat sich kaum verändert, seit er ein Junge war. Und vor allem das Muttermal ist genau zu erkennen.«

So, jetzt war es raus. Nun wusste Bernadette nach all den Jahren also, wie dieser Gottlieb überhaupt auf den Betrug gekommen war. Denn das hatte ihr Mann ihr in seinem Abschiedsbrief nicht verraten.

»Sie wollen also andeuten, dass mein Mann gar nicht Karl von Plesow war?«

»Es tut mir leid, gnädige Frau. Aber so ist es. Ihr Mann war Hans Megerlein.«

»Das ist doch Unsinn!« Bernadette sprang von ihrem Stuhl auf.

»Nein, gnädige Frau, wirklich. Ich lüge nicht. Wir haben damals gar nicht so weit weg gewohnt von den von Plesows«, fuhr er mit leiser Stimme fort. »Wir haben nur von dem Unfall gehört, den die Eltern damals hatten, und dass Karl daraufhin fort ist. Wir dachten, er sei bei Verwandten untergekommen.«

Bernadette trat ans Fenster und drehte ihm den Rücken zu, den Blick starr aufs Meer gerichtet. »Wie Sie wissen, lebt mein Mann nicht mehr. Ich kann ihn also nicht mit Ihren Vorwürfen konfrontieren. Und auch sonst sehe ich keine Möglichkeit für mich, der Sache auf den Grund zu gehen.« Sie drehte sich wieder um. »Was wollen Sie von mir, Herr Kaczmarek?«

Es war ihm sichtlich unangenehm. »Die Ludmila und ich, wir haben nicht viel Geld. Und wir dachten, na ja, dass Sie vielleicht gern die Kiste mit den Bildern hätten und wir dafür …« Er sprach nicht weiter.

»Sie wollen mich erpressen, Herr Kaczmarek. Sprechen wir es doch offen aus.«

»Bitte, gnädige Frau, verstehen Sie doch, ich will gar nicht …«

»Wenn nicht Sie, dann eben Ihre Frau.«

Er öffnete den Mund und schloss ihn wieder.

»Ich will Ihnen etwas sagen, Herr Kaczmarek. Ich habe keine Ahnung von dem, was Sie mir da als Wahrheit zu verkaufen versuchen. Ich habe meinen Mann als Karl von Plesow kennengelernt, und für mich wird er das immer bleiben, selbst wenn Sie noch so viel Fotos haben, die angeblich das Gegenteil beweisen. Ich lasse mich von Ihnen nicht erpressen. Wenn Sie meinen, Sie müssten diese Unwahrheiten über uns verbreiten, tun Sie es nur. Doch ich werde mich nicht erpressen lassen.«

»Es tut mir leid.« Er starrte für einen Moment zu Boden, dann blickte er auf, die Lippen aufeinandergepresst, Tränen in den Augen. »Ich bitte um Verzeihung, gnädige Frau. Bitte entschuldigen Sie. Ich wusste nicht, was ich tat. Ich war nur so verzweifelt. Wir haben gerade ein Kind bekommen, wissen Sie. Unsere kleine Anastasia. Doch sie ist nicht gesund, und wir wollten …«

»Sie wollten was?«, gab Bernadette schroff zurück.

»Ihre Hüfte muss operiert werden, sonst wird sie niemals laufen können. Es gibt eine spezielle Klinik in Leipzig, nur für Kinder, und die kann die Operation machen. Doch die Behandlung kostet ein Vermögen, über fünfhundert Reichsmark.« Er unterdrückte ein Schniefen. »Wir haben das Geld nicht, und da dachten wir, wenn …« Er verstummte und schlug die Hände vors Gesicht. Als er sich wieder gefasst hatte, stand er auf und ging mit hängenden Schultern zur Tür. »Es tut mir so leid, gnädige Frau. Bitte verzeihen Sie mir.«

»Fünfhundert Reichsmark?« Bernadette sah ihn an. Die neue Währung war gerade erst am ersten August dieses Jahres eingeführt worden und hatte damit die Übergangslösung der Rentenmark beendet, nachdem die Inflation ins Endlose ausgeufert war. Fünfhundert Reichsmark waren nicht wenig Geld, doch wahrlich keine Summe, die sie nicht im Handumdrehen hätte besorgen können.

Josef Kaczmarek drehte sich noch einmal um. »Ja, gnädige Frau. Fünfhundert Reichsmark. Der Arzt sagte, wenn wir es schaffen, diese Summe aufzubringen, kann unsere Anastasia behandelt werden.« Verstohlen wischte er sich ein paar Tränen aus den Augenwinkeln. »Ich habe versucht, mir das Geld zu leihen, doch niemand, den ich kenne, hat so viel Erspartes. Ich weiß nicht mehr ein noch aus, sonst hätte ich mich niemals an Sie gewandt.« Er streckte die Hand nach der Türklinke aus.

»Warten Sie, Herr Kaczmarek.«

Er blieb stehen und drehte sich zu ihr um.

»Sie sagten, Sie haben Bilder von der Familie meines Mannes«, stellte sie fest. »Nun, ich bin sehr an solchen Erinnerungsstücken interessiert und würde Ihre Mühe, mich hiervon unterrichtet zu haben, gern honorieren.«

»Ich verstehe Sie nicht, gnädige Frau.«

»Ich möchte Ihnen die Erinnerungsstücke abkaufen, und zwar für sechshundert Reichsmark.«

Seine Augen weiteten sich. Er ließ die Türklinke los. In seinem Blick schimmerte Hoffnung. »Das würden Sie wirklich tun?«

»Kinder sollten niemals für die Fehler ihrer Eltern büßen müssen, Herr Kaczmarek. Wir hatten einen schlechten Einstand, das ist alles. Mit sechshundert Reichsmark können Sie Ihr Kind behandeln lassen und auch noch die Zugfahrt nach Leipzig und wieder zurück nach Hause bezahlen. Also – wann könnten Sie mir die Kiste bringen?«

»Ich habe sie hier, hier in Binz«, erwiderte er aufgeregt. »Meine

Frau ist mitgereist, genau wie Anastasia. Wir hatten gehofft, von hier aus gleich weiter nach Leipzig fahren zu können …«

»Kommen Sie morgen wieder, Herr Kaczmarek. Morgen Nachmittag gegen drei. Dann werde ich das Geld für Sie bereithalten.«

»Danke, gnädige Frau.« Wieder fuhr er sich mit dem Handrücken über die Augen. »Das werden wir Ihnen nie vergessen, solange wir leben.«

»Nun gehen Sie zu Ihrer Frau und Ihrer Tochter, Herr Kaczmarek. Alles wird gut.«

Kaum hatte Josef Kaczmarek ihr Büro verlassen, klopfte es erneut. Bernadette rief: »Herein!«, und Alexander trat ein.

»Wer war das denn?«, fragte er und deutete mit dem Daumen über die Schulter Richtung Fahrstuhl.

»Niemand.«

Alexander schloss die Tür. »Kaczmarek, nicht wahr?«

»Du kennst ihn?«

»Nein. Aber als ich eben an der Rezeption vorbeikam und Druminski fragte, ob du in deinem Büro bist, sagte er mir, du hättest Besuch von einem Josef Kaczmarek.«

»Warum fragst du mich, wer er ist, wenn du es schon weißt?«

Alexander ging nicht auf ihre Frage ein. »Was wollte er?«

»Nichts.«

»Mutter, was ist hier los? Druminski sagt, er sei der Cousin von Gottlieb Kaczmarek, der bei dem Brand damals ums Leben kam.«

»Soll das hier ein Verhör werden?«

»Mir gehören dreißig Prozent des Hotels, und ich bin der Geschäftsführer. Wenn es etwas gibt, was das Hotel betrifft, habe ich das Recht, es zu erfahren.«

»Wie schön«, stellte Bernadette fest. »Wenn du mich jetzt entschuldigen würdest.«

»Das ist keine Antwort, Mutter.«

»Es ist die einzige, die du bekommst, Alexander.« Sie zog ihren Schlüssel hervor und sperrte ihre Bürotür ab. Dann ging sie in Richtung Treppe und ließ ihren Sohn einfach stehen.

Ruhig schritt sie die Stufen hinab zur Empfangshalle und trat zu Werner Druminski an die Rezeption.

»Gnädige Frau«, grüßte er.

»Werner, sagen Sie bitte, wie lange arbeiten Sie bereits hier im Hotel?«

»Dieses Jahr werden es neun Jahre, gnädige Frau.« Die Freude darüber war ihm deutlich anzusehen.

»Neun Jahre, das ist eine lange Zeit.« Ihre Miene wurde ernst. »Wenn Sie das zehnte Jahr hier verbringen möchten, sollten Sie es nie, nie wieder wagen, meinen Sohn oder wen auch immer darüber zu informieren, wer mich besucht und mit wem ich spreche, haben Sie mich verstanden?«

Alle Farbe wich aus Druminskis Gesicht. »Jawohl, gnädige Frau. Ich bitte um Verzeihung. Ich wusste nicht …«

»Sie müssen nicht wissen, sondern verschwiegen sein. Wenn ich mich darauf nicht verlassen kann, habe ich zu meinem großen Bedauern keine Verwendung mehr für Sie.«

»Es wird nicht wieder vorkommen.«

Das Telefon an der Rezeption klingelte, und Bernadette bedeutete Druminski, das Gespräch anzunehmen. »Ja, Herr von Plesow, sofort«, sagte er und hängte den Hörer ein, nur um ihn gleich darauf wieder abzuheben. »Darf ich?«, bat er.

»Sicher. Was wollte mein Sohn?«

»Er möchte mit Herrn Constantin in Berlin verbunden werden.«

»Gut«, meinte sie. »Verbinden Sie ihn. Und vergessen Sie nicht, was ich gesagt habe.«

»Jawohl, gnädige Frau. Das werde ich nicht.«

Bernadette verließ die Hotellobby, während Druminski die Verbindung herstellte. Sie fragte sich, was Alexander wohl mit Constantin zu besprechen hatte. Die Brüder waren sich nicht besonders verbunden und pflegten lediglich einen oberflächlichen Umgang miteinander. Es war unwahrscheinlich, dass Alexander in Berlin anrief, nur um ein wenig zu plaudern. Der Gedanke beschäftigte sie noch, als sie ihr Privathaus erreichte. Sie ging direkt ins Arbeitszimmer, das für die private Korrespondenz sowohl von ihr als auch Alexander genutzt wurde, und schloss die Tür. Hinten in der Ecke stand der Tresor, eine etwa einen Meter hohe Massivholztruhe mit einer verzierten Kante, einem Metallgriff nebst Schloss und der Aufschrift H.F. Peltz, Düsseldorf. Bernadette öffnete den daneben stehenden Schrank und griff in eine rote Porzellanvase, in der sich der dazugehörige Schlüssel befand, dann schloss sie den Tresor auf, um das Geld für Kaczmarek herauszunehmen, aber der Tresor war leer. Das Geld, das sonst dort aufbewahrt wurde, war weg. Fassungslos kniete sie sich hin und zog die Schatullen mit ihrem Schmuck hervor. Danach holte sie nacheinander alles heraus, was sich darin befand, doch außer einem kleinen Bündel Rentenmark, das so gut wie keinen Wert mehr hatte, befand sich kein Geld in der Truhe. Aufgebracht schlug sie den Deckel zu, schloss ab und legte den Schlüssel zurück in die Vase.

Anschließend verließ sie mit schnellen Schritten das Zimmer, eilte die Treppe hinunter und achtete nicht auf die Zwillinge, deren Lachen und Lärmen aus dem Kinderzimmer drangen. Unter anderen Umständen hätte sie wenigstens kurz nach ihren Enkeln gesehen, doch dazu blieb jetzt keine Zeit.

Sie kehrte zurück ins Hotel, durchquerte die Eingangshalle, ohne Druminski zu beachten, und nahm den Fahrstuhl, statt wie sonst die Treppe zu benutzen. Der Liftboy beeilte sich, das Gitter zu schließen.

»Hoch in den zweiten Stock«, ordnete Bernadette knapp an.

»Sehr wohl, gnädige Frau.«

Bernadette hatte Mühe, ruhig zu atmen. Der Fahrstuhl hielt, und der Boy öffnete das Gitter. »Bitte sehr, gnädige Frau.«

Wortlos trat Bernadette aus der Kabine und überquerte den Flur zu Alexanders Büro. Sie musste sich alle Mühe geben, nicht aus der Haut zu fahren.

Sie klopfte, wartete aber nicht ab, bis Alexander antwortete, sondern betrat sofort den Raum. Ihr Sohn saß an seinem Schreibtisch und sah sie überrascht an. »Mutter?«

»Wo ist das Geld aus dem Tresor?«

»Zum Teil auf der Bank, den Rest habe ich für private Ausgaben benötigt.«

»Ach, sieh an. Und du hast es nicht für nötig gehalten, mich darüber zu informieren?«

»Mir war nicht bewusst, dass ich mich vor dir rechtfertigen muss.«

»Stell dir vor, das musst du allerdings. Nur weil ich dir sehr viele Freiheiten lasse, heißt das nicht, dass du mit meinem Geld machen kannst, was du willst.«

»Mit *deinem Geld*? Ich bin der Geschäftsführer des Hotels. Also ist es genauso mein Geld.«

»Alexander, du bewegst dich auf dünnem Eis«, warnte sie ihn. »Natürlich stehen dir gewisse Summen zu. Doch nur in Absprache mit mir als Eigentümerin.«

»Wir haben Einnahmen wie noch nie«, hielt er dagegen. »Und dennoch entnehme ich nicht einmal das, was mir zusteht. Stattdessen halte ich das Geld lieber für besondere Ausgaben zurück.«

Bernadette atmete tief durch. »Vermutlich habe ich überreagiert. Ich weiß, dass du weniger entnimmst, als dir zustünde. Doch ich mag keine Überraschungen dieser Art. Wenn du Geld aus dem Tresor benötigst, möchte ich darüber informiert werden.«

»Würdest du dann bitte auch mich informieren?« Alexander sah sie herausfordernd an.

»Ja, das werde ich künftig tun.«

»Gut. Dann fangen wir doch gleich damit an. Weshalb warst du überhaupt am Tresor, und wofür brauchst du Geld?«

Bernadette zögerte. »Es war für etwas Privates.«

»Etwas Privates? Ohne dir zu nahe treten zu wollen, ist mir bewusst, dass du für dich selbst kaum etwas ausgibst. Alles, was du investierst, fließt in das Hotel.«

»Ich wollte mir Kleider kaufen.«

Alexander sah sie an. »Der Schneider war zuletzt vor einem Monat da, und die Rechnung ist längst bezahlt. Wenn du mir nicht sagen willst, wofür du das Geld verwenden möchtest, bitte sehr. Aber lüg mich nicht an, Mutter.«

»Nun gut. Ich möchte tatsächlich nicht darüber sprechen. Heute wird es zu spät. Ich werde morgen früh zur Bank gehen und das Geld von unserem Konto holen.«

»Wie du willst. Wie viel?«

»Sechshundert Reichsmark.«

Alexander riss die Augen auf. »Sechshundert? Was hast du vor?«

Sie hob den Kopf. »Ich werde jetzt gehen, Alexander. Wir sprechen ein andermal weiter.« Sie drehte sich um und ging zur Tür.

»Wirst du erpresst, Mutter?«

Sie verharrte in der Bewegung. »Nein«, sagte sie nur. »Bis morgen, Alexander.« Damit ging sie hinaus.

Kaum dass sie die Tür ins Schloss gezogen hatte, hob Alexander den Telefonhörer ab. »Herr Druminski, ich möchte noch einmal mit meinem Bruder in Berlin verbunden werden.«

* * *

»Frau von Plesow, welche Ehre. Bitte, kommen Sie doch in mein Büro.« Der neue Bankdirektor Leopold Jahns, der den verstorbenen Bankier Bischoff ersetzte, verbeugte sich tief. Bernadette hatte den Mann bisher nur ein einziges Mal getroffen, als sie ihm während einer feierlichen Einführung zu seinem neuen Amt gratuliert und die Glückwünsche des Hotels überbracht hatte. Leopold Jahns war um einiges jünger als sein Vorgänger. Bernadette schätzte ihn auf gerade mal Anfang vierzig. Er war etwa einen Meter achtzig groß, hatte blonde Haare, blaue Augen und wirkte von seinem Auftreten her sehr sympathisch. Nur die leicht blasse Haut verriet, dass er die meiste Zeit des Tages in einem geschlossenen Raum hinter dem Schreibtisch verbrachte.

»Herr Jahns, ich freue mich, Sie wiederzusehen. Doch Sie hätten sich wirklich nicht persönlich bemühen müssen. Ich habe nur ein kleines Anliegen, das zweifelsohne auch Ihre Angestellten hätten erledigen können.« Sie lächelte gewinnend.

»Aber doch nicht bei einer so wichtigen Kundin wie Ihnen, liebe gnädige Frau.«

»Sie sind zu freundlich. Haben Sie sich bereits in Ihrem neuen Büro eingelebt?« Bernadette trat ein und sah sich um. »Ich sehe, dass Sie einiges verändert haben, Direktor Bischoffs Einrichtung betreffend. Sehr geschmackvoll, muss ich sagen.«

»Dass Ihnen das auffällt«, staunte er. »Sie sind eine sehr aufmerksame Frau. Bitte.« Er deutete auf die Sitzecke, bestehend aus einem Ledersofa, zwei passenden Sesseln und einem kleinen Tisch.

»Danke sehr.« Bernadette strich ihren Rock glatt und setzte sich.

»Darf ich Ihnen etwas anbieten, gnädige Frau?«

»Nein, haben Sie vielen Dank. Ich gebe zu, dass ich ein wenig in Eile bin.« Sie warf einen kurzen Blick auf ihre Uhr. Es war fast zehn. In etwa einer Stunde musste Marie aufbrechen, wenn sie ihren Zug nach Berlin nicht verpassen wollte. Marie hatte sich dagegen entschieden, mit dem Boot zu fahren, und stattdessen dankbar Bernadettes Angebot angenommen, mit dem hoteleigenen Automobil zum Bahnhof nach Stralsund gebracht zu werden.

»Selbstverständlich«, sagte der Bankier dienstbeflissen. »Was kann ich für Sie tun, gnädige Frau?«

»Ich möchte gern Geld von meinem Konto abheben.«

»Gewiss.« Er zog einen Zettel von seinem Schreibtisch. »Welche Summe darf ich notieren, gnädige Frau?«

»Sechshundert Reichsmark.«

Er sah sie kurz an, notierte die Summe und stand auf. »Wenn Sie mich einen kurzen Moment entschuldigen wollen, gnädige Frau?« Er öffnete seine Bürotür und sprach leise mit seiner Sekretärin, deren Schreibtisch nur etwa drei Meter entfernt stand. Die Sekretärin stand auf, nahm den Zettel und ging davon, während er zur Sitzecke zurückkehrte.

»Nur einen kleinen Augenblick, bitte.«

»Selbstverständlich.«

»Offen gesagt, dachte ich, Sie kämen womöglich wegen der neu anzulegenden Terrasse auf der Promenade, gnädige Frau. Sie können sich der vollen Unterstützung der Bank sicher sein, sollten Sie dafür finanzielle Mittel benötigen.«

»Das ist sehr freundlich, doch ich hoffe, dass dies nicht nötig sein wird«, erklärte Bernadette. »Wie Sie wissen, hatte das Hotel gerade in den letzten Monaten ausgezeichnete Einkünfte zu verzeichnen, und unsere Reservierungslisten sind auch weiterhin lang.«

»Das Grand ist eines der wenigen Unternehmen in Binz, das keine schlechten Zeiten zu kennen scheint.«

»Was nicht zuletzt harter Arbeit geschuldet ist. Glücklicherweise verzeichnen wir selbst während des geplanten Terrassenbaus keine Buchungsrückgänge.«

»Harter Arbeit und exzellenter Führung.« Er beugte sich weiter vor. »Was die Bank natürlich freut. Und mich persönlich auch. Ich denke, es ist kein Geheimnis, dass ich einer Ihrer größten Bewunderer bin.«

Es klopfte. Die Sekretärin betrat den Raum, nickte Bernadette freundlich zu und reichte Leopold Jahns einen gefüllten Umschlag, auf den das Zeichen der Bank aufgedruckt war, dazu einen kleinen Zettel nebst Füller.

Jahns dankte seiner Sekretärin, die daraufhin sein Büro verließ, dann öffnete er den Umschlag und entnahm ihm das Geld.

»Wenn ich Ihnen den Betrag kurz vorzählen darf?« Jahns zahlte die Scheine vor Bernadettes Augen durch »Sechshundert«, endete er und steckte das Geld zurück in den Umschlag, den er Bernadette reichte. »Bitte sehr, gnädige Frau. Wenn Sie mir den Empfang bitte mit Ihrer Unterschrift bestätigen wollen?« Er hielt ihr den Füller hin.

Bernadette nahm ihn und setzte ihre Unterschrift auf den Beleg, anschließend malte sie schwungvoll einige Kringel auf den Umschlag. »Was für ein wunderbarer Füller«, stellte sie fest. »Er liegt wirklich perfekt in der Hand. Ich werde solche Füller für das Hotel anschaffen lassen.«

»Betrachten Sie ihn als Geschenk!«

»Aber nein, so war es nicht gemeint.«

»Bitte, gnädige Frau, ich bestehe darauf.«

Bernadette stand auf und streckte ihm die Hand entgegen. »Dann bedanke ich mich herzlich bei Ihnen, Herr Jahns. Wenn es Ihre Zeit erlaubt, würden mein Sohn Alexander und ich uns freuen, Sie in Kürze einmal in unserem Restaurant begrüßen zu dürfen. Wir haben seit einem halben Jahr einen neuen Koch, der von den Gästen über die Maßen gelobt wird.«

»Ich würde mich sehr über einen Besuch bei Ihnen freuen.«

»Wunderbar. Wollen wir direkt einen Termin ins Auge fassen?«

»Aber gern.« Der Bankier schien aufrichtig erfreut. »Wie wäre es gleich morgen Abend? Ich könnte direkt nach achtzehn Uhr ins Hotel kommen.«

»Wunderbar. Ich freue mich aufrichtig. Dann noch einen schönen Tag, Herr Jahns, und bis morgen Abend.«

Er verbeugte sich. »Die Freude ist ganz auf meiner Seite, liebe Frau von Plesow.«

Bernadette ging hinaus, verabschiedete sich auch von Fräulein Schneider und schlenderte dann durch den Hauptraum der Bank hinaus. Tatsächlich ging sie davon aus, dass ihr und Alexander mit Herrn Jahns ein heiterer Abend bevorstand. Sie mochte diesen Mann, er war kompetent und sehr sympathisch. Ja, sie war froh, dass er und nicht Alfred Bracht den Posten bekommen hatte, denn Letzterer war ein guter Freund ihres ärgsten Konkurrenten Gideon Kaub. Es konnte nur gut sein, wenn dieser nicht noch vonseiten der Bank übermäßige Unterstützung erhielt.

Bernadette hatte den Geldumschlag in ihrer Handtasche verschwinden lassen, die sie nun eng an ihren Körper drückte. Sie ging gemessenen, entschlossenen Schritts, ohne den Eindruck zu erwecken, dass sie es eilig hatte. Damen rannten nicht, sie schritten. Das hatte ihr die Schwester ihres Lehrherrn immer wieder gesagt. Und diese Worte hallten auch heute noch in ihrem Kopf nach – mahnende Erziehungsregeln, die sie von ihrer Mutter nie erhalten hatte. Diese wäre gar nicht auf den Gedanken gekommen, sie zu maßregeln, wenn sie sich nicht gerade hielt, rannte, statt zu schreiten, oder gar die Kartoffeln mit dem Messer schnitt. All dies hatte sie erst die Schwester ihres Lehrherrn gelehrt. Sie konnte von Glück sagen, dass diese ihr damals einige Grundregeln des guten Benehmens beigebracht hatte, die ihre Mutter ihr niemals hätte vermitteln können. Nur so war es ihr möglich gewesen, das anmutige, erhabene Auftreten an den Tag zu legen, das so gar nicht zu der Tochter eines einfachen Schusters passte und schlussendlich dazu geführt hatte, dass sie die Ehefrau von Karl von Plesow geworden war.

Es war zwanzig nach zehn, als Bernadette am Grand eintraf, und damit noch genug Zeit, um Marie zum Automobil zu begleiten und sich in aller Ruhe von ihr zu verabschieden.

Bernadette ging hinauf in ihr Büro und schloss den Umschlag in der untersten Schublade ihres Schreibtischs ein. Nachdem sie den Schlüssel eingesteckt hatte, verließ sie ihr Büro und machte sich auf den Weg zum Zimmer 232. Sie klopfte kurz und wollte gerade mit ihrem Generalschlüssel die Tür aufschließen, als Marie von innen öffnete. Sie trug einen grauen Rock, der ihr bis knapp zu den Waden reichte, und dazu eine schlichte, aber hochwertige Bluse. Auf dem Bett lag ein dünner Sommermantel. Alles gehörte Bernadette, die diese und einige weitere Sachen für Marie herausgesucht hatte, damit sie in der großen Stadt nicht ärmlich wirkte. Auch wenn Marie noch etwas schmaler war als Bernadette, saßen die Sachen fast perfekt, und Marie sah einfach zauberhaft aus.

»Marie, lass dich ansehen!« Bernadette trat ein und schloss die Tür hinter sich.

Marie hob die Arme und drehte sich einmal um sich selbst. »Und? Bin ich so geeignet für die Stadt?«

»Du siehst wirklich entzückend aus.«

»Ich bin Ihnen so unendlich dankbar, gnädige Frau.«

Bernadette machte einen Schritt auf Marie zu und umarmte sie. Die junge Frau war vollkommen überrascht und wusste nicht recht, wie sie sich verhalten sollte. Das hatte die gnädige Frau noch nie getan. Bernadette löste die Umarmung, trat einen Schritt zurück und ergriff Maries Hände. »Deine Mutter wäre so unglaublich stolz auf dich.«

Sofort traten Marie Tränen in die Augen. »Sie sind so freundlich, gnädige Frau, doch das denke ich wirklich nicht.«

»Sie mag deine Mutter gewesen sein, aber sie war auch meine Freundin, und wir haben manches Geheimnis geteilt«, sagte Bernadette.

Marie sah sie erstaunt an. Nie hätte sie gedacht, dass die gnädige Frau ihre Mutter, eine einfache Zimmerfrau, als Freundin gesehen hatte. Sie nahm sich fest vor, im Hotel Astor ihr Bestes zu geben und Bernadette von Plesow zu beweisen, dass sie ihre Güte verdient hatte.

»Sie werden mir schrecklich fehlen, gnädige Frau«, stammelte sie verlegen und schlug die Augen nieder. »Ich weiß, dass es mir nicht zusteht, so etwas zu sagen, aber ich möchte, dass Sie das wissen.«

Bernadette tätschelte seufzend ihre Wange. »Ach Marie. Meine Marie. Du glaubst ja gar nicht, wie sehr du mir fehlen wirst.« Sie fasste Marie an den Schultern. »Versteh deinen Aufenthalt in Berlin als Neuanfang. Gib dich nicht mit dem zufrieden, von dem du meinst, dass es dir zusteht. Nimm dir, was du willst. Greif nach den Sternen und pflück sie dir vom Himmel, meine Marie. Und erwarte mit aller Selbstverständlichkeit, dass sie für dich und nur für dich leuchten werden.«

Marie schluckte. »Ich soll mich also nicht so verhalten, wie es meiner Stellung entspricht?«

»Ja, Marie. Genau das sollst du tun. Du reist dort an mit guter, sogar mit sehr guter Kleidung. Nimm dir die Zeit im Zug und heb deinen Kopf, sitz gerade, steh auf wie eine Dame. Streif das Zimmermädchen ab und lass es hier in Binz zurück.«

»Aber ich soll doch als Zimmermädchen im Astor arbeiten!«

»Ja, du wirst diese Stelle antreten, und sie ist gut, um Geld zu verdienen und dich für eine Weile über Wasser zu halten. Doch strebe nach mehr, Marie. Suche nach Wegen, dich zu befreien. Und wenn du eines Tages nach Binz zurückkehren solltest, dann möchte ich nicht mehr das Zimmermädchen in dir sehen, das seinen alten Platz wieder einnimmt. Ich möchte eine junge, mutige Frau sehen, die mit aufrechter, stolzer Haltung zurückkommt und sich einer Arbeit annimmt, die ihrer würdig ist.«

Marie wusste nicht, wie ihr geschah. Was verlangte die gnädige Frau da? Sie sollte mehr wollen? Sie sollte über sich und ihren Stand hinauswachsen?

Sie hob den Kopf. »Sie denken also, ich könnte es weiterbringen als meine Mutter?«

Bernadette nickte. »Bewahre dir im Herzen, was ich jetzt sage, Marie: Niemand wird dir etwas anbieten, wenn du es nicht forderst. Niemand wird dort draußen sein und auf dich warten, wenn du es nicht von ihm verlangst. Nimm dir, was du willst, und erwarte stets nur das Beste für dich. Gib dich niemals mit weniger zufrieden, Marie. Niemals.«

Marie schluckte erneut, dann nickte sie. »Ich werde mich nicht mehr zufriedengeben«, versprach sie.

»Gut.« Bernadette sah auf die Uhr. »Nun komm, es wird Zeit.« Sie ließ die Arme sinken und überlegte kurz. »Hast du dich von deiner Schwester und von deinem Vater verabschiedet?«

Marie schüttelte den Kopf. »Ich werde ihnen schreiben. Es tut mir leid, wenn ich …«

Bernadette hob die Hand und gebot ihr damit zu schweigen. »Entschuldige dich nicht dafür, eine Entscheidung getroffen zu haben. Niemals, hörst du?«

»Ja, gnädige Frau. Ich werde meiner Schwester schreiben, sobald ich in Berlin und fort von hier bin.«

»Tu das, Marie. Tu es oder lass es. Beides ist richtig. Wichtig ist nur, dass du dich entscheidest.«

»Ja, gnädige Frau.«

Bernadette drehte sich um und öffnete die Tür, während Marie den Sommermantel, die kleine Handtasche, die ebenfalls von Bernadette stammte, und ihren Koffer nahm und ihr folgte. Seite an Seite gingen sie den Flur entlang. Marie schlug wie selbstverständlich den Weg zur Personaltreppe ein.

»Nein«, sagte Bernadette und blieb stehen. Dann drückte sie auf die Klingel des Fahrstuhls. Marie machte große Augen. Wollte die gnädige Frau wirklich, dass sie den Fahrstuhl nahmen? Alle, die sich in der Empfangshalle aufhielten, würden sie dabei sehen können ... Ihr klopfte das Herz bis zum Hals. Sie war noch nie mit dem Aufzug gefahren, nicht ein einziges Mal in all den Jahren. Das hatte ihr nicht zugestanden, und sie wusste auch nicht, wohin sie blicken sollte, als der Fahrstuhl hielt und der Liftboy heraustrat. Er grüßte seine Chefin, dann fiel ein kurzer Blick auf Marie. Das Erstaunen war ihm anzusehen, doch er sah rasch zu Boden. »Nach unten«, wies Bernadette ihn an und bedeutete Marie einzusteigen.

Marie atmete tief ein, hob den Kopf, streckte den Rücken durch und betrat die Kabine. Der Liftboy zog das Gitter zu und setzte den Aufzug in Gang.

Unten angekommen, zog der Liftboy eilig das Gitter zurück und ließ Bernadette und Marie aussteigen.

»Geh ganz ruhig und halte dich an meiner Seite. Bleibe keinesfalls zurück.«

Marie nickte stumm.

Gemeinsam gingen sie zur Rezeption. »Gnädige Frau«, grüßte Werner Druminski und sah dann zu Marie. »Gnädiges ...« Er stockte. »Marie?«

»Sie ist fast nicht wiederzuerkennen, nicht wahr?« Bernadette lächelte. »Steht das Automobil bereit?«

»Jawohl, gnädige Frau. Wie von Ihnen gewünscht.«

»Der Fahrer soll Maries Koffer holen«, ordnete Bernadette an, und sofort gab Druminski dem vor der Tür wartenden Mann ein Zeichen. Der trat augenblicklich seine Zigarette aus und eilte ins Hotel.

Marie wollte sagen, dass sie selbst ihren Koffer nach draußen tragen könne, doch ein kaum merkliches Kopfschütteln von Bernadette hielt sie davon ab. »Dieser Koffer dort muss ins Automobil«, wies sie den Fahrer an, bevor sie, an Marie gewandt, fortfuhr: »Deine Handtasche möchtest du vermutlich bei dir behalten.«

»Ja, das möchte ich.«

»Sehr gut. Ich begleite dich noch hinaus.«

Gefolgt von Werner Druminskis verwundertem Blick, verließen sie Schulter an Schulter das Grand und folgten dem Chauffeur zum Wagen.

»Nun ist es also an der Zeit. Komm, meine Kleine.« Bernadette umarmte Marie und hielt sie einen Moment fest. »Ich weiß genau, wie du dich fühlst. Sei stark, Marie. Ich weiß nämlich auch, dass du all das schaffen kannst, was du dir wünschst. Tu es, Marie. Tu es.«

Marie schluckte. Ihre Augen füllten sich mit Tränen. »Danke. Auf Wiedersehen, gnädige Frau. Möge Gott Sie beschützen.«

»Leb wohl, Marie.«

Bernadette wartete, bis Marie eingestiegen war, und winkte dem davonfahrenden Automobil nach. Dann kehrte sie ins Hotel zurück und begab sich nach oben. Dort schloss sie die Tür zu ihrem Büro auf, trat ein und drückte sie hinter sich zu. Erst dann erlaubte sie sich, den Tränen freien Lauf zu lassen, die in ihr aufgestiegen waren.

Es war kurz vor fünfzehn Uhr, als der Rezeptionist anrief und ihr mitteilte, dass Herr Josef Kaczmarek da sei. Bernadette wies ihn an, den Besucher sogleich zu ihr zu schicken.

Seit er sie gestern aufgesucht hatte, hatte sie viel nachgedacht. Das, wovor sie sich immer gefürchtet hatte, was seit so vielen Jahren wie ein Damoklesschwert über ihr geschwebt hatte, war eingetreten: Es war jemand gekommen, der die Wahrheit über ihren Ehemann kannte und sie damit erpressen wollte. Doch die sich daraus ergebenden Konsequenzen, die sie mehr als alles andere in ihrem Leben gefürchtet hatte, waren ausgeblieben. Josef Kaczmarek hatte mit seiner Verzweiflungstat das Geld für die Operation seiner Tochter erpressen wollten, mehr steckte nicht dahinter. Wie könnte sie als Mutter ihm dies verdenken? Was hatte sie nicht alles getan, um Schaden von ihren Kindern fernzuhalten?

Sie stand am Fenster, als es zögerlich an ihre Bürotür klopfte.

»Herein!«

Zögerlich trat Josef Kaczmarek ein und ließ die Tür offen stehen. »Guten Tag, gnädige Frau«, sagte er und verneigte sich. »Meine Frau Ludmila ist mitgekommen, um sich bei Ihnen zu bedanken.« Er deutete mit der Hand hinter sich. »Dürfte sie vielleicht auch kurz hereinkommen?«

Bernadette löste sich von der Fensterbank und ging ihm entgegen. »Aber selbstverständlich. Bitte.«

Kaczmarek drehte sich um, machte eine Handbewegung, und kurz darauf trat Ludmila mit dem Kind auf dem Arm in Bernadettes Büro. Die ging auf die Besucher zu, reichte Josef Kaczmarek die Hand und wandte sich dann an seine Frau mit der kleinen Tochter.

»Ich freue mich, Sie kennenzulernen, Frau Kaczmarek.«

Ludmila knickste. »Guten Tag, gnädige Frau.«

»Und das ist dann wohl die kleine Anastasia?«, fragte Bernadette freundlich.

Ludmila hielt das kleine Mädchen in ihre Richtung und zog die Decke, die halb ihr Gesicht bedeckte, ein wenig beiseite. »Sie ist unser Engel«, sagte sie glücklich. »Deshalb waren wir auch so verzweifelt, dass wir …«

Bernadette hob kurz die Hand und brachte sie so zum Schweigen. »Ich bin froh, dass Sie mir die Möglichkeit geben, Erinnerungsstücke der Familie meines Mannes zu erhalten.«

Ludmila nickte ihr wissend zu. »Sie sind sehr gütig zu uns, gnädige Frau.«

Bernadette schob die Decke noch ein wenig beiseite und strich zärtlich mit dem Zeigefinger über die Wange der kleinen Anastasia. »Sie ist wirklich entzückend. Was genau ist denn mit ihrer Hüfte?«

Ludmila ließ die Decke an einer Seite heruntergleiten und gab den Blick auf den kleinen Körper frei. Die Fehlstellung, von der Josef Kaczmarek Bernadette berichtet hatte, war sofort zu erkennen. Das linke Bein wirkte trotz der Kleidung verdreht und stand eigenartig vom Körper ab.

»Ich bin froh, Ihnen helfen zu können.«

Ludmila traten Tränen in die Augen. »Das werden wir Ihnen nie vergessen, gnädige Frau.«

Bernadette berührte noch einmal zärtlich Anastasias Wange, dann machte sie kehrt und trat an ihren Schreibtisch, auf dem der Briefumschlag von der Bank lag. Bernadette nahm ihn und sah Josef Kaczmarek an, der sofort eine kleine Metalldose aus der abgewetzten Ledertasche zog, die er bei sich trug. Er reichte sie Bernadette, und sie hielt ihm im Gegenzug den Briefumschlag hin, den er sofort annahm. Bernadette konnte ihm ansehen, dass er zögerte, einen Blick hineinzuwerfen.

»Bitte zählen Sie das Geld zu unser beider Sicherheit nach. Nicht dass ich mich womöglich verzählt habe.«

Er nickte, dankbar, dass sie ihn mit ihrer Bemerkung aus seiner misslichen Lage befreit hatte, und zog die Geldscheine aus dem Umschlag. Rasch zählte er die Summe nach, dann drehte er sich zu Ludmila um. »Die gnädige Frau hat uns sechshundert Reichsmark überlassen.«

Ludmila schluchzte vor Erleichterung auf. »Danke«, brachte sie nur hervor.

»Es soll nicht unhöflich klingen, aber ich möchte, dass Sie mir noch einmal bestätigen, dass sich hier drin alles befindet, was Sie über meinen Mann und seine Familie in Ihrem Besitz hatten.« Sie klopfte auf die Dose.

»Das versprechen wir Ihnen, gnädige Frau. Beim Leben unserer Tochter, wir schwören es.«

»Gut. Sagen Sie mir bitte noch eines: Gibt es weitere Menschen in Ihrer Nachbarschaft oder der näheren Umgebung, die die Familie meines Mannes kannten?«

»Nein.« Josef schüttelte mit Nachdruck den Kopf. »Es gab nur das Haus meines Onkels, in dem auch Gottfried, mein Cousin, wohnte, der bei Ihnen gearbeitet hat. Auf dem gleichen Grundstück in einem anderen Haus war die Familie meines Vaters untergebracht. Gottfrieds und mein Vater waren Brüder. Doch heute sind da nur noch Ludmila und ich und natürlich unsere kleine Ana. Gottfrieds Haus stand die ganzen Jahre über leer, weil es niemanden gab, der es hätte kaufen wollen. Nun haben wir alles ausgeräumt in der Hoffnung, dass wir dann vielleicht einen Käufer finden. So sind wir ja auch auf die Kiste gestoßen.«

»Das Haus meines Mannes Karl, genau genommen, das seiner Eltern, steht es noch?«

»Aber ja, gnädige Frau. Das Anwesen ist noch immer genauso

gepflegt wie zu der Zeit, als die von Plesows dort lebten. Der Sohn, also Ihr Ehemann«, stellte er fest, »hat es damals für viel Geld verkauft.«

»Ich verstehe.« Sie überlegte, ob sie die nächste Frage stellen sollte. »Dieser gleichaltrige Freund meines Mannes, dieser Hans Megerlein, was dachten Sie, was aus ihm geworden ist?« Sie wählte ihre Worte mit Bedacht.

»Wir haben damals nur so viel erfahren, dass die von Plesows bei einem Unfall ums Leben gekommen sind und ihr Sohn Karl als Einziger überlebt hat. Er muss damals fünfzehn oder sechzehn Jahre alt gewesen sein. Wir dachten, er sei wohl bei irgendwelchen entfernten Verwandten oder auch Freunden seiner Eltern untergekommen. Zumindest haben wir ihn nie wiedergesehen. Einige Jahre stand das Anwesen leer, niemand wohnte darin. Dann irgendwann zogen neue Leute dort ein, die das Haus und das Land von Karl von Plesow gekauft hatten, kaum dass dieser volljährig war.«

»Und Hans Megerlein? Haben Sie ihn je wiedergesehen?«

»Nein, er ist am gleichen Tag verschwunden wie Karl.« Josef sah Bernadette direkt in die Augen. »Die beiden waren sehr gute Freunde, daran erinnere ich mich genau. Bestimmt ist Hans zusammen mit Karl fortgegangen und lebt nun irgendwo sein eigenes Leben.«

»Ja«, stimmte Bernadette zu. »Davon ist auszugehen.« Sie sammelte sich kurz, dann streckte sie Josef die Hand entgegen. »Haben Sie vielen Dank, dass Sie sich die Mühe gemacht haben, mir das Eigentum meines Mannes zu bringen. Ich bin froh, dass wir uns begegnet sind.«

Josef reichte ihr die Hand. »Das sind wir ebenfalls, gnädige Frau. Wir werden jeden Tag für Sie beten, weil Sie unserer Anastasia so geholfen haben.«

»Das habe ich gern getan.«

Bernadette ging zu Ludmila hinüber, verabschiedete sich von ihr und warf noch einen Blick auf das kleine Mädchen, das sicher und zufrieden im Arm seiner Mutter schlief. »Ich wünsche Ihnen von Herzen alles Gute und nur das Beste für Ihr Kind.«

»Danke, gnädige Frau.«

Die Kaczmareks gingen hinaus, und Bernadette schloss die Tür hinter ihnen. Dann ging sie wieder zu ihrem Schreibtisch, öffnete die kleine Metalldose und zog die darin befindlichen Unterlagen heraus. Es gab zwei fast identische Fotos, eines mit einem Ehepaar und dessen Sohn auf den Stufen eines prächtigen, gelb gestrichenen Hauses, das Bernadette sofort an einen reichen Gutshof mit viel Land darum herum erinnerte. Die Mutter auf dem Foto hatte sich bei ihrem Ehemann eingehakt und dicht an ihn gedrängt. Der Vater wiederum hatte seine Hände auf die Schultern des Sohnes gelegt, der vor den beiden eine Stufe weiter unten stand. Eine Familie, die sich offenbar sehr verbunden war.

Auf dem zweiten Foto war ein weiterer Junge abgebildet, dunkelhaarig und mit einem auffallenden Muttermal auf der linken Wange. Die Jungs hatten ihre Arme um die Schulter des jeweils anderen gelegt, zwei Freunde im gleichen Alter. Ein Bild der Verbundenheit.

Auch wenn da nicht dieses auffällige Muttermal gewesen wäre, hätte Bernadette ihren Mann sofort erkannt. Er mochte auf dem Foto zwölf, vielleicht auch dreizehn Jahre alt gewesen sein, hatte aber schon die gleichen Gesichtszüge, in die sie sich bei dem erwachsenen Mann verliebt hatte. Ganz davon abgesehen erkannte sie viel von ihrem Sohn Maximilian auf dem Foto wieder, als er im gleichen Alter gewesen war. Eigenartig. Bisher hatte sie immer gedacht, dass alle vier Kinder ausschließlich nach ihr kamen.

Gedankenverloren legte sie das Bild beiseite. Außer den beiden Fotografien war in der Dose nur noch der Zeitungsartikel mit Bernadette und Karl vor dem Grand, bevor dieses abgebrannt und durch das jetzige Hotel ersetzt worden war. Sie kannte den Artikel, hatte ihn selbst aufbewahrt. Wie glücklich sie beide an diesem Tag gewirkt hatten …

Sie ließ den Ausschnitt sinken und stellte sich nachdenklich ans Fenster. Es war also geschafft. Alles war überstanden. Sie konnte die Erleichterung, die sie spürte, kaum fassen. Die Jahre der Angst, die quälende Vorstellung, alles verlieren zu können, hatte sie manche Nacht keinen Schlaf finden lassen. Doch nun war es vorbei, und sie verspürte nichts als Freude darüber, dass neben der Lösung ihrer eigenen Probleme auch noch einem kleinen Kind geholfen werden konnte. Ja, endlich fühlte sich alles richtig an.

Lächelnd sah sie der Familie Kaczmarek nach, die soeben aus dem Haupteingang des Gebäudes trat. Josef hatte den Arm um seine Frau gelegt, die die kleine Anastasia sicher bei sich trug. Die beiden schienen überglücklich, küssten sich und gingen beschwingten Schritts über die Promenade davon. Immer noch lächelnd sah Bernadette ihnen nach, doch plötzlich runzelte sie die Stirn. Täuschte sie sich, oder hatte sich der Mann, der zuvor gegenüber auf der Bank an der Promenade gesessen hatte, genau in dem Moment in Bewegung gesetzt, in dem die Kaczmareks das Gebäude verlassen hatten? Irgendetwas an ihm hatte Bernadettes Aufmerksamkeit erregt, wobei sie nicht mit Sicherheit sagen konnte, was es war. Fast meinte sie, ihn schon einmal gesehen zu haben. Gehörte er etwa zu den Männern, die von Constantin geschickt worden waren, als die Kerle im Hotel Schutzgeld von ihr hatten erpressen wollen? Nein, das konnte nicht sein, Constantins Leute waren doch bereits vor Wochen nach Berlin zurückgekehrt. Weshalb hätte einer von ihnen sich noch hier in Binz aufhalten sollen?

Bernadette schüttelte den Kopf. Inzwischen sah sie wohl schon Gespenster. Sie wandte sich vom Fenster ab, setzte sich an ihren Schreibtisch, legte die Fotos zurück in die Metallkiste und ließ diese in der untersten Schublade verschwinden. Sie würde den Inhalt später verbrennen, zusammen mit Karls Brief, auch wenn es ihr schwerfallen würde, die letzten Worte ihres Mannes an sie zu vernichten. Doch es musste sein, sie musste um jeden Preis vermeiden, dass die Zeilen jemals in die falschen Hände fielen.

Eine Zeit lang verweilte sie in ihrem Büro, ohne wirklich zu arbeiten, dann verließ sie ihr Arbeitszimmer und schloss es wie immer sorgsam ab. Am Abend war sie mit Götz verabredet, und sie wollte sich die Zeit nehmen, sich in Ruhe zu pflegen und umzukleiden. Auch wenn sie es Götz nicht erzählen konnte, so gab es doch etwas zu feiern: ihre Befreiung von einer schweren Last, die sie mit niemandem teilen konnte. In ihr stieg ein ungeahntes Gefühl der Freiheit auf.

28. Kapitel

Zweiundzwanzig Jahre lang war ich ein Kind, nun bin ich eine Frau.

Marie Reidel

Marie hatte eine Gänsehaut, als sie aus dem Zug stieg und auf den Bahnsteig trat. Überall tummelten sich Menschen, hetzten eilig und geschäftig aneinander vorbei. Alle schienen in großer Eile zu sein. Sie sah sich nach allen Seiten um und hörte zu ihrer Erleichterung, wie jemand ihren Namen rief.

»Marie! Mariiiie! Hier!« Josephine winkte wild und lief ihrer Freundin entgegen.

»Josephine!« Die beiden fielen sich in die Arme. »Ach, ist das schön, dich zu sehen.« Minutenlang hielten sie sich fest, dann schob Josephine Marie ein wenig von sich weg, um sie genau betrachten zu können. »Meine Güte, Marie, du siehst unglaublich aus! So elegant kenne ich dich ja gar nicht.«

»Deine Mutter war über die Maßen großzügig.«

»Geht es ihr gut?«

»Ja, sie ist wohlauf.«

»Es ist wirklich so schön, dass du da bist.« Wieder drückte Josephine die Freundin an sich, bis sich Nolte, der sie zum Bahnhof gefahren hatte, hinter ihr räusperte.

»O Verzeihung. Marie, darf ich dir Herrn Nolte vorstellen? Er ist Constantins rechte Hand, und ich glaube, so etwas wie mein

Beschützer. Und jetzt natürlich auch deiner.« Sie wandte sich Nolte zu. »Gerd Nolte – Marie Reidel.«

»Guten Tag.« Nolte streckte Marie die Hand entgegen. »Herzlich willkommen in Berlin. Darf ich Ihr Gepäck nehmen?«

»Guten Tag, Herr Nolte.« Sie blickte auf ihren Koffer. »Den kann ich eigentlich auch allein tragen.«

»Sie könnten«, stellte Gerd fest, »doch eine schöne Frau wie Sie sollte ihren Koffer niemals selbst tragen müssen.«

Marie schmunzelte verlegen. »Dann danke ich Ihnen.« Sie reichte ihm den Koffer.

»Komm.« Josephine hakte sich bei Marie unter und ging mit ihr in Richtung Ausgang. »Ich hätte ja nie für möglich gehalten, dass du eines Tages Binz verlassen und hierher nach Berlin kommen würdest. Ich bin so glücklich, dass du da bist.«

Marie strahlte über das ganze Gesicht. Noch auf der Fahrt war sie unsicher gewesen, was sie in Berlin erwarten würde. Wieder und wieder hatte sie sich Bernadettes mahnende Worte durch den Kopf gehen lassen, und plötzlich war eine Kraft in ihr aufgeflackert, die sie so nie zuvor verspürt hatte. Sie hatte sich fest vorgenommen, künftig nicht mehr das stille Mäuschen zu sein, das sich mit wenig zufriedengab. Nun auch noch eine so freundliche, herzliche, ja geradezu überschwängliche Begrüßung erleben zu dürfen übertraf all ihre Erwartungen und machte sie überglücklich. Sie nahm sich fest vor, künftig genau zu befolgen, was Bernadette ihr ans Herz gelegt hatte. Und sie wollte sogleich damit beginnen. War ihre Haltung auch aufrecht genug? Sprach sie langsam und deutlich und senkte ihre Stimme ein wenig, damit diese nicht zu hell klang?

»Wie ist Berlin denn so?«, fragte sie Josephine. »Hast du es dir so vorgestellt?«

»Es ist großartig und noch viel schöner, ja geradezu berauschend«, schwärmte diese. »Es ist, als würden die Menschen hier überall nur tanzen und Spaß haben. Ja, es gibt natürlich auch andere Seiten, aber man spürt an jeder Ecke den Aufschwung und die Aufbruchsstimmung. Es ist, als wäre hier in Berlin der neue Anfang von allem.«

»Der neue Anfang von allem?« Marie konnte mit dieser Formulierung nichts anfangen. »Wie meinst du das?«

»Ach, all das Eingestaubte, das Alte, diese verrottete Monarchie, die wir hinter uns gelassen haben, scheint hier längst überholt. Alles ist schnell und mitreißend und einfach herrlich!«

Marie schmunzelte. Josephine war wirklich ganz die Alte. Schon immer hatte sie sich schwärmerisch in alles hineingestürzt und war an Euphorie nicht zu überbieten. Ach, es tat einfach gut, wieder bei ihr zu sein. In ihrer Nähe schien die Sonne immer etwas kräftiger und wärmer zu scheinen. Und doch fasste Marie den festen Entschluss, sich nicht von der Begeisterung der Freundin mitreißen zu lassen. Nein, das hätte die alte Marie getan. Die neue, erwachsene Marie jedoch wollte eine ruhige Gelassenheit ausstrahlen, ganz so, als könnte nichts von dem Neuen, Unbekannten und Großartigen sie beindrucken. Bernadette hatte ihr in einem der vielen Gespräche, die sie in letzter Zeit geführt hatten, erklärt, dass sie sich so benehmen müsse, als wäre sie nicht erst auf dem Weg dahin, eine echte Dame zu werden, sondern längst am Ziel angekommen. Nur so würde man sie und ihr Auftreten ernst nehmen. Marie war fest entschlossen, Bernadettes Rat umzusetzen, auch wenn alles in ihrem Innern ihr sagte, dass sie nichts als Theater spielte. Selbst wenn dem so war, so würde sie doch konsequent in ihrer Rolle bleiben.

Sie verließen das Bahnhofsgebäude, und Herr Nolte führte sie über die Straße zu einem parkenden Automobil. Marie musste aufpassen, beinahe wäre sie in einen Fahrradfahrer hineingerannt, der sie sofort lautstark beschimpfte.

Marie schrie erschrocken kurz auf, während Josephine hell lachte.

»Du bist jetzt in Berlin. Hier ist alles ein bisschen schneller als zu Hause in Binz.«

Marie legte ihre Hand auf die Brust, atmete ein paarmal tief durch, dann prustete auch sie los. Die jungen Frauen stiegen ins Automobil, ließen sich auf die Rückbank fallen und legten die Fahrt zum Hotel Astor in ausgelassener Stimmung zurück.

Kaum hatte der Wagen gehalten, kam auch schon der Page herbeigestürmt und öffnete den Fahrgästen die Tür.

»Herzlich willkommen im Astor!«, rief er freundlich. Als er Josephine erkannte, fügte er diensteifrig »Fräulein von Plesow« hinzu.

Josephine nickte, wartete, bis auch Marie aus dem Automobil gestiegen war, hakte sich bei ihr unter und ging mit ihr zusammen hinein. »Wir werden eine herrliche Zeit miteinander verbringen. Und gleich heute Abend musst du mit ins Varieté kommen. Es ist direkt nebenan und gehört ebenfalls Constantin. Ich brauche nur an den Tresen zu gehen und bekomme sofort alles, was ich will. Und dann musst du mir unbedingt erzählen, wie du es geschafft hast, deinem Vater die Erlaubnis abzuringen, nach Berlin gehen zu dürfen. Das hätte ich wirklich nie erwartet.«

»Er weiß nicht, dass ich hier bin«, stellte Marie ruhig fest, ohne dass Josephine hätte sagen können, ob sie darüber traurig war.

»Donnerwetter«, entfuhr es ihr. »Marie! Du bist ja eine ganz Ausgekochte. Das hätte ich dir gar nicht zugetraut. Niemals!«

»Was hättest du ihr nicht zugetraut?«, wollte Constantin wissen.

»Tino!«, rief Josephine begeistert aus, und Marie streckte ihm die Hand entgegen.

Constantin ignorierte ihre Hand lachend und drückte Marie

fest an sich. »So weit kommt es noch. Wir sind doch im Grunde zusammen aufgewachsen, und nun willst du mir die Hand reichen?« Er hob Marie hoch und setzte sie wieder ab. »Herzlich willkommen in Berlin! Ich lege dir die Stadt zu Füßen, Marie Reidel.«

Marie war ein wenig verlegen, immerhin hatte sie Constantin länger nicht gesehen, und für sie war er immerhin ihr zukünftiger Chef. Nach dieser Begrüßung jedoch warf sie ihre Bedenken über den Haufen. »Ich freue mich wirklich von Herzen, hier sein zu dürfen. Danke schön!«

»Maries Vater weiß nicht mal, dass sie hier ist. Hättest du das für möglich gehalten?«, plauderte Josephine ihrem Bruder gegenüber sofort aus, was Marie alles andere als recht war. Ihr kamen Bernadettes mahnende Worte in den Sinn, nicht zu viel über sich preiszugeben und gewissenhaft darauf zu achten, so wenigen Menschen wie möglich, am besten gar keinem, anzuvertrauen, weshalb sie Binz verlassen hatte. Dass sie Josephine bei aller Herzlichkeit nicht vertrauen konnte, hatte diese gerade eben in aller Deutlichkeit bewiesen.

»Nun komm erst einmal richtig herein«, sagte Constantin und blickte auf den Pagen, der mit dem Koffer in einigem Abstand wartete.

Marie folgte seinem Blick. Der Mann, der sie hergebracht hatte, Gerd Nolte, war gegangen, ohne sich zu verabschieden. Womöglich hatte sie es aber auch nur nicht mitbekommen, weil Josephine die ganze Zeit auf sie eingeredet hatte und nun auch noch die Unterhaltung mit Constantin dazwischengekommen war. Sie beschloss, ihm später zu danken. Denn wenn er, wie Josephine gesagt hatte, Constantins rechte Hand war, würde sie ihm gewiss noch häufiger begegnen.

»Wir zeigen dir jetzt erst einmal dein Zimmer«, schlug Constantin vor. »Es ist nicht riesig, aber ich bin sicher, dass du dich wohl darin fühlen wirst.«

»Ich bekomme ein eigenes Zimmer, nur für mich?«

»Aber ja.« Er sagte das so, als wäre das selbstverständlich.

»Einen Moment, bitte.« Marie sah Constantin ernst an. »Bevor du das tust, Constantin, könnte ich dich kurz sprechen?«

»Aber sicher. Was gibt es denn? Sollst du mir etwas von meiner Mutter ausrichten, die mich zur Mäßigung aufruft?«, scherzte er.

Josephine sah sie ebenfalls neugierig an, gespannt, was sie zu sagen hatte.

»Ich möchte nicht undankbar erscheinen und niemanden vor den Kopf stoßen. Deshalb will ich von Anfang an ganz ehrlich sein. Ich bin dankbar für alles, was ihr für mich tut, doch ihr solltet wissen, dass ich nur so lange im Hotel als Zimmermädchen arbeiten werde, bis ich eine bessere Anstellung finde. Ich wollte das nur sagen, bevor du mir ein Zimmer gibst, freundlich zu mir bist und ich dich später womöglich enttäusche.«

Constantin war überrascht, fing sich aber schnell. »Donnerwetter. Ist das wirklich noch die kleine schüchterne Marie, die sich früher beim Versteckspiel stets fürchtete, sobald man sich in einer dunklen Ecke verbarg?«

Marie zuckte die Achseln.

»Mal im Ernst, in was für einer Stellung möchtest du denn arbeiten?«

Marie hob den Kopf, wie sie es sich von Bernadette abgeschaut hatte, und hielt seinem fragenden Blick stand, auch wenn ihr das Herz bis zum Halse schlug und eine verlegene Röte auf ihre Wangen trat. »Ich möchte als Hausdame arbeiten.« Es klang selbstbewusst und ohne jeden Zweifel.

»Vom Zimmermädchen zur Hausdame ist es ein großer Schritt«, sagte Constantin.

»Nein, eigentlich nicht. Es gibt genug faule Dienstmädchen. Ich zähle nicht dazu, aber ich kenne ihre Kniffe, sich vor der Arbeit zu drücken.«

»Hm, wie wäre es, wenn du als Zimmermädchen anfängst und ich mir ansehe, wie du dich machst? Und wenn alles zu meiner Zufriedenheit verläuft, dann befördere ich dich.«

»Ich glaube nicht, dass das gut wäre«, wandte Marie ein. »Ich freue mich, als Zimmermädchen für dich zu arbeiten, doch dann möchte ich weggehen und in einem anderen Haus eine Stelle annehmen.«

»Weshalb?«

»Weil mich sonst niemand hier ernst nehmen würde. Ich hätte mit Neid und Missgunst zu rechnen und mit jeder Menge Gerüchte, warum ich diesen Posten bekommen habe, und das ist nicht das, was ich mir wünsche.«

Constantin lachte. »Da ist etwas dran, Marie. Ich sehe, du bist bei meiner Mutter in eine gute Schule gegangen.«

Marie hörte ihn lachen und überlegte rasch, ob sie alles auf eine Karte setzen sollte. Was, wenn sie zu hoch pokerte? Sie hatte dankbar zu sein und Constantins Erwartungen zu erfüllen, andererseits hatte sie mit dieser Einstellung das im Leben verloren, was ihr das Teuerste gewesen war. *Ich weiß auch, dass du all das schaffen kannst, was du dir wünschst,* hörte sie plötzlich Bernadette von Plesows Stimme. Sie gab sich einen Ruck, straffte die Schultern und stieß mit wild hämmerndem Herzen hervor: »Stell mich gleich als Hausdame ein, und ich verspreche, ich werde dich nicht enttäuschen. Und wenn doch, dann kannst du mir den Posten wieder nehmen, und ich werde als zuverlässiges Zimmermädchen meinen Dienst tun, darauf kannst du dich verlassen.«

Constantin sah sie verblüfft an. »Nun«, überlegte er, »Frau Stieglitz, die aktuelle Hausdame, ist in der Tat schon recht betagt.

Ich könnte dich ihr als ihre Nachfolgerin vorstellen und sie bitten, dich einzuarbeiten. Sie wird bestimmt nichts dagegen haben, mit einem netten Sümmchen verabschiedet zu werden, und solltest du meine Erwartungen nicht erfüllen, kann sie ja immer noch bleiben.«

»Sicher, aber dazu wird es nicht kommen.« Marie verschränkte die Finger, damit Constantin und Josephine nicht sahen, wie sie zitterten.

»Marie Reidel, du hast es geschafft, mich zu überraschen, und ich kann dir sagen, das gelingt nicht mehr allzu vielen Menschen.« Er streckte ihr die Hand entgegen. »Also gut, versuchen wir's.«

Josephine sah zwischen den beiden hin und her. »Du machst es? Sie ist also Hausdame?«

»Selbstverständlich. Oder glaubst du, ich widersetze mich jemandem, der solche Argumente vorzubringen hat?«

Marie und Josephine sahen sich an, dann begannen sie so laut zu jubeln, dass einige Gäste sich verwundert zu ihnen umdrehten.

»Kommt mit, ihr zwei«, mahnte der Chef des Astor. »Ihr sorgt ja jetzt schon für Wirbel.«

Josie am Arm, folgte Marie wie betäubt Constantin, der sie zu ihrem Zimmer brachte. Sie konnte selbst kaum glauben, was sie soeben getan hatte. Bernadette hatte vollkommen recht: Sie hatte nicht darum gebeten, sondern darauf gezählt, dass sie das bekam, was sie verlangte. Im Vorbeigehen fiel ihr Blick auf einen Spiegel, und da war sie: blond, zierlich, erlesen gekleidet und mit einer so selbstbewussten Haltung, dass man sie tatsächlich für alles halten mochte, nur nicht für ein Zimmermädchen. War das wirklich gerade geschehen, war sie die Hausdame des Astor, oder träumte sie nur? Sie wusste, dass es noch viele Situationen geben würde, in denen sie in die Vergangenheit zurückfiele, doch sie war fest entschlossen, mit aller Macht dagegen anzukämpfen. Sie war die Hausdame Marie Reidel, und sie würde allen zeigen, dass ihr diese Position gut zu Gesicht stand.

Constantin stellte sich neben den Fahrstuhl und ließ Marie und Josephine eintreten, bevor er selbst zustieg. »In den obersten Stock«, befahl er dem Liftboy, der sofort das Gitter vorschob und auf den Knopf drückte. Es dauerte nur einen Moment, dann erreichten sie die oberste Etage.

»Ich habe eine Etage darunter ein Atelier und mein Zimmer«, redete Josephine auf Marie ein. »Wir sind also nicht weit voneinander entfernt.«

»Ich werde bestimmt mal runterkommen«, sagte Marie. Sie war gespannt, wie das Zimmer aussah, das Constantin ihr als frischgebackener Hausdame zuweisen würde. Er zog einen Schlüssel hervor und öffnete die Tür. Zugegeben, für einen kleinen Moment war Marie enttäuscht, doch das wollte sie sich nicht anmerken lassen.

»Ich hoffe, es gefällt dir? Allerdings frage ich mich gerade, ob der Raum für eine Hausdame angemessen ist. Du wirst mir verzeihen müssen, doch noch vor einer halben Stunde dachte ich, eine Kammer für ein Zimmermädchen bereitstellen zu müssen. Mit einer so raschen Beförderung konnte ja keiner rechnen, ich am allerwenigsten«, scherzte er.

»Das Zimmer ist vollkommen in Ordnung«, befand Marie, trat ein und ging am Bett vorbei auf die beiden Fenster zu. Hinter der Scheibe sah sie nur Gebäude, Straßen, Menschen und Automobile. Keine See, keine Möwen und schon gar keinen Akkordeonspieler, der eine sehnsuchtsvolle Melodie zum Besten gab.

Josephine stellte sich neben Marie. »Groß ist das Zimmer wirklich nicht.«

»Es ist wunderbar«, wies Marie ihren Einwand zurück. »Wann ist morgen früh Dienstbeginn?«

»Die Zimmermädchen kommen gegen halb sieben«, antwortete Constantin, der selbst nicht genau wusste, wann die Hausdame ihren Dienst antrat. »Aber keine Sorge, ich spreche mit Frau Stieglitz.«

»Gut. Ich werde um sechs Uhr da sein und mich ihr und den Zimmermädchen vorstellen.«

»Abgemacht.« Constantin atmete zufrieden auf. »Und wenn du irgendetwas brauchst, dann lass es mich wissen.«

»Danke.«

»Ach ja, heute Abend würde ich gern deine Ankunft hier in Berlin feiern. Sagen wir gegen neun drüben im Varieté?«

»Sehr gern«, stimmte Marie zu.

»Ich hole dich ab«, ließ sich Josephine vernehmen, die sich ein bisschen zurückgesetzt vorkam.

»Gut. Dann lasse ich die Damen mal allein. Bis später dann und noch mal: Herzlich willkommen in Berlin!« Damit ging Constantin hinaus und schloss schwungvoll die Tür hinter sich.

Josephine warf sich auf Maries Bett und klopfte auf die Matratze. »Nun komm her und erzähl, weshalb du aus Binz weg bist«, forderte sie die Freundin auf.

Marie fragte sich, wie Bernadette sich wohl in diesem Fall verhalten hätte. »Ich möchte nicht darüber sprechen«, sagte sie dann ruhig, aber bestimmt.

Josephine war die Überraschung deutlich anzusehen. »Was? Aber wir haben uns doch früher immer alles erzählt.« Sie wirkte gekränkt.

»Ja, das stimmt. Doch da waren wir noch Kinder. Jetzt sind wir erwachsen, und die Dinge haben sich geändert.«

»Was ist denn nur los mit dir, Marie? Du wirkst so verändert. So, ich weiß gar nicht, wie ich es sagen soll … Hm, du wirkst so ernst.«

»Na ja, das mag sein, ich denke eben mehr nach als früher.«

»Habe ich dir etwas getan?«

»Aber nein.« Marie setzte sich zu ihr aufs Bett und zog Josephine in ihre Arme. »Es liegt wirklich nur an mir. Ich bin wohl einfach erwachsen geworden und nicht mehr das naive, schüchterne Mädchen, das ich mal war.«

»In so kurzer Zeit hast du dich so verändert? Und du willst mir nicht verraten, was geschehen ist?«

»Manchmal reichen schon ein paar Tage, um erwachsen zu werden«, stellte Marie fest, dann stand sie abrupt auf. »Doch reden wir nicht mehr davon. Ich werde jetzt meinen Koffer auspacken und würde mich gern noch einen Moment ausruhen, wenn es dir nichts ausmacht.«

Josephine erhob sich langsam vom Bett. Sie fühlte sich verletzt und vor den Kopf gestoßen. »Nein, natürlich macht mir das nichts aus. Dann komme ich so um sieben, damit wir noch zusammen essen können, ja?«

»Gern.« Marie kam sich furchtbar vor, weil sie sich Josie gegenüber so abweisend verhielt, doch der Gedanke, noch einmal einem Menschen zu vertrauen und sich damit in dessen Hände zu begeben, ließ sie zurückschrecken.

Um ein Lächeln bemüht, ging Josephine zur Tür, wo sie sich noch einmal umdrehte. »Ich hoffe wirklich, dass es zwischen uns wieder so wird wie früher.«

»Aber natürlich wird es das«, versprach Marie, doch sie wusste selbst, dass das gelogen war.

Betrübt fuhr Josephine hinunter zu ihrem Zimmer. Was war nur los mit Marie? Früher war doch immer Josephine die Starke von beiden gewesen, die den Ton angab, Entscheidungen traf und es verstand, Marie mitzuziehen und für all das zu begeistern, was sie wollte. Nun jedoch wirkte sie kalt und abweisend, ganz so, als wäre Josephine nicht mehr die Freundin, sondern lediglich eine entfernte Bekannte. Sie fragte sich, was sie getan hatte, um ein solches Verhalten zu verdienen. Was machte sie nur falsch, dass alle sich von ihr abwandten? Ferdinand hatte sich seit ihrem spontanen Abenteuer im Atelier nicht mehr bei ihr blicken lassen, was ihr beinahe das Herz zerriss. Sie wusste, dass es nicht richtig gewesen war, ihn auf eine derart provokante Art und Weise herauszufordern und sich von ihm zur Frau machen zu lassen, aber in jenem Moment hatte es sich richtig angefühlt, befreiend. Nur dass sie sich jetzt trotzdem benutzt und verlassen fühlte … Auch Constantin hatte nie wirklich Zeit für sie. Er war zwar freundlich und tat, als interessierte er sich für sie, doch im Grunde stimmte das nicht. Er wollte nur ihre Gefühle nicht verletzen, das spürte sie ganz deutlich. Auch deshalb hatte sie sich so überschwänglich gefreut, als er ihr mitgeteilt hatte, dass Mutter Marie nach Berlin schicken würde. Marie war doch immer schon ihre Marie gewesen, die jüngere Schwester, die sie nie gehabt hatte. Doch nun schien auch diese ihrer überdrüssig zu sein. Gab es denn wirklich keinen Menschen auf der Welt, der sie liebenswert fand?

Tränen stiegen ihr in die Augen, und sie beeilte sich, ihr Zimmer zu erreichen. Ob es anderen auch so ging? Was machte sie nur falsch, dass sie ihren Platz nicht zu finden schien, weder in ihrem eigenen Leben noch in dem der anderen?

Sie wollte gerade ihre Zimmertür aufschließen, als ihr vom Treppenhaus her eine junge Frau auf dem Flur entgegentaumelte. Sie trug nur ein Nachthemd, die Haare standen ihr wirr vom Kopf ab, und man sah ihr an, dass sie geweint hatte. Offenbar war sie verletzt, denn sie schien bei jedem Schritt Schmerzen zu haben. Als sie Josephine entdeckte, erschrak sie, blieb abrupt stehen und ging ein paar Schritte rückwärts.

Josephine sah die junge Frau genauer an. »Ist alles in Ordnung mit Ihnen?«, erkundigte sie sich freundlich.

Die Frau schaute sich gehetzt um, als würde sie verfolgt. »Bitte, bitte helfen Sie mir!«, flehte sie.

Josephine war überrascht, sie wusste nicht recht, was sie tun sollte. Eilig schloss sie ihre Zimmertür auf und bedeutete der Fremden, zu ihr zu kommen.

»Bitte, kommen Sie erst einmal herein. Kommen Sie.«

Die Frau blickte sich abermals gehetzt um, dann setzte sie sich in Bewegung und folgte Josephines Aufforderung. Zögernd blieb sie im Zimmer stehen und zuckte zusammen, als Josephine die Tür hinter ihr schloss. »Bitte, Sie sind ja ganz durcheinander. Setzen Sie sich doch.« Sie deutete auf die Couch. »Sie können sich auch hinlegen. Ganz, wie Sie wollen.«

»Bitte, helfen Sie mir«, flehte die junge Frau. »Ich muss unbedingt aus diesem Hotel verschwinden.« Mit zitternden Händen fuhr sie sich durchs Gesicht.

»Nun nehmen Sie doch erst einmal Platz«, wiederholte Josephine. »Sie sind ja vollkommen aufgelöst. Soll ich vielleicht den Arzt kommen lassen?«

»Nein!«, schrie sie entsetzt. »Nein, bitte sagen Sie niemandem, dass Sie mich gesehen haben. Ich will Sie nicht in Schwierigkeiten bringen.«

»Sie bringen mich nicht in Schwierigkeiten.« Josephine fragte sich, ob die Fremde noch bei klarem Verstand war. »Was haben Sie denn nur? Hat Ihnen jemand etwas angetan?«

»Bitte, helfen Sie mir zu fliehen. Ich flehe Sie an.«

»Ja, ich helfe Ihnen«, versicherte ihr Josephine, ohne genau zu wissen, was sie da überhaupt versprach. »Doch erst einmal müssen Sie sich beruhigen. Bitte sagen Sie mir doch, was geschehen ist.«

Es klopfte, und die Fremde schlug erschrocken die Hand vor den Mund, um einen Schrei zu unterdrücken.

»Ich mache das schon«, sagte Josephine leise.

»Bitte, bitte verraten Sie mich nicht«, bettelte die Frau unter Tränen.

Josephine wies mit der Hand auf das angrenzende Badezimmer.

»Ich komme«, rief sie dann laut und ging zur Tür. Vor ihr stand einer von Constantins Leuten, Ludger Schnurr. Josephine mochte den Mann mit der schiefen Nase nicht. Er war ihr zu grob und ungehobelt.

»Ja?«

»Äh, 'tschuldigung, Fräulein von Plesow, haben Sie vielleicht eine junge Frau gesehen? Sie hat nur 'n Nachthemd an. Ist nicht zu übersehen.«

»Nein«, antwortete Josephine. »Eine Frau im Nachthemd wäre mir sicher aufgefallen. Guten Tag noch.«

Sie wollte die Tür schließen, doch Schnurr drückte seine Hand dagegen.

»Aber es klang eben so, als hätten Sie mit jemandem gesprochen«, stellte er fest. »Ich will ja nicht unhöflich sein, aber sind Sie sicher, dass Sie allein da drinnen sind?«

Josephine funkelte ihn wütend an. »Ich habe telefoniert, wenn's recht ist. Sagen Sie mir noch mal Ihren Namen. Ich werde mich bei meinem Bruder über Sie beschweren.«

»Es war nicht böse gemeint, aber es klang nun mal so.«

»Schnurr, richtig?«, beharrte Josephine.

»Ja, schon, nichts für ungut, Fräulein von Plesow. Ich wusste ja nicht, dass Sie telefoniert haben. Einen guten Tag auch.«

»Unverschämter Kerl«, zischte sie und ließ mit einem lauten Krachen die Tür ins Schloss fallen. Sie wartete einen Moment, ob vom Flur noch etwas zu hören war, dann öffnete sie abermals die Tür und spähte in beide Richtungen. Niemand zu sehen. Sie schloss die Tür und klopfte an den Rahmen zum Bad. »Sie können jetzt rauskommen, er ist weg.«

Nichts tat sich, auch nicht, als Josephine ihre Worte wiederholte. Schließlich fasste sie sich ein Herz und ging hinein.

Die junge Frau saß zusammengekauert auf dem geschlossenen Toilettendeckel und weinte. Sie wippte vor und zurück, als könnte sie sich nicht beruhigen.

»Was ist denn nur? Er ist weg. Keine Sorge, Sie können jetzt rauskommen.«

»Er«, sie schnappte nach Luft, »er hat Sie ›Fräulein von Plesow‹ genannt?« Es klang flehend, ganz so, als hoffte sie, Josephine würde ihr widersprechen.

»Ja, das stimmt. Ich bin Josephine von Plesow.«

Die junge Frau wimmerte.

»Was haben Sie denn nur? Bitte sprechen Sie doch mit mir.«

»Dann ist Constantin von Plesow Ihr Ehemann?«

»Nein, er ist mein Bruder. Aber ich bitte Sie, Sie können mir vertrauen, das verspreche ich Ihnen.«

Die junge Frau sah Josephine gequält an. »Ich arbeite für ihn. Doch ich will das nicht mehr tun, ich will lieber sterben.«

»Sie arbeiten für meinen Bruder? Als was denn? Und was wollen Sie nicht mehr tun?«

Die junge Frau sah Josephine an, als könnte sie nicht verstehen, was diese sie soeben gefragt hatte. »Als Hure«, antwortete sie schlicht.

Josephine starrte sie ungläubig an, als hätte sie sich verhört. »Wie – als Hure? Constantin hat ein Hotel und ein Varieté. Er beschäftigt Tänzerinnen, ja. Aber doch keine Huren.«

Ein Blick in die Augen ihrer Besucherin verriet, dass diese

nicht spaßte. Josephine schluckte schwer. »Sie meinen, Constantin zwingt Frauen dazu, mit den Männern …«

Die junge Frau nickte. »Manche sind nicht weiter schlimm. Aber es gibt da ein paar, die …« Sie presste die Hand vor den Mund. »Ich will das nicht noch einmal durchmachen. Lieber sterbe ich.«

Ohne zu wissen, wie sie das anstellen sollte, sagte Josephine: »Ich helfe Ihnen. Doch jetzt legen Sie sich erst einmal hin und ruhen sich aus. Sie sehen furchtbar aus.«

»Danke.« Sie ließ sich von Josephine hochhelfen und aus dem Bad bis zum Bett begleiten. »Bitte versprechen Sie mir, mich nicht zu verraten.«

»Das würde ich niemals tun. Sie können mir wirklich vertrauen.«

Die junge Frau ließ sich in die Kissen sinken, ob vor Erleichterung oder Erschöpfung, hätte Josephine nicht sagen können. »Und Sie sind wirklich sicher, dass Constantin von diesen Dingen weiß? Oder stecken nur seine Leute dahinter?«, hakte Josephine nach, die nicht wahrhaben wollte, was sie insgeheim längst vermutet hatte. Sie setzte sich auf die Bettkante.

»Er weiß es ganz sicher.«

Josephine nickte nachdenklich. Kurz überlegte sie, sofort zu Constantin zu gehen und ihn mit dem Leid der jungen Frau und deren Anschuldigungen zu konfrontieren, doch sie wusste nicht, ob sie dann noch in der Lage wäre, die Situation zu kontrollieren. Jetzt, wo niemand wusste, dass das Mädchen hier bei ihr war, konnte sie noch etwas tun. Wenn ihr Constantin oder dessen Kerle auf die Schliche kamen, würde die Sache womöglich ganz anders aussehen.

»Ich bin übrigens Josephine. Meine Freunde nennen mich Josie.«

»Ich heiße Lotte. Warum wollen Sie mir helfen, Josie? Wenn Ihr Bruder dahinterkommt, ist auch Ihr Leben in Gefahr.« Es klang nicht, als würde Lotte Josephine Angst machen wollen, sondern eher wie ein Feststellung.

»Nein, er würde mir nichts tun.« Josephine hatte überzeugt klingen wollen, doch in diesem Moment fragte sie sich, ob sie sich da wirklich so sicher sein konnte. Neulich hatte schon der Kommissar, der Constantin sprechen wollte, schwere Anschuldigungen gegen ihn erhoben. Und nun Lotte. Wer war dieser Mann nur, den sie ihren Bruder nannte? Josephine wusste es nicht mehr. »Ich gebe zu, dass es mir schwerfällt zu glauben, dass Constantin zu so etwas in der Lage ist. Er ist mein Bruder.« Sie hob fast entschuldigend die Hände.

Lotte sah sie nur an und erwiderte nichts.

»Willst du mir erzählen, was geschehen ist? Wir können doch du zueinander sagen, oder?«

Lotte nickte, dann rieb sie sich die Arme, als wäre ihr kalt. »Ich wüsste gar nicht, wo ich anfangen sollte«, sagte sie nachdenklich. »Irgendwie ist so viel in meinem Leben schiefgelaufen, dass ich nicht einmal mehr sagen kann, wie das alles überhaupt passieren konnte.«

»Woher stammst du?«

»Aus Billerbeck. Das ist ein kleiner Ort in der Nähe von Münster. Kennst du ihn?«

»Billerbeck? Nein, habe ich nie gehört. Aber Münster sagt mir etwas.«

Lotte wirkte nachdenklich. »Mir war es damals dort viel zu ruhig und beschaulich«, erinnerte sie sich. »Und jetzt«, sie sah Josephine traurig an, »würde ich mir nichts sehnlicher wünschen, als dorthin zurückkehren zu können.«

»Dann tu das doch.«

Lotte schüttelte den Kopf. »Nein, das würde ich mich nicht trauen.«

»Weshalb nicht?«

Lotte kamen die Tränen. »Ich bin damals einfach fortgegangen, gegen den Willen meiner Mutter. Bestimmt hasst sie mich dafür.«

»Das glaube ich nicht.« Josephine griff nach Lottes Hand. »Bestimmt wäre sie glücklich, dich wieder bei sich zu haben.«

»Glaubst du wirklich?« Lotte wischte sich die Tränen ab.

»Ja, das glaube ich. Ich habe auch schon viel Unsinn getrieben, das kannst du mir glauben. Und meine Mutter ist eine strenge Frau. Doch ich weiß ganz bestimmt, dass sie mir immer helfen würde, egal, was geschieht.«

»Ich würde mich zu sehr schämen, ihr zu sagen, was ich in all den Jahren getan habe.« Lotte senkte den Blick.

»Dann sag es ihr nicht.« Josephine drückte aufmunternd Lottes Hand. »Sag ihr, dass du als Dienstmädchen verschiedene Stellen angenommen hast, aber dass das Leben in der Stadt nicht so ist, wie du dachtest, weshalb du nun wieder nach Hause kommen möchtest. Zeig ihr, dass du dich geändert hast. Sie wird dir verzeihen, glaub mir.«

Lotte atmete tief durch. »Denkst du das wirklich?«

»Ja, das denke ich.« Josephine sah Lotte an. »Ich werde dir helfen, aus dem Hotel zu entkommen. Ich lasse mir etwas einfallen.«

»Ich weiß nicht, wie ich dir danken soll.«

»Du brauchst mir nicht zu danken«, stellte Josephine traurig klar. »Ich schäme mich für das, was mein Bruder von dir verlangt hat.«

»Vielleicht tröstet es dich, dass er selbst mir nie etwas getan hat. Doch …«, sie hielt kurz inne, »… diese Schweine, seine Gäste …« Sie fröstelte. »Alles Männer der besten Gesellschaft, hochgestellte Persönlichkeiten. Und doch so widerlich und abstoßend, dass man es kaum glauben mag.«

»Was haben sie dir angetan?«

»Sie alle haben eben ihre gewissen Vorlieben«, stellte Lotte ausweichend fest, und ihre Miene verfinsterte sich. »Manche der Mädchen haben es besser. Die, von denen die Kerle geschlagen werden wollen, und nicht andersherum.«

Josephine riss die Augen auf. »Es gibt Männer, die sich von Frauen schlagen lassen wollen?«

»O ja. Und nicht einmal wenige. Je wichtiger sie im gesellschaftlichen Leben sind, desto öfter wollen sie, dass man sie schlägt und bestraft. Es ist schon verrückt.« Lotte schüttelte den Kopf. »Doch ich habe nicht das Glück, eine von diesen Frauen zu sein.« Sie deutete auf sich. »Sieh mich an: Ich bin klein, dünn und blass. Bei einer wie mir wollen die Männer zeigen, was sie für Kerle sind. Sie wollen das junge Mädchen in mir sehen, das keine Erfahrung hat und sich gegen Berührungen sträubt.« Sie lachte freudlos auf. »Das fiel mir immer leicht. Doch wenn sie dann so brutal wurden ...« Sie beendete den Satz nicht. »Der Letzte war besonders schlimm. Er hat mich geschlagen und wieder und wieder vergewaltigt. Er war Gast hier im Hotel und hat mich geknebelt, damit ich nicht schreien konnte. Drei Tage hat er mich in seinem Zimmer festgehalten, bis die Männer deines Bruders mich rausholten. Bestimmt schuldet er Constantin nun viel Geld. Ich wusste nicht mehr, wie ich mich verhalten sollte. Je mehr ich ihn anflehte aufzuhören, desto mehr hat er es genossen. Und wenn ich nicht mehr flehen wollte, hat er mich mit Gewalt dazu gebracht.« Sie schlug die Hände vors Gesicht. »Ich dachte wirklich, er bringt mich um.«

Josephine breitete die Arme aus. Kurz zögerte Lotte, dann ließ sie die Umarmung zu und weinte leise.

»Mach dir keine Sorgen«, sagte Josephine nach einer Weile und löste sich von der jungen Frau. »Ich werde mich um alles kümmern«, versprach sie. »Du wirst wieder zu deiner Mutter nach Hause kommen. Ich werde nicht zulassen, dass dir noch einmal etwas geschieht.«

»Und wenn dein Bruder erfährt, dass du mir geholfen hast?«

»Dann wirst du längst wieder in Münster sein«, stellte Josephine entschlossen fest und stand vom Bett auf. »Du solltest versuchen, ein bisschen Schlaf zu bekommen. Ich werde hierbleiben und dafür sorgen, dass du nicht gestört wirst.« Sie deutete auf den Sessel, der unterhalb des Fensters stand. »Ich sitze gleich dort drüben und passe auf, und unterdessen überlege ich mir einen Plan.« Sie bemühte sich um ein aufmunterndes Lächeln.

»Danke.« Lotte zog die Decke ein Stück weiter hoch und ließ sich in die Kissen sinken.

Josephine ging zum Sessel hinüber, nahm Platz und sah nachdenklich aus dem Fenster. Unten auf der Straße eilten die Menschen aneinander vorbei, die Hektik der Stadt nahm ihren üblichen Lauf. Josephine spürte, dass sich ihre Sicht auf Berlin verändert hatte. Der Prunk in diesem Hotel, der sich auch in ihrem Zimmer widerspiegelte, die goldenen Tapeten, der dicke rote Teppich, der jeden Schritt schluckte und ein Gefühl von Wärme und Geborgenheit vermittelte, die mit goldenen Rahmen verzierten Glastische und teuren Bilder an den Wänden, für die Constantin vermutlich ein Vermögen ausgegeben hatte. Ein Vermögen, das er mit dem Leid anderer Menschen verdiente. Wer war dieser Mann nur, mit dem sie aufgewachsen war? Und nicht nur das. Alles, was ihr zuvor so voller Leben und Frohsinn erschienen war, fühlte sich plötzlich vollkommen verändert an. Die laute Musik, der viele Alkohol, das wilde Tanzen und das vermeintliche Vergnügen der Menschen schienen Josephine nur einem einzigen Zweck zu dienen: das zu betäuben, was an Leid, Armut und Gewalt für die Menschen unerträglich war. Auf einmal wurde ihr bewusst, dass sie den gleichen Wunsch verspürte wie Lotte: Sie wollte zurück nach Hause. Zurück nach Binz und raus aus diesem kalten, seelenlosen Berlin, das nichts als Gewalt und Leid hervorbrachte. Sie sah Bilder vor ihrem geistigen Auge, Bilder, die noch nicht gemalt waren, Bilder, die es nur in ihrem Kopf gab. Stück für Stück setzten diese sich zusammen, ganz so, als führten ihre Gedanken den Pinsel. Wäre da nicht Lotte, die im Bett lag und erschöpft eingeschlafen war – Josephine wäre augenblicklich in ihr Atelier gerannt und hätte losgemalt. Allerdings würde sie keine der bunten, fröhlichen Farben verwenden. Nein. Sie würde die Realität malen, die sie nun zum ersten Mal deutlich erkannte, und diese Realität war grau. Sobald sie konnte, würde sie wieder malen und diesmal der Welt einen Spiegel vorhalten.

Josephine seufzte, dann stahl sich ein Lächeln auf ihre Lippen. Wie hatte ihr Meister in Paris damals gesagt? Irgendwann würde die wahre Künstlerin in ihr zum Vorschein kommen, und zwar dann, wenn sie bereit wäre, die Welt zu sehen, wie sie war, und nicht, wie sie sie sich wünschte.

Ein Gefühl tiefer Zufriedenheit durchströmte ihren Körper. Ja, ihre Zeit war gekommen.

29. Kapitel

Augenblicke der Zärtlichkeit müssen in Maßen genossen werden. Denn sie neigen dazu, einen Menschen schwach werden zu lassen.

Bernadette von Plesow

Bernadette schmiegte sich an Götz' Brust und zog mit dem Finger zärtliche Linien auf seiner Haut. Wie sehr sie doch das Zusammensein mit diesem Mann genoss.

Für übermorgen hatte sich Ernst Bautner angekündigt, der mit Bernadette über ein, wie er es am Telefon formuliert hatte, sehr lohnendes Geschäft für alle Beteiligten sprechen wollte.

Noch vor wenigen Wochen hätte Bernadette dem Abend mit Freude entgegengesehen. Nicht weil sie mit dem Politiker Zeit verbringen wollte, sondern weil er derartige Ankündigungen nie aus dem Nichts heraus machte und weil dabei stets etwas ausgesprochen Vorteilhaftes für das Hotel heraussprang. Früher hätte sie sich darauf gefreut zu erfahren, was er ihr vorschlagen würde, nun jedoch graute ihr davor, ebenjenes lohnende Geschäft am Ende des Abends auf die Art und Weise honorieren zu müssen, die Bautner von ihr erwartete.

Sie schalt sich selbst eine Närrin, weil sie nach all den Jahren derart zimperlich geworden war. Was war schon dabei, bei einem Mann Lust zu heucheln, wenn man im Gegenzug dafür bekam, was man wollte? Doch allein der Gedanke an die feisten Hände des Politikers, die sie überall begrabschten und ihren Körper für sich beanspruchten, ekelte sie an. Sie wollte das nicht mehr, schlimmer noch: Sie hatte das Gefühl, es nicht mehr zu ertragen, ohne laut schreien zu müssen.

Die Nächte mit Götz waren so voller Zärtlichkeit und Hingabe, so leidenschaftlich und innig, wie Bernadette sie in ihren kühnsten Träumen nicht für möglich gehalten hätte. Bei dem Gedanken, dass in zwei Tagen Ernst Bautner die Hände nach ihr ausstrecken und in sie eindringen würde, wurde ihr übel. Womöglich könnte sie, sobald sie wusste, worum es ging, eine Unpässlichkeit vortäuschen oder schon während des Essens immer mal wieder einfließen lassen, dass sie glaubte, krank zu werden, und sich schon seit Tagen angegriffen fühlte. Sie hatte sich ihm in all den Jahren bereitwillig hingegeben und nicht ein einziges Mal zu solchen Ausreden gegriffen, auch wenn es ihr nicht immer leichtgefallen war. Zwar wäre das keine dauerhafte Lösung, doch wenigstens reichte sie dieses Mal aus. Und womöglich würde es ihr beim nächsten Mal schon nicht mehr ganz so schwerfallen.

Aber nein. Sie verwarf den Gedanken. Eine solche Ausrede würde sie selbst als Schwäche empfinden, so verweichlicht, so undiszipliniert war sie einfach nicht. Und wenn sie noch so starken Ekel empfand, so wollte sie Bautner doch für ihre Zwecke benutzen. Also durfte er von ihr eine Gegenleistung erwarten. Geschäft war eben Geschäft.

»Woran denkst du?«, fragte Götz sanft, während er ihren Oberarm streichelte.

»An nichts Bestimmtes«, log Bernadette. »Ich genieße einfach den Moment.«

»Weißt du, woran ich gerade denke?«

»Nein.«

»Ich möchte dich nicht mehr gehen lassen.«

»Ich dich auch nicht«, erwiderte sie liebevoll.

»Nein«, sagte Götz, »ich meine es ernst, Bernadette. Die Heimlichtuerei, die gestohlenen Momente, all das hängt mir zum Halse raus. Wir sind nun wahrlich keine jungen Leute mehr, die sich heimlich in irgendwelchen Büschen herumdrücken.«

»Na hör mal, das hier ist eines unserer besten Zimmer und gewiss kein Gebüsch, Herr Major.«

»Bitte, lass die Scherze. Es ist mir ernst. Wir treffen uns nun schon eine ganze Weile. Vor wem verstecken wir uns? Du bist seit vielen Jahren Witwe, ich war nie verheiratet. Ist es wirklich so ungewöhnlich, dass sich zwei Menschen auch in fortgeschrittenen Jahren finden und ineinander verlieben?«

»Ach Götz«, sagte Bernadette und setzte sich auf. »Jeder hier im Ort kennt mich. Ich möchte mich dem Gerede nicht aussetzen.«

»Das verstehe ich sehr gut. Das möchte ich auch nicht. Doch wer sollte über uns reden, wenn wir verheiratet wären?«

Im ersten Moment machte Bernadettes Herz einen kleinen Sprung, im nächsten jedoch wurde sie ernst, sogar traurig. »Ach Götz, wie soll das denn gehen? Ein Major, der noch immer im Dienst der Armee steht und jederzeit abberufen werden kann, und eine Geschäftsfrau, die stets nur ihr Hotel im Kopf hat.«

»Nicht nur das Hotel, wie deine Anwesenheit hier beweist.«

Bernadette ging nicht auf seine Bemerkung ein. »Und du bist sogar jünger als ich.«

»Ganze vier Jahre. Ich bitte dich, Bernadette. Das kannst du unmöglich ernst meinen.«

Bernadette schwang ihre Beine aus dem Bett und stand auf. Sie spürte, wie seine Blicke auf ihrem nackten Körper ruhten. Sie war noch immer eine schöne Frau und ihre Figur makellos. Langsam ging sie zum Stuhl hinüber, griff sich sein Hemd und zog es sich über, dann nahm sie sich eine seiner Zigaretten, zündete sie an und öffnete das Fenster. Genussvoll stieß sie den Rauch aus.

»Ich hatte nie vor, noch einmal zu heiraten«, stellte sie fest.

»Warum nicht? Was hast du dagegen?«

»Ich bin eine unabhängige Frau, Götz, und genau das möchte ich auch bleiben.«

»Deine Unabhängigkeit ändert sich doch nicht, nur weil wir es offiziell machen.«

»Es hat schon viele Männer gegeben, die das behauptet haben und sich am Ende beschwerten, wenn ihre Frau nicht den ganzen Tag nur für sie und ihre Bedürfnisse da war.«

Götz stand ebenfalls auf und kam nackt zu ihr herüber. »Das sind alles nur Ausreden, Bernadette, und das weißt du. Ich würde nie von dir erwarten, dass du für mich kochst. Genau deshalb habe ich ja nie geheiratet. Mit einer solchen Frau könnte ich nichts anfangen.«

Bernadette zog an der Zigarette und stieß den Rauch aus, dann reichte sie sie Götz. Einen Moment sagte keiner von beiden ein Wort.

»Soll ich vor dir auf die Knie gehen, Bernadette? Ist es das, was du willst?« Es klang weder wütend noch wie ein Vorwurf, lediglich wie eine aufrichtig gemeinte Frage.

»Nein, bitte tu das nicht«, sagte sie schnell.

»Was muss ich dann tun? Habe ich nicht längst dein Herz für mich gewonnen? Warum machst du es mir so schwer, an dich heranzukommen?«

Bernadette wusste darauf nichts zu sagen.

»Die Momente, in denen wir zusammen sind, könnten nicht leidenschaftlicher sein. Ich habe so etwas nie zuvor erlebt, nicht so intensiv und voller Tiefe. Ich habe mich in dich verliebt, Bernadette. Und ich spüre, dass du ebenso empfindest. Wie kann ich dich dazu bringen, dich zu mir zu bekennen?«

»Es wäre mir unangenehm den Kindern gegenüber.«

»*Den Kindern gegenüber*?«, echote er. »Du meinst die drei Erwachsenen, von denen zwei in Berlin ihr eigenes Leben leben und einer hier in Binz der Geschäftsführer des Hotels ist, über das du so eisern wachst?«

»Können wir nicht einfach alles so lassen, wie es ist?« Sie nahm ihm die Zigarette wieder ab, zog daran und lehnte ihre Stirn gegen seine Brust. »Es ist doch gut so.«

»Gestohlene Momente, heimliche Blicke und nur nicht zusammen gesehen werden – das ist für dich gut? Das kannst du doch nicht ernst meinen.«

»Ach Götz.« Sie sah ihn an. »Mach es mir doch bitte nicht so schwer.«

»Was ist der wahre Grund, Bernadette?«

»Es ist all das, was ich dir eben gesagt habe.«

»Es tut mir leid, aber ich glaube dir nicht. Das erste Mal, seit wir uns kennen, spüre ich, dass du lügst.«

»Ich sollte jetzt gehen.« Sie drücke die Zigarette im Aschenbecher aus.

»Nein«, widersprach Götz, »es wird wohl andersherum sein. Ich habe die Situation falsch eingeschätzt. Es ist dein Hotel und damit offenbar an der Zeit, dass ich gehe, nicht du.«

»Bitte, Götz, sei nicht so.«

»Wie denn? Unbequem? Ist dir ein solcher Zeitvertreib dann nicht mehr angenehm?«

Sie sah ihn nur an, wusste nicht, was sie darauf erwidern sollte.

»Du schweigst so laut, dass es in meinen Ohren dröhnt.«

»Ich habe dich nie verletzen wollen, Götz.«

»Warum tust du es dann?«

Sie gab ihm einen Kuss und sah ihn nachdenklich an. Dann wandte sie sich ab und griff nach ihrer Kleidung. Sie wollte ins Bad gehen, sich anziehen und das Zimmer verlassen, einfach der Situation entfliehen und der Sache so ein Ende bereiten, doch das konnte sie nicht. Die Vorstellung, Götz könnte wieder aus ihrem Leben verschwinden, schnürte ihr die Brust zusammen.

»Ist es wegen Bautner, dieses Politikers?«

Bernadette fühlte sich ertappt. Abrupt blieb sie stehen und drehte sich zu Götz um. »Wie kommst du darauf?«

»Ich bin es gewohnt, Menschen zu lesen, Bernadette. In meinem Beruf kann ein Leben davon abhängen.«

Sie wusste nicht, was sie erwidern sollte. »Es ist nicht, wie du denkst.«

»Doch, ich glaube schon, dass ich die Situation gut einschätzen kann. Bautner ist für dich Mittel zum Zweck, um für das Hotel zu erreichen, was du anstrebst. Und er benutzt dich genauso für seine Zwecke. Ihr seid ein stilles Bündnis eingegangen, das offenbar schon lange gut funktioniert hat.« Er machte einen Schritt auf sie zu. »Die Frage ist nur, ob du das jetzt noch willst.«

Bernadette kam sich vor, als läse Götz tatsächlich in ihr wie in einem offenen Buch. »Und du verurteilst mich nicht dafür?«

»Wie könnte ich? Das steht mir nun wirklich nicht zu. Jeder von uns hat im Leben Dinge getan, auf die er nicht stolz ist, die aber aus der Situation heraus notwendig erschienen. Glaubst du, mir hat es Freude gemacht, im Krieg Männer niederzumachen, die gerade mal so alt waren wie mein kleiner Bruder?«

»Du hast einen Bruder?«

»Nein, nicht mehr. Er ist gefallen. Einer wie ich, nur eben auf der Gegenseite im Einsatz, hat ihn erschossen.«

»Das tut mir leid.«

»Ich bin allein, Bernadette, genau wie du. Ob du es dir nun eingestehst oder auch nicht – deine Kinder sind groß und führen ihr eigenes Leben. Und das Grand, dein geliebtes Hotel, wärmt dich nicht, wenn dir nachts kalt wird.«

»Aber für mich gab es immer nur das. Das ist mein Leben, Götz.«

»Nein, das denkst du nur.« Er zog sie in seine Arme. »Dein Leben sind Momente wie dieser, in denen wir uns aneinander festhalten und uns Kraft geben. Das Hotel ist nur deine Arbeit, deine Aufgabe. Und ich würde nie von dir erwarten, das aufzugeben. Aber du bist schon so lange allein und tief im Innern unglücklich, dass du es gar nicht mehr wahrzunehmen scheinst.« Er küsste sie zärtlich, erst auf den Mund, dann auf den Hals, und dann drückte er ihren Kopf sanft an seine Brust und strich ihr übers Haar. »Ich liebe dich, Bernadette. Gib dir einen Ruck und lebe mit mir.«

»Und das Hotel?«

»Das entscheidest du. Du musst für mich nichts aufgeben.«

»Dieses Jahr, glaube ich, haben wir es endgültig geschafft. Ich wollte immer das erste Haus am Platz haben, wollte besser sein als alle anderen Hotels.«

»Also hast du dein Ziel erreicht?«

»Ja. Und mit der neuen Terrasse nehmen wir auch die letzte Hürde und sind dann konkurrenzlos. Nicht einmal Kaub kann da noch mithalten.« Sie sah ihn an. »Er ist der Besitzer des Palais, nur ein Stück weiter die Strandpromenade hinunter.«

»Ich verstehe. Und wenn du das alles geschafft hast, wonach strebst du dann?«

»Dann werde ich weitermachen.«

»Und zu welchem Zweck?«

Sie dachte nach. »Macht, Einfluss, Reichtum, Ansehen.«

»All das hast du schon, Bernadette. Und vergiss die Angst nicht, die manche vor dir haben.«

»Angst ist wohl ein zu starkes Wort. Ich würde es eher Respekt nennen.«

»Nein, ich denke, Angst trifft es ganz gut. Ich habe dein Personal beobachtet, wenn du in der Nähe bist, Bernadette. Die meisten fürchten dich. Du kannst sehr unbarmherzig sein. Ich glaube, das ist dir nicht einmal klar.«

Ein eigenartiges Gefühl beschlich sie. Einerseits, so musste sie sich eingestehen, gefiel ihr, was Götz da sagte, zollte man ihr doch genau damit den Respekt, den sie sich über die Jahre hart hatte erarbeiten müssen. Andererseits wollte sie nicht, dass ihre Angestellten Angst vor ihr hatten. Sie wollte nur, dass jeder seine Aufgaben kannte und auch erfüllte. Das war doch nun wirklich nicht zu viel verlangt.

»Du findest mich also zu hart?«

»Das habe ich nicht gesagt. Aber andere empfinden dich so. Ich weiß, dass es die Umstände sind, die dich so hart haben werden lassen. Und ich weiß auch, dass es da eine ganz andere Seite an dir gibt. Ich habe schließlich gesehen, wie du Marie gerettet und was du alles für sie getan hast. Du bist eine echte Kämpferin, Bernadette. Wir hätten Männer deines Schlags auf dem Schlachtfeld gut gebrauchen können.«

Bernadette war nicht sicher, ob sie Götz' Bemerkung als Kompliment nehmen sollte.

»Und was rätst du mir?«

»Du willst meinen Rat? In Bezug worauf?«

»Wie ich mich entscheiden soll.«

Er lächelte. »Es wäre ein sehr eigennütziger Rat, den ich dir geben müsste.«

Bernadette atmete tief durch, umarmte Götz und ließ sich von ihm halten. »Gib ihn mir trotzdem.«

»Heirate mich, Bernadette. Werde meine Frau und lass zu, dass die Seite an dir zum Vorschein kommt, die so lange unter der Oberfläche bleiben musste. Führ das Hotel weiter oder überlass Alexander mehr Macht. Das ist deine Entscheidung.«

»Wenn ich dich heirate, werde ich die Vergünstigungen, die Bautner dem Hotel bislang hat zukommen lassen, wohl vergessen können.«

»Dann vergiss sie eben. Du hast alles erreicht und noch mehr, Bernadette. Du wirst dieses Jahr fünfzig. Wann willst du anfangen, richtig zu leben, wenn nicht jetzt?«

»Aber Alexander ist noch nicht so weit.«

»Hab ein bisschen Vertrauen«, riet Götz. »Er wird nie so weit sein, dass er es dir recht machen kann, wenn du nicht ein bisschen Entgegenkommen zeigst und die Zügel lockerst.«

Eine Weile sagte keiner von beiden etwas. Sie standen einfach nur da, aneinandergelehnt und so tief verbunden, wie zwei Menschen es nur sein können.

»Ich glaube, dein Rat ist gut«, befand Bernadette nach einer Weile.

»Und was heißt das?« Ohne seine Umarmung zu lösen, trat er einen Schritt zurück und suchte ihren Blick.

»Ja. Ja, ich werde dich heiraten. Unter einer Bedingung.«

»Unter welcher?«

»Ich werde die Sache mit Bautner beenden, doch ich werde mich nicht davonstehlen. Ich weiß nicht, was er mir zu sagen hat. Doch sollte ich es für notwendig erachten, werde ich ein letztes Mal mit ihm schlafen und die Sache dann mit Anstand zu Ende bringen.«

Götz zögerte. »Ein letztes Mal und dann nie wieder.«

»Darauf hast du mein Wort.«

»Nun, leicht fällt es mir nicht.« Er machte einen Schritt auf sie zu. »Tu es, wenn du es für unabdingbar hältst. Doch dann«, er hob den Zeigefinger, »verkünden wir unsere Verlobung, und du gehörst nur noch zu mir.«

»Ja«, sagte sie nur. »Das verspreche ich.«

Er zögerte kurz, dann strahlte er übers ganze Gesicht, zog sie an sich und küsste sie leidenschaftlich. Sie hielten sich fest, ihre Küsse wurden heftiger, fordernder. Und schließlich sanken sie wieder aufs Bett und liebten sich erneut.

Eine eigenartige Veränderung war seit Götz' Antrag in Bernadette vorgegangen. Nur dieses eine Mal noch war sie bereit, ein Opfer zu bringen, um das Hotel besserzustellen. Einmal noch würde sie sich Bautner hingeben, wenn sie es für notwendig erachtete. Danach wäre Schluss. Sie spürte, dass es nicht ausschließlich wegen Götz war. Auch die Tatsache, dass die Situation mit Kaczmarek bereinigt war und sie nun in der Gewissheit leben konnte, dass es niemanden mehr gab, der das Geheimnis ihres verstorbenen Mannes kannte und es ans Licht der Öffentlichkeit zu bringen drohte, gab ihr eine bis dahin nicht gekannte Ruhe. Andererseits war da auch der Spiegel, den Götz ihr vorgehalten hatte und der ein Bild von ihr zeigte, das ihr nicht mehr behagte. Sie hatte all die Jahre über nur für den Erfolg des Hotels gearbeitet, ja eigentlich dafür gelebt. Das Hotel und ihre Kinder waren ihr das Wichtigste in ihrem Leben. Und nun, nachdem sie für das Grand alles erreicht hatte und die Kinder ihr eigenes Leben führten, musste sie feststellen, dass sie als Mensch dabei auf der Strecke geblieben war. Sie sah ohne Reue zurück, doch sie wollte etwas ändern. Götz hatte ihr gezeigt, dass es an der Zeit war, wirklich zu leben. Weshalb sollte sie sich immer weiter und weiter um Dinge kümmern, die ebenso gut andere erledigen konnten? Es wäre an Alexander, künftig die Geschicke des Grand zu lenken, und es würde sich zeigen, wie gut er ohne ihre Hilfe und Unterstützung zurechtkam.

Bernadette spürte, dass sie loslassen musste, wollte sie nicht sich selbst verlieren. Sogar dem Abend mit Bautner sah sie nun fast mit Freude entgegen, hatte sie für sich doch die Entscheidung getroffen, es von der Stimmung abhängig zu machen, ob sie ihn bereits heute Abend über die Veränderungen informieren würde oder nicht. Nun musste sie es nur noch ihren Kindern beibringen. Sie war noch nicht dazu gekommen – oder hatte sich noch nicht durchringen können, wie Götz behauptete. Sie fand es bewundernswert, wie mühelos er sie durchschaute und dennoch liebte. Sie hätte nie gedacht, dass dies möglich sein könnte.

»Ernst, mein Lieber.« Sie reichte Bautner die Hand zum Kuss. »Wie schön, dich zu sehen.«

»Du siehst einfach umwerfend aus, Bernadette.«

»Ich danke dir.« Sie winkte dem Kellner und bestellte zwei Gläser Champagner.

»Du weißt also schon, dass wir etwas zu feiern haben?«, fragte Bautner strahlend. »Haben die Gerüchte bereits die Runde gemacht?«

»Nein, eigentlich nicht. Aber bestimmt wirst du mir gleich davon erzählen.«

Der Kellner kam mit dem Champagner. Bautner hob das Glas. »Gideon Kaub wird das Palais verkaufen und sich aus Binz zurückziehen.« Er prostete der überraschten Bernadette zu.

»Was sagst du da? Das glaube ich nicht.«

»Aber es stimmt. Er wollte weitere Baugenehmigungen beantragen, doch das wurde ihm versagt. Außerdem tut sich der Gemeinderat schwer, ihm ebenfalls den Bau einer Terrasse an der Promenade zu genehmigen, weil das Grundstück direkt an die Nebenstraße grenzt und hier die entsprechenden Abmessungen nicht eingehalten werden könnten. Du hast es geschafft, Bernadette. Du hast ihn in den Staub getreten.«

Bernadette schmunzelte. Sie konnte es kaum glauben. Kaub gab also wirklich auf. Sie hob das Glas und stieß mit Bautner an. »Wer wird das Palais kaufen? Hat er schon jemanden gefunden?«

»Da ist die nächste Überraschung. Er hatte wohl jemanden, doch durch das Zurückziehen der Bauanträge und die nun notwendige Neuantragstellung für die erforderlichen Ausbauten ist der potenzielle Käufer wieder abgesprungen. Nun steht Kaub schlechter da als je zuvor und möchte das Palais so rasch wie möglich abstoßen.«

»Denkst du, er würde es mir geben?«

»Ich weiß nicht, wie groß seine Verzweiflung ist. Du kannst ihn fragen, doch ich nehme an, du wärst die Letzte, der er sein Hotel überlassen würde.«

»Hm«, machte Bernadette nachdenklich. In ihrem Kopf arbeitete es. Das Palais. Das einzige Hotel, das dem Grand ansatzweise das Wasser reichen konnte. Es umzubauen und zu einem weiteren Grand zu machen wäre eine große Aufgabe. Noch einmal neu zu beginnen, die Fehler, die ihr während des Aufbaus des Grand unterlaufen waren, zu vermeiden und sich der Herausforderung zu stellen, ganz gleich, wie groß sie sein mochte, ließ ein Kribbeln durch ihren Körper fahren.

»Ich sehe, dass du dir bereits ausmalst, wie du den alten Kaub überlisten kannst«, stellte Bautner belustigt fest und trank seinen Champagner aus. Bernadette sah ihn an, dann veränderte sich ihre Miene. Was sollte sie jetzt tun? Die Aufgabe, alles von Neuem anzugehen, reizte sie über die Maßen, doch dann würde sie Bautner noch eine Weile bei der Stange halten müssen. Ohne ihn könnte es schwer werden, in kurzer Zeit alle erforderlichen Baugenehmigungen zu bekommen. Sie würde ihn in den kommenden Monaten mehr denn je an ihrer Seite brauchen. Ihre Gedanken überschlugen sich.

»Ich muss mit dir sprechen, Ernst«, sagte sie schließlich.

»Aber sicher. Worüber denn?«

»Du wirst mich für eine Närrin halten, doch ich schätze und respektiere dich zu sehr, als dass ich dich belügen möchte.«

»Nun bin ich aber gespannt.«

»Ich werde heiraten, Ernst. Und bevor ich mir weitere Gedanken um einen möglichen Erwerb des Palais mache, wüsste ich gern, ob ich auch nach meiner Eheschließung auf deine Unterstützung zählen kann.«

Bautner setzte sich aufrecht hin. Seine Miene wurde arrogant. »Ich gebe zu, dass ich überrascht bin. Wer ist der Glückliche, wenn ich fragen darf?«

»Du kennst ihn nicht. Oder doch, ihr seid euch einmal kurz begegnet. Es ist Major Götz Wilhelm.«

»Ein Soldat? Ist das nicht ein bisschen unter deinem Niveau?« Bautner zog etwas verächtlich die Augenbrauen hoch.

Bernadette legte ihre Hand auf seine. »Ach Ernst, das ist kein Niveau, auf das du und ich uns nach all den Jahren herablassen sollten. Du weißt, wie sehr ich dich schätze. Und ich habe die Zeit mit dir sehr genossen«, log sie.

Bautner zuckte mit den Schultern. »Nun, ich sehe keinen Grund, weshalb unsere kleinen Treffen aufhören müssten. Wie du weißt, bin ich ebenfalls verheiratet.«

Bernadette legte den Kopf schräg. »Das mag grundsätzlich richtig sein. Doch dazu bin ich nicht bereit.«

Bautner zog die Hand weg. »Ich bedaure, dass du das so siehst.« Seine Miene verzog sich grimmig.

»Bitte, Ernst, lass uns wie erwachsene Leute miteinander umgehen. Ich habe uns für Freunde gehalten.«

»Du erwartest, dass ich dir weiterhin helfe und nichts dafür bekomme?«

»Nein«, stellte Bernadette einfach fest. »Ich erwarte gar nichts von dir, Ernst. Ich habe die Karten auf den Tisch gelegt, weil ich dich respektiere. Nicht weil ich dich darum bitten will, mir weiterhin zur Seite zu stehen. Ich kann sehr gut akzeptieren, wenn du dich dagegen entscheidest. Dann weiß ich, woran ich bin, und werde Abstand davon nehmen, überhaupt mit dem Palais zu liebäugeln.«

Bautner sah sie einen Moment lang an.

»Ich habe viel aus unserer Freundschaft ziehen können«, fuhr Bernadette fort. »Und ich meine damit nicht deinen Einfluss, Ernst. Du hast mir gezeigt, was Stärke ist.«

»Stärke war schon immer deine beste Verbündete«, hielt er dagegen. »Dafür hast du mich noch nie gebraucht.«

»Sag das nicht, Ernst. Ich habe es mir schon sehr früh zur Gewohnheit gemacht, Menschen zu beobachten und mir das, was mir als ihre Besonderheit ins Auge stach, zu eigen zu machen.«

»Wirklich? Und bei mir war das die Stärke?«

»Stärke und die besondere Art, mit Menschen so umzugehen, dass du keinen Zweifel daran lässt, welche Erwartungen du an sie stellst.« Sie lächelte ihn an. »Deshalb habe ich für dich geschwärmt.«

»Nun, ich habe dich nie als besonders schwärmerisch empfunden.«

»Weil es mir meiner Meinung nach nicht gut zu Gesicht gestanden hätte. Ich zeige nicht gern meine Gefühle.«

Bautner nahm sich einen Moment, sie zu betrachten. »Es ist wohl an der Zeit, dass ich dir zu deiner Verlobung gratuliere, Bernadette.«

»Danke.«

»Mein Hochzeitsgeschenk an dich wird sein, dass ich dir meine uneingeschränkte Unterstützung zusage, solltest du am Kauf und auch an der Erweiterung des Palais interessiert sein.«

»Ich danke dir, Ernst.«

»Doch ich habe eine kleine Forderung.«

»Die da wäre?«

»Man munkelt, dass es einige Posten in der Regierung gibt, die beizeiten neu besetzt werden sollen. Da wäre es sehr zuträglich, hier und da lockere Bekannte zu Freunden zu machen, indem ich sie von Zeit zu Zeit nach Binz einlade, und sie hier, abgeschirmt von ihrem Dasein als Ehemänner und Väter, gewisse Freiheiten genießen könnten.«

»Ich denke, ich verstehe, was du meinst. Betrachte deine Freunde als Gäste meines Hotels.« Bernadette reichte ihm die Hand zum Kuss. »Dann haben wir eine Übereinkunft?«

»Die haben wir, meine Liebe.« Er küsste ihre Hand.

»Gut.«

Bernadette sah, dass in diesem Augenblick Alexander das Restaurant betrat. »Ich wäre dir sehr verbunden, wenn du meinem Sohn noch nichts von meiner Verlobung sagen würdest.«

Bautner drehte sich kurz zu Alexander um und sah, wie dieser auf ihren Tisch zusteuerte.

»Er weiß es noch nicht?«

»Niemand weiß es. Ich hielt es für angebracht, zunächst mit dir zu sprechen.« Sie lächelte ihn an.

»Guten Abend«, sagte Alexander, als er an den Tisch trat.

Bernadette erhob sich. »Guten Abend, Alexander.« Sie hielt ihm die Wange entgegen, auf die er einen Kuss hauchte.

»Mutter – Herr Bautner.«

»Entschuldigt mich jetzt bitte«, sagte Bernadette.

»Du willst schon gehen?« Bautner wirkte überrascht.

»Ja«, sagte sie ohne eine weitere Erklärung. »Bitte sei so gut und berichte Alexander von den großartigen Neuigkeiten.« Sie lächelte den beiden zu. »Ich wünsche euch einen wunderbaren Abend.«

Bautner war ebenfalls aufgestanden und verneigte sich. »Auch dir einen guten Abend, Bernadette. Wir hören bald voneinander.«

Sie nickte den beiden zu, reckte den Kopf und ging hinaus. Am liebsten hätte sie gejubelt. Sie fühlte sich, als hätte sie einen großen Sieg errungen.

30. Kapitel

Die Erkenntnis, sich in einem Menschen getäuscht zu haben, kann eine ganz Welt erschüttern.

Josephine von Plesow

Seit Lotte so unverhofft in Josephines Leben getreten oder besser gesagt, gestolpert war, war für sie nichts mehr wie zuvor. Um auszuschließen, dass nicht doch irgendein Zimmermädchen oder womöglich einer von Constantins Leuten irgendwann noch einmal in ihr Zimmer kam, war sie mit Lotte durch den Gang geschlichen und hatte sie drei Räume weiter in ihrem Atelier untergebracht. Zu diesem Raum hatte niemand außer ihr Zutritt, dies hatte sich Josephine ausdrücklich verbeten, da sie nicht wollte, dass jemand auch nur in die Nähe ihrer Arbeit kam. Constantin hatte es hingenommen, und Josephine hatte die Anweisung direkt an Marie weitergegeben, die ihrerseits die Zimmermädchen entsprechend instruiert hatte.

Außerdem hatte Josephine darum gebeten, ein einfaches Bettgestell mit Matratze und Bettzeug in ihrem Atelier aufstellen zu lassen, damit sie sich ausruhen konnte, wenn sie vom vielen Malen zu erschöpft war und eine kurze Pause brauchte. Marie hatte sich unverzüglich Josephines Wünschen angenommen und zwei Männer mit den Möbelstücken nach oben geschickt, gefolgt von einem Dienstmädchen, das das Bettzeug gebracht hatte.

Lotte hatte sich derweil im Bad verborgen gehalten.

Sie hatte mit der jungen Frau besprochen, dass sie die meiste Zeit bei ihr im Atelier verbringen würde und nur zum Schlafen in ihr eigenes Zimmer ginge, um sofort reagieren zu können, sollte doch einmal jemand unverhofft an die Ateliertür klopfen. In diesem Fall sollte Lotte sich unverzüglich im Bad verstecken und erst wieder herauskommen, wenn Josephine ihr Bescheid gab.

Auf gewisse Weise war es wie ein Spiel für Josephine, Lotte zu helfen und damit ihren großen Bruder auszutricksen, dennoch war sie sich des Ernsts der Lage durchaus bewusst. Denn eines hatte sie inzwischen begriffen: Den Constantin, den sie gekannt hatte, ihren Bruder, den sie mit liebevoller Bewunderung angehimmelt hatte, gab es nicht mehr. Er war irgendwo auf dem Weg von Binz nach Berlin verloren gegangen und sah nur noch so aus wie ihr Tino; sein Wesen jedoch war das eines Fremden. Josephine hatte ein bisschen herumgeschnüffelt und sich auch mit den anderen vermeintlichen Tänzerinnen unterhalten. Zwar hatten sich diese ausgesprochen zurückhaltend gezeigt, denn es lag ihnen fern, sich ausgerechnet der Schwester ihres Chefs anzuvertrauen, doch Josephine hatte heraushören können, wie viel Angst die Frauen vor Constantin und seinen Männern hatten. Der Name »Lotte« war mehrfach gefallen, offenbar wurde die junge Frau mit Hochdruck von Constantins Leuten gesucht. Des Weiteren hatte sie ein Gespräch zwischen Constantin und Gerd Nolte belauscht, in dem Letzterer immer wieder gesagt hatte, er könne sich einfach nicht erklären, wie Lotte unbemerkt aus dem Hotel herausgekommen sein sollte. Für Josephine war es eine Genugtuung, ihren Bruder ebenso an der Nase herumzuführen, wie er es mit ihr machte, indem er ihr vorspielte, er sei immer noch der nette große Bruder, der sich um sie kümmerte und ansonsten keiner Fliege etwas zuleide tat. So gern sie auch an ihrer Erinnerung festhalten wollte, sosehr sie sich ihren Tino zurückwünschte, der immer zu ihr gehalten und sie beschützt hatte, wenn die anderen Kinder bei ihren Spielen in Binz am Strand zu grob wurden oder sie gar ausgrenzen wollten, weil sie das »Fräulein von« war, so führte ihr Lotte doch mit aller Deutlichkeit das wahre Naturell ihres Bruders vor Augen.

Gemeinsam mit der jungen Frau hatte sie einen Plan gefasst, wie es gelingen sollte, diese aus dem Hotel herauszuschaffen und zum Bahnhof zu bringen, damit sie auf schnellstem Wege aus Berlin fliehen und in ihren Heimatort bei Münster zurückkehren konnte. Josephine hatte Constantin in letzter Zeit immer mal wieder um Geld gebeten, angeblich um neue Kleidung, Schmuck oder auch ein teures Parfum zu kaufen, und Constantin hatte sich überaus großzügig gezeigt. Dieses Geld sollte nun Lotte zugutekommen.

Morgen sollte es so weit sein. Josephine würde Lotte in eigens dafür angeschafften Kleidungsstücken unbemerkt aus dem Hotel schmuggeln. Sie konnte nur hoffen, dass ihr Plan gelang und die Helfer, die sie dafür brauchte, wirklich zuverlässig waren.

Sie hatte Kontakt zu Matthis aufgenommen und ihm vorgegaukelt, eine kleine Vernissage in ihrem Atelier veranstalten zu wollen. Er solle unbedingt Luise und ein paar von den anderen mitbringen, es gäbe auch Essen aus dem Hotel und reichlich Alkohol.

Zu diesem Anlass hatte sie in den letzten Tagen mehrere Bilder gemalt, nur damit sie etwas vorzuweisen hatte. Josephine war egal, was die anderen davon hielten. Auch, ob Ferdinand mitkam oder nicht. Inzwischen hatte sie begriffen, dass auch er in einer Rolle gefangen war, ganz ähnlich wie sie, nur dass er offenbar die soziale Barriere nach oben zu durchdringen versuchte, während sie versuchte, sich vom üblen Geruch des Mammons zu befreien. Sie hatte sich ihm freiwillig hingegeben, und er hatte sie anschließend sitzen gelassen – na und? Was war das schon im Vergleich zu dem, was Lotte hatte erleiden müssen? Sie hatte man gezwungen, sich den Männern hinzugeben, hatte sie gehalten wie eine Leibeigene, und im Augenblick ging es nur darum, diesen Zustand für immer zu beenden. Wenn ihr Plan aufging, würden sie nachher alle zusammen das Hotel verlassen, in der großen Runde, so hoffte Josephine, würde Lotte keinem auffallen.

Josephine wusste noch nicht, was sie tun sollte, sobald die junge Frau in Sicherheit war, doch sie spürte, dass sich ihre Zeit in Berlin dem Ende zuneigte. Ob sie schon bereit war, nach Binz zurückzukehren, wusste sie nicht, aber sollte es ihr tatsächlich gelingen, Lotte zu retten, war sie fest entschlossen, einen Weg für sich und ihre Malerei zu finden, denn Berlin hatte sie gelehrt, »die Welt zu sehen, wie sie war, und nicht, wie sie sie haben wollte«. Sie war über die Maßen enttäuscht von Constantin und dem Leben hier, hatte die schmutzige Seite dieser berauschenden Stadt sehen und erleben müssen, die Not, die Armut, die Gewalt und die Angst. Und das schlug sich in ihren Bildern nieder. Sie hatte es geahnt, als sie von Ferdinand in die Kreise der Künstler aufgenommen worden war, und sie hatte es in dem Moment gewusst, als die gepeinigte Lotte ihr von ihrem Leben als Hure erzählt hatte – auch wenn sie es am liebsten nicht wahrgehabt hätte.

Hier in Berlin gab es nichts mehr, was sie hielt. Auch Marie war für sie zu einer großen Enttäuschung geworden, denn für Marie zählte doch nur noch ihr Beruf als Hausdame. Constantin hatte Josephine erzählt, wie glücklich Frau Stieglitz gewesen sei, ihre Aufgaben an eine jüngere Frau übertragen zu können und nur noch an Maries freien Tagen für einen reibungslosen Ablauf des Hotelbetriebs sorgen zu müssen. Marie sei ein wahrer Glücksgriff gewesen, so gelehrig und fleißig stelle sie sich an. Die Hotelgäste mochten sie, und sie leite das Personal mit freundlicher, aber konsequenter Hand und sei eine große Entlastung für ihn und das Astor. Ja, die Arbeit im Grand und vor allem die Lektionen ihrer großen »Lehrmeisterin« Bernadette von Plesow machten sich bezahlt.

Josephine hatte nur mit den Schultern gezuckt und sich abgewandt. Constantin hatte sie geneckt und gefragt, ob sie womöglich eifersüchtig auf die Freundin und ihren rasanten Aufstieg sei, doch Josephine war keineswegs eifersüchtig gewesen. Sie hatte vielmehr daran gedacht, wie sie zufällig Zeugin einer Szene auf der Personaletage geworden war. Sie war auf dem Weg zu Marie gewesen, um sie zu fragen, ob sie Lust habe, mit ihr an ihrem freien Tag ein Museum zu besuchen. Als sie um die Ecke gebogen war, hatte sie gehört, wie ihre einst so schüchterne, stets freundliche und geduldige Freundin zwei Zimmermädchen ausschalt, weil sie die Zimmer der Gäste nicht in der dafür vorgesehenen Zeit gereinigt und sich stattdessen vor der Küche herumgetrieben hatten, wo ihnen der Koch verschiedene Leckereien von den zurückgegangenen Tellern der Gäste zugesteckt hatte.

»Bitte verzeihen Sie, Frau Reidel, die Gerda hatte seit gestern Mittag nichts mehr gegessen, und ich hab sie begleitet, weil ihr so schwindelig war«, verteidigte sich eine der beiden nervös und warf ihrer Kollegin, an deren Hals große hektische Flecken blühten, einen verzweifelten Blick zu.

»Das ist keine Entschuldigung dafür, die Arbeit nicht zeitig zu erledigen«, entgegnete Marie mit kühler Stimme. »Die Gäste haben sich beschwert, und so etwas kommt hier, im Astor, nicht vor. Ich habe euch schon einmal ermahnt, ein drittes Mal wird es nicht geben. Lasst euch bei Herrn Nolte euren Lohn auszahlen.«

»Aber …«, stammelte die mit den roten Flecken.

»Kein Aber«, beschied Marie ungeduldig und ließ die beiden stehen, um etwas aus ihrer Kammer zu holen.

Josephine hatte sich abgewandt und war mit einem beklommenen Gefühl im Magen in ihr Atelier zurückgekehrt. Das, was ihren Bruder an Marie begeisterte, ließ sie zurückschrecken. Lag es an Berlin, dass die Menschen sich auf diese Art und Weise veränderten? Wo war die liebe, gute Marie geblieben, die keinem etwas Schlechtes wollte, keine Kollegin je verpetzt oder, so wie jetzt, sogar um ihre Arbeitsstelle gebracht hätte? Nein, Josephine erkannte weder Constantin noch Marie wieder, doch sie hatte das Gefühl, dass die beiden gut zusammenpassten. Für sie selbst jedoch, dessen war Josephine sich sicher, war kein Platz mehr in Berlin und in diesem kranken Geflecht aus Macht, Rücksichtslosigkeit und Gier.

Der Tag von Lottes Flucht war gekommen, und Josephine hatte Lotte mit den Kleidern, die sie von Constantins Geld für Lotte gekauft und mit Stücken aus ihrem eigenen Kleiderschrank ergänzt hatte, zu einer wahren Bohemienne ausstaffiert. Ein starkes, verruchtes Make-up und die bis knapp unter die Ohrläppchen gestutzten Haare taten ihr Übriges – Lotte war nicht wiederzuerkennen.

Luise und Matthis trafen als Erste ein. Nach und nach trudelten weitere Mitglieder aus der Gruppe um Hartmut ein, Hartmut selbst kam allerdings nicht. Zu ihrer Überraschung kam jedoch Ferdinand, den sie zwar begrüßte, aber nicht weiter beachtete. Auch wenn sich ihr Herz bei seinem Anblick kurz schmerzhaft zusammenzog, so war das Wiedersehen doch längst nicht so schlimm, wie sie befürchtet hatte. Er hatte sich für seinen Weg entschieden, hatte sie vermutlich nur als exotische Trophäe aus der achso verhassten Welt des Reichtums und des Überflusses betrachtet, aber das zählte jetzt nicht mehr.

Zwei Dienstmädchen brachten Häppchen auf Silberplatten, die

sie auf eigens dafür herbeigeschafften Tischen abstellten, dann machten sie sich daran, jede Menge Alkoholika ins Atelier zu schaffen, bis Josephine ihnen mitteilte, dass sie von nun an selbst übernehmen würde, um ungestört mit ihren Gästen zu sein. Als die Dienstmädchen hinausgegangen waren, holte sie Lotte aus dem Bad und stellte sie ihren Gästen als Inge vor – wie das Kindermädchen der Zwillinge ihres Bruders Alexander. Lotte betrachtete zusammen mit den anderen Josephines Bilder, aß und trank etwas und fügte sich hervorragend in den Kreis der Künstler ein.

Plötzlich klopfte es. Lotte warf Josephine einen ängstlichen Blick zu. Josephine schluckte. Was, wenn Constantin zu der Vernissage stoßen wollte, um Interesse an seiner kleinen Schwester und deren Arbeit zu heucheln? Zaghaft öffnete sie die Tür und atmete erleichtert aus, als Marie davorstand.

»Ich wollte nur fragen, ob das Hotel noch etwas für dich tun kann, Josephine?«

»Danke, aber nein, das ist wirklich nicht nötig. Es ist alles ganz wunderbar. Möchtest du für eine Weile zu uns stoßen?« Josephine überlegte kurz, ob die spontane Einladung klug war, doch alles andere wäre zu auffällig gewesen, und außerdem kannte Marie Lotte gar nicht. Und Constantin oder einer seiner Leute würden ihr die Geschichte von der entlaufenen Hure bestimmt nicht auf die Nase binden.

»Nein, aber danke«, lehnte Marie ab. »Constantin musste zu einem dringenden Termin, sonst hätte er selbst noch vorbeigeschaut.«

»Das macht nichts, meine kleine Vernissage ist ohnehin gut besucht«, erwiderte Josephine leichthin, um sich nicht anmerken zu lassen, wie erleichtert sie über diese Nachricht war. Sie hätte nicht gewusst, wo sie Lotte so rasch verstecken sollte, wenn ihr Bruder tatsächlich vor der Tür gestanden hätte.

»Gut. Dann gehe ich wieder. Gib mir einfach Bescheid, wenn du noch etwas brauchst.«

»Das mache ich gern. Danke, Marie.« Josephine schloss die Tür und kehrte zu ihren Bekannten zurück.

Auf einmal trat Ferdinand an ihre Seite. »Können wir später vielleicht in Ruhe sprechen?«, bat er.

»Ich wüsste nicht, worüber.«

Ferdinand deutete auf die Bilder. »Ich habe dir unrecht getan, das weiß ich jetzt. Du warst mitten in einer Schaffensperiode, und ich habe das nicht erkannt. Deine Arbeit ist außergewöhnlich.«

Josephine sah ihn an, wollte etwas erwidern, doch in diesem Moment trat Matthis zu ihnen. »Josephine.« Er deutete eine Verbeugung an und tat, als zöge er einen imaginären Hut. »Ich ziehe den Hut vor dir. Deine Arbeiten sind wirklich fantastisch.«

»Ach ja?« Josephine war aufrichtig überrascht. »Findest du?«

»Aber sicher. Die dort drüben«, er deutete auf die bunten Gemälde, die Josephine vor einiger Zeit angefertigt hatte und die Constantin gefallen hatten, Ferdinand jedoch nicht, »sind älter, nicht wahr? Deine Entwicklung ist deutlich zu erkennen. Wirklich sehr interessant. Hast du vor, sie in einer Galerie auszustellen?«

Josephine war nicht sicher, ob Ferdinand und Matthis sich womöglich abgesprochen hatten oder vielleicht einfach nur freundlich sein wollten. Sie sah zwischen den beiden hin und her, versuchte auszumachen, ob diese sich einen Scherz mit ihr erlaubten, doch an ihren Mienen war dies nicht zu erkennen.

»Nein«, sagte sie dann. »Ich werde mich nicht um eine Ausstellung in einer Galerie bemühen.«

»Weshalb nicht? Angst davor, berühmt zu werden?«, zog Matthis sie auf.

»Es geht mir beim Malen nicht darum, berühmt zu werden. Es geht mir darum, einen Weg zu finden, mich selbst auszudrücken.«

»Du solltest stolz auf dich sein«, befand Ferdinand und warf ihr einen Blick zu, den sie nicht zu deuten wusste.

»Danke, das ist wirklich sehr nett von euch beiden.« Josephine prostete ihnen zu, schlenderte zu den anderen und unterhielt sich, wobei sie immer wieder versuchte, Lotte mit einzubinden, die sich zwar völlig fehl am Platze fühlte, sich aber redlich bemühte, so zu tun, als wäre sie ebenfalls an der Kunst interessiert.

Sie blieben etwa zwei Stunden, dann machte Josephine den Vorschlag, das Hotel zu verlassen und gemeinsam durch die Kneipen zu ziehen. Alle waren sofort einverstanden. In drei Grüppchen quetschten sie sich in den Fahrstuhl, der sie nacheinander in die Halle hinunterbrachte. Josephine und Lotte waren bei der dritten Fuhre dabei und mischten sich, unten angekommen, unter die Menge der wartenden Vernissage-Besucher. Zusammen verließen sie das Hotel, während sich Josephine immer wieder verstohlen umblickte, um sich zu vergewissern, dass keiner von Constantins Leuten ihnen folgte. »Oh, seht mal dort!«, rief Matthis vor dem Hotel und deutete auf ein Plakat, das den Auftritt einer Künstlerin namens Claire Waldoff ankündigte, die zusammen mit ihrer Lebensgefährtin im Varieté Astor auftrat. Ein Skandal, hätte man meinen können, doch Constantin liebte die Provokation und zeigte sich gegenüber allem, was verrucht und außergewöhnlich war, sehr aufgeschlossen. »Gehen wir doch ins Varieté!«

»O nein, darauf habe ich jetzt keine Lust. Nun kommt schon, ich muss mal raus aus meinem Zuhause!«, drängte Josephine und bemühte sich um ein ausgelassenes Lachen.

»Wusstest du, dass die Waldoff und ihre Lesbenfreundin ein Café betreiben, wo sie sich mit anderen Lesben zum Austausch treffen?«, erkundigte sich Ferdinand, aber Josephine beachtete ihn nicht weiter. Ihr Blick war auf Gerd Nolte gefallen, der soeben die Straße überquerte und auf das Hotel zustrebte.

»Meine Freundin Inge hat auch eine Weile mit einer Frau zusammengelebt«, log sie und schob Lotte in Ferdinands und Matthis' Richtung. »Erzähl den beiden doch mal, wie so etwas ist, Inge«, forderte sie die junge Frau auf, dann löste sie sich von der Gruppe, die sich langsam vom Hotel entfernte, und tänzelte auf Nolte zu.

»Da ist ja mein großer Beschützer!«, rief sie lachend, fasste ihn bei den Armen und drehte sich mehrfach mit ihm im Kreis. »Ich bin ja so glücklich. Meine Bilder wurden in den höchsten Tönen gelobt.« Aus den Augenwinkeln sah sie, wie Lotte ganz vorn in der Gruppe verschwand, die sich hinter ihr schloss, so dass sie nun nicht mehr zu sehen war. »Ich muss los, Herr Nolte«, trällerte sie dann, »wir wollen noch feiern, feiern, und wo könnte man das besser als in dieser wundervollen Stadt!« Sie löste sich abrupt von Constantins rechter Hand und rannte den anderen nach, wobei sie ihm eine Kusshand zuwarf.

Nolte schüttelte den Kopf. Die kleine Schwester seines Arbeitgebers hatte eben ihre Eigenarten, aber die gingen ihn ja nichts an. Immer noch kopfschüttelnd betrat er die Hotelhalle.

Sie bogen um mehrere Hausecken, dann blieb Josephine stehen. »Entschuldigt, aber ich habe es mir anders überlegt. Ich habe plötzlich schreckliches Kopfweh, wahrscheinlich hab ich ein bisschen zu viel getrunken.« Sie wandte sich Lotte zu. »Inge, begleitest du mich zurück ins Hotel?«

»Ja«, kam die knappe Antwort.

»Was? Du willst weg?« Ferdinand sah sie verwundert an.

»Ja, es tut mir leid. Es geht mir wirklich nicht gut. Vielen Dank, dass ihr alle gekommen seid. Ich hoffe, es hat euch gefallen bei mir. Und feiert noch schön!«

Noch bevor die anderen reagieren konnten, fasste sie Lottes Hand und zog sie mit sich.

»Warte!«, rief Ferdinand, lief ihnen ein paar Schritte hinterher und stellte sich den beiden in den Weg. »Wann sehen wir uns wieder? Wir wollten doch noch miteinander sprechen.«

»Ich weiß nicht«, wehrte Josephine ab. »Eigentlich wolltest du mit mir sprechen, nicht ich mit dir.« Sie blickte ihn an. »Aber keine Sorge, ich melde mich bei dir.«

»Das klingt eher so, als würdest du es nicht tun«, erwiderte Ferdinand.

»Lass dich überraschen!«, rief Josephine leichthin und eilte zusammen mit Lotte an dem verdutzt dreinblickenden Ferdinand vorbei.

So schnell sie konnten, liefen die beiden Frauen in Richtung Lehrter Bahnhof, ohne Gepäck und ohne Papiere, denn diese befanden sich noch immer bei Constantin, der den Mädchen stets gleich zu Beginn ihrer Tätigkeit den Pass abnahm.

Lotte würde einige Schwierigkeiten haben, sich den Ausweis neu ausstellen zu lassen, doch sie würde einfach behaupten, sie sei auf der Reise überfallen und bestohlen worden. Wer sollte ihr schon das Gegenteil beweisen?

Als sie den Bahnhofsvorplatz erreichten, fragten sie einen dort stehenden Schaffner, wann der nächste Zug in Richtung Münster fuhr. Der Mann gab ihnen Auskunft. Wenn sie sich beeilten, könnten sie in knapp fünf Minuten eine Bahn nach Braunschweig nehmen. Dort müssten sie umsteigen in Richtung Bielefeld mit Anschluss nach Münster. Lotte war erleichtert. Die Furcht, doch noch von Constantins Leuten entdeckt zu werden, war groß. Er hatte überall seine Spitzel, und sie konnte nur hoffen, dass – sollte sie in diesem Aufzug tatsächlich erkannt werden – seine Leute zu spät kamen und sie bereits im Zug Richtung Heimat saß.

Josephine und Lotte rannten zum Bahnsteig, auf dem gerade der Zug einfuhr. Josephine zog das Geld hervor, das sie Constantin nach und nach abgeluchst hatte, und drückte es Lotte in die Hand. »Das wird für eine Weile reichen«, sagte sie.

»Das werde ich nie wiedergutmachen können.« Die beiden Frauen umarmten sich. »Danke.«

»Mach schon. Steig jetzt ein«, drängte Josephine mit Tränen in den Augen, sobald der Zug zum Halten gekommen war und der Schaffner die Türen öffnete. Ihr war, als verabschiedete sie sich von der einzigen Freundin, die sie in all der Zeit in Berlin gefunden hatte. Der Frau, die von Constantin von Plesow zur Prostitution gezwungen und von einem Freier fast zu Tode vergewaltigt worden war.

Noch einmal umarmten die Frauen sich fest, dann stieg Lotte in den Zug. Kurz darauf wurde in einem der Abteile ein Fenster heruntergelassen, und Lotte streckte den Kopf heraus. Josephine lief zu ihr, sie fassten sich noch einmal an den Händen.

»Leb wohl, Lotte!«, sagte Josephine mit zitternder Stimme. »Und such dir eine gute Arbeit.«

»Das werde ich! Ich werde dich niemals vergessen, Josie, niemals!«

Ein Pfiff ertönte, und der Zug rollte an. Sie ließen einander los, und Josephine winkte, bis die Bahn in der Ferne verschwunden war. Tränen liefen ihr über die Wangen, und sie fühlte sich einsamer als je zuvor. Mit hängenden Schultern machte sie kehrt und ging in Richtung Treppe, um ins Hotel zurückzukehren. Ein nahezu überwältigendes Gefühl der Erschöpfung machte sich in ihr breit. Der davonrollende Zug hatte in ihr den übermächtigen Drang ausgelöst, Berlin genau wie Lotte den Rücken zu kehren. Auch sie sehnte sich nach ihrer Heimat, das wurde ihr nun klar, auch sie vermisste die Ruhe, die Beschaulichkeit, die die Freundin in Billerbeck und sie selbst in Binz zurückgelassen hatte. Plötzlich wusste sie, was sie zu tun hatte, und sie würde keine Sekunde länger damit warten. So schnell sie konnte, kehrte sie ins Hotel Astor zurück und packte ihre Sachen, um noch in derselben Nacht Berlin zu verlassen.

Als Constantin am nächsten Morgen nach ihr sehen wollte, weil sie nicht zum Frühstück erschienen war, waren all ihre Sachen fort, und sie saß längst im Zug nach Binz.

31. Kapitel

Nur dumme Menschen sind zu starrsinnig, um einmal gesetzte Ziele nicht immer wieder neu zu hinterfragen.

Bernadette von Plesow

Bernadette hatte noch keine endgültige Entscheidung getroffen. Ohne Zweifel reizte es sie, Kaub ein Angebot zu unterbreiten oder aber das Hotel über einen Mittelsmann zu kaufen, den Constantin ihr gewiss empfehlen könnte. Doch sie war an einem Punkt in ihrem Leben angelangt, an dem andere Dinge wichtiger waren als das Geschäft. Für sie galt es nun, sehr genau abzuwägen, wie viel Zeit sie künftig mit dem Aufbau eines weiteren Hotels verbringen wollte.

Und so saß sie nun in ihrem Büro und dachte nach, als das Telefon klingelte.

»Ja?«

»Mutter, ich wollte nur hören, ob du in deinem Büro bist. Bautner hat mir gestern von dem geplanten Verkauf des Palais erzählt. Wollen wir uns kurz zusammensetzen? Dann komme ich in dein Büro.«

Bernadette betrachtete die Unordnung vor sich. Sie mochte es nicht, wenn ihr Schreibtisch verriet, dass sie noch nicht zum Arbeiten gekommen war.

»Ich komme lieber zu dir«, sagte sie daher. »Ich möchte ohnehin mit dir sprechen. Bis gleich.« Sie legte auf, ohne seine Antwort abzuwarten, ließ die Unterlagen auf dem Schreibtisch liegen, stand auf und machte sich auf den Weg zu Alexanders Büro.

»Mutter, da bist du ja«, sagte er, als sie eintrat, stand von seinem Schreibtischsessel auf und kam zu ihr herüber, um ihr einen Kuss auf die Wange zu geben. »Wollen wir in die Sitzecke gehen?«, bot Alexander an.

»Lass uns lieber dort drüben sprechen«, bat Bernadette und deutete zum Schreibtisch hinüber.

»Wie du wünschst.« Alexander nahm wieder in seinem Sessel Platz, während Bernadette sich auf einen der Besucherstühle vor dem Schreibtisch setzte. »Du bist ja sehr offiziell«, versuchte er zu scherzen, auch wenn ihn das Verhalten eher beunruhigte.

»Ich habe die halbe Nacht wach gelegen und darüber nachgedacht, was wir tun sollen«, kam Bernadette sofort zur Sache.

»Und?«

»Ich habe mich noch nicht endgültig entschieden, doch ich denke, dass es womöglich besser wäre, vom Kauf des Palais Abstand zu nehmen«, teilte sie ihm mit.

»Du siehst mich erstaunt. Bautner ging davon aus, du könntest es gar nicht abwarten, Kaubs Hotel aufzukaufen und damit deinen einzigen nennenswerten Konkurrenten ein für alle Mal auszuschalten.«

»Ich gebe zu, dass der Gedanke überaus reizvoll ist. Doch es würde womöglich nicht in meine künftigen Pläne passen.«

»In deine künftigen Pläne?«, echote Alexander. »Und die wären?«

Sie setzte sich gerade hin und straffte die Schultern. »Ich werde dir das Grand überlassen, Alexander. Nicht nur als Geschäftsführer, sondern ganz. Zwar werde ich Anteile am Hotel behalten, doch die Entscheidungen triffst du künftig allein. Ich werde mich aus dem Tagesgeschäft zurückziehen.«

Er hätte überraschter nicht sein können. »Ich glaube, ich höre nicht richtig.«

»Doch, du hast mich verstanden. Natürlich kannst du auch weiter auf meine Unterstützung zählen, wenn sie vonnöten sein sollte. Aber du bist lange genug dabei, um das Hotel in meinem und auch im Sinne deines Vaters fortzuführen. Ich vertraue dir, Alexander. Es ist also künftig an dir.«

Alexander ließ sich in seinem Sessel zurücksinken und atmete geräuschvoll aus. »Ich weiß wirklich nicht, was ich sagen soll.« Er setzte sich wieder aufrecht hin. »Oder willst du doch das Palais kaufen und überlässt mir das Grand, damit du dich ganz dem neuen Hotel widmen kannst?«

»Nein. Sollte ich mich noch dazu entscheiden, werden wir es gemeinsam aufbauen. Allerdings denke ich nicht, dass ich es tun werde. Ich habe genug aufgebaut in meinem Leben. Es ist an der Zeit, die Früchte zu ernten. Und in diesem Zusammenhang muss ich dir noch etwas sagen.«

»Da bin ich gespannt.«

»Ich werde heiraten, Alexander.«

Er beugte sich vor. »Du wirst *was*?«

»Heiraten.«

»Wen?«

Es war ihr unangenehm, wie überrascht er war. War es ihm denn wirklich nicht möglich, sie nicht nur als seine Mutter, sondern auch als Frau zu sehen? »Major Götz Wilhelm.«

»Bitte, wen?«

»Du hast mich richtig verstanden.«

Alexander stand von seinem Sessel auf und machte ein paar Schritte. »Das muss ich erst einmal verdauen.«

»Ich habe mich entschieden und bitte dich, dies zu respektieren. Sobald wir alles besprochen haben, werde ich bei Constantin und Josephine in Berlin anrufen und sie ebenfalls in Kenntnis setzen.«

Alexanders Telefon läutete. »Einen kurzen Moment, bitte.« Er hob den Hörer ab. »Ja?«

Er lauschte kurz. »In Ordnung, Herr Druminski, schicken Sie ihn herauf.« Er hängte den Hörer ein. »Der Champagnerlieferant ist da und muss bezahlt werden.«

»Hast du noch genug Bargeld hier? Sonst hole ich welches aus meinem Büro«, bot Bernadette an.

»Nein, ich habe noch etwas.« Er beugte sich herunter und zog einen Umschlag hervor, den er auf den Schreibtisch legte. Bernadette sah nur kurz hin, beachtete ihn aber nicht weiter.

»Ich hoffe, du verstehst meine Entscheidung, das Palais unter diesen Umständen nicht kaufen zu wollen?«, nahm Bernadette das Gespräch wieder auf.

»Ja natürlich Mutter. Aber du wirst sicher auch meine Überraschung verstehen. Nachdem Bautner mir davon berichtet hat, hielt ich es für *die* Gelegenheit, unsere Macht und unseren Einfluss noch weiter auszubauen. Ganz abgesehen von den Einnahmen, die gewaltig sein könnten.«

Es klopfte. Alexander rief den Champagnerlieferanten herein, der eilig seine Mütze vom Kopf zog und die beiden von Plesows begrüßte.

»Die Abstände, in denen Sie kommen müssen, werden auch immer kürzer, was?«, scherzte Alexander. Er nahm den Umschlag in die Hand. »Wie viel bekommen Sie?«

»Das sind genau einhundertzehn Reichsmark, Herr von Plesow.«

Alexander zählte das Geld ab und reichte es ihm.

»Hier, bitte. Und richten Sie Ihrem Chef einen herzlichen Gruß von uns aus.«

»Das werde ich, Herr von Plesow. Einen guten Tag noch.«

Er nickte Bernadette zu. »Gnädige Frau.« Damit verließ er das Büro.

Als er fort war, fiel Bernadettes Blick auf den Umschlag, den Alexander nun wieder auf den Schreibtisch gelegt hatte, diesmal andersherum. Wie erstarrt blickte sie ihn an, dann sprang sie auf und griff danach. Das Wappen der Bank stach ihr ebenso entgegen wie die weichen Kringel, die genauso aussahen wie die, die sie mit Bankdirektor Jahns' Kugelschreiber auf den Umschlag mit dem Geld der Kaczmareks gemalt hatte. »Woher hast du den?«

»Den Umschlag? Woher schon? Von der Bank, vermute ich.« Bernadette musterte ihren Sohn durchdringend. Alexanders Blick zeigte ihr, dass ihm klar wurde, einen großen Fehler begangen zu haben.

»Alexander. Wir beide wissen, was es mit diesem Umschlag auf sich hat. Ich frage dich also noch einmal: Woher hast du ihn?«

»Wenn du mich jetzt entschuldigen würdest, Mutter. Ich habe zu tun.«

»Ich entschuldige dich ganz sicher nicht. Woher, Alexander? Woher?«, schrie Bernadette ihren Sohn an.

»Dachtest du, ich würde zulassen, dass dieses Pack dich erpresst und ausnimmt?«, begehrte er nun lautstark auf.

Bernadette wurde übel. Zitternd setzte sie sich wieder. Sie schluckte schwer. »Was ist mit den Kaczmareks geschehen?«

»Das weiß ich nicht, und ehrlich gesagt, will ich es auch gar nicht wissen. Ich habe mit Constantin gesprochen, und er hat sich um die Sache gekümmert. Sein Mitarbeiter hat mir den Umschlag mit dem Geld wiedergebracht, und damit ist die Sache für mich erledigt.«

Bernadette schloss einen kurzen Moment die Augen. Dann war es also doch einer von Constantins Leuten gewesen, den sie vom Fenster aus gesehen hatte. Er musste ihn gleich nach dem

Telefonat mit Alexander nach Binz geschickt haben, damit er am nächsten Tag bereitstand, um Josef Kaczmarek und dessen Familie vor dem Hotel aufzulauern. Ein Zeitungsartikel von gestern kam ihr plötzlich in den Sinn, in dem über einen tragischen Unfall am Bahnhof von Stralsund berichtet wurde, bei dem ein Ehepaar und dessen Kind auf die Gleise gestürzt und vom Zug überrollt worden waren. Der Zug in Richtung Leipzig hatte erst mit dreistündiger Verspätung abfahren können.

»Was seid ihr nur für Menschen?« Bernadette war kreidebleich geworden.

»Er wird sie ja nicht gleich umgebracht haben«, versuchte Alexander, sich zu verteidigen. »Er hat ihnen bestimmt nur Angst gemacht und ihnen das Geld wieder abgenommen.«

Bernadette schüttelte den Kopf. »Du kennst deinen Bruder nicht«, stellte sie mit belegter Stimme fest. Sie dachte daran, wie kalt und skrupellos Constantin die Schutzgelderpresser beiseitegeschafft hatte. Zwar wusste sie nur von einem, der mit einem Loch im Kopf wieder aufgetaucht war, doch sie war sicher, dass es dessen Kumpanen nicht anders ergangen war. Damals war es ihr egal gewesen, immerhin waren es Gangster gewesen, die es nicht anders verdient hatten. Sie stand auf, griff zum Hörer und bat Druminski, eine Verbindung mit ihrem Sohn Constantin herzustellen.

»Mutter?«

»Ja, Constantin. Ich bin es. Ich bin in Alexanders Büro, und ich habe eine Frage an dich. Ich würde sie nicht stellen, wenn ich mir keine ehrliche Antwort erwartete. Ich weiß sehr genau, wozu du in der Lage bist. Deshalb frage ich dich jetzt: Die Familie Kaczmarek, derentwegen Alexander dich kontaktiert hat, lebt sie noch?«

Einen Moment war es still am anderen Ende der Leitung.

»Constantin. Ich erwarte deine Antwort.«

»Nein«, sagte er knapp. »Die Familie Kaczmarek ist nicht mehr am Leben.«

Bernadette hängte den Hörer ein, ohne sich von ihrem Sohn zu verabschieden.

Bernadette sah Alexander an. »Alles, was diese Menschen wollten, war eine Chance für ihr Kind. Die Chance, die Kleine operieren zu lassen, damit sie eines Tages laufen könnte. Diese sechshundert Reichsmark dort in dem Umschlag waren für Anastasias Hüftoperation.« Sie zeigte anklagend mit dem Finger auf ihn. »Du hast die drei Menschen auf dem Gewissen, Alexander. Du hast einen Mörder auf sie gehetzt, nur weil sie wollten, dass ihr Kind laufen kann. Damit wirst du jetzt leben müssen.«

Mit versteinerter Miene stand sie auf und ging zur Tür. Alexanders Telefon klingelte.

»Bitte, Mutter, es tut mir leid. Ich wusste nicht … ich dachte doch, sie würden dich erpressen! Constantins Mann sollte ihnen nur Angst einjagen.«

»Du hast die Weitsicht eines Kindes«, stellte Bernadette angewidert fest, während das Telefon läutete und läutete. »Ich entbinde dich ab sofort von deinen Pflichten als Geschäftsführer und werde unsere Anwälte bitten, ein Schriftstück aufzusetzen, in dem ich dir ein Angebot für deine dreißig Prozent am Hotel mache. Ich gebe dir zwei Wochen Zeit, für dich und deine Familie eine Bleibe zu finden, dann werdet ihr das Haus verlassen.«

»Du willst mich rauswerfen? Aus dem Hotel und auch aus dem Privathaus? Das lasse ich nicht zu.«

»Mach, was du willst. Doch noch heute Abend ist dieser Schreibtisch dort geräumt, oder ich werde dich mit Polizeigewalt von hier fortschaffen lassen.«

»Das kannst du nicht tun!«

»Ich kann, und ich werde. Ich halte siebzig Prozent am Hotel. Und für dich ist hier kein Platz mehr.« Damit ging sie hinaus und hörte noch, wie Alexander den Hörer abnahm.

»Ja, Constantin. Ich bin's. Mutter ist gegangen. Es ist etwas passiert…«

Sie entfernte sich von der Tür, wollte nicht hören, was ihre Söhne nun miteinander besprachen. Sie kehrte zurück in ihr eigenes Büro, räumte den Schreibtisch auf, anschließend nahm sie Karls Brief, die Fotos und ein paar Streichhölzer. Sie zündete erst die Fotos an, die im Aschenbecher verbrannten, dann Karls Brief. Als die Zeilen sich schwarz färbten und das Papier verkohlt in kleine Stücke zerfiel, fiel eine Träne darauf und verdampfte zischend. Sie wartete, bis das Feuer erlosch, leerte den Inhalt ihrer Handtasche auf den Schreibtisch, füllte die Asche hinein, nahm ihren Schlüssel und ging hinaus. Als sie hinter sich abschloss, hörte sie ihr Telefon klingeln. Es interessierte sie nicht.

In der Empfangshalle des Hotels winkte ihr Werner Druminski zu. »Gnädige Frau, ich habe es eben schon bei Ihnen im Büro versucht. Ihr Sohn Constantin hätte sie gern gesprochen.« Er hielt den Hörer hoch.

Bernadette kam an den Tresen, nahm dem Rezeptionisten den Hörer ab und ließ ihn ohne ein Wort auf die Gabel fallen. Dann verließ sie durch den Vordereingang das Hotel und hielt sich rechts in Richtung Seebrücke. Zu den Klängen der Akkordeonmelodie schritt sie über die Holzbretter, Meter für Meter, fünfhunderteinundachtzig Schritte bis zum Ende des Piers. Die Klänge des Akkordeons wehten ihr hinterher. Bernadette öffnete ihre Handtasche und ließ die schwarze Asche in die See rieseln, sah zu, wie sie sich auf der Wasseroberfläche ausbreitete, sich auflöste und dann langsam versank.

Sie wusste nicht, wie lange sie dort stand und auf das Wasser starrte. Spielte das Akkordeon noch, oder war der verwundete Soldat längst nach Hause gegangen?

Irgendwann spürte sie, dass jemand von hinten an sie herantrat. »Ich habe dich schon gesucht.« Götz stellte sich neben sie an die Holzbrüstung. »Willst du mir sagen, was geschehen ist?«

Bernadette antwortete nicht.

»Ich habe Alexander getroffen. Er wirkte sehr aufgelöst und schien dich überall zu suchen.«

»Das glaube ich«, war alles, was Bernadette hervorbrachte. Eine Weile schwiegen sie, dann sagte sie leise: »Ich werde nun doch nicht die Leitung des Hotels abgeben. Dennoch möchte ich gern deine Frau werden. Denkst du, dass das möglich wäre?«

»Sicher. Wenn wir beide es wollen, können wir auch das schaffen.«

»Gut.« Bernadette nickte. »Alexander ist nicht länger Geschäftsführer.«

»Willst du mir sagen, wie es dazu gekommen ist?«

»Nein, das will ich nicht.«

»Gut. Das akzeptiere ich.« Sie blieben noch eine Weile so stehen, dann legte Götz den Arm um ihre Schultern und führte sie langsam den Steg zurück in Richtung Promenade. Es wurde bereits dunkel, als sie das Ende der Seebrücke erreichten, und tatsächlich hatte der Akkordeonspieler seine Arbeit für heute eingestellt.

Sie waren fast wieder beim Hotel, als ein Automobil vorfuhr. Eine junge Dame stieg aus. Bernadette musste zweimal hinsehen, weil sie glaubte, sich zu täuschen.

»Josie?« Sie machte sich von Götz frei und eilte, so schnell sie konnte, ihrer Tochter entgegen. »Josie!«, rief sie noch einmal, lauter diesmal.

Josephine schaute sich suchend um. »Mutter!« Sie sah Bernadette auf sich zukommen, warf ihr gutes Benehmen über den Haufen und rannte los, um ihrer Mutter in die Arme zu fallen.

»*Maman*, ich bin ja so froh, wieder hier zu sein!«

»Josie, mein Gott.« Sie nahm das Gesicht ihrer Tochter in die Hände. »Was machst du denn hier?«

»Ich wollte nur noch weg aus Berlin, *maman*, einfach nur weg.«

»Du hättest dir keinen besseren Zeitpunkt aussuchen können.« Sie drückte die Tochter fest an sich und ließ sie minutenlang nicht mehr los. Erst als sie bemerkte, dass Götz neben ihnen stand, löste sie die Umarmung.

»Götz, darf ich dir meine Tochter Josephine vorstellen? Josephine, das ist Götz, der Mann, den ich heiraten werde.«

Josephine machte große Augen, dann streckte sie ihm die Hand entgegen. »Sehr erfreut!« Sie drückte ihre Mutter noch einmal an sich. »Ich bin so froh, wieder zu Hause zu sein«, sagte sie mit einem strahlenden Lächeln.

»Und ich bin glücklich, dich wieder hier zu haben.« Sie küsste Josephine auf die Stirn. »Überglücklich.«

* * *

Die Nachrichten, die Constantin aus Binz erhalten hatte, beunruhigten ihn über die Maßen. War es ein Fehler gewesen, seinen Mann allein auf Alexanders Hinweis hin nach Binz zu schicken und die Sache dort bereinigen zu lassen? Die Reaktion seiner Mutter ließ keine andere Schlussfolgerung zu. Verdammt noch mal! Hinzu kam, dass Josephine Hals über Kopf das Astor verlassen hatte. Er wusste, dass er sich nicht genug um sie gekümmert hatte, doch eine solche Reaktion hätte er niemals erwartet, auch wenn er wusste, wie impulsiv seine kleine Schwester sein konnte.

Druminski hatte ihm bei einem weiteren Anruf im Hotel mitgeteilt, dass seine Mutter nicht zu sprechen sei, da soeben das Fräulein von Plesow vor dem Hotel vorgefahren war, so dass er, ihren Aufenthaltsort betreffend, beruhigt sein konnte. Er hoffte allerdings inständig, dass auf dieser dämlichen Vernissage nichts vorgefallen war, was eine solche Kurzschlusshandlung bei ihr hervorgerufen hatte. Gerd hatte erwähnt, sie sei ihm in merkwürdig aufgekratzter Stimmung vor dem Hotel begegnet. Hoffentlich war sie nicht betrunken gewesen oder hatte irgendwelche Drogen genommen.

Schlimmer jedoch als die Frage, was mit Josephine war, wog für ihn, was Alexander über die Auseinandersetzung mit ihrer Mutter berichtet hatte. Konnte es wirklich Bernadettes Ernst sein, dass sie ihm die Geschäftsführung des Grand entzog, nur weil er eine Situation falsch eingeschätzt hatte? Mutter war gewiss keine Frau, die eine solche Entscheidung leichtfertig traf. Wenn das jedoch tatsächlich der Fall war, würde es schwer sein, sie vom Gegenteil zu überzeugen. Er beschloss, einige Tage abzuwarten und Kontakt zu Alexander zu halten, um herauszufinden, wie sich die Sache weiterentwickelte. Sollte Mutter an ihrer Entscheidung festhalten, Alexander aus dem Hotel und auch aus dem Privathaus zu werfen, so würde Constantin nach Binz fahren und dafür sorgen, dass die Sache wieder in Ordnung kam.

Am Abend suchte er das Büro auf, das früher Frau Stieglitz benutzt hatte und in dem nun Marie ihren organisatorischen Aufgaben als Hausdame nachkam. Er verspürte das dringende Bedürfnis, mit ihr sprechen, denn sie war ihm in der kurzen Zeit, die sie nun im Hotel war, unentbehrlich geworden. Und mehr noch als das: Wenn er ehrlich war, musste er sich eingestehen, dass ihn die Frau, zu der dieses scheue, dienstbeflissene Mädchen herangereift war, faszinierte. Ja, Marie Reidel zog ihn auf eine Art und Weise an, wie es noch keiner Frau vor ihr gelungen war.

Marie saß am Schreibtisch, über ein großes Blatt Papier gebeugt, und lächelte ihn freundlich an.

»Constantin, nimm doch Platz, ich habe sofort Zeit für dich, muss nur noch schnell zwei Namen in den Dienstplan für morgen eintragen.«

Constantin setzte sich auf einen der Besucherstühle, die vor Maries Schreibtisch standen, und wartete, bis diese die Unterlagen beiseitelegte und ihn ansah.

»So«, verkündete sie. »Nun habe ich Zeit für dich.«

»Du gehst wirklich ganz und gar in deiner Aufgabe auf. Fast könnte man meinen, du hättest nie etwas anderes gemacht.«

»Ach ja? Nun, das freut mich.«

»Du hast dich sehr verändert, weißt du das?«

»Empfindest du das so?« Sie zuckte die Achseln. »Nun, womöglich war es an der Zeit.«

Constantin musterte sie. »Weshalb bist du aus Binz fortgegangen?«

Marie räusperte sich. Die Frage traf sie unvorbereitet. Sosehr sie sich auch mühte, eine große Selbstsicherheit an den Tag zu legen, so sehr versetzte ihr die Frage nach Binz noch immer einen Stich. Binz und die Erinnerungen an Robert, vor allem daran, wie er sie behandelt hatte, ließen sie spüren, wie verletzlich sie immer noch war. Ein Gefühl, das ihr alles andere als behagte, denn sie wollte nicht schwach sein. Nie wieder.

»In Binz war ich Zimmermädchen, hier Hausdame«, erklärte sie knapp.

Constantin schüttelte den Kopf. »Das ist nicht der Grund, und das wissen wir beide. Du konntest nicht wissen, welche Anstellung du hier bekommen würdest.«

»Wer weiß. Womöglich war ich so fest davon überzeugt, dass ich richtig auf dieser Position bin, dass ich das Risiko des Scheiterns in Kauf genommen habe.«

Wieder schüttelte Constantin den Kopf. »Mir machst du nichts vor, Marie«, stellte er fest. »Aber ich respektiere, dass du mir die Wahrheit nicht sagen willst. Jedoch hoffe ich, dass du eines Tages genug Vertrauen in mich haben wirst, um dich mir zu öffnen.«

Marie lächelte ihn an, sagte aber nichts.

Constantin verstand, dass er keine Antwort erhalten würde. »Eine Frage habe ich noch. Sie betrifft nicht deine Beweggründe hierherzukommen, daher bitte ich dich, sie mir aufrichtig zu beantworten.«

»Und wie lautet deine Frage?«

»Hat Josie vor ihrer Abreise mit dir gesprochen?«

Marie schüttelte den Kopf. »Nein, das hat sie nicht.« Sie senkte den Blick. »Es trifft mich, dass sie sich nicht einmal von mir verabschiedet hat. Weißt du, weshalb sie gefahren ist?«

»Josie hatte schon immer ihren eigenen Kopf«, gab Constantin ausweichend zurück.

Marie spürte, dass er sich mehr zusammenreimen konnte, als er zugeben wollte, doch sie würde nicht weiter nachhaken, da auch er sich mit ihrem Schweigen, Binz betreffend, zufriedengab.

»Wie dem auch sei. Mach langsam Feierabend«, sagte Constantin, stand auf und ging zur Tür. »Du bist morgens die Erste hier und abends die Letzte.«

»Und das ist auch gut so«, erklärte Marie nur. »Gute Nacht, Constantin.«

Er griff nach der Türklinke. »Gute Nacht, Marie. Ich gehe jetzt rüber ins Varieté.« Er zögerte kurz. »Wenn du möchtest, kannst du gern noch rüberkommen, und wir trinken ein Glas zusammen.«

Sie lächelte ihn an. »Ein andermal gern. Ich bin erschöpft und möchte mich ausruhen. Ich muss morgen wieder früh raus.«

»Natürlich.« Constantin drückte die Türklinke bereits herunter, verharrte aber in der Bewegung. »Wirst du mir irgendwann erzählen, was geschehen ist?«

»Was meinst du?«, fragte Marie, obwohl sie genau wusste, worauf er hinauswollte.

»Weshalb du dein Herz vor der ganzen Welt verschlossen hast, meine ich.« Constantin ließ den Blick auf ihr ruhen.

Marie sah kurz zu Boden, dann hob sie den Kopf. »Ich wünsche dir einen angenehmen Abend, Constantin.«

Constantin seufzte. »Dir auch einen guten Abend, Marie.« Damit ging er hinaus.

Schon früh am nächsten Morgen ging Marie an die Rezeption, um den heutigen Tagesablauf mit Ronald Sommer, dem diensthabenden Rezeptionisten, zu besprechen, der wie immer als einer der Ersten seinen Dienst im Astor angetreten hatte. Noch während sie miteinander sprachen, blickte Sommer an ihr vorbei und bedeutete ihr so, dass ein Besucher die Empfangshalle betreten hatte.

Marie drehte sich um, dann stützte sie sich haltsuchend mit der Hand am Empfangstresen ab. Beinahe wäre ihr das Herz stehen geblieben.

»Guten Morgen, Herr Dr. Herbst«, sagte der Rezeptionist.

»Guten Morgen.« Herbsts Gesichtszüge entgleisten. »Marie?«

Marie schluckte schwer. Sie nahm sich zusammen und versuchte, sich vor Augen zu rufen, wie Bernadette sich wohl in einem solchen Moment verhalten hätte. Sie drückte den Rücken durch und streckte ihm die Hand entgegen. »Robert. Welch angenehme Überraschung.« Sie sah zu Ronald Sommer. »Herr

Dr. Herbst und ich haben uns in Binz kennengelernt, als dieser dort ein wenig Ablenkung vom Alltag suchte.« Sie sah Robert wieder an. »Nicht wahr, Herr Dr. Herbst?«

Herbst starrte sie fassungslos an. Nicht nur, dass er niemals damit gerechnet hätte, seine frühere Geliebte hier zu treffen – auch die Art und Weise, wie sie ihm begegnete, ließ ihn für einen Moment die Fassung verlieren.

»Was machst du hier?«

»Ich bin im Astor als Hausdame angestellt«, erklärte Marie. »Und in dieser Funktion bitte ich auch darum, mich nun zu entschuldigen. Die Pflicht ruft.« Sie beugte sich zu dem Rezeptionisten hinüber. »Wenn diese Lieferung kommt, möchte ich gern informiert werden, Ronald.«

»Jawohl, Frau Reidel, sehr gern.«

»Gut. Danke sehr.« Sie sah Robert an. »Dann noch einen angenehmen Tag.« Damit ließ sie ihn stehen.

»Und, Herr Dr. Herbst, zu wem wollen Sie?«, hörte sie im Weggehen Sommer fragen.

Robert räusperte sich. »Ich, ähm, ich soll mir den Fuß einer Tänzerin ansehen, die wohl umgeknickt ist.«

»Ich werde gleich nachfragen«, erwiderte Sommer und nahm schon den Telefonhörer ab.

Marie verschwand um die Ecke, lehnte sich gegen die Wand und brauchte einen Moment, um ihre Atmung zu beruhigen und ihre Glieder so weit unter Kontrolle zu bekommen, dass diese nicht mehr zitterten. Als sie Geräusche hörte, die darauf hindeuteten, dass die ersten Zimmermädchen durch den Personaleingang das Hotel betraten, richtete sie sich auf, hob den Kopf und strich ihren Rock glatt. Dann ging sie wieder an die Arbeit. Sie hatte das Gefühl, gerade eine große Schlacht geschlagen zu haben.

Nachdem sie das Personal in die täglichen Aufgaben eingewiesen hatte, zog sie sich in ihr Büro zurück und nahm hinter dem Schreibtisch Platz. Die kurze Begegnung mit Robert ging ihr nicht mehr aus dem Kopf. Für einen Augenblick hatte sie befürchtet, die Fassung zu verlieren, nun jedoch fühlte sie sich auf eine eigenartige Weise befreit. Sie war ihm wiederbegegnet und hatte gespürt, dass er keinen Einfluss mehr auf sie hatte. Mehr noch. Sie hatte gefühlt, dass sie ihm überlegen war und dass er weit mehr zu verlieren hatte als sie. Für einen kurzen Moment, wirklich nur für den Bruchteil einer Sekunde, hatte sie sich gefragt, ob es wirklich gut sei, hier in Berlin zu bleiben und sich immer wieder der Gefahr auszusetzen, ihm über den Weg zu laufen, doch jetzt, in der Sicherheit ihres Büros, spürte sie, dass es nicht nur richtig, sondern sogar wichtig war, ihrer Vergangenheit nicht länger aus dem Weg zu gehen. Und heute, so wurde ihr klar, hatte sie einen großen Schritt in Richtung Heilung gemacht.

Es klopfte. Marie sah von ihrem Schreibtisch auf. »Herein.«

Das Gesicht ihres ehemaligen Geliebten tauchte in der Tür auf. »Kann ich dich bitte kurz sprechen, Marie?«

Sie überlegte kurz, dann deutete sie auf einen der Besucherstühle vor ihrem Schreibtisch. »Bitte, nimm Platz.«

Nervös, fast schon fahrig trat er näher und setzte sich, dann wischte er eilig seine schwitzenden Finger an der Hose ab.

Marie nahm es zur Kenntnis und konnte eine gewisse Freude hierüber nicht verhehlen. Da saß er nun, ein Arzt und gestandener Mann, der sich nervös die Hände rieb, weil er mit ihr, Marie Reidel, sprechen wollte.

»Was gibt es?«, fragte sie.

»Ich … also, ich weiß gar nicht, wie ich beginnen soll.«

Marie gebot ihm mit einer Handbewegung zu schweigen. »Geht es um die Tänzerin?«

»Um die Tänzerin? Du meinst, wegen ihres Fußes? Nein,

darum geht es selbstverständlich nicht. Ich bin hier, um über uns zu sprechen.«

»Gut, denn dann können wir das Gespräch abkürzen. Es gibt nichts zu besprechen. Dein Verhalten war derart beschämend und verachtungswürdig, dass dem nichts hinzuzufügen ist. Ich wäre dir sehr verbunden, wenn künftige Begegnungen lediglich auf geschäftlicher Ebene stattfinden könnten.«

»Aber Marie! Ich bitte dich! Ich weiß, dass ich einen Fehler gemacht habe, mehr als das. Ich habe mich wie ein Schuft verhalten, doch ich wusste mir nicht mehr zu helfen. Es war mir alles zu viel geworden, ich war völlig überfordert!«

»Robert, ich möchte dich bitten zu gehen.«

»Marie, was ist nur los mit dir? Du bist ja vollkommen verändert.«

»Das bin ich in der Tat. Und ich kann kaum in Worte fassen, wie erleichtert ich darüber bin.«

»Bitte lass uns irgendwohin gehen und miteinander reden.«

»Es ist alles gesagt.«

»Marie, wir könnten doch …«

»Nein.« Sie schlug so heftig mit der flachen Hand auf den Tisch, dass er zusammenfuhr. »Jetzt ist es aber genug. Wenn Sie nicht unverzüglich gehen, Herr Dr. Herbst, sehe ich mich gezwungen, die Leute meines Arbeitgebers Constantin von Plesow um Hilfe zu bitten.« Sie stand auf. »Und nur noch eines im Vertrauen: Ich habe den Eindruck, dass Constantin Gefühle für mich hat. Was denkst du, was er mit dir anstellt, wenn ich ihm die Wahrheit sage? Du weißt genauso gut wie ich, wie seine Geschäfte hier ablaufen. Belästige mich noch ein einziges Mal oder komm mir auch ein kleines Stück nur zu nah, und ich schwöre dir, dass ich es ihm sage.« Sie sah ihn kalt an. »Und jetzt raus hier!« Sie deutete mit dem ausgestreckten Arm zur Tür.

Er zögerte noch kurz, dann löste er sich aus seiner Starre und ging hinaus, ohne sich noch einmal umzudrehen.

Jetzt, so fand Marie, hatte sie nicht nur eine Schlacht, sondern den Krieg gewonnen.

32. Kapitel

Nur wer weggeht, kann zurückkehren und erkennen,
was Heimat wirklich bedeutet.

Josephine von Plesow

Der Abend, den Josephine nach ihrer Heimkehr mit ihrer Mutter verbracht hatte, war schöner gewesen als jeder, an den sie sich erinnern konnte. Sie hatten in Bernadettes Schlafzimmer auf dem Bett gesessen, die Tochter im Arm der Mutter, und sich unterhalten. Josephine hatte Bernadette ihr Herz ausgeschüttet und alles berichtet, was sie in Berlin erlebt hatte. Sie hatte von ihrer Bekanntschaft mit Ferdinand Dux erzählt, wobei sie das Erlebnis im Atelier unerwähnt gelassen hatte, und Bernadette die Eindrücke geschildert, die sie in Berlin gesammelt hatte. Die Widersprüche der Stadt, der krasse Gegensatz zwischen Arm und Reich, das Ungezügelte, Verkommene und schließlich Constantins Verhalten und die Position, die er in Berlin innehatte. Sie hatte von Lotte erzählt und wie es ihr gelungen war, die junge Frau aus dem Hotel herauszuschaffen, dann hatte sie von ihren Beweggründen gesprochen, nach Binz zurückzukehren.

Auch die Bilder, die sie gemalt hatte, die Wandlung, die sich darin widerspiegelte, blieben nicht unerwähnt. Nein, sie bedauerte nicht, Berlin den Rücken gekehrt zu haben, nur ihre Bilder und ihre Malutensilien vermisste sie, die sie wegen ihres überstürzten Aufbruchs im Atelier hatte zurücklassen müssen. Sie wünschte sich nichts mehr, als wieder zum Pinsel zu greifen und ihren Gefühlen freien Lauf zu lassen, um all das auf Leinwand zu bannen, was sie in ihrer Zeit in Berlin an Eindrücken gewonnen hatte.

Bernadette hörte ihr aufmerksam zu, ließ sie sprechen, ließ sie all das hervorbringen, was in ihr brannte. Sie spürte, dass die Tochter in Berlin eine andere geworden war. Aus dem verwöhnten Mädchen war eine Frau geworden. Die Künstlerseele, die immer in ihr geschlummert hatte, brach sich Bahn, und Bernadette war stolz darauf. Die naive, kleine Josephine hatte einen Blick in die reale Welt gewagt und war daran nicht zerbrochen, sondern gereift.

Entsetzt war sie dagegen über das, was Josephine über Constantin zu berichten hatte, auch wenn es sie nicht wirklich überraschte. Sie hatte lange genug die Augen davor verschlossen, was Constantin in Wirklichkeit war und tat. Er war alles andere als der vorzeigbare Hotelier und Geschäftsmann, den Bernadette so gern in ihm sah und auf den sie stolz gewesen war. Nein. Constantin war ein Verbrecher, Punktum. Und wenn sie ehrlich war, hätte sie sogar das noch nicht einmal besonders schockiert, wäre da nicht seine vollkommene Skrupellosigkeit im Umgang mit Menschen gewesen.

Ja, sie selbst war bestimmt keine Heilige. Und was sie in der Vergangenheit zu tun bereit gewesen war, um das Hotel am Laufen zu halten und besserzustellen, wollte sie sich lieber kein weiteres Mal durch den Kopf gehen lassen. Doch hierbei hatte sie immer nur sich selbst alles abverlangt, niemals den anderen. Sie mochte berechnend sein, gewiss, doch sie hätte nie jemandem etwas Böses angetan, um ihren eigenen Vorteil daraus zu ziehen.

Schon als Constantins Männer gekommen waren, um die Schutzgelderpresser zur Räson zu bringen, hätte Bernadette aufhorchen müssen. Sie hatte die Augen verschlossen, obwohl sie ganz genau wusste, was Constantins Leute mit den Männern machen würden. Und ja, es war ihr egal gewesen. Doch nun erschien ihr all das in einem anderen Licht, und sie würde mit dem leben müssen, was geschehen war. Doch keinesfalls konnte und wollte sie akzeptieren, was Alexander und Constantin mit den Kaczmareks getan hatten. Nein. Sie hatten eine Familie ausgelöscht, einfach so. Hierfür gab es keine Rechtfertigung. Und ebenso wenig konnte Bernadette über das hinwegsehen, was Constantin so vielen der jungen Mädchen antat, die für ihn arbeiteten.

Irgendwann am späten Abend waren Bernadette und Josephine eingeschlafen und erst am nächsten Morgen wieder erwacht.

Bernadette stand kein einfacher Tag bevor, die Konfrontation mit Alexander, die sie erwartete, war unausweichlich. Sie glaubte nicht, dass er sich bereits in sein Schicksal gefügt hatte, und gewiss würde auch Margrit versuchen, sie umzustimmen. Seufzend quälte sie sich aus dem Bett und verschwand im Bad, nachdem sie sich mit ihrer Tochter zu einem gemeinsamen Frühstück verabredet hatte. Noch musste Josephine nichts von ihren Problemen mit Alexander erfahren, daher hatte sie ihr lediglich gesagt, dass momentan »kleinere Meinungsverschiedenheiten« zwischen ihnen bestünden.

Als Bernadette das Esszimmer betrat, saß nur Margrit am Tisch.

»Guten Morgen«, sagte Bernadette kühl und nahm Platz.

Mechthild, das Dienstmädchen, das Bernadette zum Tisch folgte, grüßte und schenkte ihr gleich eine Tasse schwarzen Kaffee ein, was sie mit einem Nicken zur Kenntnis nahm. Dann stellte sie einen Teller mit frischem Aufschnitt, Butter und Brot bereit.

»Guten Morgen«, erwiderte die Schwiegertochter und nahm einen Schluck Kaffee. In diesem Moment betrat auch Josephine das Zimmer.

»Guten Morgen«, grüßte sie fröhlich.

»Josephine?«, sagte Margrit überrascht. »Ich wusste gar nicht, dass du wieder in Binz bist.«

»Ja, liebe Schwägerin. Ich bin wieder zu Hause. Erstaunt?« Der amüsierte Unterton war unüberhörbar.

Mechthild schenkte auch Josephine ein und verließ dann so lautlos den Raum, wie sie ihn betreten hatte.

»Nun, es überrascht mich zumindest nicht, dass du in Berlin gescheitert bist.« Margrit hob arrogant die Augenbrauen.

»Erstaunlich, mit welcher Überheblichkeit du das Wort ›scheitern‹ benutzt, wenn man bedenkt, dass du eigentlich mit dem Packen deiner Habseligkeiten beschäftigt sein müsstest«, bemerkte Bernadette kühl.

Margrit stellte ihre Tasse geräuschvoll auf dem Unterteller ab. »Wie bitte soll ich denn das verstehen?«

Nun war es Bernadette, die überrascht war. »Hat dein Mann noch nicht mit dir gesprochen?«

»Nein«, erwiderte Margrit verschnupft. »Mein Mann ist leider über Nacht nicht nach Hause gekommen. Er reibt sich auf für das Hotel und wird bei der vielen Arbeit wieder einmal kein Ende gefunden haben.«

Bernadette zuckte mit den Schultern. »Nun, er wird künftig weit weniger Arbeit haben, das kann ich dir versichern.«

»Verrätst du mir auch, wie ich das verstehen soll?«

»Nun, eigentlich wäre es wohl angebracht, wenn Alexander dir das selbst sagen würde. Doch da er dies seit gestern versäumt hat, werde ich dir Auskunft erteilen.« Bernadette beugte sich vor. »Ich habe Alexander die Geschäftsführung des Hotels entzogen. Des Weiteren werde ich seine dreißig Prozent aufkaufen, und ich würde es begrüßen, wenn ihr alsbald das Privathaus verlasst, auch wenn es mich schmerzt, meine Enkel dann nicht mehr aufwachsen zu sehen. Doch das nehme ich in Kauf.«

Margrit war blass geworden. »Was ist denn um Himmels willen geschehen?«

»Ich gebe zu, ich bedauere, dass du es auf diese Art erfährst. Wir mögen unsere Differenzen gehabt haben in all den Jahren, doch das hätte ich dir tatsächlich nicht gewünscht.« Bernadette räusperte sich. »Ich möchte nicht ins Detail gehen. Es ist Alexanders Aufgabe, sich mit dir auszusprechen. Doch der Bruch zwischen ihm und mir ist unwiderruflich.«

»Aber du kannst uns doch nicht einfach rauswerfen«, brachte Margrit fassungslos hervor.

»Das werde ich auch nicht. Doch ich bitte dich eindringlich, dass du die Zügel in die Hand nimmst und dich um eine neue Bleibe kümmerst. Das Privathaus gehört mir und niemandem sonst. Und nach dem, was vorgefallen ist, möchte ich keinen Tag länger mit Alexander unter einem Dach leben.«

»Und deshalb setzt du auch die Zwillinge und mich auf die Straße?«

»Wie gesagt, das liegt mir fern. Allerdings möchte ich, dass du die Angelegenheit ernst nimmst und euch etwas Adäquates suchst. Alexander verfügt über ausreichende finanzielle Mittel und wird außerdem mit der Summe, die ich ihm für die dreißig Prozent des Hotels bieten werde, überaus zufrieden sein können. Womöglich leiht er sich Geld von der Bank und erwirbt das Palais. Es steht zum Verkauf. Ich könnte mir gut vorstellen, dass er genau das vorhat.«

Margrit starrte Bernadette fassungslos an, dann stieß sie, immer noch ungläubig, hervor: »Du meinst es wirklich ernst, nicht wahr? Aber er ist dein Sohn!«

»Genau deshalb bricht mir auch das Herz, diese Entscheidung nicht revidieren zu können«, erklärte Bernadette, und das Bedauern in ihrer Stimme war echt.

Margrit suchte nach Worten, sah zwischen Bernadette und Josephine hin und her, dann stand sie auf. »Bitte entschuldigt mich.«

Als sie hinausgegangen war, sagte Josephine: »Sie kann einem richtig leidtun.« Sie sah ihre Mutter an. »Es ist dir also wirklich ernst, ja? Offen gestanden, bin ich ebenfalls fassungslos. Ich weiß gar nicht, was ich sagen soll, und auch nicht, ob ich fragen darf, was eigentlich passiert ist.«

Bernadette seufzte. »Es ist eine der schwersten Entscheidungen, die ich jemals in meinem Leben treffen musste.« Sie befeuchtete mit der Zunge ihre Lippen. »Doch es musste sein. Ich kann nicht einfach so tun, als wäre nichts geschehen.«

»Wovon sprichst du?« Josephine sah Bernadette eindringlich an. »Bitte, *maman*. Willst du es mir nicht doch sagen?«

Bernadette spürte, wie ihr die Tränen in die Augen traten, und schüttelte energisch den Kopf. »Nein. Das kann ich nicht.« Sie griff über den Tisch und legte ihre Hand auf die ihrer Tochter. »Und zwar nicht, weil ich dir misstraue. Doch es gibt Dinge, die ungesagt bleiben sollten.«

Josephine schluckte schwer und nickte. »Dann werde ich nicht weiter in dich dringen.«

Bernadette nahm die Serviette von ihrem Schoß und stand auf. »Ich gehe jetzt ins Hotel hinüber und spreche mit Alexander.«

»Aber du hast doch noch gar nichts gegessen.«

»Ich habe keinen Appetit.« Bernadette lächelte gequält. »Sehen wir uns zum Mittagessen?«

»Aber ja, sehr gern. Wenn es deine Zeit erlaubt?«

»Ich habe vor, mir künftig noch erheblich mehr Zeit für dich zu nehmen. Außerdem kam mir vorhin ein Gedanke.«

»Ja?«

»Wir haben im Moment einen Gast. Er besitzt eine Galerie in

Leipzig. Womöglich könnte er sich deine Bilder einmal ansehen – auch wenn ich gestern bei unserem Gespräch herausgehört habe, dass es dir auf Ruhm und Ehre gar nicht so sehr ankommt …«

»Wirklich?« Josephine war die Freude deutlich anzusehen. »Auch wenn es nicht ›um Ruhm und Ehre‹ geht, wie du es nennst, so wäre es doch schön, wenn ich das, was ich mit meinen Bildern sagen möchte, transportieren könnte – ein Publikum finden könnte, dem sie vielleicht ebenfalls etwas bedeuten.« Ihr Lächeln verschwand. »Aber wie gesagt – ich habe alles in Berlin gelassen.«

»Dein Atelier ist noch immer eingerichtet«, überlegte Bernadette. »Wie schnell könntest du etwas Neues fertig haben – und sei es auch nur ein einziges Werk, damit er neugierig wird und sich einen allerersten Eindruck verschaffen kann?«

Josephine brauchte nicht lange, um zu überlegen. »Zwei, drei Tage, denke ich.«

»Gut.« Bernadette zwinkerte ihr zu. »Er ist noch vier Tage im Hotel zu Gast. Ich werde mit ihm sprechen.«

Josephine sprang so temperamentvoll von ihrem Stuhl auf, dass er fast nach hinten umgekippt wäre, und wandte sich zur Tür. »Das wäre wunderbar, *maman*. Ich danke dir. Jetzt muss ich aber gleich ins Atelier …«

Bernadette lachte. Sosehr ihre Tochter auch gereift sein mochte – ihre Impulsivität hatte sie nicht verloren. »Ich kann dir nichts versprechen. Nur dass ich mit ihm reden werde.«

»Trotzdem: Tausend Dank! Wann wollen wir uns zum Mittagessen treffen?«

»Gegen halb eins?«

»Gut. Ich komme dann rüber ins Restaurant.« Sie gab ihrer Mutter einen Kuss auf die Wange und lief hinaus.

Bernadette sah ihr kurz nach, strich sich dann die Haare zurück und richtete ihren Rock. Mechthild betrat den Raum.

»Kann ich noch etwas bringen, gnädige Frau?«

»Nein, Mechthild. Danke.« Damit verließ sie das Esszimmer und ging zur Haustür, um das Gespräch mit Alexander in Angriff zu nehmen.

»Guten Morgen, Werner.«

»Guten Morgen, gnädige Frau.« Druminski deutete eine Verbeugung an.

»Ist mein Sohn in seinem Büro?«

Der Rezeptionist schien überrascht. »Nein, gnädige Frau. Soweit ich weiß, nicht. Ich habe Ihren Herrn Sohn nicht mehr gesehen, seit er gestern kurz nach Ihnen das Hotel verlassen hat.«

Nun war es Bernadette, die sich überrascht zeigte. »Ach nein? Ist es möglich, dass er danach noch mal wiedergekommen ist?«

»Nicht während ich Dienst hatte, und ich war bis nach neunzehn Uhr hier.«

»Wie eigenartig«, bemerkte Bernadette.

»Er schien recht aufgebracht, als er ging, wenn ich mir die Bemerkung erlauben darf. Ich habe noch gesehen, wie er draußen mit zwei Herren sprach und mit diesen zusammen fortging.«

»Zwei Herren?«

»Ja, gnädige Frau. Ich habe die beiden nie zuvor gesehen.«

»Hatten Sie den Eindruck, dass mein Sohn die Männer kannte?«

Der Rezeptionist überlegte. »Hm, das ist schwer zu sagen. Sie haben nur kurz miteinander gesprochen und sind dann gemeinsam aufgebrochen. Das Telefon läutete gerade, und ich habe abgehoben. Als ich wieder aufblickte, waren die drei aus meinem Blickfeld verschwunden.«

Bernadette überlegte kurz. »Hat Alexander noch telefoniert, bevor er gegangen ist?«

»Ja, gnädige Frau. Mit Ihrem anderen Herrn Sohn.«

»Das habe ich noch mitbekommen«, erklärte Bernadette. »Ich meine danach.«

»Soweit ich weiß, nicht.«

»Rufen Sie bitte im Büro meines Sohnes an. Womöglich ist er doch da.«

»Sehr wohl, gnädige Frau.«

Der Rezeptionist tat, wie ihm geheißen. Gemeinsam warteten sie, dass Alexander abhob, doch nichts tat sich.

»Sie können auflegen«, sagte Bernadette. »Ich werde selbst hinaufgehen.«

»Sehr wohl, gnädige Frau.«

Bernadette ging zu der Treppe, die in den zweiten Stock hinaufführte. Bestimmt würde sie Alexander in seinem Büro vorfinden – vermutlich war er nur nicht ans Telefon gegangen, um einer Konfrontation mit ihr auszuweichen. Entschlossenen Schritts erreichte sie seine Bürotür und klopfte. Von drinnen waren keine Geräusche zu vernehmen. Sie klopfte nochmals, dann zog sie ihren Generalschlüssel hervor und schloss auf.

Alexanders Büro war leer. Sein Schreibtischstuhl stand mit der Sitzfläche unter der Schreibtischplatte, alle Papiere waren ordentlich gestapelt. Er hatte seinen Arbeitsplatz ohne Hast verlassen und anscheinend auch nicht die Nacht hier verbracht. Sie griff nach dem Telefonhörer und rief bei der Rezeption an.

»Sagen Sie, Werner, sind alle Zimmer belegt?«

»Jawohl, gnädige Frau.«

»Danke, Werner.« Sie legte auf. Dann gab es nur noch zwei Zimmer, die nie vermietet und ausschließlich für Notfälle genutzt wurden.

Bernadette verließ Alexanders Büro und ging erst zu dem einen, dann zum anderen Zimmer. Auch hier war keine Spur von ihrem Sohn zu sehen. Plötzlich schoss ihr ein Gedanke durch den Kopf, der ihren Puls beschleunigte. So rasch sie konnte, lief sie zu der Tür, die zur Dachkammer hinaufführte. Er würde sich doch nicht das Leben nehmen wollen?

Sie war erleichtert, als sie die Tür erreichte und oben auf dem Rahmen den Schlüssel ertastete. Zur Sicherheit nahm sie ihn, schloss auf und ging hinauf. Die Dachkammer war leer, das Fenster fest verschlossen. Wo mochte Alexander nur stecken? Sie ging wieder hinunter, verschloss die Tür und legte den Schlüssel zurück. Bernadette überlegte, was sie tun könnte. Margrit zu befragen, wo ihr Ehemann sein könnte, hatte nach ihrer Einschätzung keinen Sinn. Er war ja auch gestern nicht heimgegangen, und Bernadette bezweifelte, dass ihre Schwiegertochter genug Einblick in Alexanders Seele hatte, um zu erahnen, wohin dieser gegangen sein könnte. Kurz überlegte Bernadette, ob es überhaupt sinnvoll war, dass sie selbst sich der Sache annahm, schließlich hatte sie Alexander gegenüber deutlich gemacht, dass sich ihre Wege trennen würden, ja, sie hatte ihn sogar hinausgeworfen. Hatte sie überhaupt das Recht, nun nach ihm zu suchen? Und was sollte sie sagen, sobald sie ihn gefunden hatte? Dass es ihr leidtat? Nein, das wäre falsch. Sie lehnte sich mit dem Rücken an die Wand und versuchte, ruhig zu atmen. Hatte sie überreagiert? War es falsch gewesen, einen solchen Schlussstrich zu ziehen? Sollte sie nach ihm suchen und ihm verzeihen?

Sie löste sich von der Wand, strich ihre Haare zurück und ging ruhigen Schritts zu ihrem Büro. Dort angekommen, schloss sie die Tür hinter sich, trat ans Fenster und öffnete es. Die Luft, die hereinströmte, war merklich kühler als noch in den letzten Wochen. Nicht mehr lange, und der Herbst würde endgültig Einzug halten, und die Gäste würden nach und nach weniger werden. Dann würde die Zeit beginnen, in der sich eine ganz besondere Ruhe über Binz legte wie in jedem Jahr – eine Zeit, die Bernadette jedes Mal in eine eigenartige Stimmung, fast schon in Melancholie verfallen ließ. Es war, als würde mit den Urlaubern auch ein Stück Leben aus Binz fortgehen, das erst im nächsten Frühjahr, wenn die warmen Monate begannen, zurückkehrte.

Bernadette hörte den Akkordeonspieler, die Möwen, lachende Kinder, die am Strand Fangen spielten. Wohin konnte Alexander nur gegangen sein?

Um auf andere Gedanken zu kommen, rief sie bei Druminski an, um die Zimmernummer des Galeristen aus Leipzig zu erfragen. Druminski nannte sie ihr und bot sogleich an, sie mit ihm zu verbinden, was Bernadette dankend annahm. Es läutete zweimal, bevor der Hörer abgenommen wurde.

»Herr von Rubenstein? Hier spricht Bernadette von Plesow.«

»Oh, Frau von Plesow. Welche Freude! Womit kann ich Ihnen dienen?«

»Nun, wenn ich so mit der Tür ins Haus fallen darf, würde ich Sie gern zum Mittagessen einladen, sofern es Ihre Zeit erlaubt. Meine Tochter Josephine, die an der *École nationale supérieure des beaux-arts* in Paris studiert hat, hält sich derzeit ebenfalls in Binz auf, und es wäre mir eine Freude, Sie miteinander bekannt zu machen.«

»An der berühmten Kunstakademie, sagten Sie? Eine der besten Adressen. Ich würde Ihre Tochter sehr gern kennenlernen, gnädige Frau.«

»Wunderbar. Dann gegen ein Uhr im Restaurant hier im Hause?«

»Sehr gern, gnädige Frau. Es ist mir eine Freude.«

»Die Freude ist ganz auf meiner Seite. Bis später, Herr von Rubenstein.« Bernadette legte auf. Sofort schweiften ihre Gedanken wieder zu Alexander, doch sie verbot sich, dies zuzulassen.

Er war ein erwachsener Mann und musste für das einstehen, was er getan hatte. Für Constantin und Alexander kam ihre mütterliche Führung zu spät, auch wenn ihr dieses Eingeständnis noch so schwerfiel. Nun galt es, Josephine zu unterstützen und ihr den richtigen Weg zu weisen, und genau das würde sie tun.

Das Mittagessen mit Josephine und Gregor von Rubenstein war ein voller Erfolg gewesen. Der Galerist hing geradezu an Josephines Lippen. Direkt nach dem Mittagessen waren die drei in Josephines Atelier gegangen, in dem noch einige ihrer alten Arbeiten aus Paris standen. Gleich nach dem Frühstück hatte sie ein neues Bild angefangen und dem Galeristen erklärt, was sie sich vorstellte und wie sie in Berlin »die wahre Künstlerin« in sich entdeckt hatte. Sie hatte die Worte ihres Meisters aus Paris zitiert und begeistert den Prozess geschildert, den sie durchlaufen hatte. Von Rubenstein hatte sich von ihren Enthusiasmus anstecken lassen und darum gebeten, sich ihre Werke ansehen zu dürfen, die Bernadette aus Berlin schicken lassen wollte. Josephine war überglücklich gewesen, als sie sich voneinander verabschiedeten.

Bernadette erkundigte sich an der Rezeption, ob Werner etwas von Alexander gehört habe, und als dieser verneinte, ließ sie sich mit Margrit verbinden, doch auch die Schwiegertochter hatte nichts von ihrem Mann gehört. Etwas widerwillig ließ sie sich daher mit Constantin in Berlin verbinden.

»Constantin, ich bin es.«

»Mutter.« Es klang erfreut. »Hat sich bei euch wieder alles geklärt?«

»Nein, und das wird es auch nicht«, stellte sie mit fester Stimme klar. »Hat Alexander sich bei dir gemeldet?«

»Wir haben gestern miteinander telefoniert«, gab Constantin Auskunft. »Er hat mir erzählt, was geschehen ist.«

»Danach, meine ich.«

»Nein.« Constantin stutzte. »Danach habe ich nichts mehr von ihm gehört.«

Bernadette schluckte. »Alexander hat gestern gegen Mittag das Hotel verlassen und ist seither verschwunden. Ungeachtet unseres Streits mache ich mir Sorgen um ihn.«

»Ich ahne, was du befürchtest«, sagte Constantin. »Doch Alexander würde sich nichts antun, Mutter.«

»Was denkst du, wo er sein könnte?«

Constantin überlegte. »Wir sind als Kinder oft zu dem alten Gerlach-Haus ganz am Ende der Promenade gegangen. Dort hat Alexander sich versteckt, wenn wir uns gestritten hatten. Steht es noch leer?«

»Das Haus ist seit drei Jahren wieder bewohnt. Fällt dir sonst noch ein Ort ein?«

»Leider nicht. Wahrscheinlich hat er sich nach eurem Streit betrunken und schläft jetzt irgendwo am Strand seinen Rausch aus.«

»Nun gut, vermutlich hast du recht.« Bernadette wollte sich nicht anmerken lassen, dass die Sorge um ihren Sohn nur noch weiterwuchs. »Dann warten wir eben, bis er sich wieder meldet.«

»Mutter, bevor du auflegst«, hakte Constantin eilig ein. »Es hat sich nicht so abgespielt, wie du vermutlich denkst.«

»Sondern?«

»Alexander hat mich angerufen, und ich habe einen meiner Männer nach Binz geschickt, so viel ist richtig. Allerdings hatte mein Mann nicht den Auftrag, Kaczmarek zu töten. Denn das ist es doch wohl, was du denkst.« Er wartete auf eine Antwort, doch Bernadette schwieg. »Er hat Kaczmarek abgefangen und wollte mit ihm sprechen«, fuhr Constantin fort. »Und ja, er wollte ihm

Angst einjagen. Doch das war alles. Kaczmarek dachte wohl, dass es um das Geld ging, das er bei sich trug. Sie haben gekämpft, und er ist vor den einfahrenden Zug gestürzt.«

»Ich glaube dir kein Wort.«

»Es ist wahr, Mutter. Ich schwöre es dir!«

»Und seine Frau und das Kind?«

»Die Frau hatte das Kind auf dem Arm. Sie wollte ihrem Mann zu Hilfe kommen, ist ausgerutscht und ebenfalls ins Kiesbett gefallen.«

»Ach Constantin, das ist doch an den Haaren herbeigezogen. Sag du dir diese Lüge nur oft genug vor, wenn du dann besser schlafen kannst.«

»Du bist verärgert, Mutter, und das verstehe ich. Doch wir sollten vernünftig sein.«

»Das bin ich. Vielen Dank für den Ratschlag, mein Sohn. Und nun will ich nicht weiter deine Zeit stehlen.«

»Richte Alexander bitte aus, dass er sich bei mir melden soll, sobald du ihn siehst.«

»Gewiss. Einen guten Tag.« Sie legte auf. Es hatte sie ihre ganze Beherrschung gekostet, so kühl und ruhig zu bleiben. Am liebsten hätte sie ihren Sohn angeschrien, ihm Vorwürfe gemacht, all ihre Wut und Enttäuschung herausgebrüllt. Doch das wollte sie auf keinen Fall. Sie verbot sich, die Fassung zu verlieren, doch konnte sie ein leichtes Zittern ihrer Hand nicht verhindern. Wohin konnte Alexander nur gegangen sein?

33. Kapitel

Widerständen zu trotzen ist meine Natur.
Alles andere wäre ein Zeichen von Schwäche.

Constantin von Plesow

Seit dem Telefonat mit seiner Mutter waren inzwischen drei Tage vergangen. Drei Tage, in denen Constantin unruhig auf eine Nachricht aus Binz gewartet hatte. Er konnte sich nicht erinnern, wann er zuletzt so ungeduldig einem Lebenszeichen entgegengefiebert hatte.

Kurzzeitig hatte er sogar überlegt, Josephine in Binz anzurufen, um zu fragen, ob Alexander wieder aufgetaucht sei. Doch er fand es letztlich nicht richtig, sie in die Sache hineinzuziehen.

Schon vor langer Zeit hatte er begriffen, dass es nicht klug war, anderen zu vertrauen, selbst der eigenen Familie nicht. Zwar konnte er sicher sein, dass seine Mutter der Polizei keinen Hinweis auf seine Beteiligung am Tod der Familie Kaczmarek geben würde, doch er wusste, dass er nicht länger ihre Gunst genoss. Anscheinend war er, was die Kaczmareks anbetraf, einfach zu weit gegangen. Doch, so entschuldigte er sein Verhalten vor sich selbst, lag dies vor allem daran, dass er in den vergangenen Jahren zu immer härteren Mitteln hatte greifen müssen, um im Geschäft zu bleiben und seine Position innerhalb des Rings zu behaupten. Er war in Berlin der unumstrittene Chef, und genau das würde er bleiben, ganz gleich, welchen Preis er dafür bezahlen musste.

Das Konstrukt, das sich über die Jahre entwickelt hatte, war selbst für Eingeweihte nicht leicht zu durchschauen. Die Ringvereine waren in den unterschiedlichen Städten autonom tätig, unterstützten sich jedoch wechselseitig, wenn es um den Austausch von Mädchen ging oder auch darum, eine breite Wand gegen die Polizisten zu bilden, die noch nicht auf ihrer Gehaltsliste standen. Ein Verein kam dem anderen hierbei nicht in die Quere. Vor allem aber musste man darauf achten, keine noch so kleine Schwäche zu zeigen. Die Sache mit Catherine und Renaldo hätte Constantins Position bereits erheblich schwächen können, hätte ein anderes, höhergestelltes Mitglied der Organisation davon erfahren. Constantin war froh, dass sich die Marokkaner im Augenblick auf dem Rückweg in ihr Land befanden, und konnte nur hoffen, dass sie die Ausfälle, die sie ihm in diesem Jahr beschert hatten, im nächsten Jahr wettmachen würden.

Entgegen seiner sonstigen Gewohnheiten zündete er sich eine Zigarette an. Er rauchte eigentlich nicht, ebenso wenig wie er sich übermäßig dem Alkoholgenuss hingab. Sämtliche Gewohnheiten oder gar Abhängigkeiten stellten für ihn eine Form von Schwäche dar, und Schwäche konnte er sich nicht leisten.

Nun jedoch, da er auf eine Nachricht aus Binz wartete und Schwierigkeiten hatte, sich auf seine eigentlichen Aufgaben zu konzentrieren, fand er es auf eine gewisse Art beruhigend, langsam den Rauch einzuatmen und dann wieder auszustoßen.

Als das Telefon klingelte, zuckte er kurz zusammen, dann griff er eilig zum Hörer.

»Ja?«

»Ein Anruf aus Frankfurt für Sie, Herr von Plesow.«

»Aus Frankfurt?« Kurz schoss Constantin durch den Kopf, dass Alexander sich jetzt womöglich in Frankfurt aufhielt. Aber was sollte er dort?

»Ja. Darf ich verbinden?«

»Äh … ja, nur zu.« Als es in der Leitung knackte, meldete er sich: »Von Plesow.«

»Guten Tag auch, Herr Kollege.«

»Mit wem spreche ich?«

»Schnidtke«, kam die Antwort. »Arnold Schnidtke.«

»Müsste ich Sie kennen?« Ein eigenartiges Gefühl beschlich Constantin bei der Erwähnung dieses Namens. Der Anführer der Libellen in Binz hatte Schnidtke geheißen, aber einen anderen Vornamen gehabt.

»Nun, sagen wir mal so: Sie kannten meinen Bruder.«

»Ach ja? Das glaube ich kaum. Mir sagt der Name nichts«, log er.

»Na, dann will ich mal Ihr Gedächtnis ein bisschen auffrischen. Einer von den Leuten meines Bruders, den Sie nicht kaltgemacht haben, ist zu mir nach Frankfurt gekommen und arbeitet jetzt für mich. Und der schwört Stein und Bein, dass Ihre Leute meinen Bruder und fast all seine Männer in Binz um die Ecke gebracht haben.«

»Lächerlich.«

»Hm«, machte Schnidtke, »irgendwie glaub ich das nicht. Wissen Sie, Kollege, das, was Sie in Berlin sind, bin ich hier in Frankfurt. Ich habe also ein gewisses Verständnis dafür, was Ihre Einstellung zu dem Vorgehen meines Bruders bei Ihrer Familie angeht. Doch wissen Sie, ich kann Ihnen das so nicht durchgehen lassen.«

»Was wollen Sie damit sagen?«

»Dass wir jetzt quitt sind. Und ich rate Ihnen gut, es dabei zu belassen. Sie mögen in Ihrem Berlin ein großer Hecht sein, doch glauben Sie mir, meine Kontakte sind auch nicht ohne. Setzen Sie niemals einen Fuß nach Frankfurt und kommen Sie auch nicht auf die Idee, mir irgendwelche Ihrer Leute zu schicken. Wenn Sie sich daran halten, wird weiter nichts mehr passieren.« Es knackte in der Leitung.

»Was meinen Sie damit? Was ist denn passiert? Hallo? Sind Sie noch dran?«, rief er in den Hörer, doch sein Gesprächspartner hatte bereits aufgelegt.

Nachdenklich legte Constantin den Hörer auf die Gabel. Was hatte das nun wieder zu bedeuten?

Es klopfte kurz, und nach Constantins Aufforderung trat Nolte ein und schloss die Tür hinter sich. »Constantin, du solltest mitkommen.«

Nolte wirkte beunruhigt. »Was ist los?«, fragte Constantin ungehalten.

»Es ist … verdammt, ich weiß gar nicht, wie ich's dir sagen soll. Komm einfach mit.«

»Menschenskind, nun rede!«

Nolte stand da wie angewurzelt und suchte krampfhaft nach Worten. »Im Hinterhof«, war alles, was er herausbrachte, dann wandte er sich zur Tür und ging seinem Chef wortlos voran.

Im Eingang zum Hinterhof standen Köhler und Schnurr, die Blicke zu Boden gesenkt. Constantin eilte an Nolte vorbei und entdeckte sechs weitere Männer, die sich um ein Automobil drängten, das in der Mitte des Hofs stand.

Als sie Constantin sahen, wichen sie zurück. Keiner schaute Constantin in die Augen. Mit einem mulmigen Gefühl trat er an das Fahrzeug heran und blickte hinein.

Ihm stockte der Atem, und einen Moment lang krampfte sich sein Herz so heftig zusammen, dass er meinte, es würde stehen bleiben. Auf der Rückbank des Automobils saß Alexander. Sein Kopf war nach hinten gesackt, in seiner Kehle klaffte ein breiter Schnitt. In seinen Händen steckte ein Zettel, auf dem »Mit freundlichen Grüßen von Dieter Schnidtke« stand.

Constantin taumelte rückwärts zur Hauswand, krümmte sich nach vorn und übergab sich.

* * *

Bernadettes Hände hatten gezittert, als sie am Morgen an den offenen Sarg getreten war und ihrem Sohn eine weiße Rose auf den leblosen Körper gelegt hatte. Er hatte so friedlich ausgesehen. Man konnte ihm die Folgen des Unfalls, bei dem er, wie Constantin ihr berichtet hatte, in Berlin eine Treppe hinabgestürzt und dabei tödliche Verletzungen erlitten hatte, nicht ansehen.

Alexander war mit einem weißen Hemd, einem dunklen Schlips, dunkler Weste und Anzug bekleidet. Der Hemdkragen saß etwas zu hoch, da hatte es der Bestatter mit dem Binden der Krawatte wohl zu gut gemeint. Aber Bernadette sah davon ab, die Kleidung ihres Sohnes zurechtzurücken. Seit dem Zeitpunkt, als Constantin sie angerufen und über Alexanders Tod informiert hatte, befand sie sich in einer Art Trance. Wieder und wieder gingen ihr die letzten Momente durch den Kopf, in denen sie ihren Sohn lebend gesehen hatte. Sie hatte ihn beschimpft und sich von ihm abgewandt, hatte ihn hinausgeworfen. Eine Versöhnung, wie sie womöglich nach einiger Zeit denkbar gewesen wäre, würde es nun nicht mehr geben. Alexander war in dem Bewusstsein gestorben, von seiner eigenen Mutter verstoßen worden zu sein. Und Bernadette konnte nichts mehr dagegen tun. Sie würde mit diesem Wissen leben müssen, doch zum jetzigen Zeitpunkt bezweifelte sie, ob sie die Kraft dafür hatte.

Alexanders Tod war nicht der erste Abschied für sie. Damals, als junge Frau, war sie von zu Hause fortgegangen und hatte alles hinter sich gelassen, doch dies war ein bewusster Abschied gewesen, eine Entscheidung, die sie eigenständig getroffen hatte. Karls Tod und später auch Maximilians dagegen waren andere Abschiede gewesen, unfreiwillige, und sie hatten ihr schwer zugesetzt, hatten sie gequält und ihr jahrelange Albträume beschert. Und nun Alexander, mit dem sie im Streit auseinandergegangen war. Er war mitten aus dem Leben gerissen worden, einfach so, durch einen dummen Treppensturz. Es war alles so sinnlos.

Constantin hatte ihr berichtet, dass Alexander zu ihm nach Berlin gereist sei, um gemeinsam mit ihm zu überlegen, wie er sich wieder mit Bernadette versöhnen könnte. Alexander hatte Constantin gebeten, Stillschweigen über seinen Aufenthalt in Berlin zu bewahren, weil er selbst die Situation erst einmal für sich klären wollte. Constantin hatte diesem Wunsch entsprochen. An dem Tag, an dem sich der tödliche Sturz ereignet hatte, hatte Alexander in Binz anrufen und mit der Mutter sprechen wollen, doch dazu war es nicht mehr gekommen. Alexander war über eine ausgefranste Teppichkante gestrauchelt und kopfüber die Treppe hinuntergestürzt. Der eilig herbeigerufene Arzt habe nur noch seinen Tod feststellen können – Genickbruch.

Ganz Binz schien angetreten zu sein, um von einem wichtigen Bürger aus ihrer Mitte Abschied zu nehmen, diesem die letzte Ehre zu erweisen und Bernadette und der Witwe ihr Beileid auszusprechen.

Margrit und Bernadette stützten einander, als sie hinter dem Sarg hergingen, der von sechs Männern zu seiner letzten Ruhestätte getragen wurde. Direkt dahinter folgten Josephine und Constantin, dann die weiteren Trauergäste. Die Zwillinge waren noch zu klein, weshalb sie in der Villa bei Inge geblieben waren.

Major Götz Wilhelm hatte sich unter die übrigen Trauernden gemischt und wurde eines von vielen Gesichtern, die vom plötzlichen Tod des Hoteliers schwer betroffen schienen. Doch Götz wusste, dass die Auswirkungen für ihn wesentlich bedeutsamer waren als für die anderen. Zwar hatte Bernadette es nicht ausgesprochen, doch er wusste auch so, dass sie ihn in absehbarer Zeit nicht heiraten würde. Bis kurz vor dem schrecklichen Ereignis hatte er noch das sichere Gefühl gehabt, endlich Zugang zu ihren Gedanken, vor allem aber zu ihrem Herzen gefunden zu haben, doch dies schien nun mit einem Mal vorbei. Bernadette hatte sich vollkommen in sich selbst zurückgezogen, schien vor Kummer geradezu versteinert. Ihr Blick war eigenartig leer, und es war, als wäre nur noch ihre Hülle da. Er wusste nicht, ob es ihm mit der Zeit gelingen würde, zu ihr durchzudringen, doch er hoffte inständig, dass es noch eine Chance für sie beide gab.

Bernadette hörte die Stimme des Priesters, auch wenn sie nicht verstand, was er sagte. Ihr Blick war starr auf den Sarg gerichtet, der nun in die Erde hinabgelassen wurde. Darin lag ihr zweiter Sohn, der nun seine viel zu frühe Ruhe neben seinem Vater und seinem Bruder Maximilian fand.

Eine Geste des Priesters ließ sie aufblicken. Sie drückte Margrits Arm zum Zeichen, dass sie vortreten sollten, und Margrit warf eine Rose als letzten Gruß auf den Sarg. Die Schultern der jungen Witwe zuckten. Bernadette trat neben sie, warf ebenfalls eine Rose in das Grab, dann nahm sie den Arm ihrer Schwiegertochter und führte diese vom Grab weg. Die beiden stellten sich an die Seite und warteten, bis Josephine und Constantin vorgetreten waren und ihrem toten Bruder die letzte Ehre erwiesen hatten, dann nahmen alle vier die Beileidsbekundungen der so zahlreich erschienenen Trauergäste entgegen. Die Gesichter verschwammen vor Bernadettes Augen. Als alle gegangen waren, glaubte sie, nicht mehr die Kraft zu haben, auch nur einen einzigen Schritt zu tun, und doch setzten sich ihre Füße wie von allein in Bewegung.

Mit dem Rest ihrer Familie ging sie nach Hause.

Epilog

Eine Hand, die meine nimmt und die ich doch nicht spüre. Ein tröstendes Wort, das ich höre und das mich doch nicht mehr erreicht. Ich atme – aber leben ist das nicht.

Bernadette von Plesow

Es war nun über ein halbes Jahr seit Alexanders Beerdigung vergangen. Immer wieder hatte Bernadette von den Menschen, die es gut mit ihr meinten, gehört, dass das Leben weitergehen müsse. Und tatsächlich tat es das, doch für Bernadette war nichts mehr wie zuvor.

In den ersten Wochen des neuen Jahres war die Terrasse fertiggestellt worden, und in geschäftlicher Hinsicht konnte Bernadette erfolgreichen Zeiten entgegensehen. Doch sosehr sie es auch wünschte, stellte sie doch fest, dass es keine wirkliche Bedeutung mehr für sie hatte.

Sie mühte sich jeden Tag um Fassung, lächelte, wenn sie es für richtig hielt, und wahrte stets die Contenance, um alle Aufgaben erfolgreich auszuführen. Sie weigerte sich, die Frage zuzulassen, ob sie die Schuld an Alexanders Tod trug. Aber wäre es nicht zu dem Streit gekommen, hätte ihr Sohn keine Veranlassung gehabt, nach Berlin zu reisen, und wäre dort nicht diese verdammte Treppe hinuntergestürzt. Sie wusste, dass ihre Selbstvorwürfe sie nicht weiterführten, und doch gelang es ihr nicht immer, sie erfolgreich zu verdrängen.

»Mutter, kommst du?« Josephine streckte ihr die Hand entgegen.

»Ja.« Bernadette nahm sie und stellte sich zwischen ihre Tochter und Constantin, der extra zur Terrasseneröffnung aus Berlin angereist war. Sie hakten sich unter und traten gemeinsam hinaus.

»Seid ihr so weit?«

Werner Druminski trat zu ihnen und reichte Bernadette eine Schere. »Ein großer Moment«, kommentierte er.

Bernadette hielt die Schere in der Hand, während Constantin und Josephine ihre Hände auf die der Mutter legten. Feierlich durchschnitten sie das Band, das die Terrasse von der Promenade abtrennte. Die örtliche Zeitung machte ein Foto von der festlichen Einweihung, und neben anderen Binzer Würdenträgern und Geschäftsleuten sprach auch Ernst Bautner ein paar feierliche Worte. Er ließ nicht unerwähnt, dass ein wichtiges Familienmitglied der von Plesows, das maßgeblich zum Gedeihen des Hotels und dessen guter Entwicklung beigetragen hatte, an diesem Tage leider nicht dabei sein konnte, und bat die Anwesenden um eine Schweigeminute im Gedenken an den verstorbenen Alexander von Plesow.

Als das Band durchschnitten war und alle ihre Reden gehalten hatten, nahm Bernadette die zahlreichen Glückwünsche zu dem Prachtbau der Terrasse entgegen, doch in Gedanken war sie bereits beim nächsten Tag, an dem sie zusammen mit Josephine nach Leipzig reisen würde, um dort ihre Ausstellungseröffnung zu begleiten.

Nachdem ihre Bilder aus Berlin eingetroffen waren, war von Rubenstein extra noch einmal angereist, um diese zu begutachten – und er war begeistert gewesen.

Constantin würde sie begleiten und anschließend nach Berlin zurückkehren. Er hatte in den letzten Monaten immer wieder etwas Zeit in Binz verbracht, um seine Mutter und auch seine Schwester zu unterstützen. Über den Streit, den er vor Alexanders Tod mit Bernadette gehabt hatte, verlor keiner von ihnen ein Wort, genauso wenig wie über Josephines überstürzte Abreise aus Berlin.

Margrit lebte mit den Zwillingen weiterhin im Privathaus. Sie war die Erbin der dreißig Prozent Anteile am Grand. Bernadette hoffte, diese Angelegenheit in den nächsten Monaten vertraglich regeln zu können. Sie war zuversichtlich, dass Margrit die Summe, die sie ihr bieten wollte, nicht ausschlagen würde.

Götz war Ende Februar aus Binz abgereist, um seinen Militärdienst wieder aktiv aufzunehmen. Die Unruhen im Land verstärkten sich, und um die Stabilität der Regierung sicherzustellen, wurden immer mehr Reservisten herangezogen. Bernadette hatte den Eindruck gehabt, dass es Götz nur recht war. Nach Alexanders Tod hatte sie die Leidenschaft, die sie zuvor für ihn verspürt hatte, nicht wiederherstellen können. Womöglich war es ihr einfach nicht vom Schicksal bestimmt, persönliches Glück zu finden.

Erst als fast alle Gäste gegangen waren, sagte sie Constantin und Josephine, dass sie gern noch einen Moment für sich hätte, um alles auf sich wirken zu lassen. Sie versprach, zum Abendessen im Privathaus zu sein. Als ihre Kinder weg waren, wandte sich Bernadette in Richtung Seebrücke.

Der Akkordeonspieler war gerade dabei, sein Instrument einzupacken und sich auf seinen Feierabend vorzubereiten, als Bernadette ihn erreichte.

»Entschuldigen Sie bitte?«, sprach sie den Mann das allererste Mal in all den Jahren an, die er tagein, tagaus dort saß.

»Ja, gnädige Frau?« Er sah zu ihr herauf.

Bernadette ging, so gut es ihr in ihrem engen Rock möglich war, in die Hocke. »Wären Sie so freundlich, noch eine Weile für mich zu spielen?« Sie deutete zur Seebrücke. »Nur bis ich das Ende des Stegs erreicht habe?«

»Gern, gnädige Frau.«

Bernadette zog einige Münzen hervor und legte sie ihm hin. »Danke.«

»Aber nein, das ist nicht nötig. Für Sie spiele ich auch so, gnädige Frau.«

»Das ist reizend von Ihnen. Danke.«

Sie ließ die Münzen trotzdem liegen und erhob sich. Direkt vor ihr lag die Seebrücke. Fünfhunderteinundachtzig Schritte, dann hätte sie das Ende des Piers erreicht. Der Akkordeonspieler ließ seine sehnsuchtsvolle Melodie erklingen, die sie schon so oft gehört hatte. Sie zählte ihre Schritte, hörte die Melodie, spürte, dass die Abendluft schon bald milder werden würde, und dann kämen auch die Sommergäste zurück.

Und sie würde wie immer hier sein. Hier in Binz, in ihrem Grand – dem einzigen Zuhause, das es je für sie geben würde.

Danksagung

Auch wenn ich die Autorin dieses Romans bin und es mein Name ist, der auf dem Cover steht, war es tatsächlich nicht mein Werk allein. Es war vielmehr ein Zusammentreffen von wunderbaren Menschen, die Ideen tauschten und so etwas Großartiges haben entstehen lassen. Ja, ich muss es zugeben – ich bin selbst begeistert von diesem Roman. Ich habe dieses Buch lesen wollen, schon bevor ich es geschrieben habe. Und das nur deshalb, weil ich liebe Freunde an meiner Seite hatte, die es gemeinsam mit mir haben entstehen lassen.

An erster Stelle möchte ich hier meiner Freundin und Agentin Lianne Kolf danken, die es auf unvergleichliche Art versteht, mich zu fördern und zu fordern. Mit dir, meine liebe Lianne, kann ich plaudern, mich austauschen und meine Gedanken teilen. Du bist für mich viel mehr als meine Agentin, ja sogar mehr als meine Freundin. Du bist für mich einer der wichtigsten Menschen in meinem Leben, und ich danke dir für alles, was du für mich getan hast und immer noch tust.

Mein weiterer, ebenso wichtiger Dank, geht an einen besonderen Mann, den Filmproduzenten, Oscarpreisträger und meinen Freund Andreas Bareiss. Weißt du noch, mein Lieber, als wir uns in München trafen und damit gedanklich Bernadette die ersten

Atemzüge einhauchten? Es war Mai, wir saßen draußen, und es war schon so warm, dass wir keine Jacke brauchten. Wir haben zusammen gegessen und uns so wunderbar verquatscht, dass alles kalt wurde. Ich erinnere mich sehr gern daran, genau wie an jedes andere unserer Treffen. Ob nun München, Berlin oder ganz woanders. Sag mir, wann es bei dir passt. Dann komme ich vorbei.

Ebenso herzlich möchte ich meiner Freundin und Filmagentin Isabel Schickinger danken. Isa, Liebes, du bist einer der strahlendsten Menschen, die mir je begegnet sind, und es ist immer eine riesen Freude, wenn wir telefonieren oder uns treffen können. Deine Begeisterungsfähigkeit und Leidenschaft für Bücher und Filme, vor allem aber auch für Menschen, sucht ihresgleichen. Dass ich dich meine Freundin nennen darf, bedeutet mir unendlich viel.

Auf keinen Fall möchte ich eine Frau hier unerwähnt lassen, die inzwischen ein wichtiger Mensch in meinem Leben geworden ist: Silvia Kuttny-Walser. Kennengelernt habe ich dich, liebe Silvie, als versierte und erfahrene Verlagsfrau, die mit viel Liebe und Leidenschaft stets das Beste aus einem Text herauszuholen vermochte. Inzwischen jedoch bist du mir zur Freundin geworden, und ich liebe es einfach, mit dir zu plaudern und gemeinsam Pläne für immer weitere tolle Romane zu schmieden, denen ich durch dich dieses besondere Flair zu geben vermag. Ich möchte dich niemals mehr missen, liebe Silvie!

Mein weiterer Dank geht an meinen Verlag Blanvalet und hier besonders an Nicole Geismann, die sofort Feuer und Flamme für den Roman war und ihm mit ihrem Engagement und Einsatz einen besonderen Start ins Literaturleben verschafft hat. Dies nicht zuletzt auch deshalb, weil sie mir meine Lektorin Kristina Lake-Zapp an die Seite gestellt hat, die dem Roman mit viel Feingefühl und Gespür fürs Detail den letzten Schliff verpasst hat.

Zuletzt möchte ich den Menschen danken, denen ich dieses Buch gewidmet habe und die die wichtigsten in meinem Leben sind, meinem Mann und meinen drei Kindern. Ihr vier seid einfach unglaublich, unterstützt mich in jeder Lebenslage, und es ist einfach herrlich, mit euch zusammen zu sein. Ihr wart es damals, die mich überredet haben, mein Manuskript bei der Agentur einzureichen. Und was ist seitdem nicht alles geschehen?! Ihr macht mich glücklich, und mit euch ist einfach alles möglich. DANKESCHÖN!

Lesen Sie, wie es weitergehen wird in Band 2, der im Frühjahr 2021 bei Blanvalet erscheinen wird:

Binz im Mai 1925

»Und es ist endlich. Alles Leben stirbt und ist ein ständiger Verfall. Es fällt mir schwer, den Sinn in der Sinnlosigkeit zu finden.«

BERNADETTE VON PLESOW

Bernadette wusste nicht, wie lange sie nun schon so da stand und auf das Grab sah, in dem ihr Ehemann Karl und ihre Söhne Alexander und Maximilian die letzte Ruhe gefunden hatten. Ein dreiviertel Jahr war es nun her, dass das Grab erweitert und Alexander neben seinem Vater und Bruder bestattet worden war. Doch die Zeit hatte für Bernadette nicht gereicht, wieder die Alte zu werden. All das, was ihr früher wichtig gewesen war, zählte für sie nicht mehr. Niemand sollte seine eigenen Kinder begraben müssen, und für Bernadette fühlte es sich fast wie eine Strafe Gottes an, die sie zu verbüßen hatte. Dabei war sie nicht einmal gläubig, zumindest nicht wie andere Menschen oder es eben üblich war. Es war nicht so, dass sie bezweifelte, dass es einen Gott gab. Vielmehr glaubte sie nicht daran, dass er sich noch für sie interessierte. Zu oft schon hatte sie ihre Seele dafür verkauft, zu bekommen, was sie wollte. Und irgendwie war da das Gefühl, dass Gott aufgegeben hatte und sie nun gewähren ließ, einfach, weil er keinen Sinn in ihrem vermeintlichen Bekehren sah.

Bernadette bückte sich, legte eine Rose auf jedes der Gräber, stand auf, strich ihren Rock glatt und ging. Sie gab sich selbst Zeit, sich zu sammeln, bis sie die metallene Friedhofspforte erreichte, die nur quietschend den Weg zurück zu den Lebenden freigab. Sobald sie gleich diese Pforte wieder schloss, würde sie es sich nicht mehr erlauben, ihren Gedanken nachzuhängen und mit ihrer Situation und dem Schicksal zu hadern. Wie es in ihr aussah, ging nur sie und sonst niemanden etwas an.

Auf dem Weg zurück zum *Grand* grüßte sie die Menschen, denen sie begegnete, ganz gleich, ob sie diese zu kennen glaubte oder nicht. Denn auch wenn sie meinte, viele der Gesichter nie zuvor gesehen zu haben, ahnte sie doch, dass wohl jeder wusste, wer sie war. Und sie wollte nicht, dass man ihr ansah, in welcher Stimmung sie sich befand und welch trübe Gedanken ihr auf der Seele lagen. Nein, das ging niemanden etwas an und wichtiger als alles andere war es, Haltung zu bewahren und für jeden ein Lächeln zu haben, ganz gleich, wer ihr begegnete.

Ja, eines war ihr wichtig und so in Fleisch und Blut übergegangen, dass sie nicht mehr wusste, wie sie anders hätte leben können: Disziplin. In ihrem Leben gab es keine unbedachten Momente, keine Äußerung, die ihr einfach über die Lippen kam und die sie womöglich später bereute. Sie war die Disziplin in Person, ein Mensch, der sich weder gehen ließ noch Schwäche zeigte. Auf ihrem Gesicht lag eine milde lächelnde Maske, und sie gestattete es niemandem, ihr diese abzunehmen, nicht einmal sich selbst.

Als sie das Hotel betrat, blickte Werner Druminski an der Rezeption auf.

»Ah, gnädige Frau«, sagte er, als Bernadette näherkam und griff einen Brief, der auf der Ablage hinter dem Tresen lag. »Dieses Kuvert wurde für Sie abgegeben.«

»Danke sehr, Werner.« Bernadette nahm den Brief, auf dem

lediglich ihr Name stand und drehte ihn um. Ein Absender war auch der Rückseite nicht zu entnehmen.

»Sind die durch Constantin angekündigten Gäste, die von Hohewalds, schon eingetroffen?«

»Die gnädige Frau Frederike von Hohewald, ja. Ihr Gatte wird, wie sie Auskunft gab, erst am frühen Abend in Binz ankommen.«

»Gut. Ich werde gleich hinaufgehen und sie persönlich begrüßen. Wurde das Blumenarrangement auf das Zimmer gebracht?«

»Selbstverständlich, gnädige Frau.«

»Gut. War sonst noch etwas?«

»Regierungsrat Ernst Bautner hat sich für das Wochenende angemeldet und wird von insgesamt vier weiteren Herren«, er räusperte sich, »und auch einigen Damen begleitet werden.«

»In Ordnung. Lassen Sie bitte alles wie üblich vorbereiten.«

»Jawohl, gnädige Frau.«

Bernadette konnte dem Rezeptionisten ansehen, dass ihn das Arrangement, das Bernadette mit Bautner getroffen hatte, nicht gerade gefiel. Bautner war endlich in den höheren Regierungsdienst berufen worden und nach wie vor äußerst ehrgeizig und strebsam. Er stellte sich vor, binnen Kurzem den aus seiner Sicht unfähigen liberalen Oberpräsidenten der Provinz Pommern, Julius Lippmann, abzulösen. Hierfür war es notwendig, sich Unterstützer zu suchen, was Bautner unter anderem mit den freizügigen Treffen zu erreichen hoffte. Vermutlich fand der stets korrekte Rezeptionist Druminski es unter dem Niveau des angesehenen Hotels, dass ganz offensichtlich verheiratete Männer mit Damen zweifelhaften Rufs ihre Treffen auslebten. Ursprünglich hatte Bernadette die Übereinkunft mit Ernst Bautner getroffen, weil sie die Affäre mit ihm beendet hatte. Um sich dennoch seiner Unterstützung sicher sein zu können, hatte sie eingewilligt, in unregelmäßigen Abständen Bautner und andere Regierungsbedienstete im Hotel logieren zu lassen und ein oder sogar beide Augen zuzudrücken, wenn diese diverse Damen einluden und gemeinsam ausgelassene Abende begingen. Nachdem Bernadette nach Alexanders Tod jedoch den Gedanken, das Palais von ihrem Konkurrenten Kaub zu kaufen, verworfen hatte, fragte sie sich inzwischen, wie genau Bautner ihr noch nützen könnte und ob es nicht an der Zeit wäre, auch diese Vereinbarung mit ihm zu lösen.

»Weiteres?«, fragte sie.

»Uns erreichen immer neue Reservierungen und tatsächlich werden wir dieses Jahr wohl kaum in der Lage sein, allen Anfragen zu entsprechen«, gab der Rezeptionist Auskunft.

»Gut so«, befand Bernadette, wenngleich sie es schon fast als selbstverständlich ansah, dass das Hotel ausgebucht war. Es hatte andere Zeiten gegeben, die noch nicht einmal besonders lange zurück lagen. Inzwischen jedoch hatte sie es geschafft, das *Grand* als erstes Haus am Platz zu renommieren. Jeder, der einmal hier gewesen war, kam wieder. Alles andere hätte für die Gäste einen Abstieg und einen Schritt in die Zweitklassigkeit bedeutet.

»Hat meine Tochter angerufen?«

»Ich bedaure, doch das gnädige Fräulein hat sich bisher nicht gemeldet.«

»Gewiss wird sie das heute noch tun. Bitte stellen Sie sie sogleich zu mir durch.«

Druminski deutete eine Verbeugung an. »Gewiss, gnädige Frau.«

»Gut. Ich werde noch bei Frau von Hohewald vorbeigehen und danach in meinem Büro sein.«

»Sehr wohl, gnädige Frau.«

Bernadette nahm das Kuvert, ging zur Treppe und stieg die Stufen in den ersten Stock hinauf. Sie hatte dem Ministerialrat von Hohewald und dessen Ehefrau Zimmer 135 gegeben, ein großzügiges Doppelzimmer mit Bad und herrlichem Blick auf die See.

Als sie das Zimmer erreichte, klopfte sie und eine Frau, die sie in etwa so alt wie sich selbst, vielleicht auch etwas jünger schätzte, öffnete kurz darauf die Tür.

»Frau von Hohewald? Mein Name ist Bernadette von Plesow.« Sie legte den Kopf schräg und lächelte, wie sie es immer tat, wenn sie jemanden begrüßte. »Willkommen in unserem Hause.«

»Ach, wie wunderbar.« Frederike von Hohewald griff nach Bernadettes Händen und zog sie ins Zimmer. »Ich habe Sie sogleich erkannt«, stellte sie fest. »Ihr Sohn Constantin ist wirklich Ihr Ebenbild.«

»Wir haben die gleichen Augen«, gab Bernadette ihr recht.

»Ach, liebe Frau von Plesow, ich bin ja ganz und gar verzückt. Welch ein wunderbares Hotel.«

»Haben Sie herzlichen Dank. Ja, das *Grand* ist schon etwas Besonderes.«

»Und die herrlichen Blumen, die Sie als Willkommensgruß haben bereitstellen lassen, sind einfach wundervoll.«

»Von Herzen gern.« Bernadette nickte ihr gefällig zu. »Constantin sagte mir, dass Sie ganz besonders geschätzte Gäste des Astor und persönliche Freunde von ihm sind. Umso größer war unsere Freude, dass Sie nun auch uns hier in Binz beehren.«

Frederike von Hohewald legte ihre Hand auf die Brust. »Wie reizend von Ihnen. Und dass Ihr Sohn meinen Gatten und mich so überaus schätzt, ist sowohl Freude als auch Ehre.«

»Constantins Freunde sind auch unsere Freunde«, stellte Bernadette fest. »Es wäre mir ein großes Plaisir, Sie heute Abend als meine Gäste begrüßen zu dürfen. Wäre Ihnen 19.00 Uhr genehm?«

»Ich hoffe, dass mein Gatte dann bereits eingetroffen sein wird.«

»Nun, essen müssen Sie so oder so, meine Teure.« Bernadette beugte sich weiter vor und sagte in verschwörerischem Tonfall: »Und so haben wir Frauen die Gelegenheit, miteinander zu plaudern. Ich kann nicht sagen, dass dies nicht ebenso reizvoll wäre, wie den Abend mit Ihnen und Ihrem Gatten zu verbringen.«

Frederike lachte auf. »Sie haben so eine wunderbar gewinnende Art, liebe Frau von Plesow. Ihr Sohn ist da ganz genau wie Sie.«

»Bitte, nennen Sie mich doch Bernadette, meine Teure.«

»Ach, so eine Freude. Sehr gern. Ich heiße Frederike mit Vornamen.«

»Dankeschön, Frederike.« Sie lächelte ihrem Gast zu. »Dann treffen wir uns um 19.00 Uhr unten im Restaurant, ja?«

»Ja, ich werde da sein. Und ich freue mich wirklich sehr auf den Abend.«

»Ich ebenso, liebe Frederike.« Bernadette ging zur Tür und öffnete. »Dann bis später und genießen Sie die Zeit in unserem wunderschönen Binz.« Damit verließ sie das Zimmer und schloss die Tür hinter sich. Kaum, dass sie auf den Korridor getreten war, erstarb ihr soeben noch aufgesetztes Lächeln, und ihre Miene wurde ernst. In Momenten wie diesen fragte sie sich selbst, wie lange es her war, dass das Lächeln, das sie zu Tage trug, echt gewesen war.

Sie hatte das Fenster geschlossen, um die von der Promenade zum Hotel herüberklingende Melodie des Akkordeons auszusperren und saß bereits wieder eine geraume Zeit an ihrem Schreibtisch, als das Prüfen der Korrespondenz durch das Telefonklingeln unterbrochen wurde. Das Kuvert, auf dem nur ihr Name geschrieben stand und das unten an der Rezeption für sie abgegeben worden war, lag noch immer ungeöffnet vor ihr auf dem Tisch. Bernadette hatte es sich bereits vor langer Zeit zur Gewohnheit gemacht, nicht spontan zu reagieren und sich keiner Dinge anzunehmen, die sie nicht zu diesem Zeitpunkt eingeplant hatte. Nein, Bernadette weigerte sich, anderen Menschen zu gestatten, ihre Neugierde zu wecken und sie so dazu zu bringen, ihre für den Tag gemachten Pläne zu verwerfen. Wann sie was tat oder auch nicht, bestimmte sie allein. Sie hob den Hörer ab.

»Ja?«

»Gnädige Frau, Ihr Fräulein Tochter wünscht Sie zu sprechen.«

»Wunderbar, Werner. Bitte stellen Sie sie durch.« Täuschte sie sich oder klang ihr Rezeptionist eigenartig? So fröhlich, fast schon ausgelassen.

»Sehr wohl, gnädige Frau.«

Nun war Bernadette sicher, dass er bei seinen Worten schmunzelte. Doch das Klicken in der Leitung, womit er das Telefonat durchstellte, nahm ihr die Gelegenheit, ihren Angestellten darauf anzusprechen.

»Josephine, wie schön. Wie geht es dir?«

»Guten Tag, *Maman*. Es geht mir gut, vielen Dank. Doch ich habe Sehnsucht nach zu Hause. Und wie geht es dir?«

»Du hast Sehnsucht? Dann solltest du bald einmal wieder nach Binz kommen.«

»Ach, wem sagst du das?« Josephine kicherte. »Was denkst du? Wann würde es dir denn passen, dass ich komme?«

»Wann immer du willst.«

»In drei Wochen geht es auf keinen Fall, wie du weißt. Da ist meine Vernissage.«

»Ja, natürlich weiß ich das. Ich werde eigens deshalb nach Leipzig kommen.«

»Und die Woche danach ist es auch schlecht«, fuhr Josephine fort und lachte auf.

»Josephine, was ist denn los? Du lachst so albern.« Bernadette runzelte die Stirn und drehte sich dann zum Fenster. Hatte sie es nicht richtig geschlossen? Sie hörte doch noch immer den Akkordeonspieler, oder täuschte sie sich da? Sie hielt den Telefonhörer ein wenig weg, die Melodie schien leiser zu werden.

»Aber ich lache doch nicht albern, *Maman*«, hörte sie nun ihre Tochter sagen und nahm wahr, dass die Melodie des Akkordeons nicht von draußen, sondern aus dem Hörer zu kommen schien. In diesem Moment fiel der Groschen.

»Josephine von Plesow, veralberst du mich etwa und stehst unten am Empfang?«

Josephine lachte lauthals los. »Sie hat uns durchschaut, Herr Druminski«, hörte Bernadette sie nun sagen. »Bleib oben in deinem Büro. Ich komme rauf.« Damit hängte Josephine den Hörer ein.

Bernadette tat es ihr gleich, erhob sich von ihrem Stuhl, strich ihren Rock glatt, ging ruhig zur Tür und öffnete diese. Sie wartete einen kurzen Moment, dann hörte sie schon sich schnell nähernde Schritte. Offenbar rannte Josephine, etwas, das Bernadette ihr von klein an tunlichst verboten hatte. Damen rannten nicht, sie gingen nicht einmal rasch. Sie schritten und strahlten mit jedem einzelnen Schritt Würde und Stolz aus. Bernadette stöhnte innerlich. Ob es ihr wohl je gelingen würde, eine Dame aus ihrer Tochter zu machen?

Sie trat auf den Flur und sah den Korridor entlang. Gerade in diesem Moment hatte Josephine die letzte Stufe erreicht und rannte nun mit ausgebreiteten Armen auf ihre Mutter zu.

»*Maman*!«, rief sie laut.

Am liebsten hätte sie die Tochter zurechtgewiesen, sich zu zügeln. Doch ihre Freude, Josephine nach so vielen Wochen wiederzusehen, überwog. Glücklich breitete sie die Arme aus. »Josie, mein Schatz!«

Josephine erreichte die Mutter, und die beiden hielten sich

minutenlang in den Armen. Bernadette schluckte schwer, um die aufsteigenden Tränen zu verdrängen. Josephine hingegen ließ ihren freien Lauf und schluchzte.

»Ich bin so glücklich, wieder hier zu sein.«

Bernadette schob Josephine ein wenig von sich und betrachtete sie. »Du siehst gut aus, Liebes. Das Kostüm steht dir fantastisch.«

»Ach ja? Es gefällt dir? Das hatte ich gehofft«, brachte Josephine glücklich hervor. »Und du bist wunderbar und makellos wie immer.«

Bernadette lächelte. »Komm erst einmal herein.« Sie legte den Arm um Josephines Schultern und führte diese mit in ihr Büro. »Komm, setzen wir uns.« Sie deutete zur Sitzecke mit den Sofas hinüber, in der sie nur selten saß. Wenn sie sonst jemanden in ihrem Büro empfing, dann ließ sie die Besucher auf den Stühlen vor ihrem Schreibtisch Platz nehmen.

»Möchtest du etwas trinken?«

»Ein Bier aus der Flasche«, gab Josephine sogleich zur Antwort, was ihr einen fragenden Blick ihrer Mutter einbrachte. Sie lachte auf. »Ich wollte nur dein Gesicht sehen«, prustete sie los. »Ich hätte gern ein Wasser, allenfalls einen Wein oder ein Glas Champagner.«

Bernadette schmunzelte. »Hörst du dann jetzt bitte damit auf, mich veralbern zu wollen?« Es klang liebevoll und mahnend zugleich.

Bernadette nahm zwei Gläser von der Anrichte und stellte sie auf dem Tisch ab. Dann holte sie noch die mit Wasser gefüllte Kristallkaraffe, schenkte ein und setzte sich zusammen mit Josephine auf das Sofa. Die Frauen fassten sich an den Händen.

»Ich freue mich so, dass du gekommen bist«, begann Bernadette das Gespräch.

»Es ist herrlich, wieder hier zu sein«, gab Josephine glücklich zurück.

»Aber warum hast du denn nicht gesagt, dass du kommst? Ich hätte etwas vorbereiten können.« Bernadette strich über Josephines Hände. Dann zog sie die Stirn in Falten. »Oder ist etwas geschehen? Musst du mir etwas sagen?«

»Aber nein. Warum denkst du, dass immer gleich etwas sein muss, nur weil ich nach Hause komme?« Josephine schüttelte lächelnd den Kopf.

»Ach verzeih, das war dumm von mir. Nun sag, was ist in letzter Zeit bei dir geschehen?« Bernadette lächelte die Tochter an.

»Ich sehe, wenn du dieses Lächeln aufsetzt«, stellte Josephine fest.

»Was meinst du?«

»Na, dieses verbindliche, das du für unsere Gäste und deine Geschäftspartner benutzt. Bitte mach das bei mir nicht.«

Bernadette wusste nicht, wie sie reagieren sollte. Josephine hatte vollkommen Recht, doch das wollte Bernadette keinesfalls eingestehen. »Verzeih, wenn ich dich falsch behandelt habe«, bat Bernadette. »Doch glaube mir, mein Lächeln ist nicht falsch. Ich bin nur etwas abgespannt, das ist alles.«

»Weshalb?«

»Es ist viel zu tun im Moment.«

»Es ist immer viel zu tun, Mutter.«

Bernadette gefiel nicht, in welche Richtung sich das Gespräch entwickelte. Es fühlte sich nicht gut für sie an, dass Josephine jedes ihrer Worte auf die Goldwaage legte, ja, sogar in Zweifel zu ziehen schien.

Josephine legte den Kopf schräg, eine Geste, die sie von ihrer Mutter übernommen hatte. Ob gewollt, hätte sie gar nicht sagen können. Nur dass sie ihre Mutter so lange sie denken konnte, bewunderte und immer schon wie sie hatte sein wollen.

Doch seit dem Tode ihres Bruders Alexander hatte sich etwas verändert. Josephine spürte, dass die Kraft, die ihre Mutter sonst stets ausgestrahlt hatte, nicht mehr dieselbe war.

»Wie geht es dir wirklich, *Maman*?«

»Es ist alles in Ordnung.« Bernadette bemühte sich um ein Lächeln. »Das Hotel ist so gut wie immer ausgebucht und wir sehen einem vortrefflichen Sommer entgegen.«

»Ich frage dich nicht, wie es um das Hotel steht, sondern wie es dir geht«, stellte Josephine klar.

»Ich kann wirklich nicht klagen«, beteuerte Bernadette. »Und nun erzähl mir endlich, weshalb du eigentlich so überraschend gekommen bist. Und wie lange wirst du bleiben?«

»Ich bin deinetwegen hier«, begann Josephine. »Und so, wie ich dich jetzt erlebe, denke ich, dass meine Entscheidung richtig war.«

»Wie soll ich das verstehen?«

»Du kannst die anderen täuschen, *Maman*, mich jedoch nicht. Früher einmal, ja. Doch heute nicht mehr. Ich weiß, du traust es mir nicht zu, aber ich bin erwachsen geworden und sehe endlich einmal nicht mehr nur auf mich.«

»Was meinst du damit?«

»Es geht dir nicht gut«, stellte Josephine fest, und die Art, wie sie es sagte, ließ keinerlei Zweifel aufkommen, wie fest sie von dem überzeugt war, was sie sagte.

»Und aus diesem Grunde bin ich auch gekommen«, fügte sie hinzu.

Bernadette sah die Tochter nur an, abwartend, was diese als nächstes vorzubringen hatte.

»Ich würde gern mit dir über die Zukunft sprechen, *Maman*.«

»Über deine oder meine?«

»Über unsere, genau genommen. Ich weiß, wie sehr dir der Tod Alexanders zugesetzt hat. Mir auch«, bekräftigte sie eilig. »Doch ich glaube, für eine Mutter ist so etwas noch schlimmer zu ertragen als für eine Schwester. Du hast Vater verloren, Maximilian und jetzt auch noch Alexander. Wer würde es dir verübeln können, dass du mit dem Schicksal haderst?«

»Wie kommst du darauf, dass ich das tue?«

Josephine sah sie mitleidig an. »Deine Augen, deine Stimme. Deine ganze Art. Du warst immer sehr stark.« Sie befeuchtete mit der Zunge ihre Lippen. »Du hattest Ziele und wusstest immer sehr genau, wie du bekommst, was du willst. Doch seit Alexanders Tod scheint es, als würdest du nur noch …«, sie zögerte und zuckte die Schultern, »nun ja, als würdest du nur noch das tun, was notwendig ist und alles andere wäre dir egal.«

»Es ist mir nicht egal«, widersprach Bernadette, wurde dann aber nachdenklich. Sie schwieg eine Weile, dann sagte sie: »Womöglich hast du recht. Vielleicht ist mir wirklich vieles gleichgültig geworden. Vieles«, sie hob den Zeigefinger, »jedoch nicht alles. Du bist mir nicht egal.«

Josephine lächelte. »Das weiß ich, *Maman*.«

»Es ist schwer zu beschreiben, weißt du? Und ich rede nicht gern darüber. Doch ich fühle mich ständig müde und erschöpft.« Sie senkte den Blick und schloss für einen kurzen Moment die Augen.

»Das ist die Trauer, *Maman*. Doch es ist an der Zeit, dass du in dein Leben zurückfindest.«

»Weshalb?« Bernadette sah Josephine in die Augen. »Du hast es selbst gesagt: Mein Mann ist tot und zwei meiner Söhne. Ich habe niemanden, an den ich das *Grand* übergeben könnte. Ja, ich gebe es zu: Ich habe meinen Ehrgeiz verloren.«

»Genau aus diesem Grunde bin ich hier.«

»Ach ja?« Bernadette war die Überraschung anzusehen.

»Ich habe mir etwas überlegt, *Maman.*« Josephine drückte die Hand ihrer Mutter ein wenig fester. »Du hast alles für mich getan. Für mich und auch für meine Brüder. Es ist an der Zeit, etwas zurückzugeben.«

»Nein, Josephine. Das ist nicht nötig. Ich danke dir.«

»Doch, ist es. Und ich habe dir etwas vorzuschlagen.«

Bernadette sah die Tochter interessiert an.

»Ich werde nach Binz zurückkehren und dich im Hotel unterstützen.«

»Du bist Malerin, Josephine.«

»Genau deshalb würde ich mir auch gern mein altes Atelier einrichten, wenn du nichts dagegen hast.«

»Selbstverständlich habe ich nichts dagegen. Doch ich halte es für keinen guten Einfall, Josie. Du musst dein eigenes Leben leben. Und das findet in Leipzig statt.«

»Genau das habe ich vor. Doch nicht in Leipzig. Ich habe eine wunderbare Zeit dort gehabt. Und ich bin dankbar, dass Herr von Rubenstein mir geholfen hat, mich als Künstlerin zu etablieren. Doch ich kann mehr als das.«

»Das sind wirklich ganz neue Töne.«

»Ich weiß. Ich habe viel, ja, ich habe sehr viel nachgedacht. Und ich bin zu dem Entschluss gekommen, dass ich von dir lernen möchte, ein Hotel zu leiten.«

»Und deine Malerei?«

»Die werde ich weiter betreiben.« Josephine bemühte sich um ein Lächeln. »Machen wir uns doch nichts vor, Mutter. Ich habe in Leipzig gemalt, ja. Und tatsächlich scheinen einige Menschen genug in den Bildern zu sehen, um sie zu kaufen. Doch ich verbringe niemals meine gesamten Tage damit. Ich gebe es zu, ich langweile mich sogar ein wenig.«

»Ich hätte nie gedacht, das einmal aus deinem Munde zu hören.«

»Ich denke, ich bin endlich erwachsen geworden, Mutter. Das, was ich für ein aufregendes Künstlerdasein gehalten habe, langweilt mich nun nur noch. Und irgendwann zwischen Binz, Berlin und Leipzig sind mir wohl die Ausreden ausgegangen.«

»Ich bin sehr stolz auf dich, weißt du das?«

»Lass mich etwas dafür tun, dieses Gefühl zu verdienen, *Maman.*« Sie strich zärtlich über Bernadettes Hand. »Constantin lebt sein Leben in Berlin, und wir beide wissen, zu was für einem Menschen er geworden ist. Und von Alexander sind uns nur seine Zwillinge geblieben, wenngleich sie durch Margrits Erziehung gewiss nicht eben einfache Menschen werden.« Josephine blickte ihre Mutter traurig an. »Wir haben doch nur noch einander, *Maman*. Bitte, stoß mich nicht zurück.«

Bernadette sagte nichts, schluckte nur schwer. Ihre Augen füllten sich mit Tränen. Und das erste Mal nach wer weiß wie langer Zeit gestattete sie es sich, einmal nicht hiergegen anzukämpfen.